郁賢皓 注譯

新譯李白詩全集（下）

三民書局

國家圖書館出版品預行編目資料

新譯李白詩全集／郁賢皓注譯.－－初版三刷.－－臺北市：三民，2022
面；　公分.－－(古籍今注新譯叢書)

ISBN 978-957-14-5470-2（上冊:平裝）
ISBN 978-957-14-5471-9（中冊:平裝）
ISBN 978-957-14-5472-6（下冊:平裝）

851.4415　　100004557

古籍今注新譯叢書
新譯李白詩全集（下）

注 譯 者　郁賢皓
發 行 人　劉振強
出 版 者　三民書局股份有限公司
地　　址　臺北市復興北路 386 號 (復北門市)
　　　　　臺北市重慶南路一段 61 號 (重南門市)
電　　話　(02)25006600
網　　址　三民網路書店 https://www.sanmin.com.tw

出版日期　初版一刷 2011 年 4 月
　　　　　初版三刷 2022 年 5 月
書籍編號　S033340
I S B N　978-957-14-5472-6

三民書局

新譯李白詩全集　目次

下冊

卷一六

酬答下

遊宴上

卷一七

遊宴下

卷一八

登覽

卷一九

行役

懷古

卷二〇

閑適

卷二二

詠物

題詠

卷二三

卷二四

宋本集外詩

附錄

卷一六

酬答下

答王十二寒夜獨酌有懷 再入吳中[1]

昨夜吳中雪，子猷佳興發[2]。萬里浮雲卷碧山，青天中道流孤月[3]。孤月蒼浪河漢清，北斗錯落長庚明[4]。懷余對酒夜霜白，玉牀金井冰崢嶸[5]。人生飄忽百年內，且須酣暢萬古情[6]。

君不能狸膏金距[7]學鬭雞，坐令鼻息吹虹霓[8]。君不能學哥舒橫行青海夜帶刀，西屠石堡取紫袍[9]。吟詩作賦北窗裏，萬言不值一杯水。世人聞此皆掉頭，有如東風射馬耳[10]。

魚目亦笑我，請與明月同[11]。驊騮拳跼不能食[12]，蹇驢得志鳴春風[13]。〈折楊〉、

〈皇華〉合流俗⑭，晉君聽琴枉〈清角〉⑮。〈巴人〉誰肯和〈陽春〉⑯？楚地猶來賤奇璞⑰。黃金散盡交不成，白首為儒身被輕。一談一笑失顏色，蒼蠅貝錦喧謗聲⑱。曾參豈是殺人者？讒言三及慈母驚⑲。

與君論心握君手，榮辱於余亦何有。孔聖猶聞傷鳳麟⑳，董龍更是何雞狗㉑！一生傲岸苦不諧，恩疏媒勞志多乖㉒。嚴陵高揖漢天子㉓，何必長劍拄頤事玉階㉔！達亦不足貴，窮亦不足悲。韓信羞將絳、灌比㉕，禰衡恥逐屠沽兒㉖。君不見李北海㉗，英風豪氣今何在？君不見裴尚書㉘，土墳三尺蒿棘㉙居！少年早欲五湖去㉚，見此彌將鍾鼎疏㉛。

【注釋】❶答王十二題　宋本、繆本題下注云：「再入吳中」，乃宋人編集時所加。王十二，姓王，排行十二，名字不詳。其時王十二作〈寒夜獨酌有懷〉詩寄李白，李白作此詩答之。❷昨夜二句　用王子猷雪夜訪戴逵事。《世說新語．任誕》：「王子猷居山陰，夜大雪，眠覺，開室，命酌酒，四望皎然，因起彷徨，詠左思〈招隱〉詩。忽憶戴安道，時戴在剡，即便夜乘小船就之，經宿方至，造門不前而返。人問其故，王曰：『吾本乘興而行，興盡而返，何必見戴？』」此以王子猷比擬王十二。❸萬里二句　形容寒夜浮雲在青山上移動，月亮在浮雲中出沒。謝莊〈月賦〉：「白露暖空，素月流天。」❹孤月二句　宋本在「浪」字下夾注：「一作：波」。蒼浪，蕭本、郭本、王本、咸本皆作「滄浪」。意同。形容月光如水一般清涼。河漢，銀河。北斗，星名，在北天列成斗形的七顆亮星。錯落，交錯繽紛貌。長庚，即金星，又名太白星，早晨出現在東方謂啟明，黃昏出現在西方謂長庚。《詩經．小雅．大東》：「東有啟明，西有長庚。」❺玉牀句　牀，井欄。玉、金，形容井和井欄裝飾華麗。崢嶸，形容冰結得很厚。❻且須句　且，句首助詞。須，應當。酣暢，指因飲酒而產生的暢快豁達之意。❼狸膏金

距　據《爾雅翼》記載：狸能捕雞，鬥雞時以狸膏塗於雞頭，對方之雞聞後即畏懼而走。曹植〈鬭雞篇〉：「願蒙狸膏助，常得擅此場。」金距，用鋒利的金屬品裝在雞爪上。《左傳》昭公二十五年：「季、郈之雞鬭，季氏介其雞，郈氏為之金距。」梁簡文帝〈雞鳴篇〉：「陳思助鬭協狸膏，郈昭妒敵安金距。」❽坐令句　坐令，遂使。鼻息吹虹霓，見卷一〈古風〉其二十四注。按：玄宗喜鬥雞，王準、賈昌之流以善鬥雞得寵，此句即形容這些小人氣焰囂張的情狀。❾君不能學哥舒二句　哥舒，哥舒翰，唐代名將。《舊唐書・哥舒翰傳》記載：哥舒翰於天寶七載冬代王忠嗣為隴右節度支度營田副大使，知節度事。八載，以朔方、河東群牧十萬眾委翰總統攻石堡城。翰使麾下將高秀巖、張守瑜進攻，不旬日而拔之，上錄其功，拜特進、鴻臚員外卿，與一子五品官，賜物千匹、莊宅各一所，加攝御史大夫。夜帶刀，《太平廣記》卷四九五引《雜錄》：「天寶中，歌（哥）舒翰為安西節度，控地數千里，甚著威令。故西鄙人歌之曰：『北斗七星高，歌（哥）舒翰夜帶刀。吐蕃總殺盡，更築兩重濠。』」石堡，石堡城，又名鐵刃城，在今青海西寧西南。唐與吐蕃交界，為唐蕃交通要道，曾於此先後置振武軍、神武軍及天威軍。紫袍，高官所穿公服。哥舒翰拜特進，為正二品官。唐代三品以上高官穿紫色公服。❿世人二句　宋本在「此」字下夾注：「一作：之」。掉頭，轉過頭來。表示不屑一顧。杜甫〈送孔巢父謝病歸遊江東〉詩：「巢父掉頭不肯往，東將入海隨煙霧。」東風射馬耳，馬聳著耳朵不怕風吹。比喻充耳不聞，無動於衷。射，吹。按：蘇軾〈和何長官六言詩〉：「青山自是絕世，無人誰與為容。說向市朝公子，何殊馬耳東風。」即用李白此意。⓫魚目二句　謂魚目混珠。張協〈雜詩〉：「魚目笑明月。」按：魚目喻平庸之輩，明月即明月珠，喻才能之士。宋本在「請」字下夾注：「一作：謂」。⓬驊騮句　驊騮，周穆王八駿之一。拳跼，亦作「蜷局」、「蜷屈」，拳曲不伸貌。此句喻賢士困窘。⓭蹇驢句　此句喻小人春風得意。蹇，跛足。⓮折楊句　此句謂〈折楊〉、〈皇華〉符合流俗，為人喜愛。折楊、皇華，皆古歌曲名。《莊子・天地》：「大聲不入於里耳，〈折楊〉、〈皇華〉則溘然而笑。」皇華，宋本原作「黃花」，據蕭本、郭本、胡本、王本改。⓯晉君句　此句謂無德者聽高雅的音樂反而遭受災難。晉平公堅持要聽〈清角〉之音，師曠不得已而鼓之，平公聽後大恐而至身病，晉國大旱三年。見《韓非子・十過》。⓰巴人句　宋本在「巴」字下夾注：「一作：幾」。陽春，古樂曲名。宋玉〈對楚王問〉：「客有歌於郢中者，其始曰〈下里〉、〈巴人〉，國中屬而和者數千人；……其為〈陽春〉、〈白雪〉，國中屬而和者不過數十人。」此句謂曲調高雅，唱和者少。詳見卷一〈古風〉其二十一注。⓱楚地句　《韓非子・和氏》記載：楚國人卞和在山中得一玉璞，奉獻楚厲王。厲王使玉工看，說是石頭，厲王以為卞和欺君，砍其左足。武王即位，卞和又獻，玉工仍說是石頭，武王砍其右足。文王即位，卞和抱著玉璞在楚山下哭了三日三夜，後文王派玉工治理玉璞，才發現是塊寶玉，因名之曰和氏璧。司馬彪

〈贈山濤詩〉：「卞和潛幽冥，誰能證奇璞。」⑱一談二句　二句謂小人喧囂誹謗，羅織罪名，令人於一談一笑亦不得不有所戒忌。蒼蠅，即青蠅。《詩經・小雅・青蠅》：「營營青蠅，止于樊。豈弟君子，無信讒言。」鄭玄箋：「蠅之為蟲，汙白使黑，汙黑使白，喻佞人亂善惡也。」貝錦，古代繡有貝形花紋的錦緞。《詩經・小雅・巷伯》：「萋兮斐兮，成是貝錦。彼譖人者，亦已太甚。」鄭玄箋：「喻讒人集作己過以成於罪，猶女工之集采色以成錦文。萋、斐，文彩錯雜貌。」⑲曾參二句　謂謠言可畏。《戰國策・秦策二》：「費人有與曾子同名姓者而殺人。人告曾子母曰：『曾參殺人。』曾子之母曰：『吾子不殺人。』織自若。有頃焉，人又曰：『曾參殺人。』其母尚織自若也。頃之，一人又告之曰：『曾參殺人。』其母懼，投杼逾牆而走。」⑳孔聖句　孔子生於亂世，不為世用，曾嘆鳳鳥之不至，悲西狩之獲麟。《論語・子罕》：「子曰：『鳳鳥不至，河不出圖，吾已矣夫！』」㉑董龍句　據《十六國春秋》記載：前秦宰相王墮性剛峻疾惡，雅好直言。右僕射董榮（小字龍）以佞幸進，疾之如仇，每於朝見之際，略不與言，或謂之曰：「董尚書貴幸一時無比，公宜降意接之。」墮曰：「董龍是何雞狗，而令國士與之言乎？」榮聞而慚恨，借故殺墮。㉒一生二句　謂己一生高傲耿直，故與世不合，使薦者徒勞，己志不伸。傲岸，耿直剛正貌。鮑照〈代挽歌〉：「傲岸平生中，不為物所裁。」媒勞，指引薦者徒勞無功。《楚辭・九歌・湘君》：「心不同兮媒勞。」王逸注：「媒人疲勞而無功也。……喻行與君異，終不可合，亦疲勞而已。」乖，違背。㉓嚴陵句　用嚴子陵揖辭漢光武，垂釣富春江故事，見卷一〈古風〉其十一注。㉔何必句　長劍拄頤，形容佩劍很長，上端頂著下巴。《戰國策・齊策六》：「大冠若箕，脩劍拄頤。」事玉階，在宮庭玉階邊侍奉皇帝。㉕韓信句　《史記・淮陰侯列傳》記載：韓信本封齊王，劉邦擊敗項羽，劉邦奪其軍，徙封楚王，後又降為淮陰侯。「信由此日夜怨望，居常鞅鞅，羞與絳、灌等列」。絳，指絳侯周勃；灌，指潁陰侯灌嬰；當時功勞均不及韓信。㉖禰衡句　《後漢書・禰衡傳》：「(禰衡)來遊許下。……是時許都新建，賢士大夫四方來集。或問衡曰：『盍從陳長文(群)、司馬伯達(朗)乎？』對曰：『吾焉能從屠沽兒耶！』」按：陳群、司馬朗為當時名人，禰衡故意辱之。㉗李北海　指唐代北海郡太守李邕。與李白、杜甫都有交往，天寶六載被奸相李林甫陷害杖殺。兩《唐書》有傳。㉘裴尚書　指刑部尚書裴敦復。裴為李林甫所忌，貶淄川郡（即淄州，治所在今山東淄博南）太守，天寶六載與李邕同案被杖殺。㉙蒿棘　泛指雜草。宋本在「棘」字下夾注：「一作：下」。㉚少年句　此句謂己年輕時就立志要像范蠡那樣功成身退，隱居江湖。五湖，泛指太湖流域一帶所有湖泊。此用春秋時范蠡典。據《國語・越語》載，春秋時越國大夫范蠡助越王句踐滅吳後，功成身退，遂乘輕舟，浮於五湖，後莫知其所終。㉛見此句　此句謂看到李、裴諸賢士懷忠被害，更將富貴看得淡薄。彌，更加。鍾鼎，同「鐘鼎」。鐘鳴鼎食的簡稱。古代貴族之家往往擊鐘列鼎而食，後即借指富貴。

【語　譯】昨天夜裡吳中下了一場大雪，您像當年王子猷一樣興致勃發。浮雲萬里環卷著碧山，青天的中央一輪孤月正在流動。孤月清冷銀河明朗，北斗星錯落縱橫而太白星晶瑩明亮。在白霜灑地的夜晚您對酒思念起我，金玉裝飾的井欄上冰凍崢嶸。人生百年就像是飄忽瞬間，姑且等待暢飲美酒來宣洩萬古的愁情。

您不會用狸膏金距去學鬥雞，以此諂佞獲寵讓鼻孔呼吸吹到天上的霓虹。您不會學習那隴右節度使哥舒翰，橫行青海夜持刀，血洗石堡城百姓來換取紫袍。您只會在北窗下吟詩作賦，縱有千言萬語還不值一杯水頂用！世人聽到詩賦都掉頭不屑一顧，就好像一陣東風在馬耳邊吹過毫無作用。

魚目之輩的小人居然也來嘲笑我，誇說他們的才能與明月寶珠相同。真正的千里馬詰屈不行而不能飲食，跛足的驢子卻在春風裡得意長鳴。〈折楊〉和〈皇華〉般的小曲合乎流俗的口味，〈清角〉那樣高尚的琴曲晉平公那樣的人不配去聽！唱慣〈巴人〉俗曲的人豈能應和〈陽春〉雅曲？楚國人從來就輕視珍奇的玉石。我黃金散盡卻交不到知音，白髮飄飄的讀書人還是被人看輕。一談一笑之間偶有所失，立刻就有蒼蠅一樣的小人給予羅織罪名。曾參豈是殺人者？可是三進讒言還是使他的慈母震驚。

握住您的手，將我的心裡話告訴您，榮與辱對我來說早已無所謂。孔子那樣的聖人還感傷生不逢時，董龍那樣的小人，又是什麼雞和狗！我一生傲岸難與權貴相處，皇帝疏遠我舉薦者徒勞而我壯志難酬。嚴子陵長揖辭別漢天子，我又何必用長劍拄著下巴到朝廷去侍候！顯達也不足貴，窮困也不足悲。當年韓信羞與周勃、灌嬰為伍，禰衡恥於與屠沽小兒交往。君不見李北海，英風豪氣今在何處？君不見裴尚書，三尺土墳上長滿了蒿草荊棘！我年輕時就想學習范蠡漫遊五湖，看到這些現象使我更想遠離功名富貴。

【研　析】詩中提及李邕、裴敦復之死，乃天寶六載事。又提及哥舒翰攻取石堡城，乃天寶八載六月事。此詩當為天寶八載（西元七四九年）冬所作。首段設想王十二寒夜懷念自己的情景，為後面的暢抒情懷奠定基礎。首二句以王子猷比擬王十二，以戴逵自比，用東晉王子猷雪夜訪戴，將至而返的故事，將當前時間、地點、環境的交代巧妙地融化在典故中，簡潔蘊藉，出神入化。接著四句描寫寒夜景色，從黃昏一直到天明，浮雲碧山，青天孤月，河漢北斗，長庚天明。景中烘托豪士的高潔品格。「懷余」二句傳神地想像王十二寒夜獨酌的環境，接著二句筆鋒一轉，承上「懷余對酒」，啟下直抒「萬古情」。第二段飽含憤怒的感情，揭露得志小人飛揚跋扈，志士寒窗孤寂的黑暗現實：詩中連用兩個「君不能」，形成排比氣勢，前人多認為此四句是告誡王十二，其實「不能」者，「不會」也。王十二乃一介正直書生，對鬥雞徒與黷武者哥舒翰深惡痛絕。所以不會去取悅統治者。正因為「不會」去鬥雞、邀功，王十二與自己一樣只會在窗下吟詩作賦，可是縱有詩賦萬言，其價值卻不如一杯水。世人聽了只把頭一扭，就像東風吹進馬耳，無動於衷，不起作用。詩人對王十二的遭遇寄予無限同情，而這也正是自己的境遇，詩人深感不平。第三段以魚目嘲笑明月珠；千里馬屈伏在馬廄裡，跛足驢子卻春風得意；比喻小人得志，賢士被辱。又用兩個典故說明昏君只能聽〈折楊〉、〈皇華〉等俗歌，沒有資格聽〈清角〉，習慣唱低俗曲的人怎麼能與高雅的〈陽春〉曲唱和？楚國人向來不懂而輕視玉石，比喻統治者只能起用庸碌之徒，而不善於賞識傑出人才。接著詩人又感嘆世風日薄，人心勢利，當初詩人以為「天生我材必有用，千金散盡還復來」，想不到現在黃金散盡，卻朋友難交，白髮書生還是被人看輕。再用《詩經》成語和曾母投杼逾牆而走的故事形象地說明讒言的可怕，人言可畏。第四段詩人向王十二傾心相訴：榮辱對自己來說早已不存在。孔子尚且感嘆麒麟出不逢時，董龍那樣的小人又是何等樣的雞狗！詩人蔑視進讒的小人，表現出疾惡如仇的堅決態度。「一生」二句是詩人對自己的總結，正由於「一生傲岸」，不能與權貴相處，結果是天子疏遠，舉薦徒勞，壯志難酬。即使如此，詩人仍堅持要向嚴子陵學習，不做「長劍拄頤」侍奉皇帝的事。因為詩人認為顯達不足為貴，窮困也不足為悲，一切都無所謂。接著又自比韓信羞與絳灌為伍，禰衡恥與屠沽小兒結交。然後筆鋒一轉，直指黑暗時事：被權奸殺害的李北海和裴尚書，早已不見他們的英風豪氣，只見三尺土墳上的蒿草荊棘。詩人年輕時就嚮往范蠡功成身退，如今看見這樣的黑暗現實更想遠離富貴榮華。詩至此結束，但憤慨餘音仍在言外迴盪。全詩感情激蕩，章法多變。元、明二代李詩注家蕭士贇、朱諫、胡震亨都斷此詩為偽作，其實，沿著詩人感情脈搏探索，不難理出頭緒。仔細品味，可知意脈一貫，一氣呵成，渾然一體。非李白寫不出此等詩。清方東樹《昭昧詹言》曰：「太白當希其發想超曠，落筆天縱。章法承接，變化無端，不可以尋常胸臆揣測。」其說甚是。

酬裴侍御對雨感時見贈　金陵❶

雨色秋來寒，風嚴清江爽。孤高繡衣人❷，蕭灑青霞賞❸。平生多感激❹，忠義非外獎❺。禍連積怨生，事及徂川❻往。楚邦有壯士❼，鄢郢❽翻掃蕩。申包哭秦庭，泣血將安仰？鞭屍辱已及，堂上羅宿莽❾。頗似今之人，蝨賊陷忠讜❿。渺然一水隔，何由稅歸鞅⓫？日夕聽猿愁，懷賢盈夢想。

【注釋】❶酬裴侍御題　裴侍御，名不詳。本卷另有〈酬裴侍御留岫師彈琴見寄〉、卷一七有〈夜汎洞庭尋裴侍御清酌〉、卷一九有〈至鴨欄驛上白馬磯贈裴侍御〉諸詩，其中的「裴侍御」當為同一人。宋本題下注有「金陵」二字，乃宋人編集時所加，以為此詩作於金陵，其實非是。❷繡衣人　指裴侍御。《漢書・百官公卿表上》：「侍御史有繡衣直指，出討姦猾，治大獄，武帝所制，不常置。」顏師古注：「衣以繡者，尊寵之也。」後多以「繡衣」稱御史臺官員。❸蕭灑句　蕭灑，蕭本作「瀟灑」。同。清高灑脫，不同凡俗。青霞，《文選》卷一六江淹〈恨賦〉：「鬱青霞之奇意。」李善注：「青霞奇意，志意高也。」❹感激　感動奮發；情緒有所感而激動。諸葛亮〈出師表〉：「先帝不以臣卑鄙，猥自枉屈，三顧臣於草廬之中，諮臣以當世之事。由是感激，遂許先帝以驅馳。」❺外獎　外來的獎勸勉勵。《文選》卷三〇謝靈運〈擬魏太子鄴中集詩・王粲〉：「客心非外獎。」李善注：「獎，勸也。」又卷三一江淹〈雜體詩三十首・許徵君詢自序〉：「得失非外獎。」張銑注：「得失由心，非外物所能獎勸。」❻徂川　逝去的流水。比喻過去的歲月。❼楚邦句　壯士，當指申包胥。《史記・伍子胥列傳》：「伍子胥者，楚人也，名員。員父曰伍奢。員兄曰伍尚。」楚平王信費無忌之讒，殺伍奢及其子伍尚。伍子胥奔吳國。吳王闔閭以伍子胥「為行人，而與謀國事。……九年，……悉興師與唐、蔡伐楚。……吳乘勝而前，五戰，遂至郢。己卯，楚昭王出奔。庚辰，吳王入郢。……始伍員與申包胥為交，員之亡也，謂包胥曰：『我必覆楚。』包胥曰：『我必存之。』及吳王入郢，伍子胥求（楚）昭王，既不得，乃掘楚平王墓，出其尸，鞭之三百，然後已。……於是申包胥走秦告急，求救於秦。秦不許。包胥立於秦庭，晝夜哭，七日七夜不絕其聲。秦哀公憐之，曰：『楚雖無道，有臣若是，可無存乎！』乃遣車五百乘救楚擊吳。六月，敗吳兵於稷。」❽鄢郢　指春秋時楚國都城。鄢，在今湖北宜城。郢，在今湖北江陵西北。楚文王定都於郢，惠王初曾遷都鄢，不久遷回。❾宿莽　《楚辭・離騷》：「夕攬洲之宿莽。」王逸注：「草冬生不死者，楚人名曰宿。」❿蟊賊句　《詩經・大雅・大田》：「去其螟螣，及其蟊賊。」毛傳：「食根曰蟊，食節曰賊。」後常用以比喻讒惡之人。《後漢書・岑彭傳》：「我有蟊賊，岑君遏之。」忠讜，忠誠正直。《貞觀政要・論行幸》：「隋氏之亡，其君則杜塞忠讜之言，臣則苟欲自全。」⓫稅歸鞅　猶稅駕。息駕；停車。比喻休息停止。《文選》卷二七謝朓〈京路夜發〉詩：「無由稅歸鞅。」李周翰注：「稅，息。鞅，駕也。」

【語　譯】一場場秋雨使天地產生寒意，勁吹的西風令清江爽朗。您這位孤獨高傲的繡衣御史，姿態瀟灑志意高遠而令人欣賞。平生常常感激奮發，忠義發自內心而決非是外界激勵。禍事連著積怨而產生，不過此事已隨著時光流淌而過去。

楚國曾有申包胥那樣的壯士，國都鄢郢遭到傾覆掃蕩之時，申包胥在秦庭上哭了七天七夜，眼中啼血又將仰仗誰呢？死去的君王已遇到掘墓鞭屍的汙辱，朝堂上長滿了經冬不黃的草。過去的歷史總是很像現今之人，害國禍民的賊子陷害忠良。我與您相隔渺然一水，不知什麼地方是我們休息之地？傍晚聽到猿啼更增人的愁緒，懷念賢人充滿夢鄉。

【研　析】詹鍈《李白詩文繫年》繫此詩於乾元二年（西元七五九年）秋天，以為在巴陵一帶作。可從。先是裴侍御有〈對雨感時〉詩贈李白，李白作此詩酬答。從詩中「禍連積怨生」句推想，裴侍御可能亦是被貶謫之人。按卷一一〈流夜郎至西塞驛寄裴隱〉詩有「平明及西塞，已先投沙伴」之句，說明裴隱亦為貶逐之臣。

未知裴侍御是否即裴隱。詩中前段寫裴侍御的對雨及其丰姿、性格和遭遇。後段則以楚國遭難申包胥哭秦庭求救的故事，比喻自己參加永王幕府而遭讒流放，表達自己忠君愛國之情。末以何由稅駕、猿啼哀愁作結，憂鬱心情溢於言外。

酬崔侍御❶ 崔詩附

嚴陵不從萬乘遊，歸臥空山釣碧流❷。自是客星辭帝坐❸，元非太白醉揚州❹。

【注　釋】❶酬崔侍御　崔侍御，即攝監察御史崔成甫。崔成甫先有〈贈李十二〉詩給李白，李白以此詩酬答。李華〈崔孝公（沔）文集序〉：「長子成甫，進士擢第，校書郎，陝縣尉，知名當時，不幸早世。」顏真卿〈崔孝公宅陋室銘記〉：「長子成甫，倜儻有才名。進士，校書郎，早卒。」按：李白〈澤畔吟序〉：「〈澤畔吟〉者，逐臣崔公之所作也。公代業文宗，早茂才秀，起家校書蓬山，再尉關輔，中佐於憲車，因貶湘陰。」所謂「中佐於憲車」，當即指攝監察御史，其時在「再尉關輔」後，貶湘陰前。又按北京圖書館藏拓片〈有唐朝散大夫守汝州長史上柱國安平縣開國男贈衛尉少卿崔公（暟）墓誌〉，最後有崔祐甫附記云：「安平公之次子沔，字若沖，……薨贈禮部尚書、尚書左僕射，謚曰孝。僕射之長子成甫，仕至祕書者校書郎，馮翊、陝二縣尉，乾元初年卒。……僕射之嫡子祐甫，仕為中書舍人。」又〈有唐通議大夫守太子賓客贈尚書左僕射崔孝公（沔）墓誌〉，後也有祐甫附記云：「孝公長子成甫，服闋授陝縣尉。以事貶黜。乾元初卒於江介。」詳見拙著《天上謫仙人的秘密——李白考論集．李白詩中崔侍御考辨》。❷嚴陵二句　用嚴光故事，見卷一〈古風〉其十一注。❸自是句　《後漢書．嚴光傳》謂光武帝復引光入，論道舊故，相對累日。因共偃臥，光以足加帝腹上。明日，太史奏：客星犯御座甚急。帝笑曰：「朕故人嚴子陵共臥耳。」此以嚴子陵自喻，謂己辭別朝廷。❹元非句　元，本來；原本。太白醉揚州，杜甫〈飲中八仙歌〉：「李白一斗詩百篇，長安市上酒家眠。天子呼來不上船，自稱臣是酒中仙。」

【語　譯】當年嚴子陵不隨從萬乘之君宦遊，歸臥富春山垂釣於碧流。自然是客星辭別了帝王的宮殿，原本不是太白酒星醉臥揚州。

【研析】天寶初崔成甫為陝縣尉時，曾為陝郡太守韋堅開廣運潭唱讚歌，見《舊唐書・韋堅傳》。天寶五載李林甫構陷韋堅，牽連者甚眾，崔成甫亦當於此時受累而貶湘陰。詳見拙著《天上謫仙人的秘密——李白考論集・李白詩中崔侍御考辨》。此詩乃酬答崔成甫之作，約作於天寶六載（西元七四七年）。詩中以東漢嚴光辭別光武帝歸臥富春自喻，末句以並非太白酒星醉臥揚州來回答崔詩中的「金陵捉得酒仙人」，恢諧有趣。表明此詩為去朝後在金陵與崔成甫相遇時所作。

附：贈李十二　　攝監察御史崔成甫

我是瀟湘放逐臣，君辭明主漢江濱。天外常求太白老，金陵捉得酒仙人。

翫月金陵城西孫楚酒樓達曙歌吹日晚乘醉著紫綺裘烏紗巾與酒客數人棹歌秦淮往石頭訪崔四侍御❶

昨翫西城月，青天垂玉鉤❷。朝沽金陵酒，歌吹孫楚樓。忽憶繡衣人❸，乘船往石頭。草裹烏紗巾，倒披紫綺裘。兩岸拍手笑，疑是王子猷❹。酒客十數公，崩騰❺醉中流。謔浪掉海客❻，喧呼傲陽侯❼。半道逢吳姬，卷簾出揶揄❽。我憶君到此，不知狂與羞。

月下一見君，三杯便迴橈⑨。捨舟共連袂⑩，行上南渡橋⑪。興發歌〈淥水〉⑫，秦客為之謳⑬。雞鳴復相招，清宴⑭逸雲霄。贈我數百字，字字凌風飆。繫之衣裘上，相憶每長謠⑮。

【注釋】❶翫月題　孫楚酒樓，唐代金陵酒樓名，在金陵城西。歌吹，歌聲和樂聲。紫綺裘，紫色繡有花紋的皮衣。烏紗巾，即烏紗帽，用烏紗抽紮帽邊，貴賤者都用。秦淮，河名。又稱淮水。今東源出江蘇句容大茅山，南源出溧水縣東蘆山，在秣陵關附近匯合北流，經南京市西入長江。石頭，即石頭城。《元和郡縣志》卷二五江南道潤州上元縣：「石頭城，在縣西四里。即楚之金陵城也，吳改為石頭城，建安十六年，吳大帝修築，以貯財寶軍器，有戍，〈吳都賦〉云『戎車盈於石城』是也。諸葛亮云『鍾山龍盤，石城虎踞』，言其形之險固也。」故址在今南京清涼山。崔四侍御，即崔成甫，在同祖兄弟中排行第四，曾攝監察御史，故稱崔四侍御。詳參拙著《天上謫仙人的秘密——李白考論集．李白詩中崔侍御考辨》。❷昨翫二句　鮑照〈翫月城西門廨中〉詩：「始出西南樓，纖纖如玉鉤。」呂向注：「月出於西南，纖纖然有似玉鉤。」此即用其意。翫，「玩」的異體字。❸繡衣人　《漢書．百官公卿表》謂「侍御史有繡衣直指，出討姦猾，治大獄，武帝所制，不常置。」顏師古注：「衣以繡者，尊寵之也。」後因稱侍御史、監察御史為繡衣人。❹王子猷　見本卷〈答王十二寒夜獨酌有懷〉詩注。❺崩騰　雜亂貌。《文選》卷一九謝靈運〈述祖德詩二首〉：「崩騰永嘉末，逼迫太元始。」呂延濟注：「崩騰，破壞貌。」此用以形容各種醉態。❻謔浪句　《詩經．邶風．終風》：「謔浪笑敖。」毛傳：「言戲謔不敬。」掉，搖動。蕭本、郭本、咸本作「棹」。❼喧呼句　喧呼，大聲喊叫。陽侯，古代傳說中的波濤神。《淮南子．覽冥訓》：「武王伐紂，渡於孟津，陽侯之波，逆流而擊。」高誘注：「陽侯，陵陽國侯也。其國近水，溺水而死。其神能為大波，有所傷害，因謂之陽侯之波。」❽揶歈　蕭本、王本、咸本作「揶揄」。亦作「邪揄」。同。戲弄；侮弄。《東觀漢記．王霸傳》：「市人皆大笑，舉手揶揄之。」❾橈　船槳。❿連袂　攜手同行。《抱朴子．疾謬》：「攜手連袂，以遨以集。」⓫南渡橋　似為秦淮河上的橋名。地點不詳。⓬淥水　蕭本、郭本、王本作「綠水」。古曲名。《文選》卷一八馬融〈長笛賦〉：「上擬法於〈韶箾〉、〈南籥〉，中取度於〈白雪〉、〈淥水〉，下採制於〈延露〉、〈巴人〉。」李周翰注：「〈白雪〉、〈淥水〉，雅曲名。」⓭謳　宋本原作「摇」，在此字下夾注：「一作：謳」。蕭本、郭本作「謳」。據改。⑭清宴　清雅的宴會。成公綏〈延賓賦〉：「高談清宴。」⑮長謠　長歌。

【語　譯】昨天夜裡賞玩金陵西城上的月色，纖纖初月像青天上掛著的一彎玉鉤。早晨買來金陵美酒，歌樂齊鳴在孫楚酒樓喝酒。忽然想起您這位繡衣侍御，於是乘上小船前往石頭城。我的頭上草草地裹著烏紗巾，身上倒披著紫色皮裘。兩岸的人見了全都拍手大笑，懷疑我就是當年雪夜訪戴的王子猷。與我同船的酒客有十幾位，都左傾右倒地醉在水中的船頭。戲謔放浪驚動航海的人，喧囂呼喊傲視波神陽侯。途中遇見吳地的女子，捲簾出來拍手嘲弄。我因為思念您才來到這裡，也就不知什麼狂傲與害羞。

我在月光下一見到您，三杯酒就掉轉了小舟。手拉著手捨棄小船來到岸上，一起登上了南渡橋頭。興致勃發地唱起〈淥水〉雅曲，秦客也為我吟和歌唱。雞鳴時我們又相聚在一起，清宴上逸興直上雲霄。您贈給我數百字的詩章，字字激昂欲淩狂飆。我把它繫在我的衣裘上，每當思念您時就放聲歌謠。

【研　析】此詩當與前詩〈酬崔侍御〉同為天寶六載（西元七四七年）在金陵之作。此詩題目已把詩的內容概括殆盡，故嚴羽評點曰：「豪情盡於題內，不必觀詩。」詩的前段十八句詳細描繪題中所述情景：「翫月金陵城西孫楚酒樓達曙歌吹」，「日晚乘醉，著紫綺裘、烏紗巾，與酒客數人，棹歌秦淮，往石頭訪崔四侍御」。中間還穿插「兩岸拍手笑，疑是王子猷」，「半道逢吳姬，卷簾出揶揄」的場面。真是把醉後謔浪笑傲的情態描繪得淋漓盡致。後段則敘與崔侍御相見後連袂上南渡橋，興發歌〈淥水〉的歡快情緒，然後又有清宴逸興，贈詩繫衣，以便每憶而長歌。充分表現出兩人情誼的深厚。

《舊唐書・李白傳》云：「侍御史崔宗之謫官金陵，與白詩酒唱和，嘗月夜乘舟，自采石達金陵，白衣宮錦袍，於舟中顧瞻笑傲，旁若無人。」按：崔宗之未嘗為侍御史，又未曾謫官金陵。詩中崔四侍御乃指崔成甫，非崔宗之；乃自孫楚酒樓泛秦淮往石頭城，非「自采石達金陵」。《舊唐書》大誤。詳見拙作〈李白詩中崔侍御考辨〉。

江上答崔宣城❶

太華三芙蓉，明星玉女峰❷。尋仙下西岳，陶令❸忽相逢。
問我將何事，湍波歷幾重？貂裘非季子❹，鶴氅似王恭❺。謬忝燕臺召，而
陪郭隗蹤❻。水流知入海，雲去或從龍❼。
樹繞蘆洲月❽，山鳴鵲鎮鐘❾。還期如可訪，台嶺蔭長松❿。

【注釋】❶崔宣城　宣城縣令崔欽。李白於天寶十四載所寫的〈趙公西候新亭頌〉提及「宣城令崔欽」，證知其年崔欽在宣城縣令任。宣城，今安徽宣城。❷太華二句　太華，山名。即西嶽華山，在今陝西華陰南。因其西有少華山，故稱太華。芙蓉，山峰名，即蓮花峰。明星、玉女，亦為華山的兩個山峰名。❸陶令　王琦注：「陶令謂陶潛，潛嘗為彭澤令，以喻崔宣城。」❹貂裘句　《戰國策・趙策》：「李兌送蘇秦明月之珠、和氏之璧、黑貂之裘、黃金百鎰。蘇秦得以為用，西入於秦。」季子，蘇秦字。❺鶴氅句　《晉書・王恭傳》：「恭美姿儀，人多愛悅，或目之云：『濯濯如春月柳。』嘗被鶴氅裘，涉雪而行，孟昶窺見之，歎曰：『此真神仙中人也！』」❻謬忝二句　用燕昭王築黃金臺招賢以郭隗為師故事。詳見卷一〈古風〉其十四注。二句比喻當年奉詔入京供奉翰林。❼雲去句　去，《文苑英華》作「出」。《易經・乾卦》：「雲從龍，風從虎。」比喻君臣遇合。❽樹繞句　王琦注：「蘆洲，舊注指為樊口之蘆洲。琦按：鮑照〈還都道中〉詩：『昨夜宿南陵，今旦入蘆洲。』是蘆洲當在南陵之下。」❾鵲鎮鐘　鐘，宋本原作「鍾」，據蕭本、郭本、王本改。鵲鎮，指鵲頭鎮，在今安徽銅陵。《元和郡縣志》卷二八江南道宣州南陵縣：「鵲頭鎮，在縣西一百一十里，即春秋時楚伐吳，敗於鵲岸是也。沿流八十里，有鵲尾洲，吳時屯兵處。」❿台嶺句　孫綽〈遊天台山賦〉：「苟台嶺之可攀，亦何羨於層城。……藉萋萋之纖草，蔭落落之長松。」按：台嶺，即天台山，在今浙江天台縣東北。

【語　譯】西嶽華山蓮花峰如三朵芙蓉，明星、玉女峰最為秀傑。我從華山尋仙下山東來，偶然在江上與您這個陶彭澤那樣的縣令相逢。

您問我將為什麼事，為什麼要涉歷重重的險水急流？雖然穿著貂皮裘卻不是縱橫遊說以求富貴的蘇秦，倒似披著鳥羽裘的神仙中人王恭。我曾經有愧於「燕昭王」的徵召，追隨叨陪郭隗的行蹤。水流千里自知要匯入大海，一旦君臣相遇猶如雲之從龍。

如今江上所見到的是樹繞蘆洲上的明月，所聽到的是鵲鎮的鐘聲在山谷中的迴響。您歸來的時候如果來訪問我，我將在天台山茂密松蔭的樹林中。

【研　析】此詩當作於至德元載（西元七五六年）。時李白從華山下來「東奔吳國避胡塵」，在江上遇到宣城縣令崔欽，此詩即為回答崔欽提的問題而作。與卷一〇〈經亂後將避地剡中留贈崔宣城〉詩為同時先後之作。首四句點明從華山尋仙而下至江上遇見崔欽。次段前四句乃崔欽提的問題：為何歷經湍波，既非蘇秦穿貂裘為求功名富貴，卻似王恭披著鶴氅如神仙中人。後四句詩人回答自己曾謬承君王之召而供奉翰林，叨陪郭隗之蹤。自知水流歸海如雲從龍，斯乃君臣遇合之時。末段描寫江上所見所聞景色，點明此去之行蹤，他日如相訪，將在天台山之松林中。

答族姪僧中孚贈玉泉仙人掌茶并序❶

余聞荊州玉泉寺近清溪諸山❷，山洞往往有乳窟❸，窟中多玉泉交流。中有白蝙蝠，大如鴉。按仙經：蝙蝠一名仙鼠，千歲之後，體白如雪，棲則倒懸，蓋飲乳水而長生也❹。其水邊處處有茗草❺羅生，枝葉如碧玉，惟玉泉真公❻常采而飲之。年八十餘歲，顏色如桃花。而此茗清香滑熟❼，異於他者，所以能還童振枯，扶❽人壽也。余遊金陵，見宗僧中孚，示余茶數十片，拳然重疊，其狀如手，號為仙人掌茶。蓋新出乎玉泉之山，曠古未覿，因持之見遺，兼贈詩，要余答之，遂有此作。後之高僧大隱，知仙人掌茶發乎中孚禪子及青蓮居士李白也。

常聞玉泉山，山洞多乳窟。仙鼠如白鴉，倒懸清谿月❾。茗生此中石，玉泉流不歇。根柯灑芳津，採服潤肌骨。

楚老❿卷綠葉，枝枝相接連。曝成仙人掌，似拍洪崖⓫肩。

舉世未見之，其名定誰傳？宗英乃禪伯⓬，投贈有佳篇。清鏡燭無鹽⓭，顧慚西子妍⓮。朝坐有餘興，長吟播諸天⓯。

【注釋】❶答族姪題　僧中孚，卷一八有〈登梅崗望金陵贈族姪高座寺僧中孚〉詩。詳見該詩注。玉泉，寺名。在今湖北當陽西玉泉山上。《方輿勝覽》卷二九湖北路荊門軍：「玉泉寺，在當陽縣西南二十里玉泉山。陳光大中，浮屠知顗自天台飛錫來居此山。寺雄於一方，殿前有金龜池。」❷清溪諸山　在今湖北南漳和遠安間。《嘉慶一統志》卷三五二荊門直隸州：「清溪山，在當陽縣西北三十里，跨遠安縣及襄陽府南漳縣界，有鬼谷洞，相傳為鬼谷子隱處。」又卷三四六襄陽府：「清溪山，在南漳縣南六十里，接荊門州當陽、遠安兩縣界。《荊門記》：臨沮縣有清溪山，晉郭璞為臨沮長，嘗遊此，賦〈遊仙詩〉。」❸乳窟　出鍾乳石的洞窟。❹中有八句　中，蕭本、郭本、王本作「其中」。宋本在「有」字下夾注：「一作：見」。鴉，蕭本、郭本、王本作「鴉」。同。任昉《述異記》卷下：「荊州清溪秀壁諸山，山洞往往有乳窟，窟中多玉泉交流，中有白蝙蝠，大如鴉。按仙經云：蝙蝠一名仙鼠，千載之後，體白如銀，棲即倒懸，蓋飲乳水而長生也。」李白此序本此。宋本在「雪」

字下夾注：「一作：銀」。乳水，王琦注引《本草拾遺》：「乳穴水，近乳穴處流出之泉也。人多取水作飲、釀酒，大有益。其水濃者，稱之，重於他水；煎之，上有鹽花，此真乳液也。」❺茗草　王琦注：「《說文》：『茗，茶芽也。』郭璞《爾雅注》：『茶樹小如梔子，冬生葉可煮作羹飲。今呼早採者為茶，晚取者為茗。』」❻玉泉真公　王琦注：「呂溫〈南岳彌陀寺承遠和尚碑〉：『開元二十三年，至荊州玉泉寺謁蘭若真和尚』，即玉泉真公也。」❼熱　蕭本、郭本、王本皆作「熟」。❽壯　宋本在此字下夾注：「一作：扶」。蕭本、郭本、王本、咸本作「扶」。❾倒懸句　謂白蝙蝠在清溪月下倒掛著飲石乳水而長生。清，宋本作「深」，在此字下夾注：「一作：清」。蕭本、郭本、王本皆作「清」。是。據改。清溪山在今湖北當陽西北，相傳為鬼谷子隱居處。❿楚老　蕭本、郭本、王本、咸本皆作「叢老」。義同。《說文》：「楚，叢木也。」⓫洪崖　亦作「洪涯」。傳說中的仙人名。黃帝臣子伶倫的仙號。《文選》卷二張衡〈西京賦〉：「洪涯立而指麾。」薛綜注：「洪涯，三皇時伎人，倡家託作之。」又卷二一郭璞〈遊仙詩〉其三：「左挹浮丘袖，右拍洪崖肩。」劉良注：「浮丘、洪崖，並仙人。」⓬宗英句　宗英，本宗中才能傑出的人。指中孚。禪伯，對有道僧人的敬稱。《文苑英華》作「禪客」。⓭無鹽　狀貌醜陋的女子。《新序》卷二：「齊有婦人，極醜無雙，號曰無鹽女。其為人也，臼頭深目，長肚大節，昂鼻結喉，肥項少髮，折腰出胸，皮膚若漆。」又，據《列女傳》，無鹽姓鍾離，名春。因是齊國無鹽邑人而得名。狀貌醜陋，但關心政事。曾自謁齊宣王，面責其奢淫腐敗，宣王感動，立為王后。後世用以稱頌和比擬貌醜而有德行的婦女。此處以醜女自喻。⓮西子妍　西子，指春秋時越國美女西施。妍，美麗。《孟子・離婁下》：「西子蒙不潔，則人皆掩鼻而過之。」趙岐注：「西子，古之好女西施也。」此處以西子喻中孚。⓯諸天　佛教語。指護法眾天神。王琦注：「佛書言，三界共有三十二天，自四天王天至非有想非無想天，總謂之諸天。」

【語　譯】我聽說荊州玉泉寺附近的清溪諸山，山洞往往都是有鍾乳石的洞窟。窟中多有玉泉匯合流出。其中有白蝙蝠，大如烏鴉。據仙書上說，蝙蝠一名仙鼠，千歲以後身體變白如雪。牠們棲居時身體倒掛著，大概是靠飲鍾乳水而長生的。那裡的水邊到處有茶樹羅列生長，枝葉如碧玉，只有玉泉寺真公經常採摘煮茶而飲。真公八十多歲時，臉色仍如桃花一樣鮮紅。而這種茶清香而滑熟，與其他茶不同，所以能使人返老還童，幫助人長壽。我到金陵旅遊，遇見本宗的僧人中孚，他給我看幾十片茶葉，卷曲而重疊，它的形狀就像人的手，所以稱為仙人掌茶。大概是新從玉泉山生長出來，古來絕世所未見，於是中孚拿它贈送給我，並且還贈詩給我，求我酬答他，於是我寫了這首詩。使將來的高僧和大隱之人，都能知道這仙人掌茶，是中孚禪僧和我青蓮居士李白發現的。

我經常聽說玉泉山的山洞，其中多是有鍾乳叢生的石窟。洞中有狀如白鴉的仙鼠蝙蝠，在清溪的月光下倒懸著飲石乳。乳窟旁的山壁上生長著茶樹，樹下就是洞中不斷流出的玉色乳泉。泉水潤澤著茶樹的根幹，採下此茶飲後能潤人肌骨而永保青春容顏。

叢生的茶樹捲起綠葉，枝與枝互相接連。這樣的綠葉在陽光下曬成仙人掌茶，真好似仙人的手掌拍打著仙人洪崖的肩。

這種茶古來絕代都未有人見過，它的名字有誰來定有誰來傳？我的宗族中的英才中孚本是有道的僧人，贈我此茶還兼贈優秀詩篇。在您的詩面前，我的詩就好似被清朗的鏡子照出無鹽的醜臉，回看美女西施更覺得非常慚愧。早起閒坐恰有未盡的餘興，長吟此詩使之播傳於諸天。

【研　析】此詩當是天寶六載（西元七四七年）在金陵所作。詩序詳述玉泉寺附近諸山的山洞中，白蝙蝠飲鍾乳水而長生千歲。然後引出周圍有茶樹叢生，玉泉寺的真公採摘飲之，年八十而顏如桃花，因為此茶與別的茶葉不同，所以它能讓人返老還童而長壽。最後說到自己在金陵遇到李姓僧人中孚，給詩人看數十片茶葉，曠古未見，因其形狀而名之為仙人掌茶。中孚僧人不但贈詩人茶葉，還贈詩人一首詩，求詩人酬答，於是詩人寫了此詩。目的是為了使將來的高僧和大隱之人，都知道這仙人掌茶是中孚僧人和李白發現的。詩分三節，第一節即序中說的玉泉山周圍山洞多是鍾乳石的石窟，白蝙蝠在洞中倒懸著飲石乳水而生長如白鴉。山石上生長著茶樹，因有玉泉水潤澤其根而生長，採服此茶便使人滋潤肌骨。次節描寫茶樹叢生，綠葉卷曲，枝枝相連，採摘茶葉曬之，如仙人掌，似拍洪崖之肩。末節謂此茶舉世未見，故其名不傳。今有本宗僧人贈我茶兼詩，其詞之美非我能及，我酬答此詩有如明鏡照醜女，自愧於西施之美，早起閒坐而有餘興，長吟此詩欲使之傳播於諸天。嚴羽評點曰：「序佳於詩。」

酬裴侍御留岫師彈琴見寄❶

君同鮑明遠❷，邀彼休上人❸。鼓琴亂〈白雪〉❹，秋變江上春。瑤草綠未衰，攀翻寄情親❺。相思兩不見，流淚空盈巾。

【注釋】❶酬裴侍御題　裴侍御，李白另有〈至鴨欄驛上白馬磯贈裴侍御〉、〈答裴侍御先行至石頭驛以書見招期月滿泛洞庭〉、〈酬裴侍御對雨感時見贈〉、〈夜泛洞庭尋裴侍御清酌〉等詩，當為同一人。或謂此五詩中的裴侍御即〈流夜郎至西塞驛寄裴隱〉詩中的裴隱，然無確據。按：賈至有〈贈裴九侍御昌江草堂彈琴〉、〈初至巴陵與李十二白裴九同泛洞庭湖〉、〈別裴九弟〉等詩，亦當為此人，由此知裴侍御排行第九。獨孤及亦有〈下弋陽江舟中代書寄裴侍御〉詩，亦當為此人。岫師，僧人，事跡不詳。❷鮑明遠　南朝宋代詩人鮑照。《南史・鮑照傳》：「鮑照字明遠，東海人，文辭贍逸。嘗為古樂府，文甚遒麗。」此處以鮑照比擬裴侍御。❸休上人　指南朝僧人惠休。上人，佛教指才智道德兼具可為僧眾之師的高僧。南朝宋以後多用作對僧人的尊稱。《宋書・徐湛之傳》：「時有沙門釋惠休，善屬文，辭采綺豔，湛之與之甚厚。世祖命使還俗。本姓湯，位至揚州從事史。」此處以惠休比擬岫師。按：鮑照有〈秋日示休上人〉、〈答休上人菊詩〉等。❹亂白雪　亂，本指樂曲的最後一章，此處用作動詞，奏。《禮記・樂記》：「始奏以文，復亂以武。」白雪，古琴曲名。相傳為春秋時晉國師曠所作。《淮南子・覽冥訓》：「昔者師曠奏〈白雪〉之音，而神物為之下降。」嵇康〈琴賦〉：「理正聲，奏妙曲，揚〈白雪〉，發清角。」❺攀翻句　攀翻，攀援；攀折。《文選》卷三〇謝靈運〈石門新營所住〉詩：「桂枝徒攀翻。」張銑注：「翻，援也。」屈原〈九歌・山鬼〉：「折芳馨兮遺所思。」

【語　譯】您就像當年的鮑明遠，邀請那位如休上人般的高僧岫師。鼓琴奏一曲〈白雪〉，江上秋天似乎就變成了春天。此時珍美的草仍碧綠未衰，攀折一枝寄給親愛的友人。兩地相思卻不能相見，徒然流淚沾滿佩巾。

【研　析】此詩疑是乾元二年（西元七五九年）初秋在江夏所作。先是裴侍御有〈留岫師彈琴〉詩寄李白，李白以此詩酬答。首二句以鮑照和惠休比擬裴侍御和岫師的友誼及才華。次二句描寫岫師彈〈白雪〉曲之妙，能感時節使江上秋天變而為春，猶如鄒衍吹律而陰谷回陽。再次二句謂美好的草木仍綠而未衰，攀折一枝寄給友人表示親情。末二句敘兩地相思而徒然落淚。

張相公出鎮荊州尋除太子詹事余時流夜郎行至江夏與張公相去千里公因太府丞王昔使車寄羅衣二事及五月五日贈余詩余答以此詩❶

流夜郎至江夏

張衡殊不樂，應有〈四愁詩〉❷。慚君錦繡段❸，贈我慰相思。

鴻鵠復矯翼❹，鳳皇憶故池❺。榮樂一如此，商山老紫芝❻。

【注釋】❶張相公題　張相公，指張鎬。《新唐書・宰相表中》：至德二載五月丁巳，「諫議大夫兼侍御史張鎬為中書侍郎、同中書門下平章事。」乾元元年「五月戊子，鎬罷為荊州大都督府長史。」《舊唐書・張鎬傳》：「肅宗以鎬不切事機，遂罷相位，授荊州大都督府長史。……尋徵為太子賓客，改左散騎常侍。」史籍記載鎬為「太子賓客」，此詩稱「太子詹事」，二者不同。王琦注謂「或傳聞之誤，或先除詹事，後除賓客，亦未可知」。據《舊唐書・職官志三》：東宮官屬有太子賓客四員，正三品；太子詹事一員，正三品。太府丞，據《舊唐書・職官志三》，太府寺有「丞四人，從六品上。……丞掌判寺事。」王昔，人名。時為太府寺丞。其他事蹟不詳。此詩題末宋本夾註有「流夜郎至江夏」六字，乃宋人編集時所加。❷張衡二句　張衡〈四愁詩序〉：「張衡不樂處機密，陽嘉中出為河間相。……時天下漸弊，鬱鬱不得志，為〈四愁詩〉。」此處以張衡比擬張鎬。❸錦繡段　張衡〈四愁詩・四思〉：「美人贈我錦繡段，何以報之青玉案。」此處呼應題中「寄羅衣」。❹鴻鵠句　比喻張鎬出鎮荊州尋除詹事。鴻鵠，鳥名，即鵠。鵠飛很高，故常用以比喻志氣遠大的人。《史記・陳涉世家》：「燕雀安知鴻鵠之志哉！」矯翼，振翅飛舉。《文選》卷四五揚雄〈解嘲〉：「矯翼厲翮，恣意所存。」李周翰注：「矯，舉；厲，振也。」❺鳳皇句　皇，蕭本、郭本、王本皆作「凰」。魏晉時中書省設於禁苑，掌管一切機要，因接近皇帝，故稱鳳凰池。《晉書・荀勗傳》：「以勗守尚書令。勗久在中書，專管機事。及失之，甚罔罔悵恨。或有賀之者，勗曰：『奪我鳳皇池，諸君賀邪？』」後代凡中書省機要位置，都稱「鳳凰池」。❻商山句　商山，又名商阪、地肺山、楚山。在今陝西商州東南。地形險阻，景色幽勝。秦末、漢初有東園公等四位老人隱居於此，號稱「商山四皓」。紫芝，商山四皓作有〈紫芝歌〉，一作〈四皓歌〉，一作〈采芝歌〉。歌曰：「莫莫高山，深谷逶迤。曄曄紫芝，可以療饑。唐虞世遠，吾將何歸！」

【語　譯】當年張衡憂慮天下事而不樂，所以寫有〈四愁詩〉。使我慚愧的是您從千里之外贈我錦繡羅衣，還贈詩安慰我表達了您對我的一片相思之情。

您出鎮荊州尋又召回為太子詹事，如同鴻鵠又展翅飛上青雲。剛出中書省又進東宮，好似鳳凰懷戀過去的華池。榮華快樂如果都似您這樣，恐怕商山上的紫芝到老也無人採摘了。

【研　析】此詩作於乾元元年（西元七五八年）五月流放途中。先是張鎬派太府寺丞王昔用使車、寄羅衣、並有贈詩給李白，李白以此詩酬答。前四句以張衡比擬張鎬，都為憂念天下事而作詩贈詩。感謝張鎬千里慰問贈詩又贈錦繡羅衣，使自己深感慚愧。後四句祝賀張鎬出鎮荊州又居內職，極一時之榮樂。功成名遂，商山紫芝將老而無人採矣。嚴羽評點此詩曰：「據題當有感激語，而淡傲如此，乃見胸懷。」

醉後答丁十八以詩譏予搥碎黃鶴樓❶

黃鶴高樓已搥碎，黃鶴仙人無所依❷。黃鶴上天訴玉帝，卻放黃鶴江南歸。

神明太守再雕飾❸，新圖粉壁還芳菲❹。

一州笑我為狂客，少年往往來相譏。君平簾下誰家子❺？云是遼東丁令威❻。

作詩調我❼驚逸興，白雲遶筆窗前飛。待取明朝酒醒罷，與君爛漫❽尋春暉。

【注釋】❶醉後題　此詩前人或以為偽作。楊慎《升庵詩話》卷一一：「李太白過武昌，見崔顥〈黃鶴樓〉詩，嘆服之，遂不復作，去而賦〈金陵鳳凰臺〉也。其事本如此。其後禪僧用此事，作一偈云：『一拳搥碎黃鶴樓，一腳踢翻鸚鵡洲。眼前有景道不得，崔顥題詩在上頭。』……元是借此事設辭，非太白詩也。流傳之久，信以為真。宋初，有人偽作太白〈醉後答丁十八〉詩云『黃鶴高樓已搥碎』一首，樂史編太白遺詩，遂收入之。」胡震亨《李詩通》遂將此詩編入附錄。王琦注：「太白〈江夏贈韋南陵〉詩，原有『我且為君搥碎黃鶴樓，君亦為吾倒卻鸚鵡洲』之句，要是設言之辭，而玩此詩，則真有搥碎一事矣。要之，禪僧偈語，本用〈贈韋〉詩中語，非〈醉答丁十八〉一詩本禪僧之偈而偽撰也。升庵因彼而疑此，殆亦目睫之見也夫。」按：王說是。李白詩有「搥碎黃鶴樓」語，丁十八因而以詩譏之，可能多戲謔之詞，故李白醉後以此詩答之，蓋多醉幻狂語。丁十八，名不詳。同祖兄弟間排行十八。搥碎黃鶴樓，卷九〈江夏贈韋南陵冰〉詩中語，詳見該詩注。

❷黃鶴二句　乃想像之詞。黃鶴仙人，指仙人王子安。古時傳說其乘黃鶴過此。見《南齊書・州郡志下》。一說指費文禕，每乘黃鶴於此憩駕，故號為黃鶴樓。見《太平寰宇記》卷一一二。❸神明句　《漢書・黃霸傳》：「以賢良高第揚州刺史霸為潁川太守，……咸稱神明。」此處謂黃鶴樓所在地的鄂州刺史明智如神，將黃鶴樓重新裝修。雕飾，宋本原作「凋飾」，據蕭本、郭本、王本、咸本改。❹芳菲　原指花草芬芳。此處指新圖的壁畫美好豔麗。❺君平句　《漢書・王貢兩龔鮑傳》：「蜀有嚴君平，……君平卜筮於成都市，……裁日閱數人，得百錢足自養，則閉肆下簾而授《老子》。」卷二〈古風〉其十二：「君平既棄世，世亦棄君平。……寂寞綴道論，空簾閉幽情。」❻丁令威　神話中人物。《搜神後記》卷一：「丁令威，本遼東人，學道於靈虛山，後化鶴歸遼，集城門華表柱。時有少年舉弓欲射之，鶴乃飛。徘徊空中而言曰：『有鳥有鳥丁令威，去家千年今始歸。城郭如故人民非，何不學仙冢纍纍。』遂高上衝天。」按此處以丁令威喻指丁十八。❼調我　宋本原作「掉我」，據蕭本、郭本、王本、咸本改。調，嘲弄。《世說新語・排調》：「康僧淵目深而鼻高，王丞相每調之。」❽爛漫　蕭本、郭本、王本、咸本皆作「爛熳」。歡情洋溢貌。《文選》卷一八嵇康〈琴賦〉：「留連瀾漫，嗢噱終日。」李周翰注：「瀾漫，歡情多也。」

【語譯】黃鶴樓已經被我捶碎，黃鶴仙人無所歸依。黃鶴就上天向玉帝哭訴，玉帝又把牠放歸江南。明智如神的江夏郡太守於是重修黃鶴樓，使它的新圖粉壁重放芳豔。

一州的人都嘲笑我是狂客，有個少年也常常來把我譏諷。嚴君平簾下學道的是誰家之子？回答說是遼東學道化鶴歸來的丁令威。您寫詩嘲弄我卻使我吃驚而引發逸興，於是筆端生雲繞著窗子飛。等到明天酒醒之後，我要與您一起恣情放浪尋找明媚的春光。

【研析】此詩當是上元元年（西元七六〇年）春在江夏作。前段六句乃設想之詞。謂黃鶴樓已被捶碎後王子安、費文褘等神仙無歸處，黃鶴向玉帝哭訴，玉帝將黃鶴仍放歸江南。明智的太守於是重修黃鶴樓，新圖粉壁重現光彩。詩中充滿風趣諧謔。後段八句寫丁十八乃仙人之子，作詩嘲諷詩人。於是詩人作此詩回答，表示酒醒後願與之恣情歡樂。嚴羽評點曰：「率極，不似詩人，疑為偽作。然鶴訴、放鶴與白雲繞筆飛等語，實似白手。昔人謂：學我者拙，似我者死。然使人可學、可似，便不得為哲匠生龍矣。」

答裴侍御先行至石頭驛以書見招期月滿汎洞庭❶

君至石頭驛，寄書黃鶴樓。開緘識遠意，速此南行舟。風水無定準，湍波或❷滯留。

憶昨新❸月生，西簷若瓊鈎❹。今來何所似？破鏡❺懸清秋。恨不三五明❻，平湖汎澄流。此歡竟莫遂，狂殺王子猷❼。巴陵❽定近遠，持贈解❾人憂。

【注釋】❶答裴侍御題　裴侍御，見本卷〈酬裴侍御對雨感時見贈〉詩注。石頭驛，《求闕齋讀書錄》云：「石頭驛在嘉魚之上，白螺磯之下，去岳州百五十里。公時在江夏，裴以月之初三、四至石頭驛，約公速行，將以十五同泛洞庭，公答此詩時當已過十五矣。」按：王琦注引《方輿勝覽》卷一九：「汪彥章〈石頭驛記〉云：『自豫章絕江而西，有山屹然。並江而出者，石頭渚也。阻江負城，十里而近。』」則此石頭驛在江夏之下，顯然非此詩中之石頭驛。期月滿，約定以月圓之日為期。指夏曆十五日之夜。❷或　宋本在此字下夾注：「一作：成」。❸新　宋本在此字下夾注：「一作：初」。❹瓊鉤　猶玉鉤。喻新月。夏曆月初之月亮。❺破鏡　王琦注：「古樂府：『破鏡飛上天。』」按：此處喻月亮圓滿之後又殘闕。❻三五明　《文選》卷二九〈古詩十九首〉其十七：「三五明月滿。」張銑注：「三五，謂十五日也。」指夏曆每月之十五日。❼王子猷　王子猷雪夜乘舟訪戴逵事，見本卷〈魯東門泛舟〉詩注。❽巴陵　唐縣名。《元和郡縣志》卷二七江南道岳州巴陵縣：「昔羿屠巴蛇於洞庭，其骨若陵，故曰巴陵。」又，唐郡名。即岳州。天寶元年改為巴陵郡，乾元元年復改為岳州。治所在今湖南岳陽。❾解　宋本漫漶不清，據蕭本、郭本、王本、咸本補。

【語　譯】您已到達石頭驛，寄信到江夏的黃鶴樓。我打開信封知道您在遠方的心意，是催我加快乘船南行的速度。但是天上的風和水中的浪沒有固定的時間準則，因為水大浪急所以滯留了我的行舟。

回想前時新月初生的時候，懸在西邊的屋簷上好似纖纖的玉鉤。現在來到此地月亮又像什麼？像一面殘破的鏡子掛在秋夜的天空。很遺憾未能在十五日月明的夜晚，與您泛舟平闊澄澈的洞庭湖。這樣的歡聚竟未能如願，真是委屈了您像當年王子猷那樣的興致。巴陵至此並不太遠，特寫此詩相答以解您的憂愁。

【研　析】此詩當是乾元二年（西元七五九年）秋自江夏赴岳州途中所作。先是裴侍御先行在月初到達石頭驛，寄信給李白請他速行，約好在本月十五日月圓之夜同泛洞庭湖。但李白錯過了相約之期，故以此詩酬答表示遺恨。前段六句敘裴侍御先至石頭驛，以書相招，約定月圓之期同泛洞庭；但李白因湍波而滯留誤期。後段十句描寫從新月、滿月，到破鏡似的殘月，時間過得極快，對未能實現十五日明月夜共泛平湖的相約深感遺恨。末以此詩作答，巴陵此去已不遠以解友人之憂作結，有寬慰友人之意。

答高山人兼呈權顧二侯❶

虹霓掩天光❷，哲后起康濟❸。應運生夔龍❹，開元掃氛翳❺。太微廓金鏡❻，端拱清遐裔❼。輕塵集嵩岳❽，虛點盛明意。

謬揮紫泥詔，獻納青雲際❾。讒惑英主心，恩疏佞臣計❿。彷徨庭闕下，歎息光陰逝。未作仲宣詩⓫，先流賈生涕⓬。

挂帆秋江上，不為雲羅⓭制。山海向東傾，百川無盡勢。我於鴟夷子⓮，相去千餘歲。運闊英達稀，同風遙執袂。

登艫望遠水，忽見滄浪枻⓯。高士何處來？虛舟眇安繫⓰？衣貌本淳古，文章多佳麗。延引故鄉人，風義未淪替。

顧侯達語默，權子識通蔽⓱。曾是無心雲，俱為此留滯⓲。雙萍易飄轉，獨鶴思凌厲⓳。明晨去瀟湘，共謁蒼梧帝⓴。

【注釋】❶答高山人題　高山人，名字不詳。權顧二侯，權，指權昭夷。卷一一有〈獨酌清溪江石上寄權昭夷〉詩，李白還有〈金陵與諸賢送權十一序〉云：「嘗採姹女於江華，收河車於清溪，與天水權昭夷服勤爐火之業久矣。」可知李白與權昭夷曾在清溪煉丹學道。顧侯，名字不詳。❷虹霓句　楊齊賢注：「虹霓，指太平公主輩。」按：「虹霓」在唐詩中多喻小人，尤其以喻陰謀弄權的女人為多。唐玄宗李隆基以平中宗韋后之亂起家，故「虹霓掩天光」似喻韋后弒中宗之事更確切。❸哲后句　哲后，英明的君王。指唐玄宗。康濟，謂安民濟眾。《尚書．蔡仲之命》：「康濟小民。」孔傳：「汝為政，當安小民之居，成小民之業。」❹應運句　應運，謂順應天命。荀悅《漢紀．後序》：「實天生德，應運建主。」夔龍，傳說中舜的兩位賢臣。《尚書・舜典》：「伯拜稽首，讓于夔、龍。……帝曰：『夔，命汝典樂，教胄子。』……帝曰：『龍，……命汝作納言，夙夜出納朕命。』」孔傳：「夔、龍，二臣名。」此處喻指玄宗開元時代的姚崇、宋璟等賢臣。❺開元句　開元，唐玄宗年號名。氛翳，煙霧陰霾之氣。比喻時局的昏亂。❻太微句　《晉書・天文志上》：「太微，天子庭也，五帝之坐也。」此處指朝廷。金鏡，《文選》卷五五劉峻〈廣絕交論〉：「蓋聖人握金鏡。」李善注引鄭玄曰：「金鏡，喻明道也。」❼端拱句　端拱，端坐拱手。指帝王無為而治。《魏書・辛雄傳》：「端拱而四方安。」遐裔，邊遠之地。張華〈鷦鷯賦〉：「鵾雞竄於幽險，孔翠生乎遐裔。」❽輕塵句　李白自喻如輕塵至微，亦能集聚於高大如嵩嶽之朝廷。裴駰《史記集解・序》：「譬嘒星之繼朝陽，飛塵之集華嶽。」張守節《正義》：「西嶽華山極高大，裴氏自喻才藻輕小，如飛塵之集華嶽，亦能成其高大。」❾謬揮二句　謂揮寫詔書，獻忠言而希望直上青雲。指供奉翰林事。謬，自謙之詞。紫泥詔，古代詔書用紫泥封，並加璽印。《後漢書・光武帝紀上》：「奉高皇帝璽綬。」李賢注引蔡邕《獨斷》：「皇帝六璽，……皆以武都紫泥封之。」獻納，獻忠言供採納。班固〈兩都賦序〉：「朝夕論思，日月獻納。」青雲，比喻高官顯爵。《史記・范睢蔡澤列傳》：「(須)賈不意君能致於青雲之上。」❿讒惑二句　謂小人進讒迷惑英明君王之心，君王對己恩情疏遠中了佞臣的奸計。⓫仲宣詩　指王粲〈七哀詩〉：「南登灞陵岸，回首望長安。」《三國志・魏書・王粲傳》：「王粲，字仲宣，山陽高平人也。……年十七，司徒辟，詔除黃門侍郎，以西京擾亂，皆不就。乃之荊州依劉表。」⓬賈生涕　《漢書・賈誼傳》：「誼數上疏陳政事，多所欲匡建，其大略曰：『臣竊惟事勢，可為痛哭者一，可為流涕者二，可為長歎息者六，若其它背理而傷道者，難徧以疏舉。』」⓭雲羅　似雲的羅網。《文選》卷三一江淹〈雜體詩三十首・嵇中散康言志〉：「曠哉宇宙惠，雲羅更四陳。」⓮鴟夷子　指春秋時越國大夫范蠡，輔佐越王句踐滅吳後離去。《史記・越王句踐世家》：「范蠡浮海出齊，變姓名，自謂鴟夷子皮，耕於海畔。」⓯登艫二句　艫，船頭。《漢書・武帝紀》「舳艫千里」顏師古注引李斐曰：「艫，船前頭刺棹處也。」滄浪枻，用《楚辭・漁父》事：「漁父莞爾而笑，鼓枻而去，歌曰：滄浪之水清兮，可以濯我纓。」枻，船槳。⓰高士二句　高士，指題中的高山人。虛舟，任其漂流之舟。《莊子・列禦寇》：「汎若不繫之舟，虛而遨遊者也。」眇，通「渺」。遼遠。⓱顧侯二句　語默，說話或沉默。語本《易經・繫辭上》：「君子之道，或出或處，或默或語。」權子，指題中的「權侯」，即權昭夷。通蔽，猶通塞。或通達或蔽塞。⓲曾是二句　曾，乃。無心雲，《文選》卷四五陶潛〈歸去來〉辭：「雲無心而出岫。」李周翰注：「言雲自然之氣，無心意以出於山岫之中。自喻心不營事，自為縱逸。」為此，指「達語默」和「識通蔽」。留滯，留居於此。⓳雙萍二句　雙萍，謂權、顧二人。獨鶴，喻高山人。淩厲，猶橫厲。淩空高飛。《漢書・息夫躬傳》：「鷹隼橫厲。」顏師古注：「厲，疾飛也。」⑳明晨二句 擬議之辭，未必實往。瀟湘，瀟水和湘水在今湖南永州會合，謂之瀟湘。蒼梧帝，指虞舜。《史記．五帝本紀》：「舜……踐帝位三十九年，南巡狩，崩於蒼梧之野。葬於江南九疑，是為零陵。」零陵，今湖南永州。蒼梧，古地區名，指今湖南寧遠南九疑山一帶。吳均〈江上酬鮑幾〉詩：「欲謁蒼梧帝，過問沅湘姬。」

【語 譯】韋皇后弒君後又有太平公主弄權如虹霓掩蔽了天光，英明的君主奮然振起安民濟眾。順應天命而生夔和龍那樣的輔弼大臣，新創開元時期掃除一切陰霾。朝廷廓清推行明道如明鏡高懸，端坐拱手無為而治使天下遠方都寧靜清平。我人微才薄似輕微的塵土集於嵩嶽而忝列朝堂，徒然有辱於天子的盛明之意。

錯蒙恩寵供奉翰林起草天子的詔命，獻納忠言希望直上青雲。無奈小人的讒言迷惑了英明的君主之心，君王對我恩寵疏遠中了佞臣的奸計。我心不安彷徨在廷闕之下，嘆息盛時難逢卻蹉跎大好時光。尚未寫王粲去國懷鄉的詩歌，卻已似賈誼眼淚盈巾為時為國而憂傷。

如今在秋天的江上掛起風帆，再也不會被那如雲般的羅網所控制。山海都向東傾，千江百川滔滔流淌有無窮的氣勢。我與鴟夷子皮雖然相隔千年，世運疏遠英才達士稀少，但我與他風操相同，可以遙隔世代把袂而引為知音。

我登上船頭眺望遠方的流水，忽然看見青蒼色的江水上擺動著一雙船槳。高山人您從什麼地方來？任意漂流的小舟怎麼繫纜於遙遠的地方？您的衣裝容貌高古淳樸，文章卻寫得多麼精美佳麗。延引權、顧兩位故鄉之人，仍保持著重視情誼的風範道義沒有廢棄。

顧侯懂得可言則言、不可言就沉默的進退妙理，權子懂得時通則通、時不通則藏的順逆天機。大家乃是無牽掛之心的浮雲，都是為此而滯留在這個地方。顧、權二侯如同一對浮萍易於飄轉，高山人則是孤獨的黃鶴想要凌空高飛。明天早晨我們同去瀟湘，共同去拜謁葬在蒼梧的舜帝。

【研 析】此詩約作於天寶十三載（西元七五四年）。時高山人曾有詩贈李白，李白作此詩酬答並呈送權昭夷和顧某。首段敘唐玄宗清內難安四方之英明，賢臣輔佐而創開元盛世，無為而治天下清平，自己以輕塵之微而蒙天子盛明之恩寵。次段敘謬忝供奉翰林而起草詔書，獻忠言供採納而希冀直上青雲。無奈被小人進讒而恩寵遂衰，彷徨於廷闕之下嘆息光陰流逝。未作王粲去國眷戀之詩，先流賈誼憂時之淚。第三段描寫掛帆秋江，不為雲羅所制，山海百川，無窮無盡，當年范蠡浮五湖，世運疏闊而英達稀少，我今與他雖隔千年，然風操相同而可遙相把袂，視為異代知音。以上三段皆為自敘，第四段則答高山人。謂登舟望遠，忽見滄浪鼓枻者，乃高山人。問高山人何處來，扁舟何處繫，描寫高山人衣貌淳古，而文章佳麗。延引故鄉之權、顧二侯，風義未曾廢棄。末段描寫權、顧二侯。謂顧則懂得該說或不該說，權則知道該通或該蔽。乃如無心之雲，皆為此而留滯於此地。權、顧如雙萍易於飄轉，高山人如獨鶴想凌空高飛。明朝共向瀟湘去，同謁蒼梧的舜帝，以抒千古曠懷。《唐宋詩醇》卷七評曰：「直寫胸懷，一豁憤惋，稍更騷人面目矣。末路淒婉，猶有楚調。若其骨氣英特，可以直追正始。」

答杜秀才五松山見贈

五松山，南陵銅坑西五六里　宣城[1]

昔獻〈長揚賦〉，天開雲雨歡。當時待詔承明裏，皆道揚雄才可觀[2]。敕賜飛龍二天馬，黃金絡頭白玉鞍[3]。浮雲蔽日去不返，總為秋風摧紫蘭[4]。角巾東出商山道，採秀行歌詠芝草[5]。路逢園綺笑向人，兩君解來一何好[6]？

聞道金陵龍虎盤[7]，還同謝朓望長安[8]。千峰夾水向秋浦[9]，五松名山當夏寒。銅井炎爐歊九天，赫如鑄鼎荊山前[10]。陶公攫爍呵赤電[11]，回祿睢盱揚紫煙[12]。此中豈是久留處？便欲燒丹從列仙。愛聽松風且高臥，颼飀吹盡炎氛過[13]。登崖獨立望九州，〈陽春〉欲奏誰相和⑭？

聞君往年遊錦城⑮，章仇尚書倒屣迎⑯。飛牋絡繹奏明主⑰，天書降問迴恩榮⑱。骯髒不能就珪組，至今空揚高蹈名⑲。夫子工文絕世奇，五松新作天下推⑳。吾非謝尚邀彥伯，異代風流各一時㉑。一時相逢樂在今，袖拂白雲開素琴，彈為〈三峽流泉〉㉒音。從茲一別武陵去，去後桃花春水深㉓。

【注釋】❶答杜秀才題　杜秀才，名不詳。卷一四有〈同吳王送杜秀芝舉入京〉，當是「送杜秀才赴舉入京」之訛誤。未知此「杜秀才」是否同一人。五松山，在今安徽銅陵南。李白於五松山所作詩甚多。宋本題下注「宣城」二字，乃宋人編集時所加。❷昔獻四句　《漢書・揚雄傳》：「孝成帝時，客有存雄文似相如者，……召雄待詔承明之庭。……從至射熊館，還，上〈長楊賦〉，聊因筆墨之成文章，故藉翰林以為主人，子墨為客卿以風。」顏師古注：「承明殿在未央宮。」「長楊，宮名也，在盩厔縣，其中有射熊館。」「藉，借也。風，讀曰諷。」此借喻己天寶初供奉翰林。天開雲雨歡，指為君王所賞識。❸敕賜二句　飛龍，唐代御廄名。《新唐書・兵志》：「又以尚乘掌天子之御，左右六閑……總十有二閑，為二廄……。其後禁中又增置飛龍廄。」天馬，御廄之馬。詳見卷七〈駕去溫泉宮後贈楊山人〉詩注。黃金絡頭，古樂府〈陌上桑〉：「黃金絡馬頭。」白玉鞍，吳均〈贈任黃門詩二首〉：「白玉鏤衢鞍，黃金瑪瑙勒。」下句形容馬的絡頭和鞍飾之貴重。❹浮雲二句　此以浮雲蔽日、風摧紫蘭喻小人讒害忠良。《文子・上德》：「日月欲明，浮雲蔽之。……叢蘭欲秀，秋風敗之。」❺角巾二句　角巾，古時隱士常戴的一種有稜角的頭巾。《晉書・羊祜傳》：「既定邊事，當角巾東路歸故里。」商山，又名商阪、地肺山、楚山，在今陝西商縣東南。秦末漢初四老人東園公、甪里先生、綺里季、夏黃公隱居於此，號「商山四皓」。採秀，《楚辭・九歌・山鬼》：「采三秀兮於山間。」王逸注：「三秀，謂芝草也。」卷一三〈送溫處士歸黃山白鵝峰舊居〉有「採秀辭五嶽」句。詠芝草，《樂府詩集》卷五八引《琴集》有四皓〈採芝操〉，詩云：「曄曄紫芝，可以療饑。」此即用其意。❻路逢二句　園綺，指商山四皓中的東園公、綺里季。兩君，宋本原作「而君」。據蕭本、郭本、王本、咸本改。解來，解脫以來，即避世隱居以來。二句乃想像之詞。❼金陵龍虎盤　形容金陵地勢雄壯險要。《太平御覽》卷一五六引晉張勃《吳錄》：「劉備曾使諸葛亮至京，因睹秣陵山阜，歎曰：『鍾山龍盤，石頭虎踞。此帝王之宅。』」卷六〈永王東巡歌〉其四：「龍盤虎踞帝王州，帝子金陵訪古丘。」❽謝朓望長安　謝朓〈晚登三山還望京邑〉詩：「灞涘望長安，河陽視京縣。」❾秋浦　水名。《元和郡縣志》卷二八江南道池州秋浦縣：「秋浦水，在縣西八十里。」在今安徽池州。❿銅井二句　謂銅井山煉銅的爐火直上九霄，火紅的顏色猶如黃帝在荊山前鑄鼎。《元和郡縣志》卷二八江南道宣州南陵縣：「銅井山，在縣西南八十五里。出銅。」按：此山又名利國山，今名銅官山，在今安徽銅陵。歊，熱氣上升貌。《後漢書・班固傳》：「吐金景兮歊浮雲。」宋本原作「敲」。誤。據蕭本、郭本、王本、咸本改。赫，火燒的紅色。《詩經・邶風・簡兮》：「赫如渥赭。」鑄鼎荊山，《史記・封禪書》：「黃帝采首山銅，鑄鼎於荊山下。鼎既成，有龍垂胡髯下迎黃帝。」《元和郡縣志》卷六河南道虢州湖城縣：「荊山，在縣南。即黃帝鑄鼎之處。」在今河南靈寶閿鄉南。⓫陶公句　《列仙傳》卷下：「陶安公者，六安鑄冶師也。數行火，火一旦散上行，紫色衝天，安公伏冶下求哀。須臾，朱雀止冶上，曰：『安公，安公，冶與天通，七月七日，迎汝以赤龍。』至期，赤龍到，大雨。而安公騎之，東南上一城邑。數萬人眾共送視之，皆與辭決云。」攫爍，蕭本、郭本、王本、咸本皆作「矍鑠」，疊韻聯綿詞，可通假。通健貌。《後漢書・馬援傳》：「矍鑠者，是翁也！」李賢注：「矍鑠，勇貌也。」呵，吹氣。赤電，指火光。此句以陶公吹火形容銅井山的冶煉。⓬回祿句　回祿，傳說中的火神。《左傳》昭公十八年：「（鄭子產）禳火于玄冥、回祿。」杜預注：「回祿，火神。」睢盱，跋扈貌。《莊子・寓言》：「老子曰：『而睢睢盱盱。』」郭象注：「跋扈之貌。」此句謂火神跋扈飛揚著紫色煙焰。⓭颼飀句　颼飀，風聲。左思〈吳都賦〉：「颮瀏颼飀。」炎氛，熱氣。張衡〈七辨〉：「桴弱水，越炎氛。」⓮陽春句　陽春，古代高雅的曲名。宋玉〈對楚王問〉：「客有歌於郢中者，……其為〈陽春〉、〈白雪〉，國中屬而和者不過數十人。」後常用以喻格調高絕的作品。此自喻品格高尚，難與俗人相處。⓯錦城　今四川成都。見卷二〈蜀道難〉注。⓰章仇句　章仇尚書，指章仇兼瓊。《資治通鑑》唐玄宗開元二十七年：「十二月，以（章仇）兼瓊為劍南節度使。」又，天寶五載五月「乙亥，以劍南節度使章仇兼瓊為戶部尚書，諸楊引之也。」倒屣，古人家居脫鞋席地而坐，因急於迎客，把鞋子穿倒，此用以形容對來客的熱情歡迎。⓱飛牋句　謂章仇兼瓊連續不斷地寫信向英明的君王推薦。⓲天書句　天書，指皇帝的詔書。此句謂天子下詔慰問，旋即給予榮恩。⓳骯髒二句　骯髒，同「抗髒」。高亢剛直貌。《後漢書・趙壹傳》：「抗髒倚門邊。」李賢注：「抗髒，高亢偉直貌也。」珪組，指仕宦。珪乃古代貴族朝聘、祭祀、喪葬所用禮器；組乃古代官員佩印、佩玉的絲帶。《文選》卷四六任昉〈王文憲集序〉：「既襲珪組，對揚王命。」劉良注：

「珪，諸侯所執也。組，綬，所以繫印者也。」高蹈，指隱居。宋本原作「高道」，據蕭本、郭本、王本、咸本改。張協〈七命〉其一：「翫世高蹈。」二句謂性格剛直不願做官，至今還是個隱士。⑳夫子二句　謂杜秀才善寫詩文，奇絕當代，五松山的新作被天下人所推崇。㉑吾非二句　謂自己雖無謝尚的地位，杜秀才則有袁宏之才，但兩人相知，亦如謝尚與袁宏，異代各有知音，皆盡一時之風流。《晉書‧袁宏傳》：「袁宏，字彥伯。……少孤貧，以運租自業。謝尚時鎮牛渚，秋夜乘月，率爾與左右微服泛江。會宏在舫中諷詠，聲既清會，辭又藻拔，遂駐聽久之。遣問焉，答云：『是袁臨汝郎誦詩。』即其詠史之作也。尚傾率有勝致，即迎升舟，與之譚論，申旦不寐，自此名譽日茂。尚為安西將軍、豫州刺史，引宏參其軍事。」㉒三峽流泉　琴曲名。《樂府詩集》卷六〇引《琴集》曰：「〈三峽流泉〉，晉阮咸所作也。」㉓從茲二句　武陵、桃花，用陶淵明〈桃花源記〉典。見卷一〈古風〉其三十一注。二句意謂分手後即去桃花源隱居。

【語譯】往年我曾像揚雄那樣向朝廷獻賦，皇帝看後龍顏大悅如雨停雲開天和融。那時我待詔承明殿供奉翰林，大家都稱許我像當年揚雄才華出眾。皇帝賞賜我飛龍廄的御馬，黃金為馬籠頭而白玉鑲馬鞍是何等榮寵。然而讒言蒙蔽聖上如同浮雲蔽日使我離開了朝廷一去不返，總是因為才華出眾好像鮮美的蘭花招來嫉妒的秋風摧殘。頭戴角巾東出商山古道，一路採芝歌唱〈採芝操〉。路上遇見了東園公和綺里季，我向他們笑問避世隱居以來可好？

聽說金陵形勢如龍盤虎踞，我就同謝朓一樣登上三山回望京城。沿著水路穿過千山往秋浦，五松山上夏天的我卻感受到山高林密的寒冷。銅井山冶銅的爐火炎氣直上九天，紅火就像是黃帝在荊山煉銅鑄鼎。仙人陶安公身姿勇健地呵吹著赤色火光，火神回祿飛揚跋扈地揮揚著紫煙。此處豈是久留之地？於是我想跟從仙人學道煉丹。我喜歡聽著松間的風聲高臥山林，颼颼的山風掃盡了炎熱的天空。登上山崖獨立眺望神州大地，想奏一曲高雅的〈陽春〉有誰和唱？

聽說您往年曾到成都，急得章仇尚書倒拖著鞋出來相迎。連續飛馳奏書給英明君主，詔書降問給了您無尚恩榮。可是您性情高傲不願做官就職，至今仍遺世獨立空揚隱居的美名。您工於文辭奇才冠絕當世，五松山的新作被天下人推崇。我雖沒有謝尚的地位邀請袁宏，然而我們相知卻是異代各領一個時代的風流。今日相逢就歡樂在今日，袖拂白雲打開素琴，彈一支〈三峽流泉〉曲以酬知音。從此一別我將往武陵去，到那裡桃花源的春水將更深。

【研　析】此詩當是天寶十三載（西元七五四年）往秋浦途經南陵五松山遇杜秀才而作。詩中有「千峰夾水向秋浦，五松名山當夏寒」句，知時在夏天。當是杜秀才先有五松山詩贈李白，李白以此詩酬答。首段自敘當年供奉翰林得到皇帝恩寵和群臣讚揚的情景，被小人進讒而離京，東出商山道，想像遇到商山四皓，表示對隱居生活的嚮往。次段敘述江南的遊歷，從金陵往秋浦，途經五松山遇到杜秀才。接著描繪銅井山冶煉爐火衝天紫煙飛揚的情景，然後想到跟從仙人煉丹、隱居松林，登高望遠，高唱〈陽春〉雅曲而獨立孤傲的生活情趣。末段描寫杜秀才的名望和才華，雖有天子降問給予恩榮，卻不肯入仕，文章絕世稱奇，五松新作被人推崇。然後敘自己和杜秀才的關係雖無謝尚邀請袁宏的地位，但兩人相知卻是異代各領風流。相逢而樂，彈奏〈三峽流泉〉表示知音。末以別後往武陵桃源作結，意味深長。

至陵陽山登天柱石酬韓侍御招隱黃山❶

韓眾騎白鹿，西往華山中。玉女千餘人，相隨在雲空❷。見我傳祕訣，精誠與天通。何意到陵陽，遊目送飛鴻❸！

天子昔避狄❹，與君亦乘驄❺。擁兵五陵下，長策遏胡戎❻。時泰解繡衣❼，脫身若飛蓬❽。

鸞鳳翻翕翼❾，啄粟坐樊籠❿。海鶴一笑之，思歸向遼東⓫。黃山過石柱，巘崿上攢叢⑫。因巢翠玉樹⑬，忽見浮丘公⑭。又引王子喬，吹笙舞松風。

朗詠《紫霞篇》，請開蘂珠宮⑮。步綱繞碧落⑯，倚樹招青童⑰。何日可攜手，

遺形入無窮⑱？

【注釋】❶至陵陽山題 陵陽山，《元和郡縣志》卷二八江南道宣州涇縣：「陵陽山，在縣西南一百三十里。陵陽子明得仙處。」又池州石埭縣：「陵陽山，在縣北三十里。竇子明於此得仙。」按：在今安徽九華山東南，黃山市黃山區（原太平縣）西北。天柱石，陵陽山之一峰。韓侍御，指韓雲卿。詳見卷一四〈送韓侍御之廣德〉詩注。黃山，《元和郡縣志》卷二八江南道宣州太平縣：「黃山，在縣西南四十里。」今安徽黃山。❷韓眾四句 《神仙傳》卷三敘劉根學仙，根曰：「吾昔入山，精思無所不到。後如華陽（陰）山，見一人乘白鹿車，從者十餘人，左右玉女四人，執采旄之節，皆年十五六餘。載拜稽首，求乞一言。神人乃告余曰：『爾聞有韓眾否？』答曰：『實聞有之。』神人曰：『我是也。』」玉女，仙女。《文選》卷一五張衡〈思玄賦〉：「載太華之玉女兮。」劉良注：「玉女，太華神女。」❸遊目句 《文選》卷二四嵇康〈贈秀才入軍〉其四：「目送歸鴻，手揮五絃。」李善注引《漢書》曰：「周亞夫趍（趨）出，上以目送之。」❹天子句 指唐玄宗因安史之亂奔蜀。按：此句甚可疑：李白詩文中稱玄宗奔蜀為「上皇西巡」，未見「避狄」文字。此其一。李白暮年在皖南寫此詩，其時肅宗為天子，詩中似不當稱玄宗為「天子」，只宜稱「上皇」。此其二。考錢起有〈鑾駕避狄歲寄別韓雲卿〉、〈廣德初鑾駕出關後登高愁望二首〉詩，可知錢起詩中「避狄」顯然指廣德元年十月吐蕃入寇、代宗奔陝事。此詩中此句及下三句如亦指廣德間事，李白卒於寶應元年，廣德時已不在人世，則此詩當非李白所作，或如王琦所說，此四句「字句少有訛謬」。❺與君句 與，給與。乘驄，指御史臺官員。此句謂朝廷給與韓雲卿監察御史之職。❻擁兵二句 五陵，指唐高祖至睿宗五個皇帝的陵墓：獻陵、昭陵、乾陵、定陵、橋陵。參見卷六〈永王東巡歌〉其五注。長策，長遠的良策。賈誼〈過秦論上〉：「振長策而御宇內。」遏胡戎，阻止胡兵的進攻。遏，抑止。❼時泰句 謂安史之亂平定後韓雲卿不再當監察御史。時泰，天下太平。繡衣，御史臺官員之服。❽飛蓬 比喻行蹤不定。❾鸞鳳句 翻，副詞。反而。庾信〈臥疾窮愁〉詩：「有菊翻無酒。」翕翼，收斂翅膀。《文選》卷三四枚乘〈七發〉：「飛鳥聞之，翕翼而不能去。」呂延濟注：「翕，斂也。」❿樊籠

闕鳥獸的籠子。比喻不自由的境地。陶潛〈歸園田居〉詩：「久在樊籠裡，復得返自然。」⓫海鶴二句　以丁令威故事比喻韓雲卿。《搜神後記》卷一：「丁令威本遼東人，學道於靈虛山，後化鶴歸遼，集城門華表柱，時有少年舉弓欲射之，鶴乃飛，徘徊空中而言曰：『有鳥有鳥丁令威，去家千年今始歸，城郭如故人民非，何不學仙塚纍纍。』遂高上衝天。」按：韓氏郡望昌黎，在遼東，此處以遼東喻韓雲卿歸鄉。⓬黃山二句　謂往黃山須經石柱峰，山崖高峻而聚集眾多。巘崿，《文選》卷二二謝靈運〈晚出西射堂〉：「連障疊巘崿，青翠杳深沉。」李善注引《爾雅》曰：「巘崿，崖之別名。」⓭翠玉樹　形容樹木之青綠。揚雄〈甘泉賦〉：「翠玉樹之青葱。」⓮浮丘公　傳說中的仙人。《列仙傳》卷上：「王子喬者，周靈王太子晉也。好吹笙，作鳳凰鳴。遊伊、洛之間，道士浮丘公接以上嵩高山。」謝靈運〈登臨海嶠與從弟惠連〉詩：「儻遇浮丘公，長絕子徽音。」⓯朗詠二句　蕭士贇注：「《紫霞篇》，即《黃庭內景經》也。」按：紫霞、蕊珠，皆《太上黃庭內景玉經・上清章第一》中語。其云：「上清紫霞虛皇前，太上大道玉晨君。閒居蕊珠作七言，散化五形變萬神。是為《黃庭》作內篇。詠之萬遍升三天。」梁丘子注：「蕊珠，上清境宮闕名也。」⓰步綱句　步綱，即步罡。道教法師設壇建醮禮拜星斗時的步態和動作。據說步行轉折，宛如踏在罡星斗宿之上，故名。道教認為此種動作能遣神召靈。碧落，道教語。青天；天空。指天界。《元始無量度人上品妙經注》卷上：「道言：昔於始青天中，碧落空歌大浮黎土。」注：「始青，即東方大梵九霄之一也。青霄梵寶之氣凝成此天。東者，諸天之始。……此天之氣，碧而青，化生碧霞豁落遍佈，故云碧落。」⓱青童　謂仙童。蕭士贇注：「道書：老君於東極碧之天，浮黎之國，書冥文於青空之林，成紫字之文。復授青童大君靈書紫文修行二十四事。」卷八〈訪道安陵遇蓋寰為余造真籙臨別留贈〉：「清水見白石，仙人識青童。」⓲遺形句　遺形，謂超脫形骸，精神進入忘我境界。賈誼〈鵩鳥賦〉：「真人恬漠兮，獨與道息。釋智遺形兮，超然自喪。」陸機〈王子喬贊〉：「遺形靈岳，顧景忘歸。」無窮，無限；無盡。《莊子・在宥》：「廣成子曰：……故余將去女，入無窮之門，以遊無窮之野。」

【語　譯】仙人韓眾騎著白鹿，西往華山之中。跟隨的神女有千餘人，都在天空雲間。韓眾見我傳授成仙祕訣，他的精心誠意上通於天，故能遊於雲空。哪裡料到如今到此陵陽山，縱覽八極而目送飛鴻！

往日天子避胡兵之亂時，給與您監察御史的官職。當時您擁兵守在五陵下，運用長遠的良策阻止胡兵的侵犯。時局太平後您就解除了監察御史的職務，像飛蓬一樣脫身飄遊。

身居高位的鸞鳳般的人物反而收斂起翅膀，坐在鳥籠中啄粟而食。而海鶴般的高潔之士則嘲笑他們，就像丁令威那樣思歸遼東故鄉。往黃山經過石柱峰，山崖上聳而聚集。於是在翠玉般的綠樹上築巢。忽然遇見仙人浮丘公。又引導王子喬，相與吹笙而舞於松風之中。

朗詠道教經典《紫霞篇》，打開上清宮闕蘂珠宮。圍繞上空天界修步綱之道，倚著仙樹招引青童。我倆何日可以攜手，超脫形骸而進入無窮無盡的境界？

【研　析】此詩當作於上元二年（西元七六一年）詩人重回皖南、金陵漫遊之時。其時先有韓雲卿招引詩人共隱黃山，詩人至陵陽山天柱峰以此詩酬答。首段從韓姓故事說起，以韓眾比擬韓雲卿。當年仙人韓眾往華山時有千餘神女隨從，見我而傳授祕訣，其精誠上通於天。豈意今天來到陵陽山中縱覽八方而目送飛鴻。次段敘韓雲卿的事蹟。謂當年天子避亂出奔時，給與韓雲卿監察御史的官職。於是擁兵守在五陵之下，運用長遠計謀阻遏胡兵。等到天下太平時就解除了御史臺的官職，如飛蓬般脫身飄遊。第三段以海鶴喻韓，嘲諷朝廷大臣甘坐樊籠啄粟，不如思歸故鄉。往黃山經石柱，山崖積聚上聳。巢於翠玉般的綠樹，遇見仙人浮丘公。又引導王子喬相與吹笙舞於松風之中。末段想像詩人與韓雲卿在黃山隱居的情景。將朗詠《紫霞篇》，以明《黃庭》經典之旨；打開蘂珠之宮，以登神仙之室。圍繞天界修煉步罡之道，倚著仙樹以招仙童。未知何日兩人能攜手共同超脫形骸，進入無窮之境與神仙同遊？嚴羽評此詩曰：「太白仙才，長吉鬼才，然仙詩、鬼詩皆不多見，多見則仙亦使人不敬，鬼亦使人不驚。」

酬崔十五❶見招

爾有鳥跡書❷，相招琴溪❸飲。手跡尺素❹中，如天落雲錦❺。讀罷向空笑，

疑君在我前。長吟字不滅，懷袖且三年❻。

【注釋】❶崔十五　名不詳。同祖兄弟間排行第十五。❷鳥跡書　指鳥篆文字的書信。鳥篆，篆書的一種，傳為象鳥之爪跡而製。蔡邕《隸勢》：「鳥跡之變，乃惟佐隸。」《水經注・穀水》：「古文出于黃帝之世，倉頡本鳥跡為字，取其孳乳相生，故文字有六義焉。自秦用篆書，焚燒先典，古文絕矣。」❸琴溪　楊齊賢注：「宣州有琴溪，即琴高控鯉之處。」在今安徽涇縣東北二十里琴高山下。❹尺素　古代用絹帛書寫，通常長一尺，故稱寫文章所用的短箋為「尺素」。亦用以指書信。古樂府〈飲馬長城窟行〉：「呼兒烹鯉魚，中有尺素書。」❺雲錦　中國傳統工藝的美術絲織品，紋如雲彩般瑰麗的綢緞。此處比喻天上的朝霞。《文選》卷一二木華〈海賦〉：「若乃雲錦散文於沙汭之際。」張銑注：「雲錦，朝霞也。」❻長吟二句　謂重視而珍藏此信。〈古詩十九首〉其十七：「置書懷袖中，三歲字不滅。」此處用其意。

【語譯】您寄來用鳥篆文字寫的書信，邀我到琴溪去飲酒。手跡留在絹帛上，好像從九天飄落的雲霞。讀罷您的信我向天空微笑，疑似您就站在我的面前。我將永不忘記您的情意，保存袖中年年長吟。

【研析】此詩約天寶十三載（西元七五四年）作於宣州。先是崔十五寫信邀請李白去飲酒，李白作此詩酬答。前四句讚揚崔十五來信文字之美。其信是用古文鳥篆寫的，內容是邀請李白往琴溪去飲酒。手跡留在絹帛之中，猶如九天落下的彩色雲霞。後四句寫讀信後的心情。謂讀罷向天而笑，恍如友人就在面前，因此長吟不已，且將置懷袖中三年而字不滅，蓋因情深而寶藏也。

遊宴上

遊南陽白水登石激作❶　襄陽

朝涉白水源，暫與人俗疏。島嶼佳境色❷，江天涵清虛❸。目送去海雲，心閑遊川魚❹。長歌盡落日，乘月歸田廬。

【注釋】❶遊南陽題　南陽，唐縣名。屬山南東道鄧州。又，唐郡名。即鄧州。天寶元年改為南陽郡，乾元元年復改為鄧州。今河南南陽。白水，即淯水。漢水支流。《隋書・地理志中》南陽郡：「穰，帶郡。有白水。」唐時淯水經南陽縣城東，今稱白河。石激，石砌的堤壩。激，通「礉」。顧祖禹《讀史方輿紀要・河南六・南陽府》：「石礉在府城外三里，淯水環流，為一城之勝。礉以禦水患而障城廓，向甚堅完，後漸毀壞，今甃石猶存。」❷境色　嚴羽評點本作「景色」。❸清虛　清潔虛空之氣。《文子・自然》：「老子曰：『清虛者，天之明也。』」❹心閑句　謂自己心閒而知水中魚之樂。《莊子・秋水》：「莊子與惠子遊於濠梁之上，莊子曰：『儵魚出游從容，是魚之樂也。』」

【語　譯】早晨渡水來尋白水源頭，暫時與俗人疏遠。島嶼周圍有極佳的景色，江水與藍天蘊涵清潔虛空之氣。目送白雲悠然飄去，心閒知道水中魚兒自在浮游之樂。長歌中夕陽悄然西落，乘著月光回歸田間的草屋。

【研　析】此詩當是開元年間遊南陽時所作。同時之作尚有卷五〈南都行〉、卷一三〈南陽送客〉、此詩及下篇〈遊南陽清泠泉〉。此詩前四句描寫南陽白水周圍清靜優美的景色，後四句抒寫自己悠閒自樂的心境。嚴羽評「目送」二句曰：「靜人自會。」明人批點曰：「句句不輕放過，俱從淡處鍊出濃色來。『目送』字唐人用得已厭。」

遊南陽清泠泉❶

惜彼落日暮，愛此寒泉清。西輝逐流水❷，蕩漾遊子情。空歌❸望雲月，曲盡長松聲。

尋魯城北范居士失道落蒼耳中見范置酒摘蒼耳作　魯中❶

雁度秋色遠，日靜無雲時。客心不自得，浩漫將何之❷？忽憶范野人❸，閑園養幽姿❹。茫然起逸興，但恐行來遲。

城壕失往路，馬首迷荒陂❺。不惜翠雲裘❻，遂為蒼耳欺。入門且一笑，把臂君為誰？酒客愛秋蔬，山盤薦霜梨❼。他筵不下筯，此席忘朝飢❽。

酸棗垂北郭❾，寒瓜蔓東籬❿。還傾四五酌，自詠〈猛虎詞〉⓫。近作十日歡⓬，遠為千載期。風流自簸蕩⓭，謔浪⓮偏相宜。酣來上馬去，卻笑高陽池⓯。

【注釋】❶清泠泉　在今河南南陽。《文選》卷四張衡〈南都賦〉：「耕父揚光於清泠（泠）之淵。」李善注：「《山海經》曰：『有神耕父，處豐山，常遊清泠之淵，出入有光。』」《明一統志》卷三〇南陽府山川：「豐山，在府城東北三十里，……下有泉曰清泠泉。」❷西輝句　宋本原作「西耀遊水流」，繆本改「遊」為「逐」，皆不通順。今據蕭本、郭本、王本、咸本改。西輝，即夕陽餘輝。蕭子範〈東亭極望〉詩：「螟景促西輝。」❸空歌　蕭士贇注：「道家步虛詞有碧落空歌。」

【語譯】愛惜那太陽落山的景色，喜愛這清泠泉的水清。夕陽的餘輝追逐流水的閃爍之波，蕩漾的流水如我遊子的心情。望著天空的雲月唱起道家碧落空歌，曲盡而松聲不盡。

【研析】此詩與上首當為同時之作。詩中描寫自己喜愛清泉，情掛雲月，高唱空歌，靜聽松聲，充分表現出詩人悠閒自在的心情。朱諫《李詩選注》曰：「此詩簡潔清暢，天然之趣而有自然之巧，流動而無凝滯也。白蓋不經意而為之者歟？」明人批點曰：「雖短章，卻有雅味。」

【注　釋】❶尋魯城題　魯城，即唐兗州（魯郡）治所瑕丘縣城。今山東兗州。范居士，名未詳。按：杜甫有〈與李十二白同尋范十隱居〉詩云：「李侯有佳句，往往似陰鏗。予亦東蒙客，憐君如弟兄。醉眠秋共被，攜手日同行。更想幽期處，還尋北郭生。入門高興發，侍立小童清。落景聞寒杵，屯雲對古城。何來吟〈橘頌〉？唯欲討蓴羹。不願論簪笏，悠悠滄海情。」以時地言，范十隱居與范居士，當為同一人。可知當時李白與杜甫同尋范居士。李白又有〈送范山人歸太山〉詩，疑亦即此人。失道，迷路。蒼耳，又名卷耳、葈耳、苓耳、襢菜。一年生草本植物。春夏開花，果實倒卵形，有刺，常刺人人衣，稱「蒼耳子」，可提取工業用的脂肪油，亦可入藥。❷客心二句　客，詩人自謂。浩漫，曠遠貌。謂心情不樂，卻又路途曠遠，不知何往。❸野人　居於鄉野之人。❹幽姿　幽雅的姿態。謝靈運〈登池上樓〉詩：「潛虯媚幽姿，飛鴻響遠音。」❺城壕二句　城壕，猶城池。護城河。壕，通「濠」。《文選》卷三一江淹〈雜體詩三十首・劉太尉琨傷亂〉：「飲馬出城濠。」呂延濟注：「濠，城池。」失往路，迷失了來往之路。迷荒陂，在荒涼的山坡中迷了路。❻翠雲裘　織有青雲紋彩的皮衣。《古文苑》宋玉〈諷賦〉：「翳承日之華，披翠雲之裘。」❼薦霜梨　薦，呈獻。霜梨，梨的一種，入秋結實，霜後可食。❽朝飢　早晨空腹時的飢餓。《詩經・周南・汝墳》：「惄如調（朝）飢。」鄭玄箋：「惄，思也。未見君子之時，如朝飢之思食。」❾酸棗句　酸棗，即山棗樹。八月結實，紫紅色，似棗而圓小，味酸。主產於中國北部。北郭，杜甫〈與李十二白同尋范十隱居〉詩：「更想幽期處，還尋北郭生。」因范居士住在城北，故借以稱其居處。❿寒瓜句　謂秋瓜蔓籬而生。沈約〈行園詩〉：「寒瓜方臥壟，秋菰亦滿陂。」寒瓜，泛指秋瓜。⓫猛虎詞　古樂府〈相和歌辭〉曲調名。即〈猛虎行〉或〈猛虎吟〉，內容多述貧士不因環境艱險而改變堅貞節操。李白有〈聞謝楊兒吟猛虎詞因有此贈〉詩，安史亂後又有〈猛虎行〉之作，可知〈猛虎詞〉乃其常詠之作。⓬十日歡　《史記・范睢蔡澤列傳》：「（秦昭王）詳（佯）為好書遺平原君曰：『寡人聞君之高義，願與君為布衣之友，君幸過寡人，寡人願與君為十日之飲。』」此句謂將與范居士一起盡享歡樂。⓭簸蕩　搖蕩。鮑照〈擬行路難〉其八：「陽春妖冶二三月，從風簸蕩落西家。」⓮謔浪　《詩經・邶風・終風》：「謔浪笑敖。」毛傳：「言戲謔不敬。」⓯高陽池　見卷五〈襄陽歌〉注。

【語　譯】大雁南飛而秋色無際，晴日高空萬里無雲。正當懷人之時我客心不安，路途遙遠不知將往何處？忽然想起范居士，他正閒居田園修養幽雅身姿。頓時興起超逸豪放的意興，匆忙趕路只恐走得太慢。

　　來到護城河時卻迷了路，馬兒在荒蕪的山坡上迷失了方向。不惜翠雲紋彩的皮衣，卻被蒼耳刺所欺。進門後居士忍俊不禁笑起來，握住我的手臂問：「你這一身蒼耳為了誰？」我愛吃秋天的蔬菜水果，盤中獻上經霜的梨子。別的宴會我往往不下筷，這次宴席卻使我忘記了早上的飢餓。

院落中酸棗垂掛在北壁，秋瓜爬滿了東邊的竹籬。在此美景中我還要再喝四五杯，情不自禁地吟起〈猛虎詞〉。近期我們要作十日歡飲，遠期要作一個千年的約會。風流瀟灑手舞足蹈，戲謔笑浪都與我輩偏偏相宜。醉酒後上馬而去，嘲笑當年山簡的高陽池怎能與我們的歡樂相比。

【研析】聞一多《少陵先生年譜會箋》於天寶四載下云：在兗州時，（李）白嘗偕公同訪城北范十隱居，公有詩曰「落景聞寒杵」，白集亦有尋范詩曰「雁度秋色遠」，二詩所記時序正同。又公詩曰「更想幽期處，還尋北郭生」，白詩曰「忽憶范野人，閑園養幽姿。茫然起逸興，但恐行來遲」；公詩曰「入門高興發」，白詩曰「入門且一笑」；公詩曰「不願論簪笏，悠悠滄海情」，白詩曰「遠為千載期，風流自簸蕩」，辭意亦相彷彿，當是同時所作。按聞說甚是。此詩當是天寶四載（西元七四五年）秋在魯郡所作。首段寫「尋魯城北范居士」。從寫景開始，雁度秋空、日靜無雲之時，引出客心不安，若無所往。忽然想起范居士，其正居閒養幽，遂從茫然中起了逸興，欲速見之唯恐行遲，可見詩人心情之急。次段寫「失道落蒼耳中」及「見范置酒」情景。迷路的地點在護城河邊荒坡之上，誤落於蒼耳中，翠雲裘被蒼耳刺損傷，亦在所不惜。及至入門相見而大笑，把臂問訊何以如此。遂置酒摘蒼耳相待，自己愛秋蔬和霜梨，他筵往往不下筷，此宴則適口飽餐，以致忘記了早上的飢餓。親熱情景描寫得可見可聞。末段寫「酸棗垂北郭，寒瓜蔓東籬」，是范居士居處的環境，在此環境下當盡歡，故「還傾四五酌，自詠〈猛虎詞〉」。近作十日歡，遠為千載期」，風流謔浪，無拘無束之態，如在目前。末以傲視山簡作結，餘興不盡，意味悠長。

魯東門[1]泛舟二首

其一

日落沙明天倒開❷，波搖石動水縈迴❸。輕舟泛月尋溪轉，疑是山陰雪後來❹。

【注釋】❶魯東門 蕭本、郭本、胡本、王本皆作「東魯門」。《明一統志》卷二三：「東魯門在兗州府城東。」按：魯東門當指唐兗州（魯郡）城東門。在今山東兗州。❷日落句 王堯衢《古唐詩合解》：「日光落下，照沙而明，有似乎天在下者，故日倒開。」❸波搖句 縈，盤旋；回繞。王堯衢云：「水騰起為波，搖石如動，其四面皆水，縈旋回繞，總言泛舟光景。」❹輕舟二句 此二句謂月下泛舟，其興恍如王徽之雪夜訪戴。疑，宋本字跡漫漶，據蕭本、郭本、繆本、王本、咸本補。山陰，今浙江紹興。雪後來，《世說新語・任誕》：「王子猷（徽之）居山陰，夜大雪，眠覺，開室，命酌酒，四望皎然，因起彷徨，詠左思〈招隱〉詩。忽憶戴安道，時戴在剡，即便夜乘小船就之，經宿方至，造門不前而返。人問其故，王曰：「吾本乘興而行，盡興而返，何必見戴？」」

【語譯】日落時迴光反照白沙天空倒映水中，水波搖動和流水迴旋縈繞石影如動。輕舟泛著月光沿溪曲轉，疑是王子猷山陰雪後來訪戴安道。

【研析】開元後期李白移居東魯，此詩約作於開元二十八年（西元七四〇年）前後。首句寫日落時陽光反照使水中的天空和沙洲的倒影分外鮮明，給人有「天倒開」之感。次句寫波浪的搖動和水流的縈回，給人以「石動」的錯覺。前兩句都是寫景，是日落時間，第三句才點題，已到了月夜泛舟。月光照射水面，小舟輕盈飄遊，似乎泛著月光前進。詩人興致極高，隨溪曲而轉，信流而行。此句不僅記事，而且用一個「輕」字，生動地表現出詩人飄飄然的精神狀態。末句抒情，用了一個典故，詩人想起東晉名士王徽之雪夜訪戴逵，「乘興而行，盡興而返」，如今這皎潔的月光和當年的雪光十分相似，自己的豪興也和當年的王徽之相同。一個「疑」字，表現出詩人此時已進入「忘我」的境界，非常生動傳神。這典故信手拈來，只借用其「乘興」一端，用得非常巧妙。

其二

水作青龍盤石堤❶，桃花夾岸魯門西。若教月下乘舟去，何啻風流到剡溪❷！

【注釋】❶水作句　形容水流彎曲，像青龍盤繞著石砌堤岸。❷若教二句　謂東魯門月下泛舟的雅興，又何止是王徽之雪夜訪戴所能比擬的。何啻，何止；不止。風流，嫻雅瀟灑的風度。剡溪，曹娥江上游，北流為上虞江，在浙江嵊州南。《元和郡縣志》卷二六江南道越州剡縣：「剡溪，出縣西南，北流入上虞縣界為上虞江。」即晉王子猷雪夜訪戴之所，故亦名戴溪。

【語譯】水似青龍盤繞著石堤彎曲流轉，魯門西夾岸都是盛開的桃花。假如在這晶瑩的月下泛舟，那風流瀟灑又豈止是王子猷雪夜訪戴所能比擬！

【研析】前二句寫景。首句形容水流曲折如龍盤，形象生動。次句描繪兩岸桃花盛開，色彩鮮明。後二句與前首後二句用同一典故，但又進了一步。前首用「疑是」，尚不能確定，意境尚淺。此首用「何啻」，則不僅確定，而且超越，意謂此次泛舟的風流瀟灑遠遠超過當年王子猷雪夜訪戴，意境更深入一層，更具風致韻味。

秋獵孟諸夜歸置酒單父東樓觀妓❶

傾暉速短炬❷，走海無停川❸。冀餐圓丘草❹，欲以還頹年❺。此事不可得，微生若浮煙。

駿發❻跨名駒，雕弓控鳴弦❼。鷹豪魯草白，狐兔多肥鮮。邀遮❽相馳逐，遂出城東田。

一掃四野空，喧呼鞍馬前。歸來獻所獲，炮炙❾宜霜天。出舞兩美人，飄颻❿若雲仙。留歡不知疲，清曉方來旋⓫。

【注釋】❶秋獵題　孟諸，沼澤名。《元和郡縣志》卷七河南道宋州虞城縣：「孟諸澤，在縣西北十里。周迴五十里，俗號盟諸澤。」單父，唐縣名。屬宋州。今山東單縣。❷傾暉句　傾暉，指斜陽、落日。鮑照〈秋夜〉詩：「傾暉忽西下，迴景思華幕。」此句謂斜陽西下比燃燒將盡的短蠟燭還快。❸走海句　謂奔流入海的河水沒有停息之時。❹圓丘草　《文選》卷二一郭璞〈遊仙詩〉：「圓丘有奇草。」李善注：「《外國圖》曰：圓丘有不死樹，食之乃壽。」呂向注：「圓丘，山名。奇草，芝草。」❺頹年　衰殘之年。陸機〈愍思賦〉：「樂來日之有繼，傷頹年之莫纂。」❻駿發　宋本原作「俊發」，據蕭本、郭本、王本、咸本改。《詩經・周頌・噫嘻》：「駿發爾私。」鄭玄箋：「駿，疾也；發，伐也。……使民疾耕發其私田。」❼雕弓句　雕弓，刻繪花紋的精美的弓。司馬相如〈子虛賦〉：「左烏號之雕弓，右夏服之勁箭。」控鳴弦，拉弓發箭而鳴弦。《史記・劉敬叔孫通列傳》：「控弦三十萬。」裴駰《集解》引應劭曰：「控，引也。」❽邀遮　攔截。荀悅《漢紀・平帝紀》：「虜邀遮前後，危殆不測。」❾炮炙　燒烤；烘烤。❿飄颻　飄揚。邊讓〈章華臺賦〉：「羅衣飄颻，組綺繽紛。」⓫留歡二句　謂留在單父東樓歡樂不知疲倦，自夜達旦才歸去。應瑒〈侍五官中郎將建章臺集詩〉：「公子敬愛客，樂飲不知疲。」李白〈寄東魯二稚子〉：「我行尚未旋。」旋，還歸。

【語譯】斜陽西落比燃燒將盡的短蠟燭還要快，時光飛逝就像奔流大海的河水沒有停息之時。我想要服食圓丘山上的芝草，以此來延長自己衰殘的年壽。此事不可能得到，我那微小的生命就像飄浮的煙雲。

我們快速地跨上快馬，手持雕弓拉開弓弦。獵鷹勇猛而魯地的秋草灰白，狐狸和兔子多是又肥又鮮的時候。馳馬奔突追逐攔截禽獸，我們就這樣打獵出了城東。

我們橫掃空闊的四野，在鞍馬的前面喧呼叫喊。歸來獻出所獲的獵物，在這樣的霜夜烹調燒烤美餐。兩個美女出來跳舞，舞袖飄揚好似雲中的神仙。留在這裡歡樂不知疲倦，直到清晨才騎馬歸來。

【研析】此詩當是天寶三載（西元七四四年）秋與杜甫、高適同遊梁宋時之作。杜甫〈昔遊〉詩曰：「昔者與高李，晚登單父臺。……清霜大澤凍，禽獸有餘哀。」當即寫單父縱獵事。高適亦有〈同羣公秋登琴臺〉詩，琴臺即在單父，所謂「羣公」當包括李白、杜甫。是年賈至正在單父縣尉任，亦可能在此「羣公」之內，可能他還是單父東樓設宴款待的主人。詳見拙著《李白與唐代文史考論·李杜交遊新考》。此詩首段感嘆時光流速有如逝川，自己欲食仙草以延長殘年，然此藥不可得，故生命只如浮煙。次段描繪縱獵孟諸的情景。跨良馬疾馳，控雕弓鳴弦，鷹豪草白，狐兔肥鮮，馳逐攔截，此即出城東打獵的場面。末段敘田獵歸來「置酒單父東樓觀妓」。四野掃空，歡呼而歸。獻出所獲，炮炙而食。筵席間有美女出舞，如雲中之仙。主人相留歡樂而不知疲，自夜達旦言回歸。嚴羽評點曰：「雄快風流。題受做卻不做，只平衍去，惟大家如此。後人必多十許行，興愈盡味愈薄矣。即中晚能簡，亦每鍛琢傷巧，此時為之亦通病也。」明人批曰：「起得甚超甚遠，正因高世逸俗之志，凌雲呑澤之概，無從發洩，不得不藉一獵以寄興，固是太白胸襟，太白本色。」又曰：「(『駿發』以下) 自子建〈名都篇〉化來，彼奇陗，此流便，彼繁此簡，各有境。」

遊太山六首

一作：〈天寶元年四月從故御道上太山〉❶

其一

四月上太山，石平❷御道開。六龍❸過萬壑，澗谷隨縈迴❹。馬跡遶碧峰，于今滿青苔❺。飛流灑絕巘❻，水急❼松聲哀。北眺崿嶂❽奇，傾崖向東摧。洞門閉石扇❾，地底❿興雲雷。登高望蓬瀛⓫，想象金銀臺⓬。天門一長嘯⓭，萬里清風來。玉女⓮四五人，飄颻下九垓⓯。含笑引素手⓰，遺我流霞盃⓱。稽首再拜之，自媿非仙才⓲。曠然小宇宙⓳，棄世何悠哉⓴！

【注釋】❶遊太山題　太山，即泰山。胡本、王本即作「泰山」。一名岱山、岱宗，古稱東嶽，在今山東省中部。綿延於長清、濟南、泰安之間，長約二百公里。主峰玉皇頂，在泰安市北。宋本題下注：「一作：〈天寶元年四月從故御道上太山〉」，胡本多「自注」二字。御道，指唐玄宗於開元十三年登泰山封禪所行之道。❷石平　蕭本、郭本、胡本作「石屏」。❸六龍　古代天子之車駕六馬，馬八尺稱龍，因以「六龍」作為天子車駕的代稱，劉歆〈遂初賦〉：「總六龍於駟房兮，奉華蓋於帝側。」李白〈上皇西巡南京歌〉：「六龍西幸萬人歡。」❹縈迴　盤旋；回繞。王勃〈滕王閣序〉：「鶴汀鳧渚，窮島嶼之縈迴。」❺馬跡二句　謂當年君王圍繞碧峰登山的馬跡如今已長滿青苔。❻飛流句　孫綽〈遊天台山賦〉：「瀑布飛流以界道。」《文選》卷三四張協〈七命〉：「於是登絕巘，遡長風。」張銑注：「絕巘，高山也。」❼急　宋本在此字下夾注：「一作：色」。❽崿嶂　高峻的山崖。鮑照〈自礪山東望震澤〉詩：「合沓崿嶂雲。」❾石扇　石門。咸本作「石扉」。❿地底　底，郭本作「眡」。⓫蓬瀛　蓬萊和瀛洲。古代神話中的海中仙山。後泛指仙境。⓬金銀臺　指神仙居處。郭璞〈遊仙詩〉：「神仙排雲出，但見金銀臺。」按：銀，宋本原作「籙」，據蕭本、郭本、王本、咸本改。⓭天門句　楊齊賢注引《泰山記》：「泰山盤道屈曲而上，凡五十餘盤，經小天門、大天門，仰視天門，如從穴中窺天窗。」按：泰山在十八盤盡處，有三天門：南天門、東天門、西天門。山於此最多勝境，再上即絕頂。⓮玉女　仙女。⓯飄颻句　飄颻，飄揚。曹植〈雜詩〉：「飄颻隨長風。」九垓，九重天。《文選》卷二一郭璞〈遊仙詩〉：「飄颻戲九垓。」張銑注：「九垓，九天也。」⓰引素手　引，伸。素手，潔白的手。⓱流霞盃　神話中的仙酒。王充《論衡・道虛》：「（項）曼都曰：『有仙人數人，將我上天，離月數里而止。……口飢欲食，仙人輒飲我以流霞一杯，每飲一杯，數月不飢。』」吳均〈七夕〉詩：「神仙定不及，寧用流霞杯。」⓲非仙才　《太平廣記》卷三引《漢武帝內傳》：「（西王母曰：）『劉徹好道，適來視之，見徹了了，似可成進，然形慢神穢，……雖當語之以至道，殆恐非仙才也。』」⓳曠然句　曠然，心胸開闊貌。小宇宙，以宇宙為小。⓴棄世句　棄世，摒絕世務。《莊子・達生》：「夫欲免為形者，莫如棄世，棄世則無累。」悠哉，閒適貌。

【語譯】四月來登泰山，看到十七年前在石壁上鑿開鋪平的天子走的御道。當年皇帝車駕翻越山壑，溪谷隨著盤旋回繞。青山上留下的馬蹄痕跡，如今已蓋滿了青苔。懸空的瀑布從高高的山頂上飛流直下，水流湍急似松濤聲哀。向北眺望峰巒奇崛，危崖險壁向東傾斜。山洞石門緊閉，地底深處卻升起雲煙響起雷聲。登高遠望海上的神山，眼前浮現想像中的神仙居處金銀臺。來到南天門我一聲長嘯，清風萬里撲面吹來。四五個仙女，輕盈地飛下九天。含笑伸出潔白的手，給我盛滿流霞的玉杯。我心中感激而稽首再拜，自己慚愧不是一個升仙的人。然而我心胸開闊小視宇宙，摒絕世務多麼閒適！

【研　析】此組詩乃天寶元年（西元七四二年）四月底五月初登泰山而作。此首描寫開始登山情景。前段謂此次登山之道乃當年天子封禪所開之御道，龍馭所過，澗壑縈繞，馬跡留處，蒼苔已滿。瀑布從高峰灑下，水流急而松聲哀。北眺高峰，東望傾崖。洞門關閉。地興雲雷。後段則描寫想像中的遇仙情景。登高東望海中仙山，想像仙人所居的金銀臺。倚天門長嘯，清風萬里來。彷彿看到四五個仙女從九天飄然而下，含笑伸手，饋送仙酒。詩人稽首再拜而受，自愧凡俗而非仙才，有辜負指引之意。然詩人自覺心胸開闊、小視宇宙，將棄世脫俗而何等悠閒！應時《李詩緯》評曰：「太白登眺詩，多以遺世為高，由賦資曠逸使然，摹景獨絕。」吳昌祺《刪訂唐詩解》卷二：「此等詩筆力矯健，亦從景純〈遊仙〉來。」

其二

清曉騎白鹿❶，直上天門山。山際逢羽人❷，方瞳❸好容顏。捫蘿欲就語，卻掩青雲關。遺我鳥跡書❹，飄然落巖間。其字乃上古，讀之了不閑❺。感此三歎息，從師方未還。

【注　釋】❶騎白鹿　楊齊賢注引《廣異記》：「沈羲得道，黃老遣薄延乘白鹿車迎羲。」按：古代以白鹿為祥瑞，唯神仙及有道者得騎之。李白〈夢遊天姥吟留別〉：「且放白鹿青崖間，須行即騎遊名山。」❷羽人　《楚辭・遠遊》：「仍羽人於丹丘兮，留不死之舊鄉。」王逸注：「人得道，身生羽毛也。」洪興祖補注：「羽人，飛仙也。」❸方瞳　方形的瞳孔。

古人以為長壽之相。《抱朴子・祛惑》：「《仙經》云：仙人目瞳皆方。」《拾遺記・周靈王》：「老聃在周之末，居反景日室之山，與世隔絕，有黃髮老叟五人……瞳子皆方，面色玉潔，手握青筠之杖，與聃共談天地之數。」❹鳥跡書　見本卷〈酬崔十五見招〉詩注。❺閑　通「嫻」。熟習。《詩經・秦風・駟驖》：「四馬既閑。」毛傳：「嫻，習也。」《荀子・修身》：「多見曰閑。」

【語譯】我清早騎著白鹿，一直登上天門山。山頂上遇到羽化成仙的人，方的眼瞳而有美好的容顏。我手摸青蘿想靠近他說話，他卻掩入青雲藏起來。給我留下一封鳥跡書，似雲朵一樣飄落到石下巖間。上面全是上古的文字，讀它全然不瞭解。我有感於此再三嘆息，將跟隨他拜師學道而不想歸人間。

【研析】此詩描寫登天門遇仙留信有感。清早騎白鹿上天門，表明自己乃有道之人。遇見方眼瞳而容顏美好不老的仙人，想與他談話，他卻隱藏青雲之關。留下用鳥跡文字寫的信自己讀不懂，為此感嘆不已，想從師習字，以求瞭解仙人之祕訣。嚴羽評點曰：「天上多奇字，真更苦人間耳。」《唐宋詩醇》卷七曰：「琅琅數語，真覺飄然欲仙，風格最高。」

其三

平明登日觀❶，舉手開雲關❷。精神四飛揚，如出天地間。黃河從西來，窈窕入遠山❸。憑崖覽八極，目盡長空閑❹。偶然值青童❺，綠髮雙雲鬟❻。笑我晚學仙，蹉跎凋朱顏❼。躊躇忽不見，浩蕩難追攀❽。

【注釋】❶平明句　平明，古代時段名。亦稱「平旦」，即寅時，約早上四點鐘。日觀，泰山峰名。著名的觀日出之所。《水經注・汶水》：「應劭《漢官儀》云：泰山東南山頂，名曰日觀。日觀者，雞一鳴時，見日始出，長三丈許，故以名焉。」❷雲關　雲霧籠罩擁塞如門關。孔稚珪〈北山移文〉：「宜扃岫幌，掩雲關。」❸黃河二句　《初學記》卷五引《泰山記》：「黃河去泰山二百餘里，於祠所瞻黃河如帶，若在山趾。」窈窕，曲折深遠貌。❹憑崖二句　八極，最邊遠的地方。《淮南子・墬形訓》：「天地之間，九州八極。」空閑，空闊。《詩經・商頌・殷武》：「旅楹有閑。」孔穎達疏：「閑為楹之大貌」。❺值青童　遇仙童。值，逢。《史記・酷吏列傳》：「寧見乳虎，無值甯成之怒。」❻綠髮句　綠髮，指仙童烏黑光亮的頭髮。雲鬟，濃密卷曲如雲的環形髮髻。卷三〈久別離〉：「雲鬟綠鬢罷攬結。」❼蹉跎句　謂虛度光陰而使容顏衰老。❽躊躇二句　謂自己正在猶豫徘徊而仙童忽然不見，消失在廣闊天地之間難以追尋攀隨。浩蕩，廣闊貌。

【語譯】平明時段我就登上日觀峰，舉手撥開擁塞如關的濃雲。我的精神飛揚四方，像要飛出天地間。黃河之水從西湧來，又曲折地流入遠山之中。我憑著山崖縱覽八方極遠處，目光極盡長遠廣闊的空間。偶然遇到了仙童，他那烏黑光亮的頭髮結成了一對如雲的環形髮髻。他嘲笑我學仙太晚，虛度年華凋失了紅顏。我正猶豫時仙童忽然不見，消失在廣闊的天地間難以追尋攀從。

【研析】此詩描寫登日觀峰遇見仙童的情景。前八句寫登峰時精神飛揚，下瞰黃河西來，又曲折流入遠山。憑高望遠可目盡八極。後八句寫遇見仙童，笑己學仙太晚。正猶豫時仙童已消失在廣闊天地間，難以追尋攀隨。《唐宋詩醇》卷七曰：「白性本高逸，復遇偃蹇，其胸中磊砢一於詩乎發之。泰山觀日，天下之奇。故足以舒其曠渺而寫其塊壘不平之意。是篇氣骨高峻而無恢張之象。後三篇狀景奇特，而無刻削之跡。蓋浩浩落落，獨往獨來，自然而成，不假人力。大家所以異人者在此。若其體近游仙，則其寄興云耳。」

其四

清齋❶三千日，裂素❷寫道經。吟誦有所得，眾神衛我形。雲行信長風，颯若羽翼生。攀崖上日觀，伏檻窺東溟❸。海色❹動遠山，天雞已先鳴❺。銀臺出倒景❻，白浪翻長鯨。安得不死藥，高飛向蓬瀛❼？

【注釋】❶清齋　猶「素食」。佛道以不飲酒、不吃葷菜為清齋。〈南岳魏夫人傳〉：「徑入陽洛山中。……令夫人清齋五百日，讀《大洞真經》」（《太平廣記》卷五八引）。王維〈積雨輞川莊作〉詩：「松下清齋折露葵。」❷裂素　裁絹寫書。素，指古代寫信用的精白的絹。❸伏檻句　《楚辭・招魂》：「坐堂伏檻，臨曲池些。」王逸注：「檻，楯也。」按：檻、楯皆為欄杆。楯為欄杆的橫木，檻為欄杆的縱木。東溟，東海。❹海色　曉色。詳見卷一〈古風〉其十六注。❺天雞句　《述異記》卷下：「東南有桃都山，上有大樹，名曰桃都。枝相去三千里，上有天雞，日初出照此木，天雞先鳴，天下之雞皆隨之鳴。」❻銀臺句　銀臺，神話傳說中神仙居處。《後漢書・張衡傳》：「聘王母於銀臺兮。」倒景，景，同「影」。水中之影。《文選》卷一一孫綽〈遊天台山賦〉：「或倒景於重溟。」李善注：「山臨水而影倒，故曰倒景也。」❼蓬瀛　神話傳說中的海上神山蓬萊、瀛洲。《史記・封禪書》：「蓬萊、方丈、瀛洲三神山在渤海中，諸仙人及不死之藥皆在焉。」

【語譯】素食清齋三千天，撕裂白絹書寫道經。吟誦道經心有所得，眾神仙護衛我的身形。乘上雲彩任憑長風吹送，颯颯地如生雙翅迅速飛行。攀崖登上日觀峰，伏在欄杆上眺望東海。海上的曉光在遠山間閃動，桃都山的天雞已經先鳴曉聲。神仙所居的銀臺仙宮倒映在水中，長鯨掀起大海的白浪翻滾。如何能得到不死之藥，使我高飛向海上的神山蓬萊和瀛洲？

【研析】此詩描寫登高望遠而產生乘雲駕風之想像。謂自己清齋已近十年，寫道經亦勤，心有所得，眾神護我形。乘雲憑風如生羽翼，上日觀之高峰，覽東海之浩蕩。見曉色動於遠山，天雞已先鳴，神仙所居之銀臺倒映於水中，長鯨掀翻海上白浪。見此景象，詩人就想得不死之藥，使自己輕身飛向海中神山，從群仙之遊。

其五

日觀東北傾，兩崖夾雙石。海水落眼前，天光遙空碧。千峰爭攢聚❶，萬壑絕凌歷❷。緬彼鶴上仙❸，去無雲中跡。長松入霄漢❹，遠望不盈尺。山花異人間，五月雪中白❺。終當遇安期❻，於此鍊玉液❼。

【注釋】❶攢聚　咸本作「攢叢」。聚集；叢聚。董仲舒〈雨雹對〉：「二氣之初蒸也，……攢聚相合，其體稍重。」江淹〈閩中草木頌・栟櫚〉：「……攢叢石逕，森蓯山道。」❷絕凌歷　絕，極。凌歷，猶凌厲。形容氣勢雄偉。❸緬彼句　緬，遙遠貌。鶴上仙，卷一〈古風〉其七：「客有鶴上仙，飛飛凌太清。揚言碧雲裡，自道安期名。」詳見該詩注。❹霄漢　蕭本、郭本、《全唐詩》作「雲漢」。天河；天空極高處。❺五月句　王琦注：「《歲華紀麗》：泰山冬夏有雪。」❻安期　即古代仙人安期生。見卷一〈古風〉其七注。❼玉液　玉精；瓊漿。道教傳說飲之能使人升仙。《楚辭・九思・疾世》：「吮玉液兮止渴。」《文選》卷三一江淹〈雜體詩三十首・郭弘農璞遊仙〉：「道人讀丹經，方士鍊玉液。」張銑注：「玉液，謂玉膏。」

【語　譯】日觀峰向東北傾斜，兩個山崖間夾著兩塊巨石。海水就在眼前浮動，天上的曉光映在遙遠的碧空。千百座山峰爭著叢聚在一起，千萬道山谷氣勢極為雄偉。遙念那駕鶴的仙人，在雲中來去卻毫無蹤跡。高高的松樹直插天空，遠遠望去離天不滿一尺。山上的花朵也與人間不同，在五月的雪中開放白花。終有一天會遇到仙人安期生，與他在這裡共同煉成瓊漿玉液。

【研　析】此詩描寫登泰山所見之景。謂日觀峰傾於東北，兩崖夾雙石。下瞰東海如在眼前，遠望天光映於碧空。千峰競秀，萬壑爭奇。詩人想像那駕鶴之神仙，飄然雲中來去無蹤。峰頂長松連接青天似不足一尺。五月開花，雪猶未消，泰山勝境異於人間。我遊此地，終當遇見仙人安期生，相與煉玉液以求長生。

其六

朝飲王母池❶，暝投天門闕❷。獨抱綠綺琴❸，夜行青山月❹。山明月露白，夜靜松風歇。仙人遊碧峰，處處笙歌發❺。寂聽娛清輝❻，玉真連翠微❼。想像鸞鳳舞，飄颻龍虎衣❽。捫天摘匏瓜❾，恍惚不憶歸❿。舉手弄清淺⓫，誤攀織女機⓬。

明晨坐相失⑬，但見五雲⑭飛。

【注釋】❶王母池　王琦注引《山東通志》：「王母池，在泰山下之東南麓，一名瑤池。水極甘洌，……不竭不盈。」❷天門闕　蕭本、郭本、王本皆作「天門關」。即指上泰山頂峰時所經之南天門、東天門和西天門。❸綠綺琴　《文選》卷三〇張載〈擬四愁詩〉：「佳人遺我綠綺琴。」李周翰注：「綠綺，琴名。」傅玄〈琴賦序〉：「司馬相如有綠綺，蔡邕有焦尾，皆名器也。」❹青山月　月，蕭本、郭本、王本皆作「間」。❺笙歌發　吹笙唱歌。暗用仙人王子喬吹笙典故。❻寂聽句　聽，蕭本、郭本、胡本、王本皆作「靜」。清輝，同「清暉」。指月光。阮籍〈詠懷詩〉其七：「明月耀清暉。」❼玉真句　玉真，道觀名。《舊唐書・睿宗紀》：景雲二年五月「辛丑，改西城公主為金仙公主，昌隆公主為玉真公主，仍置金仙、玉真兩觀。」此處借指泰山上的道觀。翠微，《爾雅・釋山》：「未及上，翠微。」郭璞注：「近上旁陂。」邢昺疏：「謂未及頂上，在旁陂陀之處，名翠微。一說，山氣青縹色，故曰翠微也。」❽龍虎衣　指神仙所穿繡有龍虎花紋的衣服。❾捫天句　《楚辭・九章・悲回風》：「遂倏忽而捫天。」洪興祖補注：「捫，音門，撫也。」匏瓜，星名。一名天雞。《史記・天官書》：「匏瓜，有青黑星守之，魚鹽貴。」司馬貞《索隱》：「《荊州占》云：瓠瓜，一名天雞，在河鼓東。瓠瓜明，歲則大熟也。」張守節《正義》：「匏瓜五星，在離朱北，天子果園。占：明大光潤，歲熟；不，則包果之實不登；客守，魚鹽貴也。」此句謂可以撫摸青天而摘下匏瓜星。❿恍惚句　謂精神不定而忘記歸去。⓫清淺　指銀河。〈古詩十九首〉：「河漢清且淺。」後人遂徑以「清淺」指銀河。⓬織女機　此處指織女星。《史記・天官書》：「婺女，其北織女。織女，天女孫也。」按：織女三星，在銀河北，與銀河南之牽牛星相對。⓭坐相失　遂消失。坐，副詞。遂；就。⓮五雲　謂青、白、赤、黑、黃五色之雲。《關尹子・二柱》：「五雲之變，可以卜當年之豐歉。」又指五色瑞雲，古代作為吉祥徵兆。《南齊書・樂志》：「聖祖降，五雲集。」

【語譯】早晨喝飲西王母瑤池中的水，傍晚在天門投宿。獨自懷抱綠綺琴，夜晚走在月下的青山。月照山明露水白，夜靜風歇松林幽。似有仙人遊青山，笙樂歌聲處處鳴。靜聽音樂欣賞清光月色，遠看道觀掩映在青翠縹緲的山光中。想像中身邊似有鸞鳳起舞，繡有龍虎花紋的仙衣輕盈飄揚。手摸青天摘下匏瓜五星，精神恍惚忘記歸去。舉手玩弄清淺的銀河水，卻又誤攀織女的紡紗機。直到次日清晨這些幻景就消失而去，只見五色祥雲在山前飛繞。

【研析】此詩描寫山行夜景，想像仙境，更為空靈飄忽。謂朝飲瑤池水，暮投天門宿。抱琴夜行青山。月明露白松風歇。但見仙人遊青山，處處有笙歌之聲。靜聽歡娛於月光之下，遠見道觀連接青縹山氣。想像中似有鸞鳳起舞，繡有龍虎紋的衣服在飄揚。伸手似可撫摸青天而摘星，精神恍惚忘記歸去。舉手弄銀河，誤攀織女星之織機。至凌晨遂失去這些幻境。只見五色祥雲在天際飄飛。明人批點曰：「夜憩景，鍊得緊淨。」又曰：「六首俱主在求仙，音調亦本郭景純〈遊仙〉。」

此六首詩並為天寶元年（西元七四二年）四、五月間作。詩中言及「玉女」、「青童」、「仙人」與其談笑遨遊，表現出這一時期詩人仍有強烈的求仙思想。

秋夜與劉碭山泛宴喜亭池❶

明宰❷試舟楫，張燈宴華池❸。文招梁苑客❹，歌動郢中兒❺。月色望不盡，空天❻交相宜。令人欲泛海，只待長風吹。

【注釋】❶秋夜題　劉碭山，姓劉的碭山縣令。名字不詳。碭山，唐縣名，屬河南道宋州。今安徽碭山縣。宴喜亭池，池，宋本原作「記」，據蕭本、郭本、胡本、繆本、王本、咸本改。《江南通志》卷三三：「平臺在碭山舊縣東，漢梁孝王大治宮室為複道，自宮連屬於平臺三十里。唐為燕喜臺，《南畿志》云：城東五十步臺上有石刻三大字，相傳唐李白筆。」❷明宰　猶明府。對縣令的敬稱。❸華池　對水池的美稱。《楚辭·七諫》：「蛙黽遊乎華池。」王逸注：「華池，芳華之池也。」❹梁苑客　見卷六〈梁園吟〉注。此處乃詩人自謂。亦包括同遊的杜甫、高適等人。❺郢中兒　宋玉〈對楚王問〉：「客有歌於郢中者，其始曰〈下里〉、〈巴人〉，國中屬而和者數千人。其為〈陽阿〉、〈薤露〉，國中屬而和者數百人。其為〈陽春〉、〈白雪〉，國中屬而和者不過數十人。引商刻羽，雜以流徵，國中屬而和者不過數人而已。是其曲彌高，其和彌寡。」此處指善歌之人。按：郢為戰國時楚國都城。碭山縣古代亦屬楚國。❻空天　廣闊的青天。

【語　譯】賢明的縣令試弄舟楫，張燈設宴於華美的水池。文章招致梁園的騷客，歌唱驚動郢中的善歌之人。無邊的月色眺望不盡，廣闊的天空與池水交映宜人。面對此景使人想泛舟大海，只是等待著長風吹來。

【研　析】此詩當是天寶三載（西元七四四年）秋天李白與杜甫、高適同遊梁宋時之作。詩中描寫碭山縣令招待詩人泛舟宴飲於宴喜亭池。首二句點題。次二句描寫客人都是像當年梁孝王的梁苑中的文人墨客，還有郢中善歌者唱著優美曲子使人感動。再次二句寫景，月色清朗，天宇廣闊。末二句謂此時此景令人起泛海之興，只待長風吹來即可飄然而長往。嚴羽評「月色」二句曰：「澹蕩之極，如此人真在寥廓之表。」

攜妓登梁王棲霞山孟氏桃園中❶

碧草已滿地，柳與梅❷爭春。謝公自有東山妓❸，金屏❹笑坐如花人。今日非昨日，明日還復來。白髮對綠酒❺，強歌心已摧❻。君不見梁王池❼上月，昔照梁王樽酒中。梁王已去明月在，黃鸝❽愁醉啼春風。分明感激眼前事，莫惜醉臥桃園東。

【注　釋】❶攜妓題　梁王棲霞山，《嘉慶一統志》卷一八一曹州府山川：「棲霞山……在單父縣東五里，平原中土山突起。《府志》：相傳梁孝王曾遊此。有詞賦鐫石。李白送族弟凝攝宋城主簿卻回棲霞山留飲處也。」在今山東單縣東五里。按：棲，宋本原作「樓」。誤。據蕭本、郭本、胡本、繆本、王本、咸本改。孟氏桃園，不詳。❷柳與梅　宋本原作「與柳梅」，據蕭本、郭本、王本、咸本改。❸謝公句 《晉書·謝安傳》：「安雖放情丘壑，然每游賞。必以妓女從。」❹金屏 金飾的屏風。❺綠酒 美酒。陶潛〈諸人共遊周家墓柏下〉詩：「清歌散新聲，綠酒開芳顏。」❻心已摧 摧，通「催」。傷痛。古樂府〈焦仲卿妻〉：「阿母大悲摧。」❼梁王池 指漢代梁孝王的雁池。《三輔黃圖·甘泉宮》：「梁孝王好營宮苑囿之樂，作曜華宮，築兔園，……又有雁池，池閑有鶴洲、鳧渚。」❽黃鸝 鳥名。亦稱黃鶯或鶬鶊。羽毛黃色，嘴淡紅色。鳴聲婉轉動聽。常被飼養作籠禽。何遜〈石頭答庾郎丹〉詩：「黃鸝隱葉飛，蛺蝶縈空戲。」

【語譯】碧綠的草已鋪滿大地，楊柳和梅花正爭春鬥豔。我像當年謝安隱居東山自有妓女相隨，金飾屏風裡也笑坐著如花一樣的美人。今天已不是昨天，明天還會再有人來。一頭白髮對著碧綠的清酒，勉強歌唱但心已極痛。君不見當年梁孝王雁池上的那輪明月，昔日曾經映照在梁孝王的酒杯裡。梁孝王已死但明月依舊高懸，黃鸝也憂愁似醉在春風中鳴啼。面對眼前情景顯然讓人感動激奮，因此不惜大醉倒臥在桃園東。

【研析】此詩當是天寶四載（西元七四五年）春遊單父時所作。當年梁孝王遊過的棲霞山孟氏桃園，碧草滿地，柳梅爭春，點明是春天季節。詩人自比東晉謝安，攜妓來遊，妓美如花，笑坐金屏。詩人抒發及時行樂之情，感嘆歲月如流。白髮對酒而強歌，心中之悲痛可想而知。當年曾照梁孝王雁池酒樽之月，如今仍在，而梁王早已作古。唯聞黃鸝在春風中鳴啼似有怨愁之意。由眼前景似人非之事生感而激發，不惜醉臥桃園，以盡一時之歡。

觀魚潭❶

觀魚碧潭上，木落潭水清。日暮紫鱗❷躍，圓波❸處處生。涼烟浮竹盡❹，秋月照沙明。何必滄浪去？茲焉可濯纓❺。

【注　釋】❶觀魚潭　蕭本、郭本、咸本皆無此詩，王本、《全唐詩》收入補遺卷。觀魚潭地點不詳。今人著《李白安徽詩文校箋》曰：「觀魚潭，即涇縣落星潭。據《清乾隆涇縣志》記載，落星潭產雪花魚，嚴冬雪霽，漁人於石罅得之。味似長江鰣魚。……李白遊於此，俯身觀潭中魚，故名其為觀魚潭。」❷紫鱗　指魚。《文選》卷四左思〈蜀都賦〉：「鮮以紫鱗。」李周翰注：「紫鱗，魚也。」❸圓波　《文選》卷二六潘岳〈河陽縣作〉其二：「游魚動圓波。」劉良注：「圓波，謂魚動波起而圓也。」❹涼烟句　謂浮在潭邊竹林中的寒涼的煙霧漸漸散盡。涼烟，秋霧。鮑照〈游思賦〉：「涼煙兮冒江。」❺何必二句　《孟子．離婁上》：「滄浪之水清兮，可以濯我纓。」濯纓，洗滌冠纓。比喻情操高潔。

【語　譯】在碧清的水潭上觀魚，樹葉飄落，潭水清清。夕陽下山時魚兒頻頻躍出水面，處處湧現一圈圈的波紋。涼秋的煙霧飄浮到竹枝上漸漸消逝，秋天的月亮把沙灘照得非常朗明。為什麼一定要去泛舟滄浪之水？此處就可以洗滌我的塵俗之心。

【研　析】此詩作年作地皆不詳，今人所謂觀魚潭即涇州落星潭，似無確證。詩中描寫在秋天日暮時所見觀魚潭周圍清靜的環境，潭中游魚的跳躍，秋月的明亮，秋霧在竹林中散盡。詩人覺得可以就在此處洗除塵俗之心，即可以在此隱居。全詩意境明朗，筆調閒雅。

卷一七

遊宴下

與從姪杭州刺史良遊天竺寺❶　吳中

挂席凌蓬丘❷，觀濤憩樟樓❸。三山❹動逸興，五馬❺同遨遊。天竺森在眼，松門颯驚秋❻。覽雲測變化，弄水窮清幽。疊嶂隔遙海❼，當軒寫歸流。詩❽成傲雲月，佳趣滿吳洲❾。

【注釋】❶與從姪題　杭州刺史良，卷一三有〈送姪良攜二妓赴會稽戲有此贈〉詩。當即同一人。此詩云「松風颯驚秋」，當為秋季作。而前詩云「春光半道催」，作於春季。可知此次遊杭州時間較長。按：孫逖有〈授李良等諸州刺史制〉，據《舊唐書．孫逖傳》，孫逖為中書舍人在開元二十四年至天寶四載間，則李良必在開元末期為杭州刺史。天竺寺，指今浙江杭州靈隱山飛來峰南的下天竺寺，創建於東晉時期。今杭州有三天竺寺，上天竺寺和中天竺寺乃五代及宋代所建，李白時代尚無。按：宋本題下有「吳中」二字，乃宋人編集時所加。❷蓬丘　即蓬萊山。《海內十洲記．聚窟洲》：「蓬丘，蓬萊山是也。」

李白〈悲清秋賦〉：「吾將採藥於蓬丘。」❸樟樓　即樟亭。卷一三〈送王屋山人魏萬還王屋〉詩云：「樟亭望潮還。」白居易有〈宿樟亭驛〉詩，說明中唐時樟亭已成為驛站。❹三山　指傳說中海上三神山。《史記·秦始皇本紀》：「齊人徐市等上書，言海中有三神山，名曰蓬萊、方丈、瀛洲，仙人居之。」❺五馬　《玉臺新詠·日出東南隅行》：「使君從南來，五馬立踟躕。」漢代太守乘的車用五匹馬駕轅，後因以「五馬」指太守（刺史）的車駕，亦作為刺史的代稱。此處即代指杭州刺史李良。❻天竺二句　楊齊賢注：「錢唐諸寺，天竺最盛。……自西湖入天竺寺路，夾道皆古松，其地名曰九里松。靈隱、天竺同在一處，皆由松門而進。《圖經》：杭州靈山之陰，北澗之陽，即靈隱寺。靈山之南，南澗之陽，即天竺寺。二澗流水，號錢源泉。繞寺峰南北，至峰前，合為一澗。」松門，蕭本、郭本、王本作「松風」。❼遙海　郭本、朱諫《李詩選注》作「遙響」。朱諫注：「遙響者，疊峰空嵌之音也。任昉詩云：『疊嶂易成響。』」王本於「海」下注：「霏玉本作『響』。」按：作「響」字勝。❽詩　蕭本、郭本作「轉」。❾吳洲　顏延年〈北使洛〉詩：「振楫發吳洲。」按：三國時杭州屬吳地。

【語　譯】揚帆乘舟欲越蓬萊神山，觀看海潮休憩樟亭。海中三神山觸動我豪放的逸興，我與杭州刺史一同暢遊。天竺寺森嚴地矗立在眼前，松門中颯然吹來秋風。觀覽浮雲推測天氣變化，玩弄流水窮盡清幽之境。天竺寺周圍的層巒疊嶂隔絕遠響，小廊窗前傾瀉著回歸的流水。新詩寫成我笑傲風雲煙月，放眼遠望吳地充滿美好的情趣。

【研　析】此詩約作於開元二十八年（西元七四〇年）遊杭州之時。詩謂掛帆欲遊蓬萊神山，為觀海濤先憩於樟亭。海中三神山啟動我的逸興，刺史與我共同遨遊。天竺寺森然在我眼前，九里松門秋風颯然。覽浮雲而知天氣變化，涉澗水而窮盡境界清幽。疊嶂高聳而隔遠響，廊前窗下澗水傾瀉迴流。詩成而傲視雲月，佳趣充滿吳地，不減海中三神山矣。明人批點曰：「古調。律亦濃厚。」

同友人舟行遊台越作❶

楚臣傷江楓❷，謝客拾海月❸。〈懷沙〉❹去瀟湘，挂席汎溟渤❺。蹇予訪前跡❻，獨往造窮髮❼。古人不可攀，去若浮雲沒❽。
願言弄倒景❾，從此鍊真骨。華頂窺絕冥❿，蓬壺望超忽⓫。不知青春度，但
怪綠芳歇。空持釣鼇心⓬，從此謝魏闕⓭。

【注釋】❶同友人題　台越，指唐代台州和越州，皆屬江南東道。台州，天寶元年改為臨海郡，乾元元年復改為台州。治所在今浙江臨海。越州，天寶元年改為會稽郡，乾元元年復改為越州。治所在今浙江紹興。按，蕭本、郭本、王本題中無「遊台越作」四字。❷楚臣句　楚臣，指屈原。《楚辭・招魂》：「湛湛江水兮上有楓，目極千里兮傷春心。」王逸注：「言湛湛江水，浸潤楓木，使之茂盛。傷己不蒙君惠，而身放棄，曾不若樹木得其所也。」❸謝客句　謝客，指謝靈運。鍾嶸《詩品序》：「謝客為元嘉之雄。」又《詩品・宋臨川太守謝靈運》詩：「初，錢塘杜明師夜夢東南有人來入其館，是夕即靈運生於會稽。旬日而謝安亡。其家以子孫難得，送靈運於杜治養之。十五方還都，故名『客兒』。」後代詩人多稱之為謝客。其〈遊赤石進帆海〉詩曰：「揚帆採石華，挂席拾海月。」按：海月，海生動物名。亦稱窗貝。貝殼圓形，薄而透明，多用以嵌裝門窗或房頂，以透光線。肉可食。❹懷沙　屈原投江前的作品。《史記・屈原賈生列傳》：「屈原至於江濱，……乃作〈懷沙〉之賦。……於是懷石，遂自沉汨羅以死。」❺溟渤　指大海。《文選》卷三一鮑照〈代君子有所思〉：「穿池類溟渤。」李善注：「溟渤，二海名。」張銑注：「溟渤，海也。」❻蹇予句　蹇，語首助詞。《楚辭・九歌・湘君》：「君不行兮夷猶，蹇誰留兮中洲。」王逸注：「蹇，詞也。」前跡，前人的行跡。❼窮髮　不生草木之地。《莊子・逍遙遊》：「窮髮之北，有冥海者，天池也。」成玄英疏：「地以草為毛髮，北方寒沍之地，草木不生，故名窮髮，所謂不毛之地。」謝靈運〈遊赤石進帆海〉：「周覽倦瀛壖，況乃凌窮髮。」❽去若句　《文選》卷二五劉琨〈重贈盧諶〉詩：「時哉不我與，去乎若浮雲。」❾願言句　願言，思念貌。《爾雅・釋詁》：「願，思也。」《詩經・邶風・二子乘舟》：「願言思子，中心養養。」鄭玄箋：「願，念也。」弄倒景，見卷一六〈遊太山六首〉其四注。❿華頂句　華頂，天台山的主峰。《方輿勝覽》卷八台州山川：「華頂峰，在天台縣東北六十里。蓋天台第八重最高處，高一萬丈。絕頂東望滄海，俗號望海尖。草木薰郁，殆非人世，孫綽所謂『陟降信宿，迄乎仙都』是也。」絕冥，蕭本、郭本作「絕溟」。極遠的大海。⓫蓬壺句　蓬壺，即方士傳說中的海中仙山

蓬萊。王嘉《拾遺記・高辛》：「三壺則海中三山也。一曰方壺，則方丈也；二曰蓬壺，則蓬萊也；三曰瀛壺，則瀛洲也。形如壺器。」超忽，遙遠貌。《文選》卷五九王中〈頭陀寺碑文〉：「東望平皋，千里超忽。」呂向注：「超忽，遠貌。」⓬釣鼇心　喻遠大抱負。見卷七〈贈薛校書〉「未誇觀濤作，空鬱釣鼇心」注。⓭魏闕　古代宮門兩邊巍然高聳的臺觀。其下為懸布法令之所，因以為朝廷的代稱。《莊子・讓王》：「身在江海之上，心居乎魏闕之下。」

【語譯】當年楚臣屈原見江楓而傷心，詩人謝靈運臨大海而拾海貝。屈原去瀟湘而賦〈懷沙〉之篇，靈運揚帆則直泛大海。我亦失意而來尋訪前人之足跡，個人獨往窮盡荒遠之地。古代之人不可攀附，像浮雲一樣一去就隱沒不再可見。

思念能泛海弄倒影，從此修煉我的仙骨。登上華頂峰眺望大海，蓬萊神山似乎隱現飄渺。不知不覺中青春虛度，只驚怪紅綠芳草的衰歇。我徒然懷有濟世立業的抱負，從此只能永遠辭別朝廷。

【研析】此詩當是天寶六載（西元七四七年）從東魯南下遊吳越時所作。前段八句從屈原、謝靈運說起，兩事雙頂，總是懷古。我欲訪古人前跡，獨往窮荒之地，然古人既往不可攀，去若浮雲不可留，雖欲訪而效之，豈可得乎？後段八句謂思念弄倒影，煉金骨，登華頂，望蓬萊，離世而仙遊。因綠芳之衰歇，知青春之已去。感嘆徒有濟世抱負，卻只能辭別朝廷而無所作為。末以「謝魏闕」結，本旨還是懷君。中間訪古人、煉真骨，都是感憤之辭。

下終南山過斛斯山人宿置酒　長安❶

暮從碧山下，山月隨人歸。卻顧❷所來徑，蒼蒼橫翠微❸。相攜及田家❹，童稚開荊扉❺。綠竹入幽徑，青蘿拂行衣❻。歡言得所憩❼，美酒聊共揮❽。長歌吟

〈松風〉❾，曲盡河星稀❿。我醉君復樂，陶然共忘機⓫。

【注　釋】❶下終南山題　終南山，秦嶺山峰之一，在今陝西西安南。又稱南山。古名太一山、地肺山、中南山、周南山。唐代士人多隱居此山。過，訪問。斛斯，複姓。山人，隱士。按：杜甫有〈過斛斯校書莊二首〉，自注：「老儒艱難時病於庸蜀，歎其歿後方授一官。」《文苑英華》注云：「公名融。」杜甫又有〈聞斛斯六官未歸〉詩云：「走覓南鄰愛酒伴。」自注云：「斛斯融，吾酒徒。」未知斛斯山人即其人否。宋本題下有「長安」二字注，乃宋人編集時所加。❷卻顧　回頭看。❸翠微　青翠掩映的山巒之色。《爾雅・釋山》：「山未及上，翠微。」郭璞注：「近上旁坡。」邢昺疏：「謂未及頂上，在旁陂陀之處，名翠微。一說，山氣青縹色，故曰翠微也。」❹田家　指斛斯山人的家。❺童稚句　童稚，宋本在二字下夾注：「一作：稚子」。《文苑英華》作「稚子」。荊扉，柴門。《文選》卷二二沈約〈宿東園〉詩：「荊扉新且故。」李周翰注：「以荊為門扉。」❻綠竹二句　幽徑，宋本原作「幽楥」，據蕭本、郭本、王本改。青蘿，即女蘿，又名松蘿，地衣類植物，常寄生在松樹上，絲狀，蔓延下垂。❼得所憩　得到休息之所，指被人留宿。❽揮　《禮記・曲禮上》：「飲玉爵者弗揮。」鄭玄注引何云：「振去餘酒曰揮。」此謂開懷盡飲。❾松風　古樂府琴曲有〈風入松〉。❿河星稀　銀河中星辰稀少，謂夜已深。⓫陶然句　陶然，快樂陶醉貌。忘機，道家語，意謂忘卻計較世俗的得失，此指心地曠達淡泊，與世無爭。

【語　譯】日暮時從碧綠的終南山上下來，山月伴隨我而行。回頭觀看下來時所經過的小路，只見蒼蒼莽莽的山巒被青翠掩映。您攜我來到田家，小童為我打開柴門。穿過綠竹踏入幽靜的小路，松蘿輕拂我的行衣。與友人歡言交談得以休憩，端來美酒姑且共同暢飲。低聲歌吟琴曲〈風入松〉，曲盡只見銀河星稀。我已醉而您又取樂，我們二人欣然陶醉而共同忘卻世俗的名利機巧之心。

【研　析】此詩當是開元年間初入長安隱居終南山時所作。首四句寫「下終南山」，時間是傍晚。一個「暮」字，引出了第二句的「山月」和第四句的「蒼蒼」。「碧山」又與第四句的「翠微」呼應。「山月隨人歸」，寫月之多情，乃擬人化手法。「卻顧」句則寫詩人對終南山之情，碧山籠罩在蒼蒼暮色中。後八句寫「過斛斯山人宿置酒」。先是相攜進門，次是經幽徑，綠竹夾路，松蘿牽衣，寫出了庭院的幽靜。然後是略事休息，接著飲酒、唱歌，直到銀河星稀。末二句抒情，寫兩人相得快樂，陶然忘機。詩中寫山中幽靜景色以及與山人歌酒取樂，風格飄逸清曠，閒澹入妙。王夫之《唐詩評選》稱此詩「清曠」中而有「英氣」，論斷非常深刻。

朝下過盧郎中敘舊遊❶

君登金華省❷，我入銀臺門❸。幸遇聖明主，俱承雲雨恩。復此休浣❹時，閑為疇昔❺言。卻話山海事，宛然林壑存。明湖思曉月，疊嶂憶清猿❻。何由返初服❼，田野醉芳樽❽！

【注釋】❶朝下題　朝下，下朝之時。過，訪問；探望。《史記·魏公子列傳》：「臣有客在市屠中，願枉車騎過之。」盧郎中，姓盧的郎官。名字不詳。郎中，官名。唐代尚書省六部官員除長官稱尚書、副長官稱侍郎外，其他官員都稱郎中及員外郎。貞觀二年後，諸部郎中的品階皆為從五品上。❷金華省　按：金華本為漢殿名。《漢書·敘傳》：「時上（成帝）方鄉學，鄭寬中、張禹朝夕入說《尚書》、《論語》於金華殿中。」顏師古注：「金華殿在未央宮。」後多作為朝廷宮殿的通名。又稱門下省為金華省。劉孝綽〈歸沐呈任中丞昉〉詩：「步出金華省，遙望承明廬。」杜甫〈聞高常侍亡〉詩：「虛歷金華省。」高適為左散騎常侍，屬門下省。故蔡夢弼注此詩云：「《漢宮闕記》：金華殿在未央宮，白虎觀右，秘府圖書皆在焉。故王思遠〈遜侍中表〉云：『奏事金華之上，進議玉臺之下。』後世以門下名金華省，蓋出此也。」然此詩中的「金華省」，當指尚書省，因盧郎中乃尚書省某部某曹的郎中。❸銀臺門　指翰林院。唐代翰林院、學士院都在銀臺門內。《雍錄》卷四：「翰林院在大明宮右，銀臺門內，稍退北有門，榜曰：『翰林之門』。」❹休浣　猶休沐。休息沐浴，指古代官吏的例假。鮑照〈翫月城西門廨中〉詩：「休澣（浣）自公日。」《初學記》卷二〇：「休假亦曰休沐。《漢律》：『吏五日得一下沐。』言休息以洗沐也。」按：唐制，十日一休沐。故韋應物詩所謂「九日驅馳一日閑」是也。❺疇昔　往日；日前。疇，助詞。《左傳》宣公二年：「疇昔之羊，子為政。」杜預注：「疇昔，猶前日也。」❻疊嶂句　《文選》卷二六任昉〈贈郭桐廬出谿口見候余既未至郭仍進村維舟久之郭生方至〉詩：「疊嶂易成響，重以夜猿悲。」此處用其意。❼初服　未做官時的服裝。屈原〈離騷〉：「進不入以離憂兮，退將復修吾初服。」❽芳樽　精緻的酒器。借指美酒。劉孝綽〈櫟口守風〉詩：「芳樽散緒寒。」

【語　譯】您在尚書省做郎官，我入銀臺門供奉翰林院。幸而得遇聖明的君主，我們都能蒙受雨露的恩情。又在此例假休沐之時，閒來共談往昔。回想話及山海之事，山川林壑宛然如在眼前。思念那明淨湖面上的一輪曉月，憶想那層巒疊嶂中的清悽猿聲。不知何時才能辭官歸隱重穿布衣，在田野之中醉飲美酒！

【研　析】此詩當作於天寶二年（西元七四三年）供奉翰林之時。前四句點「過盧郎中」。謂盧為尚書省的郎官，己則供奉翰林。幸遇聖明之君，俱承恩寵。五句承上，點明值此休沐之時。六句啟下，得閒而敘昔日之事。接著四句即「敘舊遊」談山海之事，宛然林壑在目。思明湖之曉月，憶山巒之秋猿。末二句以「返初服」、「醉芳樽」作結，可見已有歸隱之意。

侍從遊宿溫泉宮❶作

羽林十二將❷，羅列應星文❸。霜仗懸秋月，蜺旌❹卷夜雲。嚴更❺千戶肅，〈清樂〉❻九天聞。日出瞻佳氣，蔥蔥繞聖君❼。

【注　釋】❶溫泉宮　《元和郡縣志》卷一關內道京兆府昭應縣：「華清宮，在驪山上。開元十一年，初置溫泉宮，天寶六年改為華清宮。又造長生殿，名為集靈臺，以祀神也。」《新唐書・玄宗紀》載：開元十一年，「十月丁酉，幸溫湯，作溫泉宮。」在今陝西西安東臨潼驪山下。❷羽林句　按：唐制，《舊唐書・職官志三》謂「左右羽林軍：大將軍各一員，將軍各二員。」僅六將。《新唐書・百官志四上》：「左右羽林軍：大將軍各一人，正三品；將軍各三人，從三品。」亦僅八將。皆不合「十二將」之數。故王琦注云：「開元、天寶之時，天子禁兵有十六衛，其左右衛、左右金吾衛，總謂之四衛。若左右驍衛、左右武衛、左右威衛、左右領軍衛、左右監門衛、左右千牛衛，十二衛謂之雜衛。疑所謂『十二將』者，指十二雜衛之主將而言，以其專掌禁衛，當爪牙禦侮之任，與漢之羽林騎相似，故曰『羽林十二將』也。」❸應星文　古代以天上星座與地上事物相應。《晉書・天文志上》：「羽林四十五星，在營室南，一曰天軍，主軍騎，又主翼王也。」❹蜺旌　蕭本、郭本、王本作「霓旌」。同。古代皇帝出行時儀仗的一種。《文選》卷八司馬相如〈上林賦〉：「拖蜺旌。」李善注引張揖曰：「析羽毛，染以五采，綴以縷為旗，有似虹蜺之氣也。」❺嚴更　警夜行的更鼓。昏鼓曰夜嚴。槌一鼓為一嚴，二鼓為二嚴，三鼓為三嚴（見《正字通》）。《文選》卷二張衡〈西京賦〉：「重以虎威、章溝嚴更之署。」薛綜注：「嚴更，督行夜鼓。」❻清樂　即〈清商樂〉。《舊唐書・音樂志二》：「〈清樂〉者，南朝舊樂也。……後魏孝文、宣武，用師淮、漢，收其所獲南音，謂之〈清商樂〉。隋平陳，因置清商署，總謂之〈清樂〉。」亦指清雅的音樂。王維〈遊春辭〉：「纔見春光生綺陌，已聞清樂動〈雲〉〈韶〉。」❼日出二句　佳氣，美好的雲氣。古代以為吉祥、興盛的象徵。《白虎通義・封禪》：「德至八方則祥風至，佳氣時喜。」葱葱，宋本原作「叢叢」，據蕭本、郭本、王本、咸本改。形容氣象旺盛、美好。《後漢書・光武帝紀論》：「後望氣者蘇伯阿為王莽使至南陽，遙望見舂陵郭，唶曰：『氣佳哉！鬱鬱葱葱然。』」二句用其意。

【語譯】皇家禁衛軍的十二將，羅列陣形上與羽林星宿相對應。秋月籠罩下儀仗肅穆威嚴，五彩旗幟隨風翻捲如夜天之雲。督巡夜之鼓聲使千家萬戶為之肅靜，動聽的〈清商樂〉樂聲九天相聞。天明日出時觀看祥瑞之氣，正鬱鬱葱葱地圍繞著聖明之君。

【研析】此詩乃天寶元年（西元七四二年）冬供奉翰林隨從皇帝幸溫泉宮而作。詩中描繪天子遊宿溫泉宮時侍從儀仗之盛，有禁軍十二大將護衛，與天上羅列之星文相應。其儀仗旌旗如秋月夜雲之輝映，更嚴則使千家萬戶肅靜，清樂響徹九天而聞。日出時佳氣滿盈，葱鬱繞於聖君前後。真是一派昇平氣象。明人批點曰：「典麗如沈宋而氣更加厚。」吳昌祺《刪訂唐詩解》卷一六曰：「全說夜景，結及日出，周到。更得一語切溫泉為尤妙。」

邯鄲南亭觀妓

燕趙❶

歌鼓燕趙兒❷，魏姝弄鳴絲❸。粉色艷月彩❹，舞袖❺拂花枝。把酒領❻美人，請歌邯鄲詞❼。清箏❽何繚繞，度曲綠雲垂❾。平原君安在？科斗❿生古池。座客三千人⓫，于今知有誰？我輩不作樂，但為後代悲⓬。

【注　釋】❶邯鄲題　邯鄲，唐縣名。屬河北道洺州。今河北邯鄲。南亭，當即邯鄲的驛亭。供行旅途中歇宿的處所。因由驛站所設，有亭。故亦稱邯鄲驛、邯鄲亭。按：宋本題下有「燕趙」二字注，乃宋人編集時所加。❷歌鼓句　歌鼓，擊鼓而歌。《文選》卷一八潘岳〈笙賦〉：「縈纏歌鼓，網羅鍾律。」燕趙，指戰國時燕趙二國所在地區。邯鄲即趙國都城。〈古詩十九首〉有「燕趙多佳人，美者顏如玉」句，後因以「燕趙」指美女或歌姬舞女。宋本在「鼓」字下夾注：「一作：妓」。❸魏姝句　魏姝，魏地的美女。按：唐代洺州屬魏州都督府管轄。姝，美女。古樂府〈陌上桑〉：「使君遣吏往，問是誰家姝。」鳴絲，猶「鳴絃」，指琴瑟等絃樂器。❹月彩　蕭本、郭本、王本、咸本皆作「日彩」。❺袖　宋本在此字下夾注：「一作：衫」。❻領　宋本在此字下夾注：「一作：顧」。❼邯鄲詞　卷四有〈邯鄲才人嫁為廝養卒婦〉，乃擬古樂府之作。未知是否指此曲。❽清箏　箏乃撥絃樂器。〈急就篇〉：「竽、瑟、空侯、琴、筑、箏。」顏師古注：「箏，亦瑟類也。本十二絃，今則十三。」〈古詩十九首〉：「彈箏奮逸響。」箏音清亮，故稱「清箏」。❾度曲句　度曲，歌曲。張衡〈西京賦〉：「度曲未終，雲起雪飛。」綠雲，比喻女子烏黑的頭髮。❿科斗　即蝌蚪。青蛙、蟾蜍等兩棲動物的幼蟲。崔豹《古今注・魚蟲》：「蝦蟆子曰蝌蚪。」《南史・卞彬傳》：「蝌斗唯唯。」⓫座客句　《史記・平原君虞卿列傳》：「平原君趙勝者，趙之諸公子也。諸子中勝最賢，喜賓客，賓客蓋至者數千人。……得敢死之士三千人，……秦軍為之卻三十里。」⓬我輩二句　〈古詩十九首〉：「為樂當及時，何能待來茲。愚者愛惜費，但為後世嗤。」二句用其意。

【語　譯】燕趙兒女擊鼓放歌，魏地美女彈奏琴瑟。粉紅臉色比月光色彩還要艷麗，舞袖輕飄就像輕風拂動的花枝。我手把美酒回看美人，請她為我歌唱邯鄲詞。箏聲清越繚繞多麼響亮，美人唱曲垂著濃密的黑髮。當年的平原君如今在哪裡？古池中已生出了許多蝌蚪。當年座上的三千之客，如今知道還有誰呢？我們現在不及時行樂，只能使後代人為我們悲傷。

【研　析】此詩當是天寶十載冬從大梁（今河南開封）北上幽州，十一載（西元七五二年）春經廣平、邯鄲時所作。詩中描寫在邯鄲驛亭觀妓的情景。前八句是一幅生動的美人歌舞圖：謂燕趙兒女擊鼓唱歌，魏地美女彈琵鳴絃。美女容色艷於月彩，舞袖飄揚拂於花枝。持酒看美人，請歌邯鄲詞。箏音清越而繚繞，美人唱歌烏髮低垂。後六句則詩人抒發感慨。當年風流一世的平原君如今在何處？只見那古池中長滿了蝌蚪。當年平原君門客中有敢死之士三千人，如今又有誰知道？最後以不如及時行樂作結，顯示出無可奈何的心態。明人批點曰：「平易中亦自有雅味。」

春遊羅敷潭❶

行歌入谷口❷，路盡無人躋❸。攀崖度絕壑，弄水尋迴溪❹。雲從石上起，客到花間迷。淹留未盡興，日落群峰西。

【注　釋】❶春遊羅敷潭　王琦注：「王阮亭曰：『羅敷谷水在華州。』」《嘉慶一統志》卷二四三同州府山川：「敷水在（華陰）縣西二十五里，源出大敷谷，即羅敷谷。」按：蕭本、郭本、王本、咸本題作〈春日遊羅敷潭〉，多一「日」字。❷行歌　行歌，邊行邊歌。《淮南子・說山訓》：「老母行歌而動申喜，精之至也。」谷口，指羅敷谷口。❸躋　登。《詩經・豳風・七月》：「躋彼公堂。」鄭玄箋：「躋，升也。」❹迴溪　溪，宋本原作「磎」，據蕭本、郭本、王本、咸本改。意同。

【語　譯】邊走邊歌進入羅敷谷口，路盡而無人向上攀登。我攀著山崖渡過深溝，撥弄流水尋找曲折的溪源。

雲霧從石上升起，行客到花間就著迷。滯留很久而未能盡興，太陽已落到群山之西。

【研　析】此詩當是天寶初期從長安東遊華州時所作。詩中描寫春天遊羅敷潭的情景。「行歌入谷口」，說明詩人心情很好。「路盡無人躋」，說明此處形勢非常險要。「攀崖」二句寫山高水深，詩人涉險情景。「雲從」二句寫景如畫。嚴羽評點曰：「自然，如此拈出卻生動。」末二句以「未盡興」、「日落」作結，言盡而味無窮。

春陪商州裴使君遊石娥溪

時欲東歸，遂有此贈❶

裴公有仙標❷，拔俗❸數千丈。澹蕩滄洲雲❹，飄颻紫霞想❺。
剖竹商洛間❻，政成心已閑。蕭條出世表❼，冥寂閉玄關❽。
我來屬芳節❾，解榻❿時相悅。褰帷⓫對雲峰，揚袂指松雪⓬。
暫出東城邊，遂遊西巖⓭前。橫天聳翠壁，噴壑鳴紅泉⓮。尋幽殊未歇，愛
此春光發。溪傍饒名花，石上有好月。
命駕歸去來⓯，露華生綠苔。淹留惜⓰將晚，復聽清猿哀。清猿斷人腸，遊
子思故鄉⓱。明發首東路⓲，此歡焉可忘？

【注　釋】❶春陪題　商州裴使君，姓裴的商州刺史。商州，唐州名，屬山南道。天寶元年改為上洛郡，乾元元年復改為商州。今陝西商洛（商州）。裴使君，《新唐書・宰相世系表一上》西眷裴氏：「延慶，商州刺史，聞喜公。」乃高祖時宰相裴世矩之孫，疑即此人。石娥溪，王琦注：「按《雍勝略》、《商略》、《陝西通志》：仙娥峰，在商州西十里，峰之麓有西巖，

洞壑幽邃，下臨丹水，古稱棲真之地。李白嘗遊此。有詩曰：『暫出東城邊，遂遊西巖前。橫天聳翠壁，噴壑鳴紅泉』云云，是石娥溪，即仙娥峰下之溪也。所謂紅泉者，其即丹水歟？」按：題下注「東歸」，蕭本、王本作「東遊」。王本冠以「原註」二字。❷仙標　神仙般超凡脫俗的風度。❸拔俗　超越凡俗。《後漢書・仲長統傳》：「至人能變，達士拔俗。」❹澹蕩句　澹蕩，悠閒自在。卷一〈古風〉其九：「吾亦澹蕩人，拂衣可同調。」滄洲，濱水之地。古代常用以指隱士居處。謝朓〈之宣城出新林浦向板橋〉詩：「既懽懷祿情，復協滄州趣。」❺紫霞想　成仙昇天之想。紫霞，紫色雲霞。道教謂神仙乘紫霞而去。《文選》卷二八陸機〈前緩聲歌〉：「獻酬既已周，輕舉乘紫霞。」劉良注：「眾仙會畢，乘霞而去。」❻剖竹句　剖竹，猶剖符。古代帝王分封諸侯，任命將帥、郡守，把符節剖分為二，雙方各執其半，作為憑證。《文選》卷二六謝靈運〈過始寧墅〉詩：「剖竹守滄海。」李善注引《說文》：「符，信。漢制以竹，分而相合。」商洛，商州在商山和洛水之間，故稱。❼蕭條句　蕭條，猶逍遙、瀟灑。閒逸貌。《世說新語・品藻》：「明帝問周伯仁：『卿自謂何如庾元規？』對曰：『蕭條方外，亮不如臣；從容廊廟，臣不如亮。』」世表，猶言「世外」。《文選》卷一六陸機〈歎逝賦〉：「精浮神淪，忽在世表。」李善注：「表，外也。……世表，在世之表也。」❽冥寂句　冥寂，靜默。《文選》卷二一郭璞〈遊仙詩〉其三：「中有冥寂士，靜嘯撫清絃。」李善注：「冥，玄默也。」玄關，佛教稱入道之門。《文選》卷五九王中〈頭陀寺碑文〉：「玄關幽鍵，感而遂通。」李善注：「玄關幽鍵，喻法藏也。」張銑注：「玄幽謂道之深邃也。關鍵皆所以閉據於門者。」❾芳節　繁花盛開的陽春時節。（南朝宋）劉鑠〈代收淚就長路〉詩：「徘徊去芳節，依遲從遠軍。」❿解榻　《後漢書・徐稺傳》記載，東漢陳蕃任豫章太守時，不接待賓客，惟高士徐稺來，特設一榻以待，稺去則將榻高懸以俟再來。後以「解榻」為熱情接待上賓或禮賢敬士之典。⓫褰帷　撩起車帷。⓬松雪　顏延年〈贈王太常僧達〉詩：「山明望松雪。」⓭西巖　畢沅《關中勝跡圖志》卷二五：「西巖山在商州西十里。《通志》：與仙娥峰對，其麓有西巖洞，古稱棲真之地。又有仙娥峰，一名吸秀峰，亂山上特起一峰，下臨丹江，謂之仙娥溪，亦名曰石娥溪。」⓮紅泉　丹砂之泉。謝靈運〈入華子岡是麻源第三谷〉詩：「石磴瀉紅泉。」⓯命駕句　命駕，命人駕車，即動身前往。《左傳》哀公十一年：「命駕而行。」歸去來，陶潛有〈歸去來辭〉。⓰惜　宋本原作「昔」，據蕭本、郭本、王本、咸本改。⓱遊子句　蘇武〈詩四首〉：「遊子戀故鄉。」⓲明發句　明發，猶明旦。破曉；天色發亮。首，向。《漢書・韓信傳》：「北首燕路。」顏師古注：「首，謂趣向也，音式究反。」

【語　譯】裴公有神仙般的風度，超越凡俗數千丈。悠閒自在像滄洲隱士的雲遊，內心飄飄地懷有求仙昇天的念想。

如今在商山洛水間當刺史，政績有成心中悠閒。瀟灑自在頗有超出人世之外的風範，靜默地閉門研究入道之法藏。

我來商州正當陽春時節，您像漢代陳蕃對徐穉那樣解榻款待而相得甚歡。撩起窗帷面對高聳入雲的山峰，拂揚衣袖遠指山上的松雪。

我們暫且出了東城，就往西巖山前去遊覽。翠綠的山壁橫天聳立，紅色的泉水轟然噴出山谷。探幽覽勝一直沒有停歇，心裡喜愛這明媚勃發的春光。溪流的傍邊長滿了名貴的花草，山石上面映出美好的月光。

命人駕車還歸的時候，綠苔之上已生出了露珠。欲再停留只可惜天色將晚，又聞山谷裡傳來清猿的哀啼。猿聲悲哀使人肝腸痛斷，遊子由此觸動思念故鄉。明晨我將向東路回去，然而此次與您同遊的歡樂怎能讓我忘記？

【研　析】此詩當是天寶三載（西元七四四年）春被賜金還山離開長安來到商州時所作。首四句總敘裴使君的風度超凡脫俗而有昇仙之想，即身在朝市、志在山林之意。次四句謂裴使君為商洛之間長官，政有成就而心中悠閒，於是瀟灑而超越人世之外，閉門靜修入道之法藏。再次四句點出自己來到商州的時令，蒙裴使君解榻招待而相悅，或撩帷對雲峰，或揚袂指松雪，觀景娛遊甚為相得。第四段正面敘出東城遊西巖，描寫題中「遊石娥溪」之景。翠壁聳天，丹泉鳴壑，尋幽未歇，春光明媚。溪傍多名花，石上有好月。此石娥之遊趣味盎然。末段寫遊罷而歸，見露水生於綠苔，淹留佳境惜已日暮，晚聽猿聲而斷腸，令遊子思故鄉。明晨向東路而歸，然今日之歡豈可忘！所謂遊畢而感物懷歸。

陪從祖濟南太守汎鵲山湖三首　齊州❶

其一

初謂鵲山❷近，寧知湖水遙。此行殊訪戴❸，自可緩歸橈❹。

【注釋】❶陪從祖題　從祖濟南太守，名不詳。濟南，《舊唐書・地理志一》河南道齊州上：「漢濟南郡，隋為齊郡。武德元年，改為齊州。……天寶元年，改為臨淄郡。五載，為濟南郡。乾元元年，復為齊州。」今山東濟南。按：此詩當作於天寶四載，與杜甫〈陪李北海宴歷下亭〉、〈同李太守登歷下古城員外新亭〉當為同時之作，杜詩中的「李北海」、「李太守」指李邕，則此詩中之「從祖太守」亦當指李邕。疑此組詩題中「濟南」二字當移至開頭或「汎」字後「鵲山湖」前。即〈濟南陪從祖太守汎鵲山湖三首〉，或〈陪從祖太守汎濟南鵲山湖三首〉。《嘉慶一統志》卷一六二濟南府：「鵲山湖，在歷城縣北三十里。湖北岸有鵲山，故名。」按：原湖址在今濟南北園一帶，古時與大明湖相通，今已淤沒大半，大明湖為其一隅。又按：宋本題下有「齊州」二字注，乃宋人編集時所加。❷鵲山　《隋書・地理志中》齊郡歷城縣：「有舜山、雞山、盧山、鵲山……。」按：王琦注此詩引《一統志》：「鵲山，在濟南府城北二十里。俗云：每歲七、八月間，烏鵲翔集於此。」又云：「扁鵲嘗於此煉丹。」❸訪戴　即《世說新語・任誕》所記王子猷雪夜訪戴逵事，詳見卷一六〈魯東門汎舟二首〉其一注。❹歸橈　歸船。橈，船槳。此處代指船。

【語譯】原先以為鵲山很近，哪裡知道鵲山湖竟那麼遙遠。不過此次出遊不同於當年王子猷雪夜訪戴安道，因此自然可以盡興遊賞遲一些歸舟。

【研析】此組詩當是天寶四載（西元七四五年）與杜甫、李邕等人同遊齊州時所作。明人批曰：「此首以『遙』字為挑意。」原以為鵲山很近，卻未想到鵲山湖如此遙遠。後二句轉折，此次遊覽異於王子猷之訪戴，雖遠也不急，自可慢慢欣賞，緩其歸船以盡興。

其二

湖闊數十里❶，湖光搖碧山。湖西正有月，獨送李膺❷還。

【注　釋】❶數十里　十，宋本、蕭本、咸本原作「千」，據繆本、王本改。❷李膺　《後漢書・郭太傳》：「乃游於洛陽。始見河南尹李膺，膺大奇之，遂相友善，於是名震京師。後歸鄉里，衣冠諸儒送之河上，車數十兩。林宗（郭太字林宗）唯與李膺同舟而濟，眾賓望之，以為神仙焉。」此處以李膺比喻李太守。

【語　譯】鵲山湖廣闊有數十里，湖水波光搖盪著碧山的倒影。湖的西天正有明月高照，似乎獨送當年李膺和郭太同舟歸去。

【研　析】明人批點曰：「此首以『闊』字演意。」詩中描寫鵲山湖的廣闊，碧山倒影湖中，湖水波光搖盪著倒影。以李膺與郭太同舟的典故，比喻李太守與自己共同在月光下泛舟，形象鮮明，意蘊深厚。

其三

水入北湖❶去，舟從南浦❷迴。遙看鵲山轉，卻似送人來。

【注　釋】❶北湖　鵲山湖在歷城縣城北，故又可稱北湖。❷南浦　南面的水邊。屈原〈九歌・河伯〉：「送美人兮南浦。」

【語　譯】湖水向北湖流去，我們的小舟從南浦返回。遙望鵲山在轉動，卻似在為我們送行。

【研　析】明人批點曰：「此首就『轉』字生趣。」詩謂流水入北湖，舟從南浦回。因舟在行走，遙看群山似在旋轉，化靜為動。末句謂山之旋轉似為人送行，更是妙趣橫生。

嚴羽評點曰：「此三絕說得或遠或近，盤迴不窮，可為即事畫變矣。」明人批點曰：「淺而淨，三首俱以湖與山相形翻意。」

春日陪楊江寧及諸官宴北湖感古作　金陵❶

昔聞顏光祿❷，攀龍宴京湖❸。樓船入天鏡，帳殿開雲衢❹。君王歌〈大風〉，如樂豐沛都❺。延年獻嘉作❻，邈與詩人俱。

我來不及此，獨立鍾山❼孤。楊宰穆清飆❽，芳聲騰海隅。英寮滿四座，粲若瓊林敷❾。鷁首弄倒景❿，蛾眉綴明珠⓫。新絃採梨園⓬，古舞嬌吳歈⓭。曲度繞雲漢⓮，聽者皆歡娛。

雞棲何嘈嘈⓯，江月沸笙竽⓰。古之帝宮苑，今乃人樵蘇⓱。感此勸一觴，願君覆瓢壺⓲。榮盛當作樂⓳，無令後賢吁。

【注釋】❶春日題　楊江寧，江寧縣令楊利物。李白另有〈宿白鷺洲寄楊江寧〉詩、〈江寧楊利物畫贊〉。唐時江寧縣，今南京。北湖，即玄武湖。在今江蘇南京玄武區。相傳三國時吳國在此操練水軍，曾稱練湖。南朝宋時傳說黑龍見於湖上，改稱玄武湖。《宋書・文帝紀》：「（元嘉二十三年）是歲，大有年。築北堤，立玄武湖。」按：宋本題下有「金陵」二字注，乃宋人編集時所加。❷顏光祿　指南朝宋代文學家顏延之。《南史・顏延之傳》：「顏延之，字延年。……孝武登阼，以為金紫光祿大夫。」❸攀龍句　攀龍，比喻攀附帝王。《漢書・敘傳》：「攀龍附鳳，並乘天衢。」京湖，指玄武湖。即北湖。因六朝時金陵為京城，故玄武湖可稱京湖。宋本在「京」字下夾注：「一作：重。又作：明」。❹帳殿句　王琦注：「天子行幸野次，連帳以為殿也。」沈約〈三日侍林光殿曲水宴應制〉：「帳殿臨春籞，帷宮繞芳蒼。」雲衢，猶言青雲路。左思〈白髮賦〉：「英英終（終軍）賈（賈誼），高論雲衢。」❺君王二句　《史記・高祖本紀》：「高祖，沛豐邑中陽里人，姓劉氏，字季。……高祖還歸，過沛，留。置酒沛宮，悉召故人父老子弟縱酒，發沛中兒得百二十人，教之歌。酒酣，高祖擊筑，自為歌詩曰：『大風起兮雲飛揚，威加海內兮歸故鄉，安得猛士兮守四方！』令兒皆和習之。」裴駰《集解》引孟康曰：「後沛為郡，豐為縣。」按：即今江蘇沛縣、豐縣。❻延年句　王琦注：「按顏延年有〈應詔觀北湖田收〉詩，所謂『獻佳作』者，未知是此詩否？抑另有其詩而今逸之歟？」按：嘉作，蕭本、郭本、王本皆作「佳作」。❼鍾山　即紫金山，又稱金陵山、蔣山，在今江蘇南京。❽楊宰句　楊宰，指江寧縣令楊利物。宋本在「颸」字下夾注：「一作：風」。穆清颸，蕭本、郭本、王本皆作「穆清風」。《詩經・大雅・烝民》：「吉甫作頌，穆如清風。」毛傳：「清微之風化養萬物者也。」鄭玄箋：「穆，和也。……如清風之養萬物。」❾粲若句　粲，燦爛。《史記・太史公自序》：「唯建元、元狩之間，文辭粲如也。」瓊林，瓊樹之林。形容仙境般的瑰麗景象。敷，布。❿鷁首句　鷁首，《淮南子・本經訓》：「龍舟鷁首。」高誘注：「鷁，大鳥也，畫其象著船頭，故曰鷁首。」弄倒景，見本卷〈同友人舟行遊台越作〉注。⓫蛾眉句　蛾眉，代指美女。綴，裝飾。宋本原作「掇」，據蕭本、郭本、王本、咸本改。曹植〈洛神賦〉：「綴明珠以耀軀。」⓬採梨園　採，宋本原作「綵」，據蕭本、郭本、王本、咸本改。梨園，唐玄宗教練宮廷歌舞藝人之地。《新唐書・禮樂志十二》：「玄宗既知音律，又酷愛法曲，選坐部伎子弟三百教於梨園，聲有誤者，帝必覺而正之，號『皇帝梨園子弟』。宮女數百，亦為梨園弟子，居宜春北院。」⓭吳歈　吳地的歌。《楚辭・招魂》：「吳歈蔡謳，奏大呂些。」王逸注：「吳、蔡，國名也。歈、謳，皆歌也。」⓮曲度句　曲度，度曲；歌曲。王粲〈公讌詩〉：「管絃發徽音，曲度清且悲。」張衡〈西京賦〉：「度曲未終，雲起雪飛。」雲漢，天河。宋本在「雲」字下夾注：「一作：清」。⓯雞棲句　雞棲，謂時間已晚。《詩經・王風・君子于役》：「日之夕矣，雞棲於塒。」嘈嘈，形容聲音繁雜。《文選》卷四二吳質〈答東阿王書〉：「耳嘈嘈而無聞。」劉良注：「嘈嘈，喧甚也。」⓰江月句　江，宋本原作「沿」，在「沿」字下夾注：「一作：江」。是。據改。笙竽，兩種簧管樂器。因形制相類，故常聯用。笙由簧片、笙管、斗子三部分組成。簧片古時用竹製，後改用響銅；笙管為長短不一的竹管，於近上端處開音窗，近下端處開按孔，下端嵌接木質「笙角」以裝簧片，並插入斗子內；斗子用匏、木或銅製成，連有吹口。有圓形、方形等多種形制，簧管有十三至十九根不等。奏時手按指孔，吹吸振動簧片而發音。能奏和音。是民間器樂合奏中的重要樂器。竽，形似笙而較大，管數亦較多。《周禮・春官・笙師》：「掌教吹竽、笙。」鄭玄注引鄭司農曰：「竽，三十六簧。笙，十三簧。」賈公彥疏：「竽長四尺二寸。」⓱樵蘇　打柴割草。《漢書・韓信傳》：「樵蘇後爨。」顏師古注：「樵，取薪也。蘇，取草也。」⓲覆瓢壺　王琦注：「覆瓢壺，猶傾尊倒甕之意。」⓳榮盛句　宋本在「榮盛」二字下夾注：「一作：盛時」。當作樂，陶潛〈雜詩十二首〉其一：「得歡當作樂。」

【語譯】過去聽說晉宋年間的顏延之，為求顯達而攀附權貴赴宴於玄武湖。樓船進入天鏡般的湖中，通向帳殿之路大開。君王高唱〈大風〉之歌，就像漢高祖回到家鄉豐沛那樣歡樂。顏延年向皇上獻上佳作，與遙遠的古代詩人一樣歌功頌德。

現在我來到這裡已不能追及古人的遺風，只能孤單默默地獨立於鍾山前。楊縣令如清風化養萬物那樣和美，美好的聲譽飛騰傳遍海內。英武的僚佐坐滿四周，英才俊發如遍佈瓊林。在船頭上玩弄水中倒影，美女們都裝飾點綴著燦爛的明珠。她們彈起梨園的新曲，跳起古舞唱著吳歌。曲調悠揚繚繞於雲漢之上，聽眾都歡樂舒暢。

傍晚雞棲時聲音多麼嘈雜，江月升起笙竽之聲沸騰。古時皇帝的宮苑，如今已成為砍柴刈草之地。有感於此請你端起酒杯，希望你傾杯盡飲。榮華顯盛之時應當及時行樂，不要讓後代賢者長吁短嘆。

【研析】此詩當是天寶十二載（西元七五四年）春在金陵作。首段八句寫題中的「感古」，以古人之事起詠。謂當年帝王觀賞北湖，顏延年以光祿大夫侍宴。樓船入天鏡，帳殿開雲衢，君王如漢高祖歌〈大風〉於豐沛，顏延年獻詩遙繼古代詩人。當年君臣相樂於北湖，令人欣羨。次段承上謂自己來此已趕不上京湖之宴，只能獨立於鍾山無所依。讚美楊利物為江寧縣令清風和美，聲譽遠揚。英僚滿座，粲若瓊林。彩舟弄倒影，美女飾明珠，樂奏梨園新曲，古舞嬌唱吳歌，曲調悠揚入於天河，聞之者皆情舒而歡樂。此段讚美楊江寧政成而悠閒瀟灑。末段謂日夕雞棲時乘月吹笙竽以終宴。玄武湖乃古帝王之宮苑，昔日的繁華之地今乃荒廢為樵蘇者所在，詩人深感於此而勸美酒以相歡，當此榮盛時當盡遊宴之樂，不使後人為我輩嘆息。此亦無可奈何之辭。

宴鄭參卿❶山池

爾恐碧草晚，我畏朱顏移❷。愁看楊花飛，置酒正相宜。歌聲送落日，舞影迴清池。今夕不盡盃，留歡更邀誰❸？

【注釋】❶鄭參卿 姓鄭的錄事參軍。名不詳。參卿，唐代對錄事參軍的敬稱。杜甫〈冬晚送長孫漸舍人歸州〉詩：「參卿休坐幄，蕩子不還鄉。」耿湋〈送絳州郭參軍〉詩：「人傳府公政，記室有參卿。」按唐制，諸衛及王府官皆有錄事參軍事，府、州亦分別置司錄及錄事參軍等，簡稱參軍。據《舊唐書・職官志三》，京兆、河南、太原等府設「司錄參軍二人，正七品。錄事四人，從九品上。功、倉、戶、兵、法、士等六曹參軍事各二人，正七品下。」大、中、下都督府及上、中、下州都設有錄事參軍事、錄事、六曹參軍事，人員及品階不等。❷朱顏移 猶凋朱顏。紅顏變老。❸更邀誰 誰，蕭本、郭本作「詩」。

【語譯】您擔心歲暮碧草凋零，我懼怕人的紅顏變老。看著楊花紛紛飛落心裡愁苦，此時設置酒宴正是最為合適。婉轉的歌聲相送太陽落下，優美的舞姿在清池邊迴旋。今晚不盡情傾杯，還要邀請誰留歡呢？

【研析】此詩作年作地不詳。《唐宋詩醇》卷七評曰：「止是及時行樂之意，而吐屬自饒情致。」

遊謝氏山亭❶

淪老臥江海，再歡天地清❷。病閑久寂寞，歲物徒芬榮。借君西池❸遊，聊以散我情。掃雪松下去，捫蘿石道行。謝公池塘上，春草颯已生❹。花枝拂人來，山鳥向我鳴。田家有美酒，落日與之傾。醉罷弄歸月，遙欣稚子迎。

【注　釋】❶遊謝氏山亭　遊，宋本原作「送」，據蕭本、郭本、繆本、王本、咸本改。謝氏山亭，即謝公亭，原在當塗縣南青山之巔，今已不存。❷淪老二句　淪老，老而沉淪。天地清，指安史之亂平定。❸西池　指謝公池。遺址在今安徽當塗青山謝公宅西北。❹謝公二句　王琦注：「因謝氏山亭，故用靈運『池塘生春草』之句作映帶。」按：謝公池在當塗青山，乃謝朓所築之池，此處借用同姓故事言之。「池塘生春草」乃謝靈運〈登池上樓〉詩中名句。宋本在「草」字下夾注：「一作：風」。

【語　譯】年老沉淪隱臥於江海邊，再次歡喜天地清平。養病閒居久處寂寞之中，徒見萬物繁榮芬芳。借您的西池遊覽，聊且舒散我心中的鬱悶之情。把殘雪掃到松樹下面去，手摸蘿草在石道上行走。

當年謝公的池塘之上，現在已蓬勃地生出春草。花枝飄拂似在引人前來，山中小鳥也歡快地向我鳴叫。田家有香醇的美酒，傍晚時候與他一起對飲。酣醉後月下歸來，遠遠看到稚子來迎心中欣喜。

【研　析】此詩當是暮年作於當塗青山。從詩中「再歡天地清」句可知，時已平定安史之亂。則此詩當作於寶應元年（西元七六二年）李白臨終之前。前八句敘遊山亭之情。謂自己年老沉淪隱臥江海之濱，幸遇大亂平定天下清明。病久閒寂，萬物徒榮。今乃借君西池之遊以散心，掃雪於松下，捫蘿行石道，庶幾一賞春景。後段八句描寫謝氏山亭之景。但見謝公池塘之上，春草忽又生，山花拂人，山鳥鳴啼，田家美酒，相與晚酌。醉罷乘月歸，喜兒來相迎。將春天景物與醉酒歸家情形寫得生動如畫。《唐宋詩醇》卷七評曰：「若非前段不能忘情，卻有春風舞雲氣象矣。其澄澹處足兼韋、柳。」

把酒問月

故人賈淳令余問之❶

青天有月來幾時？我今停盃一問之。人攀明月不可得，月行卻與人相隨。皎如飛鏡臨丹闕❷，綠煙滅盡清暉發❸。但見宵從海上來，寧知曉向雲間沒❹。白兔擣藥❺秋復春，姮娥孤棲與誰鄰❻？今人不見古時月，今月曾經照古人。古人今人若流水，共看明月皆如此。唯願當歌對酒時，月光長照金罇裏❼。

【注　釋】❶把酒題　題下原注：「故人賈淳令余問之。」賈淳，事蹟不詳。按：屈原〈天問〉：「日月安屬？列星安陳？出自湯谷，次於蒙汜；自明及晦，所行幾里？夜光何德，死則又育？厥利維何，而顧菟在腹？」始對日月發問，似對李白此詩有所啟發。又張若虛〈春江花月夜〉：「江畔何人初見月？江月何年初照人？」為本詩之先導。❷皎如句　飛鏡，飛上天的明鏡。比喻月亮。丹闕，紅色宮門。唐太宗〈秋月即目〉詩：「爽氣浮丹闕。」❸綠煙句　綠煙，指月光未明前的煙霧。滅盡，消除。一作「滅後」。清暉，形容月光皎潔清朗。杜甫〈月圓〉詩：「萬里共清輝。」❹寧知句　謂哪知早晨在雲間消失。❺白兔擣藥　傅玄〈擬天問〉：「月中何有？白兔搗藥。」❻姮娥句　姮娥，神話人物，傳說是后羿之妻。《淮南子・覽冥訓》：「羿請不死之藥於西王母，姮娥竊以奔月。」蕭本、郭本、王本作「嫦娥」，漢代因避文帝劉恒之諱而改。與誰鄰，《唐文粹》作「誰與鄰」。❼唯願二句　用曹操〈短歌行〉「對酒當歌，人生幾何」之意。

【語　譯】青天上有明月何時開始出現的？我現在停下酒杯向你探問。人要攀附月亮不可得，月亮卻與人緊緊相隨。月光皎潔就像明鏡飛上天照臨丹闕，暮煙散盡時就發出清朗的光輝。只見夜間從海上升起，哪知早晨又於雲間隱沒。白兔擣藥自秋至春，嫦娥孤居與誰為鄰？今人見不到古時之月，今月卻曾經照過古時之人，古人與今人像流水一樣消逝，共同看見的月亮卻都是這樣。只願當歌對酒的時候，月光能長照在我的酒杯中。

【研　析】此詩疑是天寶二載（西元七四三年）秋在長安供奉翰林時遇讒以後所作。題下原注顯得滑稽：友人自己不問而叫別人問月，饒有趣味。首二句用倒裝句法，先出問語，有劈空而來的氣勢，然後補出發問的人及其把酒停杯的情態。對古代人來說，明月一直是個神祕的謎。從先秦時代的大詩人屈原到初唐詩人張若虛，再到大詩人李白，都企圖探索這宇宙的奧祕，不過李白是「把酒問月」，與屈原、張若虛不同，帶有幾分醉態而顯得更迷惘，更具飄逸風采和浪漫情調。接著二句寫月與人的關係。詩人一生最愛明月，每當興致高漲，就「欲上青天攬明月」，但月是攀不到的，給詩人留下「不可得」的遺憾，這是月亮無情的表現；但當詩人想離開時，月卻又與詩人相隨不捨，這又分明是有情的表現。既無情又有情，充分寫出月與人既神祕又可親的關係。然後詩人筆鋒轉向對月色的描繪，用飛鏡照丹闕形容月的皎潔，雲霧散盡露出嬌面，更顯得美妙動人。於是詩人發出三個奇問：只見月亮晚間從海上升起，哪知早晨她在雲間消失，究竟到何處去了？月中白兔從秋到春在搗藥，那是為什麼？嫦娥仙子孤寂獨棲，有誰與她相鄰？這些問題誰都無法回答，詩人也不要求回答。接著詩人又轉向探索人生短暫、月亮永恆的哲學命題：「古時月」和「今月」是一個月亮，曾照亮「古人」也照亮「今人」；而「古人」和「今人」無數代的更替，是不同的人；所以「今人」見不到「古時月」，「古人」也見不到「今月」。兩句分說，錯綜回環，互文見義。古人今人像流水一樣逝去，而他們所見之明月卻永遠如此。四句化用張若虛〈春江花月夜〉中詩句，寫得深入淺出，既意味深長，又充滿詩情，使人迴腸盪氣，產生無限感慨。最後兩句又回到題意，用曹操〈短歌行〉名句引出及時行樂思想。「月光長照金罇裏」，是對月光的珍惜，既然人生短暫，就要使酒杯常有月光，「短」中求「長」，這是一層意思；只有飲酒當歌，享受月光長照金樽的快樂，才不辜負月光，這又是一層意思。

全詩從停杯問月寫起，到月光照金樽結束，在時間、空間上縱橫馳騁，反復將月與人對比，穿插神話和月色描繪，熔提問、敘述、描繪、議論、抒情於一體，有曲折錯綜、抑揚頓挫之美，形象鮮明生動，語言自然流暢，哲理與詩情交融，有自然渾成之妙。

同族姪評事黯遊昌禪師山池二首[1]

其一

遠公愛康樂❷，為我開禪關❸。蕭然松石下，何異清涼山❹？花將色不染❺，
水與心俱閑。一坐度小劫❻，觀空❼天地間。

【注釋】❶同族姪題　宋本在「姪」字下夾注：「一作：弟」。評事黯，大理評事李黯。《舊唐書．職官志三》大理寺有：「評事十二人，從八品下。掌出使推覈」。按：兩《唐書》有四李黯，一見《新唐書．則天皇后紀》，載初元年八月被殺；一見《新唐書．宗室世系表上》大鄭王房，為監察御史，乃文宗時宰相李石之姪，李福之子；一見《新唐書．宰相世系表五下》柳城李氏，為景州刺史，乃李光弼之孫；一見《舊唐書．馬燧傳》，為貞元初前鋒將。另外，《全唐詩》卷四八六鮑溶有〈贈李黯將軍〉詩，當即貞元初前鋒將之李黯。時代與身分似皆不合此詩中之李黯。昌禪師山池，據許嘉甫、楊海波考證，即無錫惠山寺昌師院（見〈李白遊昌師院小考〉，《中國李白研究二〇〇〇年集》）。《全唐詩》卷二七一竇群有〈晨過昌師院〉（竇為李騭詩），卷五一〇張祜有〈題惠山寺〉、〈題惠昌上人院〉。❷遠公句　遠公，指慧遠。《高僧傳》卷六：「釋慧遠，本姓賈氏，雁門樓煩人也。弱而好書，珪璋秀發。……陳郡謝靈運，負才傲俗，少所推崇，及一相見，肅然心服。」《蓮社高賢傳》：「（謝）靈運為康樂公玄孫，襲封康樂。……至廬山，一見遠公，肅然心伏，乃即寺築臺，翻《涅槃經》，鑿池植白蓮。時遠公諸賢同修淨土之業，因號白蓮社。」❸禪關　佛教語。禪法之門。李白〈化城寺大鐘銘〉：「方入於禪關，覩天宮崢嶸，聞鐘聲瑣屑。」❹清涼山　山西五臺山的別稱。因夏無暑熱，因名。《法苑珠林》卷五二：「代州東南五臺山，古稱神仙之宅也。方三百里，極巉巖崇峻，有五臺，上不生草木，唯松柏茂林，經中明文殊將五百仙人往清涼之山，即斯地也。地極嚴寒，多雪，號曰清涼山。所以古來求道之士多遊此山。遺跡靈窟，即目極多。」❺花將句　謂白蓮花色白，似無顏色，故稱「色不染」。❻小劫　佛教語。佛教以「劫」（劫波）為假設的記時之詞。謂人的壽命從十歲增至八萬，又從八萬回至十歲，經二十返為一小劫。具體說法尚有不同。《法華經．化城喻品》：「而諸佛法不現在前，如是一小劫，結跏趺坐，身心不動。」❼觀空　佛教語。《涅槃經》：「觀一切法，本性皆空。」僧肇《維摩詰經注》：「一乘觀空，惟在無我，大乘觀空，無法不在。」《天台仁王經疏》：「言觀空者，謂無相妙慧照無相境，內外並寂，緣觀其空。」

【語譯】昌禪師像當年慧遠大師愛謝靈運一樣喜愛我，為我開啟禪法之門。松石之下蕭然冷寂，與佛教聖地五臺山稱為清涼山又有什麼不同？山池之上白蓮花不染色，我的心就像水一樣閒逸。在山池上一坐度過一次

小劫，放眼觀看天地間萬物皆為空。

【研　析】此二詩疑是天寶五載（西元七四六年）從東魯南下往越中經無錫時所作。此詩首二句寫昌禪師為詩人闡發禪的深妙奧義，中四句描寫昌師山池的清幽環境，末二句寫心靈的感受。全詩充滿佛家的禪理與意趣。嚴羽評點曰：「不本色的不佳，太本色亦厭，如此乃免二病。」明人亦批點曰：「後四句絕妙禪理，可以雨花。」

其二

客來花雨❶際，秋水落金池❷。片石寒青錦❸，疏楊挂綠絲。高僧拂玉柄❹，童子獻霜梨❺。惜去愛佳景，煙蘿❻欲暝時。

【注釋】❶花雨　佛教語。諸天為讚嘆佛說法之功德而散花如雨。❷金池　山池的美稱。《彌陀經》：「極樂國土有七寶池，八功德水充滿其中，池底純以金沙布地。」梁元帝〈春別應令詩四首〉其二：「飄花拂葉度金池。」❸青錦　比喻青苔。因其色似青色錦緞。❹玉柄　謂麈尾。即拂塵。魏、晉文士清談時常執的一種拂子，用麈的尾毛製成。《世說新語・容止》：「王夷甫（王衍）容貌整麗，妙於談玄。恆捉白玉柄麈尾，與手都無分別。」❺霜梨　經秋霜後採摘的梨。❻煙蘿　煙霧籠罩下的松蘿。松蘿，地衣類植物。常大批懸垂高山針葉林枝幹間，少數生於石上。

【語譯】我作客來此花雨之地，秋水灑落於美好的山池中。長滿錦緞般青苔的片片山石散發出寒氣，稀疏的綠絲還掛在楊樹上。高僧昌禪師手執玉柄拂塵，童子獻上經霜的香梨。我愛賞美好的景色不忍離去，可是松蘿已被煙霧籠罩在暮色之中。

【研　析】此詩前四句描寫山池之景。五、六兩句寫昌禪師的款待。末二句敘天暮惜別。嚴羽評首句曰：「當直言，是花是雨是人間景，若因禪地解作天雨寶花，便腐極。」

金陵鳳凰臺❶置酒

置酒延落景❷，金陵鳳凰臺。長波寫萬古，心與雲俱開。借問往昔時，鳳凰為誰來？鳳凰去已久，正當今日迴。明君越羲、軒❸，天老坐三台❹。豪士無所用，彈絃醉金罍❺。東風吹山花，安可不盡杯？六帝❻沒幽草，深宮冥綠苔。置酒勿復道❼，歌鍾❽但相催。

【注釋】❶鳳凰臺　原址在今南京來鳳街附近。❷延落景　推遲落日，謂延長時間。江淹〈雜體詩三十首・謝僕射混遊覽〉：「徘徊踐落景。」落景，落日。❸羲軒　指傳說中的上古帝王伏羲、軒轅。❹天老句　《列子・黃帝》：「黃帝既寤，悟（怡）然自得，召天老、力牧、太山稽。」張湛注：「三人，黃帝相也。」此處以「天老」謂朝廷大臣。《史記・五帝本紀》：「（黃帝）舉風后、力牧、常先、大鴻以治民。」張守節《正義》：「黃帝仰天地置列侯眾官，以風后配上台，天老配中台，五聖配下台，謂之三公也。」❺金罍　用黃金裝飾的酒杯。《詩經・周南・卷耳》：「我姑酌彼金罍。」後泛指酒杯。此處指飲酒。❻六帝　王琦注：「六帝，六代帝王也。」總指六朝的帝王。❼勿復道　不要再說。〈古詩十九首〉其一：「棄捐勿復道。」❽歌鍾　蕭本、郭本、王本作「歌鐘」。同音通用。伴唱的編鐘。《國語・晉語七》：「歌鍾二肆。」韋昭注：「歌鍾，歌時通奏。」鮑照〈數名詩〉：「庭下列歌鍾。」

【語譯】設置酒宴延長落日餘暉，就在金陵的鳳凰臺。長江波浪傾瀉萬古，我的心情與天上浮雲都被打開。借問往昔之時，鳳凰是為誰而飛到此處來的？鳳凰離去已經很久，正當應在今天飛回來。如今的聖明之君超過上古的伏羲氏和軒轅氏，賢能大臣居於三公之位。

　　現在豪傑之士已無所用，只能彈琴醉酒隱居自樂而已。值此東風吹開山花之時，怎可不盡情傾杯？金陵是六朝故都，如今六代帝王都已埋沒於幽草之下，當年的深沉宮闕也都消失於蒼苔之中。置酒高臺不須再說，只有歌鐘之聲在催促我們去欣賞。

【研析】此詩當是天寶六載（西元七四七年）遊金陵時作。與〈登金陵鳳凰臺〉為同時之作。前段謂設酒宴以延落日，點出金陵鳳凰臺。只見長江波浪傾瀉萬古，而自己心胸與天上浮雲俱開。詩人提出疑問：往昔鳳凰為何來到此地？今已去久正當回來。接著二句承上啟下：當今明君超越上古聖君是承上鳳凰當來之故，賢臣居三公之位則啟下「豪士無所用」只能置酒取樂之由。後段八句謂既然朝廷人才濟濟，豪傑之士已無所用，只能彈琴醉酒自樂而已。況值春風花開，怎可不盡飲？六朝帝王早已埋於荒草之下，當年的深沉宮闕今亦長滿青苔。弔古傷今，姑且飲酒不要再說，唯以催鳴歌鐘可也。《唐宋詩醇》卷七評曰：「意在語言之外，其暢適處正是牢騷處耳。眼前景，意中事，若隱若顯，風人妙指。」

秋浦清溪雪夜對酒客有唱鷓鴣者❶

秋浦

披君貂襜褕❷，對君白玉壺。雪花酒上滅，頓覺夜寒無。客有桂陽❸至，能吟〈山鷓鴣〉。清風動窗竹，越鳥❹起相呼。持此足為樂，何煩笙與竽？

【注釋】❶秋浦題　秋浦，唐縣名，屬江南道宣州。代宗永泰二年設池州，秋浦縣改屬池州。今安徽池州境。清溪，在縣城北。鷓鴣，曲調名。即〈鷓鴣詞〉，又名〈山鷓鴣〉。卷六有〈山鷓鴣詞〉。《樂府詩集・近代曲辭二》錄〈鷓鴣詞〉有李益一首、李涉二首。李益一首在《全唐詩》卷二八三題作〈山鷓鴣詞〉。又《樂府詩集》云：「〈山鷓鴣〉，羽調曲也。」蓋其曲效鷓鴣之聲為之。按：宋本題下有「秋浦」二字注，乃宋人編集時所加。❷披君句　貂襜褕，貂皮製成的直裾短衣。《文選》卷二九張衡〈四愁詩〉：「美人贈我貂襜褕。」李善注引《說文》：「直裾謂之襜褕。」呂向注：「襜褕，衣服之飾。」宋本在「君」字下夾注：「一作：我」。❸桂陽　唐郡名。即郴州，天寶元年改為桂陽郡，乾元元年復改為郴州。今湖南郴州。❹越鳥　王琦注：「越鳥，即鷓鴣也。以越地最多，故謂之越鳥。」按：鷓鴣，鳥名。形似雌雉，頭如鶉。羽毛黑白相雜。腳橙黃至紅褐色。左思〈吳都賦〉：「鷓鴣南翥而中留。」

【語　譯】我披上貂皮短衣，與您舉杯對飲。雪花飄落酒上就消盡，飲酒頓覺全無冬夜的寒氣。有客從桂陽來，能吟唱〈山鷓鴣〉曲辭。歌聲如清風吹動窗前的細竹，南方的鷓鴣鳥也聞聲而歡呼鳴啼。有此情景足以使人快樂，何必還要笙竽樂器齊伴奏？

【研　析】此詩當是天寶十三載（西元七五四年）冬遊秋浦時所作。前四句寫「雪夜對酒」。謂雪夜寒而披上貂皮短衣，與友對飲以取暖。雪花落酒而消，頓覺夜寒無有。接著四句寫「客有唱鷓鴣者」，謂有位從桂陽來之客，能唱〈山鷓鴣〉之曲詞，音律之妙使清風生於窗竹，鷓鴣鳥起而和鳴相應。末二句抒發感情：據有這般情景足以為樂矣，何必用笙竽之繁音聒耳！明人批點此詩曰：「率爾語，風致亦自不乏。」

與周剛清溪玉鏡潭宴別❶

潭在秋浦桃樹陂下，予新名此潭

康樂上官去，永嘉遊石門❷。江亭有孤嶼❸，千載跡猶存。

我來憩❹秋浦，三入桃陂源❺。千峰照❻積雪，萬壑盡啼猿。興與謝公合，文因周子論。掃崖去落葉，席月❼開清罇。

溪當大樓❽南，溪水正南奔。迴作玉鏡潭，澄明洗心魂。此中得佳境，可以絕囂喧。清夜方歸來，酣❾歌出平原。別後經此地，為予謝蘭蓀❿。

【注　釋】❶與周剛題　咸本題作〈秋浦與周生宴青溪玉鏡潭〉。宋本「清溪」作「青溪」，據蕭本、郭本、王本改。蕭本、郭本、王本題下注中「桃樹陂」作「桃胡陂」。題下注上胡本有「自注」二字，王本有「原注」二字。周剛，事蹟不詳。清溪玉鏡潭，《江南通志》卷一六山川池州府：「玉鏡潭，在府西南七十里，江祖潭下數里許。」今清溪玉鏡潭已不存，故址在今安徽池州南桃坡鎮。❷康樂二句　康樂，指謝靈運，襲祖爵康樂公。上官，上任。永嘉，郡名。今浙江溫州。謝靈運曾為永嘉太守。石門，山名。據《一統志》，石門山在溫州府城北。《文選》卷二二謝靈運有〈登石門最高頂〉詩，李善注引謝靈運《遊名山志》曰：「石門澗六處，石門溯水上入兩山口，兩邊石壁。右邊石巖，下臨澗水。」❸孤嶼　山名。謝靈運有〈登江中孤嶼〉詩。《太平寰宇記》卷九九江南東道十一：「孤嶼山在（溫）州南四里永嘉江中，渚長三百丈，闊七十步，嶼有二峰。」❹憩　蕭本、郭本、王本皆作「遊」。❺桃陂源　即桃胡陂。今稱桃坡，在安徽池州南桃坡鎮。參見卷六〈秋浦歌〉其十七「桃源一步地」注。❻照　宋本在此字下夾注：「一作：點」。❼席月　席地坐於月光下。陶弘景〈解官表〉：「席月澗門，橫琴雲間。」❽大樓　山名。《江南通志》卷一六山川池州府：「大樓山在府南四十里。」❾酣　宋本在此字下夾注：「一作：蓮」。❿為予句　予，蕭本、郭本、《全唐詩》作「余」。蘭蓀，香草名。比喻賢士君子。《文選》卷三〇沈約〈和謝宣城〉詩：「昔賢侔時雨，今守馥蘭蓀。」劉良注：「蘭蓀，香草也。」此處喻周剛。

【語　譯】當年謝靈運去上任永嘉太守，曾經遊覽石門山勝景。他還在江中孤嶼山建有江亭，雖經千年這些遺跡還存在。

我來到秋浦之地遊賞，三次進入到桃陂源。這裡千山映照著積雪，萬壑迴響著猿啼聲。我的逸興與當年的謝公相合，因與周君共為論文。掃去山崖間墜落的樹葉，席坐在明月之下開樽飲酒。

清溪在大樓山的南面，溪水正自北向南奔流。溪水回曲之處形成玉鏡潭，潭水清澈明淨可以洗人心魄。此地得到佳妙之境，能夠遠絕塵世的喧囂之聲。夜深之時方才返歸，興酣高歌走入平坦之地。別離之後若有人經過此地，定當請為我向君子致謝。

【研　析】此詩當是天寶十二載（西元七五三年）冬遊秋浦時所作。首段四句以古人之事起興。謂謝靈運當年為永嘉太守曾遊石門和孤嶼山，雖經千載而遺跡猶存。次段正面寫與周剛同遊桃陂。謂自己來秋浦已三入桃陂。描寫桃陂周圍景色：千峰積雪，萬壑猿啼。自己遊興同於當年謝靈運，又得周剛友人相與論文。於是掃崖上落葉，坐月光以開樽飲酒。末段寫玉鏡潭。謂清溪在大樓山南，溪水南奔，迴流而成玉鏡潭，形容潭之清可洗心魂。此處佳境可絕塵囂。宴遊至夜方歸。出於平原，分手告別。別後若再經此地，定當向您這位賢士致謝。

遊秋浦白笴陂❶二首

其一

何處夜行好？月明白笴陂。山光搖積雪，猿影挂寒枝。但恐佳景晚，小令❷歸棹移。人來有清興❸，及此有相思❹。

【注　釋】❶白笴陂　《江南通志》卷一六山川：「白笴陂，在（池州）府西南二十五里。」❷小令　小曲。❸清興　清雅的逸興。❹有相思　蕭士贇注：「末句『有』字，依《孟子》音又，去聲。」王琦注：「一本竟改作『又』字，非也。」

【語　譯】什麼地方夜遊最好？那就是明月照映下的白笴陂。月光似在搖動山上的積雪，清猿的影子掛在寒枝上。只是耽心佳景將晚，唱著小曲把歸舟轉移。人來到這裡就會頓生清雅逸興，在此還會產生懷人之思。

【研　析】此詩亦為天寶十三載（西元七五四年）遊秋浦時作。詩意謂何處可夜行，唯月明時白笴陂。山光動積雪，猿影掛寒枝。此佳景只恐易去，當歌小曲移歸舟。人來此處頓生清興，又可產生懷人之思。《李太白詩醇》卷四評曰：「警句奇絕奇景。」

其二

白笴夜長嘯，爽然❶溪谷寒。魚龍動陂水，處處生波瀾。天借一明月，飛來碧雲端。故鄉不可見，腸斷正西看❷。

【注釋】❶爽然　開朗舒暢貌。❷西看　李白故鄉在西蜀，位於秋浦之西，故曰「西看」。

【語譯】我在白笴陂邊夜晚長嘯，爽快舒暢感覺溪谷透出寒氣。魚龍在陂水中來回游動，使陂水處處生出波瀾。從天上借來一輪明月，飛到碧雲之上。我的故鄉綿邈遙遠不可見，向西遙看痛斷肝腸。

【研析】此詩謂在白笴陂夜間長嘯，心情爽朗溪谷生寒。魚龍動而波瀾興，天宇開而明月上。望故鄉而不見，西看使我思鄉而斷腸。亦為抒望月思鄉之情。

宴陶家亭子　尋陽❶

曲巷幽人宅，高門大士❷家。池開照膽鏡❸，林吐破顏花❹。綠水藏春日，青軒祕晚霞❺。若聞絃管妙，金谷不能誇❻。

【注釋】❶宴陶家題　陶家亭子，地點不詳。宋本題下有「尋陽」二字注，乃宋人編集時所加。❷大士　古官名。殷代六卿之一，掌管祭神事務。《禮記．曲禮下》：「天子建六官，先六大，曰大宰、大宗、大史、大祝、大士、大卜，典司六典。」鄭玄注：「此蓋殷時制也。大士，以神仕者。」此處指高官。❸照膽鏡　《西京雜記》卷三：「高祖初入咸陽宮……有方鏡，廣四尺，高五尺九寸，表裡有明。人直來照之，影則倒見。以手捫心而來，則見腸胃五藏，歷然無礙。人有疾病在內，掩心而照之，則知病之所在。又女子有邪心，膽張心動。秦始皇常以照宮人，膽張心動者則殺之。」按：此處借言池水之清，照人似可見肝膽。❹破顏花　形容花開如人之笑。破顏，露出笑容。宋之問〈發端州初入西江〉詩：「破顏看鵲喜。」《五燈會元》卷一：「世尊在靈山會上，拈花示眾。是時眾皆默然，唯迦葉尊者破顏微笑。」❺青軒句　青軒，華美的居處或車乘。鮑令暉〈擬青青河畔草〉：「灼灼青軒女，泠泠高堂中。」江淹〈宋建平王太妃周氏行狀〉：「青軒華轂。」此處當指華美的亭子。祕，關閉；隱藏。❻金谷句　以奢華著名的石崇金谷園對此也不能誇耀。《水經注・穀水》：「穀水又東，左會金谷水。水出太白原，東南流歷金谷，謂之金谷水，東南流逕晉衛尉卿石崇之故居。」按：石崇的金谷別館遺址在今河南洛陽。

【語　譯】居住在深曲的巷子中如隱士之宅，可那是高門大樓顯然是做大官的人家。池水清澈如可照見人膽之鏡，園中繁花吐豔如美女開顏微笑。碧綠的水中藏著春天的太陽，美好的亭子又隱閉著晚霞。如果再能聽到美妙的絃管之聲，即使是著名的晉代石崇的金谷園也難以比美。

【研　析】此詩作年不詳。詩中描繪陶家亭子周圍環境生動如畫。首二句謂曲折小巷似為幽隱者之宅，而高樓大院又當為顯宦之家。中間四句寫池水清澈如鏡，花開如美女微笑。綠水藏日，青軒隱霞。亭中勝景美絕如此。若加絃管之妙音，其景則冠絕古今，雖石崇金谷園之富麗，亦不足誇矣！

在水軍宴韋司馬樓船觀妓

永王軍中❶

搖曳帆在空❷，清流❸順歸風。詩因鼓吹❹發，酒為劍歌❺雄。對舞青樓❻妓，雙鬟❼白玉童。行雲且莫去，留醉楚王宮❽。

【注　釋】❶在水軍題　韋司馬，卷七有〈贈韋祕書子春〉詩，此韋司馬疑即韋子春。《新唐書・永王李璘傳》：「璘生宮中，於事不通曉，見富且強，遂有闚江左意，以薛鏐、李臺卿、韋子春、劉巨鱗、蔡駉為謀主。」可知韋子春乃永王李璘的謀士。按：宋本題下有「永王軍中」四字注，乃宋人編集時所加。❷搖曳句　搖曳，擺蕩。鮑照〈代擢歌行〉：「搖曳高帆舉。」❸流　宋本在此字下夾注：「一作：川」。❹鼓吹　演奏樂曲。《東觀漢記・段熲傳》：「熲乘輕車，介士鼓吹。」《藝文類聚》卷六八：「桓玄作詩，思不來，輒作鼓吹。既而思得，云：『鳴鵠響長阜。』歎曰：『鼓吹固自來人思。』」❺劍歌　彈劍而歌。❻青樓　指妓院。❼雙鬟　兒童頭上的兩個環形髮髻。❽行雲二句　用宋玉〈高唐賦〉故事。詳見卷四〈清平調詞三首〉其二注。此處借指「青樓妓」。

【語譯】船帆在空中搖曳晃動，清清的流水順風而載著樓船漂行。演奏的樂曲觸發我的詩興，飲酒因彈劍長歌而雄壯。青樓妓女相對而舞，顏如白玉的兒童頭上兩個環形髮髻非常嬌豔。請你們暫且不要像巫山神女那樣化作行雲而離去，酒醉之後留宿於楚王宮中。

【研析】此詩乃至德二載（西元七五七年）正月在永王李璘幕府水師中作。首二句寫「樓船」，次二句敘在水軍中聽樂寫詩，劍歌飲酒，「宴韋司馬」。再次二句寫「觀妓」，末二句就留妓結。應時《李詩緯》評曰：「筆致異人。」末二句：「如此謔，方不俗。」

流夜郎至江夏陪長史叔及薛明府宴興德寺南閣　江夏❶

紺殿❷橫江上，青山落鏡中。岸迴沙不盡❸，日映水成空❹。天樂流香閣❺，

蓮舟颺晚風❻。恭陪竹林宴❼，留醉與陶公❽。

【注釋】❶流夜郎題　江夏，唐郡名。即鄂州，天寶元年改為江夏郡，乾元元年復改為鄂州。今湖北武漢武昌。長史叔，姓李的江夏郡長史，名不詳。薛明府，姓薛的江夏縣令，名不詳。興德寺，當在江夏縣境內，今無考。按：宋本題下有「江夏」二字注，乃宋人編集時所加。❷紺殿　寺廟。因寺廟的牆紺青色，故稱。紺，天青色。即深青帶紅的顏色。徐陵〈孝義

寺碑〉：「紺殿安坐，蓮花養神。」❸沙不盡　形容沙灘之長，無窮無盡。❹水成空　形容水之清。❺天樂句　王琦注引《華嚴經》：「百萬天樂，各奏百萬種法，相續不斷。」宋之問〈使過襄陽登鳳林寺閣〉詩：「香閣臨青漢，丹梯隱翠微。」按：天樂，佛教稱天國之樂。香閣，佛教對寺閣的美稱。宋本在「流」字下夾注：「一作：聞」。❻蓮舟句　王琦注：「蓮舟，採蓮舟也。颻者，隨風搖盪之義。」沈君攸〈採蓮曲〉：「平川映晚霞，蓮舟泛浪華。」❼竹林宴　叔父之宴。《晉書・阮籍傳》：「（阮）咸任達不拘，與叔父籍為竹林之遊。」此處以阮籍喻長史叔，以阮咸自喻，表明叔姪關係。❽陶公　指晉代詩人陶淵明，曾為彭澤縣令，以喻薛明府為江夏縣令。

【語　譯】天青色的寺廟橫立在江岸之上，青山倒影於明澈如鏡的水中。江岸曲折黃沙綿延不盡，太陽照映江水看似空無。天樂傳聞於香閣，蓮舟在晚風中漂蕩。我恭陪叔父飲宴就像當年阮咸奉陪叔父阮籍的竹林之遊，並且還留薛縣令共飲酣醉。

【研　析】此詩乃乾元元年（西元七五八年）夏流放至江夏時所作。詩中前六句描寫在興德寺南閣宴會上所見景色。謂廟宇橫開江上，青山倒影於如鏡之水中。岸曲折而沙不盡，日映水而水似空。天樂聞於香閣，蓮舟蕩於晚風。末二句敘自己陪長史叔與薛縣令宴飲。以阮籍與阮咸喻長史叔與自己的叔姪關係，故用竹林之典。以陶淵明況薛明府，以陶亦嘗為縣令。應時《李詩緯》評此詩為「清脫可風」。

汎沔州城南郎官湖并序❶

乾元歲秋八月，白遷於夜郎，遇故人尚書郎張謂出使夏口❷，沔州牧杜公❸、漢陽宰王公❹觴于江城之南湖，樂天下之再平也。方夜，水月如練❺，清光可掇❻，張公殊有勝槩，四望超然，乃顧白曰：「此湖古來賢豪遊者非一，而枉踐佳景，寂寥無聞。夫子可為我標之嘉名以傳不朽。」白因舉酒酹水⑦，號之曰「郎官湖」，亦由鄭圃之有僕射陂也⑧。席上文士輔翼⑨、岑靜⑩以為知言，乃命賦詩紀事，刻石湖側。將與大別山⑪共相磨滅焉。

張公多逸興，共泛沔城隅。當時秋月好⑫，不減武昌都⑬。四座醉清光，為歡古來無。郎官愛此水，因號郎官湖。風流若未減，名與此山俱⑭。

【注釋】①沔州題　沔州，唐州名。屬淮南道。天寶元年改為漢陽郡。乾元元年復改為沔州。今湖北武漢漢陽。郎官湖，原名南湖，李白改此名，見此詩之序。原址在今漢陽東南隅，明朝以後漸涸，僅似溝洫。②張謂出使夏口　張謂，字正言，河南人（見《唐詩品彙》）。《唐詩紀事》卷二五：「（張）謂登天寶二年進士第，奉使長沙，嘗作《長沙風土記》。」「謂大曆間為禮部侍郎。」按：《全唐文》卷四一一常袞有〈授張謂禮部侍郎制〉。夏口，古地名。又稱沔口、漢口、魯口。指漢水注入長江處。即今武漢舊漢口市地。又，古城名，三國時吳黃武二年築。在今武漢黃鵠山上。因與夏口隔江相對，故名。兩晉南朝曾為沙羨縣、汝南縣、江夏郡及荊州、郢州治所。此處當指古地名。③沔州牧杜公　姓杜的沔州刺史。名不詳。④漢陽宰王公　姓王的漢陽縣令。名不詳。⑤如練　形容月光明亮如白絹。梁元帝〈春別應令四首〉其一：「昆明夜月光如練，上林朝花色如霰。」⑥可掇　似可拾取。《詩經・周南・芣苢》：「采采芣苢，薄言掇之。」毛傳：「掇，拾也。」⑦酹水　灑酒於水中表示祭奠或立誓。⑧鄭圃之有僕射陂　指鄭州管城縣之李氏圃。《元和郡縣志》卷八河南道鄭州管城縣：「李氏陂，縣東四里。後魏孝文帝以此陂賜僕射李沖，故俗呼為僕射陂。周迴十八里。」⑨輔翼　卷一一有〈江夏寄漢陽輔錄事〉詩，輔錄事當即輔翼，則輔翼其時為漢陽縣錄事。⑩岑靜　事蹟不詳。⑪大別山　《元和郡縣志》卷二七江南道沔州漢陽縣：「魯山，一名大別山，在縣東北一百步。其山前枕蜀江，北帶漢水，山上有吳將魯肅神祠。」⑫秋月好　用《世說新語・容止》庾亮登武昌南樓談詠故事，詳見卷一九〈陪宋中丞武昌夜飲懷古〉詩注。⑬武昌都　指今湖北鄂州。唐代為武昌縣。《元和郡縣志》卷二七江南道鄂州武昌縣：「建安二十五年，吳大帝以下雉、尋陽、新城、柴桑、沙羨、武昌六縣為武昌郡，黃武初，自建業徙都，廢。黃龍九年，於此即尊位。還都建業。皇太子登留守武昌，以陸遜輔之。嘉禾元年，太子還建業，立皇子奮為齊王，居武昌，諸葛恪不欲諸王處瀕江兵馬之地，徙居豫章。甘露元年，歸命侯又都之，揚土百姓，泝流供給，以為患苦。

陸凱上疏曰：『武昌土地實危險而塉确，非王都安國養人之處。且童謠言：寧飲建業水，不食武昌魚。寧還建業死，不止武昌居。』於是還都建業。」可知孫權曾一度以武昌為都城。⑭名與句　《晉書・羊祜傳》：「公德冠四海，道嗣前哲，令聞令望，必與此山俱傳。」此處借用其語。

【語　譯】乾元元年秋八月，我被流放夜郎。遇到老朋友尚書郎張謂出使漢口，沔州刺史杜公、漢陽縣令王公，在江城之南湖設宴招待，慶祝收復兩京天下又太平。正當此夜，月光照水清淨如白練，清亮的月光似可拾取。張公特別有超凡的氣概，四望美景不俗，於是回顧對我說：「這個湖自古以來賢人豪士遊覽者很多，而徒然蒞臨佳景，寂然無聞。您可以為我題個嘉名作為標誌，從此相傳不朽。」於是我就舉起酒杯，將酒灑入水中祭奠，稱此湖為「郎官湖」，就像後魏孝文帝以鄭州管城縣之圃賜給僕射李沖曰僕射陂。宴席上文士輔翼、岑靜以為我的命名是知言。於是我賦詩紀事，刻石立於湖邊。將與大別山一樣共存而不可磨滅了。

張公飄逸之興致多，我們共同泛舟於沔城湖。正當秋夜明月好，不減當年孫權的武昌都。四座諸君都像當年庾亮等人那樣陶醉在清夜的光輝中，恣意為歡為自古以來所無。張郎官喜愛這個湖的水，於是我就給它命名為郎官湖。張公與諸君風流俊爽不減古人，郎官湖之名將與大別山同樣長存。

【研　析】此詩作於乾元元年（西元七五八年）八月，序中已明說。序中詳細敘述了張謂出使沔州，與詩人同泛南湖以及命名郎官湖的情景。詩中首二句點題。接著四句用孫權一度建都武昌及庾亮秋夜與諸人共詠的典故，描寫環境和人物之美。七、八二句點明命名郎官湖的原因。末二句謂今日之風流不減古人，郎官湖之名也將與大別山共同永存。嚴羽評此詩之序曰：「豪情如生，覺此會未散。」鍾惺《唐詩歸》卷一五曰：「若不作詩，此序已是一絕妙題名矣。」

陪侍郎叔[1]遊洞庭醉後三首

其一

今日竹林宴❷，我家賢侍郎❸。三盃容小阮❹，醉後發清狂❺。

【注釋】❶侍郎叔　即刑部侍郎李曄。乾元二年，鳳翔七馬坊押官曾為盜，被天興縣令謝夷甫擒殺。其妻訴冤，詔令刑部侍郎李曄與御史中丞崔伯陽、大理卿權獻三司訊問，認為該殺。其妻上訴不已，又詔令毛若虛覆審，毛若虛受宦官指使，卻歸罪謝夷甫，又在肅宗前傾讒崔伯陽、權獻。肅宗怒，貶崔伯陽為端州高要尉，權獻為郴州桂陽尉，李曄為嶺南一個縣的縣尉。此年秋李曄正路經岳陽，與李白相遇，於是同遊洞庭。❷竹林宴　《世說新語・任誕》載：西晉時山濤、阮籍、嵇康、向秀、劉伶、阮咸、王戎七人，常集於竹林之下，任誕飲酒，世稱竹林七賢。此用喻詩人與李曄的遊宴。❸賢侍郎　指李曄，其時由刑部侍郎貶職嶺南。❹小阮　指竹林七賢中的阮咸，阮咸乃阮籍之姪，《晉書・阮籍傳》：「(阮)咸任達不拘，與叔父籍為竹林之遊。」此以阮籍比李曄，以阮咸自比。容小阮，謂寬容自己，自謙之詞。❺清狂　放逸不羈。杜甫〈壯遊〉詩：「放蕩齊趙間，裘馬頗清狂。」指縱情詩酒，不拘形跡。

【語譯】今日的宴遊就像當年的竹林之宴，我與我家賢侍郎就像阮咸與叔父阮籍一樣。酒過三杯請寬容我小姪，酒醉之後就發放逸不羈之態。

【研析】此組詩乃乾元二年（西元七五九年）秋於岳陽同李曄共遊之作，與後組詩當作於同時。此首以晉代竹林七賢中阮籍與阮咸的叔姪關係為喻，謂今日叔姪洞庭之遊，猶如當年阮氏叔姪的竹林之宴，請叔寬容小姪不以醉後清狂而責備。黃周星《唐詩快》評此詩曰：「四句只如一句。」

其二

船上齊橈樂❶，湖心泛月歸❷。白鷗閑不去，爭拂酒筵飛。

【注　釋】❶齊橈樂　一同划槳歡樂。橈，船槳。❷汎月歸　月映水中，船槳划水，如蕩月而歸。

【語　譯】在船上一同划槳歡樂，月映湖心泛舟蕩月而歸。白鷗悠閒近人而不遠飛，卻爭相在我們酒筵上方高下飄拂盤旋。

【研　析】此首詠泛湖之樂。謂船上共同划槳取樂，湖心蕩月而歸。白鷗近人而不去，爭拂酒筵而飛。吳昌祺《刪訂唐詩解》卷一一評曰：「齊橈泛月，只言遊賞之趣。」

其三

剗卻君山好，平鋪湘水流❶。巴陵無限酒，醉殺洞庭秋❷。

【注　釋】❶剗卻二句　謂最好把君山鏟平，使洞庭湖水不受阻礙地平穩流動。剗卻，鏟平；削去。木華〈海賦〉：「於是乎禹也乃鏟臨崖之阜陸，決陂潢而相浚。……群山既略，百川潛渫。……江河既導，萬穴俱流。」二句用其意。剗，同「鏟」。杜甫〈劍門〉詩：「吾將罪真宰，意欲鏟疊嶂。」君山，在湖南洞庭湖口，又名湘山。《水經注・湘水》：「〔洞庭〕湖中有君山，……是山，湘君之所遊處，故曰君山矣。」按：楊齊賢注此詩曰：「君山，在洞庭東，距巴陵四十里。登岳陽樓望之，橫陳其前。君山之後乃大湖，渺茫無際直抵沅、澧、鼎三州。」湘水，此處指洞庭湖。《北夢瑣言》卷七：「湘江北流至岳陽，達蜀江。夏潦後，蜀漲勢高，遏住湘波，讓而退溢為洞庭湖，凡闊數百里。而君山宛在水中，秋水歸壑，此山復居於陸。」❷巴陵二句　謂欲使湖水都變成巴陵的酒，就可在秋天的洞庭湖邊醉倒了。巴陵，唐郡名。即岳州，天寶元年改為巴陵郡，乾元元年復改為岳州。今湖南岳陽。

【語　譯】剷除掉君山該有多好，可以讓洞庭湖水平鋪開而暢快地流淌。洞庭湖水若變為巴陵無限之酒，我們可相與醉煞在洞庭湖的秋色之中矣。

【研　析】此詩開端起得奇，大呼鏟平君山，真是異想天開！詩人在另一首詩中說：「淡掃明湖開玉鏡，丹青畫出是君山。」把君山寫得很美好，而此詩為何要鏟掉君山？次句作回答，說是為了讓浩浩蕩蕩的湘水毫無阻攔地平穩奔流，實際上是詩人在宣洩心中的憤懣。詩人胸懷救社稷、濟蒼生的抱負，可是「遭逢二明主，前後兩遷逐」（〈流夜郎半道承恩放還兼欣剋復之美書懷示息秀才〉），遇赦歸來，詩人希望朝廷給他洗雪而再用，可是這一幻想又告破滅。於是數十年的積憤湧上心頭，眼見突出橫阻湖中流水的君山，就像自己人生道路上的坎坷障礙，他要剷除世間的不平，讓有志之士有條平坦道路可走。這與〈江夏贈韋南陵冰〉詩中「槌碎黃鶴樓」、「倒卻鸚鵡洲」的洩憤相同。後兩句是詩人借酒澆愁後的浪漫主義奇想，詩人醉眼望見的洞庭湖水，好像都變成了無窮的巴陵美酒，就可使整個洞庭秋天「醉殺」了。詩人早年曾在〈襄陽歌〉中寫下類似的詩句：「遙看漢水鴨頭綠，恰似葡萄初醱醅。此江若變作春酒，壘麴便築糟丘臺。」當時幻想漢水變成酒，如今又幻想洞庭水變成酒，但早年詩抒發的是初入長安功業無成而產生的及時行樂思想，此詩抒發的卻是一生潦倒的悲憤之情，希望在醉酒中忘卻痛苦，排洩愁悶。

夜汎洞庭尋裴侍御❶清酌

日晚湘水淥❷，孤舟無端倪❸。明湖漲秋月，獨汎巴陵西。遇憩裴逸人，巖居陵丹梯❹。抱琴出深竹，為我彈〈鵾雞〉❺。曲盡酒亦傾，北窗醉如泥❻。人生且行樂❼，何必組與珪❽？

【注釋】❶裴侍御　名不詳。卷一六〈酬裴侍御對雨感時見贈〉、〈酬裴侍御留岫師彈琴見寄〉、〈答裴侍御先行至石頭驛以書見招期月滿汎洞庭〉，卷一九〈至鴨欄驛上白馬磯贈裴侍御〉等詩中的「裴侍御」，與此詩中的「裴侍御」，當為同一人。❷湘水淥　湘水，指洞庭湖水。洞庭湖主要由湘水瀦成。見本卷〈陪侍郎叔遊洞庭醉後三首〉其三注。李白詩中常以湘水指洞庭。

淥，蕭本、郭本、王本皆作「綠」。❸無端倪　無邊際。《文選》卷二二謝靈運〈遊赤石進帆海〉詩：「溟漲無端倪，虛舟有超越。」李周翰注：「端倪，猶涯際也。」❹陵丹梯　攀登高聳入雲的山峰。《文選》卷二七謝朓〈敬亭山〉詩：「即此陵丹梯。」李善注：「丹梯，謂山也。」呂延濟注：「丹梯，謂山高峰入雲霞處也。」❺鵾雞　琴曲名。《文選》卷一八嵇康〈琴賦〉：「鵾雞游絃。」李善注：「古相和歌者，有〈鵾雞曲〉。」李周翰注：「琴有〈鵾雞〉、〈鴻雁〉之曲。」❻北窗句　陶潛〈與子儼等疏〉：「常言五六月中，北窗下臥，遇涼風暫至，自謂是羲皇上人。」《後漢書‧周澤傳》：「時人為之語曰：『生世不諧，作太常妻。一歲三百六十日，三百五十九日齋，一日不齋醉如泥。』」❼人生句　《漢書‧楊惲傳》：「人生行樂耳，須富貴何時！」❽組與珪　印綬與玉珪，借指做官。組為古代官員的印綬。珪為帝王諸侯所執用以表示信符的玉版。《文選》卷四六任昉〈王文憲集序〉：「既襲珪組，對揚王命。」劉良注：「珪，諸侯所執也；組，綬，所以繫印者也。」

【語　譯】日暮之時洞庭湖水清澈碧綠，孤舟漂蕩在無邊無際的波浪中。秋月從湖中漲起照明了湖水，我獨自一人泛舟於巴陵之西。遇見隱君憩息於此的裴侍御，他依巖築居而攀登高山。從竹林深處抱琴出來，為我彈奏一首〈鵾雞〉曲。曲終之時酒也已傾盡，我像當年陶淵明一樣北窗下臥爛醉如泥。人生自當及時行樂，何必一定要繫印綬執玉珪去做官呢？

【研　析】此詩當是乾元二年（西元七五九年）秋遊洞庭時所作。首四句描寫夜泛洞庭的景色。接著六句敘寫遇見裴侍御及彈琴醉酒的歡樂之情。末二句抒發及時行樂不求宦達的思想。《唐宋詩醇》卷七評曰：「譬之於雲，有無心出岫之意。『明湖漲秋月』與『月湧大江流』同一寫景之妙。」

陪族叔刑部侍郎曄及中書賈舍人至遊洞庭五首❶

其一

洞庭西望楚江分❷，水盡南天不見雲。日落長沙❸秋色遠，不知何處弔湘君❹。

【注釋】❶陪族叔題　按：此組詩當是乾元二年秋作，時李曄由刑部侍郎貶嶺下某縣尉，途經岳陽，賈至亦由汝州刺史貶任岳州司馬，李白與二人在岳州相會而同遊洞庭。刑部，唐代中央行政機關尚書省的六部之一，掌管法律和刑獄事務。侍郎，部的副長官。中書賈舍人至，見前〈巴陵贈賈舍人〉詩注。❷楚江分　長江西來，至湖北石首縣分兩道入洞庭湖，因稱。❸日落長沙　江淹〈從冠軍建平王登廬山香爐峰〉詩：「日落長沙渚，曾陰萬里生。」此句本此。❹湘君　湘水之神。《史記・秦始皇本紀》：「上問博士曰：『湘君何神？』博士對曰：『聞之，堯女，舜之妻……。』」司馬貞《索隱》：「《列女傳》亦以湘君為堯女。按《楚辭・九歌》有湘君、湘夫人。夫人是堯女，則湘君當是舜。今此文以湘君為堯女，是總而言之。」洪興祖《楚辭補注》卷二〈湘君注〉：「堯之長女娥皇為舜正妃，故曰君，其二女女英自宜降曰夫人也。故〈九歌〉詞謂娥皇為『君』，謂女英『帝子』，各以其盛者推言之也。」

【語譯】自洞庭湖西望只見長江分二道入洞庭湖而又東流，湖水盡處與南天相接而不見雲彩。日落時秋色遙遠可望長沙，不知何處可以憑弔湘君。

【研析】此首寫八百里洞庭水的浩渺，點出神話傳說，抒發弔古深情。首句寫極目西望之水，描繪洞庭和長江水的分合；次句則寫南眺之天，寫出洞庭汪洋萬頃、水天相接之景。兩句從大處落筆，渲染洞庭湖的雄偉壯闊之美。三句以「日落」、「秋色」點時間和季節，長沙距洞庭數百里，可見日色、天色、秋色之遠，撩起詩人愁緒萬千。末句在寥遠的神話境界中抹上一層隱約的哀情。李鍈《詩法易簡錄》云：「弔湘君妙在『不知何處』四字，寫得湘君之神飄渺無方，而遷謫之感，令人於言外得之，含蓄最深。」俞陛雲《詩境淺說續編》亦云：「此詩寫景皆空靈之筆，弔湘君亦幽邈之思，可謂神行象外矣。」

其二

南湖秋水夜無煙❶，耐可❷乘流直上天！且就洞庭賒月色，將船買酒白雲邊❸。

【注釋】❶南湖句　南湖，指洞庭湖。因在岳陽樓西南，故稱。夜無煙，形容秋水靜夜清澄無染。❷耐可　唐人俗語。猶哪可、安得、怎能。❸且就二句　謂既不能乘流上天，姑且借洞庭月光，在船上喝酒為樂。賒，借。

【語譯】洞庭湖秋水靜夜澄澈無煙，怎能乘著流水直上雲天！姑且就洞庭湖向上天借來月光，駕船買酒陶醉在白雲邊罷。

【研析】此首寫月夜泛舟湖上，放誕縱酒。首句描繪洞庭夜景，暗寫湖水清澈平靜之美。次句發出奇問：怎能乘著水流直上九天？反映出詩人眼花朦朧地遙望水天交接處的癡想，表現出詩人天真豪逸的心情。三、四句實際上作了回答：既然不能上天，姑且在洞庭湖中借一點月色，將船划到白雲深處買酒取樂吧！詩人將湖中倒影，幻化為美麗的天上遊樂，活現了當時詩人們的興致。一「賒」一「買」，戲謔而有妙趣。

此詩之佳不在景物描寫的工致，而在於詩人將強烈而獨特的奇想融進景中，使景色充滿奇情異趣。鍾惺《唐詩歸》評此詩云：「寫洞庭寥廓幻杳，俱在言外。」甚是。

其三

洛陽才子謫湘川❶，元禮同舟月下仙❷。記得長安還欲笑，不知何處是西天❸。

【注釋】❶洛陽句　洛陽才子，指賈誼。潘岳〈西征賦〉：「賈生，洛陽之才子。」賈至亦河南洛陽人，故以賈誼為比。謫湘川，指賈至被貶為岳州司馬。岳州為湘水入洞庭處。❷元禮句　東漢時河南尹李膺，字元禮。《後漢書・郭太傳》：「乃遊於洛陽，始見河南尹李膺，膺大奇之，遂相友善，於是名震京師。後歸鄉里，衣冠諸儒送至河上，車數千輛。林宗（郭太字）唯與李膺同舟而濟，眾賓望之，以為神仙焉。」此以李膺比擬李曄，借指同舟遊湖。❸記得二句　謂思念長安。桓譚《新論》：「人聞長安樂，則出門而西向笑。」此即用其意。西天，即指長安。蕭士贇曰：「此詩雖遊賞之作，然末句隱然有睠顧宗國、繫心君主之意。其視前輩所評杜甫之詩『一飯不忘君』者，夫何慊之有哉！」

【語譯】洛陽才子被貶謫到岳州，還有李膺那樣的重臣與我同舟共遊如月下之仙。記得當年身在長安還想笑，如今泛舟賞樂已不知何處是西天長安了。

【研析】此首嘆志士才高命蹇，並傾吐對長安的憶念。首兩句借用西漢賈誼、東漢李膺的典故，以賈生比賈至，惜其謫；以元禮比李曄，美其名；貼切妙合，並將典故中飄然如仙的形象融入詩景，如化鹽入水，鹽無跡而水有味。情思雋美。三、四句寫謫遷之士內心複雜的痛苦，回憶當年在長安的歡笑，如今「還欲笑」，這「還欲笑」三字顯然充滿苦澀和辛酸。結句更深一層地訴說內心的痛苦：「不知何處是西天」即「不知何處是長安」，詩人遇赦放歸後一直等待朝廷任用，但朝廷早就把他丟棄了。詩人心中的苦痛無法用言語形容，「不知」二字，寫得何等沉痛！組詩中凡三次出現「不知」，展示了詩人內心的迷茫和失落，寫盡了心中的哀惘。

其四

洞庭湖西秋月輝，瀟湘江北早鴻飛❶。醉客滿船歌〈白紵〉❷，不知霜露入秋衣。

【注釋】❶瀟湘句　瀟湘江，瀟水和湘水在湖南零陵合流，故常泛稱洞庭湖以南為瀟湘。早鴻，盧照鄰〈送鄭司倉入蜀〉詩：「霜氛落早鴻。」鴻，大雁。❷白紵　紵，蕭本、郭本、王本作「苧」。同。吳地歌曲名。詳見卷三〈白紵辭三首〉注。王琦注：「〈白苧〉，清商調曲也。苧，是吳地所產，故舊說以為吳人之歌，始則田野之作，後乃大樂用焉。一云即〈子夜歌〉也，在吳歌為〈白苧〉，在雅歌為〈子夜〉。」

【語　譯】洞庭湖西秋月映照滿天光輝，瀟湘江北趕早的大雁已經南飛。滿船的醉客歌唱〈白紵〉曲，不知霜露已漸漸浸濕了秋衣。

【研　析】此詩首句點出秋月西移，暗示更深夜闌；次句點出秋深，「早鴻飛」又暗示天將黎明。斜月疏淡，雁聲淒厲，洞庭無邊，給人清幽淒冷、空曠孤寂的感覺。三、四句轉寫舟中醉客沉迷在歌唱之中，全然不覺秋霜秋露已侵入衣內。這種窮極之樂目的是為了忘掉痛苦，故更易沉醉麻木。末句正點出沉醉麻木的程度。唐汝詢《唐詩解》卷二五評此詩云：「秋月未沉，晨雁已起，舟中之客，霜露入衣而不知，豈其樂而忘返耶？意必有不堪者在也！」此詩善用對比、反襯之法，主旨含而不露，神韻幽深。

其五

帝子❶瀟湘去不還，空餘秋草洞庭間。淡掃明湖開玉鏡❷，丹青畫出是君山❸。

【注　釋】❶帝子　指堯之女、舜之妻娥皇、女英。《楚辭・九歌・湘夫人》：「帝子降兮北渚。」王逸注：「帝子，謂堯女也。降，下也。言堯二女娥皇、女英，隨舜不及，沒於湘水之渚，因為湘夫人。」詳見卷二〈遠別離〉注。❷淡掃句　用擬人化手法。形容月光照亮湖面的潔淨如美女打開玉鏡，淡掃蛾眉，光輝無比。❸丹青句　丹青，丹和青是古代繪畫中常用之色。《漢書・蘇武傳》：「竹帛所載，丹青所畫。」亦泛指繪畫。君山，又名湘山。《水經注・湘水》：「洞庭之山，帝之二女居焉。……湖中有君山……，是山，湘君之所遊處，故曰君山矣。」《元和郡縣志》卷二七江南道岳州巴陵縣：「君山，在縣西三十里青草湖中。昔秦始皇欲入湖觀衡山，遇風浪，至此山止泊，因號焉。又云湘君所遊止，故名之也。」此句謂君山聳立湖上，風景如畫。

【語　譯】娥皇、女英離開瀟湘而一去不返，空留下無盡的秋草在漫漫的洞庭湖中。湖面淡掃明澈宛如打開玉鏡，丹青畫出的是湖中的君山。

【研　析】此首與組詩其一首尾呼應。其一突出描寫洞庭雄偉壯闊之境，此首則著手描繪洞庭湖山娟靜空靈之美。一、二句以湘君、湘夫人的神話傳說起興，給詩意蒙上一層哀婉飄渺的雲霧，寂寞秋草逗人蕭瑟悲秋情思，使人沉浸在渺茫悠遠的意境中。三、四兩句具體描繪洞庭和君山的湖光山色。「淡掃」句以擬人化手法傳神地寫出月光照亮湖面之景，猶如美女打開玉鏡，相映成輝，顯示出洞庭湖水明靜娟秀。結句從色彩角度立體地勾勒君山之美，不說君山如畫，卻說「畫出是君山」，化靜為動，使畫面更為生動感人，全詩風神搖曳，靈動圓轉，充溢著詩情畫意之美。

楚江黃龍磯南宴楊執戟治樓

荊楚❶

五月分五洲❷，碧山對青樓。故人楊執戟，春賞楚江流。一見醉漂月❸，三杯歌棹謳❹。桂枝攀不盡❺，他日更相求。

【注　釋】❶楚江題　楚江，指今湖北及其以東之長江，此地古屬楚國，故稱。黃龍磯，具體地點不詳。楊執戟，指揚雄。見卷一〈古風〉其四十六注。此處借指當時姓楊之人，蓋不欲顯其名。唐時武官亦有執戟官名，左右衛等諸衛皆有左右執戟，皆正九品下階。見《舊唐書・職官志三》。治樓，治，宋本原作「冶」，據蕭本、郭本、王本改。治樓，指值勤之樓。按：宋本題下有「荊楚」二字注，乃宋人編集時所加。❷分五洲　分，郭本、胡本、《全唐詩》作「入」。五洲，《水經注・江水》：「江中有五洲相接，故以五洲為名。宋孝武帝舉兵江州，建牙洲上，有紫雲蔭之，即是洲也。東會希水口，……希水又南，積而為湖，謂之希湖。湖水又南流逕軑縣東而南流注于江，是曰希水口者也。」當即在今湖北浠水縣西南浠水口與巴河口之間的長江中。❸醉漂月　醉，郭本、胡本作「波」。❹棹謳　《文選》卷四左思〈蜀都賦〉：「吹洞簫，發櫂謳。」劉淵林注：「櫂謳，鼓櫂而歌也。」櫂，同「棹」。❺桂枝句　謂隱居。《楚辭・招隱士》：「桂樹叢生兮山之幽，……攀援桂枝兮聊淹留。」此句化用其意。

【語　譯】五月之時來到五洲，只見青山碧綠遙對著青樓。老朋友楊君子，遊春賞玩楚江東流。我們初次相見便在月下醉飲，三杯酒後便唱起鼓槳的船歌。想隱居而攀援桂枝難以窮盡，留待將來再相求。

【研　析】此詩作年不詳。前四句點題。時節是五月，地點是長江中的五洲，是與楊姓故友宴遊賞玩楚江春景。後四句寫友情。初次相見便在月下暢飲，醉後鼓槳而歌。對個人隱居之事都推至他日再求，可見其時興致之高。

銅官山醉後絕句　宣城❶

我愛銅官樂，千年未擬還。要須❷迴舞袖，拂盡五松山❸。

【注　釋】❶銅官山題　銅官山，又稱利國山。在今安徽銅陵南。《元和郡縣志》卷二八江南道宣州南陵縣：「利國山，在縣西一百一十里。出銅，供梅根監。」《嘉慶一統志》卷一一八池州府山川：「銅官山，在銅陵縣南十里，即廢南陵縣之利國山也。」按：宋本題下有「宣城」二字注，乃宋人編集時所加。❷要須　必須；需要。《三國志・魏書・蔣濟傳》：「天下未寧，要須良臣以鎮邊境。」❸五松山　在今安徽銅陵南。下首〈與南陵常贊府遊五松山〉詩曰：「我來五松下，置酒窮躋攀。徵古絕遺老，因名五松山。」可知五松山乃李白所命名。

【語　譯】我喜歡在銅官山賞樂，過上千年也不準備回還。我必須在此醉酒迴旋舞袖，拂盡整座五松山。

【研　析】此詩當是天寶十三載（西元七五四年）遊宣州南陵時所作。詩中極盡敘寫喜歡銅官山，準備千年不還，要在此飲酒歌舞，遊遍五松山各個角落。劉攽《中山詩話》曰：「古人多歌舞飲酒，唐太宗每舞，屬群臣。長沙王亦小舉袖，曰：『國小不足以迴旋。』張燕公詩云：『醉後懽更好，全勝未醉時。動容皆是舞，出語總成詩。』李白云：『要須迴舞袖，拂盡五松山。』『醉後涼風起，吹人舞袖迴。』今時舞者，必欲曲盡其妙，又恥效樂工藝，益不復如古人常舞矣。」

與南陵常贊府遊五松山

山在南陵銅井西五里，有古精舍❶

安石汎溟渤，獨嘯長風還。逸韻動海上，高情出人間❷。靈異可並跡❸，澹然與世閑。

我來五松下，置酒窮躋攀。徵古絕遺老，因名五松山❹。

五松何清幽，勝境美沃洲❺。蕭颯鳴洞壑，終年風雨秋。響入百泉去，聽如三峽流❻。剪竹掃天花❼，且從傲吏❽遊。龍堂❾若可憩，吾欲歸精脩。

【注釋】❶與南陵題　南陵常贊府，姓常的南陵縣丞。名不詳。卷一〇有〈書懷贈南陵常贊府〉、〈於五松山贈南陵常贊府〉，與此詩中「常贊府」當是同一人，三詩亦當為同時之作。南陵，唐縣名。屬宣州，今安徽南陵。五松山，見前詩注。題下注當是李白原注。精舍，本指集合生徒講學的學舍、書齋，此處當指道士或僧人居住或講道說法之所。《晉書・孝武帝紀》：「帝初奉佛法，立精舍於殿內。」❷安石四句　安石，指東晉名臣謝安，字安石。溟渤，大海。逸韻，飄逸的風韻。《世說新語・雅量》：「謝太傅盤桓東山時，與孫興公諸人汎海戲，風起浪湧，孫、王諸人色並遽，便唱使還。太傅神情方王，吟嘯不言。舟人以公貌閑意說，猶去不止。既風轉急，浪猛，諸人皆諠動不坐。公徐云：『如此，將無歸！』眾人即承響而回。於是審其量，足以鎮安朝野。」四句用其意。❸靈異句　謂山川之神靈異跡可與人相並。❹徵古二句　胡震亨《李詩通》：「觀此詩，是五松非山本名，乃太白所名，亦如名九華也。」徵古，徵考往古事物。遺老，指經歷世變的老人。❺沃洲　山名。在今浙江新昌東南，與天姥山隔沃洲湖相對。《高僧傳》卷四〈晉剡沃洲山支遁〉：「支遁，字道林，……俄又投跡剡山，於沃洲小嶺立寺行道。……晚移石城山，又立棲光寺。」又〈晉剡東仰（印、岬）山竺法潛〉：「支遁遣使求買仰（印、岬）山之側沃洲小嶺，欲為幽棲之處，潛答云：『欲來輒給，豈聞巢、由買山而隱！』」按：白居易〈沃洲山禪院記〉曰：「東南山水，越為首，剡為面，沃洲、天姥為眉目。」可知唐人以沃洲山水為東南之最美者。❻蕭颯四句　王琦注：「蕭颯、風雨、百泉、三峽，皆狀五松濤聲之美。」❼天花　指落花。佛教指天界雨花。《妙法蓮華經》卷三：「時諸梵天王，雨眾天華，面百由旬。香風時來，吹去萎華，更雨新者。」❽傲吏　不為禮法所屈的官吏。郭璞〈遊仙詩〉：「漆園有傲吏。」❾龍堂　本指神話中河神所居的畫有蛟龍之堂。《楚辭・九歌・河伯》：「魚鱗屋兮龍堂，紫貝闕兮朱宮。」王逸注：「言河伯所居，以魚鱗蓋屋，堂畫蛟龍之文。……形容異制，甚鮮好也。」後用以指寺觀。此處指精舍名。

【語　譯】當年謝安與文士們泛舟於大海，獨自長嘯乘長風而還。飄逸脫俗的風韻驚動海上，崇高的情懷遠出人間。山川靈異之跡可與人事相並，心境淡泊無求於世必然閒適。

我來到五松山下，設置酒宴窮盡攀登山峰。向經歷世變的年老之人徵詢往古之事都不知此山之名，因此我命名此山為五松山。

五松山環境多麼清幽，美妙勝景超過剡中的沃洲山。風聲蕭瑟鳴於洞壑，一年四季都如風雨秋天。山上百泉流水音聲宏大，聽來恰似三峽的巨流。剪下細竹掃去天界落花，我暫且與高傲的官吏一同遊賞。龍堂精舍如果可以休憩，我想歸入其中精誠修行。

【研　析】此詩當是天寶十三載（西元七五四年）遊南陵時所作。首段六句寫謝安故事，表示淡泊與世無爭必有高情逸韻。次段四句敘自己命名五松山的經過。末段十句描寫五松山之美。先總說其超過東南最美的剡中沃洲，然後具體描繪松濤流泉，極力形容。最後點明與常縣丞遊，剪竹掃落花，並希望從此精修煉之術。嚴羽評點曰：「冥契山水，故應有此高韻。」明人批點曰：「寫景小有風致。」

宣城清溪❶

一云〈入青溪山〉

清溪勝桐廬❷，水木有佳色❸。山貌❹日高古，石容天傾側❺。綵鳥❻昔未名，白猿初相識。不見同懷人❼，對之空歎息。

【注　釋】❶宣城題　清溪，王琦注：「清溪，在池州秋浦縣北五里。而此云『宣城清溪』者，蓋代宗永泰元年，始析宣州之秋浦、青陽及饒州之至德為池州，其前固隸宣城郡耳。」按：蕭本、郭本、胡本、《全唐詩》皆作「清溪」。咸本題作〈宣城清溪二首〉，此為第二首，第一首即本書卷六〈清溪行〉。又按：宋本題下注「一云〈入青溪山〉」，乃宋人編集時所加。❷清溪句　清，宋本原作「青」，據王本、《唐文粹》改。桐廬，唐縣名。《元和郡縣志》卷二五江南道睦州桐廬縣：「本漢富春縣之桐溪鄉，黃武四年分置桐廬縣，以居桐溪地，因名。」「桐廬江，源出杭州於潛縣界天目山，南流至縣東一里入浙江。」今浙江杭州桐廬。❸水木句　此句以桐廬美景作襯托，極力形容清溪佳色勝桐廬。吳均〈與朱元思書〉：「自富陽至桐廬，一百許里，奇山異水，天下獨絕。」❹山貌　貌，宋本原作「皃」，乃「貌」之古字。今從諸本改作通用字。❺石容句　謂山石天然傾斜。❻綵鳥　羽毛彩色的鳥。❼同懷人　懷抱相同之人。謝靈運〈登石門最高頂〉詩：「惜無同懷客，共登青雲梯。」

【語　譯】清溪的景色勝過桐廬的著名勝境，水秀林清景色最為佳妙。山的面貌日益高雅古樸，石的形狀天然傾側。五彩的鳥前所未見而不知其名，白猿也是現在初次相識。不見懷抱相同志趣相投的人，對此美妙的山光水色只能空自嘆息。

【研　析】此詩當是天寶十三載（西元七五四年）初遊秋浦時作。詩中極力形容清溪周圍的「佳色」。水木、山石、鳥獸都奇勝，超過號稱「天下獨絕」的著名的桐廬山水，由此可知清溪之美景更是不同尋常。前六句景色愈奇勝，末二句則更感到可嘆：不見同心之人與自己同賞此景，對此佳境只能徒然空嘆。

與謝良輔遊涇川陵巖寺❶

乘君素舸❷汎涇西，宛似雲門對若溪❸。且從康樂尋山水❹，何必東遊入會稽❺！

【注釋】❶與謝良輔題　謝良輔，天寶十載進士及第。曾為司封員外郎、戶部郎中、中書舍人。建中四年十月在商州刺史任上被亂兵所殺。有賦三篇及數首聯句詩傳世。詳見拙著《天上謫仙人的秘密——李白考論集・李白交遊雜考》「謝良輔」條。涇川，即涇溪、涇水。《元和郡縣志》卷二八江南道宣州涇縣：「本漢舊縣，因涇水以為名，屬丹陽郡。晉屬宣城郡。武德七年，於此置猷州，八年廢，以縣屬宣州。」「徽領山，在縣東南二百五十里，涇水所出也。」按：唐代涇水經今安徽旌德，至涇縣與青弋江會合北流至蕪湖入長江。陵巖寺，又名水西寺，在水西山上，涇溪在其下。《江南通志》卷四七：「陵巖寺，在（涇）縣西七十五里，隋建。」❷素舸　沒有彩繪裝飾的船。謝靈運〈東陽溪中贈答〉詩其二：「可憐誰家郎，緣流乘素舸。」❸宛似句　雲門，山名。在今浙江紹興南。山上有雲門寺。《梁書・王籍傳》：「除輕車湘東王諮議參軍，隨府會稽郡境有雲門、天柱山，籍嘗遊之，或累月不反。」《方輿勝覽》卷六紹興府佛寺：「雲門寺，在會稽南三十一里。今名雍熙，為州之偉觀。昔王子敬居此，有五色祥雲，詔建寺，號雲門。」按：唐詩人宋之問有〈遊雲門寺〉、〈宿雲門寺〉詩，後詩云：「雲門若邪里，泛鷁路纔通。」若溪，即若耶溪。出浙江紹興若耶山，北流入運河。相傳為西施浣紗之所。杜甫〈奉先劉少府新畫山水障歌〉：「若耶溪，雲門寺，吾獨胡為在泥滓？青鞋布襪從此始。」❹且從句　康樂，指謝靈運。此處以謝靈運比擬謝良輔。❺會稽　唐郡名。即越州，天寶元年改為會稽郡，乾元元年復改為越州。

【語　譯】乘著您無裝飾的小船泛遊涇溪之西的陵巖寺，寺與溪相對就像越州的雲門寺對著若耶溪。我暫且跟隨您謝康樂那樣的人去尋遊山水佳境，何必一定要東遊到會稽去呢！

【研　析】此詩當作於天寶十三載（西元七五四年）遊涇縣之時。詩中以會稽山水比擬涇西山水之美，以謝靈運比擬謝良輔尋山水之樂。明人批點曰：「第三句承首句，末句應第二句，俱常語常意。」

遊水西簡鄭明府❶

天宮水西寺❷，雲錦❸照東郭。清湍鳴迴溪，綠竹遶飛閣❹。
涼風日蕭洒，幽客時憩泊❺。五月思貂裘，謂言秋霜落。石蘿引古蔓❻，岸
筍開新籜❼。
吟翫❽空復情，相思爾佳作。鄭公詩人秀，逸韻宏寥廓❾。何當❿一來遊，愜
我雪山⓫諾。

【注釋】❶遊水西題　水西，山名。《方輿勝覽》卷一五寧國府山川：「水西山，在涇縣西五里，林壑深邃。」簡，書信；致書。鄭明府，姓鄭的縣令，名不詳。詹鍈疑為溧陽縣令鄭晏，見《李白詩文繫年》。明府，唐人對縣令的敬稱。❷天宮句　《江南通志》卷四七：「崇慶寺，在（涇）縣西南，齊永平元年建，名凌巖。唐上元初改天宮水西寺，大中時相國裴休重建，黃蘗禪師住持。宋太平興國賜今名。凡十四院，其最勝者曰華巖院，橫跨兩山，廊廡皆閣道，泉流其下。」❸雲錦　形容朝霞彩雲。《文選》卷一二木華〈海賦〉：「若乃雲錦散文於沙汭之間。」張銑注：「雲錦，朝霞也。」❹綠竹句　竹，蕭本、郭本、《全唐詩》作「水」。飛閣，形容寺閣凌空欲飛之勢。《文選》卷三張衡〈東京賦〉：「飛閣神行。」薛綜注：「言閣道相通，不在於地，故曰飛。」❺幽客句　謂隱逸之人時常在此憩息停泊。❻石蘿句　石蘿，附生於石上的女蘿。女蘿為地衣類草。蔓，蔓延植物的枝莖，木本曰藤，草本曰蔓。江淹〈惜晚春應劉秘書〉詩：「水苔方下蔓，石蘿日上尋。」❼籜　竹筍的皮殼。❽吟翫　吟詠賞玩。謝惠連〈雪賦〉：「尋繹吟翫，撫覽扼腕。」❾逸韻句　逸韻，高逸的風韻。《藝文類聚》卷三六引庾亮〈翟徵君贊〉：「稟逸韻於天陶。」寥廓，遼闊的天空。《楚辭・遠遊》：「上寥廓而無天。」❿何當　何時。唐人習慣語。⓫雪山　原指印度北部喜馬拉雅諸山，傳說釋迦牟尼成佛前曾在此苦行。後借指佛教聖地或佛教寺廟。《藝文類聚》卷七六引梁簡文帝〈相宮寺碑〉：「雪山忍辱之草，天宮陀樹之花。」

【語譯】涇縣的天宮水西寺，朝霞般光照東邊縣城的城郭。涇溪迴環曲折流水清澈而發出潺潺的鳴聲，綠竹環繞勢如欲飛的寺閣。

清風涼爽使人日漸舒暢自在，隱逸之人時常在此棲息停泊。五月天氣竟還想穿貂皮裘衣，使人以為時令是秋霜葉落時。石上女蘿纏繞著老舊的蔓草枝莖，溪岸竹林裡竹筍新長出薄薄的筍皮。

吟詠玩味此間山水又使我空自生情，想念您而希望看到您的佳作。您鄭公是詩人中的優秀之士，風韻高逸宏大如廣闊天空。什麼時候您能來此一遊，使我快意實踐與您在佛寺中暢談的許諾。

【研析】此詩當是上元二年（西元七六〇年）重遊宣州涇縣時之作。首四句描寫水西寺的光輝及環境的清幽。次六句進一步描寫氣候涼爽適於隱逸，仲夏五月思穿貂裘，以為秋霜落葉季節。石上女蘿牽引古蔓，岸邊竹筍生長新殼。說明景色之佳如此宜人。末段六句敘相思之情。謂自己吟詩賞玩徒然有情，思友人之佳作卻未能與鄭縣令同遊。鄭公乃詩人之秀者，其逸韻高風如天之寥廓。不知何時能來此一遊，得實踐同遊雪山佛寺之諾。明人批點此詩為「用意寫景」，而「相思」句「轉語稍滯」。

九日登山❶

淵明〈歸去來〉，不與世相逐❷。為無杯中物，遂偶本州牧❸。因招白衣人，笑酌黃花菊❹。

我來不得意，虛過重陽❺時。題輿何俊發❻，遂結城南期。築土接響山❼，俯臨宛水湄❽。胡人叫玉笛❾，越女彈霜絲❿。自作英王胄⓫，斯樂不可窺。赤鯉湧琴高⓬，白龜道冰夷⓭。靈仙如彷彿，奠酹遙相知⓮。

古來登高人，今復幾人在？滄洲違宿諾，明日猶可待。連山似驚波，合沓出溟海⑮。揚袂揮四座，酩酊安所知！齊歌送清觴⑯，起舞亂參差。賓隨葉落散⑰，帽逐秋風吹⑱。別後登此臺，願言長相思。

【注釋】❶九日登山　王琦注：「玩詩義，當是偕一宗室為宣城別駕者，於九日登其所築之臺而作，詩題應有缺文。」按：九日，夏曆九月初九日，即重陽節。卷一一有〈宣城九日聞崔四侍御與宇文太守遊敬亭余時登響山不同此賞醉後寄崔侍御〉詩，與此詩所敘相合，可參讀。❷淵明二句　《晉書・陶潛傳》：「為彭澤令。……郡遣督郵至縣，吏白應東帶見之，潛歎曰：『吾不能為五斗米折腰，拳拳事鄉里小人邪！』義熙二年，解印去縣，乃賦〈歸去來〉。……刺史王弘以元熙中臨州，甚欽遲之，後自造焉。潛稱疾不見，既而語人云：『我性不狎世，因疾守閑，幸非潔志慕聲，豈敢以王公紆軫為榮邪！……』弘每令人候之，密知當往廬山，乃遣其故人龐通之等齎酒，先於半道要之。潛既遇酒，便引酌野亭，欣然忘進。弘乃出與相見，遂歡宴窮日。……弘後欲見，輒於林澤間候之。至於酒米乏絕，亦時相贍。」二句用其意。❸為無二句　杯中物，指酒。陶潛〈責子詩〉：「天運苟如此，且進杯中物。」偶，與之交往。本州牧，指江州刺史王弘。❹因招二句　《藝文類聚》卷四引《續晉陽秋》：「陶潛嘗九月九日無酒，宅邊菊叢中，摘菊盈把，坐其側久，望見白衣至，乃王弘送酒也，即便就酌，醉而後歸。」二句用其意。❺重陽　節令名。古代以九為陽數，故以夏曆九月初九名「重陽」，又稱「重九」。曹丕〈九日與鍾繇書〉：「歲往月來，忽復九月九日。九為陽數，而日月並應，俗嘉其名，以為宜於長久，故以享宴高會。」❻題輿句　《北堂書鈔》卷七三引謝承《後漢書》云：「周景為豫州刺史，辟陳蕃為別駕，不就。景題別駕輿曰：『陳仲舉座也』，不復更辟。蕃惶懼，起視職。」後遂稱別駕為「題輿」。唐代諸州皆設別駕一人，為長官刺史的最高僚佐，在長史之上。上州別駕從四品下，中州正五品下，下州從五品上。此處當指陪同登山的宣州別駕。俊發，英俊風發。謂才識、情性、文采的精彩表現。《文心雕龍・體性》：「吐納英華，莫非情性。是以賈生俊發，故文潔而體清。」《北齊書・盧潛傳》：「昌衡從父弟思道，……神情俊發，少以才學有盛名。」❼接響山　接，蕭本、郭本、胡本、咸本皆作「按」。響山，在今安徽宣城南。《方輿勝覽》卷一五寧國府山川：「響山，在宣城縣南五里。」❽宛水湄　宛溪邊。宛水即宛溪，與句溪繞宣州城合流。湄，岸邊。《詩經・秦風・蒹葭》：「所謂伊人，在水之湄。」❾胡人句　叫玉笛，猶吹玉笛。卷二二〈觀胡人吹笛〉即作「胡人吹玉笛」。❿霜絲　樂器上的絃。⓫自作句　作，王琦注：「當是『非』字之訛。」英王冑，皇家的後嗣。冑，指帝王或貴族的後裔。⓬赤鯉句　《列仙傳》卷上：「琴高者，趙人也。以鼓琴為宋康王舍人，行涓彭之術，浮遊冀州、涿郡之間。二百餘年後，辭入涿水中取龍子。與弟子期曰：皆潔齋待於水傍，設祠。果乘赤鯉來，出坐祠中。旦有萬人觀之。留一月餘，復入水去。」此句用其意。按：楊齊賢注此句引《九域志》：「宣州琴溪，即琴高控鯉之地。」⓭白龜句　《搜神後記》卷一〇：「晉咸康中豫州刺史毛寶戍邾城，有一軍人於武昌市見人賣一白龜子，長四五寸，潔白可愛，便買取持歸，著甕中養之。七日漸大，近欲尺許。其人憐之，特至江邊放江水中，視其去。後邾城遭石季龍攻陷，毛寶棄豫州，赴江者莫不沉溺。於時，所養龜人被鎧持刀亦同自投，既入水中，覺如墮一石上，水裁至腰。須臾游出中流，視之，乃是先所放白龜，甲六七尺。既抵東岸，出頭視此人，徐游而去，中江猶回視此人而沒。」道，通「導」。導引。冰夷，即馮夷，河神。蕭本、胡本作「馮夷」。⓮靈仙二句　靈仙，指前琴高和冰夷。彷佛，即「彷佛」，想像似乎就在目前。奠酹，以酒灑地以祭神。⓯連山二句　王琦注：「木華〈海賦〉：『波如連山。』太白本其語而倒用之，謂『連山似驚波』，遂成奇語。」合沓，重疊；聚集。《文選》卷二七謝朓〈敬亭山詩〉：「合沓與雲齊。」呂向注：「合沓，高貌。」⓰清觴　蕭本、郭本、咸本作「清揚」。⓱賓隨句　葉落，蕭本、郭本、王本、咸本作「落葉」。盧照鄰〈哭明堂裴主簿〉詩：「客散同秋葉。」⓲帽逐句　用孟嘉典。《晉書・孟嘉傳》：「後為征西桓溫參軍，溫甚重之。九月九日，溫燕龍山，僚佐畢集。時佐吏並著戎服，有風至，吹嘉帽墮落，嘉不之覺。溫使左右勿言，欲觀其舉止。嘉良久如廁，溫令取還之，命孫盛作文嘲嘉，著嘉坐處。嘉還見，即答之，其文甚美，四坐嗟歎。」

【語　譯】當年陶淵明賦〈歸去來〉辭官歸田園，就是為了不與世人追逐名利。只因為沒有杯中酒喝，才與本州刺史王弘交往。招來送酒的白衣人，微笑著與他一起飲酒賞菊花。

我來到這裡不得志，值此重陽之時只得白白虛度。您官為別駕英俊風發，與我約定同遊城南山水。築土與響山相接，俯臨宛水邊。胡人吹著玉笛，越女彈奏琴瑟。自非帝王貴族的後嗣，這樣的享樂不可能窺見。琴高乘赤鯉從琴溪湧出，馮夷由白龜導引浮水。神靈和仙人彷彿如在眼前，我灑酒祭奠遙遠的相知。

自古以來登高賞玩的人，現在又有幾個人還存在？歸隱滄洲的夙願今有違，但明日還是可以等待。群山連接如狂波驚濤，重疊聚集高聳於大海。

四座諸君都揮揚起衣袖，酩酊大醉如一無所知！一齊縱酒狂歌，帶醉雜亂起舞。賓客似秋葉一樣四處飄散，如同孟嘉的帽子隨秋風而吹走。分別之後若再登此臺，定當思念今日之情而長久相思。

【研　析】此詩當是天寶十二載（西元七五三年）九月九日與宣州別駕同登響山而作。首段六句用陶淵明故事，表明自己的志向。次段十四句點題。九日與別駕一起登高，乃事先約定。城南之臺，乃築土而成，前接響山，下臨宛水。然胡人吹笛，越女彈琴之樂，自非帝王貴族後代，不可能看到。但此處有赤鯉載琴高湧出，白龜導馮夷浮游，靈仙之輩似乎可見，自己灑酒祭奠以遙酬相知。再次段謂自古以來九日皆有登高之人，而今日重陽已不見昔日登高之人。自己原有隱居之諾，如今相違，但來日尚可待。只見連山似波，重疊高聳於大海邊。朱諫《李詩選注》謂「連山」二句「與上下文意不相蒙續，疑有闕文」。末段描寫揮袖動四座，大醉無所知，醉歌亂舞，賓散而歸。別後若再登此臺，當念及今日，撫景懷舊，永遠相思。

九日❶

今日雲景好，水綠秋山明。攜壺酌流霞❷，搴菊汎寒榮❸。地遠松石古，風揚絃管清。窺觴照歡顏，獨笑還自傾❹。落帽❺醉山月，空歌懷友生❻。

【注　釋】❶九日　即九月九日重陽節。此首與下首〈九日龍山飲〉似為同時之作。❷流霞　仙酒。《抱朴子・祛惑》：「項曼都言：『仙人但以流霞一杯，與我飲之，輒不飢渴。』」此處指酒。❸搴菊句　搴，摘取；拔取。屈原〈離騷〉：「朝搴阰之木蘭兮。」汎，浮。寒榮，猶寒花。此句暗用陶淵明摘菊坐於菊叢接受王弘送酒而飲事，見上首詩注。❹自傾　陶潛〈雜詩〉：「一觴雖獨進，杯盡壺自傾。」❺落帽　用孟嘉典故。見上詩〈九日登山〉注。❻友生　友人。《詩經・小雅・常棣》：「雖有兄弟，不如友生。」

【語　譯】今日風雲景色好，水綠而秋山明亮。我攜帶玉壺酌飲美酒，摘取菊花泡入酒中。地方偏遠山上松樹與石頭都很蒼古，秋風吹拂絃管音聲清切。看著杯酒中照出我高興的容顏，獨自歡笑還獨飲美酒。就像當年孟嘉被秋風吹落帽子而不覺，我醉倒在山月之下，空自高歌懷念友人。

【研　析】此詩當是寶應元年（西元七六二年）九月九日臥病當塗時所作。詩謂九月九日這天風景甚好，水綠山明，飲酒摘菊，以酬佳節。地遠而松石保持古貌，風揚而絃管清亮。杯酒中照我歡顏，自笑還自酌。落帽不覺醉於山月下，徒然高歌懷念友人。詩境明淨，似讀陶詩。

九日龍山飲

當塗❶

九日龍山飲，黃花笑逐臣❷。醉看風落帽❸，舞愛月留人。

【注　釋】❶九日題　龍山，在今安徽馬鞍山市當塗東南。《元和郡縣志》卷二八江南道宣州當塗縣：「龍山，在縣東南十二里。桓溫嘗與僚佐九月九日登此山宴集。」按：宋本題下有「當塗」二字注，乃宋人編集時所加。❷黃花句　黃花，指菊花。《淮南子・時則訓》：「季秋之月，……菊有黃華。」高誘注：「菊色不一，而專言黃者，秋令在金，以黃為正也。」逐臣，詩人自謂。❸風落帽　用孟嘉故事。見〈九日登山〉詩注。

【語　譯】九月九日在龍山飲酒，黃色的菊花盛開似在嘲笑我這個被放逐之臣。醉眼看著秋風把我的帽子吹落，月下醉舞喜愛明月留人。

【研　析】此詩當與上詩同時作。詩人曾被流放，故自稱「逐臣」。謂己為逐臣，宜為黃花所笑，然醉看風之落帽，舞愛月之留人，仍不忘佳節之樂。明人批點曰：「對工而意態活潑。」

九月十日即事❶

昨日登高罷，今朝更舉觴。菊花何太苦？遭此兩重陽❷。

【注釋】❶九月題 九月十日，即重陽節後一日。即事，當前之事物。沈約〈遊鍾山詩應西陽王教〉：「即事既多美，臨眺殊復奇。」後因稱以當前事物為題材的詩為「即事詩」。❷菊花二句 王琦注：「《歲時雜記》：都城重九後一日宴賞，號小重陽。菊以兩遇宴飲，兩遭採掇，故有太苦之言。」

【語譯】昨天登龍山宴飲剛結束，今朝又舉起酒杯宴飲。菊花為何這樣受苦？遭遇兩個重陽的採掇。

【研析】此詩當是寫上詩的後一天所作。謂九月九日才登高採菊宴飲，十日又舉杯飲酒採菊，菊花實在太苦，遭遇兩個重陽節！嚴羽評點曰：「摘蒼耳何其趣，苦菊花何其頹，豈仙宮之典亦為逐敗耶！」

陪族叔當塗宰遊化城寺升公清風亭❶

化城❷若化出，金牓天宮開❸。疑是海上雲，飛空結樓臺❹。
升公湖上秀❺，粲然有辯才❻。濟人不利己，立俗無嫌猜❼。了見水中月❽，
青蓮❾出塵埃。閑居清風亭，左右清風來。當暑陰廣殿，太陽為徘徊。茗酌待幽
客，珍盤薦彫梅。飛文何灑落❿，萬象為之摧。

季父擁鳴琴⓫，德聲布雲雷。雖遊道林⓬室，亦舉陶潛盃⓭。清樂動諸天⓮，
長松自吟哀⓯。留歡若可盡，劫石乃成灰⓰。

【注釋】❶陪族叔題　族叔當塗宰，指當塗縣令李明化。按：李白有〈夏日陪司馬武公與群賢宴姑熟亭序〉，提到「今宰隴西李公明化」，當即此詩的「族叔當塗宰」。化城寺升公清風亭，王琦注引《太平府志》：「古化城寺，在府城內向化橋西禮賢坊，吳大帝時建，基址最廣。宋孝武南巡，駐蹕於此，增置二十八院。唐天寶間，寺僧清升能詩文，造舍利塔、大戒壇，建清風亭於寺旁西湖上，鑄銅鐘一，李白銘之，今盡廢。宋知州郭緯，以東城雄武之地，改遷化城寺，撤其西北之地為城守，而存其餘為西庵。凡西庵至西北兩城隅，皆古化城寺基也。」按：李白另有〈化城寺大鐘銘〉。其遺址當在今安徽馬鞍山市當塗境內。❷化城　佛法化出之城。《法華經》卷三：導師「以方便力，於險道中過三百由旬，化作一城。……是時，疲極之眾，心大歡喜未曾有。我等今者免斯惡道，快得安穩，於是眾人前入化城。」化城寺之立名，即取此義。王維〈登辨覺寺〉詩：「竹徑從初地，蓮峰出化城。」即以化城指佛寺。❸金牓句　調化城寺上懸有金榜，如天宮敞開。《神異經・中荒經》：「門有金榜，以銀鏤題曰：『天皇之宮』。」❹疑是二句　王琦注引《三齊略記》：「海上蜃氣，時結樓臺，名海市。」按《史記・天官書》：「海旁蜃氣象樓臺。」二句即謂疑是海市蜃樓。❺湖上秀　宋本在「上」字下夾注：「一作：中」。蕭本、郭本、王本、《全唐詩》注：「一作：山」。❻辯才　佛家稱善於巧說法義的才能。《維摩詰所說經》卷中：「文殊師利白佛言：『世尊，彼上人者，難為酬對，深達實相，善說法要，辯才無滯，智慧無礙。』」❼無嫌猜　無所疑忌。❽水中月　佛教用語。比喻一切法（事物）都無實體。《大智度論・初品・十喻》：「解了諸法，如幻如焰，如水中月。」《維摩詰所說經》卷中：「菩薩觀眾生為若此，如智者見水中月。」❾青蓮　青色蓮花，梵文「優缽羅」的意譯。潔淨無染。常比喻佛眼。《維摩詰所說經》卷上：「目淨修廣如青蓮。」梁簡文帝〈釋迦文佛像銘〉：「滿月為面，青蓮在眸。」❿飛文句　飛文，行文如飛。比喻才華出眾。蕭統〈文選序〉：「飛文染翰，則卷盈乎緗帙。」灑落，瀟灑飄逸，不拘謹。《南史・蕭子顯傳》：「子顯風神灑落，雍容閑雅。」⓫季父句　季父，指題中的「族叔當塗宰」李明化。鳴琴，指縣令。《呂氏春秋・察賢》：「宓子賤治單父（縣），彈鳴琴，身不下堂，而單父治。」後常用以稱頌縣令政簡刑清、無為而治。⓬道林　指晉代高僧支遁。《法苑珠林》卷六一：「支遁，字道林，本姓關氏，陳留人。或云河東林慮人。幼有神理，聰明秀徹。晉王羲之覩遁才藻驚絕罕儔，遂被衿解帶，

留連不能已，乃請往靈嘉寺，意存相近。又投跡剡山，於沃洲小嶺立寺行道。僧眾百餘，常隨稟學。」⓭陶潛盃　暗用陶潛嗜酒而又與慧遠高僧遊故事。⓮清樂句　清樂，見本卷〈侍從遊宿溫泉宮作〉詩「清樂」注。諸天，佛教謂三界共三十二天，自四天王天至非有想非無想天，總謂之諸天。⓯長松句　王績〈答馮子華處士書〉：「松柏群吟。」⓰劫石句　《大智度論》卷五：「佛以譬喻說劫義。四十里石山，有長壽人，每百歲一來，以細軟衣拂拭此大石盡，而劫未盡。」後因以「劫石成灰」指時間之久遠。劫灰，佛教所謂「劫火」之餘灰。《高僧傳‧竺法蘭》：「昔漢武穿昆明池底，得黑灰，以問東方朔。朔云：『不知，可問西域胡人。』後法蘭既至，眾人追以問之。蘭云：『世界終盡，劫火洞燒，此灰是也。』」

【語　譯】化城寺好像是佛法化出來的，金榜高懸有如天宮大開。疑是海上的雲氣，飛騰至空中結成了海市蜃樓。

寺主升公是湖山秀出的英傑，粲然微笑富有辯才。一心助人不謀私利，立身於俗世而毫無疑忌。清明洞徹如見水中之月，又如青蓮出於塵埃而潔淨無染。您閒獨居於清風亭，沐浴在左右徐來的清風中。當暑熱之時居於陰涼的大殿中，太陽也為之徘徊避開。您用茶和酒來招待幽隱之客，珍美的盤子中盛滿雕梅。您才思敏捷行文如飛多麼瀟灑飄逸，自然界萬象都為您的才情驅使。

叔父擁抱鳴琴而使當塗縣無為而治，德政聲名響如雲天之雷。雖然時常遊於高僧佛門，仍然像陶淵明一樣舉杯而暢飲。悅耳動聽的清樂驚動諸天，風吹長松如自吟哀聲。此番留歡如可盡，那劫石也就變成塵灰了。

【研　析】此詩當是天寶十四載（西元七五五年）夏在宣州當塗所作。首四句描寫化城寺的形象：此寺似乎非世間實有，而是佛法化出來的。寺門上高懸金榜如天宮大開。又疑它是海上之雲飛到空中結成的海市蜃樓。中間十四句從各個角度描寫寺主升公的為人。首先稱他是湖山英傑，富有辯才。其次是樂於助人而不謀私利，立於俗世而毫無疑忌之心。再次是心胸開朗如水中之月及出汙泥而不染的青蓮。接著寫他閒居清風亭避暑，用茶酒彫梅待客，最後寫他才思敏捷，文采飄逸，文章包羅萬象。末八句描寫族叔當塗宰李明化的政績以及此次陪遊的歡樂。稱讚李明化能無為而治，聲譽很高。雖遊佛門，亦像陶潛那樣善飲。此次遊覽，清樂動天，長松吟哀。末二句極力形容歡樂時間之長，表明詩人心情甚為愉快。

卷一八

登覽

登錦城散花樓　蜀中❶

日照錦城頭，朝光散花樓❷。金窗夾繡戶❸，珠箔懸瓊鉤❹。飛梯綠雲中❺，極目散我憂❻。暮雨向三峽❼，春江繞雙流❽。今來一登望，如上九天遊。

【注釋】❶登錦城題　錦城，錦官城的簡稱。《華陽國志》卷三：「夷里橋南岸，……其道西城，故錦官也。錦工織錦，濯其中則鮮明，濯他江則不好，故命曰錦里也。」《元和郡縣志》卷三一劍南道成都府成都縣：「錦城，在縣南一十里，故錦官城也。」三國蜀漢時管理織錦之官駐此，故名。後人即用作成都的別稱。散花樓，在成都摩訶池上，乃隋末蜀王楊秀所建。按：宋本題下有「蜀中」二字注，乃宋人編集時所加。❷朝光句　謂朝陽使散花樓閃閃發光。這裡的「光」用作致使性動詞。❸金窗句　金碧輝煌的窗子夾著雕繪華美的門戶。形容樓中華麗的房屋。❹珠箔句　珠箔，即珠簾，由珍珠綴成或飾有珍珠的簾子。瓊鉤，蕭本、郭本、王本、《全唐詩》作「銀鉤」，銀或玉製的簾鉤。梁簡文帝〈東飛伯勞歌二首〉：「網戶珠綴曲瓊鉤。」❺飛梯句　形容樓梯極高，似飛掛於綠雲之中。❻極目句　極目，盡目力所及遠眺。宋本在「憂」字下夾注：「一作：愁」。❼三峽　古時山川稱三峽者甚多，名稱亦不一，而以長江上游的瞿塘峽、巫峽、西陵峽者為最著名。❽雙流　《水經注．江水》：「江水又東，逕成都縣，縣以漢武帝元鼎二年立。縣有二江，雙流郡下。」按：二江，指郫江、流江。《元和郡縣志》卷三一劍南道成都府雙流縣：「北至府四十里。本漢廣都縣也，隋仁壽元年，避煬帝諱，改為雙流，因以縣在二江之間，仍取〈蜀都賦〉云『帶二江之雙流』為名也。皇朝因之。」

【語　譯】紅日高照錦官城頭，朝霞光照下散花樓更顯得燦爛奪目。散花樓上華美的窗間夾著雕飾豔麗的門戶，珍珠綴飾的簾子間懸掛著玉鉤。樓梯高聳直入雲端，登高盡目遠望舒散我的煩憂。日暮時瀟瀟細雨灑向三峽，春天雙江的流水漫漫環繞著城市。今天我來此登樓望遠，正如在九天之上遨遊。

【研　析】此詩當是開元八、九年（西元七二〇、七二一年）春間遊成都時所作。《唐詩紀事》卷一八引《彰明逸事》謂李白「依潼江趙徵君蕤」，「從學歲餘，去遊成都」。此詩即遊成都登樓覽景之作。首二句寫清晨春光明媚，普照錦城，散花樓更是光彩奪目。點明登樓的時間和地點。次二句描繪散花樓的精美裝飾。再次二句用誇張手法抒寫登樓的感受。然後再二句正面描繪高樓所見遠近的景象。「暮雨」句暗用「巫山雲雨」典故。末二句用比喻形容登樓觀感，既嘆樓之高，又讚所見景物的先後順序，由近及遠，語言精美，體物工細，確是詩人早年的代表作之一。

登峨眉山❶

蜀國多仙山，峨眉邈難匹❷。周流❸試登覽，絕怪安可悉❹！青冥❺倚天開，彩錯❻疑畫出。泠然紫霞賞❼，果得錦囊術❽。

雲間吟瓊簫❾，石上弄寶瑟。平生有微尚❿，歡笑自此畢⓫。煙容如在顏⓬，塵累⑬忽相失。儻逢騎羊子⑭，攜手凌白日⑮。

【注　釋】❶峨眉山　《元和郡縣志》卷三一劍南道嘉州峨眉縣：「峨眉大山，在縣西七里。〈蜀都賦〉云『抗峨眉於重阻』。兩山相對，望之如蛾眉，故名。」在今四川峨眉山市西南。❷峨眉句　此句意謂峨眉山綿延遼遠，為他山所難相比。邈，遠。匹，匹敵；相比。❸周流　周遊。❹絕怪句　此句意謂山巒獨特怪異，不能全部登覽。絕，極；獨特。悉，盡其所有。蕭本、郭本、咸本作「息」。❺青冥　原指青色的天空。屈原〈悲回風〉：「據青冥而攄虹兮，遂倏忽而捫天。」此處指青幽的山峰。❻彩錯　指色彩斑斕錯雜。❼泠然句　此句意謂如仙人般地飄遊空中，欣賞神異的景色。《文選》卷三一江淹〈雜體詩三十首・許徵君詢自序〉：「泠然空中賞。」李周翰注：「泠然，輕舉貌。」紫霞，紫色的雲霞，多指神仙居處。❽錦囊術　錦囊，用錦製成的袋子。《太平御覽》卷七〇四引《漢武內傳》：「帝見王母有一卷書，盛以紫錦之囊。母曰：『此吾真形圖也。』」後因以「錦囊術」指成仙之術。❾吟瓊簫　吟，《文苑英華》作「吹」。瓊簫，玉簫。❿微尚　微小的志向。自謙之詞。⓫歡笑句　此句意謂自己決定脫離塵世，求仙隱居，人間的歡笑從此結束。⓬煙容句　煙容，傳說仙人託身雲煙，因此容顏也有雲煙色。⓭塵累　世俗的牽累。⓮儻逢句　儻，通「倘」。倘若。騎羊子，指古代傳說中的仙人葛由。《列仙傳》卷上：周成王時羌人葛由，好刻木羊出賣。有一天他騎羊入西蜀，蜀中的王侯貴人追隨他登上峨眉山西南的綏山，結果都得了仙道。⓯攜手句　此句意謂昇天成仙。凌，升。

【語　譯】蜀中有很多仙山，但都難以與綿延遙遠的峨眉山相匹敵。試登此山周遊觀覽，其奇特絕異的風光景致哪裡能全部領略！青蒼的山峰倚列於天際展開，色彩斑斕錯雜如畫。飄然登上峰頂觀賞紫色雲霞，恰如果真得到了修道成仙之術。

　我在雲間吹奏玉簫，在山石上彈弄寶瑟。我平生素有微小的學仙願望，自此以後將結束世俗間的歡笑。我的臉容似已充滿煙霞之氣，塵世的牽累忽然消失。倘若遇到仙人騎羊子葛由，就與他攜手飛越白日。

【研　析】此詩當作於開元九年（西元七二一年）遊成都之後、開元十二年（西元七二四年）出蜀之前。從詩中看出詩人此時已熱中於求仙學道。後李白有〈秋日鍊藥院鑷白髮贈元六兄林宗〉詩云：「弱齡接光景，矯翼攀鴻鸞。投分三十載，榮枯同所懽。」知其二十歲左右與元林宗結交，當即在遊峨眉山時。此詩的求仙思想似與元林宗的影響有關。前八句描寫峨眉山的高遠廣大及秀麗怪絕，無與倫比。自己登覽不可全悉，飄然賞紫霞而得修道成仙之術。後八句描寫吹簫雲間，鼓瑟石上，自己平生有遊仙之趣，世俗歡笑自此而盡。詩人感到煙容在顏，塵累忽失。倘遇騎羊之仙人，自當攜手飛昇。明人批點此詩曰：「是古調。而加之精鍊，音節又加響。」

大庭庫

魯中❶

朝登大庭庫，雲物❷何蒼然！莫辨陳鄭火❸，空霾鄒魯❹烟。我來尋梓慎❺，觀化入寥天❻。古木朔氣多❼，松風如五絃❽。帝圖終冥沒❾，歎息滿山川。

【注釋】❶大庭庫題　大庭庫，即大庭氏之庫。《左傳》昭公十八年：「宋、衛、陳、鄭皆火。梓慎登大庭氏之庫以望之。」杜預注：「大庭氏，古國名。在魯城內。魯於其處作庫。」孔穎達疏：「大庭氏，古天子之國名也。先儒舊說皆云炎帝號神農氏，一曰大庭氏。……古之大庭，嘗都於魯。其虛在魯城內，魯於其處作庫。」《元和郡縣志》卷一〇河南道兗州曲阜縣：「曲阜，在縣理魯城中，委曲長七八里。今按：季子臺及大庭氏庫及縣理城，並在其上。」按：宋本題下有「魯中」二字注，乃宋人編集時所加。❷雲物　日旁雲氣的顏色，古人憑以觀測吉凶水旱。《左傳》僖公五年：「凡分、至、啟、閉，必書雲物，為備故也。」杜預注：「雲物，氣色災變也。」❸陳鄭火　《左傳》昭公十八年：「宋、衛、陳、鄭皆火。梓慎登大庭氏之庫以望之，曰：『宋、衛、陳、鄭也。』數日，皆來告火。」杜預注：「(大庭氏庫)高顯，故登以望氣，參近占以審前年之言。」孔穎達疏：「其地高顯，故梓慎登之以望氣。梓慎往年言其將火，今更望氣參驗近占，以審己前年之言信也。梓慎所望，望天氣耳，非能望見火也。」❹鄒魯　古兩國名。鄒，春秋時邾國，亦稱邾婁。傳為顓頊後裔挾所建立，曹姓，有今山東費、鄒城、滕州、濟寧、金鄉等地。建都於邾（今山東曲阜東南南陬村）。西元前六一四年邾文公遷都於繹（今山東鄒城東南紀王城)。戰國時為楚所滅。《元和郡縣志》卷一〇河南道兗州鄒縣:「本漢騶縣地,故邾國,魯之附庸,魯穆公改邾為鄒,因鄒山以為名。」魯,《史記・周本紀》:「(武王)封弟周公旦於曲阜,曰魯。」今山東曲阜。❺梓慎　春秋時魯國大夫。❻觀化句　觀化,觀察變化;觀察造化。《莊子・至樂》:「且吾與子觀化而化及我,我又何惡焉!」入寥天,道教指進入太虛之境。《莊子・大宗師》:「安排而去化,乃入於寥天一。」郭象注:「乃入於寂寥而與天為一也。」❼古木句　木,宋本原闕,據蕭本、郭本、繆本、王本、咸本補。朔氣,北方寒氣。朔,宋本原作「翔」,據胡本改。❽五絃　《禮記・樂記》:「昔者,舜作五弦之琴,以歌〈南風〉。」孔穎達疏:「五弦,謂無文武二弦,唯宮商等之五弦也。」此處指琴聲。❾帝圖句　帝圖,帝王之業。顏延之〈三月三日曲水詩序〉:「有宋函夏,帝圖弘遠。」冥沒,猶冥滅、泯滅。鍾嶸《詩品・古詩》:「人代冥滅,而清音獨遠,悲夫!」

【語　譯】早晨登上大庭庫,天上雲氣多麼蒼茫!放眼遠望不能辨認陳、鄭之火,天空煙霧遮掩了鄒、魯之地。我來此地追尋當年梓慎登大庭庫望雲氣的景象,觀察天運變化直入寥廓的太虛天境。古老的林木多北方寒氣,風吹松林如五絃所奏琴瑟之聲。帝王之業終於泯滅,滿目山川我嘆息不已。

【研　析】此詩當是天寶四載(西元七四五年)遊兗州曲阜時所作。前六句敘寫自己登上當年梓慎所登的大庭庫,欲效其望雲氣辨災變之跡。只見雲氣蒼茫,掩遮鄒、魯,無法辨認陳、鄭之火。後四句描寫所見所聞及感想:見到的是古木多寒氣,聽到的是風吹松林如鳴琴。於是感慨當年的帝業終於泯滅無存,面對山川只有嘆息而已。

登單父陶少府半月臺❶

陶公有逸興❷,不與常人俱。築臺像半月,迥出❸高城隅。置酒望白雲,商飈❹起寒梧。秋山入遠海,桑柘羅平蕪❺。水色淥且明❻,今人思鏡湖❼。終當❽

過江去，愛此暫踟躕❾。

【注　釋】❶登單父題　單父陶少府，姓陶的單父縣尉。單父，唐縣名，屬河南道宋州，今山東單縣。少府，唐人對縣尉的敬稱。半月臺，《嘉慶重修一統志》卷一八一曹州府單父縣：「半月臺，在單縣東舊城東，唐少府陶沔所築。」不知何據。按：陶沔為李白隱居徂來山時的「竹溪六逸」之一。《新唐書・李白傳》：「客任城，與孔巢父、韓準、裴政、張叔明、陶沔居徂來山，日沉飲，號竹溪六逸。」未見陶沔任單父縣尉的記載。❷逸興　超邁豪放的意興。王勃〈滕王閣序〉：「逸興遄飛。」❸迴出　出，宋本原作「向」，在此字下夾注：「一作：出」，《文苑英華》亦作「迴出」。是。高遠聳立貌。梁元帝〈巫山高〉：「巫山高不窮，迴出荊門中。」❹商飇　秋風。《文選》卷二九陸機〈園葵詩〉：「歲暮商飆飛。」呂延濟注：「商飆，秋風也。」宋本在「商」字下夾注：「一作：高」。❺平蕪　王琦注：「江淹〈去故鄉賦〉：『窮陰匝海，平蕪帶天。』平蕪，庶草豐茂，遙望平坦若翦者也。」❻明　宋本在此字下夾注：「一作：清」。❼鏡湖　又名鑒湖。在今浙江紹興會稽山北麓。《元和郡縣志》卷二六越州會稽縣：「鏡湖，後漢永和五年，太守馬臻創立，在會稽、山陰兩縣界築塘蓄水，水高丈餘。」詳見卷五〈子夜吳歌〉其二注。❽當　宋本原作「常」，據蕭本、郭本、繆本、王本、咸本改。❾踟躕　徘徊逗留。《詩經・邶風・靜女》：「愛而不見，搔首踟躕。」

【語　譯】陶公有超邁放逸的興致，與平常人全不相同。建築臺榭形狀像半個月亮，遠聳於高城邊。在此設置酒宴遠望白雲，秋風起於森寒的梧樹林中。秋山沒入遠處的雲海，桑柘羅列在草木叢生的平原曠野中。水色清澈澄明，使人憶念越州的鏡湖。我終想過江南下，只是喜愛這裡而徘徊在此暫作停留。

【研　析】詩云「令人思鏡湖」、「終當過江去」，可知將從東魯南下越中，則此詩當作於天寶五載（西元七四六年）。首四句點題，讚賞陶少府築半月臺。中四句描寫登臺所見景色。末四句由水色引出鏡湖之思，點出將有過江之行。朱諫《李詩選注》評曰：「此詩平易簡淡，而趣味悠長。譬之蘭蕙，不必穠馥，而清香自可愛矣。」《唐宋詩醇》卷七評曰：「襟懷高曠，人如其詩。」

天台曉望

吳中❶

天台鄰四明❷，華頂高百越❸。門標赤城霞，樓棲滄島月❹。

憑高遠登覽，直下見溟渤❺。雲垂大鵬翻❻，波動巨鼇沒❼。風潮爭洶湧，神怪何翕忽❽！

觀奇跡無倪❾，好道心不歇。攀條摘朱實❿，服藥鍊金骨⓫。安得生羽毛，千春臥蓬闕⓬。

【注釋】❶天台題　天台，山名。在今浙江天台東北。支遁〈天台山銘序〉：「剡縣東南有天台山。」陶弘景《真誥》：「（山）當斗牛之分，上應台宿，故名天台。」《元和郡縣志》卷二六江南道台州唐興縣：「天台山，在縣北一十里。」按：宋本題下有「吳中」二字注，乃宋人編集時所加。❷天台句　孫綽〈遊天台山賦〉：「天台山者，蓋山嶽之神秀也。涉海則有方丈、蓬萊，登陸則有四明、天台，皆玄聖之所遊，靈仙之所窟宅。」四明，山名。在今浙江寧波西南。《方輿勝覽》卷七慶元府山川：「四明山，在（明）州西八十里。陸龜蒙云：『山有峰，最高四穴在峰上，每天色晴霽，望之如戶牖相倚。』《福地記》云：『三十六洞天，第九曰四明山。二百八十峰洞，周迴一百八十里，名丹山赤水之天。上有四門，通日月星辰之光，故曰四明山。』」謝靈運〈山居賦〉注：「天台……四明相接連。」❸華頂句　華頂，天台山的最高峰。《方輿勝覽》卷八台州山川：「華頂峰，在天台縣東北六十里。蓋天台第八重最高處，高一萬丈。絕頂東望滄海，俗號望海尖。草木薰郁，殆非人世，孫綽所謂『陟降信宿，迄乎仙都』是也。」百越，我國古代南方越人的總稱。分佈在今浙江、福建、廣東、廣西等地，因部落眾多，故總稱「百越」或「百粵」。亦指百越居住之地。❹門標二句　朱諫《李詩選注》：「按駱賓王詩云：『……樓觀滄海月，門挹浙江潮。』李白云：『門標赤城霞，樓棲滄島月。』全用其意也。白不以為嫌者，大之能納乎小也。」梅鼎祚《李詩鈔》：「宋之問詩：『樓觀滄海日，門對浙江潮』，白全法其語。」赤城，山名。在今浙江天台東北，天台山之南。山上石壁皆如霞色，望之如雉堞，故名。《文選》卷一一孫綽〈遊天台山賦〉：「赤城霞起而建標。」李善注：「支遁〈天台山銘序〉曰：往天台，當由赤城山為道徑。……《天台山圖》曰：赤城山，天台之南門也。」滄島，海島。❺憑高二句　遠登，蕭本、郭本、咸本作「登遠」。溟渤，大海。鮑照〈代君子有所思〉：「穿地類溟渤。」❻雲垂句　用《莊子・逍遙遊》大鵬翼如垂天之雲：「北冥有魚，其名為鯤。鯤之大，不知其幾千里也。化而為鳥，其名為鵬。鵬之背，不知其幾千里也。怒而飛，其翼若垂天之雲。」❼波動句　用《列子・湯問》巨鼇載五山典故：「渤海之東，不知幾億萬里，有大壑焉。……其中有五山焉：一曰岱輿，二曰員嶠，三曰方壺，四曰瀛洲，五曰蓬萊。……而五山之根，無所連著，常隨潮波上下往還，不得暫峙焉。仙聖毒之，訴之於帝，帝恐流於西極，失群聖之居，乃命禺彊使巨鼇十五舉首而戴之。……五山始峙而不動。」❽翕忽　疾速貌。《文選》卷五左思〈吳都賦〉：「神化翕忽。」劉良注：「翕忽，變化疾速貌。」❾觀奇句　觀奇，指上文憑高所見。無倪，無端倪；沒有邊際。謝靈運〈遊赤石進帆海〉詩：「溟漲無端倪。」❿朱實　紅色的果實。陶淵明〈讀山海經〉其四：「黃花復朱實，食之壽命長。」⓫服藥句　謂煉金丹服藥成仙骨。《抱朴子・金丹》：「夫金丹之為物，……鍊人身體，故能令人不老不死。」⓬蓬闕　蓬萊宮。神仙居住之地。卷二一〈感興八首〉其五：「欲逐黃鶴飛，相呼向蓬闕。」

【語　譯】天台山與四明山相鄰，華頂峰高出於百越之山。山門標舉赤城之霞色，層樓棲於海島月光之中。

我登高放眼遠望，俯視山下的大海。天空中大鵬翻飛雲為之低垂，大海中波濤震盪巨鼇為之隱沒。海水隨風而起波濤洶湧，神靈怪物出沒多麼迅速！

觀覽奇異蹤跡沒有邊際，學仙好道之心不會止歇。攀上枝條摘取紅色果實，服食金丹之藥煉我仙骨。怎樣才能使身上生出羽毛，千年隱臥在蓬萊仙宮。

【研　析】任華〈雜言寄李白〉詩曰：「登天台，望渤海，雲垂大鵬飛，山壓巨鼇背。斯言亦好在。」當即指此詩。其下又曰：「中間聞道在長安，及余戾止，君已江東訪元丹。」可知此詩之作在入京之前初遊剡中東涉溟海之時，約開元十四年（西元七二六年）。首四句寫天台山華頂峰之高。謂天台山與四明山相鄰，皆越地之山，而華頂峰則高於百越之山。山門標舉赤城之霞，層樓棲於大海之月光中。次段六句描寫登上華頂峰所見景象：溟渤之大，俯視可見。雲之低垂，因大鵬翻飛；波濤滾動，使巨鼇隱沒。風潮洶湧，神怪變化何其迅速！末段六句承上謂天下奇觀之跡本無涯際，自己好道之心亦未停歇。仍欲摘仙果，服金丹，幻想羽化飛昇，千載遊臥神山仙宮。詩中寫景而引出遊仙之思，結構完整。

早望海霞邊❶

四明三千里，朝起赤城霞❷。日出紅光散，分輝照雪崖❸。一餐嚥瓊液❹，五內發金沙❺。舉手何所待？青龍白虎車❻。

【注　釋】❶海霞邊　咸本作「海邊霞」。❷朝起句　謂早晨赤城山之狀就像朝霞。楊齊賢注引孔靈符《會稽記》曰：「赤城山石色皆赤，狀似晨霞，亦謂之霞城。」❸雪崖　指天台山的瀑布峰。楊齊賢注：「瀑布山，天台之西南峰，水從南巖懸注，望之如曳布，即雪崖也。」《方輿勝覽》卷八台州山川：「瀑布山，乃天台山之別岫。有瀑布垂流千丈，聲若雷霆，觀者為之震掉。」❹嚥瓊液　嚥，「咽」的異體字。王本作「咽」。瓊液，道教所謂的玉液，服之長生。王琦注引〈南岳魏夫人傳〉：「有冉酣瓊液而叩棺。」❺五內句　五內，五臟。金沙，金砂。道教以金石煉成的丹藥。《參同契》卷上：「金砂入五內，霧散若風雨。」❻青龍句　用沈羲昇天故事。據《神仙傳》卷八記載：吳郡人沈羲學道於蜀中，為民消災治病，功德感天，天神識之。某日回家時，逢白鹿車一乘，青龍車一乘，白虎車一乘，從者皆數十騎，皆朱衣，仗矛帶劍，輝赫滿道。騎人曰：「羲有功於民，心不忘道，自少小以來，履行無過，壽命不長，年壽將盡，黃老今遣仙宮來下迎之。」遂載羲昇天。

【語　譯】四明山綿延三千里，早晨升起赤城山的霞光。日出時紅光散射，光輝直照瀑布山如雪崖。我一次飲咽瓊液，金丹藥力自我的體內五臟往外發散。向天舉手等待什麼？等待迎我昇天的青龍白虎車。

【研　析】此詩與上首〈天台曉望〉當是同時之作。前四句描寫四明山的景色。後四句抒發求仙之情思。嚴羽評點曰：「題已似詩。著一『邊』字，便覺根境冥會。」明人批曰：「只取餐霞意。」

焦山杳望松寥山❶

石壁❷望松寥，宛然在碧霄❸。安得五綵虹，架天作長橋？仙人如愛我，舉手來相招。

【注釋】❶焦山題　蕭本、郭本、王本題中無「杳」字。咸本題作〈焦香山望松寥山〉，注曰：「一作焦山杳望。」焦山，在今江蘇鎮江市東北長江中。唐代屬潤州丹徒縣。《輿地紀勝》卷七兩浙西路鎮江府：「焦山，在江中，金、焦二山相去十五里。唐《圖經》云：後漢焦先嘗隱此山，因以為名。」松寥山，王琦注：「王西樵曰：海門山，一名松寥、夷山，即孟浩然詩所云『夷山對海濱』者也。鮑天鍾《丹徒縣志》：焦山之餘支東出，分峙於鯨波瀰淼中，曰海門山，唐詩稱松寥，稱夷山，即此。」❷石壁　指焦山的石崖。❸宛然句　宛然，彷彿；好像。碧霄，藍天；碧青的天空。

【語譯】在焦山的石崖邊遠望松寥山，松寥山好像在高高的藍天中。怎樣能得到五色的彩虹，使它架到天上作為長橋？天上的仙人如果喜歡我，揮手相招引導我昇天。

【研析】此詩當是天寶五載（西元七四六年）自東魯南下往越中途經潤州時所作。詩中描寫在焦山望松寥山的景色及遊仙昇天的幻想。明人批曰：「亦近天語。」

杜陵絕句

長安❶

南登杜陵上，北望五陵間❷。秋水明落日，流光滅遠山❸。

【注　釋】❶杜陵題　杜陵，地名。在今陝西西安東南。古為杜伯國，秦置杜縣，漢宣帝築陵於東原，因名杜陵，並改杜縣為杜陵縣。盧照鄰〈長安古意〉：「挾彈飛鷹杜陵北。」《元和郡縣志》卷一關內道京兆府萬年縣：「杜陵，在縣東南二十里，漢宣帝陵也。」按：宋本題下有「長安」二字注，乃宋人編集時所加。❷北望句　五陵，指漢高祖長陵、漢惠帝安陵、漢景帝陽陵、漢武帝茂陵、漢昭帝平陵，皆在杜陵以北，故稱「北望五陵」。《後漢書・班固傳》：「南望杜、霸，北眺五陵。」李賢注：「杜、霸，謂杜陵、霸陵，在城南，故『南望』也。五陵，謂長陵、安陵、陽陵、茂陵、平陵。在渭北，故『北眺』也。」❸流光句　謂流動之日光在遠山間逐漸消失。

【語　譯】從南邊登上杜陵，向北方眺望五陵。落日餘輝把秋水照明，流動的光影在遠山間逐漸消失。

【研　析】此詩當是天寶初在長安所作。詩中描寫登杜陵而北望五陵，只見秋水被落日照明，而流光在遠山間消滅。意在言外。嚴羽評點曰：「此景從無人拈出。」明人亦批曰：「寫景入妙。」

登太白峰

西上太白峰❶，夕陽窮登攀❷。太白❸與我語，為我開天關❹。願乘泠風❺去，
直出浮雲間。舉手可近月，前行若無山。一別武功❻去，何時復更還❼？

【注　釋】❶太白峰　即太白山。亦名終南山、太乙山。秦嶺主峰。在今陝西眉縣、周至、太白等縣之南。冬夏積雪，望之皓然，故名太白。❷夕陽句　此句意謂終於登上太白峰西部頂點。夕陽，指山的西部。《爾雅・釋山》：「山西曰夕陽。」郭璞注：「暮乃見日。」邢昺疏：「日，即陽也。夕始得陽，故名夕陽。《詩經・大雅・公劉》云『度其夕陽，豳居允荒』是也。」窮，盡。❸太白　此指星名，即金星，一名啟明星。❹天關　天門。關本義為門閂，開關即打開門閂。此處形容山之極高與天相近。天關亦所謂通天之門。❺泠風　輕妙的和風。❻武功　山名。在陝西武功南一百里，北連太白山，最為秀傑。古諺云：「武功太白，去天三百。」按：功，宋本原作「公」，據蕭本、郭本、繆本、王本、咸本改。❼更還　蕭本、郭本、胡本

作「見還」。

【語譯】從西邊攀登太白峰，終於登上了峰頂。天上太白星與我說話，為我打開登天之門。我願乘那微妙和風而去，一直飛行到那浮雲之間。舉起手就可以靠近月亮，向前飛行似乎已無山巒阻礙。此次一別武功山而去，什麼時候才能再回返呢？

【研析】此詩似是初入長安時期離終南山西遊時所作。詩中描寫登太白峰的情景，反映了詩人飄然欲仙的思想和奇異的想像力。首二句點題，從早到傍晚極力攀登，烘托太白峰的高峻，亦顯示詩人勇敢的精神。接著便進入遊仙境界，詩人登上高峰，似乎感覺到太白金星在與他對話，為他打開了進入天宮的門戶，於是詩人希望乘著輕妙的和風，飄遊在浮雲之間，舉手就可攬住明月，飛行中好像沒有山峰了。這中間六句描繪遊仙意境，構思新穎，想像奇特，化用《莊子》「泠風」典實自然生動，無斧鑿痕。表現出詩人追求自由、嚮往光明的理想。末二句突然轉折，詩人思想又回到現實，此次離別武功，何時再能回來？反映出詩人出世與入世的矛盾心情。詩人一生懷抱「安社稷」、「濟蒼生」的大志，即使在遊仙之時，仍不忘用世之念。於是使此詩結構形成跌宕起伏，跳躍多變。《唐宋詩醇》卷七曰：「亦率胸臆而云，形容峰勢之高，奇語獨造。」

登邯鄲洪波臺置酒觀發兵 燕趙，時將遊薊門❶

我把兩赤羽❷，來遊燕趙間。天狼正可射❸，感激❹無時閑。觀兵洪波臺，倚劍望玉關❺。請纓不繫越❻，且向燕然山❼。風引龍虎旗❽，歌鐘昔追攀❾。擊筑❿落高月，投壺⓫破愁顏。遙知百戰勝，定掃鬼方⓬還。

【注　釋】❶登邯鄲題　邯鄲，唐縣名。屬河北道洺州（廣平郡）。永泰元年改屬磁州。今河北邯鄲。《元和郡縣志》卷一五磁州邯鄲縣：「洪波臺，在縣西北五里。」按：宋本題下有「燕趙，時將遊薊門」七字注。「時將遊薊門」五字，當為李白原注。「燕趙」二字，乃宋人編集時所加。薊門，即薊丘，古地名。今北京德勝門外土城頭，相傳是古薊門遺址。❷我把句　把，執；持。赤羽，王琦注：「赤羽，謂箭之羽染以赤者。《國語》所謂『朱羽之矰』是也。又《六韜注》：飛鳧、赤莖、白羽，以鐵為首；電景、青莖、赤羽，以銅為首。皆矢名。」❸天狼句　天狼，星名。比喻侵略的敵人。《楚辭・九歌・東君》：「舉長矢兮射天狼。」王逸注：「天狼，星名。以喻貪殘。」《晉書・天文志上》：「狼一星，在東井東南。狼為野將，主侵掠。」❹感激　有所感受而情緒激奮。❺倚劍句　倚劍，佩劍。《文選》卷三一江淹〈雜體詩三十首・鮑參軍照戎行〉：「倚劍臨八荒。」李周翰注：「倚，佩也。」玉關，即玉門關。在今甘肅敦煌西北。此處泛指北方邊關。❻請纓句　反用終軍典故。《漢書・終軍傳》：「南越與漢和親，乃遣軍使南越，說其王，欲令入朝，比內諸侯。軍自請：『願受長纓，必羈南越王而致之闕下。』軍遂往說越王，越王聽許，請舉國內屬。天子大說（悅）。」此句謂不到南方去羈南越王。❼且向句　且，暫且。燕然山，今蒙古人民共和國境內之杭愛山。《後漢書・竇憲傳》：永元元年，「與北單于戰於稽落山，大破之。……憲、秉（耿秉）遂登燕然山，去塞三千餘里，刻石銘功，紀漢威德。」❽龍虎旗　繪有龍虎形狀的旗幟。儀仗所用。卷六〈永王東巡歌十一首〉其一：「天子遙分龍虎旗。」❾歌鐘句　歌鐘，伴唱的編鐘。宋本在「昔」字下夾注：「一作：憶」。❿擊筑　筑，古擊絃樂器。形似箏，頸細而肩圓。以竹擊之，音清亮悲壯。《史記・刺客列傳》：「（荊軻）至易水之上，既祖，取道，高漸離擊筑，荊軻和而歌。」⓫投壺　古代宴會時的一種遊戲。《禮記・投壺》有詳載。方法是以盛酒的壺口作目標，用矢投入。矢有三種長度：室內用二尺，堂上用一尺八寸，庭中用三尺六寸。以投中多少決勝負，負者飲酒。⓬鬼方　殷周時分佈於今陝西、山西北部的異族名。

【語　譯】我手持兩支赤羽箭，來到燕趙之地遊歷。正可射殺天狼星般的侵掠之賊，我感奮激動無時休閒。在洪波臺觀兵，佩劍遠望邊關。我請纓求戰不像終軍那樣去拘羈南越王，暫且像竇憲擊匈奴那樣北向燕然山。在隨風飄引的龍虎旗下前進，不像往昔在歌樂聲中追攀。擊筑聲中高月已落，投壺遊戲打開了我的愁顏。知道遠方戰爭會百戰百勝，一定會掃平北方異族的作亂者而凱旋歸來。

【研　析】此詩作於天寶十一載（西元七五二年）北上幽燕途經邯鄲時。與卷一七〈邯鄲南亭觀妓〉詩為同時之作。首四句敘來遊燕趙心情感奮，手執羽箭可射天狼。次四句敘登洪波臺觀兵，望邊關而請纓，擬北向燕然山。再次四句描寫龍虎旗隨風飄揚，擊筑聲中高月下落，回憶往昔追攀歌樂，投壺遊戲打開愁顏。末二句為預祝之詞，謂此次發兵出征，定當掃平異族作亂者奏凱而還。全詩熱情洋溢，氣概激昂。

登廣武古戰場懷古❶

秦鹿奔野草，逐之若飛蓬❷。項王氣蓋世，紫電明雙瞳❸。呼吸八千人，橫行起江東❹。赤精斬白帝❺，叱咤入關中❻。

兩龍❼不並躍，五緯與天同❽。楚滅無英圖❾，漢興有成功❿。按劍清八極⓫，歸酣歌〈大風〉⓬。

伊昔臨廣武，連兵決雌雄。分我一杯羹，太皇乃汝翁⓭。

戰爭有古跡，壁壘頹層穹⓮。猛虎吟洞壑，飢鷹鳴秋空。翔雲列曉陣，殺氣赫長虹⓯。

撥亂屬豪聖⓰，俗儒安可通？沉湎呼豎子，狂言非至公。撫掌黃河曲，嗤嗤阮嗣宗⓱。

【注釋】❶登廣武題　廣武古戰場，故址在今河南滎陽東北廣武山上。有東、西二城，相距約二百步，中隔廣武澗。楚、漢相爭時，劉邦屯西城，項羽屯東城，互相對峙。今尚有殘跡遺存。按：《文苑英華》題作〈登廣武楚漢古城〉。❷秦鹿二句　秦鹿，比喻秦國帝位。《史記・淮陰侯列傳》：（蒯通曰）「秦失其鹿，天下共逐之，於是高材疾足者先得焉。」裴駰《集解》引張晏曰：「以鹿喻帝位也。」飛蓬，形容戰爭之紛繁。❸項王二句　《史記・項羽本紀》：「項王乃悲歌慷慨自為詩曰：『力拔山兮氣蓋世，時不利兮騅不逝。』」又：「太史公曰：吾聞之周生曰：『舜目蓋重瞳子』，又聞項羽亦重瞳子。羽豈其苗裔邪？」紫電，紫色光芒，形容目光銳利有神。雙瞳，即重瞳，兩個眼珠。❹呼吸二句　《史記・項羽本紀》：「遂舉吳中兵。使人收下縣，得精兵八千人。……項梁乃以八千人渡江而西。」「項王笑曰：『天之亡我，我何渡為！且籍與江東子弟八千人渡江而西，今無一人還，縱江東父兄憐而王我，我何面目見之？』」呼吸，呼喚；招引。橫行，猶言縱橫馳騁。《史記・季布欒布列傳》：「上將軍樊噲曰：『臣願得十萬眾，橫行匈奴中。』」江東，長江在今安徽蕪湖至江蘇南京段呈南北流向，習慣上稱此段長江東岸地區為江東。❺赤精句　赤精，指漢高祖劉邦。《漢書・哀帝紀》：「待詔夏賀良等言赤精子之讖。」顏師古注引應劭曰：「高祖感赤龍而生，自謂赤帝之精，良等因是作此讖文。」斬白帝，指劉邦斬蛇。《史記・高祖本紀》：「高祖被酒，夜徑澤中，令一人行前。行前者還報曰：『前有大蛇當徑，願還。』高祖醉，曰：『壯士行，何畏！』乃前，拔劍擊斬蛇。蛇遂分為兩，徑開。行數里，醉，因臥。後人來至蛇所，有一老嫗夜哭。人問何哭，嫗曰：『人殺吾子，故哭之。』人曰：『嫗子何為見殺？』嫗曰：『吾子，白帝子也，化為蛇，當道，今為赤帝子斬之，故哭。』」❻叱咤句　叱咤，形容聲勢、威力極大。關中，古地域名。《通典》卷一七三州郡三引《關中記》曰：「東自函關弘農郡靈寶縣界，西至隴關今汧陽郡汧源縣界，二關之間，謂之關中，東西千餘里。」《史記・高祖本紀》：「漢元年十月，沛公兵遂先諸侯至霸上。秦王子嬰素車白馬，係頸以組，封皇帝璽、符節，降軹道旁。」此即「叱咤入關中」之內容。❼兩龍　指項羽與漢高祖劉邦。❽五緯句　五緯，五星。《漢書・天文志》：「漢元年十月，五星聚於東井，以曆推之，從歲星也。此高皇帝受命之符也。故客謂張耳曰：『東井，秦地，漢王入秦，五星從歲星聚，當以義取天下。』」《文選》卷二張衡〈西京賦〉：「自我高祖之始入也，五緯相汁，以旅于東井。」薛綜注：「五緯，五星也。」與天同，謂與天相應。❾英圖　指宏偉英明的長策、良謀。《宋書・蕭思話傳》：「司徒英圖電發，殿下神武霜斷。」❿成功　宋本原作「來功」，據蕭本、郭本、王本改。⓫按劍句　按劍，提劍。《史記・高祖本紀》：「吾以布衣提三尺劍取天下。」八極，八方極遠之地。《淮南子・墬形訓》：「八紘之外，乃有八極。」⓬歸酣句　指漢高祖歸沛宮置酒，酣唱〈大風歌〉，見卷一七〈春日陪楊江寧及諸官宴北湖感古作〉注及《史記・高祖本紀》。⓭伊昔四句　據《史記・項羽本紀》記載：漢王劉邦引兵渡河，復取成皋，軍廣武，就敖倉食。楚王項羽已定東海，來西，與漢俱臨廣武而軍，相守數月。項王執劉邦之父太公，置之俎上，脅迫漢王投降。漢王曰：吾與你約為兄弟，吾父即你父，必欲烹你父，請分我一杯羹。項王怒，伏弩射中漢王。漢王傷，走入成皋。四句即用此史事。⓮壁壘句　壁壘，古時軍營周圍的防禦建築物。《漢書・黥布傳》：「深溝壁壘，分卒守徼乘塞。」頹，倒塌。《禮記・檀弓上》：「泰山其頹乎！」層穹，高空。沈約〈和劉雍州繪博山香爐〉詩：「驤首盼層穹。」⓯猛虎四句　狀古戰場荒涼之狀。吟，蕭本、郭本、王本作「嘯」。鳴，《文苑英華》作「獵」。⓰撥亂句　《史記・秦楚之際月表》：「撥亂誅暴，平定海內，卒踐帝祚，成於漢家。」豪聖，英君。此處指漢高祖劉邦。⓱沉湎四句　沉湎，沉溺，指嗜酒無度。豎子，對人的鄙稱，猶小子。《晉書・阮籍傳》：「阮籍，字嗣宗。……嘗登廣武，觀楚漢戰處，歎曰：『時無英雄，使豎子成名！』」狂言，妄言。撫掌，拍手而笑。黃河曲，指廣武之地臨近黃河。曲，河道曲折處。嗤嗤，嘲笑貌。

【語　譯】秦朝帝位如鹿奔荒野草地之中，豪傑之士相逐如飛起的蓬草一樣窮追。項王英雄氣概蓋過當世，雙目都有兩個眼珠明亮而炯炯有神。招集指揮八千人，自江東起兵橫行於天下。漢高祖是赤帝精醉酒夜斬白帝子，叱吒風雲進入關中之地。

兩條龍不能共同躍起，五星之象與天相應而受命。楚王被消滅由於沒有宏偉英明的圖謀良策，漢王興盛由於有成功的謀略而成就王霸之業。漢高祖手提寶劍平定天下，回歸家鄉縱酒擊筑而高唱〈大風歌〉。

往昔高祖與項王都駐軍廣武，雙方集結精兵欲決一雌雄。高祖為天下而不顧家，如果你項王要烹我太公，也請你分一碗湯給我，我與你結拜兄弟，我的父親也是你的父親。

如今這裡仍有當年戰爭留下的古蹟，當年軍營的建築物在高空之下早已倒塌。但見猛虎嘯於洞壑，飢餓的雄鷹鳴於秋日高空。曉陣散為翔雲，殺氣已赫然化為長虹。

高祖撥亂反正屬於大聖人所為，淺陋而迂腐的儒生豈能通達？阮籍沉湎於酒而呼劉邦為豎子，這種狂妄偏激之言不是公正的。我身臨曲折的黃河邊撫掌而笑，阮嗣宗真正是非常可笑。

【研　析】此詩疑是開元二十二年（西元七三四年）前後往滎陽登廣武古戰場而作。首段敘秦失帝位，群雄並爭。其中項羽氣蓋一世，重瞳炯炯有神，從江東招集八千精兵橫行天下；劉邦為赤帝之精，斬白帝於徑，叱吒風雲進入關中。次段六句謂天無二日，民無二主，兩龍不能並躍，天命終歸有德，楚無良圖而滅，漢有善策而興。以上泛言楚漢之興廢。第三段四句點題，敘楚漢相爭於廣武，連兵對壘決雌雄，楚欲烹太公，而漢有分羹之語。前人或謂此處用事失倫，而疑非太白之詩，王琦力辨之，曰：「追想當時情事，良、平之儔，何、賈之伍，言語妙天下，豈不知此語之繆？第恐卑辭屈節，適足以長楚人之焰，而墮其計中，矯首措足，悉為所制，不得已而為是悖逆之辭，以見『為天下者不顧家』之意。非此一語，不足以折楚人之心；捨此一語，亦無以復楚人之命。其實太公生死，全不在此一言，正不必為漢高諱也。」第四段六句謂楚漢戰爭雖已往矣，然古蹟猶存。往昔之戰壘已倒塌於高空之下，成為廢墟。但見猛虎吟於洞壑，飢鷹鳴於秋空，曉陣散為翔雲，殺氣化為長虹。言外之意是：當年的英雄人物而今安在哉！末段乃詩人的評論。漢高祖撥亂反正乃豪聖之君，俗儒豈能通曉！阮籍沉湎於酒而呼英君為豎子，狂妄之言並不公正。我今在黃河邊登廣武古戰場，撫掌嘲笑阮籍之無識。關於此段，從《東坡志林》、《容齋隨筆》至蕭士贇注此詩，皆謂太白誤解阮籍語，以為阮籍語非指漢高祖，而是指魏、晉時無英雄。王琦亦力辨之，曰：「廣武一歎，初無深義，自東坡別創一說，而後之人皆因之。……夫漢高固英雄，然觀其鴻門之困，睢水之敗，滎陽之圍，廣武之弩，瀕於危者數矣！而卒不死，終以有天下者，天命也。豈其算無遺策，而天下莫能當之者！且觀其生平，惟以詐術制御群材，好罵侮士，謾言負約，以阮籍之白眼觀之，呼為豎子，亦何足異！太白『非至公』之言，亦尊題之法，自當如此。或兩人所見，實有不同，安得訾其誤哉！」按：王說甚是。嚴羽評點曰：「以嗣宗之狂，同於俗儒，有膽，更狂甚，非尋常翻案家。」

登新平樓

陝西❶

去國登茲樓❷，懷歸傷暮秋。天長落日遠，水淨寒波流。秦雲起嶺樹，胡雁飛沙洲❸。蒼蒼幾萬里，目極令人愁❹。

【注釋】❶登新平樓題　新平，既是縣名，又是郡名。新平郡即邠州，治所就在新平縣。今陝西彬縣。按：宋本題下有「陝西」二字注，乃宋人編集時所加。❷去國句　去國，離開京城長安。茲樓，此樓。此處指新平樓。❸秦雲二句　寫秦地暮雲籠罩著峰林，北方飛來的大雁停留在水中的沙島上。二句有遙望京師之意。❹蒼蒼二句　蒼蒼，猶蒼茫，廣闊無邊貌。《淮南子・俶真訓》：「渾渾蒼蒼，純樸未散。」目極，縱目遠望。《楚辭・招魂》：「目極千里兮傷春心。」

【語譯】離開京城長安來到新平登上這城樓，在此暮秋季節懷念歸家心中悲傷。遼闊的天空中夕陽在遠方下落，河水清澈寒波在靜靜流淌。秦地的浮雲從山嶺的樹林上升起，北來的大雁飛落在沙洲。蒼茫遼闊的幾萬里大地，極目遠望使我產生無限憂愁。

【研析】此詩當是開元十九年（西元七三一年）初入長安西遊邠州時所作。詩中描寫暮秋登樓遠望長安所見的景色，以及懷念家鄉而思歸之情。全詩寫景感懷，曲盡其妙。隨心所至，自成結構。首二句即點明暮秋時節離開長安來到新平，登上城樓懷念歸家。全詩從秋色的描摹中可體會到詩人不得志的深愁。末句點出「愁」字，實在是傷心之極。此詩四五句、六七句皆失黏；除首聯外，出句第三字皆拗，對句第三字皆救。故或謂此乃五言古詩；然既有拗救，還應算律詩。三平對三仄，乃詩人故意為之。此種調式，王維亦有之，如七律《酌酒與裴迪》：「草色全經細雨濕，花枝欲動春風寒。」即其例。胡震亨《李詩通》以此詩編入五律，良是。

謁老君廟

梁宋

先君懷聖德，靈廟肅神心。草合人蹤斷，塵濃鳥跡深。流沙丹竈滅，關路紫烟沉。獨傷千載後，空餘松柏林。

【甄辨】此詩當是唐玄宗所作〈過老子廟〉詩，見《文苑英華》卷三二〇。唯以「先君」為「仙居」、「丹竈滅」為「丹竈沒」，三字不同，餘全同。歐陽修《集古錄跋尾》卷六、《寶刻類編》卷一皆著錄有〈唐玄宗謁玄元廟〉詩，可證此詩必為唐玄宗所作，誤入李白集。故此處不作譯注、研析。老君廟，即老子廟。唐代道教最盛，道教以老子為始祖，立廟祭祀。

秋日登揚州西靈塔

淮南❶

寶塔凌蒼蒼❷，登攀覽四荒❸。頂高元氣合，標出海雲長❹。萬象分空界❺，三天接畫梁❻。水搖金剎❼影，日動火珠❽光。鳥拂瓊簷❾度，霞連繡栱❿張。目隨征路斷，心逐去帆揚。露浩梧楸⓫白，風催橘柚⓬黃。玉毫⓭如可見，于此照迷方⓮。

【注釋】❶秋日題　揚州，今江蘇揚州。西靈塔，高適有〈登廣陵棲靈寺塔〉詩，劉長卿有〈登揚州棲靈寺塔〉詩，《全唐詩》卷三六五劉禹錫有〈同樂天登棲靈寺塔〉詩，卷四四七白居易有〈與夢得同登棲靈寺塔〉詩，而卷二七二陳潤有〈登西靈塔〉詩，則西靈塔當即「棲靈寺塔」。《揚州府志》卷二八謂棲靈寺塔建於隋文帝時，在城西北五里。按：宋本題下有「淮南」二字注，乃宋人編集時所加。❷蒼蒼　深青色，指青天。《莊子・逍遙遊》：「天之蒼蒼，其正色邪？其遠而無所至極邪？」❸四荒　四方荒遠之地。《楚辭・離騷》：「忽反顧以游目兮，將往觀乎四荒。」王逸注：「荒，遠也。」❹頂高二句　形容塔之高。謂頂端被天氣海雲繚繞。元氣，宇宙自然之氣。《楚辭・九思・守志》：「食元氣兮長存。」王逸注：「元氣，天氣也。」標，端，指塔尖。❺萬象句　萬象，宇宙間的一切事物或景象。謝靈運〈從遊京口北固應詔〉：「皇心美陽澤，萬象咸光昭。」空界，佛教語。六界（地、水、火、風、空、識）之一，謂天地之間無邊之虛空。徐陵〈東陽雙林寺傅大士碑〉：「空界神仙，共來行道。」❻三天句　三天，佛教指欲界天、色界天、無色界天。畫梁，有彩繪裝飾的屋梁。盧照鄰〈長安古意〉：「雙燕雙飛繞畫梁。」❼金剎　塔的美稱。〈洛陽伽藍記序〉：「金剎與靈臺比高，廣殿共阿房等壯。」按：剎是梵文佛塔頂部裝飾，即相輪的音譯。金剎亦指佛地懸幡的塔柱。《法華經・授品記》：「諸佛滅後，起七寶塔。長表金剎，華香伎樂。」❽火珠　宮殿、廟塔正脊上作裝飾用的寶珠。有兩焰、四焰、八焰等不同形式。❾瓊簷　玉簷，飾玉的屋簷。簷，蕭本、郭本、胡本、咸本作「簾」。❿繡栱　彩繪的斗栱。斗栱是中國傳統木結構中的支承構件，在立柱和橫梁交接處。從柱頂探出的弓形肘木叫栱，栱與栱之間的方形墊木叫斗。斗栱承重結構，可使屋簷較大程度外伸，形式優美。⓫梧楸　梧桐和楸樹。皆逢秋早凋之樹。《楚辭・九辯》：「白露既下百草兮，奄離披此梧楸。」朱熹集注：「梧桐、楸梓，皆早凋。」⓬風催句　風，蕭本、郭本、王本、咸本皆作「霜」。催，郭本作「摧」。橘柚，兩種果樹名。橘的果實扁圓形，紅或橙黃色，供生食。柚又名「文旦」，果實大，圓形、扁圓形或闊倒卵形，成熟時呈淡黃色或橙色。果味甜酸適口。⓭玉毫　佛光。釋慧琳《一切經音義》卷一一：「玉毫者，如來眉間白毫毛也。皓白光潤，猶如白玉。佛從毫相，放大光明，照十方界。」⓮迷方　猶迷途、迷津。佛教以人世為下方，以佛之道場為上方，迷方蓋謂迷於塵世而不悟。

【語　譯】寶塔高聳茫茫蒼天，我攀登而上歷覽極遠的四方。塔頂很高與天宇間混沌之氣相合，塔尖突出直入海天之雲。世間一切事物現象都分無邊虛空之界，三天與寶塔之彩梁相接。水中搖盪著寶塔的倒影，紅日照耀著塔尖寶珠閃動光彩。飛鳥在玉簷間飛拂而度，霞光連接彩繪的斗栱而光芒四射。我的眼睛望斷征路，心情追隨著遠去的船帆而飛揚。浩浩珠露使梧樹、楸樹隨之而白，秋霜催促橘柚由綠變黃。如果能見到如來佛眉間的白毫毛佛光，在這裡就可照亮塵世的迷途。

【研　析】此詩當是開元十四年（西元七二六年）首次至揚州時所作。首六句形容塔之高。接著四句描寫登覽所見之景。末六句寫自己的心情與感想。《唐詩解》卷四七曰：「首三聯狀塔之高，次二聯寫塔之麗，次一聯眺望而傷羈旅，次一聯覽景而惜暮秋，末聯有超度眾生意。」其說甚是。《唐宋詩醇》卷七曰：「聲色壯麗，一經點入情景，便覺通體皆靈，此亦詩中之金針也。」

登金陵冶城西北謝安墩

此墩即晉太傅謝安與右軍王羲之同登，超然有高世之志，余將營園其上，故作是詩。金陵❶

晉室昔橫潰，永嘉遂南奔❷。沙塵何茫茫，龍虎鬬朝昏❸。胡馬風漢草，天驕蹙中原❹。

哲匠感頹運，雲鵬忽飛翻❺。組練❻照楚國，旌旗連海門。西秦百萬眾，戈甲如雲屯❼。投鞭可填江，一掃不足論❽。皇運有返正❾，醜虜無遺魂。談笑遏橫流，蒼生望斯存❿。

冶城訪古跡⓫，猶有謝安墩。憑覽周地險⓬，高標⓭絕人喧。想像東山姿，緬懷右軍言⓮。

梧桐識佳樹⓯，蕙草留芳根。白鷺⓰映春洲，青龍見朝暾⓱。地古雲物在，臺傾禾黍⓲繁。我來酌清波，於此樹名園。功成拂衣去，歸入武陵源⓳。

【注釋】❶登金陵題　題下乃李白自注。唯末「金陵」二字注乃宋人編集時所加。金陵冶城，故址在今南京朝天宮一帶。相傳春秋時吳王夫差（一說三國吳）冶鑄於此，故名。謝安墩，《世說新語．言語》：「王右軍與謝太傅共登冶城，謝悠然遠想，有高世之志。王謂謝曰：「夏禹勤王，手足胼胝；文王旰食，日不暇給。今四郊多壘，宜人人自效，而虛談廢務，浮文妨要，恐非當今所宜。」謝答曰：「秦任商鞅，二世而亡，豈清言致患耶？」」當即此地。❷晉室二句　橫潰，大水決堤，喻大亂。《文選》卷三〇謝靈運〈擬魏太子鄴中集詩．魏太子〉：「天地中橫潰，家王拯生民。」李善注：「橫潰，以水喻亂也。」永嘉，晉懷帝年號。《晉書．懷帝紀》：永嘉五年六月，「劉曜、王彌、石勒同寇洛川，王師頻為賊所敗，死者甚眾。……丁酉，劉曜、王彌入京師。帝開華林園門，出河陰藕池，欲幸長安，為曜等所追及。曜等遂焚燒宮廟，逼辱妃后，……百官士庶，死者三萬餘人。」又〈王導傳〉：「俄而洛京傾覆，中州士女避亂江左者十六七。」二句即寫此事。❸沙塵二句　沙塵，指戰爭揚起的塵土。龍虎，比喻英雄豪傑。❹胡馬二句　風，獸類雌雄相誘。《尚書．費誓》：「馬牛其風。」孔穎達疏引賈逵曰：「風，放也。牝牡相誘謂之風。」一說，指獸類放逸走失。此處指胡馬奔逐中原。天驕，指胡人。《漢書．匈奴傳》：「胡者，天之驕子也。」蹙，進逼。按：西元三一六年，匈奴人劉曜俘晉湣帝而西晉亡。三一八年，劉曜於長安稱帝，稱前趙。❺哲匠二句　謂謝安深感國運衰頹，如大鵬突然於雲中起飛。哲匠，指智能卓越的大臣。《文選》卷二二殷仲文〈南州桓公九井作〉詩：「哲匠感蕭晨。」李周翰注：「哲，智也；匠，謂善宰萬物者。」此處指謝安。頹運，衰落的國運。雲鵬，大鵬飛騰雲中。❻組練　征戰之服飾。《左傳》襄公三年：「楚子伐吳，……使鄧廖帥組甲三百，被練三千以侵吳。」杜預注：「組甲、被練，皆戰備也。組甲，漆甲成組文。被練，練袍。」孔穎達疏引賈逵曰：「組甲，以組綴甲，車士服之。被練，帛也，以帛綴甲，步卒服之。」❼西秦二句　西秦，指十六國的前秦。時前秦苻堅以百萬之眾伐晉。戈甲，戈和鎧甲，武器裝備，代指軍隊。雲屯，謂兵馬之多如雲之屯聚。陸機〈從軍行〉：「胡馬如雲屯。」❽投鞭二句　《晉書．苻堅載記》：「堅引群臣會議曰：『……惟東南一隅未賓王化。……今欲起天下兵以討之。……雖有長江，其能固乎！以吾之眾旅，投鞭於江，足斷其流。』」此句用其意。宋本在二句下夾注：「一作：投策可填江，一朝為我吞」。❾皇運句　皇運，享有皇位的氣數。《晉書．武帝紀》：「魏帝稽協皇運，紹天明命以命炎。」返正，撥亂而返之正。❿談笑二句　指謝安從容謀略破敵，東晉轉危為安。《晉書．謝安傳》記載：時苻北方堅強盛，率眾號百萬，次於淮肥，京師建康震恐。東晉命謝安為征討大都督。謝安指授將帥，各當其任。謝玄等既破苻堅，有驛書至，謝安正對客圍棋，看書既竟，便攝放牀上，了無喜色，下棋如故。客問之，徐答曰：「小兒輩遂已破賊。」既罷還內，過門檻，心喜甚，不覺屐齒之折，二句即寫此事。按：謝安原高臥東山，屢請不出，諸人每相與言：安石不肯出，將如蒼生何！至此果能遏制苻堅之進犯，蒼生得以安全。⓫冶城句　宋本在句下夾注：「一作：至今冶城隅」。胡本作：「至今古城隅」。⓬憑覽句　憑覽，依憑高處而眺覽。周地險，周圍地勢險要。顏延之

〈始安郡還都與張湘州登巴陵城樓作〉詩：「水國周地險，河山信重複」。⑬高標　謂謝公墩之高可作該處的標誌。詳見卷二〈蜀道難〉注。⑭想像二句　即想像當年謝安與王羲之同登冶城的情景。謝靈運〈登江中孤嶼〉詩：「想像崑山姿，緬邈區中緣。」謝安曾隱居東山，故此處以「東山」代指謝安。王羲之曾為右軍將軍，故此處以「右軍」代指王羲之。⑮佳樹　蕭本、郭本、王本作「嘉樹」。⑯白鷺　白鷺洲。古代長江中的小洲，在今南京水西門外。後世江流西移，洲與陸地遂相連接。約在今南京江東門一帶。《太平寰宇記》卷九〇江南東道昇州江寧縣：「白鷺洲在大江中，多聚白鷺，因名之。」⑰青龍句　青龍，山名。在今南京江寧區。《江南通志》卷一一江寧府：「青龍山在府東南三十五里，山趾石堅而色青，郡人多取為碑礎。李白詩『白鷺映春洲，青龍見朝暾』指此。」朝暾，早晨初升的太陽。《文選》卷三〇謝靈運〈石門新營所住四面高山迴溪石瀨茂林修竹〉詩：「晚見朝日暾。」李周翰注：「暾，日初出貌。」⑱禾黍　《詩經・王風・黍離序》：「〈黍離〉，閔宗周也。周大夫行役至於宗周，過故宗廟宮室，盡為禾黍。閔宗周之顛覆，彷徨不忍去而作是詩也。」後因以「禾黍」作為悲嘆故國破殘或勝跡荒廢的典故。⑲功成二句　謂功成後拂衣而去歸隱。武陵源，用陶淵明〈桃花源記〉故事。謂晉太元中武陵一漁人入桃花源，見其中居民生活怡然自樂，與外界完全不同。故桃花源又稱武陵源。又，王琦注引《述異記》：「武陵源，在吳中，山無他木，盡生桃李，俗呼為桃李源。源上有石洞，洞中有乳水。世傳秦末喪亂，吳中人于此避難，食桃李實者皆得仙。則又一武陵源也。」宋本在「歸入」二字下夾注：「一作：長嘯」。

【語　譯】往昔西晉末年發生戰亂，永嘉年間中原的士女紛紛向南逃奔避難。戰爭飛起的沙塵彌漫天宇，群雄相鬥從早到晚。胡馬侵食漢地之草，匈奴又南下進逼中原。

英明智慧的賢臣意識到晉室衰敗的國運，像大鵬鳥突然高飛雲中施展志向。組甲被練相互輝映照亮古代楚國之地，旌旗飄揚直與海口相連。前秦的軍隊有百萬之眾，戈和鎧甲屯聚如雲。苻堅曾誇說投下馬鞭可以填塞江水，卻被謝公指揮晉軍一掃而空不足談論。皇運又由衰頹返而為正，醜陋的敵人全部被消滅沒有遺存。謝公在笑談之間就輕易地遏止了晉朝危殆的局勢，真是蒼生所望萬民賴存。

如今我來到冶城尋訪古蹟，還能見到當年留存下來的謝安墩。登臨覽眺周圍險要之地，標誌性的高地可隔絕人世的喧鬧繁雜之聲。我想像謝安當年登臨此處的丰姿，緬懷王右軍對謝安所說的話。

這裡有佳樹梧桐很繁茂，又有蕙草留芳。江中白鷺洲被春色照映，青龍山上可見初升的朝陽。此地古老而景物猶在，墩臺傾塌周圍已是繁茂的禾黍。我來這裡臨清波而飲酒，將在這裡營築園林。功成後拂衣而去，到陶淵明所寫的武陵源那裡歸隱。

【研　析】此詩當是天寶六載（西元七四七年）在金陵作。首段寫永嘉之亂的情景：晉室中衰，永嘉之亂使衣冠士庶南奔。戰爭沙塵瀰漫，早晚不息。胡馬風漢草，匈奴進逼中原。次段寫謝安之功：良相憂皇運衰頹，如雲鵬飛翻般受命出師。組甲練袍照耀南國，旌旗飄揚連於海門。西秦苻堅有百萬之眾，戈甲屯積如雲，自誇投鞭可填長江，卻被晉軍一掃大敗，何足道哉！從此皇運撥亂反正，敵人全部消滅。謝公在談笑之間遏制危局，不負蒼生之望，使萬民免遭塗炭而得以生存。第三段點題，寫自己冶城訪古，登謝安墩而懷念當年謝安和王右軍的瀟灑丰姿和對話。末段寫登墩所見景物及感想。梧桐、蕙草，乃嘉樹香草，春光照映白鷺洲，朝陽從青龍山升起。地雖古而雲物長存，臺已傾而禾黍繁茂。自己欲在此臨波酌酒，種樹築園，功成後則拂衣而去，往桃源隱居。全詩層次清晰，入題自然，有聲有色。

登瓦官閣

晨登瓦官閣❶，極眺❷金陵城。鍾山❸對北戶，淮水入南榮❹。漫漫雨花落❺，嘈嘈天樂鳴❻。兩廊振法鼓❼，四角吟風箏❽。杳出霄漢上，仰攀日月行。山空霸氣❾滅，地古寒陰生。寥廓雲海晚，蒼茫宮觀平。門餘閶闔❿字，樓識鳳皇⓫名。雷作百山⓬動，神扶萬栱傾⓭。靈光⓮何足貴？長此鎮吳京⓯。

【注　釋】❶瓦官閣　即瓦官寺閣。官，又作「棺」。南唐時改名昇元閣。《方輿勝覽》卷一四江東路建康府樓閣：「昇元閣，一名瓦棺閣，乃梁朝建，高二百四十尺。李白有『日月隱簷楹』之句。今之昇元閣非古基矣。」陸游《入蜀記》卷一：「九日至保寧、戒壇二寺，戒壇額曰：崇勝戒壇寺，古謂之瓦棺寺，有閣因岡阜，其高十丈，李太白所謂『鐘山對北戶，淮水入南榮』者也。」按：《焦氏筆乘續集》卷七：「晉哀帝興寧二年，詔移陶官於淮水北，遂以南岸窑地施與僧慧力造寺，因以瓦官名之。」此亦為其名來歷之一說。又按：瓦官寺閣故址在今南京來鳳街附近。❷極眺　盡目力遠望。❸鍾山　宋本原作「鐘山」，據王本、咸本改。即紫金山。在今南京玄武區。❹淮水句　淮水，即秦淮河。東源出江蘇句容大茅山，南源出溧水縣東蘆山，在秣陵關附近匯合北流，經南京區入長江。流貫南京長一百一十公里。南榮，房屋的南簷。《文選》卷八司馬相如〈上林賦〉：「暴於南榮。」李善注：「榮，屋南檐也。」❺雨花落　王琦注：「雨花者，諸天於空中散花供養，若雨之從天而下，故曰雨花。」今南京中華門外有雨花臺，相傳梁武帝時雲光法師在此講經，感動諸天雨花，花墜為石，故稱。❻嘈嘈句　嘈嘈，形容聲音繁多。天樂，王琦注：「天樂者，天人所作音樂，清暢嘹亮，微妙和雅，一切音聲所不能及。」❼法鼓　佛寺的大鼓。❽吟風箏　吟，宋本在此字下夾注：「一作：吹」。風箏，懸掛於屋簷的金屬片。亦稱簷鈴、風鐵、風琴、鐵馬，俗稱風馬兒。❾霸氣　霸王之氣。指王氣。金陵原為六朝古都，故稱。王勃〈江寧吳少府宅餞宴序〉：「霸氣盡而江山空。」❿閶闔　六朝建康宮門名。⓫鳳皇　蕭本、郭本、王本、咸本皆作「鳳凰」。南朝建康樓臺名。《景定建康志》卷二二引《宮苑記》：「鳳凰樓，在鳳臺山上，宋元嘉中築，有鳳凰集，以為名。」詳見本卷〈登金陵鳳凰臺〉詩注。⓬百山　《文苑英華》作「百川」。按：王延壽〈魯靈光殿賦〉：「動滴瀝以成響，殷雷應其若驚。」此句用其意。⓭神扶句　《漢書・揚雄傳》載〈甘泉賦〉：「炕浮柱之飛榱兮，神莫莫而扶傾。」顏師古注：「言舉立浮柱而駕飛榱，其形危竦，有神於冥寞之中扶持，故不傾也。」按：王延壽〈魯靈光殿賦〉：「神靈扶其棟宇，歷千載而彌堅。」此句用其意。栱，樓柱與橫梁之間弓形的承重結構。⓮靈光　漢宮殿名。《文選》卷一一王延壽〈魯靈光殿賦序〉：「魯靈光殿者，蓋景帝程姬之子恭王餘之所立也。初，恭王始都下國，好治宮室，遂因魯僖基兆而營焉。」⓯吳京　指今南京。因三國時吳國建都於此，故稱。

【語　譯】清晨登上瓦官閣，極目遠眺金陵城的風光。鍾山聳立在瓦官閣的北窗對面，秦淮水波湧流於它的南簷之下。周圍漫無涯際地雨花散落，天上音樂嘈嘈和鳴。兩邊閣廊振響法鼓，屋簷四角發出風鈴的響聲。樓閣高聳直入雲天之上，仰首似可攀登日月而行。

江山空寂金陵王氣已滅，這裡土地古老生出陰寒之氣。傍晚時分雲海寥廓高遠，蒼茫暮靄與宮觀相平。門上尚留「閶闔」二字的遺跡，樓前還標有「鳳凰」的名字。雷霆發作萬山為之震動，閣栱傾而不塌如有神扶。漢朝的魯靈光殿何足珍貴？不如瓦官閣永遠鎮守在金陵城。

【研　析】此詩當是開元十三年（西元七二五年）初遊金陵時所作。詩中首段描寫瓦官閣的宏偉氣勢，登臨瓦官閣而盡覽金陵景色。鍾山直閣之北，淮水繞閣之南，寶花散落，天樂嘈鳴。法鼓振於兩廊，鐵馬吟於四簷。閣聳入青天，似可仰攀日月而行。後段則感嘆六朝王氣已盡，舊地荒涼而有寒陰。傍晚海雲起而宮觀平。宮門空餘閶闔之字，樓臺徒存鳳凰之名。雷作則百山震動，萬栱雖傾卻似有神扶。漢代的魯靈光殿今已成丘墟，何足貴哉！唯此瓦官閣卻能長鎮吳地京都，久而不朽為可貴。《唐宋詩醇》卷七評曰：「『山空』、『地古』一聯，撐住有力。小謝〈和伏武昌〉詩，無此傑句。」

登梅崗望金陵贈族姪高座寺僧中孚❶

鍾山抱金陵，霸氣昔騰發❷。天開帝王居❸，海色❹照宮闕。群峰如逐鹿，奔走相馳突。江水九道來，雲端遙明沒❺。時遷大運去，龍虎勢休歇❻。

我來屬天清，登覽窮楚越❼。吾宗挺禪伯，特秀鸞鳳骨❽。眾星羅青天，朗者獨有月❾。冥居順生理，草木不翦伐❿。煙窗引薔薇，石壁老野蕨。吳風謝安屐⓫，白足⓬傲履襪。

幾宿一下山⓭，蕭然⓮忘干謁。談經演金偈⓯，降鶴舞海雪。時聞天香⓰來，了與世事絕⑰。佳遊不可得，春去惜遠別。賦詩留巖屏，千載庶不滅。

【注　釋】❶登梅崗題　梅崗，又名梅嶺崗，在今南京雨花臺。晉豫章太守梅賾家於崗下，故民名之。高座寺，一名永寧寺，在今南京雨花臺梅花崗上。僧中孚，見卷一六〈答族姪僧中孚贈玉泉仙人掌茶〉詩注。❷鍾山二句　鍾山，宋本原作「鐘山」，據蕭本、郭本、王本、咸本改。即今南京紫金山。霸氣，王霸之氣，即指王氣。❸天開句　宋本在「天」字下夾注：「一作：神」。帝王居，曹植〈贈丁儀王粲詩〉：「壯哉帝王居，佳麗殊百城。」謝朓〈入朝曲〉：「江南佳麗地，金陵帝王州。」❹海色　曉色。見卷一〈古風〉其十六「雞鳴海色動」注。❺江水二句　王琦注：「今之九江，僅有其名，九派之跡，邈不可見。蓋川瀆之形，不能無變遷故也。……但金陵去九江甚遠，即使唐時水脈未改，然登梅崗而望九江，亦豈目力之所能及？詩人詩大之辭，多過於實，往往若此矣。」按：詩曰「雲端遙明沒」，亦即遠望有無中，似不可謂「過於實」。❻時遷二句　謂天運轉移，昔日龍盤虎踞的帝都形勢已盡歇。大運，天命。《文選》卷一一何晏〈景福殿賦〉：「許昌者，乃大運之攸戾。」李周翰注：「大運，天運也。」龍虎勢，龍蟠虎踞之勢。形容地形雄壯險要，特指今南京。《太平御覽》卷一五六引張勃《吳錄》：「劉備曾使諸葛亮至京，因睹秣陵山阜，歎曰：『鍾山龍盤，石頭虎踞，此帝王之宅。』」❼楚越　金陵為吳地，在楚、越之間。其西為楚，其南為越。❽吾宗二句　宋本在二句下夾注：「一作：吾宗道門秀，特異鸞鳳骨」。挺禪伯，傑出的僧人。禪伯，對有道僧人的尊稱。卷一六〈答族姪僧中孚贈玉泉仙人掌茶〉詩：「宗英乃禪伯。」❾眾星二句　意謂僧人眾多如群星羅列於天空，但唯獨您像月亮最為明亮。朗，蕭本、郭本、胡本、王本皆作「明」。❿冥居二句　謂隱居順應生命變化之理，愛護草木不砍不擊。冥居，幽居。生理，生命活動變化的規律。翦伐，砍伐。⓫吳風句　吳風，吳地風俗。謝安屐，借用《晉書・謝安傳》過戶限折屐齒事，謂僧中孚腳著木屐有吳人風俗。⓬白足　此句謂中孚不穿鞋襪，足白如面，不減當年高僧曇始。《高僧傳》卷一〇：「釋曇始，關中人。……義熙初，復還關中，開導三輔。始足白於面，雖跣涉泥水，未嘗沾涅，天下咸稱白足和上。」⓭一下山　宋本在此三字下夾注：「一作：下山來」。⓮蕭然　瀟灑、悠閒貌。《抱朴子・刺驕》：「高蹈獨往，蕭然自得。」⓯演金偈　闡發佛經中的韻詞。演，推衍；闡發。金偈，佛經中的頌詞稱「偈」，敬稱為「金偈」。⓰天香　天上之香。《法華經・法師功德品》：「亦聞天上諸天之香。」⓱了與句　了，全然。此句意謂完全與世事隔絕。陶潛〈癸卯歲十二月中作與從弟敬遠〉詩：「寢跡衡門下，邈與世相絕。」

【語譯】鍾山形勝環抱金陵，往昔王霸之氣在此騰湧發展。天神曾給金陵打開帝王之居，曉色照映著宮殿。眾多的山峰就像被逐的群鹿，奔跑而猛衝。長江之水在九江由九條支流匯合而來，九派之水在遙遠的雲端時隱時現。時代變遷使天運失去，金陵龍蟠虎踞之勢隨之止歇。

我來到這裡正當天氣晴朗，登高遠望盡覽楚、越風光。我的族姪傑出於佛門眾僧之上，卓異秀發富有鸞鳳仙骨。就像青天羅列著繁星，卻獨有明月亮光朗射。您幽隱而居順應生命變化之理，愛護草木不翦不伐。窗外煙霧繚繞延引薔薇，石壁之上長滿枯老的野蕨草。您按吳地風俗腳穿謝公屐，白足如面傲視鞋襪不讓高僧曇始。

在這裡住宿幾天後下山，悠然瀟灑而忘卻干謁。您談論佛經闡發佛經中的韻詞，如同仙鶴下降飛舞於雪海。時時聞到天上之香傳來，全然與塵世之事遠絕。這樣美妙的遊覽不可再得，春天將去我們也將惜別。把所賦之詩留在屏風般的山巖間，庶幾流傳千年而不滅。

【研析】此詩當是天寶七載(西元七四八年)春在金陵時所作。首段敘寫金陵的形勢以及對時代變遷的感慨。次段點題，寫登梅崗而贈中孚詩，讚美中孚是佛門之秀，如眾星中之明月；幽居順天，不伐草木；煙引薔薇，石長野蕨；穿屐循吳風，白足如曇始。末段寫感受和賦詩贈別之情。謂幾宿後下山竟已忘干謁。中孚闡發佛經韻語極為神奇：如鶴舞雪海，時聞天香，與世隔絕。詩人感到如此佳遊不可再得，惜別而贈詩，留於巖屏，使之千載不滅。詩中將中孚寫成出世高僧，而詩人自己卻似飄飄欲仙。

登金陵鳳凰臺❶

鳳凰臺上鳳凰遊，鳳去臺空江自流❷。吳宮❸花草埋幽徑，晉代衣冠成古丘❹。

三山半落青天外❺，一水中分白鷺洲❻。總為浮雲能蔽日❼，長安不見使人愁。

【注釋】❶鳳凰臺　在今南京南來鳳街附近。相傳南朝宋元嘉年間，有鳥翔集山間，狀如孔雀，文采五色，時人謂之鳳凰。起臺於山，謂之鳳凰臺，山曰鳳臺山。凰，宋本原作「皇」，據蕭本、郭本、王本、咸本改。詩句亦同。❷鳳凰臺二句　此二句句法，仿用崔顥〈黃鶴樓〉詩。見研析。❸吳宮　三國時吳國建都金陵，即今南京。吳宮即指金陵的宮殿。宋本在「宮」字下夾注：「一作：時」。❹晉代句　東晉時都城建鄴，亦即今南京。衣冠，指世族、士紳。成古丘，謂昔人已死，空留古墳。宋本在「代」字下夾注：「一作：國」。❺三山句　三山，在今南京西南長江岸邊，以有三峰得名。長江從西南來，三山突出江中，當其衝要。六朝都城在今南京，三山為其西南屏障，故又稱護國山。半落青天外，形容三山有一半被雲遮住，看不清楚。陸游《入蜀記》云：「三山，自石頭及鳳凰臺望之，杳杳有無中耳。及過其下，則距金陵才五十餘里。」可為本句注腳。❻一水句　一水，指長江。白鷺洲，古代長江中的小洲，在今南京水西門外。後世江流西移，洲與陸地遂相連接。宋本在「一水」二字下夾注：「一作：二水」。❼總為句　浮雲蔽日，比喻邪臣在君王前進讒蔽賢。陸賈《新語・慎微》：「邪臣之蔽賢，猶浮雲之障日月也。」宋本在「總為」二字下夾注：「一作：盡道」。

【語譯】金陵的鳳凰臺曾有鳳凰來遊。如今鳳已去臺已空，只有江水還在空自奔流。當年吳國宮苑的花草已被掩埋在幽僻的荒徑之下，東晉的顯宦名流也只留下一座座古墳。三山隱約地半落在青天之外，一江分流二水中間有個白鷺洲。太陽普照天下卻總被那浮雲遮住，遙望不見長安使我愁思茫茫。

【研析】李白另有〈金陵鳳凰臺置酒〉詩，當為同時之作，可參讀。詹鍈《李白詩文繫年》繫二詩於上元二年，疑非是。瞿蛻園、朱金城《李白集校注》云：「此詩自是白之本色，不為摹擬。浮雲一語當指開元、天寶間之讒諂蔽明，若在上元末年，則白方獲罪遇赦，方銷聲斂跡之不暇，似不當復有此激切之語。」其說為勝。此詩約作於天寶六載（西元七四七年）遊金陵時。此乃李白最著名的一首七律。首聯點題。上句寫鳳凰臺傳說，下句悲鳳去臺空而江水依然不歇，逗引思古之幽情。句法摹仿崔顥〈黃鶴樓〉詩：「昔人已乘黃鶴去，此地空餘黃鶴樓。黃鶴一去不復返，白雲千載空悠悠。」十四字中凡三「鳳」字、二「臺」字，卻不嫌重複，音節流暢，以古詩法入律，堪稱神奇。頷聯意承「鳳去臺空」，詩人從吳國昔日宮苑如今已成幽僻荒徑，東晉貴族士紳現已湮為野墳古冢，悟徹人世滄桑，抒發弔古情懷。頸聯從懷古中轉出，寫眼前之景，上句遠眺，下句近觀。對偶工整，氣象壯麗，乃千古名對。詩人面對永恆江山，感嘆人生短暫，功業難建。於是逼出尾聯，以「浮雲」喻奸佞小人，以「日」喻皇帝，暗指天寶三載遭佞人讒害而被「賜金還山」的遭遇，並抒發了眷戀朝廷和忠君憂國之情。全詩從登臺起筆，最終結響於報國無門的憂憤，感情深沉，聲調激越。從思想境界看，遠遠超過崔顥〈黃鶴樓〉，是唐前期七律中最佳名篇之一。

望廬山瀑布二首　尋陽❶

其一

西登香爐峰❷，南見❸瀑布水。挂流三百丈❹，噴壑數十里。欻如飛電來，隱若白虹起❺。初驚河漢落，半灑雲天裏❻。仰觀勢轉雄，壯哉造化功❼！海風吹不斷，江月❽照還空。空中亂潨❾射，左右洗青壁。飛珠散輕霞，流沫沸穹石❿。而我遊名山⓫，對之心益閑。無論漱瓊液⓬，且得洗塵顏。且諧宿所好，永願辭人間⓭。

【注釋】❶望廬山題　廬山，在江西北部，聳立於鄱陽湖、長江之濱。江湖水氣鬱結，雲海瀰漫，多巉巖、峭壁、清泉、飛瀑，為著名遊覽勝地。《元和郡縣志》卷二八江南道江州潯陽縣：「廬山，在縣東三十二里。本名鄣山，昔匡俗字子孝，隱淪潛景，廬於此山，漢武帝拜為大明公，俗號廬君，故山取號。周環五百餘里。」按：宋本題下有「尋陽」二字注，乃宋人編集時所加。郭本、胡本、咸本題中「瀑布」下多一「水」字。敦煌《唐人選唐詩》只收其一，題作〈瀑布水〉。❷香爐峰　據陳舜俞《廬山記》卷二，廬山有南、北兩個香爐峰，李白所登乃山南之香爐峰。《藝文類聚》卷七引慧遠《廬山記》：「東南有香爐山，孤峰秀起，遊氣籠其上，則氤氳若煙水。」❸南見　宋本在「見」字下夾注：「一作：望」。❹挂流句　挂流，自上懸下奔流，不著崖壁，望之如挂。宋本「三百丈」下夾注：「一作：三千匹」。❺欻如二句　欻如，迅疾貌。敦煌《唐人選唐詩》作「倏如」。飛電，空中閃電。宋本在「電」字下夾注：「一作：練」。隱若，敦煌《唐人選唐詩》作「宛若」。沈約〈被褐守山東〉詩：「掣曳瀉流電，奔飛似白虹。」按：飛電、白虹，及下句的河漢，皆形容瀑布之狀。❻初驚二句　敦煌《唐人選唐詩》作：「舟人莫敢窺，羽人遙相指。」宋本在「河漢」下夾注：「一作：銀河」；半灑句下則夾注：「一作：半瀉金潭裏」。❼仰觀二句　仰觀句，敦煌《唐人選唐詩》作「指看氣轉雄」。造化功，指大自然的力量。造化，大自然。❽江月　宋本在「江」字下夾注：「一作：山」。❾潀　眾水匯流在一起。❿飛珠二句　此處形容瀑布水之美。飛珠、流沫，皆指瀑布水所濺。圓而成珠，浮而成沫。穹石，大巖石。《漢書・司馬相如傳上》：「赴隘陿之口，觸穹石，激堆埼。」顏師古注引張揖曰：「穹石，大石也。」⓫遊名山　遊，蕭本、郭本、王本皆作「樂」。⓬瓊液　瓊漿玉液，仙家所飲。此指山中清泉。⓭且諧二句　諧，諧和。宿，舊。敦煌《唐人選唐詩》作：「愛此腸欲斷，不能歸人間。」另宋本在二句下夾注：「一作：集譜宿所好，永不歸人間」。

【語譯】從西邊登上香爐峰，向南面看那瀑布水。瀑布從最高處懸掛下來達三百丈，噴到坑谷的流水長達數十里。飛流迅疾如同閃電，隱約彷彿如同天空中升起的白虹。初看驚似銀河從九天落下，從雲天高處半灑傾飛。

抬頭仰觀這瀑布氣勢更加雄偉，大自然的力量多麼壯闊！海風吹不斷瀑布的水流，江上明月照上去又如同空無。瀑布在空中積聚而四處濺射，沖洗著左右青色的石壁。飛濺的水珠如同輕霞四散，流淌的水沫湧起於大石。

我平生喜愛遊覽名山，今天面對瀑布更覺心裡閒逸。不用說這如瓊液一樣的水可以用來漱口吸飲，而且還可以用來洗淨塵世的俗顏。我喜愛這裡符合我平素的嗜好，希望就此永遠辭別人間。

【研　析】任華〈雜言寄李白〉詩曰：「登廬山，觀瀑布：『海風吹不斷，江月照還空』，余愛此兩句。」即指此詩，其下又曰：「中間聞道在長安，及余戾止，君已江東訪元丹。」可知此詩作於入京以前。則此詩當是開元十三年（西元七二五年）初遊廬山時所作。首段敘寫登香爐峰望瀑布水，首二句交代「望廬山瀑布」的立足點和所「望」的方向。接著用各種形象從不同角度極力形容瀑布的雄偉壯麗：高懸直流而下三百丈，噴向坑壑有數十里之遙。其懸掛之狀忽如飛電閃爍，或隱然如白虹皎起。初見驚疑銀河之水自天落下，灑於半空雲天之中。次段進一步形容瀑布之美：仰視瀑布氣勢更為雄奇，乃知大自然之功力如此壯偉！海風吹水水不斷，江月照明卻似空。瀑布在空中匯聚而橫射，沖洗於左右青壁，飛珠散若輕霞，流沫浮淌於巨石。瀑布之變化無窮。末段抒寫詩人的志趣和願望。謂平生之志好遊名山，對此瀑布心情更閒。此水不論其似瓊液可漱飲，而且可洗塵顏。我喜愛此景諧我宿好，希望永遠辭別人間。前人評此詩，皆謂「海風」二句「氣象雄傑，古今絕唱」。此首雖是古詩，其中卻有不少對仗。古今讀者多謂此首不如第二首絕句寫得好，但也有不少人指出此詩自有妙句。如《苕溪漁隱叢話後集》卷四：「然余謂太白前篇古詩云：『海風吹不斷，江月照還空』。磊落清壯，語簡而意盡，優於絕句多矣。」葛立方《韻語陽秋》卷一二：「以余觀之，銀河一派，猶涉比類，未若白前篇云：『海風吹不斷，江月照還空。』鑿空道出，為可喜也。」韋居安《梅磵詩話》亦謂此二句「語簡意足，優於絕句，真古今絕唱」，並認為「非歷覽此景，不足以見詩之妙」。

其二❶

日照香爐生紫煙，遙看瀑布挂長川❷。飛流直下三千尺，疑是銀河落九天❸。

【注　釋】❶其二　此首《文苑英華》題作〈廬山瀑布〉，《唐詩品彙》題作〈望廬山瀑布水〉。❷日照二句　宋本在全詩末夾注：「一本題云：〈望廬山香爐峰瀑布〉。曰：『廬山上與星斗連，日照香爐生紫煙。』下兩句同」。則二句一作「廬山上與星斗連，日照香爐生紫煙」。香爐，香爐峰。峰頂水氣鬱結，雲霧彌漫如香煙繚繞，故名。紫煙，雲霧在陽光照射下呈紫色煙霧。孟浩然〈彭蠡湖中望廬山〉：「香爐初上日，瀑布噴成虹。」長川，蕭本、郭本、胡本、王本作「前川」。❸疑是句此句極言瀑布落差之大。九天，九重天，即天空最高處。宋本在「九」字下夾注：「一作：半」。

【語譯】太陽照射香爐峰生出嫋嫋紫煙，遠遠望去瀑布像懸掛的長河。瀑布水飛奔直下三千尺，使人懷疑這是銀河從九天上飛落下來。

【研析】首句寫香爐峰美景，紅日初照，香爐峰籠罩在五彩紛呈的雲霞之中，蒸騰的雲霧在太陽光線折射下，團團紫煙冉冉升起，猶如縹緲仙境。次句點題，寫視線中的瀑布。「遙看」二字，點明瀑布距立足點很遠，「挂長川」乃描繪遙望中的瀑布靜態，瀑布如巨大素練高懸於山川之間，色彩鮮明，境界瑰麗。三、四兩句由靜態描述轉為動態描寫，「飛流」形容瀑布從高空落下時急猛四濺之狀，「直下」形容瀑布的磅礴氣勢，「三千尺」極言瀑布流水之長，都寫得非常精警，顯示出飛瀑壯闊雄偉景象。而這第三句的動態描繪氣勢，使結句的奇特之想神理相合。「疑」乃想像之辭，詩人將眼見的瀑布比擬為從九天落下之銀河，將實景轉為虛景，不僅傳瀑布之神，而且合廬山高峰之理，更展現出詩人胸襟之高遠逸放，後來中唐詩人徐凝也寫一首〈廬山瀑布〉詩：「虛空落泉千仞直，雷奔入江不暫息。千古長如白練飛，一條界破青山色。」其弊就在不能想落天外、虛實相生，缺乏「才氣豪邁，全以神運」（趙翼《甌北詩話》）之筆力。宋代蘇軾曾評這兩詩云：「帝遣銀河一派垂，古來惟有謫仙詞。飛流濺沫知多少，不為徐凝洗惡詩。」《東坡志林》卷一〈記遊廬山〉把李白詩推為古今絕唱，而徐凝詩卻被斥為「惡詩」。

望廬山五老峰

廬山東南五老峰❶，青天削出金芙蓉❷。九江秀色可攬結❸，吾將此地巢雲松❹。

【注　釋】❶五老峰　廬山東南部名峰。五峰聳立形如五老人並肩聳立，故稱。突兀雄偉，雲煙飄渺，變化萬千，為廬山勝境之一。峰下即九疊屏（屏風疊），李白隱居處。❷青天句　削出，形容五老峰峭拔峻險。芙蓉，蓮花，喻山峰秀麗。其色黃，故曰「金芙蓉」。❸九江句　此句謂登上五老峰，九江秀色盡收眼底。攬結，即攬取。❹巢雲松　巢居於白雲青松之間。《方輿勝覽》卷一七：「《圖經》：李白性喜名山，飄然有物外志，以廬阜水石佳處，遂往遊焉。卜築五老峰下，有書堂舊址，後北歸猶不忍去，指廬山曰：『與君再會，不敢寒盟。丹崖綠壑，神其鑒之！』」

【語　譯】廬山的東南有座五老峰，巉峭壁立如青天削出的一朵金色蓮花。登上峰頂可以盡攬九江的秀麗景色，我將在這裡巢居於雲松之中。

【研　析】此詩當與〈望廬山瀑布二首〉同時之作。首句點題，寫出五老峰在廬山的方位。第二句形容五老峰如秀開於青天的五朵金色芙蓉，「亦秀削天成」（《唐宋詩醇》評語）。「削出」二字，山峰峭拔之態畢現。詩人特別愛用「芙蓉」形容山峰的美麗秀拔，如「太華三芙蓉」（〈江上答崔宣城〉）、「秀出九芙蓉」（〈改九子山為九華山聯句〉）。此句是遠望景色的實寫，通過「青」、「金」色彩襯映，烘托五老峰之秀美。第三句憑高俯視，九江一帶的秀麗景色盡收眼底，伸手便可攬取，表達出詩人對所見美景的喜悅心情。末句直抒胸臆：吾將在此地白雲蒼松之下築巢隱居，寫盡了詩人對廬山的極其喜愛。全詩以「望」字著筆，以簡馭繁，輕妙地揮灑出一幅五老峰山水圖，並抒發了傾慕之情。明人批此詩曰：「中兩句寫景好，氣亦勁。」《唐宋詩醇》卷七曰：「純用古調，次句亦秀削天成。」

江上望皖公山　宿松❶

奇峰出奇雲，秀木含秀氣。清宴❷皖公山，巉絕❸稱人意。獨遊滄江上，終日淡無味。但愛茲嶺高，何由討靈異？默然遙相許，欲往心莫遂。待吾還丹❹成，投跡歸此地。

【注釋】❶江上題　皖公山，即皖山。又名潛山、天柱山。在今安徽潛山縣西北。漢武帝曾封此山為南嶽。《方輿勝覽》卷四九安慶府山川：「皖山，在懷寧西十里，皖伯始封之地。《漢（書）・地理志》：與潛山、天柱峰相連。」按，《漢書・地理志》無此語，唯廬江郡潛縣下有「天柱山在南」五字。按，宋本題下有「宿松」二字注，乃宋人編集時所加。❷清宴　宋本原作「青宴」，據蕭本、郭本、王本改。清宴，即清晏。天清日晏，清淨明朗。《漢書・揚雄傳》：「於是天清日晏。」顏師古注：「晏，無雲也。」❸巉絕　高險峻絕。陸游《入蜀記》卷二：「（乾道六年）七月二十七日，……泊夾中皖口，……北望正見皖山，太白〈江上望皖公山〉詩云：『巉絕稱人意』，『巉絕』二字，不刊之妙也。」❹還丹　相傳道教煉丹，使丹砂燒成水銀，積久又還成丹砂，稱為「還丹」。《抱朴子・金丹》：「凡草木燒之即燼，而丹砂燒之成水銀，積變又還成丹砂，其去凡草亦遠矣，故能令人長生。」

【語譯】奇異的山峰間飄浮出奇麗的雲霧，秀美的樹木蘊含著清秀之氣。皖公山天氣晴朗清麗，山峰高險峻峭稱人心意。我獨自遊覽於長江之上，整天平淡度日沒有趣味。只是喜愛皖公山嶺的高峻，可是從哪裡去尋探靈異之致呢？心中默默地在遠處許下誓願，欲去登覽卻難以實現。等到我將來煉成還丹，再投身前往歸隱於此地。

【研析】此詩當是至德二載（西元七五七年）離開宋若思幕府避難宿松途中所作。詩中描寫在江中遙望皖公山的奇峰奇雲、秀木秀氣，天空清朗，高山峻峭，抒寫自己愛此山而不能登，只待來日修道煉丹成，然後再來此歸隱，透露出當時有不得已的隱情。嚴羽評點曰：「『淡』、『默』二字，奇情深冥，乃能攝山川之靈。」明人則批曰：「一氣呵成，空空說意，自是妙，非大力量不能。」

望黃鶴山　江夏岳陽❶

東望黃鶴山，雄雄❷半空出。四面生白雲，中峰倚紅日❸。巖巒行穹跨❹，峰嶂亦冥密❺。頗聞列仙人，於此學飛術❻。一朝向蓬海，千載空石室❼。金竈❽生烟埃，玉潭祕清謐❾。地古遺草木，庭寒老芝朮❿。蹇余羨攀躋⓫，因欲保閑逸。觀奇徧諸嶽，茲嶺不可匹⓬。結心寄青松，永悟客情畢⓭。

【注釋】❶望黃鶴山題　黃鶴山，又名黃鵠山，即今武漢的蛇山。相傳仙人子安乘黃鶴經過此山，故名。按：宋本原題作〈望黃鶴樓〉，蕭本、郭本、胡本同。繆本改「樓」為「山」，王本作「山」，而詩中皆寫山，當以「山」為是。又按：宋本題下有「江夏岳陽」四字注，乃宋人編集時所加。❷雄雄　形容氣勢威盛。《楚辭・大招》：「雄雄赫赫，天德明只。」❸四面二句　狀山之高。謂遙望白雲似從山之四周升起，紅日似與中峰相倚。❹穹跨　凌空橫跨。鮑照〈從登香爐峰〉詩：「青冥搖煙樹，穹跨負天石。」❺冥密　深幽茂密。陳子昂〈感遇詩〉其六：「石林何冥密，幽洞無留行。」❻頗聞二句　《南齊書・州郡志下》郢州：「夏口城據黃鶴磯，世傳仙人子安乘黃鵠過此上也。」唐《圖經》又謂費禕登仙，駕黃鶴返憩於此。此處所謂列仙學飛術，當即指此傳說。❼一朝二句　謂仙人一朝飛往仙山，千載以後山上只空餘仙人煉丹之石室。一，宋本原缺，據蕭本、郭本、繆本、王本、咸本補。蓬海，海上仙山蓬萊。❽金竈　道士煉丹的仙灶。江淹〈贈煉丹法和殷長史〉詩：「金竈煉神丹。」❾玉潭句　玉潭，潭的美稱。亦形容潭水清澈。清謐，清靜安寧。江淹〈雜體詩三十首・盧郎中諶感交〉：「馬服為趙將，疆埸得清謐。」❿芝朮　藥草名。謝靈運〈曇隆法師誄〉：「茹芝朮而共餌，披法言而同卷。」按：芝，靈芝。朮，多年生草本。有白朮、蒼朮等數種，根、莖可入藥。《爾雅・釋草》：「朮，山薊。」邢昺疏：「陶注云：有兩種，白朮葉大有毛，甜而少膏；赤朮葉細小，苦而多膏是也。」⓫蹇余句　蹇，句首助詞。《楚辭・九歌・湘君》：「君不行兮夷猶，蹇誰留兮中洲。」余，蕭本、郭本、咸本作「予」。攀躋，攀登。劉劭《人物志・體別》：「業在攀躋，失在疏越。」⓬匹　宋本原作「疋」，異體字。據蕭本、郭本、繆本、王本改作正體。⓭結心二句　謂凝結心情寄託給正直的青松，醒悟永遠作客他鄉的生活結束。

【語　譯】向東眺望黃鶴山，只見黃鶴山的雄偉氣勢突出於半空之中。山的四面白雲環繞，中間的山峰依託著紅日。巖巒高聳凌空橫跨，層巒疊嶂深幽茂密。

我曾略聞許多仙人，在這裡學習飛身昇天之術，一朝成仙飛向海中蓬萊仙境，千年以來空留下石室。當年的丹灶早已生滿塵埃，清澈的水潭也早已寂靜無聲。地古荒涼長滿雜草，庭中苦寒只有殘老的芝朮藥草。

我欣羨此山很想攀登，想以此保持我的閒逸興致。觀覽奇景遍遊各個名山，卻都不能與這座山相匹配。我寄心給此山上的青松，自己醒悟永遠結束作客他鄉的生活。

【研　析】此詩當是上元元年（西元七六〇年）自永州回歸江夏途中所作。首段六句描寫在江中東望黃鶴山的景色，次段八句感懷神仙曾在此學飛，去後則是一片荒涼景象。末段敘自己羨慕登臨此山以保閒逸，從此結束客旅之情。嚴羽評「雄雄」句曰：「疊一『雄』字，倍覺軒翥。」又曰：「能保閒逸，便是真仙，學飛術，更多事。」末二句，「是了語，此外卻政悠悠然未了。」

鸚鵡洲❶

鸚鵡來過吳江水❷，江上洲傳鸚鵡名。鸚鵡西飛隴山去❸，芳洲之樹何青青❹！煙開蘭葉香風暖，岸夾桃花錦浪生❺。遷客此時徒極目❻，長洲孤月向誰明？

【注釋】❶鸚鵡洲　在今湖北武漢西南長江中。相傳東漢末江夏太守黃祖之長子射在此大會賓客，有人獻鸚鵡，禰衡作賦，後禰衡為黃祖所殺，葬此。故名。《後漢書・禰衡傳》：「（黃）祖長子射為章陵太守，尤善於衡。……射時大會賓客，人有獻鸚鵡者，射舉卮於衡曰：『願先生賦之，以娛嘉賓。』衡攬筆而作，文無加點，辭采甚麗。」❷吳江水　此借指江夏（今武漢）一帶的長江水。卷一九〈望鸚鵡洲悲禰衡〉詩：「吳江賦〈鸚鵡〉，落筆超群英。」與此同。❸鸚鵡西飛句　隴山，又稱隴坻、隴阪。在今陝西隴縣西南。延伸於陝西、甘肅兩省邊界。相傳鸚鵡出自隴西。《文選》卷一三禰衡〈鸚鵡賦〉：「惟西域之靈鳥兮。」李善注：「西域，謂隴坻（即隴山），出此鳥也。」盧照鄰〈五悲・悲窮通〉：「鳳凰樓上隴山雲，鸚鵡洲前吳江水。」此謂鸚鵡已西飛回隴山而去。❹芳洲句　芳洲，長滿香草的沙洲。崔顥〈黃鶴樓〉詩：「晴川歷歷漢陽樹，芳草萋萋鸚鵡洲。」❺煙開二句　謂暖風吹蘭葉，衝開煙霧，送來香氣；夾岸的桃花飄落江水，美似錦浪。❻遷客句　遷客，被貶謫之人，詩人自謂。極目，盡目力所及遙望。

【語譯】鸚鵡曾經來到吳地的長江水邊，江上就盛傳鸚鵡的洲名。鸚鵡已向西飛回隴山去，開滿香花的鸚鵡洲上樹木多麼青蔥！暖風吹開煙霧飄來陣陣蘭葉香氣，兩岸桃花落入江中形成層層錦浪。我這個被遷謫之客此時只有徒然極目遠望，鸚鵡洲上的孤月究竟為誰照明呢？

【研析】詩稱「遷客」，又有「煙開蘭葉香風暖，岸夾桃花錦浪生」句，時當春天，疑是上元元年（西元七六〇年）自零陵歸至江夏時作。首聯點題，敘得名之由來。謂鸚鵡產於隴山，有客持之獻於此洲，禰衡於此作賦，卒葬於此洲，此洲遂得鸚鵡之名。頷聯以鸚鵡西飛暗寓禰衡被殺，其所寫〈鸚鵡賦〉亦徒留空名，與空留洲名一樣。以「洲樹青青」寫草木有情，反襯人世無情，寄託詩人對禰衡有才無命的惋惜。頸聯寫景，通過「煙開」、「蘭葉」、「桃花」、「錦浪」（視覺形象）、「香風」（嗅覺形象）、「暖」（觸覺形象）的描繪，寫出春光明媚、百花爭妍之美，金聖歎評曰：「看他『風』字、『浪』字，言我欲奪舟揚帆，呼風破浪，直上長安，刻不可待，而無如浮雲蔽空，明月不照，則終無可奈之何也。」（《貫華堂選批唐才子詩》）則此聯當是以美景襯哀情，使尾聯倍增其哀怨。一個「徒」字，寫出詩人沉痛心情。自己蒙冤入獄，流放夜郎，而古代才士禰衡冤死，一輪孤月空照鸚鵡洲，詩人向明月發問，將弔古傷今、異代同悲的憤慨推到極點。此詩以古體入律，與〈登金陵鳳凰臺〉結構類似。方東樹《昭昧詹言》曰：「崔顥〈黃鶴樓〉，千古擅名之作，……太白〈鸚鵡洲〉格律工力悉敵，風格逼肖，未嘗有意學之而自似。」

九日登巴陵置酒望洞庭水軍

時賊逼華容縣❶

九日天氣清，登高無秋雲。造化闢川岳，了然楚漢分❷。長風鼓橫波，合沓蹙龍文❸。憶昔傳遊豫，樓船壯橫汾❹。今茲討鯨鯢，旌旆何繽紛❺！白羽落酒樽❻，洞庭羅三軍❼。黃花不掇手，戰鼓遙相聞❽。劍舞轉頹陽，當時日停曛❾。酣歌激壯士，可以摧妖氛❿。齷齪東籬下，泉明不足群⓫。

【注釋】❶九日題　九日，指唐肅宗乾元二年九月九日。巴陵，又名巴丘山、巴岳山，在今湖南岳陽。《元和郡縣志》卷二七岳州巴陵縣：「昔羿屠巴蛇於洞庭，其骨若陵，故曰巴陵。」水軍，指唐朝派出清除叛賊的軍隊。題下李白原注：「時賊逼華容縣。」此「賊」指康楚元、張嘉延的叛亂軍隊。《資治通鑑》唐肅宗乾元二年：「八月乙巳，襄州將康楚元、張嘉延據州作亂，刺史王政奔荊州。楚元自稱南楚霸王。……九月甲午，張嘉延襲破荊州，荊南節度使杜鴻漸棄城走。」華容縣，唐縣名。屬岳州。在今湖南北部，臨洞庭湖。按：宋本題中「九日登巴」四字漫漶，據蕭本、郭本、繆本、王本、咸本補。
❷造化二句　謂大自然開闢了山河，使楚山和漢水了然分明。❸長風二句　謂長風鼓起洞庭湖洶湧波浪，重疊皺縮如龍紋一

般。合沓，重疊。蹙，皺；收縮。龍文，形容水的波紋。❹憶昔二句　此謂想當年漢武帝巡幸遊樂，坐著樓船橫渡汾水，氣勢何等雄壯。遊豫，遊樂。《孟子・梁惠王下》：「夏諺曰：『吾王不遊，吾何以休？吾王不豫，吾何以助？一遊一豫，為諸侯度。』」趙岐注：「言王者巡狩觀民，其行從容，若遊若豫。豫亦遊也，遊亦豫也。」橫汾，橫渡汾水。漢武帝〈秋風辭〉：「……泛樓舡兮濟汾河，橫中流兮揚素波，簫鼓鳴兮發棹歌。」❺今茲二句　謂今天討伐叛亂之軍，旌旗眾多，陣勢多麼威武。鯨鯢，指康楚元、張嘉延亂軍。❻白羽句　謂軍旗之影映入酒樽。白羽，即白旄，古代軍旗的一種，此處泛指軍旗。《孔子家語・致思》：「子路進曰：『由願得白羽若月，赤羽若日，鐘鼓之音上震於天，旍旗繽紛下蟠於地。』」❼羅三軍　羅，布列。三軍，軍隊通稱。時叛軍逼華容縣，故列軍於洞庭，以捍衛湘鄂岳之地。❽黃花二句　九月九日重陽節應採摘菊花，如今「戰鼓遙相聞」，故無此雅興。黃花，即菊花。掇，採摘；拾取。❾劍舞二句　《淮南子・覽冥訓》：「魯陽公與韓搆難，戰酣，日暮，援戈而撝之，日為之反三舍。」二句用其意，謂戰鬥激烈，至日暮，太陽亦為之停留不動。轉頹陽，拉轉下落的太陽。日停曛，謂太陽停留不落。曛，落日餘光。❿酣歌二句　酣歌，盡興高歌。妖氛，指叛亂災禍。⓫齷齪二句　謂在戰亂中像陶淵明那樣隱居是不足為伍的。齷齪，宋本作「⿰足屋踀」，據胡本、咸本、《全唐詩》改。蕭本、郭本、王本作「握齱」。同音疊韻聯綿詞。器量狹窄。張衡〈西京賦〉：「獨儉嗇以齷齪。」《史記・酈生陸賈列傳》：「酈生問其將，皆握齱，好苛禮自用，不能聽大度之言。」裴駰《集解》引應劭曰：「握齱，急促之貌。」司馬貞《索隱》引韋昭曰：「握齱，小節也。」東籬下，陶淵明〈飲酒〉詩其五：「採菊東籬下，悠然見南山。」泉明，即淵明。李白避唐高祖諱改。蕭本、郭本、王本、咸本皆已回改作「淵明」。

【語　譯】九月九日天氣晴朗，登上巴丘山只見秋高氣爽萬里無雲。大自然創造開闢了山川，使楚山與江水判然分明。長風吹過鼓起波浪，重疊皺縮如龍紋一樣。憶想往昔漢武帝外出巡遊，樓船相接氣勢雄壯橫陳於汾河之上。現在討伐如鯨鯢般兇猛的叛賊，旌旗招展多麼威武！白羽軍旗倒影映於酒杯之中，洞庭湖上羅列著三軍待發。無暇再用手摘菊花來欣賞，戰鼓隆隆很遠都能聽到。揮劍衝殺夕陽為之回轉，就像魯陽揮戈使太陽停止下落。縱酒高歌激勵壯士的鬥志，可以摧毀叛賊的囂張之氣。器量狹窄的陶淵明整日飲酒於東籬之下，在戰亂時代是不可以與之為伍的。

【研　析】此詩乾元二年（西元七五九年）九月九日在岳陽作。首四句寫「九日登巴陵」。秋高氣爽，山川了然。中間十四句寫「置酒望洞庭水軍」，中間穿插典故作對比襯托。長風鼓波，疊浪如龍紋；穿插當年漢武帝樓船渡汾水歌〈秋風辭〉故事，對比今日討伐叛賊，旌旗繽紛，何其雄壯！羽旗影落酒杯，洞庭羅列三軍；九日不摘黃花，只有戰鼓遙聞。又穿插魯陽公揮戈使日反三舍故事作襯托，以喻戰爭之激烈。詩人高歌以激勵將士，用以摧滅叛賊氣焰。末二句抒發議論：在當前戰亂形勢下，像陶淵明那樣器量狹窄，隱居東籬下飲酒，是不足為伍的！表明詩人「安社稷」、「濟蒼生」的志向。

秋登巴陵望洞庭❶

清晨登巴陵，周覽無不極❷。明湖映天光，徹底見秋色。秋色何蒼然❸，際海俱澄鮮❹。山青滅遠樹，水淥無寒煙。來帆出江中，去鳥向日邊。風清長沙浦❺，霜空雲夢田❻。瞻光惜頹髮，閱水悲徂年❼。北渚既蕩漾❽，東流自潺湲❾。郢人唱〈白雪〉❿，越女歌〈採蓮〉⓫。聽此更腸斷，憑崖淚如泉。

【注　釋】❶秋登題　巴陵，見前詩注。洞庭，湖名。在今湖南北部，長江南岸。為中國第二大淡水湖，素有「八百里洞庭」之稱。❷無不極　無不窮盡。指盡收眼底。❸蒼然　廣闊貌。❹際海句　際海，海的邊際；水天相接處。澄鮮，明麗清新。謝靈運〈登江中孤嶼〉詩：「雲日相輝映，空水共澄鮮。」❺長沙浦　王琦注：「謂自長沙而入洞庭之水。」即指湘水。❻霜空句　此句謂雲夢一帶的田野蒙上秋霜。雲夢田，王琦注：「古雲夢澤，跨江之南北，自岳州外，凡江夏、漢陽、沔陽、安陸、德安、荊州，皆其兼亙所及。」按：雲夢澤說法不一。據今人考證，古籍中的「雲夢」（或單稱「雲」或「夢」）並不專指以「雲夢」為名的澤藪，一般都泛指春秋戰國時楚王的遊獵區。❼瞻光二句　瞻光，瞻日月之光。閱水，閱逝去之水。頹髮，衰落之頭髮。徂年，過去的年華。❽北渚句　北渚，北邊水涯。蕩漾，言隨波上下。❾潺湲　水徐流貌。《楚辭・九歌・湘夫人》：「觀流水兮潺湲。」❿郢人句　見卷一〈古風〉其二十一注。⓫採蓮　樂府清商曲名。本於〈江南曲〉：「江南可採蓮，蓮葉何田田。」梁武帝〈江南弄〉七曲，〈採蓮曲〉為其一。

【語譯】清晨登上巴丘山，極目遠眺四周景物無不盡收眼底。洞庭湖水明淨倒映天光，水清見底盡現秋色。秋天的景物多麼廣闊蒼茫，水天相接都很明麗清新。山色青翠掩滅了遠處的林木，水色碧綠沒有寒冷的煙氣。輕漂的帆船自江中駛來，遠去的小鳥飛向日邊。秋風清朗長沙浦，霜跡已空雲夢田。觀覽日月之光使我嘆惜頭髮脫落，注目流水逝去又令人悲惘過去的年華。北邊的小洲隨波蕩漾，東流的江水潺潺徐流。郢地之人唱著〈白雪〉歌，江南美女柔歌〈採蓮曲〉。聽到這些歌聲更使人腸斷，憑臨山崖淚如泉流。

【研析】此詩當是乾元二年（西元七五九年）秋天在岳州所作，與前詩同時。詩中描寫登巴陵望洞庭所見的周圍景色，抒發悲秋惜逝年的感情。《唐宋詩醇》卷七曰：「寫望中景物，與題相稱，次聯即『空水共澄鮮』之意。以下四聯極闊極切，細意熨貼，登覽中佳製也。」

與夏十二登岳陽樓❶

樓觀岳陽盡❷，川迥洞庭開❸。雁引愁心去❹，山銜好月來❺。雲間逢下榻，天上接行盃❻。醉後涼風起，吹人舞袖迴。

【注釋】❶與夏十二題　夏十二，排行十二，名不詳。岳陽樓，今湖南岳陽西門城樓，下瞰洞庭湖。開元四年中書令（宰相）張說為岳州刺史時，常與才士登樓賦詩，自此名著。❷樓觀句　此句謂登樓俯瞰，天岳山之陽的一切景物盡收眼底。岳陽，謂天岳山之陽，樓以山立名。❸川迥句　迥，遠。洞庭開，指洞庭湖水寬闊無邊。❹雁引句　宋本在此句下夾注：「一作：雁別秋江去」。❺山銜句　此句指月亮從山後升起，如被山銜出。❻雲間二句　謂在岳陽樓下榻、行杯如同在雲間天上，極言樓高。逢，蕭本、郭本、王本作「連」。下榻，為賓客設榻留住。《後漢書・徐穉傳》載：陳蕃為豫章太守，「在郡不接賓客，唯穉來特設一榻，去則懸之。」王勃〈秋日登洪府滕王閣餞別序〉：「徐孺（徐穉，字孺子）下陳蕃之榻。」「下」字本此。行盃，傳杯飲酒。

【語譯】登樓覽盡岳陽四周景色，江水遼遠通向開闊的洞庭。大雁南飛引我愁心而去，遠山銜出一輪好月來。在高入雲間的樓上連榻設席，在天上相接傳杯飲酒。醉酒之後涼風興起，吹得人們衣袖舞動隨之而回。

【研析】此詩當是乾元二年（西元七五九年）秋遊岳陽時所作，與前二詩同時。詩謂登樓遠望，岳陽之景盡收眼底，江水遠而洞庭闊。飛雁引我愁心而去，遠山將明月銜出來。賓朋下榻相連如在雲間，飲酒傳杯如在天上相接。二句極寫樓之高。既醉而涼風四起，吹迴舞袖。嚴羽評點曰：「老杜亦有此詩，其寫景甚雄，寫情甚鬱。此只一味清逸，各如其人。」朱諫《李詩選注》曰：「按李杜俱有登岳陽樓詩，古人皆謂李不如杜。夫『吳楚東南坼，乾坤日夜浮』之句，因為絕唱。而三聯之弱，似為上句所壓。則李白『雲間連下榻，天上接行盃』之句，又勝之矣。夫詩各有情思所到，有能與不能者，大方家不可專以一句一字為殿最也。抑不知老杜彼時得『吳楚』二句許多氣概，而下文『親朋』二句卻又衰颯，遠不相稱。……大抵詩人興之所至，有神而來者，雖自己亦不知其所以然而然也。『楓落吳江冷』意亦若此。李白此詩，平順清麗，使老杜見之，心不多相殿最，亦當各自有所讓也。」其說是。

登巴陵開元寺西閣贈衡岳僧方外❶

衡岳有開士❷，五峰秀真骨❸。見君萬里心，海水照秋月❹。大臣南溟去，問道皆請謁❺。灑以甘露言，清涼潤肌髮❻。明湖落天鏡，香閣凌銀闕❼。登眺餐惠風❽，新花期啟發❾。

【注釋】❶登巴陵題　巴陵開元寺，《唐會要》卷四八：「天授元年十月二十九日，兩京及天下諸州，各置大雲寺一所。至開元二十六年六月一日，並改為開元寺。」巴陵開元寺當即岳州的開元寺。衡岳，南嶽衡山，在今湖南中部。僧方外，衡山佛寺之僧人，事蹟不詳。❷開士　本為佛教對「菩薩」的別稱。後作為對僧人的敬稱。《釋氏要覽》卷上：「經音疏云：開，達也，明也，解也；士則士夫也。經中多呼菩薩為開士。前秦苻堅賜沙門有德解者號開士。」劉長卿〈寄靈一上人〉詩：「高僧本姓竺，開士舊名林。」按：蕭本、郭本作「闡士」。❸五峰句　《景德傳燈錄》卷三慧可大師謂我國禪宗二祖（神光）頭頂骨如五峰秀出。❹見君二句　謂見您志在千里之外的心，如同海水被秋月照明。❺大臣二句　謂朝廷大臣往南海去，都要向您請謁問道。❻灑以二句　謂您給問道之人講話如灑甘露，使人清涼並滋潤肌膚頭髮。以，宋本原作「明」，據蕭本、郭本、繆本、王本改。甘露言，謂言如甘露沁人也。《妙法蓮華經》卷三：「如以甘露灑，除熱得清涼。」❼香閣句　香閣，指題中開元寺西閣。《維摩詰經．香積佛品》：「上方界分，過四十二恆河沙佛土，有國名眾香，佛號香積，……其界一切皆以香作樓閣。」故唐人多稱佛寺臺閣為香閣。王勃〈遊梵宇三覺寺〉詩：「香閣披青磴，琱臺控紫岑。」凌銀闕，形容寺閣之高直聳天上仙界。《史記．封禪書》：「使人入海求蓬萊、方丈、瀛洲，此三神山者，……黃金白銀為宮闕。」❽惠風　春天的和風。王羲之〈蘭亭詩序〉：「天朗氣清，惠風和暢。」《文選》卷一八嵇康〈琴賦〉：「惠風流其間。」張銑注：「惠風，南風也。溫和所以養物。」❾新花句　新花期待開放。暗喻自己期待僧方外的啟發。

【語譯】衡岳有位高僧，頭頂真骨如五峰秀出。見您志在千里之外的心，如同秋月照耀海水。凡前去南海的朝廷大臣，都要向您問道請謁。您的講話如同灑甘露一樣，清涼宜人並潤澤人們的肌膚和頭髮。眼前洞庭湖面明淨如同天鏡自天而落，開元寺香閣高聳雲天仙宮。我登閣遠眺呼吸和煦的春風，就像新花待放期盼您的啟發。

【研析】此詩當是上元元年（西元七六〇年）春天自永州回到巴陵時所作。前八句讚美僧人方外的容貌、志向、聲望和傳教的效果。後四句寫眼前之景，並抒發崇敬之情。嚴羽評「五峰」三句曰：「三語神貌俱出。」

《唐宋詩醇》卷七評曰：「語言清妙，如霏玉屑。」

與賈舍人於龍興寺剪落梧桐枝望灉湖❶

剪落青梧枝，灉湖坐可窺。雨洗秋山淨，林光澹碧滋❷。水閑明鏡轉❸，雲繞畫屏移❹。千古風流事，名賢共此時❺。

【注釋】❶與賈舍人題　賈舍人，蕭本、郭本、胡本、王本皆作「賈至舍人」。中書舍人賈至，唐代詩人。肅宗至德二載為中書舍人，乾元二年秋貶為岳州司馬，與李白同遊。詳見卷一七〈陪族叔刑部侍郎曄及中書賈舍人至遊洞庭五首〉注。龍興寺，《方輿勝覽》卷二九岳州佛寺：「法寶寺，唐曰龍興，下瞰灉湖，李白嘗與賈舍人于此剪桐，望灉湖。」灉湖，在岳州巴陵縣。❷碧滋　形容草木青綠滋潤。《文選》卷三一江淹〈雜體詩三十首‧張司空華離情〉：「閨草含碧滋。」張銑注：「碧滋，謂草色翠而滋繁。」❸水閑句　謂灉湖平靜而水流清如明鏡。❹雲繞句　謂雲霧圍繞山峰如畫屏移動。❺千古二句　謂當世之名賢此時共賞美景，乃千古風流之事。

【語　譯】剪掉遮眼的青梧桐枝條，就可以坐在灉湖邊觀覽風光。雨水沖洗後秋山分外明淨爽潔，林木碧綠滋潤而有淡淡的光彩。湖面平靜如同明鏡旋轉，煙雲繚繞秋山又如畫屏移動。千古以來的風流之事，就是此時名流與賢達對此良辰美景共同來欣賞。

【研　析】此詩當是乾元二年（西元七五九年）秋與賈至同遊岳州龍興寺時所作。首聯點題，剪落梧桐枝的遮蔽可以望灉湖。頷聯寫雨後山淨林碧的靜態風光。頸聯描繪湖水如明鏡旋轉、雲山如畫屏移動的動態場景。尾聯謂當世名賢共賞此種美景，乃千古風流之事。以此作結，餘味無窮。嚴羽評點曰：「趣事足傳。」

掛席江上待月有懷❶

待月月未出，望江江自流。倏忽城西郭❷，青天懸玉鉤❸。素華難可攬❹，清景不同遊。耿耿金波裏，空瞻鳷鵲樓❺。

【注釋】❶掛席題　掛席，猶揚帆。按：宋本題中無「江」字，據蕭本、郭本、繆本、王本、咸本補。❷倏忽句　倏忽，轉眼之間；不知不覺地。城西郭，城西的外城。按：城，宋本作「成」，據蕭本、郭本、繆本、王本、咸本改。❸玉鉤　指初月，其形如鉤。《文選》卷三〇鮑照〈翫月城西門廨中〉詩：「始出西南樓，纖纖如玉鉤。」呂向注：「月初出於西南，纖纖然有似玉鉤。」❹素華句　素華，指月光。難可攬，蕭本、郭本、王本、咸本皆作「雖可攬」。《文選》卷三〇陸機〈擬明月何皎皎〉：「安寢北堂上，明月入我牖。照之有餘暉，攬之不盈手。」呂延濟注：「明月入我窗牖之中，照則光暉有餘，攬而取之不盈於手。喻夫空有名而不能見。」❺耿耿二句　耿耿，明亮貌。金波，月光。《文選》卷二六謝朓〈暫使下都夜發新林至京邑贈西府同僚〉詩：「秋河曙耿耿。」呂延濟注：「耿耿，明淨也。」又：「金波麗鳷鵲。」劉良注：「金波，月也。」鳷鵲樓，原為漢宮觀名。此處指金陵鳷鵲樓。見卷一一〈三山望金陵寄殷淑〉詩注。

【語　譯】江上待月月還沒有出來，眼望長江江水空自奔流。頃刻之間城西的外城上，青天已懸掛著細彎如玉鉤的月亮。月光難以攬取，對此清麗之景卻不能與友人同遊。明亮的月光裡，只能徒然瞻望鳷鵲樓。

【研　析】此詩當是天寶六載（西元七四七年）在金陵江上泛舟之作。詩中描寫江上待月、望月而懷人的情景。首二句寫待月，次二句寫月出，神情逼真如畫。後半則抒寫懷人惆悵之情，甚為感人。

金陵望漢江❶

漢江迴萬里❷，派作九龍盤❸。橫潰豁中國，崔嵬飛迅湍❹。六帝淪亡後，三吳不足觀❺。我君混區宇❻，垂拱眾流安❼。今日任公子，滄浪罷釣竿❽。

【注釋】❶漢江　李白詩中的「漢水」、「漢江」，實有指長江者。如〈留別金陵諸公〉「先繞漢水行」、〈金陵白下亭留別〉「漢水齧古根」。此處「漢江」亦指長江。按：《水經》中稱漢水為沔水。漢水入江後，向東流的長江仍可稱沔水、漢水或漢江，此當即為李白詩之所本。❷迴萬里　迴，迴轉。萬里，言其遠。❸派作句　派，水的支流。宋本原作「泒」，「派」的異體字。今徑改為正體。《文選》卷一二郭璞〈江賦〉：「流九派乎潯陽。」李善注：「水別流為派。」又引應劭《漢書注》曰：「江自廬江潯陽分為九也。」❹橫潰二句　以江水泛濫喻指六朝時的戰亂分裂局面。橫潰，大水決堤橫流泛濫。《文選》卷三〇謝靈運〈擬魏太子鄴中集詩・魏太子〉詩：「天地中橫潰，家王拯生民。」李善注：「橫潰，以水喻亂也。」豁，開裂；殘破。崔嵬，本指山峰高峻貌，此處指水波湍流之高。《文選》卷一二郭璞〈江賦〉：「峻湍崔嵬。」張銑注：「崔嵬，湍高貌。」迅湍，激流。❺六帝二句　謂六朝帝王滅亡後，三吳一帶已無昔日之盛，不足觀賞。三吳，有二說，一指吳郡、吳興、丹陽。一指吳郡、吳興、會稽。《水經注・漸江水》：「漢高帝十二年，一吳也，後分為三，世號三吳：吳興、吳郡，會稽其一焉。」❻我君句　我君，指唐明皇。混，猶混一、統一。《晉書・謝安傳》：「安方欲混一文軌，上疏求自北征。」區宇，疆域；天下。❼垂拱句　垂拱，垂衣拱手，無為而治。《尚書・武成》：「垂拱而天下治。」孔穎達疏：「《說文》云：拱，斂手也。……謂所任得人，人皆稱職，手無所營，下垂其拱，故美其垂拱而天下治也。」眾流安，以眾水安流喻萬民安樂。❽今日二句　謂眾派安流，水無巨魚，故任公子之釣竿可罷。比喻江漢寧靜，地無巨寇，故朝廷沒有征伐之事。按：此處反用《莊子・外物》「任公子為大鉤巨緇，五十犗以為餌，蹲乎會稽，投竿東海，旦旦而釣，期年不得魚」之意。

【語譯】大江綿延曲折流長萬里，在九江分作九條支流就像九條巨龍盤踞。魏晉南北朝如江水泛濫開裂中國，波濤洶湧迅疾奔流。六代的帝王沉淪消亡之後，三吳地區已沒有昔日之盛而不足觀賞。我朝聖明之君統一天下，垂衣拱手無為而治使萬民安樂。今天的任公子，因水無巨魚只能罷釣棄竿了。

【研析】此詩當是開元十三年（西元七二五年）在金陵作。前六句以江水橫潰喻六朝戰亂，實為詠史。後四句頌揚唐王朝統一天下，無為而治，萬民安樂。或謂此詩含意極深曲，為諷天寶十五載玄宗建藩事，譏朝廷無遠略云云，皆刻意求深，實不合詩旨。

秋登宣城謝朓北樓

宣城❶

江城如畫裏，山晚望晴空❷。兩水夾明鏡，雙橋落采虹❸。人煙寒橘柚，秋色老梧桐❹。誰念北樓上，臨風懷謝公❺？

【注　釋】❶秋登題　宣城，唐郡名，即宣州。天寶元年改為宣城郡，乾元元年復改為宣州。今安徽宣城。謝朓，字玄暉，南朝齊代詩人，曾為宣城太守，《南齊書》有傳。在宣城陵陽山上建北樓，人稱謝朓樓。按：宋本題下有「宣城」二字，乃宋人編集時所加。❷江城二句　江城，宣城有宛溪、句溪二水繞城流過，故稱。下「兩水」即此二溪。山，指陵陽山。李白〈自梁園至敬亭山見會公談陵陽山水〉詩有「陵巒抱江城」句。《方輿勝覽》卷一五寧國府山川：「陵陽山，在宣城。一峰為疊嶂樓，一峰為譙樓，一峰為景德寺。」❸兩水二句　明鏡，形容水的清澈。雙橋，據《江南通志》載，宣城宛溪上有鳳凰、濟川二橋，隋開皇時建。采虹，形容橋呈拱狀。❹人煙二句　謂秋日寒煙繚繞於空，使橘柚帶有寒意，梧桐顯得蒼老。謝朓〈宣城郡內登望〉：「切切陰風暮，桑柘起寒煙。」二句即從此化出。宋本在「寒」字下夾注：「一作：空」。❺誰念二句　謂無人理解自己登上北樓懷念謝朓的心情。

【語　譯】臨江的宣城美麗如畫，傍晚時分登山仰望萬里晴空。宛溪與句溪二水如同明鏡環抱宣城，鳳凰與濟川雙橋橫跨宛溪如同天上落下的兩條彩虹。寒煙繚繞使橘柚帶有寒意，在深沉的秋色裡使梧桐樹顯得蒼老。有誰能理解我登上北樓臨風而立，懷念南齊詩人謝公的心情？

【研　析】此詩當於天寶十二、三載（西元七五三、七五四年）秋在宣州時作。首聯從大處落筆，寫登樓遠眺，總攬宣城風光。碧空夕陽，江城山色，明麗如畫。氣象壯闊，神韻高逸。首聯的「望」字，直貫頷聯、頸聯。頷聯二句，具體寫「江城如畫」，頸聯二句則具體寫「山晚晴空」。頷聯以明鏡喻秋水的清澈澄明，以彩虹喻雙橋在水中的倒影，都非常貼切恰當。因為溪水平靜流淌，清澄水波可以照人，還會泛出晶瑩的光，極似明鏡；而從高樓上俯視雙橋在水中的倒影，夕陽照射中橋影映出璀燦色彩，宛似天上落下的彩虹。一個「夾」字，傳二溪合流繞城之態；一個「落」字，狀雙橋映波飛動之勢。可謂「刻畫鮮麗，千古常清」（《唐宋詩舉要》引吳汝綸語）。頸聯寫傍晚秋色，山野炊煙，橘柚深碧，梧桐微黃，使人感到荒寒蒼老。用極凝練的形象語言，不僅勾勒出深秋寒景，而且寫出秋意和詩人心境，遂成為千古名句。杜甫有「荒庭重橘柚，古屋畫龍蛇」句，宋代陳無己有「寒心生蟋蟀，秋色上梧桐」句，都脫胎於此，但都不及李白隨意點染秋意之入神。尾聯點題，與首聯呼應，從登臨到懷古。謝朓是李白一生最折服景仰的前代詩人，如今登上他建造的北樓，更加懷念古人。可是有誰能理解詩人的心情呢？感知音難覓的寂寞，嘆壯志難酬的憂傷，自己只能寄情山水，尚友古人。這些意思均在言外，可謂言有盡而意無窮。

望天門山　當塗❶

天門中斷楚江開❷，碧水東流至此迴❸。兩岸青山相對出，孤帆一片日邊來。

【注釋】❶望天門山題　天門山，在今安徽當塗西南長江兩岸。東為博望山，西為梁山。兩山夾江對峙，中間如門，故合稱天門山。按：宋本題下有「當塗」二字注，乃宋人編集時所加。❷天門句　此句意謂天門山中間斷裂，為大江打開通道。楚江，指長江。當塗在戰國時代屬楚國，故流經此處的長江稱楚江。❸至此迴　至此，蕭本、郭本、王本皆作「至北」。王本注曰：「繆本作『直北』，一作『至此』。」按：作「至此迴」為勝。今據改。因兩山石壁突入江中，江面突然狹窄，上游水流至此沖撞石壁而形成旋渦回流。王琦注引毛西河語曰：「因梁山、博望夾峙，江水至此一迴旋也。時刻誤『此』作『北』，既東又北，既北又回，已乖句調，兼失義理。」

【語　譯】天門山中間斷裂是因為大江把它沖開，碧水向東奔流到這裡就迴旋徘徊。兩岸高聳的青山移步換形地相對著轉出，出山後遙望遠方有一葉孤舟從日邊漸漸來。

【研　析】此詩當是開元十三年(西元七二五年)夏秋之交，二十五歲的詩人初次過天門山所作。題中著「望」字，可知詩中寫的都是詩人「望」中的天門山勝景。四句詩雖無「望」字，卻句句寫「望」，只是「望」的角度和立足點不同。首句乃在上游遠望天門山全景，因離得遠，故望得廣，東西兩山都能望見。在詩人想像中，兩山原為一山，阻擋著長江東流，由於長江洶湧水勢的沖擊，終於把山沖斷，分為東西兩截，使山中間開了一個天門，江水奪門而出。此句山水並寫，從總體上概括描繪了山水的雄偉氣勢。次句乃近「望」。「至此」即點明了詩人小舟已駛抵天門山下。由於兩山巖石突出江中，江水受山巖阻遏而激起波濤迴旋。因為靠近，所以才看得清楚這種情景。這句單寫水。第三句乃舟行至兩山之間向左右「望」兩岸。「出」字寫得好，因為詩人站在正行進的船上望兩岸的山，左顧右盼，隨著小舟的行進，覺得兩岸層出不窮的山都在移步換形，於是使靜態的山有了動態的感受。「相對出」三字逼真地寫出了舟行兩山間「望天門山」兩岸特有的態勢，而且反映出詩人初次領略這種景致時所特有的新鮮喜悅之情，這句單寫山。最後一句又寫遠「望」，但與首句不同。首句是舟在上游時遠望天門山，而末句則是小舟已駛出天門山，江面寬闊，詩人遙望前方，只見一片孤帆從日邊迎面駛來。這句詩巧妙地把讀者注意力引向遠方，蘊含著無窮的餘味。

全詩四句，每句都是一個特寫鏡頭。在這幅壯麗的山水畫中，山多麼靈秀，水多麼矯健，帆多麼瀟灑。在這景的背後，反映了詩人的氣宇、感情和風貌。讀者可從字裡行間體會到詩人情緒是愉快的。在表現手法上，全詩都用白描。緊扣題中「望」字，每句都是「望」中所得，但都不落「望」字，讓讀者自己體會，四句都不說舟在行進，讓讀者從中去體會，這是此詩的高妙之處。

望木瓜山❶

早起見日出，暮看❷棲鳥還。客心自酸楚，況對木瓜山❸。

【注　釋】❶木瓜山　在今安徽青陽。按：青陽縣，唐玄宗天寶元年置，屬江南道宣州。代宗永泰二年改屬池州。晚唐著名詩人杜牧為池州刺史時，寫有〈祭木瓜山神文〉曰：「維會昌六年歲次丙寅某月某日，某官敬告於木瓜山之神。……千萬年間，使池之人數敬仰不怠。」證知木瓜山在青陽縣。李白約在天寶十四載到過青陽縣，寫有〈望九華山贈韋青陽仲堪〉及〈改九子山為九華山聯句〉。此詩當為同時之作。❷看　蕭本、郭本、王本、咸本皆作「見」。❸客心二句　意謂自己作客他鄉內心本自酸楚，何況面對木瓜山酸澀的木瓜，就更加辛酸了。木瓜，薔薇科落葉灌木或小喬木，春末夏初開花，秋季果實成熟，長橢圓形，淡黃色，味酸澀，有香氣。

【語　譯】早晨起來看見太陽升起，傍晚時候看見歸鳥還巢棲宿。身在異鄉內心本自酸楚，何況還面對生長酸果的木瓜山。

【研　析】此詩當是天寶十四載（西元七五五年）遊青陽時所作。前二句寫自然界現象。早上見日出，傍晚見鳥還，這是對後二句的襯托。後二句抒發心酸之情。作客他鄉，本已心酸，面對酸味的木瓜，更加酸楚。這是表面意思。其實，天寶十一載詩人在幽州目睹安祿山囂張氣焰後，就在黃金臺上哭昭王，為「君王棄北海，掃地借長鯨」而傷心。所以，此詩中的「酸楚」顯然也包含著對國事擔憂的一層意思。明人批點曰：「起二句可以對而不對，蓋亦在有意無意之間。」朱諫《李詩選注》曰：「白之詩意，無中生有，變幻物態，天機自然。故織組於文字之間者，若無形跡也。」

登敬亭北二小山余時客逢崔侍御並登此地❶

送客謝亭❷北，逢君縱酒❸還。屈盤❹戲白馬，大笑上青山。迴鞭指長安，西日落秦關❺。帝鄉❻三千里，杳在碧雲間。

【注　釋】❶登敬亭題　王琦注：「按『客』字上似缺一『送』字。」敬亭，山名。在今安徽宣城北。《元和郡縣志》卷二八江南道宣州宣城縣：「敬亭山，州北十二里。即謝朓賦詩之所。」崔侍御，即崔成甫，曾攝監察御史。詳見卷七〈贈崔侍御〉詩注。❷謝亭　即謝公亭。南齊宣城太守謝朓所置。卷一九有〈謝公亭〉詩，李白自注：「蓋謝朓、范雲之所遊。」《方輿勝覽》卷一五寧國府堂亭：「謝公亭，在宣城縣北二里。《舊經》云：『謝玄暉送范雲零陵內史之地。』」❸縱酒　放縱心意飲酒。❹屈盤　此指山路曲折盤旋。❺秦關　指秦地關塞。張華〈蕭史曲〉：「龍飛逸天路，鳳起出秦關。」❻帝鄉　指皇帝所居之地，即京城。陶潛〈歸去來辭〉：「帝鄉不可期。」

【語　譯】我在謝公亭北面送客，與您相逢我們縱酒酣飲而還。山路曲折盤旋戲弄白馬，我們大聲笑語登上青山。迴馬揚鞭指向長安，西邊的太陽已落下秦地關塞。帝京長安遠在三千里外，杳然遙遠在那天空碧雲間。

【研　析】此詩當是天寶十二載（西元七五三年）在宣城所作。首聯點明送客而相逢，縱酒而還。頷聯寫「並登此地」，騎馬上山，山路曲折，心歡大笑。頸聯轉折，鞭指長安，日落秦關，有心在魏闕之意。尾聯謂帝京遙遠，失意之情蘊含其間。

過崔八丈水亭❶

高閣橫秀氣，清幽併在君❷。簷飛宛溪水，窗落敬亭雲❸。猿嘯風中斷，漁歌月裏聞❹。閒隨白鷗去，沙上自為群❺。

【注釋】❶過崔八丈題　過，訪；探望。崔八丈，姓崔，排行第八，名字不詳。稱之為「丈」，當為前輩。水亭，倚水而建的亭子。❷高閣二句　上句寫「水亭」，下句寫「崔八丈」。謂亭閣高而充溢著秀美之氣，清幽的環境併屬於崔八丈。❸簷飛二句　宛溪，在今安徽宣城東。敬亭，山名。在今安徽宣城北。上句寫水，下句寫山。意謂亭簷下看到飛過宛溪之水，閣窗外可見敬亭山的雲朵落下。❹猿嘯二句　意謂敬亭山的猿啼聲在風中時斷時續，宛溪中的漁歌在明月下遙聞。❺閒隨二句　意謂您閒無機心而隨白鷗相親，在沙岸上與之為群。白鷗，水鳥名。白色鷗鳥。《列子·黃帝》：「海上之人有好漚（鷗）鳥者，每旦之海上，從漚鳥遊，漚鳥之至者百住而不止。其父曰：『吾聞漚鳥皆從汝遊，汝取來吾玩之。』明日之海上，漚鳥舞而不下也。」

【語譯】亭閣高聳充溢著清秀之氣，環境清幽皆屬於您崔八丈。閣簷下飛過宛溪的綠水，亭窗前飛落敬亭山的雲朵。猿嘯之聲在風中時斷時續，漁歌在明月朗照下陣陣可聞。閒逸無機心自可隨白鷗而去，在沙岸上與鳥為群。

【研析】此詩當是天寶十二載（西元七五三年）在宣城所作。詩中描繪崔八丈水亭的清幽環境。首聯二句分別點明水亭和崔八丈。頷聯二句分別寫水和山，水是簷下的宛溪，山是窗前可見雲的敬亭山。頸聯二句分別從敬亭山轉出猿嘯，從宛溪水轉出漁歌，猿聲因風斷續，漁歌在月光中傳聞。尾聯以隨沙岸上白鷗為群作結，意味深長。嚴羽評點曰：「取境甚夷，不求高亦不墮下一格，此政太白以淺近勝人處。」明人批曰：「起句高超雋妙，三、四秀氣，五、六清幽。」

卷一九

行役

安州應城玉女湯作 安州❶

神女歿幽境❷，湯池流大川。陰陽結炎炭，造化開靈泉❸。地底爍朱火，沙傍歘素煙❹。沸珠躍晴月，皎鏡涵空天❺。氣浮蘭芳滿，色漲桃李然❻。精覽萬殊入❼，潛行七澤連❽。愈疾❾功莫尚，變盈❿道乃全。濯纓掬清泚⓫，晞髮弄潺湲⓬。散下楚王國，分澆宋玉田⓭。可以奉巡幸⓮，奈何隔窮偏⓯！獨隨朝宗⓰水，赴海輸微涓⓱。

【注釋】❶安州題　安州應城，唐州名和縣名。今湖北應城。《舊唐書．地理志三》淮南道安州：「應城，（南朝）宋分安陸縣置應城縣，隋改為應陽。武德四年，復為應城。」玉女湯，楊齊賢注：「唐安州應城縣西南八十里有玉女池。」按：《隋書・地理志下》安陸郡應陽縣：「西魏置，曰應城，又置城陽郡。開皇初郡廢，大業初縣改名焉。有潼水、溫水。」《輿地紀勝》卷七七：「玉女泉在應城縣西四十里。《隋・地理志》應陽縣有溫水，即此也。」按：宋本題下注有「安州」二字，乃宋人編集時所加。又按：蕭本、郭本、胡本、王本題下皆注曰：「《荊州記》云：有玉女乘車投此泉。」《藝文類聚》卷九水部下引盛弘之《荊州記》曰：「新陽縣惠澤中有溫泉，冬月，未至數里，遙望白氣浮蒸如煙，上下采映，狀若綺疏。又有車輪雙轅形。世傳：昔有玉女乘車，自投此泉。今人時見女子，姿儀光麗，往來倏忽。」❷神女句　神女，指玉女。歿幽境，即《荊州記》所謂玉女「自投此泉」。歿，咸本作「沒」。❸陰陽二句　《文選》卷一三賈誼〈鵩鳥賦〉：「天地為鑪兮，造化為工。陰陽為炭兮，萬物為銅。」二句用其意。❹地底二句　意謂地底下燃燒著紅色的火焰，沙岸邊升騰起白色的煙氣。朱火，紅色的火焰。古詩：「朱火然其中，青煙颺其間。」歊，氣上衝貌。❺沸珠二句　謂沸騰的水珠在晴空月下閃動跳躍，皎潔如鏡的水面涵映天空。《文選》卷二七沈約〈新安江水至清淺深見底貽京邑遊好〉詩：「洞澈隨深淺，皎鏡無冬春。」呂向注：「皎鏡，清明如鏡。」晴，蕭本、郭本、王本、咸本皆作「明」。❻氣浮二句　謂水氣浮飄散發出滿是蘭花的芳香，霧色泛漲如同桃花開放。桃花，宋本原作「桃李」，據蕭本、郭本、繆本、王本、咸本改。然，「燃」的本字。梁元帝〈宮殿名〉詩：「林間花欲燃。」謂花色鮮紅如燃燒。❼精覽句　謂細觀可見萬物皆映入水中。萬殊，各種不同的事物。《淮南子・本經訓》：「斟酌萬殊。」❽潛行句　謂水在地下潛行與七澤相連。司馬相如〈子虛賦〉：「楚有七澤。」❾愈疾　治癒疾病。《水經注・灅（漯）水》：「《魏土地記》曰：『下洛城東南四十里有橋山，山下有溫泉，……炎涼代序，是水灼焉無改，能治百病。』」❿變盈　物盈則變。《易經・謙卦》：「地道變盈而流謙。」孔穎達疏：「丘陵川谷之屬，高者漸下，下者益高，是改變盈者，流布謙者也。」⓫濯纓句　《孟子・離婁》：「有孺子歌曰：『滄浪之水清兮，可以濯我纓。』」掬，雙手捧取。清泚，清澈的泉水。《詩經・邶風・新臺》：「新臺有泚。」鄭玄箋：「泚，鮮明貌。」按：蕭本、郭本、咸本此句作「濯濯氣清泚」。⓬晞髮句　晞，曬乾。《楚辭・九歌・少司命》：「晞汝髮兮陽之阿。」王逸注：「晞，乾也。」潺湲，水徐流貌。此處指流水。謝靈運〈入華子崗是麻源第三谷〉詩：「且申獨往意，乘月弄潺湲。」⓭散下二句　楚王國，應城縣，古屬楚國之地。宋玉田，戰國時楚襄王賜給宋玉的食邑。宋玉〈小言賦〉：「楚襄王既登陽雲之臺，令諸大夫景差、唐勒、宋玉等……曰：『有能為〈小言賦〉者，賜之雲夢之田。』……宋玉曰：『無內之中，微物潛生，比之無象，言之無名。』……王曰：『善！』賜以雲夢之田。」⓮奉巡幸　讓皇帝來巡幸。⓯窮偏　極遠荒僻之地。⓰朝宗句　《尚書・禹貢》：「荊及衡陽惟荊州，江漢朝宗于海。」孔傳：「二水經此州而入海，有似於朝，百川以海為宗。宗，尊也。」孔穎達疏：「《周禮・大宗伯》：諸侯見天子之禮，春見曰朝，夏見曰宗。鄭云：朝，猶朝也；欲其來之早也。宗，尊也；欲其尊王也。朝宗是人事之名。水無性識，非有此義。以海水大而江漢小，以小就大，似諸侯歸於天子，假人事而言之也。」後遂以百川入海為「朝宗」。⓱微涓 細小的水流。張正見〈御幸樂遊苑侍宴〉詩：「大海滴微涓。」

【語譯】神女曾在這幽境中投泉而歿，從此玉女湯溫泉流成了大川。這是天地陰陽交結的炭火，大自然使之燒熱開闢了神奇的靈泉。地底燃燒著紅色的火焰，沙岸邊升騰起白色的煙霧。沸騰的水珠在明月下跳動，皎潔如鏡的水面映出整個藍天。浮動的水氣散發出蘭花的芬芳，水光霧色又如同桃花開放。

細觀可見不同的萬物皆映入水中，水在地下潛流與楚國的七澤相連。治癒疾病的功效無與倫比，流水不溢是變盈之道的保全。我捧起一把清水洗濯冠纓，灑乾我的頭髮賞玩這潺潺徐流的神泉。神泉分散而下流遍楚國大地，可以分澆楚王賜與宋玉的雲夢之田。

這玉女湯本可以奉獻給皇帝來巡幸享用，無奈它卻處在這窮鄉僻壤之間遠隔千山萬水！只好默默地隨著朝宗的江水，用涓涓細流奔赴大海輸出微薄的貢獻。

【研析】此詩當是開元年間隱居安陸時遊應城之作。首段寫此玉女湯的神奇。先寫湯得名的由來。昔有玉女乘雲車投入此泉，歿於幽境，湯池之流遂成大川，由此得名。接著寫此湯乃陰陽之氣結成炎炭，造化之神開此靈泉，地底燃起火焰，沙傍升騰霧氣。沸騰的水珠在明月下閃動跳躍，如鏡的水面映涵天空。浮氣散發蘭花的芬芳，水色如桃花燃放。極盡湯泉之美妙。次段八句寫此湯的功用。謂細觀此湯有各不相同的萬物映入，其在地下潛流與七澤相連。此湯可治癒疾病功效無與倫比，變盈之道使此泉不溢而保全。可以在此清水中濯纓，可以曬乾頭髮賞玩徐流。可以分散下流遍及楚地，可以澆灌楚王賜給宋玉之田。末段四句謂此湯更可以供奉天子巡幸備湯沐之需，但因為遠隔在荒僻之地，不蒙朝廷取用，只能獨隨眾水朝宗而已。蕭士贇云：「此雖紀詠詩，然寄興則謂士不幸而居於僻遠之鄉，雖抱王佐之才而無由自達，身在江海，心存魏闕而已。悲夫！」

之廣陵宿常二南郭幽居

淮南❶

淥水接柴門，有如桃花源❷。忘憂或假草，滿院羅叢萱❸。暝色湖上來，微雨飛南軒。故人宿茅宇，夕鳥歸楊園❹。

還惜❺詩酒別，深為江海言。明朝廣陵道，獨憶此傾樽。

【注　釋】❶之廣陵題　廣陵，古縣名、郡國名。秦置廣陵縣，治所在今江蘇揚州。常二，名字事蹟不詳。同祖兄弟間排行第二。按：宋本題下有「淮南」二字注，乃宋人編集時所加。❷淥水二句　淥，蕭本、郭本、王本、咸本皆作「綠」。桃花源，用陶淵明〈桃花源記〉意。花，宋本原作「李」，據蕭本、郭本、繆本、王本、咸本改。❸忘憂二句　謂忘記憂愁或許要借用草來治，所以庭院中種滿叢生的萱草。《述異記》卷下：「萱草，一名紫萱，又呼為忘憂草。吳中書生呼為療愁花，嵇中散〈養生論〉云：萱草忘憂。」❹楊園　《詩經・小雅・巷伯》：「楊園之道。」毛傳：「楊園，園名。」此處借指常二的園林。❺惜　宋本原作「借」，據蕭本、郭本、繆本、王本、咸本改。

【語　譯】清澈的綠水接近您的柴門，真像到了〈桃花源記〉中描寫的世外仙境。庭院中滿是叢生的萱草，或許是藉著此草更使人忘記了一切憂愁。當暮色降臨到湖上時，一陣微雨又飛過南面的窗櫺。我的老朋友就住宿在這茅屋裡，傍晚時鳥兒也歸棲到這小園的樹叢中。

我還愛惜今晚以詩酒告別，深談隱居江海之言。明天清晨我就要踏上奔赴廣陵的旅途，那時我將獨自回憶此時傾杯飲酒的情景。

【研　析】此詩或是天寶五載（西元七四六年）從東魯南下會稽途經廣陵時所作。詩中前八句描寫常二所居茅屋周圍的環境。水接柴門，如桃花源，清幽可知。滿院萱草，藉以忘憂，心情恬淡可知。暮色湖上，微雨南軒，點明時間和氣候。故友宿於茅屋，飛鳥歸棲楊園，欣然各有所託。後四句敘寫惜別之情。今晚詩酒告別，深談江海之言；明晨踏上廣陵之道，將獨憶今晚此時傾懷暢飲深談的情景。《唐宋詩醇》卷七評曰：「中間氣味與王、孟相近。」

夜下征虜亭❶

船下廣陵❷去，月明❸征虜亭。山花如繡頰❹，江火似流螢❺。

【注釋】❶征虜亭　故址在今江蘇南京。因為東晉時征虜將軍謝石所建，故名。《資治通鑑》齊明帝永泰元年：「太子寶卷使人上屋，望見征虜亭失火。」胡三省注：「征虜亭在方山南。自玄武湖頭大路北出至征虜亭。」❷廣陵　今江蘇揚州。❸明　此用作使動詞，意謂照亮。❹繡頰　古代女子用丹脂塗飾臉頰，色如錦繡，因稱繡頰。此喻山花紅豔光澤。❺江火句　江火，江船中的燈光。流螢，飛動的螢火。

【語譯】小舟向下游廣陵駛去，明月照亮征虜亭。遠望山花紅豔如美女塗過丹脂的臉頰，江上的漁火像點點流動的螢火蟲。

【研析】此詩當是開元十四年（西元七二六年）春夜離金陵往廣陵時所作。首二句點明前往之地和離別之地，並點明是月夜舟行。後二句寫景，以「繡頰」代稱少女，用來形容山花之美；用飛來飛去的螢火蟲來形容倒映在江中的閃爍漁火；一幅春江花月的舟行夜景圖躍然紙上。語言明快，形象鮮明。

下途歸石門舊居　吳中❶

吳山高，越水清，握手無言傷別情。將欲辭君挂帆去，離魂不散煙郊樹❷。
此心鬱悵誰能論？有愧叨承國士恩❸。雲物❹共傾三月酒，歲時同餞五侯門❺。
羨君素書常滿案，含丹照白霞色爛❻。余嘗學道窮冥筌❼，夢中往往遊仙山。
何當脫屣謝時去❽，壺中別有日月天❾。俛仰人間易凋朽❿，鍾峰五雲在軒牖⓫。
惜別愁窺玉女窗，歸來笑把洪崖手⓬。
隱居寺，隱居山⓭，陶公鍊液棲其間⓮。靈神閉氣⓯昔登攀，恬然但覺心緒閑。
數人不知幾甲子⓰，昨來猶帶冰霜顏⓱。我離雖則歲物改，如今了然識所在⓲。別君莫道不盡歡，懸知⓳樂客遙相待。
石門流水徧桃花，我亦曾到秦人家。不知何處得雞豕，就中仍見繁桑麻⓴。
翛然㉑遠與世事間，裝鸞駕鶴又復遠㉒。何必長從七貴遊㉓？勞生徒聚萬金產㉔。
挹㉕君去，長相思。雲遊雨散㉖從此辭。欲知悵別心易苦，向暮春風楊柳絲。

【注釋】❶下途題　胡震亨《李詩通》於此詩下注：「留別詩，題似不全。」王琦注：「題下似缺『別人』字。」下途，舟行順流而下。石門，地名。有多處。此詩中的石門當在今安徽當塗橫望山西南麓，兩壁相峙如門，左壁上有唐人摩崖題刻「石門」二字，至今猶存。明《嘉靖太平府志》謂橫望山有陶弘景隱居、石門、古祠、五井、丹灶諸景。題中既稱「石門舊居」，說明李白曾在此隱居過。從詩中描寫情事看，此次是來石門訪老友元丹丘，臨別時所作。宋本題下有「吳中」二字注，乃宋人編集時所加。❷離魂句　離魂，指遠遊他鄉的離情。煙郊，煙霧繚繞的郊野。虞炎〈奉和竟陵王經劉巘墓下〉詩：「聚學叢煙郊，棲遁事環蓽。」❸有愧句　此句謂當年承蒙您元丹丘以國士之恩待我深感有愧。按：據魏顥〈李翰林集序〉，李白在天寶初「與（元）丹丘因持盈法師（玉真公主）達，白亦因之入翰林。」得到玄宗的知遇。李白當年結識玉真公主，當是出於元丹丘的介紹，故稱「叨承」。國士，國中傑出的人物。❹雲物　景物。謝朓〈高松賦〉：「爾乃青春受謝，雲物含明。江皋綠草，曖然已平。」❺歲時句　歲時，每年一定的節日。《周禮・地官・州長》：「若以歲時祭祀州社，則屬其民而讀法。」五侯，《漢書・元后傳》：「河平二年，上悉封舅譚為平阿侯，商成都侯，立紅陽侯，根曲陽侯，逢時高平侯。五人同日封，故世謂之『五侯』。」此處泛指權貴。❻羨君二句　王琦注：「古人以絹素寫書，故謂書曰『素書』。含丹者，書中之字，以朱寫之。白者絹色，丹白相映，爛然如霞矣。」案，宋本原作「桉」，異體字。據蕭本、郭本、王本改為正體字。❼冥筌　指道中的微妙之處。王琦注引一說：「冥，幽也。筌，跡也。冥筌，道中幽冥之跡也。」❽何當句　何當，何時。脫屣，脫去鞋子。《漢書・郊祀志上》：「於是天子曰：『嗟乎！誠得如黃帝，吾視去妻子如脫屣耳。』」顏師古注：「屣，小履。脫屣者，言其便易無所顧也。」後以「脫屣」用為棄家成仙之典。謝時，猶避世，辭別世俗人間。《列仙傳》卷上：「（王子喬）果乘白鶴駐山頭，望之不得到，舉手謝時人，數日而去。」❾壺中句　用費長房典故。據《後漢書・費長房傳》記載，費長房，汝南人。曾為市掾。市中有老翁賣藥，懸一壺，及市罷，輒跳入壺中。市上之人都看不見，只有長房於樓上看到，感到很奇怪，就去拜奉酒脯。翁知長房之意其神也，對他說：「您明日再來。」次日長房又去拜望翁，翁就與他一同入壺中。唯見玉堂嚴麗，旨酒甘肴盈衍其中，共飲畢而出。翁囑他不要與別人說。❿俛仰句　俛，「俯」的異體字。俯仰，猶瞬息，表示時間之短。王羲之〈蘭亭集序〉：「俯仰之間，已為陳跡。」此句用其意。⓫鍾峰句　鍾，宋本原作「鑪」，據蕭本、郭本、王本改。鍾峰，指鍾山，在今南京。五雲，五色雲彩。軒牖，窗戶。任昉〈齊竟陵文宣王行狀〉：「尚想前良，俾若神對，乃命畫工圖之軒牖。」⓬惜別二句　謂當年在嵩山與元丹丘惜別，對著玉女窗發愁。現在終於又來到隱居山，笑著握住老朋友的手。玉女窗，嵩山古蹟之一，宋時已不存。傳說漢武帝曾於此窗中窺見玉女。詳見卷一三〈送王屋山人魏萬還王屋〉詩注。洪崖，傳說中的仙人名。《文選》卷二一郭璞〈遊仙詩〉：「右拍洪崖肩。」李善注：「《神仙傳》曰：衛叔卿與數人博，其子度曰：向與博者為誰？叔卿曰：是洪崖先生。」此處以仙人洪崖比擬摯友元丹丘。⓭隱居山　即指今安徽當塗的橫望山。趙璘《因話錄》卷四：「宣州當塗隱居山巖，即陶貞白鍊丹所也。爐跡猶在，後為佛舍。」⓮陶公句　陶公，指陶弘景。《南史・陶弘景傳》：「陶弘景字通明，丹陽秣陵人也。……年十歲，得葛洪《神仙傳》，晝夜研尋，便有養生之志。……上表辭祿，詔許之，賜以束帛。……於是止于句容之句曲山。恆曰：『此山下是第八洞宮，名金壇華陽之天，周回一百五十里。昔漢有咸陽三茅君得道，來掌此山，故謂之茅山。』乃中山立館，自號華陽隱居。……及梁武兵至新林，遣弟子戴猛之假道奉表。及聞禪代，弘景援引圖讖，數處皆成『梁』字，令弟子進之。武帝既早與之遊，及即位後，恩禮愈篤，書問不絕，冠蓋相望。弘景既得神符祕訣，以為神丹可成，而苦無藥物。帝給黃金、朱砂、曾青、雄黃等。後合金丹，色如霜雪，服之體輕。及帝服飛丹有驗，益敬重之。……國家每有吉凶征討大事，無不前以諮詢。月中常有數信，時人謂為山中宰相。……大同二年卒，時年八十一。顏色不變，屈申如常，香氣累日，氛氳滿山。……詔贈太中大夫，謚曰貞白先生。」鍊液，煉丹。⑮靈神閉氣　集中精神氣力。⑯數人句　謂道友們皆高壽，不知確實年紀。⑰昨來句　昨，蕭本、郭本、胡本、咸本作「夜」。冰霜顏，形容貌如神仙。《莊子．逍遙遊》：「藐姑射之山，有神人居焉。肌膚若冰雪，綽約若處子。」⑱識所在　認識當時所在之地。⑲懸知　料想到。⑳石門四句　用陶淵明〈桃花源記〉所敘桃花、流水、秦人、雞豕、桑麻等景物比擬石門環境。㉑翛然　無拘無束、自由自在貌。《莊子．大宗師》：「翛然而往，翛然而來。」㉒裝鸞句　駕鶴，江淹〈別賦〉：「駕鶴上漢，驂鸞騰天。」復，宋本原作「服」，據蕭本、郭本、王本、咸本改。遠，宋本原缺，據蕭本、郭本、繆本、王本、咸本補。㉓七貴遊　《文選》卷一〇潘岳〈西征賦〉：「窺七貴於漢庭。」李周翰注：「漢庭七貴，呂、霍、上官、丁、趙、傅、王，並后族也。」此處泛指朝廷權貴。遊，宋本此字漫漶，據蕭本、郭本、繆本、王本、咸本補。㉔萬金產　指財富之多。庾信〈擬詠懷詩〉其十三：「惜無萬金產，東求滄海君。」㉕挹　通「揖」。拱手為禮。《荀子．議兵》：「拱挹指麾。」㉖雲遊雨散　形容分別如雲雨飄散。王粲〈贈蔡子篤〉詩：「風流雲散，一別如雨。」

【語　譯】吳越山高水清，握手無言滿是別離時的傷心之情。即將向您告辭揚帆而去，離情不散如煙霧縈繞著春郊的樹叢。此時我心中的鬱結能與誰談論呢？我有愧於當初承受您以國士待我的恩情。當時我們一起在三月暢飲欣賞景物，逢年過節我們同登王公貴族的門接受宴請。

我常常羨慕您案上擺滿素帛道書，那上面的朱字與素帛相映就像雲霞般色彩斑斕。我也曾為學道而鑽研道經的奧妙，往往夢中都在遊仙山。不知何時能輕易辭別世俗成仙而去，進入那壺中別有日月洞天的仙境。人生短暫如花一樣容易凋零，又如同這窗前鍾山上的雲彩飄忽聚散不定。當年惜別是您去嵩山窺探玉女窗尋訪仙道，歸來時我興奮地笑著握住您這位洪崖仙子的手。

隱居寺在隱居山，那裡曾是陶公當年煉丹修行棲居的地方。當初我曾聚集精氣向上攀登，頓時覺得心曠神怡恬然悠閒。那裡一些人已長壽而說不清自己的年齡，他們肌膚如冰雪還帶著處子的面容。雖然我離開那裡歲月很久事物發生了變化，但今天我還是能夠清楚地認識那裡的一木一石。今天的相別莫要說不能盡歡，我預料自有好客的朋友會對我遠接款待。

石門就像〈桃花源記〉裡描寫的那樣，到處是流水繞著桃花，我也曾到過不知當今世事的秦人之家。不知從哪裡得來雞豬招待我，周圍可見茂密的桑麻。他們自由自在地生活在與外界遠離的世外，有時又騎鸞駕鶴遠遊而不知道他們的遊蹤。我何必長期和那些權貴們交遊？勞心盡力徒然積聚萬貫家產。向您揖別，長期相思，往日的歡聚從此就像雲遊雨散。要想知道我在此別離時心情有多麼惆悵悲傷，就像那傍晚的楊柳絲在春風中依依舞動的情景。

【研　析】此詩疑作於寶應元年（西元七六二年）春天。時李白好友元丹丘隱於橫望山石門。首段描寫向好友握手告別的悲傷情緒，並回憶天寶初承蒙好友以國士相待之恩的情景。次段描寫與元丹丘的友情。羨慕好友道書滿案，道根深厚，自己也曾學道遊仙，希望脫離塵世。人生短暫，在金陵時只見鍾山雲彩映照窗戶。當年在嵩山玉女窗惜別，如今又在隱居山笑握老友之手。第三段敘寫隱居山的道教仙氣。此處曾是當年陶貞白煉丹之地，自己過去也曾在此登攀，心閒恬然。在此隱居的諸公都是高壽，不知年齡，仍然肌膚如冰霜。自己離別雖久事物已改，但今來仍清楚認識當年所在景色。此次告別莫說沒有盡歡，可以料想到好客之人正在遠處等著自己。末段描寫石門的環境以及對世事的感慨。石門的風景人物都像當年陶淵明所寫的〈桃花源記〉一樣，桃花流水，不知當世情事的秦人家，只有雞豕桑麻而遠離世事，又復乘鸞駕鶴遠去。感嘆世人長從權貴交遊，徒然勞累積聚財產。如今揖君而去定當長期相思，此別就如雲遊雨散。欲知自己的離別之苦，猶如傍晚春風中的楊柳絲般纏綿不斷。

客中作❶

蘭陵美酒鬱金香❷，玉椀盛來琥珀光❸。但使主人能醉客，不知何處是他鄉❹。

【注　釋】❶客中作　蕭本、郭本、咸本皆題作〈客中行〉。❷蘭陵句　宋本前三字漫漶不清，據蕭本、郭本、繆本、王本、咸本補。蘭陵，古縣名。故址在今山東蒼山縣蘭陵鎮。《元和郡縣志》卷一一河南道沂州承縣：「蘭陵縣城，在縣東六十里。《史記》曰：荀卿以儒者適楚，楚春申君以為蘭陵令，因家焉。」鬱金香，香草名。按：王琦注引《香譜》：鬱金香。《魏略》云：「生大秦國，二三月花，如紅藍，四五月採之。其香十二葉，為百草之英。」傳說古人用以浸酒，色黃而香。❸玉椀句　椀，宋本原作「埦」，據蕭本、郭本、王本、咸本改。「碗」的異體字。琥珀光，形容酒的顏色如琥珀透明之光。按：琥珀是植物樹脂的化石。非晶質體。色蠟黃至紅褐，透明。可作裝飾品。❹不知句　意謂不覺得身在異鄉。

【語　譯】蘭陵的美酒散發出鬱金香的芬芳，用玉碗盛來閃動著琥珀般透明的清光。只要主人能使我陶醉在這美酒中，我就不覺得自己是在異鄉了。

【研　析】此詩當是開元二十八年（西元七四〇年）移家東魯後所作。詩中前二句極力形容蘭陵酒的美：有鬱金香的芬芳，琥珀般的透明色彩。後二句謂有此美酒酣醉，雖在客中，亦得以為樂，不覺身在他鄉作客矣。嚴羽評曰：「真知此中趣，雖耳目熟，畢竟是佳語。」明人亦批曰：「口頭語道得恰好，正自以淺妙。更一毫著力不得。」黃叔燦《唐詩箋注》曰：「借酒以遣懷，本色語，卻極情至。」

太原早秋　并州❶

歲落眾芳歇❷，時當大火流❸。霜威出塞早❹，雲色渡河秋。夢遶邊城月，心飛故國❺樓。思歸若汾水❻，無日不悠悠❼。

【注　釋】❶太原題　太原，唐府名。即并州。開元十一年，玄宗行幸至此州，以王業所興，又置北都，改并州為太原府，立起義堂碑以紀其事。……天寶元年，改北都為北京。今山西太原。按：宋本題下有「并州」二字注，乃宋人編集時所加。❷歲落句　歲落，猶歲晚，一年中歲月過半，故云「落」。眾芳歇，指群花凋謝。❸大火流　《詩經・豳風・七月》：「七月流火。」毛傳：「火，大火也。流，下也。」孔穎達疏：「於七月之中有西流者，是火之星也，知歲將寒之漸。」按：大火，指二十八宿之一的心宿，有星三顆，現代天文學上屬天蠍座。每年夏曆五月黃昏時心宿在中天，六月以後漸漸偏西，時暑熱開始減退。古代天文學把周天劃分十二個星次，因心宿在大火星次內，故以「火」或「大火」稱之。此「大火流」即指七月。❹霜威句　意謂嚴霜的威脅較早地出現於邊塞。唐代太原臨近北方邊塞，故稱「塞」。❺故國　家鄉。此指其妻許夫人所在地安陸。❻汾水　源出山西寧武管涔山，經太原南流至新絳向西折，在河津西入黃河。為黃河第二大支流。❼悠悠　水流悠長遙遠貌。此以水流喻歸思的悠長。

【語　譯】歲當搖落秋來百花開始凋謝，時當七月心宿西流。嚴霜的威力較早出現於邊塞，渡河的陰雲又給河東太原帶來秋風。客居的殘夢還縈繞著邊城的冷月，而遊子的心早已飛回故鄉的家中。我的思歸之情就像眼前的汾水，無日不在悠長地奔流。

【研　析】此詩當是開元二十三年（西元七三五年）應好友元演邀請同遊太原時作。同時之作還有〈秋日於太原南柵餞陽曲王贊公賈少公石艾尹少公應舉赴上都序〉。據其後來所寫〈憶舊遊贈譙郡元參軍〉詩，知其時元演父親為太原尹（太原府最高長官），二人五月間越過太行山赴太原，在太原渡過夏秋兩季，此詩已表現出倦遊思歸之情。前四句點明時令七月，寫「太原早秋」，眾芳歇，心宿流，霜威早，雲色秋，都是早秋景色。後四句寫思歸之情。頸聯轉折，「夢遶」承上，「心飛」啟下。以汾水之悠悠比擬思歸之情，開後人比興之門。王夫之《唐詩評選》卷三評曰：「兩折詩，以平敘故不損。李、杜五言近體，其格局隨風會而降者，往往多有。供奉於此體似不著意，乃有入高、岑一派詩，既以備古今眾制，亦若曰非我不能為之也。此自是才人一累。若曹孟德之噉冶葛，示無畏以欺人。其本色詩，則自在景雲、神龍之上，非天寶諸公可至，能揀者當自知之。」《唐宋詩醇》卷七評曰：「健舉之至，行氣如虹。」

奔亡道中五首　江東❶

其一

蘇武天山上❷，田橫海島邊❸。萬重關塞斷，何日是歸年❹？

【注　釋】❶奔亡道中題　此組詩描寫安史之亂初起時，被困於敵人佔領區及一路逃亡途中所見所感的情景。宋本題下有「江東」二字，乃宋人編集時所加。❷蘇武句　《漢書・蘇武傳》記載：蘇武，西漢杜陵（今陝西西安東南）人，字子卿。漢武帝時中郎將。天漢元年，出使匈奴，被拘留，齧雪咽旃毛，徙北海（今俄國西伯利亞的貝加爾湖）牧羊十九年，威逼利誘均不屈。至始元六年，因匈奴與漢和好，才被遣回朝。官典屬國。天山，在今新疆境內。《元和郡縣志》卷四〇隴右道伊州伊吾縣：「天山，一名白山，一名折羅漫山，在州北一百二十里。春夏有雪。出好木及金鐵。匈奴謂之天山，過之皆下馬拜。」其實蘇武齧雪牧羊之處不在天山。此句自喻如蘇武一樣被困敵佔區。❸田橫句　田橫，《史記・田儋列傳》載：田橫，齊國貴族。秦末從兄田儋起兵，重建齊國。楚漢戰爭中，嘗自立為王，失敗後投奔彭越。劉邦稱帝，田橫懼誅，與其徒屬五百人入海，居島中。漢王遣使招降，橫與客二人往洛陽，途中自殺。其徒屬五百餘人在海島者，聞訊同時自殺。此句形容當時自己處境就像田橫那樣被困孤島。❹萬重二句　謂自己被重關所阻，不知何時才能歸去。

【語　譯】我像當年蘇武在北海牧羊一樣被困在淪陷區，又像田橫那樣被逼到海島上。如今萬重關塞被戰爭阻斷，不知何年何日才能歸去？

【研　析】此組詩當是天寶十四載（西元七五五年）冬至十五載春逃難途中作。此詩前二句以蘇武被匈奴扣留、田橫困於海島比喻自己被困在敵佔區。後二句敘關塞阻斷，不知何日能逃出重圍。明人批點曰：「兩句俱借事喻意，甚濃古有味。」

其二

亭伯去安在？李陵降未歸❶。愁容變海色❷，短服改胡衣❸。

【注釋】❶亭伯二句　謂當時官員有些如崔駰那樣棄官而走，有些如李陵那樣降敵不歸。亭伯，《後漢書・崔駰傳》記載，崔駰字亭伯，涿郡安平人。博學有偉才，少遊太學，與班固、傅毅同時齊名。明帝賞其文，向竇憲介紹，竇憲揖入其府為上客，辟為掾。竇憲擅權驕恣，駰前後數諫之。憲不能容，遂遣出為長岑長。駰不之官而歸，卒於家。李陵句，《漢書・李陵傳》載：李陵，字少卿，善騎射，漢武帝時拜騎都尉。天漢二年，率步兵五千擊匈奴，戰敗投降。全家為武帝所殺。❷愁容句　海色，將曉的天色，見卷一〈古風〉其十六「天津三月時」注。此句謂愁容在早起時有了改變。❸短服句　此句謂改穿胡服短衣而逃亡。古代北方少數民族的服裝多為短衣窄袖，便於騎射。稱胡服。《夢溪筆談・故事一》：「中國衣冠，自北齊以來，乃全用胡故服。窄袖，緋綠短衣，長靿靴，有鞢躞帶，皆胡服也。窄袖利於馳射，短衣長靿，皆便於涉草。」

【語譯】現在有的官員如當年崔亭伯棄官而逃不知去了哪裡？有的則如李陵那樣投降敵人而不歸。我早上起來愁容有了變化，決定改穿短衣胡服逃出淪陷區。

【研析】此首前二句以崔駰棄官、李陵降敵比喻當時官員有的逃跑有的降敵。後二句寫自己決定改穿胡服逃出淪陷區。嚴羽評點曰：「情遷境移，大抵如此。」

其三

談笑三軍卻❶，交遊七貴疏❷。仍留一隻箭，未射魯連書❸。

【注釋】❶談笑句　魯連卻秦軍事，見卷七〈贈從兄襄陽少府皓〉詩注。左思〈詠史〉詩其三：「吾慕魯仲連，談笑卻秦軍。」❷七貴　西漢時七個以外戚關係把持朝政的家族。《文選》卷一〇潘岳〈西征賦〉：「窺七貴於漢庭，譸一姓之或在。」

李善注：「七姓謂呂、霍、上官、趙、丁、傅、王也。」此泛指權貴。❸仍留二句　謂自己有魯仲連那樣排難解紛的謀略，卻不能為時所用。魯仲連射書下聊城事，見卷一五〈五月東魯行答汶上翁〉詩注。

【語　譯】我也有像當年魯仲連在談笑間使秦國三軍退卻的謀略，可惜我所交往的權貴們疏遠我。現在我仍保留著一支退敵的箭，沒有能像魯仲連那樣把退燕軍的戰書發射出去。

【研　析】此首以魯仲連自喻。謂自己亦有談笑卻三軍的謀略，只是與當今權貴沒有交往。所以雖有卻敵之策，卻無可施展。今仍留著一支箭，期以如魯仲連射書以收聊城之功。可知其在國家危亡時刻，想學魯仲連那樣排難解紛。嚴羽評點曰：「何其矜重！」

其四

函谷如玉關，幾時可生還❶？洛川為易水❷，嵩岳是燕山❸。俗變羌胡語，人多沙塞顏❹。申包唯慟哭，七日鬢毛班❺。

【注　釋】❶函谷二句　此二句謂函谷關以東被叛軍佔領，變成像玉門關那樣的邊關，未知何時才能生還關東。按：此時李白已逃難至函谷關之西，故有此語。函谷，關名，古關在今河南靈寶東北。戰國時秦置。因關在谷中，深險如函而名。其東自崤山，西至潼津，通名函谷，號稱天險。漢元鼎三年，徙關至今河南新安東，離故關三百里，稱新函谷關。乃古時由東方入秦之重要關口。玉關，玉門關，漢武帝置，故址在今甘肅敦煌西北小方盤城。六朝時移至今安西雙塔堡附近。因古代西域經此輸入玉石而名，和西南陽關同為當時通西域的門戶。出玉門關為北道，出陽關為南道。東漢班超長期在西域守衛邊疆，年老思土，曾上疏曰：「臣不敢望到酒泉郡，但願生入玉門關。」❷洛川句　此句謂洛水已變成像接近邊疆的易水。洛川，洛水。《水經注・洛水》：「洛水出京兆上洛縣讙舉山，……又東過洛陽縣南，伊水從西來注之。」此處即指今河南洛陽之洛河。易水，在今河北易縣南。《水經注・易水》：「易水又東逕易縣故城南，昔燕文公徙易，即此城也。」❸嵩岳句　嵩岳，即中嶽嵩山，在今河南登封北。燕山，在今河北平原北側，由潮白河河谷直到山海關。東西走向。此句謂嵩山也變成了邊地的燕山。❹俗變二句　謂中原的風俗語言已受羌胡所染而改變，人們的面容因戰亂而多帶有邊塞風沙之色。❺申包二句　以申包胥自喻，疑是時李白逃亡，西奔入函谷關，擬效申包胥痛哭於秦庭，請朝廷速救國難。申包，即申包胥，春秋時楚人，姓公孫，封於申，故號申包胥。《左傳》定公四年載吳國破楚都郢，申包胥至秦乞師復國，秦伯遲疑，申包胥立依庭牆而哭，日夜不絕聲，勺飲不入口七日。秦哀公為之賦〈無衣〉，遂出兵。鬢毛班，頭髮花白。班，通「斑」。

【語譯】函谷關變成像邊塞的玉門關，不知何時我可生還中原？洛水變成近邊疆的易水，嵩山似乎是邊塞的燕山。中原的風俗語言受羌胡所染而改變，人們的面容多帶有邊塞風沙之色。我現在只能效當年申包胥那樣終日痛哭，七日不食飲而頭髮變成花白。

【研析】此首當是李白西逃入潼關時所作。謂中原已被安祿山佔領，函谷關變成如玉門那樣的邊關，不知何時能生還中原。洛水、嵩山本是中原山水，如今變成邊塞的易水、燕山。中原的風俗語言也受羌胡影響而改變，人們面容多帶邊塞風沙之色。自己只能效申包胥痛哭於秦庭，頭髮為之斑白，希望朝廷早日平亂。

其五

淼淼❶望湖水，青青蘆葉齊。歸心落何處？日沒大江西。歇馬傍春草，欲行遠道迷。誰忍子規鳥❷，連❸聲向我啼。

【注釋】❶淼淼　大水貌。❷子規鳥　即杜鵑鳥。啼聲哀苦，似曰「不如歸去」，使遊子聞之，心情悽惻。詳見卷二一〈蜀道難〉注。❸連　宋本作「遠」，據蕭本、郭本、繆本、王本、咸本改。

【語譯】渺渺湖水一望無際，青青的蘆葉整齊地生長。我的歸心落到哪裡？日落的時候就在那大江西邊。暫且先歇馬在這嫩綠的春草地方，這次遙遠的旅途使我不知該往何處。更不能忍受的是那哀鳴的杜鵑鳥，連聲不斷地向我啼叫使我淒苦腸斷。

【研析】此首當是天寶十五載（西元七五六年）春天已從關中東逃至大江邊所作。湖水渺茫，蘆葉青青，歸心何處？大江之西。行途既倦，歇馬春草。道遠且迷，心情惆悵。又怎忍聽子規鳥連聲啼鳴乎！詩中所寫皆為南方春景。明人批曰：「寫途中悽楚景好。」

按此組詩其一寫被困於叛軍佔領區事，其二敘改裝逃亡，其三敘願效魯連為國解難而無緣，其四敘欲效申包胥痛哭秦庭請救國難，其五乃敘逃南方情事。前人謂永王璘兵敗後逃亡時作，誤。

郢門秋懷

荊州江夏岳陽❶

郢門一為客，巴月三成弦❷。朔風正搖落❸，行子愁歸旋。杳杳❹山外日，茫茫江上天。人迷洞庭水，雁度瀟湘煙。清曠❺諧宿好，緇磷❻及此年。百齡何蕩漾❼，萬化相推遷❽。空謁蒼梧帝，徒尋溟海仙❾。已聞蓬海淺❿，豈見三桃圓⓫？倚劍⓬增浩歎，捫襟還自憐⓭。終當遊五湖，濯足滄浪泉⓮。

【注釋】❶郢門題　郢門，即荊門。唐時屬峽州夷陵郡。其地臨江，有山曰荊門，上合下開如門，故當時文士概稱其地為荊門，或又謂之郢門。按：宋本題下有「荊州江夏岳陽」六字注，乃宋人編集時所加。❷三成弦　月半圓時，狀如弦弓，故謂之弦。每月初七、初八月缺上半，稱上弦，二十二、二十三月缺下半，稱下弦。三成弦，謂為時一月餘。吳均〈與柳惲相贈答詩〉其六：「別離未幾日，高月三成弦。」❸搖落　凋殘；零落。宋玉〈九辯〉：「蕭瑟兮草木搖落而變衰。」❹杳杳　深遠幽暗貌。劉向〈九歎・遠逝〉：「日杳杳以西頹。」❺清曠　清朗開闊。代指隱居林下。《後漢書・仲長統傳》：「欲卜居清曠，以樂其志。」❻緇磷　緇，宋本原作「磪」，據蕭本、郭本、繆本、王本、咸本改。緇，染黑。磷，磨損。喻操守不堅貞。《論語・陽貨》：「不曰堅乎？磨而不磷；不曰白乎，涅而不緇。」此處謂操守不變。❼百齡句　百齡，百歲。蕭統〈陶淵明集序〉：「處百齡之內，居一世之中。」蕩漾，水動貌。比喻人生動蕩不定。❽萬化句　萬化，萬物變化。《莊子・田子方》：「且萬化而來始有極也。」推遷，推移變遷。陶潛〈榮木詩序〉：「日月推遷，已復九夏。」❾空謁二句　此二句當指開元年間出蜀後「南窮蒼梧，東涉溟海」事。蒼梧帝，指舜。相傳舜死於蒼梧之野。蒼梧，即九疑山，在今湖南寧遠南。吳均〈江上酬鮑幾詩〉：「欲謁蒼梧帝，過問沅湘姬。」溟海仙，大海中之神仙。《海內十洲記》：「(蓬萊山)對東海之東北岸，周回五千里，外別有圓海繞山。圓海水正黑，而謂之冥海也。無風而洪波百丈，不可得往來。上有九老丈人九天真王宮，蓋太上真人所居，惟飛仙有能到其處耳。」冥，通「溟」。❿蓬海淺　海，宋本作「岳」，據蕭本、郭本、王本、咸本改。《神仙傳》卷七：「麻姑云：『向到蓬萊，水又淺於往者會時略半也。』」⓫三桃圓　圓，宋本原作「園」，據蕭本、郭本、繆本、王本、咸本改。《漢武故事》：「東郡送一短人，長五寸，衣冠具足。上疑其精，召東方朔至。朔呼短人曰：『巨靈，阿母還來否？』短人不對。因指謂上：『王母種桃，三千年一結子。此兒不良，已三過偷之。失王母意，故被謫來此。』」上大驚，始知朔非世中人也。」⓬倚劍　佩劍。《文選》卷三一江淹〈雜體詩三十首・鮑參軍昭戎行〉詩：「倚劍臨八荒。」李周翰注：「倚，佩也。」⓭捫襟句　捫襟，撫胸。自憐，自我哀憐。宋之問〈玩郡齋海榴〉詩：「捫心空自憐。」⓮濯足句　用《孟子・離婁上》句：「滄浪之水清兮，可以濯我纓；滄浪之水濁兮，可以濯我足。」

【語　譯】自從我到荊門作客，巴地的月亮已三次成弦。北風正吹落凋零的樹葉，遊子愁思回歸自己的家園。落日幽暗地掛在青山之外，茫茫江水流向天際。洞庭的波濤使旅人迷茫，群雁南渡瀟湘雲煙。隱居清曠的山林是我多年的夙願，此志不變直到現在。人生百年多麼變幻動蕩，萬事變化經常推移變遷。我白白地南窮蒼梧拜謁舜帝，徒然東涉溟海尋找神仙。早就聽說過滄海變桑田的故事，豈能三次看見王母的仙桃三千年一熟？我只能佩劍長嘆，撫著胸懷還自我哀憐。總有一天我會像范蠡那樣蕩舟五湖，像漁父那樣在滄浪泉濯足。

【研　析】此詩作年不詳，疑為開元中遊荊門時所作。首四句點題：郢門作客，巴月三弦，北風蕭瑟，遊子懷歸。接著四句寫秋景，夕陽山外，江天茫茫，人迷洞庭，雁度瀟湘。「清曠」以下十句抒懷。夙好隱居，直至此年，百年動蕩，萬事變遷。空謁舜帝，徒尋神仙。滄海桑田，豈見圓桃！只能倚劍長嘆，撫胸自憐。末二句以「當遊五湖，濯足滄浪」作結，亦無奈而自慰耳。明人批曰：「此篇中十六句俱對，且構法全是律，惟句稍拗，及「湖」、「泉」同平聲，是為古體，大抵唐人五言古多然。」

至鴨欄驛上白馬磯贈裴侍御❶

側疊萬古石，橫為白馬磯。亂流若電轉❷，舉棹揚珠輝❸。臨驛卷緹幕❹，升堂接繡衣❺。情親不避馬❻，為我解霜威❼。

【注釋】❶至鴨欄驛題　鴨欄驛，在今湖南臨湘東北十五里鴨欄磯。白馬磯，在白馬口旁。《水經注．江水》：「江水自彭城磯東逕如山北，北對隱磯。二磯之間，有獨石孤立大江中，山東江浦，世謂之白馬口。江水又左逕白螺山南，右歷鴨蘭（欄）磯北，江中山也。東得鴨蘭、治浦二口，夏浦也。」《岳陽風土記》謂，鴨欄磯，建昌侯孫慮鬥鴨之所，與白螺山相望。裴侍御，名字不詳。卷一六有〈酬裴侍御對雨感時見贈〉、〈酬裴侍御留岫師彈琴見寄〉、〈答裴侍御先行至石頭驛以書見招期月滿泛洞庭〉，卷一七有〈夜汎洞庭尋裴侍御清酌〉等詩，其中「裴侍御」，當皆為同一人。按：賈至有〈贈裴九侍御昌江草堂彈琴〉、〈別裴九弟〉詩，亦當為此人。❷亂流句　形容紛亂不循常道的水流如電光旋轉。❸揚珠輝　揚，宋本原作「楊」，據蕭本、郭本、王本改。珠輝，比喻月光。吳均〈秋念詩〉：「團團珠暉轉，炤炤漢陰移。」❹緹幕　橘紅色的帷幕。《文選》卷二三劉楨〈贈五官中郎將〉其四：「明月照緹幕。」張銑注：「緹，丹黃色。」❺繡衣　《漢書．百官公卿表上》：「侍御史有繡衣直指，出討姦猾，治大獄，武帝所制。不常置。」後遂稱御史臺官員為繡衣。此處指裴侍御。❻避馬　躲避御史臺官員。《後漢書．桓典傳》：「舉高第，拜侍御史。是時宦官秉權，典執政無所回避。常乘驄馬，京師畏憚，為之語曰：『行行且止，避驄馬御史。』」❼霜威　御史臺官員嚴肅，有風霜之威，故曰霜威。

【語譯】傾側重疊經歷萬古的巨石，橫懸在江上變成了白馬磯。紛亂的湍流漩渦如電光旋轉，舉槳打破水面上月亮的光輝。到達鴉欄驛捲起橘紅色的帷幕，升堂迎接您這位裴侍御。友情親密深厚不用迴避您這位驄馬御史，您也為我解除如霜的威顏。

【研析】此詩當是乾元二年（西元七五九年）在巴陵作。前四句描寫白馬磯的上下形勝。第五句寫鴨欄驛。後三句寫裴侍御與自己的友情，其意趣只在「不避馬」三字。

荊門浮舟望蜀江❶

春水月峽❷來，浮舟望安極❸？正見桃花流❹，依然錦江❺色。江色淥且明，茫茫與天平。逶迤巴山盡❻，搖曳楚雲行❼。雪照聚沙雁，花飛出谷鶯❽。芳洲❾卻已轉，碧樹森森❿迎。流目浦煙夕⓫，揚帆海月生。江陵識遙火，應到渚宮城⓬。

【注釋】❶荊門題　荊門，山名。在今湖北宜昌東南，宜都西北長江南岸，隔江與虎門山相對。《水經注・江水》：「江水又東歷荊門、虎牙之間，荊門在南，上合下開，闇徹山南，有門像。虎牙在北。石壁色紅，間有白文，類牙形，並以物像受名。此二山，楚之西塞也。」望蜀江，回望蜀地之長江。❷月峽　明月峽的省稱。長江上游峽谷。在重慶東。峽首西岸壁高百餘公尺，其壁有圓孔，形若滿月，故名。庾信〈周大將軍司馬裔神道碑〉：「公乃月峽先登，瞿塘直上。」又〈枯樹賦〉：「對月峽而吟猿。」❸望安極　意謂怎能望見盡頭。❹正見句　見，蕭本、郭本、王本作「是」。桃花流，春天桃樹開花，雨水方盛，川谷冰消，眾流匯集，故稱桃花流或桃花水。❺錦江　見卷三〈白頭吟〉詩注。❻逶迤句　逶迤，山脈連綿彎曲貌。巴山，廣義的大巴山指綿延川、渝、甘、陝、鄂五省市邊境山地的總稱，狹義的大巴山僅指漢江支流任河谷地以東，重慶、陝西、湖北三省市邊境的山地。主峰在湖北神農架林區境內。山形曲折如巴字，故以為名。❼搖曳句　搖曳，形容雲彩移動。鮑照〈代櫂歌行〉：「搖曳高帆舉。」搖，宋本原作「遙」，據蕭本、郭本、王本、咸本改。楚雲，荊門古屬楚國，故稱。❽雪照二句　謂日照如雪的沙灘上聚集著群雁，黃鶯飛出山谷在花間穿翔。蕭統〈錦帶書・姑洗三月〉：「啼鶯出谷，爭傳求友之聲。」鶯，宋本作「鸎」，「鶑」的異體字。據各本改為正體。❾芳洲　花草茂盛芬芳的水中陸地。❿森森　樹木茂密貌。⓫流目句　此句謂縱目觀望，暮靄已籠罩水邊。《後漢書・馮衍傳下》：「游精宇宙，流目八紘。」流目，猶遊目，謂目光由近及遠移動觀望。浦，水邊。煙，暮靄。⓬江陵二句　謂遠遠望見江陵燈火，知道該到渚宮城了。渚宮，春秋時楚成王建，為楚國別宮，故址在今湖北江陵城內。

【語譯】春江之水從明月峽流下來，泛舟江上四望景色怎能窮盡?眼前正是這一派桃花流水，仍然是錦江春水之色。江水呈現出清澈鮮明的綠色，渺茫寥闊與天際相平。連綿起伏的巴山至此而盡，飄然移動的楚雲又從此彌漫東行。

日照如雪的沙灘上聚集著群雁，黃鶯飛出山谷在花叢中穿翔。轉過水中的芳洲，一片茂盛的碧樹撲面相迎。遊目觀望暮煙中的浦岸，揚帆行駛中又見一輪明月從海上升起。遠遠望見江陵的一片燈火，知道應該是已到楚王當年的渚宮城了。

【研析】詩曰：「逶迤巴山盡，搖曳楚雲行。」可知是由巴入楚，則此詩當是開元十三年（西元七二五年）三月在荊門泛舟而作。首四句寫出蜀回望蜀江，點明時令是三月。春江之水自明月峽而來，泛舟遠望渺然無際，正是泮冰之後桃花水流，依然是蜀中錦江之色。洋溢著對蜀中故鄉的依戀之情。接著四句描寫江水清澈碧綠而明亮，茫茫寥闊與天相平。連綿不斷的巴山至此而盡，搖曳的楚雲自此而行。後段描寫泛舟所見景色。雁聚於沙而光照如雪，鶯出自谷而繞花飛，舟轉芳洲之側，碧樹茂密相迎。遊目觀望江浦已籠暮煙，揚帆而行海月將升，遙見燈火知江陵已近，應該是將到渚宮城矣。

上三峽❶

巫山夾青天❷，巴水流若茲❸。巴水忽可盡，青天無到時。三朝上黃牛❹，三暮行太遲。三朝又三暮，不覺鬢成絲❺。

【注　釋】❶三峽　指長江西陵峽、巫峽、瞿塘峽。❷巫山句　巫山，在今重慶巫山縣長江兩岸，東北—西南走向，長江穿流其中，在長江中仰望如山夾青天。❸巴水句　巴水，指三峽中的長江流水，因地處古三巴地，故稱。按：古三峽水屈曲如「巴」字，故稱「巴水」。若茲，如此。❹黃牛　山名，在今湖北宜昌西北，長江西陵峽處。據盛弘之《荊州記》載，此山高崖有石，如人負力牽牛狀，人黑牛黃，形狀極似。山勢甚高，江流曲折迂迴，故舟行雖多日，猶能望見。古有諺曰：「朝發黃牛，暮宿黃牛。三朝三暮，黃牛如故。」❺鬢成絲　鬢髮皆白。

【語　譯】高高的巫山在巫峽兩岸猶如夾著青天，巴水就是這樣從中流過。巴水很快就可盡，而青天卻是沒有到達的時候。三個早晨上溯黃牛峽，三個晚上都在黃牛峽行進實在太慢。就這樣三天三夜不出黃牛峽，不覺兩鬢已愁得斑白。

【研　析】此詩當是乾元元年（西元七五八年）流放夜郎途經三峽時所作。首二句用誇張手法，描繪巫山高聳雲天、長江急流滾滾的壯麗景色。接著二句由景入情，發出深沉感嘆：長江水是很快可以渡過走盡的，但青天卻沒有到達的時候。李白詩中常寫到「青天」，有時僅指天空，有時則暗喻人生道路的寬廣光明，如〈行路難〉其二「大道如青天」等。此處顯然寓有對壯志未酬卻遭流放的人生感慨。融情於景，密合無間。後四句由古謠諺脫胎而來，但古謠諺只是說舟行的緩慢，而此詩除這層意思外，還加上「不覺鬢成絲」，旅途的艱苦和心中的憂愁使頭髮在不知不覺中都已變白。把客觀敘事和主觀抒情巧妙結合，含蓄委婉地反映出詩人當時愁苦、焦慮的心情。實際上這也是對三、四兩句詩意的進一步闡發。全詩語言真率自然，可見詩人學習民歌的成就。感情憂抑，但表現得含蓄深沉。《唐宋詩醇》卷七評曰：「質處似古謠，惟其所之，皆可以相肖也。爽直之氣，自是本色。」

自巴東舟行經瞿塘峽登巫山最高峰晚還題壁❶

江行幾千里，海月十五圓❷。始經瞿塘峽，遂步巫山巔❸。
巫山高不窮，巴國盡所歷❹。日邊攀垂蘿，霞外倚穹石❺。飛步凌絕頂，極目無纖煙❻。卻顧失丹壑❼，仰觀臨青天。青天若可捫，銀漢去安在❽？望雲知蒼梧❾，記水辨瀛海❿。
周遊孤光晚⓫，歷覽幽意多⓬。積雪照空谷，悲風鳴森柯⓭。歸途行欲曛⓮，佳趣尚未歇⓯。江寒早啼猿，松暝已吐月⓰。月色何悠悠，清猿響啾啾⓱。辭山不忍聽，揮策還孤舟⓲。

【注釋】❶自巴東題　巴東，郡名，即歸州。天寶元年改巴東郡，乾元元年復為歸州。治所在今湖北秭歸。唐時歸州有巴東縣，在今湖北巴東東南。瞿塘峽，在今重慶奉節東，巫山縣西，兩崖對峙，中貫一江，望之如門。陸游《入蜀記》：「瞿塘峽兩壁對聳，上入霄漢，其平如削成，視天如匹練。」巫山，見前〈上三峽〉詩注。舊傳山形如巫字，故名。有十二峰。❷十五圓　指歷時十五個月，即流放夜郎途中已一年又三個月。❸始經二句　謂開始進入瞿塘峽，自己就登上巫山最高峰。巔，山頂。❹巫山二句　謂登上巫山最高峰，巴國景色歷歷在目。不窮，無窮；沒有盡頭。巴國，今重慶及四川東部地區，先秦時為巴國。歷，閱歷。❺日邊二句　蘿，即松蘿。穹石，即大石。日邊、霞外，均形容巫山高聳。❻飛步二句　謂快步登上頂峰，極目遠望，見不到一點細小的煙塵。郭璞〈遊仙詩〉：「翹手攀金梯，飛步登玉闕。」❼卻顧句　卻顧，回頭看。丹壑，赤色山谷。❽青天二句　捫，摸。銀漢，銀河。《後漢書・和熹鄧皇后紀》：「后嘗夢捫天，蕩蕩正青，若有鍾乳狀，乃仰噉飲之。」李賢注：「捫，摸也。」❾望雲句　《太平御覽》卷八引《歸藏》曰：「有白雲自蒼梧入大梁（今河南開封）。」意謂在巫山頂可見白雲出處，即知是蒼梧山（即九疑山，在今湖南寧遠南）。❿記水句　此句謂從巫山頂峰可辨瀛海之所在。記，識記。瀛海，浩瀚無邊的大海。⓫周遊句　周遊，遍遊。孤光，一縷陽光，指時已傍晚。鮑照〈發後渚詩〉：「孤光獨徘徊。」⓬歷覽句　歷覽，一一觀覽。幽意，幽思逸懷。江淹〈青苔賦〉：「必居閑而就寂，以幽意之深傷。」⓭悲風句　謂淒清幽厲的風聲在茂密的林中呼嘯。森，茂盛。柯，樹枝。⓮行欲曛　快到日落時。曛，落日餘光。⓯歇　盡；竭。⓰松暝句　暝，日暮。吐月，謂月亮從雲層裡出來。吳均〈登壽陽八公山詩〉：「疏峰時吐月。」⓱清猿句　清猿，《文選》卷六〇任昉〈齊竟陵文宣王行狀〉：「清猿與壺人爭旦。」張銑注：「清猿，謂猿鳴聲清也。」啾啾，猿鳴聲。屈原〈九歌・山鬼〉：「猨啾啾兮狖夜鳴。」⓲策　竹杖。

【語譯】在江上的行程已有幾千里，我已十五次見到從海上升起的月圓。開始進入瞿塘峽，我就舉步攀登巫山最高峰。

巫山高得無窮無盡，登上山頂巴國的景色可以盡收眼底。像在日邊手攀垂下的藤蘿，又像在雲霞之外身倚巨石。飛步登上巫山最高峰，極目遠望見不到細小的煙塵。回頭已不見暗紅色的山壑，仰望看到的只是青天。青天近得似乎可以用手摸到，銀河究竟在什麼地方呢？望著白雲飛去的地方就可以知道是蒼梧山，隨著滾滾東去的江水可以辨知大海的所在。

遍遊到太陽西落，歷覽景色幽思逸懷很多。積雪閃著白光照耀空谷，悲風在茂密的樹枝間呼嘯。踏上歸途已是日落之時，此時的遊興佳趣依然未歇。寒江兩岸早已啼起猿聲，一輪明月已從昏暗的松間升起。月光是多麼悠閒自在，猿啼聲清卻很淒慘。我不忍聞這猿啼而匆忙下山，揮動竹杖返回我的孤舟。

【研析】此詩當是乾元二年（西元七五九年）初春流放夜郎途中始經瞿塘峽時登巫山最高峰而作。首四句點明流放途中已有十五個月。或謂此詩乃開元十三年出蜀經三峽時所作，巴東指古巴東郡，即唐代夔州，今重慶奉節。然此說與詩意不符。詩云：「望雲知蒼梧，記水辨瀛海。」顯然是已經歷過「南窮蒼梧，東涉溟海」。又云：「始經瞿塘峽，遂步巫山巔。」可知開始進入瞿塘峽時，步登巫山頂。若是從奉節往東下行，應是走完瞿塘峽，纔登巫山。詩中透露的氣息完全不像青年人，末二句顯然是老人的形象。首四句點題。次十二句描寫登巫山最高峰所見的景象。末十二句描寫晚還之景及抒發感受。《唐宋詩醇》卷七曰：「於敘次中見寄託，詞意沉鬱。蓋白當憂患之餘，雖豪邁不減，而懷抱可知。故言多楚聲，吟皆商調。中間遙情忽往，不勝魏闕之戀，猿啼月上，於邑誰語？其所感深矣。其詞斂而不肆，讀者以意逆之可也。」

早發白帝城　一作〈白帝下江陵〉❶

朝辭白帝彩雲間❷，千里江陵一日還❸。兩岸猿聲啼不盡❹，輕舟已過萬重山❺。

【注　釋】❶早發題　白帝城，在今重慶奉節城東白帝山上，長江瞿塘峽邊。東漢初公孫述築城。述自號白帝，故以為名。宋本題下夾注：「一作：〈白帝下江陵〉」。咸本亦題如此。❷彩雲間　一則描繪早晨之雲彩，一則形容白帝城地勢之高，為下句寫水勢之急張本。❸千里句　江陵，今屬湖北。相傳白帝城至江陵共一千二百里，此「千里」乃舉其成數。❹兩岸句《水經注・江水》：「自三峽七百里中，兩岸連山，略無闕處。重巖疊嶂，隱天蔽日，自非亭午夜分，不見曦月。至於夏水襄陵，沿溯阻絕，或王命急宣，有時朝發白帝，暮到江陵，其間千二百里，雖乘奔御風，不以疾也。……每至晴初霜旦，林寒澗肅，常有高猿長嘯，屬引淒異，空谷傳響，哀轉久絕。故漁者歌曰：巴東三峽巫峽長，猿鳴三聲淚沾裳。」詩意本此。啼不盡，《唐詩品彙》、《唐宋詩醇》作「啼不住」。❺輕舟句　宋本在本句下夾注：「一作：須臾過卻萬重山」。

【語　譯】早晨告別彩霞滿天的白帝城，千里之遠的江陵一日就回來了。耳邊只聞兩岸猿聲不停地鳴啼，我乘坐的輕舟已經穿過了萬重山峰。

【研　析】此詩作於乾元二年（西元七五九年）三月。李白在流放途中抵達白帝城時遇大赦，流放罪以下一律免罪。詩人驚喜之極，旋即在早晨辭別白帝，返舟東下，重經三峽直抵江陵而作此詩。首句描繪白帝城晨景，點明時間、地點。「彩雲間」三字，既渲染晨霞滿天、美麗如錦之景色，照應「朝辭」，又暗寫白帝城地勢之高峻，為下輕舟飛三峽、一瀉千里埋下伏筆。次句以「千里」與「一日」作時空對照，烘托出輕舟順流而下疾奔如飛之氣勢，顯示出不可阻擋的飛騰之勢。一個「還」字，隱寓著擺脫前時「三朝上黃牛，三暮行太遲」的流放之苦，今日獲赦急切東歸的歡快喜悅之情。首二句是勾勒一幅千里江行的速寫，具有飛奔的速度之美。三、四兩句是對第二句的具體描寫，清人桂馥《札樸》認為「妙在第三句，能使通首精神飛越」，詩人突出千里江行中的最強印象——兩岸連續不絕的猿啼聲，借聽覺來反映人在飛舟中的時空感受，襯托下三峽之飛疾。猿非一，猿聲亦非一，但因舟行之速，使猿聲在聽覺中渾然一片。遂使三峽江流之急、舟行之速的景象如在目前。施補華《峴傭說詩》：「中間卻用『兩岸猿聲啼不住』一句墊之，無此句，則直而無味；有此句，走處仍留，急語仍緩。可悟用筆之妙。」末句以「輕舟」的飛動與「萬重山」的凝重形成對照，寫小舟穿越群山時疾奔如飛的輕快，再次烘托出詩人內心的歡暢。詩中巧妙地暗用《水經注》的一段文字，不僅未露痕跡，而且更為生動傳神，可見詩人善於鎔鑄前人成語。

秋下荊門❶

霜落荊門江樹空，布帆無恙❷挂秋風。此行不為鱸魚鱠❸，自愛名山入剡中❹。

【注釋】❶秋下荊門　荊門，見本卷〈荊門浮舟望蜀江〉詩注。敦煌《唐人選唐詩》題作〈初下荊門〉。❷布帆無恙　用東晉畫家顧愷之語，意謂一路平安。《晉書・顧愷之傳》：「後為殷仲堪參軍……仲堪在荊州，愷之嘗因假還，仲堪特以布帆借之。至破冢，遭風大敗，愷之與仲堪箋曰：『地名破冢，直破冢而出，行人安穩，布帆無恙。』」❸鱸魚鱠　用張翰典故。《晉書・張翰傳》：翰在京城洛陽做官，「因見秋風起，乃思吳中菰菜、蓴羹、鱸魚鱠，曰：『人生貴得適志，何能羈宦數千里以要名爵乎！』遂命駕而歸。」鱠，通「膾」。切細的魚肉。❹剡中　古地名，今浙江嵊州和新昌一帶。當地有剡溪，即晉王徽之雪夜訪戴逵處。《廣博物志》卷五：「剡中多名山，可以避災也。故漢、晉以來，多隱逸之士。沃洲、天姥，是其處。」

【語　譯】荊門江樹遭霜打而凋零成空枝，我的小舟布帆無恙一路平安。此次出蜀之行不是像當年張翰那樣為了吳地的鱸魚膾，而是自己喜愛名山而前往剡中暢遊。

【研　析】此詩在敦煌《唐人選唐詩》殘卷中題作〈初下荊門〉，當是開元十二年（西元七二四年）秋天初次離開荊門東下時所作。從此詩可見「入剡中」乃李白出蜀時的原定計劃，前人以為李白「東入溟海」僅到揚州為止，是不正確的。沈德潛謂「天下將亂」，尤誤。絕句因篇幅短小，一般不用典實。詩人在此連用兩個典故，讀來仍然流暢自如，使人不易察覺，可謂七絕妙境。《唐宋詩醇》卷七評曰：「輕秀，運古入化，絕妙好辭。」李鍈《詩法易簡錄》曰：「首句寫荊門，用『霜落』、『樹空』等字，已為次句『秋風』通氣。次句寫舟下，趁便嵌入『挂秋風』字，暗引起第三句『鱸魚膾』意來。第三句即從『此行』承住上二句，以『不為鱸魚膾』五字翻用張翰事，以生出第四句來。託興名山，用意微婉。」

江行寄遠

刳木❶出吳楚，危槎❷百餘尺。疾風吹片帆，日暮千里隔。別時酒❸猶在，已為異鄉客。思君不可得，愁見江水碧。

【注　釋】❶刳木　《易經・繫辭下》：「刳木為舟。」孔穎達疏：「舟必用大木，刳鑿其中，故云刳木也。」此處借指舟船。❷危槎　指桅杆。豎立於帆船甲板上的圓木或金屬長杆。主要用以揚帆。危，高。槎，同「楂」。木筏，亦泛指船。❸別時酒　臨別時的餞行酒。吳均〈雜絕句詩四首〉：「泣聽離夕歌，悲銜別時酒。」

【語　譯】舟行離開吳楚，桅杆足有百餘尺高。急風吹動一片船帆，日暮時已相隔千里之遙。儘管分別時的酒意還未消，但我現今已在異鄉為客。思念您卻不得相見，愁思重重不敢見那碧綠的江水。

【研　析】此詩作年不詳。首二句寫吳楚之舟。中四句寫舟行之疾，嚴羽評曰：「不復用景，更親而有味。」末二句寫相思之情。《唐宋詩醇》卷七評曰：「字字真至，情至而文亦至。」

宿五松山下荀媼家　宣州❶

我宿五松下，寂寥❷無所歡。田家秋作苦❸，鄰女夜舂❹寒。跪進凋葫飯❺，
月光明素盤❻。令人慚漂母❼，三謝❽不能餐。

【注　釋】❶宿五松山題　五松山，在今安徽銅陵東。荀媼，姓荀的老年婦女。按：卷一二有〈南陵五松山別荀七〉詩，疑荀七即此荀媼之家人。媼，老年婦女。又按：宋本題下有「宣州」二字注，乃宋人編集時所加。❷寂寥　冷清寂靜。❸田家句　用楊惲〈報孫會宗書〉成句「田家作苦」。秋作，秋天的勞動。❹夜舂　晚上用石臼舂米。❺跪進句　跪，古人席地而坐，屈膝坐在腳跟上，上身挺直，叫跪坐。此謂荀媼跪下身子將飯呈送給跪坐的詩人。凋葫，蕭本、郭本、王本作「彫胡」，《全唐詩》作「雕胡」。即菰米。菰，多年生水生宿根草本植物。根際有白色匍匐莖，春天萌生新株。基部形成肥大的嫩莖，即食用的蔬菜「茭白」。穎果狹圓柱形，名「菰米」，又稱「雕胡米」，可煮食。❻明素盤　照亮潔白的菜盤。明，照亮，作動詞用。❼漂母　在水邊漂洗絲絮的婦女。借用《史記・淮陰侯列傳》所寫韓信年輕時接受漂母飯食事。此處以「漂母」喻荀媼。❽三謝　再三致謝。

【語　譯】我寄宿在五松山下的農家，深感冷清寂寞沒有歡樂。農家秋天的勞作更加辛苦，鄰家女子整夜舂米不怕秋寒。荀媽媽跪下身子給我端來菰米飯，月光照亮潔白的餐盤。使我感到慚愧想起當年接濟韓信的漂母，

再三致謝而不能下咽。

【研　析】此詩疑作於上元二年（西元七六一年）。首二句寫自己在偏僻山村裡的寂寞情懷，沒有可以引為歡樂之事。三四句寫農民的艱辛和困苦，「秋作苦」的「苦」，不僅指勞動的辛苦，也指心中的悲苦。秋收對農民來說本應是歡樂的，但在繁重賦稅壓迫下卻非常淒慘。鄰家婦女的舂米著一「寒」字，不僅是形容舂米聲音的悲涼，也是推想舂女身上的寒冷。五六句寫主人荀媼特地做美餐凋菰飯，熱情款待詩人，在月光照射下，她手中拿的飯盤潔白耀眼。最後兩句寫詩人的感激之情：在這艱苦的山村裡，主人如此盛情，使詩人感到慚愧，只能再三表示內心的謝意。全詩風格樸質自然，與詩人多數詩篇的豪放飄逸不同。反映出詩人對山村農民的誠摯謙恭和親切的心態。

下涇縣陵陽溪至澀灘❶

澀灘鳴嘈嘈❷，兩山足猿猱。白波若卷雪，側石不容舠❸。漁人❹與舟人，撐折萬張篙❺。

【注　釋】❶下涇縣題　涇縣陵陽溪，《元和郡縣志》卷二八江南道宣州涇縣：「本漢舊縣，因涇水以為名。……陵陽山，在縣西南一百三十里。陵陽子明得仙處。」陵陽溪當為涇溪上游的別名。即青弋水自太平縣經陵陽山至涇縣之一段。澀灘，《明一統志》卷一五：「澀灘在涇縣西九十五里。怪石峻立，如虎伏龍蟠。」澀，宋本原作「澁」，「澀」的異體字，今據各本改為正體。下同。❷嘈嘈　形容水流聲。❸不容舠　狹小容不下小船。《詩經・衛風・河廣》：「誰謂河廣？曾不容刀。」鄭玄箋：「不容刀，亦喻狹。小船曰刀。」刀，通「舠」。❹漁人　蕭本、郭本、王本皆作「漁子」。❺篙　撐船用的竹竿或木杆。

【語　譯】澀灘的流水發出嘈嘈的鳴聲，兩岸山上到處是猿猴的足跡。陵陽水捲起的波浪如白雪，巨石側立在水中不能容小舟穿過。漁人和船夫，恐怕在這裡要撐折一萬支船篙。

【研　析】前人多以為李白遊涇縣僅一次，故將所有寫涇溪的詩繫於天寶十四載（西元七五五年）。今按新出土〈何昌浩墓誌〉，昌浩於至德二載始入宋若思宣歙採訪使幕，永泰二年卒。而李白有〈涇溪南藍山下有落星潭可以卜築余泊舟石上寄何判官昌浩〉詩，當是至德二載李白離開宋若思幕府後作，或是流放遇赦後約上元二年回到宣州重遊涇州時所作。可知李白遊涇州不止一次。此詩可能亦為上元二年（西元七六一年）重遊涇州時所作。胡震亨《李詩通》謂此詩與下首皆為「《涇縣志》偽詩，樂史、宋敏求誤收者」，王琦注曰：「李君實謂〈此詩〉末二句斷非太白語。」詩中描寫陵陽溪至澀灘所見景色，嚴羽評此詩末句「太拙」。

下陵陽沿高溪三門六剌灘❶

三門橫峻灘，六剌走波瀾。石驚虎伏起，水狀龍縈盤。何慚七里瀨❷？使我欲垂竿❸。

【注　釋】❶下陵陽題　《輿地紀勝》卷一九引此詩題中無「沿」字，《方輿勝覽》卷一五引此詩題作〈下陵陽溪三門六剌灘〉。三門，山名。在今安徽涇縣與太平交界處，危石高聳，下臨六剌灘。六剌灘，在澀灘上游，在今安徽涇縣與太平交界處三門山下。❷七里瀨　在今浙江桐廬南富春江邊。又名七里瀧、富春渚、七里灘。《方輿勝覽》卷五建德府山川：「七里灘，距（睦）州四十餘里，與嚴陵瀨相接。諺云：『有風七里，無風七十里。』」❸垂竿　暗用嚴光隱居垂釣事。

【語　譯】三門山橫亙在險峻的灘頭，六剌灘掀起奔騰的波瀾。怪石像驚起的伏虎，水勢翻滾像有蛟龍盤踞在裡頭。這裡與七里瀨相比有什麼可慚愧的？使我打算在這裡像嚴子陵那樣垂下釣竿。

【研　析】此詩當是與上詩同時之作。詩中描寫六剌瀨的景色，並抒發自己欲在此垂釣的感情。胡震亨以為偽作，似無據。

夜泊黃山聞殷十四吳吟❶

昨夜誰為吳會吟❷？風生萬壑振空林。龍驚不敢水中臥，猿嘯時聞巖下音。
我宿黃山碧溪月，聽之卻罷松間琴。朝來果是滄洲逸❸，酤酒提盤飯霜栗❹。半酣更發江海聲，客愁頓向盃中失。

【注　釋】❶夜泊題　黃山，李白詩中的「黃山」有三處：一在今安徽黃山市、黟縣、休寧、歙縣交界處，亦名黟山，卷一三〈送溫處士歸黃山白鵝峰舊居〉中的「黃山」即是。一在今安徽池州南，亦名黃山嶺。卷六〈秋浦歌〉其二「黃山堪白頭」及本卷下首〈宿鰕湖〉「雞鳴發黃山」中的「黃山」即是。一在今安徽當塗北，相傳浮丘公牧雞於此，亦名浮丘山，上有宋孝武避暑離宮及凌歊臺遺址。卷一五〈登黃山陵歊臺送族弟溧陽尉濟充汎舟赴華陰〉詩及本詩中的「黃山」即是。殷十四，卷一四有〈送殷淑三首〉，疑即此人。詳見拙著《天上謫仙人的秘密——李白考論集．李白暮年若干交遊考索》。❷吳會吟　即題中的「吳吟」。吟吳聲歌。西漢時會稽郡治所在吳縣，郡縣連稱，故稱「吳會」，吳會，即吳地。❸滄洲逸　隱居的逸人。滄洲，濱水之地，常用以稱隱士居處。謝朓〈之宣城出新林浦向板橋〉詩：「既歡懷祿情，復協滄洲趣。」❹酤酒句　酤酒，買酒。酤，通「沽」。提盤，提著盛菜的盤子。飯霜栗，以經霜後的栗子做飯。按：霜栗含糖分較高，可作甜食。

【語　譯】昨夜是誰吟唱吳地的歌曲？就像秋風吹向千山萬壑振動空林。蛟龍受驚不敢在水中靜臥，山猿鳴叫也不時傾聽巖下的聲音。我住宿在黃山明月照耀下的碧溪邊，聽到您的歌吟也停下琴絃而徘徊在松林中。早晨見到您果然是一位隱逸於山水間的高士，於是沽酒提著菜肴與您一起品嘗霜栗。酒至半酣您又發出江濤海嘯的歌吟，使我的客愁頓時在酒杯中完全消失。

【研　析】此詩當是上元二年（西元七六一年）重遊當塗黃山時所作。詩中前六句描寫「昨夜」殷十四吳吟的巨大影響：如風振萬壑空林，龍驚不敢臥，猿嘯聞巖音，自己宿於黃山月下碧溪邊，亦因聞之而罷琴。後四句敘早晨相見恨晚，買酒提菜嘗霜栗，半酣更吟吳歌如江海濤聲，使自己客愁頓失於酒杯中。明人批此詩曰：「亦響快。」方東樹《昭昧詹言》卷一二評曰：「起句敘，二句寫，三四順平，『我宿』句接續敘，『聽之』句襯。『朝來』句又提。佳在下半筆力截翦。收二句倒繞加倍法，六一有之。兩半章法同〈江上吟〉。前層正敘，敘畢乃再推論，此與七律同。千年以來，不解此矣。此詩律最深處。」

宿鰕湖❶

雞鳴發黃山❷，暝投鰕湖宿。白雨映寒山，森森似銀竹❸。提攜採鉛客❹，結荷❺水邊沐。半夜四天❻開，星河爛人目。明晨大樓❼去，崗隴多屈伏。當與持斧翁，前溪伐雲木。

【注　釋】❶鰕湖　同「蝦湖」。因盛產蝦而得名。詩云「明晨大樓去」，卷一〈古風〉其四有「採鉛清溪濱，時登大樓山」句，則蝦湖與大樓山相近。《貴池縣志》謂蝦湖在城南六十里，南姚之南，李白嘗宿其地，今涸。可信。遺址在今安徽池州南劉街鄉姚街村附近。❷黃山　此指安徽池州之黃山，位於池州城南七十里，蝦湖南五里。與上詩當塗黃山不同。❸森森句　形容雨下如白色竹子。《文選》卷二九張協〈雜詩〉其四：「森森散雨足。」劉良注：「森森，雨散貌。」❹提攜句　提攜，帶領；相邀。採鉛客，池州清溪產鉛，故有採鉛之客。❺結荷　串連荷葉作遮掩。鮑照〈登大雷岸與妹書〉：「棧石星飯，結荷水宿。」❻四天　四方的天空。蕭本、郭本作「四邊」。❼大樓　山名。在今安徽池州城南四十里。

【語　譯】雞鳴時從黃山出發，日落時來到蝦湖投宿。白茫茫的暮雨映著寒山落下，密密麻麻像一片通天的銀竹。有人帶領我這個採鉛的客人，串連荷葉遮蔽在湖邊沐浴。半夜時仰望四周雲散天開，星光燦爛奪人眼目。第二天早晨我又要往大樓山走去，那裡崗隴相連曲折起伏。該當隨著手持斧頭的老樵夫，一起到前溪去砍伐高聳雲天的樹木。

【研　析】此詩當是天寶十四載（西元七五五年）遊秋浦時所作。詩中前八句描寫在蝦湖投宿所見景色，後四句寫次日將赴大樓山的感想。《唐宋詩醇》卷八評曰：「奇句天成，非關削琢。」明人批點曰：「就實景直寫，全無意必。前八句以早晚雨晴相形，後四句登高入深，總是敘涉歷奇險意。」

懷古

西施

吳越❶

西施越溪女，出自苧蘿山❷。秀色掩今古，荷花羞玉顏。浣紗弄碧水，自與清波閑。皓齒❸信難開，沉吟碧雲間。句踐徵絕艷，揚蛾❹入吳關。提攜館娃宮❺，杳渺❻詎可攀！一破夫差國，千秋竟不還。

【注　釋】❶西施題　西施，春秋時越國美女。越國苧蘿（今浙江諸暨南）人。越王句踐為報亡國之仇，使相國范蠡將西施獻於吳王夫差，從此吳王沉湎酒色，句踐則臥薪嚐膽，得以復國。越滅吳後，傳說西施隨范蠡同泛五湖。一說，吳亡後，越沉西施於江。按：宋本題下有「吳越」二字注，乃宋人編集時所加。❷苧蘿山　相傳為越國美女西施的出生地。有二說：施宿《會稽志》卷九諸暨縣：「苧蘿山在縣南五里。《輿地志》云：諸暨縣苧蘿山，西施、鄭旦所居，其方石乃曬紗處。《十道志》：句踐索美女以獻吳王，得諸暨苧蘿山賣薪女西施，山下有浣紗石。」認為在今浙江諸暨南。但《後漢書・郡國志四・會稽郡餘暨縣》李賢注引《越絕書》曰：「西施之所出。」按：漢之餘暨縣三國時吳改為永興縣，故城在今浙江杭州蕭山區境。❸皓齒　潔白的牙齒。曹植〈雜詩七首〉其四：「時俗薄朱顏，誰為發皓齒。」❹揚蛾　揚眉。沈約〈湘夫人〉：「揚眉一含睇，婉娟好且修。」❺館娃宮　春秋時吳國宮名。吳王夫差為西施所造。吳人謂美女為娃，故曰館娃。遺址在今江蘇蘇州西南靈巖山上。左思〈吳都賦〉：「幸乎館娃之宮，張女樂而娛群臣。」❻杳渺　深遠貌。渺，蕭本、郭本作「眇」。《漢書・司馬相如傳上》：「俛杳眇而無見。」

【語譯】西施本是越溪農家的女子，她出生在苧蘿山。美麗的容貌超過古今所有的美女，連荷花在她的美貌前都感到羞慚。她每天在碧水中浣紗，生活像清波一樣平靜清閒。孤高自尊真難開啟她的皓齒，常常獨自沉吟在青山碧雲之間。自從越王句踐徵選她為絕代美女，於是揚眉進入吳王宮中。吳王建築館娃宮來安置她，深遠的寵愛他人豈能攀！夫差的吳國一旦被越王句踐所破滅，她竟然千年都沒有回到越溪邊。

【研析】此詩作年不詳。或謂作於開元十四年（西元七二六年）東涉溟海遊吳越之時，然泛詠西施的作品歷代甚多，未必皆為遊吳越時作。此詩前八句寫西施的出身、美貌、浣紗、矜持。後六句寫被徵入吳，館娃受寵，吳國滅亡後竟千年不還。明人批點曰：「寫西子妙在寫得極矜貴，極珍重，方是高手。『千秋竟不還』足證歸五湖繆傳。」

王右軍❶

右軍本清真❷，蕭灑在風塵❸。山陰遇羽客❹，要❺此好鵝賓。掃素寫道經❻，筆精妙入神❼。書罷籠鵝去，何曾別主人。

【注　釋】❶王右軍　晉代大書法家王羲之，字逸少，曾為右軍將軍，人稱「王右軍」。《晉書・王羲之傳》：「起家祕書郎，征西將軍庾亮請為參軍，累遷長史。亮臨薨，上疏稱羲之清貴有鑒裁。……乃以為右軍將軍、會稽內史。……性愛鵝，……又山陰有一道士，養好鵝，羲之往觀焉，意甚悅，固求市之。道士云：『為寫《道德經》，當舉群相贈耳。』羲之欣然寫畢，籠鵝而歸，甚以為樂。」此詩即詠此事。❷清真　純潔質樸。❸蕭灑句　蕭灑，蕭本、郭本、王本、咸本皆作「瀟灑」。清高灑脫，不同凡俗。在，《全唐詩》作「出」。出風塵，超出風俗塵世之外。《文選》卷四三孔稚珪〈北山移文〉：「蕭灑出塵之想。」❹山陰句　山陰，縣名。因在會稽山之北，故名。今浙江紹興。遇，蕭本、郭本、《全唐詩》作「過」。羽客，道士的別稱。❺要　通「邀」。蕭本、郭本、胡本作「愛」。❻掃素句　掃素，在絹上寫字。素，白色生絹。道經，即指《晉書》所說的《道德經》。一說指寫《黃庭經》。❼筆精句　《文選》卷一六江淹〈別賦〉：「雖淵雲之墨妙，皆嚴樂之筆精。」劉良注：「王褒，字子淵；揚雄，字子雲；嚴安、徐樂，皆文章之士，故云墨妙筆精。」入神，謂達到神妙的境界。蔡邕《篆勢》：「體有六篆，要妙入神。」按：《書斷》謂王羲之的字隸、行、草、章草、飛白五體俱入神，八分入妙。

【語　譯】王右軍的本性純潔質樸，清高灑脫超出塵俗之外。在山陰遇到養鵝的道士，道士邀請這位愛鵝的貴賓，以寫道經來換鵝。他張開素絹信手掃寫道經，筆精墨妙字字入神。右軍寫罷就籠鵝而去，何嘗客套告別主人。

【研　析】此詩作年不詳。首二句寫右軍性格，清真瀟灑；次二句寫遇山陰道士；再次二句寫其技能，書法精妙；末二句寫籠鵝而歸，更襯其性格之瀟灑。嚴羽評起二句「為右軍傳神，亦以自道」，末句「影借王子猷看竹事，乃極言愛，非傲也」。陸時雍《唐詩鏡》卷一七評曰：「末二語有意象。」

上元夫人❶

上元誰夫人？偏得王母嬌。嵯峨❷三角髻，餘髮散垂腰。裘披青毛❸錦，身著赤霜袍。手提嬴女兒❹，閑與鳳吹簫。眉語兩自笑❺，忽然隨風飄。

【注　釋】❶上元夫人　神話中的女仙。《漢武內傳》：「上元夫人，道君弟子也。亦玄古已來得道，總統真籍，亞於龜臺金母。」「夫人年可二十餘，天姿精耀，靈眸絕朗，服青霜之袍，雲彩亂色，非錦非繡，不可名字。頭作三角髻，餘髮散垂至腰。戴九雲夜光之冠，曳六出火玉之珮，垂鳳文林華之綬，腰流黃揮精之劍。上殿向王母拜，王母坐而止之，呼同坐。」此詩即詠此事。❷嵯峨　高峻貌。《楚辭・招隱士》：「山氣巃嵸兮石嵯峨。」❸青毛　《唐文粹》作「青色」。❹嬴女兒　指春秋時秦穆公女兒弄玉。秦為嬴姓，故稱秦女為嬴女。弄玉嫁蕭史，吹簫似鳳聲，鳳凰來集，後夫妻隨鳳凰一起飛去。詳見卷四〈鳳凰曲〉注。❺眉語句　眉語，以眉毛的舒斂來傳情示意。劉孝威〈郗縣遇見人織率爾寄婦〉詩：「窗疏眉語度，妙輕眼笑來。」

【語　譯】上元夫人是誰的夫人？偏得西王母的嬌愛。她的頭髮梳著高高的三角髻，餘下的青絲散垂到後腰。披著青色錦的裘衣，身穿赤霜袍。提攜秦穆公的女兒弄玉，悠閒時對著鳳凰吹簫。她倆用眉毛舒斂傳情示意而自笑，忽然又隨風而飄去無影無蹤。

【研　析】此詩作年不詳。詩中前六句描寫上元夫人頭髮、衣服，全以《漢武內傳》為據。首以設問開端，謂上元為誰之夫人，偏得西王母之寵愛。接著四句便寫上元夫人的髮髻服飾。後四句加入弄玉吹簫事，變為兩人眉語自笑，忽然之間又隨風飛去無蹤影。嚴羽評點曰：「『誰』字一問，若近若遠，妙。『嬌』字加不得，卻偏加去，妙。」

蘇臺覽古❶

舊苑荒臺❷楊柳新，菱歌清唱不勝春❸。只今唯有西江月❹，曾照吳王宮裏人。

【注釋】❶蘇臺覽古　蘇臺，即姑蘇臺。故址在今江蘇蘇州西南姑蘇（又名姑胥、姑餘）山上，春秋時吳王闔閭興建；其子夫差增修，立春宵宮，與西施及宮女們為長夜之飲。越國攻吳國，吳太子友戰敗，遂焚姑蘇臺。覽古，遊覽古蹟。❷舊苑荒臺　舊時吳王的園林和荒圮的臺榭。❸菱歌句　菱歌清唱，《文苑英華》作「採菱歌唱」。清，宋本作「春」，據蕭本、郭本、王本、咸本改。菱歌，採菱時所唱的歌曲。清唱，指歌聲清晰響亮。不勝春，不盡的春意。❹西江月　長江上的月亮。西江，宋本原作「江西」，據胡本、王本、《文苑英華》、《全唐詩》改。西江，指長江。

【語譯】舊時的宮苑與山上荒臺對著新綠的楊柳，山下採菱人的歌聲中洋溢著不盡的春光錦繡。當今只有那西江的一輪明月，曾照吳王宮裡人的狂歡歌舞。

【研析】此詩當是開元十五年（西元七二七年）春由越州回到蘇州時作。首句寫登臺所見之景，「舊苑荒臺」與「楊柳新」相襯，極寫當年吳王的淫樂生活已成陳跡而自然界的楊柳依然蓬勃新發，在「舊」、「新」對比中，已揭弔古之端。次句接寫當前景色：在春光中迴蕩著一群採菱女子清脆的歌聲，彌漫著無窮的春意，而言外之意是昔日吳宮美女的笙歌卻聽不到了。首句寫所見，二句寫所聞。都蘊含著古今興亡盛衰的無限感慨之情。所以到第三句便轉折宕開一筆，借西江明月由今溯古。三、四兩句合為一意：今日的西江明月，仍是往年的西江明月，只有它，曾經照見過吳王宮裡的美女。「唯有」二字，排除了一切。當年吳王與西施的狂歡情景，今天只有西江明月是永恆的歷史見證，而今人卻都永遠見不到了。在結構上，末句「吳王宮裏人」與次句「菱歌清唱」暗相對照，妙在不著痕跡。

此詩與〈越中覽古〉主題相似，同為弔古。但此詩以今溯古，而〈越中覽古〉則從盛寫到衰，以古襯今；此詩之轉在第三句，而彼詩之轉在末句；可謂同中有異。由此可見李白詩歌藝術的構思巧妙多變。

越中❶覽古

越王句踐破吳歸❷，義士還家盡錦衣❸。宮女如花滿春殿❹，只今唯有鷓鴣飛❺。

【注　釋】❶越中　指會稽（今浙江紹興），春秋時越國國都。❷越王句　句踐，春秋時越國君主。曾被吳王夫差打敗，屈服求和。後臥薪嚐膽，發憤圖強，任用范蠡、文種等賢人整理國政。經過二十年的生息積聚，終於轉弱為強，滅亡吳國。接著又在徐州（今山東滕縣南）大會諸侯，成為霸主。破吳，滅亡吳國。事在西元前四七三年。❸義士句　義士，忠勇之士，即《史記・越王句踐世家》所稱的君子六千人。一說，「義士」乃「戰士」傳寫之訛。還家，《全唐詩》作「還鄉」。錦衣，貴顯者穿的錦繡衣。此句調忠勇之士因破吳有功，回來時都得到官爵賞賜。❹春殿　指越王的宮殿，因勝利凱旋而充滿春意。春，美好的時光和景象。❺只今句　只今，《文苑英華》作「至今」。飛，蕭本、郭本、咸本作「啼」。鷓鴣，鳥名。羽毛多黑白相雜，尤以背上和胸腹等部的眼狀白斑更顯著。棲息於山地灌木叢，鳴時常立於山巔樹上。多分佈於華南。

【語　譯】越王句踐滅亡吳國凱旋而歸，六千義士還家都封官而穿著錦衣。當初滿殿如花似玉的宮女充溢著春意，而如今卻只有鷓鴣在這敗壁殘垣間飛來飛去。

【研　析】按此詩當是開元十四年（西元七二六年）初遊會稽時所作。首句點明懷古的具體內容：越王句踐滅亡吳國，班師回國。二、三兩句分別寫戰士還家和越王回宮的情況：由於戰爭勝利，凱旋而歸，戰士們都得到獎賞，所以不再穿鐵甲，而是穿著錦衣還家，「盡錦衣」三字充分表現出勝利者的得意神情。而如花美女佈滿宮殿，使宮殿喜氣洋洋，猶如繁花盛開的春天，熱鬧歡樂，也充分反映出越王句踐志得意滿、驕奢淫逸的情景。這三句都是寫往昔的榮耀，越國的盛世。但最後一句卻突然一轉：過去榮華、富貴的越宮遺址上，現在還有什麼呢？詩人看到的只有幾隻鷓鴣鳥在這宮殿故址上空飛來飛去。這一句慨嘆今日的荒涼，與前三句寫過去的繁華形成了鮮明的對照。詩意的重點就在這末句，前三句都是為末句作反襯的，正因為有前三句的反襯，就使末句所寫淒涼情景的嘆息使讀者感受更為強烈。

此詩的結構與一般七言絕句也不同。一般七絕在第三句作轉折，而此詩前三句卻一氣貫串直下，到末句才轉折，而且轉折得非常有力，對比非常強烈。這在一般詩人是難以做到的。

商山四皓❶

白髮四老人，昂藏南山側❷。偃臥松雪間❸，冥翳❹不可識。雲窗拂青靄❺，石壁橫翠色。龍虎方戰爭，於焉自休息❻。秦人失金鏡❼，漢祖昇紫極❽。陰虹濁太陽❾，前星❿遂淪匿。一行佐明兩⓫，欻起生羽翼⓬。功成身不居⓭，舒卷在胸臆⓮。窅冥合元化⓯，茫昧⓰信難測。飛聲塞天衢⓱，萬古仰遺跡。

【注釋】❶商山四皓　商山，又名商阪、地肺山、楚山。在今陝西商州東南。地形險阻，景色幽勝。秦末漢初有東園公等四老人隱居於此，號「商山四皓」。皇甫謐《高士傳》卷中：「四皓者，皆河內軹人也，或在汲。一曰東園公，二曰甪里先生，三曰綺里季，四曰夏黃公，皆修道潔己，非義不動。秦始皇時，見秦政暴虐，乃退入藍田山而作歌曰：『莫莫高山，深谷逶迤。曄曄紫芝，可以療飢。唐、虞世遠，吾將何歸？駟馬高蓋，其憂甚大。富貴之畏人，不如貧賤之肆志。』乃共入商、洛，隱地肺山，以待天下定。及秦敗，漢高聞而徵之，不至。深自匿終南山，不能屈己。」❷昂藏句　昂藏，氣宇不凡貌。陸機〈晉平西將軍孝侯周處碑〉：「昂藏寮宎之上。」南山，即指商山。❸偃臥句　偃臥，睡臥。指隱居。蕭本、郭本、王本作「偃蹇」。松雪，蕭本、郭本、王本作「松雲」。❹冥翳　幽遠貌。《文選》卷一五張衡〈思玄賦〉：「遊塵外而瞥天兮，據冥翳而哀鳴。」劉良注：「喻孤潔也。」❺青靄　指雲氣。因其色紫，故稱。鮑照〈登大雷岸與妹書〉：「左右青靄，表裏紫霄。」❻龍虎二句　指秦末大亂，四皓在此自在休息棲隱。班固〈答賓戲〉：「分裂諸夏，龍戰虎爭。」❼秦人句　謂秦朝失天下。《太平御覽》卷七一七引《尚書考靈耀》：「秦失金鏡。」鄭玄注：「金鏡，喻明道也。」❽漢祖句　謂漢高祖劉邦得天下登上帝位。紫極，本為星名。借指帝王的宮殿。潘岳〈西征賦〉：「厭紫極之閑敞，甘微行以遊盤。」❾陰虹句　指漢高祖劉邦寵愛戚夫人，欲易立戚夫人之子趙王如意為太子之事。❿前星　指太子。《晉書・天文志上》：「心三星，天王正位也。中星曰明堂，天子位。……前星為太子，後星為庶子。」⓫一行句　一行，指商山四皓出山輔佐太子之行。明兩，借指太子。《易經・離卦》：「明兩作，離。大人以繼明照于四方。」孔穎達疏：「離為日，日為明。今有上下二體，故曰『明兩作，離』也。」本謂〈離卦〉為兩明前後相續之象。後以「明兩」借指太子為繼位之君。《文選》卷三〇謝靈運〈擬魏太子鄴中集詩・王粲〉：「不謂息肩顧，一旦值明兩。」呂延濟注：「武帝既明，而太子又明，故謂太子為明兩也。」按：蕭本、郭本、咸本作「明聖」。⓬欻起句　欻，迅速。蕭本、郭本作「倏」。生羽翼，指四皓侍從太子，漢高祖以為太子羽翼已成，遂不易太子。見《史記・留侯世家》。⓭功成句　《老子》上篇第二章：「功成而不居。」⓮舒卷句　謂進退全憑自己的心意。《淮南子・俶真訓》：「盈縮卷舒，與時變化。」「雖有炎火洪水彌靡於天下，神無虧缺於胸臆之中矣。」⓯窅冥句　窅冥，同「窈冥」。深遠貌。《淮南子・道應訓》：「西窮窅冥之黨，東開鴻蒙之先。」元化，謂自然的演變。陳子昂〈感遇詩〉其六：「古之得仙道，信與元化并。」⓰茫昧　幽暗不明。陶潛〈怨詩楚調示龐主簿鄧治中〉：「天道幽且遠，鬼神茫昧然。」⓱飛聲句　飛聲，名聲遠揚。盧諶〈贈劉琨〉詩：「日磾效忠，飛聲有漢。」天衢，指京都。亦指帝京的道路。《漢書・敘傳》：「攀龍附鳳，並乘天衢。」

【語譯】四個白髮蒼蒼的老人，氣宇高昂地隱居在商山之中。高臥在松雪深處，幽遠深藏不讓世人知道。他們的住所窗外瀰漫著青色雲氣，石壁上橫亙著青翠松色。當時形勢似龍虎相鬥戰爭不息，他們就在這裡避世休息。秦朝失去了天下，漢高祖得到天下登上紫極帝位。戚夫人像陰虹一樣汙濁太陽，太子就受到影響險被高祖廢掉。此時四皓一起出來輔佐太子，使太子的羽翼忽然長成。功成不居功，進退舒卷就在胸中。他們深遠的意志完全與自然的演變相合，確實渺茫幽深使人難以測明。從此四皓的名聲飛揚傳遍京城，萬古世人都敬仰他們的遺蹤。

【研析】此詩疑是天寶三載（西元七四四年）離開京城途經商山時所作。按：李白離京時寫有〈東武吟〉，其末曰：「書此謝知己，吾尋黃綺翁。」可知其離京確是往商山的，下詩〈過四皓墓〉亦可證。此詩前八句描寫四皓在秦末大亂時避世隱居商山。中六句描寫漢高祖欲廢太子、四皓出山輔佐太子事。末六句敘四皓功成身退，萬古仰慕。劉辰翁評曰：「首尾無俗意，一似古題。」（《唐詩品彙》卷六引）

過四皓墓❶

我行至商洛❷，幽獨訪神仙。園、綺❸復安在？雲蘿尚宛然。荒涼千古跡，蕪沒四墳連。伊昔鍊金鼎❹，何年閉玉泉❺？隴寒唯有月，松古漸無煙。木魅風號去，山精雨嘯旋❻。〈紫芝〉高詠罷❼，青史❽舊名傳。今日併如此，哀哉信可憐！

【注釋】❶四皓墓　《太平寰宇記》卷一四一山南西道商州上洛縣：「四皓墓，在縣西四里。」今陝西商洛。❷商洛　王琦注：「商洛，謂商山洛水之間。」按：唐代商州，天寶元年改為上洛郡，乾元元年復為商州。屬山南東道。有商洛縣，屬商州，在今陝西丹鳳西北。❸園綺　指東園公、綺里季。代指商山四皓。❹鍊金鼎　《文選》卷一六江淹〈別賦〉：「鍊金鼎而方堅。」李善注：「鍊金為丹之鼎也。」❺何年句　年，宋本作「言」，據蕭本、郭本、王本、咸本皆改。閉玉泉，謂死後葬於地下。玉泉，猶九泉、黃泉。盧照鄰〈哭明堂裴主簿〉詩：「始調調金鼎，如何掩玉泉？」❻木魅二句　木魅，指樹木之妖。山精，指山中之妖。鮑照〈蕪城賦〉：「木魅山鬼，野鼠城狐，風嗥雨嘯，昏見晨趨。」❼紫芝句　見前詩注❶。紫芝即指四皓之歌，中有「曄曄紫芝，可以療飢」之句。❽青史　古代以竹簡記事，因稱史書為「青史」。《文選》卷三九江淹〈詣建平王上書〉：「俱啟丹冊，並圖青史。」李善注：「《漢書》曰：高祖論功定封，以丹書之信，重以白馬之盟。又有青史子，《音義》曰：古史官，記事。」

【語譯】我此行來到商洛，獨自入幽深的山中尋訪神仙。東園公、綺里季等四皓如今在何處？只見雲蘿攀援依然未變。眼前是千年的荒涼古蹟，只有四座古墳相連埋沒在雜草叢中。當年曾在金鼎裡煉過丹藥，怎能說您們四位已葬身九泉？墳前只有寒月照著荒隴，古老的松樹也已漸漸衰枯。像是木魅經過掀起呼號的旋風，又像是山精出現呼嘯的暴雨。四皓高唱罷〈紫芝歌〉，青史將他們的美名流傳。今日的世道還是如此，真是可哀可憐！

【研析】此詩當是與前詩同時之作。前六句敘寫路過商山，憑弔四皓。接著六句提出一個問題：當年四皓在此煉丹服長生不老之藥，怎可說他們已死而埋葬九泉？此問題無人能答，詩人也不要求回答。如今唯有寒月照隴，古松無煙，木魅風號，山精雨嘯。末四句詩人抒發感慨：四皓曾在此高詠〈紫芝歌〉隱居，在青史上傳名。如今亦是這樣賢人避世，真是可悲可憐。

峴山❶懷古

訪古登峴首❷，憑高眺襄中❸。天清遠峰出，水落寒沙空。弄珠見遊女❹，醉酒懷山公❺。感嘆發秋興，長松鳴夜風。

【注釋】❶峴山　在今湖北襄陽東南。《元和郡縣志》卷二一襄州襄陽縣：「峴山，在縣東南九里。山東臨漢水，古今大路。」❷峴首　謂峴山之巔。❸襄中　指襄陽。❹弄珠句　用漢皋二女故事。《文選》卷四張衡〈南都賦〉：「遊女弄珠於漢皋之曲。」李善注引《韓詩外傳》曰：「鄭交甫將南適楚，遵彼漢皋臺下，乃遇二女，佩兩珠，大如荊雞之卵。」❺醉酒句　山公，指晉代山簡。曾為荊州刺史，鎮襄陽。詳見卷五〈襄陽曲四首〉其二注。宋本在「酒」字下夾注：「一作：月」。

【語譯】我為訪古登上峴山山頂，憑高眺望襄陽的風景。天空清朗遠處的山峰都浮現在眼前，江水低落沙灘上一片空寂。見漢水令人想見弄珠的遊女，登峴山又使人懷念當年鎮襄陽沉醉的山公。眼前的秋景更引發人的秋興而感嘆，夜風在高大的松樹間呼嘯。

【研　析】此詩當是開元二十二年（西元七三四年）遊襄陽時所作。首二句謂訪古而登峴山，眺望襄陽景色。次二句即描寫所見之景：天氣清而遠山出，漢水落而寒沙空。五、六二句是聯想：往昔此地有遊女弄珠，又有山公醉酒歸。末二句謂感嘆往事而引發秋興，只聞夜風在長松間哀鳴。明人批點曰：「此雖太白常語，亦自超然。」

自廣平乘醉走馬六十里至邯鄲登城樓覽古書懷

燕趙❶

醉騎白花駱❷，西走邯鄲城。揚鞭動柳色，寫鞚❸春風生。入郭登高樓，山川與雲平。深宮翳綠草❹，萬事傷人情。

相如章華巔，猛氣折秦嬴❺。兩虎不可鬬，廉公終負荊❻。提攜袴中兒，杵臼及程嬰。立孤就白刃，必死耀丹誠❼。平原三千客，談笑盡豪英。毛君能穎脫，二國且同盟❽。皆為黃泉土，使我涕縱橫。

磊磊石子崗❾，蕭蕭白楊聲❿。諸賢⓫沒此地，碑版⓬有殘銘。太古共今時，由來互衰榮。傷哉何足道，感激仰空⓭名。

趙俗愛長劍，文儒少逢迎⓮。閑從博徒⓯遊，帳飲雪朝酲⓰。歌酣易水⓱動，鼓震叢臺⓲傾。日落把燭歸，凌晨向燕京⓳。方陳五餌策⓴，一使胡塵㉑清。

【注釋】❶自廣平題　廣平，唐郡名，即洺州，天寶元年改為廣平郡，乾元元年復改為洺州。治所永年縣，在今河北永年東南，曲周西南，邯鄲東北。邯鄲，唐縣名，屬河北道洺州。今河北邯鄲。按：宋本題下有「燕趙」二字注，乃宋人編集時所加。❷駱　尾和鬣毛黑色的白馬。《詩經・小雅・四牡》：「嘽嘽駱馬。」毛傳：「白馬黑鬣曰駱。」宋本在此字下夾注：「一作：馬」。❸寫鞚　放鬆轡繩，縱馬奔馳。寫，通「卸」。解開。鞚，馬勒。吳均〈古意〉其二：「寫鞚長楸北。」❹深宮句　此句謂當年趙國首都的深宮已被綠草所掩沒。深宮，指戰國時趙國都城邯鄲的宮殿。翳，遮蔽。《國語・齊語》：「兵不解翳。」韋照注：「翳，所以蔽兵也。」宋本在本句下夾注：「一作：雄都半古冢」。❺相如二句　用藺相如完璧歸趙故事。《史記・廉頗藺相如列傳》記載，秦王假意願以秦十五城換取趙國的和氏璧，「趙王於是遂遣相如奉璧西入秦。秦王坐章臺見相如，……相如視秦王無意償趙城，乃前曰：『璧有瑕，請指示王。』王授璧，相如因持璧卻立，倚柱，怒髮上衝冠，……秦王恐其破璧，乃辭謝固請，召有司案圖，指從此以往十五都予趙。相如度秦王特以詐詳（佯）為予趙城，實不可得，……乃使其從者衣褐，懷其璧，從徑道亡，歸璧于趙。」二句即寫此事。章華，當是「章臺」之誤。秦嬴，秦王姓嬴，故稱。❻兩虎二句　寫趙國將軍廉頗妒忌上卿藺相如到負荊請罪故事。《史記・廉頗藺相如列傳》記載，藺相如完璧歸趙後，因功大而拜為上卿，位在廉頗之上。廉頗不服，揚言一定要羞辱藺相如。藺相如一再避開。其部下都不理解，相如說：現在秦國之所以不敢攻打趙國，就因為有廉將軍與自己兩人在，如果我們兩虎相爭，勢必不可能兩人都活著。吾之所以要躲避，就是以先國家之急而後私。廉頗聽到此話，肉袒負荊，至藺相如門謝罪，成為刎頸之交。❼提攜四句　用程嬰救趙氏孤兒事。《史記・趙世家》記載，晉國大夫屠岸賈誅滅趙氏一族。趙朔妻乃晉成公姊，有遺腹子，躲在公宮，生下一男，名武。趙朔客公孫杵臼謀取他人嬰兒，騙屠岸賈殺死自己與假的趙氏孤兒。程嬰則與真的趙氏孤兒隱匿山中。十五年後，晉景公召趙武與程嬰，族滅屠岸賈。立孤就白刃，宋本原作「空孤獻白刃」，句下夾注：「一作：立孤就白刃」，一作是。據改。❽平原四句　平原，指戰國四公子之一趙國平原君趙勝。《史記・平原君虞卿列傳》：「平原君趙勝者，趙之諸公子也。諸子中勝最賢，喜賓客，賓客蓋至者數千人。」毛君，指平原君門客毛遂。《史記・平原君虞卿列傳》記載，秦圍邯鄲，趙使平原君求救，合從於楚。毛遂自薦曰：「使遂蚤（早）得處囊中，乃穎脫而出，非特其末見而已。」至楚，久談不決，毛遂按劍而前，脅迫楚王與平原君歃血為盟，合從乃定。詳見卷一三〈送薛九被讒去魯〉詩注。四句即寫此事。❾磊磊句　磊磊，眾石貌。屈原〈九歌・山鬼〉：「石磊磊兮葛蔓蔓。」石子崗，《太平寰宇記》卷五六河北道磁州邯鄲縣引《隋圖經》：「歷陵城西十里有石子岡，實山也，而高大。有冢，如硯子，世謂之硯子冢，是趙簡子冢。」按：《元和郡縣志》卷一五邯鄲縣：「趙簡子墓，在縣西南十二里。」則石子崗當即在邯鄲。⑩蕭蕭句　〈古詩十九首〉：「驅車上東門，遙望郭北墓。白楊何蕭蕭，松柏夾廣路。」此句用其意。⑪諸賢　宋本在二字下夾注：「一作：賢豪」。⑫碑版　碑碣上所刻的志傳文字。謝靈運〈入華子岡是麻源第三谷〉詩：「圖牒復摩滅，碑版誰聞傳？」⑬空　宋本在此字下夾注：「一作：虛」。⑭趙俗二句　古代趙地民俗剽悍，多悲歌慷慨之士，少有文儒。見《史記・貨殖列傳》。⑮博徒　宋本原作「博陵」，「陵」字下夾注：「一作：徒」。王本及《文苑英華》亦作「博徒」。是。據改。博徒，賭徒。《史記・魏公子列傳》：「公子聞趙有處士毛公藏於博徒，薛公藏於賣漿家，公子欲見兩人，兩人自匿不肯見公子。公子聞所在，乃閑步往從此兩人游，甚歡。」此處指詩人與趙地之隱士從遊。⑯帳飲句　在郊野設置帷帳，設宴送別。《晉書・石崇傳》：「出為征虜將軍。……崇有別館，在河陽之金谷，一名梓澤；送者傾都，帳飲於此焉。」雪朝酲，宋本在三字下夾注：「一作：雪中酲」。《文苑英華》亦作「雪中酲」。酲，病酒。《詩經・小雅・節南山》：「憂心如酲。」毛傳：「病酒曰酲。」孔穎達疏：「言既醉得覺，而以酒為病，故云病酒也。」⑰易水　在今河北西部。大清河上源支流，有北、中、南三支，均出易縣境，匯合後入南拒馬河，東南流注大清河。王琦謂「易水在燕地，去邯鄲遠甚，用之此處，恐誤」。其實，此處只因將往幽燕而聯想到荊軻的易水之歌，並非謂易水即在邯鄲。⑱叢臺　戰國時趙國築，在今河北邯鄲，數臺相連，故名。《漢書・高后紀》：「元年……夏五月丙申，趙王宮叢臺災。」顏師古注：「連聚非一，故名叢臺。蓋本六國時趙王故臺也，在邯鄲城中。」⑲燕京　春秋戰國時燕國的國都，今北京。《舊唐書・地理志二》河北道幽州薊縣：「州所治。古之燕國都。漢為薊縣，屬廣陽國。晉置幽州，慕容儁稱燕，皆治於此。自晉至隋，幽州刺史皆以薊為治所。」⑳五餌策　原為賈誼提出的懷柔匈奴的五種措施，後泛指籠絡外族的策略。見《漢書・賈誼傳贊》。㉑胡塵　胡人兵馬揚起的沙塵。喻胡兵入侵。任昉〈宣德皇后令〉：「擁旄司部，代馬不敢南牧；推轂樊鄧，胡塵罕嘗夕起。」

【語譯】憑著醉意騎上白花黑鬃馬，向西奔馳到邯鄲城。揚鞭飛賞道旁的柳色，縱馬馳騁迎著撲面的春風。進入城郭登樓遠望，只見山川高遠與雲相平。殘破的舊時宮牆深蔽在綠草叢中，往古萬事都使人傷心。

藺相如在章臺獻玉璧，勇猛的正氣折服秦王嬴政。為禦強秦將相兩虎不能相鬥，最終使廉頗到藺相如門前負荊請罪。為救趙氏藏在褲中的孤兒，出現了義士公孫杵臼與程嬰。公孫杵臼謀救趙氏慘死白刃下，程嬰撫育孤兒成人又以死表達自己的赤誠。當年趙國平原君有三千門客，都是在談笑間可退敵的英雄。毛遂能在與楚國的談判中脫穎而出，使得楚趙得以結成同盟。可惜這些風雲人物現在已是黃泉下的一抔土，使我不禁涕淚縱橫。

亂石相疊的石子崗上，白楊在風中發出蕭蕭聲。趙簡子等名賢都埋在這裡，有斷碑殘銘可以證明。自從太古至如今，從來都是興衰榮損互相交替。我個人的懷古傷情何足道，只是感奮激動仰慕前賢的義舉與空名。

趙地的習俗是愛好劍術武功，很少遇到文士和儒生。我閒暇時隨從賭徒一起遊戲，在野外帳飲到早上才醒。酒酣高歌使易水震蕩，鼓聲使叢臺都震動。日落以後手把燭光回到住處，明日凌晨就要奔向燕京。我正在考慮向朝廷陳獻像賈誼五餌策那樣的良謀，一舉使天下太平不再有胡兵入侵。

【研析】此詩當是天寶十一載（西元七五二年）李白北上幽燕經過廣平郡至邯鄲時所作。蕭本、郭本闕，王本收於卷三〇〈詩文拾遺〉。首段八句點題。「動柳色」、「春風生」，點明時令。由「深宮翳綠草」，引出「萬事傷人情」的「覽古書懷」。次段十四句即列舉懷古的「萬事」：先四句寫藺相如與廉頗的將相和；再四句寫公孫杵臼與程嬰救趙氏孤兒而必死之事；又四句寫平原君三千門客中毛遂脫穎而出完成楚趙同盟抗秦事；此三事皆是趙國歷史上的重大事件。而今這些豪傑皆為黃土，使詩人涕淚縱橫。第三段八句抒發詩人的感古傷懷之情。石子崗是趙簡子墓地，如今唯有白楊蕭蕭。尚有當時諸賢葬於此，由碑刻殘銘可證。詩人深感古往今來興衰榮辱是相同的，所以傷情不足道，感奮激動也只是仰慕空名。末段抒寫自己在趙地的活動及打算。趙地風俗尚武愛劍俠，很少能遇到文人儒士，閒來只能隨從賭徒遊，帳飲一醉至早晨方醒。醉酒高歌可使易水流動，擊鼓響聲可使叢臺震傾。日落之後秉燭而歸，明晨將往燕京幽州。自己正考慮向朝廷陳述五餌之策，一舉使天下清平不再有胡兵入侵。由此可知李白北上幽燕志在獻策安撫胡人。

蘇武❶

蘇武在匈奴，十年持漢節❷。白雁上林飛，空傳一書札。牧羊邊地苦，落日歸心絕。渴飲月窟冰❸，飢餐天上雪。東還沙塞遠，北愴河梁❹別。泣把李陵衣，相看淚成血。

【注釋】❶蘇武　字子卿，漢中郎將。天漢元年，漢武帝派他持節出使匈奴，被扣留，欲其降，蘇武堅貞不屈，被徙往北海邊牧羊十九年。時漢將李陵因兵敗降匈奴，曾往勸蘇武，反被蘇武氣節所折。至昭帝始元六年匈奴與漢和親，蘇武始得歸漢，時鬚髮盡白。《漢書》有傳。此詩即詠其事。❷漢節　漢朝的符節。《漢書・高祖紀》：「秦王子嬰……封皇帝璽符節，降枳道旁。」顏師古注：「節，以毛為之，上下相重，取象竹節，因以為名，將命者持之以為信。」❸月窟冰　古以月的歸宿在西方，因指極西之地。梁簡文帝〈大法頌〉：「西逾月窟，東漸扶桑。」冰，蕭本、郭本、王本、咸本作「水」。❹河梁　橋。李陵〈與蘇武詩〉：「攜手上河梁，遊子暮何之？」

【語　譯】蘇武被扣留在匈奴，十多年手持漢節心不變。白雁從匈奴飛到上林苑，空傳蘇武的一封書信給天子。牧羊在北海邊地吃盡苦，見到落日歸心斷絕。渴飲西方月亮歸宿之地的冰水，飢餓時便吞食天上落下的雪。終於有一日從遙遠的沙漠東歸，李陵在北方悲傷地到河橋邊送別。蘇武哭泣著把住李陵的衣袖，兩人淚眼相看淚已成血。

【研　析】此詩作年不詳。詩中描寫蘇武持節守義至死不變，歷盡艱苦終得生還。不加褒美之辭，直敘其事而美義自見。王夫之《唐詩評選》卷二曰：「詠史詩以史為詠。正當於唱歎寫神理。聽聞者之生其哀樂，一加論贊，則不復有詩用，何況其體？『子房未虎嘯』一篇，如弋陽雜劇人妝大淨，偏入俗人眼，而此詩不顯。大音希聲，其來久矣。」

經下邳圯橋懷張子房

淮泗❶

子房未虎嘯❷，破產不為家❸。滄海得壯士，椎秦博浪沙❹。報韓雖不成，天地皆振動❺。潛匿遊下邳，豈曰非智勇❻？

我來圯橋上，懷古欽英風。唯見碧流水，曾無黃石公❼。歎息此人去，蕭條徐泗❽空。

【注釋】❶經下邳題　下邳，唐縣名。屬河南道泗州。在今江蘇邳州。圯，即橋。一說圯橋為圯水上的橋。《史記・留侯世家》：「（張）良嘗從容步遊下邳圯上。」司馬貞《索隱》：「李奇云：『下邳人謂橋為圯。』……應劭云：『圯水之上也。』」張子房，即張良，字子房。張良曾在下邳圯上遇一老父黃石公，授《太公兵法》一冊，曰：「讀此則為王者師矣。」後張良果為劉邦運籌帷幄，決勝千里，漢朝建立，封留侯。按：宋本題下有「淮泗」二字注，乃宋人編集時所加。❷虎嘯　喻豪傑發憤建立功業。王褒〈聖主得賢臣頌〉：「虎嘯而谷風冽，龍興而致雲氣。」❸破產句　據《史記・留侯世家》記載：張良原為戰國時韓國貴族，秦滅韓，張良年幼，即用全部家產求刺客為韓報仇。❹滄海二句　《史記・留侯世家》記載：張良到東方去見倉海君，得一力士，遂以一百二十斤重的鐵椎，在博浪沙（在今河南原陽）狙擊秦始皇，誤中副車。始皇大怒，大索天下，張良因改換名姓，逃亡下邳。滄海，當即指「倉海君」。裴駰《集解》引如淳曰：「秦郡縣無倉海，或曰東夷君長。」《漢書・張良傳》顏師古注：「蓋當時賢者之號也。良既見之，因而求得力士。」博浪沙，《漢書・張良傳》作「博狼沙」。在今河南原陽東南。❺報韓二句　謂張良為韓報仇雖未成功，但名聲卻振動天下。《史記・留侯世家》：「不愛萬金之資，為韓報仇強秦，天下振動。」❻潛匿二句　謂其隱藏而遊下邳，難道說就不是智謀和勇敢。沈德潛《唐詩別裁》云：「為子房生色，『智勇』二字可補〈世家〉贊語。」❼曾無句　曾，乃。黃石公，即張良早年於下邳圯上所遇之長者。❽徐泗　徐州和泗州。

【語譯】張良少年如虎嘯之時未能得志，為求刺客報仇而不顧破產敗家。從倉海君那裡得到一位壯士，用鐵椎在博浪沙狙擊秦始皇。那次報韓仇刺秦行動雖未成功，而其名聲卻因此使天下振動。他逃匿潛藏到下邳，怎能說他這不是智勇的行為？

今天我來到圯橋上，懷念古人而更加欽佩張良的英雄丰姿。如今只見橋下碧綠的流水，乃不見黃石公在何處。嘆息張良這樣的英雄逝去後，徐州、泗州一帶就變得蕭條空虛沒有英才了。

【研　析】此詩當為天寶五、六載（西元七四六、七四七年）李白由東魯南下會稽途經下邳時作。首四句敘事：一、二句從張良未建功業前寫起，表明其年幼時即非平凡人物。三、四句便是寫其不平凡的事蹟，將《史記》所敘的一段故事緊縮為十個字，可見鎔鑄之功力。接著四句議論，五、六句先用「雖」字作頓挫一抑，然後又指出「天地皆振動」一揚。七、八句強調藏匿下邳是智勇之舉，卻用「豈」字作反詰句提出，使氣勢跌宕有致。以上八句都寫張良事蹟，九、十句才點題，開始詩人懷古抒懷，今人與古人才結合起來。「唯見」、「曾無」是此詩最緊要處，詩人只見到圯橋下的流水仍然像當年一樣清澈碧綠流淌，然而卻見不到黃石公了。按理應該說見不到張子房，詩中卻越過張良而偏說黃石公，一是因為張良就是在圯橋見到黃石公接受《太公兵法》的，如此可省卻筆墨，二是詩人別有用意在，即當今如張良那樣的豪傑之士，還是有的，只是沒有像黃石公那樣識拔人才的人而已。末二句用意更清楚，表面上是嘆息張良去後，徐泗一帶就蕭條沒有人才了，實際上是曲筆反語，正如沈德潛《說詩晬語》所說：「本懷子房，而意實自寓。」其意實為「誰曰蕭條徐泗空」，詩人後來在〈扶風豪士歌〉結尾云：「張良未逐赤松去，橋邊黃石知我心。」正好是此詩末二句的注腳。意謂當今之世，繼張良而起，捨我其誰！

月夜金陵懷古

金陵❶

蒼蒼金陵月，空懸帝王州❷。天文列宿❸在，霸❹業大江流。淥水絕馳道❺，
青松摧古丘❻。臺傾鳷鵲觀❼，宮沒鳳凰樓❽。別殿悲清暑❾，芳園罷樂遊❿。一

聞歌〈玉樹〉⓫，蕭瑟後庭秋⓬。

【注　釋】❶月夜題　此詩蕭本、郭本闕。王本收於卷三〇〈詩文拾遺〉。按：宋本此詩題下注「金陵」二字，乃宋人編集時所加。❷蒼蒼二句　蒼蒼，迷濛貌。江淹〈傷愛子賦〉：「霧籠籠而帶樹，月蒼蒼而架林。」帝王州，金陵（今江蘇南京）乃（三國）吳、東晉、宋、齊、梁、陳六朝首都，故稱。謝脁〈入朝曲〉：「江南佳麗地，金陵帝王州。」❸列宿　眾星宿。《淮南子・天文訓》：「熒惑常以十月入太微，受制而出行列宿。」❹霸　宋本在此字下夾注：「一作：鼎」。❺馳道　本指供君王行駛車馬的道路，後泛指車馬馳行的大道。❻古丘　指六朝帝王的陵墓。卷一八〈登金陵鳳凰臺〉詩：「吳宮花草埋幽徑，晉代衣冠成古丘。」❼鳷鵲觀　本為漢宮觀名。在長安甘泉宮外。南朝都城金陵亦有鳷鵲觀。謝脁〈暫使下都夜發新林至京邑贈西府同僚〉詩：「金波麗鳷鵲，玉繩低建章。」❽鳳凰樓　《景定建康志》卷二一引《宮苑記》：「鳳凰樓在鳳凰臺山上，宋元嘉中建，有鳳凰集此為名。」按：凰，宋本原作「皇」，據咸本、《文苑英華》改。❾清暑　晉宮殿名。《晉書・孝武帝紀》：「（太元）二十一年春正月，造清暑殿。」《景定建康志》卷二一：「晉清暑殿在臺城內，晉孝武帝造，殿前重樓複道華林園，爽塏奇麗，天下無比，雖暑月常有清風，故以為名。」❿樂遊　苑名。古樂遊苑，在今南京覆舟山南。晉義熙中盧循反，劉裕築藥園壘以拒循，即此處。宋元嘉中，以其地為北苑，更造樓觀於覆舟山，後改名樂遊苑。侯景之亂，焚毀略盡。⓫歌玉樹　咸本作「玉樹曲」。陳後主經常引賓客與貴妃等遊宴，使諸貴人及女學士與狎客共賦新詩，互相贈答，採其特別豔麗者以為曲詞，其曲有〈玉樹後庭花〉、〈臨春樂〉等，大旨皆美張貴妃、孔貴嬪之容色。有「璧月夜夜滿，瓊樹朝朝新。」之句。《隋書・五行志上》：「（陳）禎明初，後主作新歌，詞甚哀怨，令後宮美人習而歌之。其辭曰：「玉樹後庭花，花開不復久。」時人以歌讖，此其不久兆也。」二句詠其事。⓬蕭瑟句　蕭，宋本原作「肅」，據繆本、咸本、《文苑英華》改。宋本在本句下夾注：「一作：千古不勝愁」。

【語　譯】朦朧迷茫的金陵月，徒然高懸在這六朝帝都的上空。天上的星宿依然羅列未變，但六朝帝王的霸業已付之大江滾滾東流。清清的流水阻斷了當年天子的御道，青松摧埋六朝帝王的古丘。臺城內還依稀可辨傾塌的鳷鵲觀，宮牆中已找不到著名的鳳凰樓。清暑別殿已不見而令人悲傷，樂遊芳苑也已經廢罷無所有。一聽〈玉樹後庭花〉的歌聲，六朝帝業就在蕭瑟的秋風中消失殆盡。

【研　析】此詩當是開元十三年（西元七二五年）初遊金陵時的懷古之作。首四句以天上明月和列宿依舊而帝王霸業已盡作對比。接著六句描寫如今金陵蕭條的情景：馳道阻絕，古丘青松。鳷鵲觀已傾，鳳凰樓已沒。清暑別殿可悲，樂遊芳園罷廢。末二句抒發悲感：一旦聽過〈玉樹後庭花〉，金陵就像秋風吹過一片淒涼蕭條。全詩充滿詩人懷古感慨之情。

金陵三首

其一

晉家南渡日，此地舊長安❶。地即帝王宅，山為龍虎盤❷。金陵空壯觀，天塹❸淨波瀾。醉客迴橈❹去，吳歌且自歡❺。

【注　釋】❶晉家二句　長安，今陝西西安。周、秦、漢皆以長安為都城。至晉朝因遭五胡之亂，晉元帝渡江建都建康，建康即古金陵之地，於是金陵便成為長安那樣的都城。宋本在「舊」字下夾注：「一作：即」。❷地即二句　謝朓〈入朝曲〉：「金陵帝王州。」《太平御覽》卷一五六引張勃《吳錄》：「劉備曾使諸葛亮至京，因覩秣陵山阜，歎曰：『鍾山龍盤，石頭虎踞，此帝王之宅。』」宋本在二句下夾注：「一作：碧宇樓臺滿，青山龍虎盤」。❸天塹　天然的壕溝。比喻地形險要，多指長江。《南史・孔範傳》：「長江天塹，古來限隔，虜軍豈能飛度！」按：塹，宋本原作「壍」。同。另，宋本在「壍」下夾注：「一作：江塞」。❹橈　船槳。此處代指船。❺吳歌句　宋本在此句下夾注：「一作：誰云行路難」。

【語　譯】晉朝南渡以後，在這裡建都代替了舊日的長安。這裡的地勢是帝王的住宅，山形則像虎踞龍盤。而今金陵卻空有壯麗的景觀，長江天塹也變得清波平靜不起波瀾。遊客在沉醉中回舟歸去，歡樂的吳歌暫且自在歡娛。

【研　析】這組詩作年不詳。此首詠金陵，從晉元帝渡江建都金陵說起，以此金陵之地即古秦地之長安，為帝王之所居。鍾山龍盤，石城虎踞，極一方之形勝。而今天塹長江，波瀾不興，金陵形勝，徒然壯觀。醉客泛舟回楫，聊以吳歌清唱自歡。嚴羽評點曰：「只一『舊』字，便有感慨，須從此二句為是。」

其二

地擁金陵勢❶，城迴江❷水流。當時百萬戶，夾道起朱樓❸。亡國生春草，離宮❹沒古丘。空餘後湖❺月，波上對瀛洲❻。

【注　釋】❶金陵勢　謂鍾山的形勢。❷江　宋本在此字下夾注：「一作：漢」。❸當時二句　當時，指金陵為帝都之時。夾道朱樓，謂繁華富庶。謝朓〈入朝曲〉：「逶迤帶綠水，迢遞起朱樓。」❹離宮　蕭本、郭本、王本、咸本皆作「王宮」。❺後湖　即指玄武湖。《初學記》卷七：「建業有後湖，一名玄武湖。」❻瀛洲　蕭本、郭本、胡本作「江州」。

【語　譯】地形擁有鍾山的龍盤之勢，繞城有江水暢流。當年六朝的金陵有百萬戶人口，權貴們夾道築起朱樓。而今亡國之地長滿春草，舊日的離宮別館已掩沒在淒涼的古丘中。徒然餘下那玄武湖上的明月，照耀清波對著海上的瀛洲。

【研　析】此首謂金陵地勢阻山帶水，六朝時繁華富庶，朱樓林立。而今國廢而生春草，宮沒而存古丘，已無向日之朝市。空餘玄武湖上之明月，照耀江州之波。應時《李詩緯》評曰：「清空之氣溢出。」

其三

六代❶興亡國，三杯為爾歌。苑方秦地少❷，山似洛陽多❸。古殿吳花草，深宮晉綺羅。併隨人事滅，東逝與❹滄波。

【注　釋】❶六代　指三國吳、東晉、宋、齊、梁、陳六個朝代，皆建都金陵。❷苑方句　此句謂金陵宮苑比長安的地方小。苑，宋本作「菀」，據蕭本、郭本、繆本、王本、咸本改。方，比。《後漢書・謝夷吾傳》：「方之古賢，實有倫序。」秦地，指長安。少，小。宋本在「少」字下夾注：「一作：小」。❸山似句　王琦注引《景定建康志》卷二一：「洛陽四山圍，伊、洛、瀍、澗在中。建康亦四山圍，秦淮、直瀆在中。故云『風景不殊，舉目有山河之異』。李白云：『山似洛陽多。』許渾云：『只有青山似洛中。』謂此也。」《太平寰宇記》卷九〇昇州：「《丹陽記》云：出建陽門望鍾山，似出上東門望首陽山。」❹與　宋本在此字下夾注：「一作：只」。

【語　譯】面對六朝興亡的古都，三杯酒後讓我為你唱一支歌。論宮苑金陵比長安小，比山水和洛陽差不多。殘破的古殿中曾生長著吳國的花草，幽深的宮牆中曾有晉代后妃穿著羅衣居住。這些都隨著前朝的人事一起消失，往事都付與長江東逝的碧波。

【研　析】此首有感於金陵六朝興亡，故於酒後作歌以哀之。謂金陵宮苑雖小於長安，而青山則與洛陽一樣多。始建都者吳，古殿皆吳之花草；繼而都者晉，深宮皆晉之綺羅。如今國破人亡，一切皆隨人事而滅，若東逝之江波一去不返矣。明人批點曰：「不甚驚人，然風格自高。」《唐宋詩醇》卷八曰：「六朝佳麗，滿目黯然，詩亦別一風格。」

秋夜板橋浦❶汎月獨酌懷謝朓

天上何所有❷？迢迢白玉繩❸。斜低建章闕❹，耿耿❺對金陵。漢水舊如練，霜江夜清澄❻。長川❼瀉落月，洲渚曉寒凝。獨酌板橋浦，古人誰可徵？玄暉❽難再得，灑酒氣填膺❾。

【注釋】❶板橋浦　《文選》卷二七謝朓〈之宣城出新林浦向板橋〉李善注：「酈善長《水經注》曰：『江水經三山，又湘浦出焉。水上南北結浮橋渡水，故曰版橋浦。江又北經新林浦。』」《太平寰宇記》卷九〇昇州江寧縣：「板橋浦在縣南五十里，周迴四十里，源出觀山，三十七里注大江。晉伐吳，其將張悌死於板橋，即此處。」按：板橋在今南京市雨花區。向西即至三山長江邊。當年謝朓自京都往宣城，先經過新林浦，再往南即板橋。❷天上句　用古樂府〈隴西行〉「天上何所有」成句。❸迢迢句　迢迢，遙遠貌。〈古詩十九首〉：「迢迢牽牛星。」玉繩，星名。《文選》卷二六謝朓〈暫使下都夜發新林至京邑贈西府同僚〉詩：「金波麗鳷鵲，玉繩低建章。」李善注引《春秋元命苞》：「玉衡北兩星為玉繩星。」玉衡，北斗七星之一。❹建章闕　南朝宋時京城建康（今江蘇南京）宮闕名。《宋書・前廢帝紀》：「（永光元年秋八月）甲申，以北邸為建章宮，南第為長楊宮。」❺耿耿　光明貌。謝朓〈暫使下都夜發新林至京邑贈西府同僚〉詩：「秋河曙耿耿。」❻漢水二句　化用謝朓〈晚登三山還望京邑〉詩「澄江淨如練」。漢水、霜江，皆指長江。❼長川　咸本作「長江」。❽玄暉　指南朝詩人謝朓。《南齊書・謝朓傳》：「謝朓字玄暉，陳郡陽夏人也。……朓少好學，有美名，文章清麗。」❾填膺　滿胸。《文選》卷一六江淹〈恨賦〉：「置酒欲飲，悲來填膺。」李善注引鄭玄《禮記注》曰：「填，滿也。」呂向注：「膺，胸也。」

【語譯】夜間天上有什麼？只有遙遠的玉繩星閃著白光。月亮低低地斜掛在建章宮門前，光明地照耀著金陵山。長江水依舊像一匹素練，夜間顯得更加清澈。長江流水像要把落月也瀉掉，沙洲上凝結著將曉時的秋寒。我獨自在板橋浦酌酒，古人中可以徵求到誰描寫這裡的詩篇？可惜謝朓那樣的詩人再也難以見到，灑酒江上惆悵之氣填滿胸間。

【研析】此詩當是開元十四年（西元七二六年）初遊金陵時之作。詩中前八句描寫金陵板橋秋夜景色，實際上櫽括謝朓的〈之宣城出新林浦向板橋〉、〈暫使下都夜發新林至京邑贈西府同僚〉、〈晚登三山還望京邑〉三首詩的詩意。後四句點題，獨酌懷謝朓。詩人認為古往今來只有謝朓能寫出上述三詩那樣清新的境界，如今再也找不到其人，只能灑酒祭奠，喪氣滿胸。表現出詩人對謝朓的無限崇敬。

金陵新亭❶

金陵風景好，豪士集新亭。舉目山河異，偏傷周顗❷情。四坐楚囚悲❸，不憂社稷傾。王公何慷慨❹，千載仰雄名。

【注　釋】❶新亭　故址在今江蘇南京。三國時吳建，名臨滄觀。晉安帝隆安中丹陽尹司馬恢之重修，名新亭。東晉時為周顗、王導等名臣遊宴之地，此亭之名遂大著。《世說新語・言語》：「過江諸人，每至美日，輒相邀新亭，藉卉飲宴。周侯（顗）中坐而歎曰：『風景不殊，正自有山河之異。』皆相視流淚。唯王丞相（導）愀然變色曰：『當共戮力王室，克復神州，何至作楚囚相對！』」劉孝標注引《丹陽記》曰：「新亭，吳舊立，先基崩淪，隆安中丹陽尹司馬恢之徙創今地。」《方輿勝覽》卷一四江東路建康府亭臺：「新亭，在城南十五里。」按：此詩蕭本、郭本闕。王本收入〈詩文拾遺〉。❷周顗　字伯仁，晉安東將軍浚之子。元帝初鎮江左，請為軍諮祭酒，出為寧遠將軍、荊州刺史、領護南蠻校尉、假節。中興建，補吏部尚書。太興初，更拜太子少傅，尚書如故。轉尚書左僕射，領吏部如故。及王敦構逆，遂於石頭南門外石上害之，時年五十四。《晉書》有傳。❸楚囚悲　《左傳》成公九年：「晉侯觀於軍府，見鍾儀。問之曰：『南冠而縶者，誰也？』有司對曰：『鄭人所獻楚囚也。』」本指被俘的楚國人。後借指遭遇國難或其他變故，無計可施，徒然悲傷。❹王公句　王公，指王導。何慷慨，多麼意氣激昂。即指《世說新語・言語》敘王導之語。

【語　譯】遙想當年金陵風光美好，過江的豪傑名士都聚會在新亭。周顗舉目山河感到不同於往日京都，不禁嘆息傷情。四坐之人都相視流淚如楚囚一般悲傷，卻不憂慮北方國土已被外族佔領。只有王丞相站出來陳辭多麼慷慨，使千載以來的人都仰慕他的雄風大名。

【研　析】此詩亦當是開元十四年（西元七二六年）初遊金陵時懷古之作。詩中櫽括了《世說新語・言語》中的一段故事，並對周顗的傷情和四坐之人的流淚提出評論，對王導的慷慨言論表示仰慕，反映出詩人憂社稷、愛祖國的思想感情。

過彭蠡湖

尋陽❶

謝公入彭蠡，因此遊松門。余方窺石鏡，兼得窮江源❷。前賞迹可見，後來道空存。而欲繼風雅，豈唯清心魂❸！雲海方助興，波濤何足論？青嶂憶遙月，綠蘿鳴愁❹猿。水碧或可採，金膏祕莫言❺。余將振衣❻去，羽化❼出囂煩。

【注釋】❶過彭蠡湖題　彭蠡湖，即今江西鄱陽湖。《括地志》卷四：「彭蠡湖，在江州潯陽縣東南五十二里。」按：宋本題下有「尋陽」二字注，乃宋人編集時所加。❷謝公四句　《文選》卷二六謝靈運〈入彭蠡湖口作〉詩：「攀崖照石鏡，牽葉入松門。」李善注：「張僧鑒《潯陽記》曰：『石鏡山東有一圓石，懸崖明淨，照人見形。』顧野王《輿地志》曰：『自入湖三百三十里，窮於松門。東西四十里，青松徧於兩岸。』」李周翰注：「石鏡，山名；松門，澗名。」四句用其意。❸前賞四句　謂前人謝靈運遊賞之蹤迹尚可見，我今後來者徒然見其路徑猶存。自己想繼承謝公的風流雅興，豈只清魂賞心而已。唯，蕭本、郭本作「云」。❹鳴愁　蕭本、郭本、王本、咸本皆作「愁鳴」。❺水碧二句　水碧，即水晶。《文選》卷二六謝靈運〈入彭蠡湖口作〉詩：「金膏滅明光，水碧綴流溫。」呂向注：「金膏，仙藥也。水碧，水玉也。此江中有之。然皆滅其明光，止其溫潤而不見。」❻振衣　整衣；抖衣去塵。《楚辭・漁父》：「新沐者必彈冠，新浴者必振衣。」王逸注：「去塵穢也。」左思〈詠史〉詩：「振衣千仞岡，濯足萬里流。」❼羽化　道教謂昇天成仙曰羽化。《晉書・許邁傳》：「自後莫測所終，好道者皆謂之羽化矣。」

【語譯】當年謝靈運有〈入彭蠡湖口作〉詩，所以我今日來遊松門山。我正觀看松門山上的石鏡，又能窮盡江水的源頭。前人遊賞的蹤迹可以看見，我後來者亦見謝公之路徑空存。我想繼承謝公的詩情雅興，豈只是為追求賞心安魂！松門山的雲海正助我的遊興，彭蠡湖的波濤何足談論？令人長憶那掛在青峰之間的遠月，還有那綠蘿間傳來令人悲傷的猿啼聲。聽說其中有水晶可採，莫說還有隱士煉就的祕密金丹。我將整衣隨之而去，羽化成仙脫離喧囂厭煩的塵世。

【研 析】此詩與下首文字略異而詩意全同，蓋是一詩之兩傳者。唯下首題目較具體，似是定本。二詩當是上元元年（西元七六〇年）自江夏赴豫章泛舟鄱陽湖而作。詩中化用謝靈運〈入彭蠡湖口作〉詩意，入彭蠡，遊松門，窺石鏡，窮江源，自謂欲繼前人風雅。而雲海助興，波濤何論！青嶂遙月，綠蘿鳴猿，寫盡泛舟之見聞。水碧、金膏，亦為謝詩中語。末以振衣羽化作結，亦是隱居之意。明人批曰：「頗似謝。」又曰：「比後首較淨。」

入彭蠡經松門觀石鏡緬懷謝康樂題詩書遊覽之志 二篇或同或異，故并錄之❶

謝公之彭蠡，因此遊松門。余方窺石鏡，兼得窮江源。將欲繼風雅，豈徒清心魂！前賞逾所見，後來道空存。況屬臨汎美，而無洲渚喧。漾水❷向東去，漳流❸直南奔。空濛三川夕❹，迴合千里昏❺。青桂隱遙月，綠楓鳴愁猿。水碧或可采，金精❻祕莫論。吾將學仙去，冀與琴高❼言。

【注 釋】❶入彭蠡題 此詩與上首詩意全同而文字略異，當是一詩之兩傳者。謝康樂，即謝靈運，襲封康樂公。世稱謝康樂。按：宋本題下有注曰：「二篇或同或異，故并錄之。」乃宋人編集時所加。胡本、《全唐詩》只收此首而注引前首。❷漾水　指漢水上源。《尚書．禹貢》：「嶓冢導漾，東流為漢，又東為滄浪之水，過三澨，至于大別，南入于江，東匯澤為彭蠡，東為北江，入于海。」孔傳：「泉始出山為漾水，東南流為沔水，至漢中東流為漢水。」❸漳流　漳水。《左傳》哀公六年：「江漢睢章，楚之望也。」孔穎達疏：「漳經襄陽至南郡當陽入江。」按：《嘉慶一統志》卷四二九漳州府：「漳江源出臨沮縣南，至荊州當陽北，與沮水合流，入大江。」❹空濛句　空濛，細雨迷茫貌。謝朓〈觀朝雨〉詩：「空濛如薄霧，散漫似輕埃。」三川，三江。按三江，孔安國、班固、鄭玄、韋昭、桑欽、郭璞諸說不一，王琦注以為指長江、漢水、彭蠡湖之水，三水合流東入於海。❺迴合句　迴合，曲折會合。謝靈運〈入彭蠡湖口作〉詩：「洲島驟迴合。」王僧達〈和琅琊王依古〉詩：「黃沙千里昏。」❻金精　道教傳說中的仙藥。《文選》卷一二郭璞〈江賦〉：「金精玉英瑱其裏。」李善注：「《穆天子傳》：『河伯曰：示汝黃金之膏。』郭璞曰：『金膏，其精汋也。』」❼琴高　神仙名。《列仙傳》卷上：「琴高，周末趙人，能鼓琴，為宋康王舍人，浮遊冀州、涿郡間。後與諸弟子期，入涿水取龍子，某日當返。至期，弟子候於水旁，琴高果乘鯉而出。留一月，復入水去。」

【語　譯】當年謝靈運到彭蠡，所以我也來遊松門山。我正可窺看石鏡，又兼得窮盡江水之源。我想繼承謝公的風流雅興，豈只是清魂賞心！前人的遊賞超越今日我之所見，後來的我只見路徑徒然猶存。何況正屬臨泛賞美，卻沒有洲島上的喧囂。漾水向東流去，漳水則直向南奔。傍晚時三江上飄灑迷茫細雨，江水曲折會合千里昏暗。遙遠的月隱於青青的桂樹間，碧綠的楓樹中傳來愁猿的鳴啼。其中或有水晶可採，莫說還有祕密的金精仙藥。我將從此學仙而去，希望能與仙人琴高相會言談。

【研　析】此詩與前首內容完全一致，只是文字略有異同。當是一詩之兩傳者。此首提到「漾水」、「漳流」，末又提到要「學仙去」，比前首更為具體明確。此首命題也更具體恰當，故胡本和《全唐詩》只收此一首，而將前詩列入注中，顯然以此首為定本。

廬江主人婦

宿松❶

孔雀東飛何處棲？廬江小吏仲卿妻❷。為客裁縫石自見❸，城烏獨宿夜空啼❹。

【注釋】❶廬江題　廬江，郡名。楚、漢之際分秦九江郡置。治所在舒（今安徽廬江西南）。其後治所和轄境一再遷改，隋開皇九年廢。隋大業、唐天寶、至德時又曾改郡，乾元元年復改為廬州。又，縣名，唐屬廬州，今屬安徽。按：宋本題下有「宿松」二字注，乃宋人編集時所加，以為此詩乃李白晚年避難宿松時作。大誤。❷孔雀二句　漢樂府〈古詩為焦仲卿妻作〉詩意。其〈序〉曰：「漢末建安中，廬江府小吏焦仲卿妻劉氏，為仲卿母所遣，自誓不嫁，其家逼之，乃沒水而死。仲卿聞之，亦自縊於庭樹。時人傷之，為詩云爾。」其詩首二句云：「孔雀東南飛，五里一徘徊。」❸為客句　漢樂府〈豔歌行〉：「兄弟兩三人，流蕩在他縣。故衣誰為補，新衣誰當綻？賴得賢主人，覽取為我綻。夫壻從門來，斜倚西北眄。語卿且勿眄，水清石自見。」此句用其意。按：石，蕭本、郭本、王本、咸本皆作「君」。❹城烏句　張華《禽經注》：「烏之失雄，雌則夜啼。」

【語譯】孔雀東飛將棲在何處？您就像當年廬江小吏焦仲卿之妻。為客裁縫不怕丈夫猜疑就像〈豔歌行〉中的賢主婦，您又像城上的烏鳥每夜獨宿而空啼。

【研析】此詩作年不詳，疑為天寶年間遊廬江時為主人婦之戲作。詩中詠一位廬江之主婦，為客裁縫，貞節自守。以古樂府〈焦仲卿妻〉、〈豔歌行〉、〈烏夜啼〉三首詩意比擬之。嚴羽評點曰：「題有孤趣。」又曰：「擬古指物，情事可想。」

陪宋中丞武昌夜飲懷古　江夏❶

清景南樓夜，風流在武昌。庾公愛秋月，乘興坐胡牀❷。龍笛吟寒水❸，天河落曉霜。我心還不淺❹，懷古❺醉餘觴。

【注　釋】❶陪宋中丞題　宋中丞，御史中丞宋若思。宋之悌之子。《舊唐書・地理志三》江州至德縣：「至德二年九月，中丞宋若思奏置。」《太平寰宇記》卷一〇五建德縣：「唐至德二年，採訪使宣城郡太守宋若思奏，以此地山水遙遠，因置縣邑，仍以年號為名。」可知宋若思於至德二載為御史中丞、江南西道採訪使兼宣城郡太守。詳見卷九〈中丞宋公以吳兵三千赴河南軍次尋陽脫余之囚參謀幕府因贈之〉詩注。武昌，唐縣名。今湖北鄂州。《元和郡縣志》卷二七鄂州：「武昌縣，緊，西至州一百七十里。」按：宋本題下有「江夏」二字注，乃宋人編集時所加。誤。❷清景四句　用庾亮事。《世說新語・容止》：「庾太尉（亮）在武昌，秋夜氣佳景清，佐吏殷浩、王胡之之徒登南樓理詠，音調始遒，聞函道中有屐聲甚厲，定是庾公。俄而率左右十許人步來，諸賢欲起避之。公徐云：『諸君少住，老子於此處興復不淺。』因便據胡牀與諸人詠謔，竟坐，甚得任樂。」王琦按：「《世說》、《晉書》載庾亮南樓事，皆不言秋月，而太白數用之，豈古本『秋夜』乃『秋月』之訛，抑有他傳是據歟？」此處以庾亮比擬宋中丞。胡床，可以折疊的輕便坐具。牀，「床」的異體字。❸龍笛句　語本馬融〈長笛賦〉：「龍鳴水中不見己，截竹吹之聲相似。」吟，《文苑英華》作「吹」。❹我心句　謂自己亦有庾亮之興不淺。❺懷古　宋本於二字下夾注：「一作：留客」。

【語　譯】當年在氣佳景清的秋夜，詩人們風流聚會在武昌的南樓。庾亮太尉喜愛秋月，乘興坐胡床上與諸人談笑。笛聲像龍在水中鳴吟，秋曉的寒霜像銀河落地。現在我的興致也不淺，懷古作詩陪宋中丞醉飲美酒。

【研　析】此詩當是至德二載（西元七五七年）秋隨宋若思至武昌，在其幕中作。前四句用庾亮在武昌與諸賢詠謔事，比擬宋若思與幕府中人夜飲。末二句謂自己有同遊之心，興亦不淺，遠懷古人，如庾亮與佐吏南樓同賞，必取醉飲而後已。明人批點曰：「只就庾公一事演意，語淺而興致有餘。獨『龍笛』一聯，不係庾事，想座間偶有笛。『曉霜』則已竟夜有霜，則係九月。蓋以庾比宋。」《唐宋詩醇》卷八：「八句一氣湧出，古無此格，乃古體中之諧調，律篇中之清音。」

望鸚鵡洲悲禰衡❶

魏帝營八極，蟻觀一禰衡❷。黃祖斗筲人❸，殺之受惡名。吳江賦〈鸚鵡〉，落筆超群英。鏘鏘振金玉❹，句句欲飛鳴。

鷙鶚啄孤鳳❺，千春❻傷我情。五岳起方寸，隱然詎可平❼！才高竟何施？寡識冒天刑❽。至今芳洲❾上，蘭蕙不忍生。

【注　釋】❶望鸚鵡洲題　鸚鵡洲，在今湖北武漢西南長江中。相傳東漢末江夏太守黃祖長子射在此大會賓客，有人獻鸚鵡，禰衡作〈鸚鵡賦〉，故名。後禰衡為黃祖所殺，葬此。自漢以後，由於江水沖刷，今鸚鵡洲已非宋以前故地。悲，蕭本、郭本、王本、咸本皆作「懷」。禰衡，後漢名士。《後漢書》有傳。❷魏帝二句　謂魏武經營天下，而視之直作螻蟻觀者，唯一禰衡也。魏帝，指魏武帝曹操。八極，最邊遠之地。《淮南子．墬形訓》：「天地之間，九州八極。」「八紘之外，乃有八極。」❸斗筲人　比喻才短識淺之人。《論語．子路》：「斗筲之人，何足算也！」斗和筲都是很小的容器，筲為竹器，僅容一斗二升。❹鏘鏘句　鏘鏘，象聲詞。《詩經．大雅．烝民》：「八鸞鏘鏘。」此鈴聲。《左傳》莊公二十二年：「是謂鳳凰于飛，和鳴鏘鏘。」此鳳凰鳴聲。此處形容聲名之大。振金玉，即金聲玉振。《孟子．萬章下》：「孔子之謂集大成；集大成也者，金聲而玉振之也。」金，指鐘。玉，指磬。比喻孔子德行全備，如奏樂以鐘發聲，以磬收韻，集眾音之大成。後用以比喻才學精妙，聲名遠揚。❺鷙鶚句　鷙，鷹、鸇之類兇猛的鳥。《淮南子．覽冥訓》：「鷙鳥不妄搏。」鶚，鳥名。亦稱「魚鷹」。善捕魚。此處以鷙鶚比喻黃祖，以孤鳳比喻禰衡。❻千春　猶千年。謂歲月久長。梁簡文帝〈採蓮曲〉其二：「千春誰與樂，唯有妾隨君。」❼五岳二句　謂心中如五岳突起，隱痛豈能平。方寸，指心。❽寡識句　寡識，見識淺陋。張衡〈東京賦〉：「鄙夫寡識。」《晉書．孫登傳》：登謂嵇康曰：「今子才多識寡，難乎免於今之世矣。」天刑，天之常法。《國語．周語下》：「上非天刑，下非地德。」韋昭注：「刑，法也；德，猶利也。」此句乃詩人傷禰衡見識淺而冒犯凶人以死。❾芳洲　花草叢生的水中之地。此處指鸚鵡洲。《楚辭．九歌．湘君》：「采芳洲兮杜若。」

【語　譯】魏武帝曹操經營整個天下，在他眼裡視作螻蟻的只有一個禰衡。黃祖則是一個器量極小的小人，殺死禰衡遭受千古的罵名。禰衡在吳江揮筆寫作〈鸚鵡賦〉，落筆便超過所有的英傑。字字鏗鏘如金聲玉振，句句靈動似鸚鵡飛鳴。

兇惡的鷹禽殺死這隻孤鳳，這一千古悲劇使我傷情。如同五嶽壓在胸中，心中的隱痛怎能平！禰衡才高為什麼竟不得施展？只因他見識短淺冒犯天之常法而喪失了性命。至今本應花草叢生的鸚鵡洲上，蘭、蕙等香草都不忍在此生長。

【研析】此詩當是乾元元年（西元七五八年）流放夜郎至江夏時所作。前段八句有兩層意思。一是對曹操和黃祖的評議。認為曹操經營天下，唯對一個禰衡卻視為螞蟻。黃祖則是一個小人，殺禰衡而受惡名。一是極力讚揚禰衡寫〈鸚鵡賦〉的才華和得到美好的名聲。後段八句也有兩層意思。一是才士被兇惡小人所殺使詩人內心隱痛不平。一是對禰衡的評價：才高而寡識，甘冒天刑。其冤死之悲，使芳洲上的香草至今不忍生長。無情物尚如此，則人之傷情可想而知。或謂詩中借禰衡事，抒發自己遭遇不幸的憤懣之情。可備一說。嚴羽評點曰：「『才高』、『寡識』四字，斷盡禰衡。言『天刑』，見非黃祖能殺之。」鍾惺《唐詩歸》卷一五：「太白胸中有『古之傷心人』五字，才吐得出『千春傷我情』五字。胸中有『千春傷我情』，才吐得出『蘭蕙不忍生』五字。」

宿巫山下 巫峽❶

昨夜巫山下，猿聲夢裏長❷。桃花飛淥水❸，三月下瞿塘。雨色風吹去，南行拂楚王❹。高丘懷宋玉❺，訪古一霑裳。

【注釋】❶宿巫山下題 巫山，在今重慶、湖北邊境長江兩岸。北與大巴山相連，形如「巫」字，故名。長江穿流其中，形成三峽。按：宋本題下有「巫峽」二字注，乃宋人編集時所加。❷猿聲句　《水經注・江水》：「自三峽七百里中，兩岸連山，略無闕處。……每至晴初霜旦，林寒澗肅，常有高猿長嘯，屬引淒異，空谷傳響，哀轉久絕。故漁者歌曰：巴東三峽巫峽長，猿鳴三聲淚沾裳。」此句用其意。❸桃花句　謂桃花紛紛飛落於清澈的江水中。淥，蕭本、郭本、《全唐詩》作「綠」。❹雨色二句　寫峽中欲雨未雨之景，化用宋玉〈高唐賦〉：「昔者先王嘗遊高唐，怠而晝寢，夢見一婦人曰……妾在巫山之陽，高丘之岨。旦為朝雲，暮為行雨。朝朝暮暮，陽臺之下。」此處謂春風吹拂雨色，似神女南行化為行雨拂楚王。❺高丘句　謂登高丘而懷念宋玉之高才。

【語　譯】昨夜小舟行至巫山下，在長鳴的猿聲中進入夢鄉。桃花飛落於清澈之水，三月時節順流而下瞿塘峽。積雨的濃雲忽然被江風吹走，一定是神女南行到巫山之陽去會楚王。我登上高丘懷念寫〈高唐賦〉的才子宋玉，在此訪古又一腔傷感淚霑衣裳。

【研　析】此詩當是開元十三年（西元七二五年）初次出峽時所作。謂昨夜於巫山之下，峽中猿聲夢中聞之，不勝悲切。值此桃花飛落江水之際，陽春三月下瞿塘，雨色風吹去，似行雨之巫山神女南行拂會楚王。登高丘而懷念宋玉〈高唐賦〉的才華，至此訪古而為這一灑沾衣之淚。嚴羽評點曰：「一句不對，卻和穩如律，此最難學者。」《唐宋詩醇》卷八曰：「嚴羽曰律詩有徹首尾不對者，皆文從字順，音韻鏘鏘，盛唐諸公有此體，此篇及〈長信宮〉、〈牛渚懷古〉是也。」

金陵白楊十字巷

白楊十字巷❶，北夾潮溝❷道。不見吳時人，空生唐年草。天地有反覆❸，宮城盡傾倒。六帝❹餘古丘，樵蘇❺泣遺老。

【注　釋】❶白楊十字巷　《六朝事跡類編》卷下：「白楊路，《圖經》云：縣南十二里石山岡之橫道是也。」❷潮溝　潮，宋本作「湖」，王本注：「當作『潮』。」按：王說是，據改。《建康實錄》卷二：赤烏四年，「冬十一月，詔鑿東渠，名青溪，通城北塹潮溝。潮溝，亦帝所開，以引江潮。其舊跡在天寶寺後，長壽寺前。東發青溪，西行經都古承明、廣莫、大夏等三門外，西極都城牆。對今歸善寺西南角，南出經閶闔、西明等二門，接運瀆，在西洲之東南流入秦淮。其北又開一瀆，在歸善寺東，經棲玄寺門，北至後湖，以引湖水，至今俗為運瀆。其實古城西南行者是運瀆，自歸善寺門前東出至青溪者，名曰潮溝。其溝東頭，今已湮塞，纔有處所，西頭則見通。」按：《建康實錄》的作者許嵩，乃唐玄宗、肅宗時人，與李白同時。其所記潮溝位置切實可信。即：潮溝東頭通青溪，北入後湖（即玄武湖），唐時已湮塞。西頭接運瀆，西南行，在西洲之東南入秦淮河。❸反覆　猶言翻覆，傾塌。《文選》卷一班固〈西都賦〉：「草木塗地，山淵反覆。」李善注：「反覆，猶傾動也。」❹六帝　謂六代開國之帝。❺樵蘇　打柴割草。《史記・淮陰侯列傳》：「樵蘇後爨，師不宿飽。」裴駰《集解》引《漢書音義》：「樵，取薪也。蘇，取草也。」

【語　譯】金陵白楊路上的十字巷，北面夾著當年吳大帝修鑿的潮溝渠道。現在再也看不見東吳時代的人，這裡徒然生長著我大唐時代的雜草。歷史上總是有天翻地覆的變化，前代的宮城全部崩塌傾倒。六朝的帝王霸業現只剩餘荒涼的古丘，在古丘上砍柴割草不禁使經歷世變的老人對前朝哀悼。

【研　析】此詩當是天寶六載（西元七四七年）重遊金陵時所作。從潮溝為三國時吳大帝所開鑿引發出如今不見吳時人，只有唐年草，面對六代帝王空餘古丘，宮城傾倒，再引發出詩人對天地反覆的深切感慨。實際上亦是一首懷古詩。

謝公亭　蓋謝脁、范雲之所游❶

謝亭❷離別處，風景每生愁。客散青天月，山空碧水流。池花春映日，窗竹夜鳴秋。今古一相接，長歌懷舊遊。

【注　釋】❶謝公亭題　《海錄碎事》卷四下：「謝公亭在宣城，太守謝玄暉置。范雲為零陵內史，謝送別於此，故有〈新亭送別〉詩。」《方輿勝覽》卷一五：「謝公亭，在宣城縣北二里。《舊經》云：『謝玄暉送范雲零陵內史之地。』」宋本題下注：「蓋謝朓、范雲之所游。」胡本在此注前冠以「自注」二字，王本則在此前冠以「原注」二字，「游」作「遊」。❷謝亭　蕭本、郭本、胡本、咸本作「謝公」。

【語　譯】謝公亭是謝朓送范雲離別之處，每當我看到這裡的風景就不禁生愁。主客分散而青天皓月依然，人去山空而碧水仍舊長流。池畔之花當春而映日，窗外之竹入夜而鳴秋。今人之我與古人之謝公一旦心境相接，長歌一曲懷念謝公之舊遊。

【研　析】此詩當是天寶十二載（西元七五三年）在宣城所作。首聯謂謝公亭乃謝朓送范雲之處，今我每見此處風景而生愁，蓋今之景猶昔之景，不免今昔之傷感。次聯承風景之生愁，謂客有聚散，而青天之月色常存，山中之碧流如故，謝公則不在矣。頸聯轉為由今溯古，謂如今池花當春映日，窗竹至秋夜鳴，此景昔亦有之，不知古今相隔多少春秋。尾聯為合，謂我今於此亭而懷謝公之舊遊，乃今古一相接，千古之下知謝公者，非我而誰？我惟有長歌而懷謝公之舊遊也。王夫之《唐詩評選》卷三曰：「五、六不似懷古，乃以懷古，覺杜陵寶靨羅裙之句猶為貌取。『今古一相接』五字，盡古今人道不得。神理、意致、手腕，三絕也。」吳昌祺《刪定唐詩解》卷一六：「昔時之客已散，千秋之水長流，所以生愁也。能無對花竹而懷謝、范之離別乎？前後完渾。」

紀南陵題五松山

一作〈南陵五松山感時贈別〉　山在銅坑村五里❶

聖達有去就❷，潛光愚其德❸。魚與龍同池，龍去魚不測❹。

當時板築輩，豈知傅說情❺？一朝和殷人❻，光氣為列星❼。

伊尹生空桑❽，捐庖佐皇極❾。桐宮放太甲，攝政無愧色。三年帝道明，委質終輔翼❿。曠哉至人心⓫，萬古可為則。

時命或大謬⓬，仲尼將⓭奈何？鸞鳳忽覆巢，麒麟不來過⓮。

龜山蔽魯國，有斧且無柯⓯。歸去來，歸去來⓰，宵濟越洪波。

【注釋】❶紀南陵題　宋本題下注：「一作〈南陵五松山感時贈別〉。」乃宋人編集時所加。又注云：「山名，銅坑村五里。」此七字當是李白原注。唯王本作「山在銅坑村五里」，作「在」。是。據改。咸本分此詩為五首，題作〈紀南陵題五松山五首〉。注云：「一本併作一首。」《萬首唐人絕句》無「伊尹」以下八句，分作四首。南陵，唐縣名，屬宣州。今安徽南陵。五松山，李白所取山名。在今安徽銅陵東南。詳見卷一七〈與南陵常贊府遊五松山〉詩注。❷聖達句　聖達，聖人通達知分。《左傳》成公十五年：「聖達節，次守節，下失節。」孔穎達疏：「聖人達於天命，識己知分。」按：「達有」二字宋本漫漶，據蕭本、郭本、繆本、王本、咸本補。去就，就或不就，從或捨。❸潛光句　潛光，隱匿光彩。比喻不顯露才華。曹植〈仙人篇〉：「潛光養羽翼，進趨且徐徐。」愚其德，即「大智若愚」之意。❹魚與龍二句　魚，比喻平凡俗人。龍，比喻聖賢。不測，不可探測。《後漢書・毛義傳》：「張奉歎曰：『賢者固不可測。』」❺當時二句　板築輩，造泥牆的土木工。比喻地位低賤之人。板，夾牆板。築，搗土的杵。傅說，殷高宗武丁的賢臣。《尚書・說命上》：「高宗夢得說（傅說），使百工營求諸野，得諸傅巖。作〈說命〉三篇。」孔傳：「命說為相，使攝政。」《韓詩外傳》卷七：「傅說負土而板築，以為大夫，其遇武丁也。」按：「板築輩」三字，宋本漫漶，據蕭本、郭本、繆本、王本補。❻和殷人　宋本在「和」字下夾注：「一作：雨」。人，胡本、《文苑英華》、《全唐詩》作「羹」。王本注：「一作：羹」。按：《尚書・說命上》：「若歲大旱，用汝作霖雨。」又〈說命下〉：「若作和羹，爾惟鹽梅。」則當作「雨殷人」或「和殷羹」。和羹，用調味品配製羹湯。

❼列星　謂傳說死後，上天為星。《莊子・大宗師》：「傳說得之，以相武丁，奄有天下，乘東維，騎箕尾，而比於列星。」陸德明《釋文》引崔云：「傳說死，其精神乘東維，託龍尾，乃到宿。今尾上有傳說星。」❽伊尹句　伊尹，商初大臣，名伊，尹是官名。一說名摯，傳為家奴出身，原為有莘氏女的陪嫁之臣，湯用為「小臣」，後任以國政，助湯攻滅夏桀。湯去世後，歷佐外丙、中壬二君。中壬死後，太甲即位，因太甲不遵湯法，不理國政，被他放逐。三年後太甲悔過，又接回復位。死於沃丁時。《水經注・伊水》：「昔有莘氏女采桑于伊川，得嬰兒于空桑中，言其母孕于伊水之濱，夢神告之曰：臼水出而東走，母明視而見臼水出焉。告其鄰居而走，顧望其邑，咸為水矣。其母化為空桑，子在其中矣。莘女取而獻之，命養於庖，長而有賢德，殷以為尹，曰伊尹也。」❾捐庖句　捐，棄。蕭本、郭本作「指」。《史記・殷本紀》：「伊尹……乃為有莘氏之媵臣，負鼎俎，以滋味說湯，致于王道。……湯舉任以國政。」皇極，帝王統治天下。亦指帝王之位。干寶〈晉紀總論〉：「至於世祖，遂享皇極。」❿銅宮四句　《史記・殷本紀》記載，帝太甲即位三年，暴虐亂德。於是伊尹將他流放到桐宮，伊尹攝政當國，以朝諸侯。帝太甲居桐宮三年，悔過自責而變善，於是伊尹乃迎帝太甲而授之政。四句用其事。按：桐宮為商代的宮室，相傳為湯葬地。故址在今河北臨漳。又按：桐，宋本原作「銅」，據蕭本、郭本、繆本、王本、咸本改。委質，臣下向君主獻身。一說，下拜，表示恭敬承奉之意。《左傳》僖公二十三年：「策名委質。」孔穎達疏：「質，形體也。拜則屈膝而委身體於地，以明敬奉之也。」輔翼，輔佐；相助。《史記・魯周公世家》：「及武王即位，旦（周公名旦）常輔翼武王，用事居多。」⓫曠哉句　曠，開朗廣闊貌。《後漢書・竇融傳》：「曠若發矇。」至人，指思想道德達到最高境界之人。《荀子・天論》：「故明於天人之分，則可謂至人矣。」《莊子・天下》：「不離於真，謂之至人。」又〈逍遙遊〉：「至人無己，神人無功，聖人無名。」⓬時命句　時命，指命運。嚴忌〈哀時命〉：「哀時命之不及古人兮，夫何予生之不遘時。」大謬，大錯。《莊子・繕性》：「古之所謂隱士者，非優其身而不見也，非閉其言而不出也，非藏其知而不發也，時命大謬也。」⓭將　宋本在此字下夾注：「一作：其」。⓮鸞鳳二句　用孔子語。《史記・孔子世家》記載孔子說：「刳胎殺夭，則麒麟不至郊；竭澤涸漁，則蛟龍不合陰陽；覆巢毀卵，則鳳皇不翔。何則？君子諱傷其類也。夫鳥獸之於不義也尚知辟之，而況乎丘哉！」⓯龜山二句　龜山，在今山東新泰南。《元和郡縣志》卷一〇河南道兗州泗水縣：「龜山，在縣東北七十五里。《詩》曰『奄有龜蒙』，定公十年《左傳》曰『齊人來歸龜陰之田』，是也。」斧柯，比喻權柄。蔡邕《琴操・龜山操》：「（孔子）傷政道之陵遲，閔百姓不得其所，欲誅季氏而力不能，於是援琴而歌云：『予欲望魯兮，龜山蔽之，手無斧柯，奈龜山何！』」按：《詩經・豳風・伐柯》：「伐柯如何？匪斧不克。」毛傳：「柯，斧柄也。禮義者，亦治國之柄。」此乃以斧柯比喻權

柄之本。⑯歸去來二句　宋本在二句末夾注：「一作：歸來歸去來」。按：蕭本、郭本、王本、咸本皆作「歸來，歸去來。」王本注：「一作：歸去來，歸去。」

【語　譯】聖賢通達知分而對去就從來很慎重，有時會隱蔽潛匿其真才實德容貌若愚。如果魚和龍生活在同一個池中，龍總有一天要離去而魚則無法測知龍的去向。

當年和傅說一起搗土築牆的人們，誰能知道他是一個賢者？一旦身居殷朝宰相治理好天下，其精神氣象便化為天上的星宿永不殞落。

伊尹本來生長在空桑中，送給庖丁養大成人而輔佐殷王朝。他曾將殷的暴虐天子太甲放逐到桐宮，自己攝政而毫無愧色。三年後太甲悔過從善懂得開明的治國之道，他就還政於太甲自己委質為輔翼之臣。心胸開闊啊至聖至賢的人，真正是萬古可以作為榜樣。

時世命運有時也會發生大錯使聖賢難過，即使是孔子對此又能怎麼樣？他曾感嘆鸞鳳的巢忽然被覆滅，麒麟亦不會降臨經過。

魯國已被龜山遮住，有斧無柯聖人也無力回天。歸去吧，歸去吧，我恨不得今宵就渡過黃河的洪波。

【研　析】此詩當是天寶十三載（西元七五四年）在宣州南陵作。詩題當依一作〈南陵五松山感時贈別〉為是。胡震亨《李詩通》題為〈失題〉，云：「此是詠古或感興詩也，舊本題作〈紀南陵題五松山〉，誤。」首段四句以魚龍作比喻，謂聖賢之人與凡俗之人不同，聖者對出處通脫有主張，潛匿光彩不顯露才華，外表若愚。次段四句頌傳說佐殷，精神為星宿，而其未出仕前卻無人知其賢。第三段八句頌伊尹事跡，稱其為至人，心胸廣闊，萬世可為榜樣。以上三段為詠古。第四段四句以孔子之語，說明時世命運有時會有大錯。聖人如孔子對此亦無可奈何。末段點題，感時贈別。亦以孔子之語，說明沒有權柄就無法治天下，為此自嘆只得歸去，晚上就將渡河而去。嚴羽評點曰：「『無愧色』與『曠』、『心』五字，真萬古人臣之則，凡危疑之際做事業不出，只為胸中有膺礙，面上多慚惶耳。」

夜泊牛渚懷古　此地即謝尚聞袁宏詠史處❶

牛渚西江❷夜，青天無片雲。登舟望秋月，空憶謝將軍❸。余亦能高詠，斯人不可聞❹。明朝挂帆席，楓葉落紛紛❺。

【注釋】❶夜泊題　牛渚，山名，在今安徽馬鞍山市。山北部突入長江，名牛渚磯，又名采石磯。按：宋本題下有李白自注：「此地即謝尚聞袁宏詠史處。」《世說新語．文學》：「袁虎少貧（虎，袁宏小字也），嘗為人傭載運租。謝鎮西經船行，其夜清風朗月，聞江渚間估客船上有詠詩聲，甚有情致。所誦五言，又其所未嘗聞，歎美不能已。即遣委曲訊問，乃是袁自詠其所作〈詠史詩〉。因此相要，大相賞得。」❷西江　指從江西九江市至江蘇南京之間這一段長江。此段長江呈西南往東北流向。古稱「西江」。牛渚山即在此段江邊。❸空憶句　空憶，徒然想念。謝將軍，指謝尚。《晉書．謝尚傳》：謝尚，字仁祖，累官至建武將軍，進號安西將軍。永和中，拜前將軍、豫州刺史，鎮歷陽（今安徽和縣）。入朝，進號鎮西將軍，鎮壽陽。升平初，徵拜衛將軍，加散騎常侍，未至，卒於歷陽。按：袁宏即在謝尚為安西將軍、豫州刺史時被引入幕府參其軍事。❹余亦二句　意謂我也能如袁宏那樣高誦自己的詩篇，可惜此人（謝尚）已無法聽到了。斯人，此人。指謝尚。卷六〈勞勞亭歌〉：「昔聞牛渚吟五章，今來何謝袁家郎。」卷一六〈答杜秀才五松山見贈〉：「吾非謝尚邀彥伯，異代風流各一時。」可與此參照。❺明朝二句　感嘆不遇知音，只得在楓葉紛紛下落的秋色中張帆離去。挂帆席，揚帆駛船。古代帆或以席為之，故名帆席。見劉熙《釋名》。按：宋本在此三字下夾注：「一作：洞庭去」。又，宋本在「落」字下夾注：「一作：正」。胡本作「正」。

【語譯】長江邊牛渚磯的夜晚，青天上沒有一片雲彩。我登舟仰望一輪秋月，徒然想起當年在這裡賞識袁宏吟詩的謝尚將軍。我也和袁宏一樣能高聲吟詠自己創作的詩歌，可惜謝將軍那樣的人再也聽不到了。明天早晨我就要揚帆遠去，只見江邊的楓葉正在紛紛飄落使我悲傷。

【研析】此詩自傷不遇知音。當作於青年時代名未振之時。詩末二句一作「明朝洞庭去」，疑作於開元十五年（西元七二七年）秋完成「東涉溟海」後，溯江往洞庭擬安葬友人吳指南，途經牛渚時作。牛渚是有深厚歷史文化積澱而充滿魅力的山水勝地，更易引起詩人的懷古情緒。首聯點牛渚夜泊，寫江天明淨寧靜的夜晚景色。頷聯承接首聯寫詩人在這環境中登上小舟，仰望秋月，過渡到「懷古」，想起當年謝尚就是在這裡聽到吟詩而識拔袁宏的故事。但這一懷古情緒剛上心頭，卻又被現實打破：袁宏那樣的機遇現在沒有了，所以說「空憶」、空想。頸聯回到現實中的自己，自己也像當年袁宏那樣富有才華，而像謝尚那樣識拔人才的人物卻沒有。「不可聞」回應「空憶」，蘊含著不遇知音的深沉感慨。尾聯又宕開寫景，想像明日小舟離開牛渚而去，楓葉紛紛飄落，秋聲秋色無言送走寂寞的詩人，進一步烘托出詩人惆悵淒涼的情懷。

全詩意境明朗，蕭散自然，富有令人神遠的韻味。尾聯更是餘音嫋嫋，含不盡之意於言外。這是一首五律，平仄都合規矩，但中間兩聯卻未按規矩對仗。這也是李白律詩不拘約束的一個特點。

姑熟十詠❶

姑熟溪❷

愛此溪水閑，乘流興無極。漾楫❸怕鷗驚，垂竿待魚食。波翻曉霞影，岸疊春山色。何處浣紗人，紅顏未相識。

【注釋】❶姑熟十詠　姑熟，一作姑孰。古城名。因城南臨姑熟溪而得名。東晉時築。故址在今安徽當塗，地當長江要津，為京師建康（今南京）西南門戶，東晉、南朝為豫州及南豫州治所。隋開皇九年移當塗縣治此。十詠，《文苑英華》收八首，無〈丹陽湖〉、〈桓公井〉二首。《全唐詩》卷一八一李白名下收此組詩十首，題下注：「一作李赤詩。」❷姑熟溪　即姑熟水，又稱姑溪。即今安徽當塗姑溪河。唐時東連丹陽湖，經當塗縣城，西入長江。❸漾楫　蕩舟。《文苑英華》作「擊檝」，敲打船槳。

【語　譯】我愛這姑溪水的清靜，乘流而遊興致沒有窮盡。蕩漾船槳怕驚動鷗鷺，垂下釣竿待魚上鉤。水波翻映朝霞的豔影，兩岸重疊的山峰顯露春色。不知何處來的水邊浣紗女子，紅顏美豔而不相識。

【研　析】此組詩作年不詳。此首詠姑熟溪。描寫蕩舟姑熟溪情景。乘流泛舟，興致無窮，蕩槳怕驚鷗鳥，垂竿等待魚食，波翻朝霞之影，岸疊重山春色。又見浣紗少女，紅顏美豔卻不相識。嚴羽評點三、四句曰：「靜人，仁者之心，逸蕩人更難如此。」又評結句曰：「自然是不相識者，言之情生。」明人批點曰：「此首尤勻密，鳥、魚、波、岸是層數，『怕』、『待』字工。『浣紗』借得恰好。」

丹陽湖❶

湖與元氣❷連，風波浩難止。天外賈客歸，雲間片帆起。龜遊蓮葉上❸，鳥宿蘆花裏。少女棹輕舟❹，歌聲逐流水。

【注　釋】❶丹陽湖　唐代丹陽湖遺址在今安徽當塗東南、江蘇溧水縣西南、高淳北。今南京市江寧區與安徽當塗交界處之丹陽，為秦置丹陽縣，即丹陽湖北岸。《元和郡縣志》卷二八江南道宣州當塗縣：「丹陽湖，在縣東南七十九里。周迴三百餘里，與溧水分湖為界。」又溧水縣：「丹陽湖，在縣西南二十八里。與當塗縣分中流為界。」❷元氣　宇宙間自然之氣；天空。《楚辭・九思・守志》：「食元氣兮長存。」王逸注：「元氣，天氣。」❸龜遊句　《史記・龜策列傳》：「龜千歲乃遊蓮葉之上。」此句用其意。❹輕舟　蕭本、郭本、《全唐詩》作「歸舟」。

【語　譯】湖水與天空相連，風波浩蕩難有止境。賈客們的商船好像自天外歸來，片片帆席在雲間升起航行。千歲烏龜在蓮葉上遊戲，鳥兒棲宿在蘆花叢中。少女們蕩起輕快的小舟，湖上的歌聲追隨著流水聲。

【研　析】此詩詠丹陽湖。描寫湖中景物。湖之廣闊與天相連，風波浩蕩不能靜止。賈客從天外歸來，片帆從雲間升起。龜遊蓮葉，鳥宿蘆花。末以少女輕舟、歌聲水聲作結，生動天然，逼真如畫。

謝公宅❶

青山日將暝，寂寞謝公宅。竹裏無人聲，池中虛月白❷。荒庭衰草徧，廢井蒼苔積。唯有清風閑，時時起泉石。

【注　釋】❶謝公宅　遺址在今安徽當塗東青山南，為南齊時宣城太守謝朓所建。❷虛月白　《文苑英華》作「有月白」。

【語　譯】青山的太陽已將下落，謝公宅顯得非常寂靜。竹林裡沒有人的聲音，水池中空有白色月光。庭院荒蕪遍地是衰敗的野草，廢井邊積滿厚厚的蒼苔。只有清風仍然是那樣幽閒自在，時時在泉石間吹起秋聲。

【研　析】此詩詠青山謝朓宅。謂青山日已將暝，謝宅寂靜冷清。竹林無人聲，池中空月白。庭多衰草，井積蒼苔。竹、池、庭、井皆舊時之物，今俱已荒廢。唯有清風時起於泉石之間，使人舒暢，而舊時人又不可得見。嚴羽評點曰：「(後)六句只了『寂寞』二字。」明人批點曰：「三、四意態入妙。『徧』字、『積』字好。」

陵歊臺❶

曠望登古臺，臺高極人目。疊嶂❷列遠空，雜花間平陸❸。閑雲入窗牖，野翠生松竹。欲覽碑上文，苔侵豈堪讀！

【注　釋】❶陵歊臺　陵，咸本作「淩」。歊，宋本原作「敲」。誤。據蕭本、郭本、王本、咸本改。按：淩歊臺在今安徽當塗黃山頂上，有石如案，高可五尺，頂平而圓，宋孝武帝劉駿建宮避暑處。唐時臺館猶存，至明代僅存巨石。❷疊嶂　重疊的山峰。梁武帝〈直石頭〉詩：「夕池出濠渚，朝雲生疊嶂。」❸雜花句　雜花，各種不同的花。丘遲〈與陳伯之書〉：「雜花生樹，群鶯亂飛。」平陸，平原陸地。《爾雅・釋地》：「大野曰平，廣平曰原，高平曰陸。」陶潛〈停雲〉詩：「八表同昏，平陸成江。」

【語　譯】登上古臺瞭望曠野，臺高使人望盡周圍一切景物。重巒疊嶂羅列天空，雜花綠樹密佈平原。悠閒的雲彩飄入窗內，野外都是翠綠的松竹。我想觀覽碑上的文字，無奈被蒼苔侵蝕已模糊不清哪堪一讀！

【研　析】此詩詠凌歊臺。謂臺高可以望遠。疊嶂、雜花、閑雲、翠竹等物一覽望盡。只有碑文年久苔侵而漫漶不可讀。明人批點曰：「『閑』字佳，『野翠』句尤工。」

桓公井❶

桓公名已古，廢井曾未竭。石甃❷冷蒼苔，寒泉湛❸孤月。秋來桐暫落，春至桃還發。路遠人罕窺，誰能見清澈❹？

【注　釋】❶桓公井　蕭士贇注：「桓公井在當塗東五里白紵山上。《寰宇志》：又名楚山。桓溫領妓遊山奏樂，好為〈白紵歌〉，因名焉。井在其上。」今已不存。❷石甃　宋本此二字漫漶，據蕭本、郭本、繆本、王本、咸本補。甃，井壁。❸湛　通「沉」。沉落。《漢書・溝洫志》：「搴長茭兮湛美玉。」❹清澈　郭本作「清潔」。

【語　譯】築井的桓公大名雖存卻早已成為古人，而廢井則從來未曾枯竭。井周石壁雖冷卻長滿蒼苔，井下寒泉中則沉浸著一輪孤月。井邊的梧桐開始在秋風中凋謝，而桃花則等明年春天還要開放。可惜這裡路遠而人跡罕至，誰能看見它的明澈清洌？

【研　析】此首詠桓公井。謂桓公已去，而井水未竭。井壁冷而蒼苔生，井水中卻沉浸著孤月。秋來梧葉漸落，來春則桃花重開。秋去春來，木落花開，未知過了多少歲月。只可惜井在山頂，路遠而人罕，誰能窺見井泉之清澈？不勝感慨之情，言外見之。明人批點曰：「領聯景好。『冷』、『湛』字佳。」

慈姥竹❶

野竹攢❷石生，含煙映江島❸。翠色落波深，虛聲❹帶寒早。龍吟❺曾未聽，鳳曲❻吹應好。不學蒲柳凋❼，貞心常自保。

【注　釋】❶慈姥竹　《藝文類聚》卷八九引《丹陽記》曰：「江寧縣南三十里有慈母山，積石臨江，生簫管竹。王褒〈洞簫賦〉所稱，即此竹也。其竹圓緻，異於眾處。自伶倫採竹嶰谷，其後惟此幹見珍，故歷代常給樂府，俗呼為鼓吹山。」按：慈姥山在今安徽馬鞍山市慈湖鎮西北五里長江東岸，原在江中，後江面西移，山距江已有里許。南距當塗縣城有七十里。❷攢　聚集。《文選》卷二張衡〈西京賦〉：「攢珍寶之玩好。」薛綜注：「攢，聚也。」❸含煙句　煙，宋本原作「仲」。誤。據蕭本、郭本、王本、咸本改。江島，指慈姥山。原在江中，後長江西移，今此山已在安徽馬鞍山市慈湖鎮的長江東岸。❹虛聲　空谷間傳出的回聲。姚崇〈故洛陽城侍宴應制〉：「巖鳥應虛聲。」❺龍吟　形容笛聲。馬融〈長笛賦〉：「龍鳴水中不見己，截竹吹之聲相似。」❻鳳曲　本指蕭史故事。後泛指美妙的樂曲。沈佺期〈奉和春初幸太平公主南莊應制〉：「自有神仙鳴鳳曲。」❼蒲柳凋　王琦注：「蒲柳，今之水楊也，其葉易凋落。」《世說新語・言語》：「顧悅曰：『蒲柳之姿，望秋而落。』」

【語　譯】慈姥山的野竹聚集在石子中生長，如煙霧般掩映著江島。翠色竹葉已落入深深江波中，空谷的回聲使人早早感到秋寒。怎未聽說慈姥竹製作的笛子發出龍吟之聲，製成鳳笙吹出的曲調該當美好婉轉。慈姥竹決不學水邊早凋的蒲柳，心中經常自保青竹的堅貞節操。

【研　析】此首詠慈姥竹。謂竹生石邊而映江島，翠色葉落波心，空谷回聲已傳秋寒。製成笛而奏龍吟，製成笙而吹鳳曲，其音美好動聽。此竹不學早凋之蒲柳，常保堅貞之心，凌歲寒而不凋。末二句顯然有言外之意，絃外之音。

望夫山❶

顒望❷臨碧空，怨情感離別。江草不知愁，巖花但爭發。雲山萬重隔，音信千里絕。春去秋來復，相思幾時歇？

【注　釋】❶望夫山　在今安徽馬鞍山市采石鎮西北，濱江，有石刻「望夫石」三字。《太平寰宇記》卷一〇五太平州當塗縣：「望夫山在縣北四十七里，昔有人往楚，累歲不還，其妻登此山望夫，乃化為石。周迴五十里，高一百丈，臨江。」❷顒望　顒，昂頭景仰貌。顒，宋本原作「寫」，據蕭本、郭本、王本、咸本改。《易經・觀卦》：「有孚顒若。」朱熹注引或曰：「謂在下之人信而仰之也。」劉琨〈勸進表〉：「蒼生顒然，莫不欣戴。」引申為仰望、凝望。此處即用此意。宋代柳永〈八聲甘州〉詞「妝樓顒望」本此。

【語　譯】仰首遠望身臨碧空，怨恨之情面容充滿離別之苦。江草青青不知什麼是憂愁，巖花也只管鬥豔爭放。遠征的夫婿遠隔萬重雲山，隔絕千里音信不通。春去秋來年復一年，苦苦的相思何時能停歇？

【研　析】此首詠望夫山。謂仰望此山臨碧空，怨恨之情感於離別之苦。江草不知其愁，山花只知爭放鬥豔。雲山隔萬重，音信絕千里，春去秋來，相思不歇。朱諫《李詩選注》：「按此詩說望夫，意太著實，似若後人之詠物，粘皮帶骨，無有脫然之思。但李白之詞氣清朗，音調響亮，殊不覺耳，又豈後人可及哉！」

牛渚磯❶

絕壁臨巨川，連峰勢相向。亂石流洑間❷，迴波自成浪。但驚群木秀，莫測精靈❸狀。更聽猿夜啼，憂心醉江上。

【注　釋】❶牛渚磯　蕭士贇注：「牛渚山，在當塗縣北三十里。山下有磯，古津渡也。與和州橫江渡相對。」詳見本卷〈夜泊牛渚懷古〉詩注。❷流洑間　洑，漩渦。《水經注・沔水二》：「又東為淨灘，夏水急盛，川多湍洑，行旅苦之。」間，《文苑英華》、《方輿勝覽》作「澗」。❸精靈　用溫嶠燃犀見水中精怪事。劉敬叔《異苑》卷七記載，晉溫嶠至牛渚磯，聞水底有音樂之聲，水深不可測，聽說水下多怪物，於是燃燒犀牛角而照之。不一會，見奇形怪狀的水族，或乘車馬，著赤衣幘，出而覆火。

【語　譯】絕壁俯臨大江，連綿山峰並勢相向。江水在亂石間打轉形成漩渦，迴波相撞激成巨浪。我只驚嘆山上樹木的秀美，而不能測知水底精靈的奇形怪狀。更有夜間聽到猿啼，我只得在江上醉酒以解憂心。

【研　析】此首詠牛渚磯。謂絕壁臨空於大江之上，群峰連接相向。江水穿於亂石間迴轉成漩渦，迴波相激自成巨浪。林木秀美而驚嘆，精靈潛形而莫測。聽夜猿啼而心憂，乃取醉於江上以解愁。嚴羽評點曰：「讀之使人凜然，如臨其境。」明人批點曰：「前四句寫景如畫。『猿啼』豈必牛渚？」

靈墟山❶

丁令辭世人❷，拂衣向仙路。伏鍊九丹❸成，方隨五雲去。松蘿蔽幽洞，桃杏深隱處。不知曾化鶴，遼海歸幾度？

【注　釋】❶靈墟山　在今安徽當塗縣城東三十里。相傳是遼東人丁令威成仙化鶴處。《輿地紀勝》卷一八太平州：「靈墟山在今當塗縣東北三十五里，世傳丁令威得道飛昇之所。山椒有壇址猶存。」❷丁令句　丁令，指丁令威。《搜神後記》卷一：「丁令威，本遼東人，學道於靈墟山。後化鶴歸遼，集城門華表柱。時有少年舉弓欲射之，鶴乃飛。徘徊空中而言曰：『有鳥有鳥丁令威，去家千年今始歸，城郭如故人民非，何不學仙冢纍纍？』」❸九丹　《抱朴子‧金丹》記載煉丹之術有九種：第一之丹名曰丹華，第二之丹名曰神符，第三之丹名曰神丹，第四之丹名曰還丹，第五之丹名餌丹，第六之丹名鍊丹，第七之丹名柔丹，第八之丹名伏丹，第九之丹名寒丹。凡服九丹，欲昇天則去，欲暫留人間，亦能任意出入。

【語　譯】丁令威辭別世間之人，拂衣而去走向靈墟山仙路。隱居伏身煉得九丹成功，方隨五彩祥雲而昇天。現今這松柏雲蘿遮蔽著幽洞，當年丁令威就曾隱居在這桃杏深處。不知他成仙以後，曾幾次化鶴回遼東的家鄉探望？

【研　析】此首詠靈墟山。因傳說丁令威在此得道成仙，故詩中全用丁令威之事。前四句謂丁令威辭別世人，來此靈墟山煉丹而仙去。五、六二句以今探古，今之松蘿幽洞，桃杏深處，乃古人隱處。末二句提出問題，生動有趣。傳說丁令威成仙後曾化鶴回遼東故鄉，不知至今他有多少次化鶴歸家？嚴羽評點曰：「問得虛活，或常在，或不在，皆可感懷。」

天門山❶

迥出江上山❷，雙峰自相對。岸映松色寒，石分浪花碎。參差遠天際，縹緲晴霞外。落日舟去遙，迴首沉青靄❸。

【注　釋】❶天門山　在今安徽當塗西南長江兩岸。詳見卷一八〈望天門山〉詩注。❷迥出句　迥出，高遠聳立貌。梁元帝〈巫山高〉：「巫山高不窮，迥出荊門中。」江上山，蕭本、郭本、《全唐詩》作「江山上」。❸青靄　青色雲氣。鮑照〈登大雷岸與妹書〉：「左右青靄，表裏紫霄。」按：靄，咸本作「翠」。青翠，則當指山色。

【語　譯】天門山高高聳立在江面上，兩座山峰隔江相對。江岸掩映在冷翠的松林之間，浪花撞亂石而破碎紛飛。遠山在天際參差起伏，在晴晚的霞光照映下隱約縹緲。小舟在落日中遠去，回首再看天門山已沉入青色雲氣之中。

【研 析】此首詠天門山。謂天門山高聳在江上，兩峰隔江相對。岸映松林之寒，浪花激石而碎。遠山參差出於天際，隱約映於晴霞之外。落日下小舟遠去，回首天門山已沉入青雲之中。按：此組詩十首，自宋代蘇軾起，即認為是偽作，非李白詩。《東坡志林》卷二：「過姑熟堂下，讀李白〈十詠〉，疑其語淺陋不類太白。孫邈云：聞之王安國，此李赤詩，秘閣下有赤集，此詩在焉。白集中無此。赤見柳子厚集，自比李白，故名赤。卒為廁鬼所惑而死。今觀此詩止如此，而以比太白，則其人心疾已久，非特廁鬼之罪。」按：《全唐詩》卷四七二收李赤〈姑熟雜詠〉，即此十首詩，注：「一作李白詩。」小傳云：「李赤，吳郡舉子。嘗自比李白，故名赤。詩十首。」即此十首。按：《柳河東集》卷一七〈李赤傳〉：「李赤，江湖浪人也。嘗曰：『吾善為歌詩。』詩類李白，故自號為李赤。遊宣州，州人館之，其友與俱遊者有姻焉，間類日，乃從之館。」未提及作〈姑熟雜詠〉事。且《文苑英華》已收其中八首，分置各卷，皆謂李白詩。可能〈姑熟十詠〉之名乃宋人編集時所加。然可證此十首詩當為李白所作。蘇軾偽作之說無據，不可信。

卷二〇

閑適

與元丹丘方城寺談玄作 蜀中，一作〈仙城山寺〉❶

茫茫大夢中，唯我獨先覺❷。騰轉風火來，假合作容貌❸。滅除昏疑盡，領略入精要。澄慮觀此身，因得通寂照❹。朗悟前後際❺，始知金仙❻妙。幸逢禪居人，酌玉❼坐相召。彼我俱若喪，雲山豈殊調❽？清風生虛空，明月見談笑❾。怡然青蓮宮❿，永願恣遊眺。

【注釋】❶與元丹丘題 元丹丘，李白摯友，詳見卷五〈西岳雲臺歌送丹丘子〉注。方城寺，當在方城山。《元和郡縣志》卷六河南道汝州葉縣：「方城山，在縣西南十八里。楚屈完曰『楚國方城以為城』是也。」宋本題下有「蜀中，一作〈仙城山寺〉」八字注，乃宋人編集時所加。咸本題作〈與道者談玄作〉。王本題中「方」字下注：「一作：仙」。薛仲邕《李太白年譜》繫此詩於開元六年，題作〈仙城山寺道者元丹丘談玄〉，顯然據宋本題下注推演而來。大誤。談玄，此處指談論佛教禪理。

❷茫茫二句　《莊子・齊物論》：「覺而後知其夢也，且有大覺而後知此其大夢也。」晉以後僧人常以道家思想闡釋佛理。佛教以覺為宗，謂佛之智慧能覺察萬物及自己，如夢後之覺悟。❸騰轉二句　王琦注：「釋家以此身為地、水、火、風四大假合而成，堅者是地，潤者是水，暖者是火，動者是風。」此處以「風火」代指四大，假合而成身體容貌等實體。❹澄慮二句　王琦注：「《楞嚴經》：『淨極光通達，寂照含虛空。卻求觀世間，猶如夢中事。』湛然常定之謂寂，瑩然不昧之謂照。寂，其體也。照，其用也。體用不離，寂照雙運，即是定慧交修，止觀互用之妙諦。」澄慮，澄清思慮。❺朗悟句　朗悟，聰穎；敏悟。《顏氏家訓・省事》：「近世有兩人，朗悟士也。」前後際，佛教語。《頌疏》卷九：「一前際，即是過去；二後際，即是未來；三中際，謂現在世。」《維摩詰所說經》卷上〈弟子品〉：「法無有人前後際斷。」《華嚴經》卷四三：「雖知諸法無有前際，而廣說過去。雖知諸法無有後際，而廣說未來。雖知諸法無有中際，而廣說現在。」❻金仙　指佛。詳見卷八〈贈僧崖公〉詩注。按：王琦注引釋成時曰：「李白詩云：『朗悟前後際，始知金仙妙。』束文人如稻麻竹葦，吐不出此十字。」❼酌玉　飲美酒。玉，玉液，酒的美稱。❽彼我句　意謂二人都超然物外，皆達忘我境界。《莊子・齊物論》：「南郭子綦隱机而坐，仰天而噓，荅焉似喪其耦。」成玄英疏：「耦，匹也。為身與神為匹，物與我耦也。子綦憑几坐忘，凝神遐想，仰天而歎，妙悟自然，離形去智，荅焉隳體，身心俱遺，物我兼忘，故若喪其匹耦也。」❾清風二句　《南史・謝譓傳》：「有時獨醉，曰：『入吾室者，但有清風，對吾飲者，唯有明月。』」此處用其意。❿青蓮宮　指佛寺。亦稱青蓮宇、青蓮舍。佛教以為蓮花清淨無染，故常用以指稱和佛教有關的事物，宋之問〈宿雲門寺〉詩：「龕緣綠篠岸，遂得青蓮宮。」此處指方城寺。

【語譯】在茫茫然如大夢的塵世中，唯獨我首先覺醒。騰轉的地、水、火、風四大法輪，假合而成我的身體容貌。清除盡人生的迷惑和疑問，領略佛教理論的精要。澄清思慮來觀照自身，於是進入寂然清明的心境。朗然領悟過去、現在與未來的前後際，始知佛教理論的精妙。

　　我有幸在這裡遇到禪居的僧人，酌飲玉液般的茶酒相招待。他與我都像喪耦般的超然物外，難道是這裡的雲山與別處不同？清風從寂靜的夜空中吹來，明月似乎見到我們的談笑聲。這座令人心曠神怡的佛寺，我願永遠在此縱情遊眺。

【研析】此詩當是天寶九載（西元七五〇年）訪元丹丘石門幽居時所作。詩中前段多用佛教語，表示自己的「先覺」和「朗悟」。後段則寫得遇寺中僧人相召，讚賞佛寺的清靜，表示永願在此遊眺。葛立方《韻語陽秋》卷一二曰：「李白跌宕不羈，鍾情於花酒風月則有矣，而肯自縛於枯禪，則知淡泊之味，賢於啖炙遠矣。白始學於白眉空，得『大地了鏡徹，迴旋寄輪風』之旨。中謁太山君，得『冥機發天光，獨照謝世氛』之旨。晚見道崖，則此心豁然，更無疑滯矣。所謂『啟開七窗牖，託宿掣電形』是也。後又有談玄之作云：『茫茫大夢中，惟我獨先覺。騰轉風火來，假合作容貌。朗悟前後際，始知金仙妙。』則所得於佛氏者益遠矣。」其說甚是。

尋高鳳石門山中元丹丘

楚漢❶

尋幽無前期，乘興不覺遠。蒼崖渺難涉，白日忽欲晚。未窮三四山，已歷千萬轉。寂寂聞猿愁，行行見雲收。高松上❷好月，空谷宜清秋。谿深古雪❸在，石斷寒泉流。

峰巒秀中天❹，登眺不可盡。丹丘遙相呼，顧我忽而哂❺。遂造窮谷❻間，始知靜者❼閑。留歡達永夜❽，清曉方言還。

【注釋】❶尋高鳳題　《後漢書・高鳳傳》：「高鳳字文通，南陽葉人也。少為書生，家以農畝為業，而專精誦讀，晝夜不息。……其後遂為名儒，乃教授業於西唐山中。」李賢注：「山在今唐州湖陽縣西北。酈元注《水經》云，即高鳳所隱之西唐山也。」按：李賢謂高鳳西唐山在「唐州湖陽縣西北」不確，當在今河南葉縣南青山一帶。高鳳石門山當即西唐山。詳参卷七〈鄴中贈王大勸入高鳳石門山幽居〉詩注。又按：宋本題下有「楚漢」二字注，乃宋人編集時所加。❷上　蕭本、郭本、王本皆作「來」，咸本作「有」。❸古雪　形容積雪時間之長。猶杜詩「窗含西嶺千秋雪」。❹中天　半天。《文選》卷一左思〈西都賦〉：「樹中天之華闕。」李周翰注：「中天，言高及天半。」❺哂　微笑。❻造窮谷　到深谷。造，往；到。❼靜者　清靜修煉道術之人，指元丹丘。❽永夜　長夜；深夜。

【語　譯】 我來尋訪元丹丘的幽居沒有先期約定，乘著遊興不覺得路程遙遠。青翠的山崖渺遠難以盡涉，天邊的白日忽已西下。尚未翻過三、四座山，已經歷盡千萬個轉折。寂靜中聽到山猿的愁鳴，攀行中已見白雲漸漸散去。高大的松樹上出現一輪明月，照盡空谷中清幽宜人的秋色。深溪兩岸還有千年積雪存在，斷石間的寒泉正在奔流。

秀麗的峰巒高聳入半天，登上眺望不能窮盡。遠遠看到元丹丘我連忙呼叫他，回頭見到我他頓時露出笑容。於是我跟隨他到了隱居的深谷裡，這時才知道清靜修煉者的幽閒情致。我留在那裡與他徹夜歡暢，直到清晨才從山中返歸。

【研　析】 此詩當是天寶九載（西元七五〇年）往高鳳石門山尋訪摯友元丹丘時所作。前段首二句謂尋訪好友未有前約，乘興而往不覺其遠。接著十句描寫一路景色：蒼崖難涉而日已晚，登山不多而曲折千萬。猿啼雲收，高松月出，溪深泉流，積雪石斷。後段寫友情。先二句謂進入石門山，但見峰巒秀出於半天，登眺不能盡。接著就寫與元丹丘見面情景：先遠遠看到元丹丘而呼叫他，然後是微笑相迎。兩人來到深谷，始知靜修之人的閒雅。長夜留歡，直到次日清晨方言還歸。嚴羽評點「空谷」二句曰：「筆具清灑之氣，境每來會。」明人批曰：「此則尋山語多，便覺風致有餘。」應時《李詩緯》評曰：「曲盡山行野致。」甚是。

安州般若寺水閣納涼喜遇薛員外乂

安州❶

倏然金園賞❷，遠近含晴光。樓臺成海氣❸，草木皆天香❹。忽逢青雲士❺，共解丹霞裳❻。水退池上熱，風生松下涼。吞討破萬象❼，褰窺臨眾芳❽。而我遺有漏❾，與君用無方❿。心垢⓫都已滅，永言⓬題禪房。

【注釋】❶安州題　唐淮南道有安州，天寶元年改為安陸郡。乾元元年復改為安州。今湖北安陸。般若，梵文音譯，亦譯作「波若」等。意譯為智慧。佛教稱通達諸法性空的智慧，是成佛必需的特殊認識。大乘佛教稱之為「諸佛之母」。此處以般若為寺名。薛員外乂，尚書省某部員外郎薛乂。按：唐代尚書省六部各曹官員都稱郎中和員外郎。《新唐書・宰相世系表三下》薛氏西祖房有「乂，溫州刺史。」乃元和末浙東觀察使薛戎、長慶中江西觀察使薛放之兄。《全唐詩》卷三二三權德輿有〈送薛溫州〉詩，都與此詩中的薛乂時代不合，當非此人。又按：宋本此詩題下有「安州」二字注，乃宋人編集時所加。❷倏然句　倏然，猶悠然。金園，寺中園圃的美稱。❸樓臺句　謂般若寺樓臺宏麗如海市蜃樓。王褒〈詠霧應詔〉詩：「帶樓疑海氣，含蓋似雲浮。」❹草木句　謂花草樹木都散發出如天上的香氣。天香，佛教指天上特有的香味。庾信〈奉和同泰寺浮圖〉詩：「天香下桂殿，仙梵入伊笙。」宋之問〈靈隱寺〉詩：「桂子月中落，天香雲外飄。」❺青雲士　《史記・伯夷列傳》：「閭巷之人，欲砥行立名者，非附青雲之士，惡能施于後世哉？」張守節《正義》：「若不託貴大之士，何得封侯爵賞而名留後代也？」後因以「青雲士」喻指名高位顯之人。此處指薛乂員外郎。❻丹霞裳　紅豔如彩霞的衣裳。謝朓〈七夕賦〉：「屬白玉而為飾，霏丹霞而為裳。」❼吞討句　謂風勢如吞食討伐，使宇宙間一切景象事物變幻破碎。❽褰窺句　褰，宋本原作「塞」。誤。蕭本、王本作「搴」，郭本、繆本、咸本作「褰」。是。據改。謂撩起衣裳下臨窺賞群花。《詩經・鄭風・褰裳》：「子惠思我，褰裳涉溱。」❾有漏　佛教語。指世間一切有煩惱的事物。《大唐西域記・藍摩國》：「今茲遠遁，非苟違離，欲斷無常，絕諸有漏。」❿無方　無一定的方法。《莊子・在宥》：「處乎無響，行乎無方。」郭象注：「隨物轉化也。」⓫心垢　佛教語。煩惱。《無量壽經下》：「開神悅體，蕩除心垢。」爆興疏：「心垢者，煩惱之名。」梁武帝〈淨業賦序〉：「有動則心垢，有靜則心淨。」⓬永言　詠言；歌詩。永，通「詠」。《尚書・舜典》：「詩言志，歌永言。」孔傳：「歌詠其義以長其言。」按：《漢書・禮樂志》引作「歌詠言」。

【語　譯】我悠然來到般若寺的祇陀林中賞玩，遠近的景物都含著晴朗的陽光。樓閣亭臺就像海市蜃樓一樣神妙，園中的草木都散發出天上特有的香味。忽然遇到您這位高尚之士，一起解衣敞懷到水閣納涼。池中之水退卻周圍的暑熱，松下有清風吹來十分涼爽。風勢吞討使萬物破碎，撩衣下臨觀賞眾多的花木。我用佛教思想拋棄一切有煩惱之事，與你一起用老莊學說隨物轉化。心垢煩惱都已消除，於是題詩在禪房以抒懷。

【研　析】此詩當是開元十六年（西元七二八年）在安陸作。首四句描寫般若寺的環境；接著六句寫喜遇辥員外，共同往水閣納涼賞花。末四句用佛道語表示兩人清除心中煩惱，題詩禪房抒懷。

魯中都東樓醉起作

魯中❶

昨日東樓醉❷，還應倒接䍦❸。阿誰❹扶上馬？不省❺下樓時。

【注　釋】❶魯中都題　中都，唐縣名。今山東汶上。按：宋本題下有「魯中」二字注，乃宋人編集時所加。❷東樓醉　宋本在三字下夾注：「一作：東城飲」。❸還應句　宋本在「還應」二字下夾注：「一作：歸來」。胡本亦作「歸來」，下注云：「一作：還應」。接䍦，古代的頭巾。倒接䍦，用晉山簡醉歸事。見卷四〈襄陽曲〉其二注。❹阿誰　何人。古樂府〈紫騮馬歌辭〉：「家中有阿誰？」❺不省　不知人事。省，知覺；醒悟。

【語　譯】昨日在中都的東樓醉倒，大概是像當年山簡那樣倒戴著頭巾。不知是何人扶我上馬來？更不知是在什麼時候下的樓。

【研　析】此詩當是天寶四、五載（西元七四五、七四六年）居東魯時所作。詩中用山簡故事，僅寫醉倒情景。嚴羽評點曰：「尋常醉狀皆如此，有意者以為不必說，說之政佳。」黃星周《唐詩快》曰：「只似說話。」按：李白在中都縣寫的詩，尚有〈別中都明府兄〉、〈酬中都小吏攜斗酒雙魚於逆旅見贈〉，當為同時先後之作。

對酒醉題屈突明府廳　吳中❶

陶令八十日，長歌〈歸去來〉❷。故人建昌宰❸，借問幾時迴？風落吳江雪，紛紛入酒杯。山翁❹今已醉，舞袖為君開。

【注　釋】❶對酒題　屈突明府，複姓屈突的縣令。名不詳。詩云「故人建昌宰」，可知是建昌縣令。明府，對縣令的敬稱。按：唐建昌縣屬江南西道洪州管轄，在今江西永修西北。宋本題下有「吳中」二字注，乃宋人編集時所加。❷陶令二句　用陶淵明故事。陶潛〈歸去來辭・序〉：「余家貧，耕植不足以自給，幼稚盈室，缾無儲粟。生生所資，未見其術。親故多勸余為長吏。……彭澤去家百里，公田之利，足以為酒，故便求之。及少日，眷然有歸歟之情。……自免去職。仲秋至冬，在官八十餘日。」二句用其意。❸建昌宰　建昌縣令。建昌，唐縣名。今江西永修。宰，治理。唐詩中多稱治理一縣之縣令為「宰」。❹山翁　指晉代山簡。見前詩注。此處喻自己。

【語　譯】陶潛當彭澤縣令八十天，就長歌〈歸去來〉離任回家。請問老友建昌縣令，你要到什麼時候才回家？寒風吹落吳江的飄雪，紛紛落入我們的酒杯。我如今就像當年的山公已經酣醉，讓我舒袖為你展開長舞。

【研　析】此詩當是肅宗上元元年（西元七六〇年）詩人從江夏返豫章經建昌縣時所作。前四句以陶淵明當彭澤縣令只八十日就離去，問屈突縣令何時回，「是醉狂，亦是直道」（嚴羽評點）。後四句點明時令及醉酒情態。明人批點曰：「亦只以直率勝，雖少蘊藉，卻不落俗。」

月下獨酌四首　長安❶

其一

花間❷一壺酒，獨酌無相親。舉盃邀明月，對影成三人。月既不解飲，影徒隨我身❸。暫伴月將❹影，行樂須及春。我歌月徘徊，我舞影凌亂❺。醒時同交歡，醉後各分散。永結無情遊❻，相期邈雲漢❼。

【注釋】❶月下題　《文苑英華》僅收前三首，題作〈對酒〉。前首題下注：「一作〈月下獨酌〉」。後首題下注：「一作〈月夜獨酌〉。」敦煌《唐人選唐詩》合一二兩首為一首，題作〈月下對影獨酌〉。無三、四首。宋本題下有「長安」二字注，乃宋人編集時所加。❷間　宋本在此字下夾注：「一作：下」。❸舉盃四句　陶淵明〈雜詩〉：「欲言無余和，揮杯勸孤影。」此處或受其啟發。三人，指月、自己和影。徒，只；但。❹將　與；共。❺淩亂　蕭本、王本作「零亂」。❻無情遊　月與影都為無知無情之物，而與之遊，故稱「無情遊」，與上文稱月、影不解人事相應。❼相期句　期，約。邈雲漢，邈，遙遠。雲漢，銀河。詩人想像自己飄然成仙，故與月、影相約在遙遠的高空銀河邊相見。

【語譯】我提著一壺酒來到花叢間，獨自酌飲沒有一個親人。舉杯邀請明月，對著自己的身影成為三人。月既不會飲酒，影子也只是徒然隨著我的身。我暫且伴著月亮與影子，為行樂必須趁著美好的春光。我唱歌月在徘徊，我起舞影子也旋轉零亂。醒時共同歡樂，醉後各自分散。我與它們永遠結成沒有感情的遊伴，相約在縹緲的銀河邊相會。

【研析】此首約作於天寶三載（西元七四四年）春天。當時詩人被讒見疏，心情苦悶。全詩突出一個「獨」字，開頭即切入題旨：在花間攜著一壺酒痛飲的只有詩人一個人。「一壺酒」、「獨酌」已構成冷清的氛圍，再用「無相親」來重複強調其「獨」。三、四兩句忽發奇想，邀請天上的明月和月光照射下自己的影子來舉杯共飲，於是一個人幻化成三個人。接著四句是說，月亮和影子畢竟是虛幻的，它們既不懂得飲酒，也只是隨著自己的身子而已。暫且就以月和影子為伴，在鳥語花香的春夜及時行樂罷。「既」、「徒」、「暫」、「須」四字，充分表現出詩人無可奈何的感情。再接著四句，描繪詩人醉舞的情景，詩人感覺到自己歌舞時月亮也在徘徊歌舞，影子也隨著自己的步子動作；酒醒時共同歡舞，醉倒後也就分散了。這四句把月亮和影子對詩人的關係寫得相親相知，一往情深，更深刻地反襯出詩人的「獨」。最後兩句把想像引向高遠處，詩人與月亮和影子相約，要永遠在美好的天國結成無情的交遊。月和影畢竟是無情之物，與它們結為朋友，只能稱「無情遊」。但這正反映出詩人的有情。全詩想像豐富，構思奇特。由「獨」幻化成不獨，再由不獨而「獨」到「獨」而不獨。回環起伏，富於變化，是詩人獨創的佳作。

其二

天若不愛❶酒，酒星❷不在天；地若不愛酒，地應無酒泉❸。天地既愛酒，愛酒不愧天。已聞清比聖，復道濁如賢。賢聖既已飲，何必求神仙❹？三盃通大道❺，一斗合自然❻。但得醉中趣❼，勿為醒者傳。

【注釋】❶愛　敦煌《唐人選唐詩》作「飲」。❷酒星　即酒旗星。《晉書・天文志上》：「軒轅右角南三星，曰酒旗，酒官之旗也，主宴饗飲食。」今天文學中酒旗三星屬獅子座。❸酒泉　《文苑英華》作「醴泉」。按：《漢書・地理志》有酒泉郡，武帝太初元年置。顏師古注引應劭曰：「其水若酒，故曰酒泉也。」《三國志・魏書・崔琰傳》裴松之注引張璠《漢紀》曰：「太祖制酒禁，而（孔）融書嘲之曰：天有酒旗之星，地列酒泉之郡，人有旨酒之德。」當為李白所本，則作「酒泉」是。❹已聞四句　敦煌《唐人選唐詩》無此四句。清比聖、濁如賢，見《三國志・魏書・徐邈傳》：「平日醉客，謂酒清者為聖人，濁者為賢人。」❺大道　古指政治上的最高理想。《禮記・禮運》：「大道之行也，天下為公。」❻自然　天然，指非人為的規律。《老子》：「人法地，地法天，天法道，道法自然。」❼醉中趣　飲酒的樂趣。醉，蕭本、郭本、王本作「酒」。

陶淵明〈晉故征西大將軍長史孟府君（嘉）傳〉：「（桓）溫嘗問君：『酒有何好，而卿嗜之？』君笑而答之：『明公但不得酒中趣爾。』」

【語譯】天如果不愛酒，酒旗星就不會羅列在天上；地如果不愛酒，地上就不應該有酒泉郡的地名。天地既然都喜愛酒，那我愛酒就無愧於天。我先前已聽說清酒比作聖，又聽說濁酒比作賢。既然聖賢都飲酒，又何必還要去求神仙？三杯酒可通達儒家的大道，一斗酒正合道家的自然。只要得到醉中的樂趣，這樂趣不要傳給醒者。

【研析】此首以天、地、聖、賢都愛酒證明飲酒樂趣無窮。蓋此樂趣可通大道，合乎自然。能得此酒中趣，既不愧天，不必求神仙，只此趣不可為醒者傳，只宜自己得之可矣。《唐詩品彙》卷六引劉辰翁評曰：「纏綿散朗，漸入真趣。言語之悟人如此！」胡震亨《李詩通》謂「此詩乃馬子才詩也」，王琦謂「馬子才乃宋元祐中人，而《文苑英華》已載太白此詩，胡說恐誤」。今按：敦煌《唐人選唐詩》已載此詩，足證為李白之作。又按：《太平廣記》卷二〇一引《本事詩》云：「而白才行不羈，放曠坦率，乞歸故山。玄宗亦以非廊廟器，優詔許之。嘗有醉吟詩曰：『天若不愛酒，酒星不在天；地若不愛酒，地應無酒泉。……』」即此詩。由此證之，決非偽作。

其三

三月咸陽時❶，千花晝如錦❷。誰能春獨愁？對此徑須❸飲。窮通與脩短，造化夙所稟❹。一樽齊死生❺，萬事固難審❻。醉後失天地❼，兀然❽就孤枕。不知有吾身❾，此樂最為甚！

【注　釋】❶三月句　咸陽，秦代京城，此代指唐代長安。宋本在「時」字下夾注：「一作：城」。蕭本、郭本、胡本、王本皆作「城」。❷千花句　梁元帝〈燕歌行〉：「黃龍戍北花如錦。」宋本在此句下夾注：「一作：好鳥吟清風，落花散如錦。又作：園鳥語成歌，庭花笑如錦」。❸徑須　直須；就須。卷二〈將進酒〉：「主人何為言少錢，徑須沽取對君酌。」❹窮通二句　二句意謂人的窮通壽命都是自然界早就賦予決定了的。窮通，以出處言，指仕途的困窘與顯達。《莊子·讓王》：「古之得道者，窮亦樂，通亦樂，所樂非窮通也。」脩短，以壽數言，指人的壽命長短。脩，同「修」。《漢書·谷永傳》：「加以功德有厚薄，期質有修短，時世有中季，天道有盛衰。」造化，自然界的創造者。亦指自然、命運。夙所稟，昔所承受。夙，夙昔；歷來。❺齊死生　死生相同。《莊子·齊物論》認為對立的事物都是相同的，主張齊是非、齊彼此、齊物我、齊夭壽。《文選》卷一四班固〈幽通賦〉：「周賈盪而貢憤兮，齊死生與禍福。」李善注引曹大家曰：「周，莊周；賈，賈誼也；貢，潰也；憤，亂也；盪，盪不知所守也。莊周賈誼有好智之才，而不以聖人為法，潰亂於善惡，遂為放盪之辭。」詩人受《莊子》影響甚深，於此流露的正是這種思想。❻審　詳知；明悉。❼失天地　形容醉後天旋地轉，難以區分。❽兀然　渾然無知貌。❾不知句　即「齊死生」之意。《老子》：「吾所以有大患者，為吾有身。及吾無身，吾有何患？」此處用其意。有身，即有我。無身，即無我。

【語　譯】三月的長安城，白日千花似錦。誰能為春來而獨愁？對此美景就應歡樂醉飲。窮困富貴與壽命長短，造化本來早就賦予不同天分。自己只能以杯酒視死生為相同，世上萬事本來難以詳知。醉後失去了天和地，渾然無知就倒向孤枕。沉醉之中不知有我，這種快樂為最好！

【研　析】此首極寫及時飲酒遊樂不須愁。首四句謂三月長安千花如錦，對此美景就應飲酒歡悅誰能獨愁？中四句謂人生窮通壽命皆稟於造化所賦，非自己所能改變，自己只能以杯酒視死生為相同，世上萬事本來難以詳知。末四句謂人在醉後不知天地，渾然不覺就枕，乃不知有我自己，這種樂趣是天下最好之事。嚴羽評點首四句曰：「摘此四句已盡，以下嫌多嫌破。」《唐宋詩醇》卷八評曰：「置之陶〈飲酒〉中，真趣正復相似。」

其四

窮愁千萬端❶，美酒三百杯❷。愁多酒雖少，酒傾❸愁不來。所以知酒聖❹，酒酣心自開。辭粟臥首陽❺，屢空飢顏回❻。當代不樂飲，虛名安用哉❼？蟹螯即金液❽，糟丘是蓬萊❾。且須飲美酒，乘月醉高臺。

【注釋】❶千萬端　宋本在三字下夾注：「一作：有千端」。❷三百杯　宋本在三字下夾注：「一作：唯數杯」。❸酒傾　胡本作「酒醉」。❹酒聖　宋本在二字下夾注：「一作：聖賢」。❺辭粟句　用伯夷、叔齊恥食周粟事。見卷二〈行路難三首〉其三注。首陽，首陽山。在今河南偃師西北。宋本在「臥首陽」三字下夾注：「一作：餓伯夷」。《史記・伯夷列傳》：「武王已平殷亂，天下宗周，而伯夷、叔齊恥之，義不食周粟，隱於首陽山，采薇而食之。」❻屢空句　顏回，孔子弟子，春秋魯國人，字子淵。為人安貧樂道而又好學，在孔門中以德行著稱。《論語・先進》：「子曰：『回也其庶乎，屢空。』」又〈雍也〉：「子曰：『賢哉回也！一簞食，一瓢飲，在陋巷，人不堪其憂，回也不改其樂。』」宋本在「飢」字下夾注：「一作：悲」。❼當代二句　暗用西晉張翰語。《晉書・張翰傳》：「或謂之曰：『卿乃可縱適一時，獨不為身後名耶？』答曰：『使我有身後名，不如即時一杯酒。』時人貴其曠達。」❽蟹螯句　此句謂酒、蟹便是長生不老的金液。《晉書・畢卓傳》：「卓嘗謂人曰：得酒滿數百斛船，四時甘味置兩頭，右手持酒杯，左手持蟹螯，拍浮酒船中，便足了一生矣。」金液，古時方士用黃金煉成的金液。❾糟丘句　此句謂酒糟堆成的小丘便是仙山蓬萊。糟丘，酒糟堆成的小丘。蓬萊，古代神仙故事中的海中仙山。

【語譯】窮困愁苦紛繁真是千頭萬緒，我只能用美酒三百杯來排解。即使酒少憂愁多，美酒一傾愁就不再來。所以我知道酒中聖，酒酣後心情就自然開慰。當年伯夷、叔齊不食周粟而餓死首陽山，經常空腹挨餓的還有顏回。當代在世不能飲酒行樂，那死後的虛名又有什麼用？蟹螯就是金液仙水，糟丘就是蓬萊仙山。暫且只須盡飲美酒，乘著皎潔的月光酩酊大醉在高臺之上。

【研析】此首前六句強調解愁唯有酒，即使酒少亦能破愁。由此知古人所謂酒中聖者，確實酒酣能使心情開朗。接著四句批判古人守死忍飢者，以不食周粟而餓死的伯夷和空腹忍飢的顏回為例，當時不飲酒歡樂，留下虛名亦有何用？末四句描寫暫且飲美酒的情景：持蟹螯而飲酒即是飲仙液，酒糟堆成的小丘就是蓬萊仙山。在月光中醉倒在高臺上乃人間最快樂之事，何必再求仙丹上蓬萊仙山！

此組詩顯然是天寶三載（西元七四四年）春在長安所作，詩中充分表現了當時借酒澆愁的苦悶心情，也有否定煉丹求仙之意。大約此後不久，便被賜金還山，離開了長安。

春歸終南山松龍❶舊隱

我來南山陽❷，事事不異昔。卻尋溪中水，還望巖下石。薔薇緣東窗，女蘿遶北壁。別來能幾日，草木長數尺。且復命酒樽，獨酌陶永夕❸。

【注　釋】❶終南山松龍　終南山，秦嶺主峰之一。在今陝西西安南。松龍，胡本、《全唐詩》、《唐宋詩醇》作「松龕」，當是李白初入長安隱居終南山時的草舍之名。時下山西遊邠、坊等州後，又回到隱居地。故有「別來能幾日，草木長數尺」之句。❷南山陽　南山，指終南山。陽，山之南稱陽。❸陶永夕　陶，喜；快樂。謝靈運〈酬從弟惠連〉詩：「儻若果歸言，共陶暮春時。」永夕，長夜；通宵。劉孝標〈廣絕交論〉：「尹、班陶陶於永夕。」

【語　譯】我回到終南山南的舊居，各處的景物都與我離開時沒有什麼不同。再看溪中的流水，還望巖下的石頭。薔薇攀緣在東窗下，女蘿環繞在北壁上。我離別這裡沒有多久，山間的草木已長高數尺。我暫且又把酒杯拿出來，獨飲陶醉在長夜之中。

【研　析】此詩當是開元二十年（西元七三二年）春在終南山隱居地所作。時李白第一次入長安，追求功業，於上年西遊邠州、坊州，未遇知音，乃於本年春回到終南山。詩中描寫回到舊居所見溪水、巖石、薔薇、女蘿等景物都不異往日，唯草木又長了數尺。於是喜悅而又命酒獨酌，準備陶醉通宵。

冬夜醉宿龍門覺起言志　洛陽❶

醉來脫寶劍，旅憩高堂眠。中夜忽驚覺，起立明燈前。開軒聊直望，曉雪河冰壯。哀哀歌〈苦寒〉❷，鬱鬱獨惆悵。傅說板築臣❸，李斯鷹犬人❹。颷起匡社稷❺，寧復長艱辛！而我胡為者？歎息龍門下。富貴未可期❻，殷憂向誰寫❼？去去淚滿襟，舉聲〈梁甫吟〉❽。青雲當自致❾，何必求知音！

【注釋】❶冬夜題　龍門，山名。在今河南洛陽南。《漢書‧溝洫志》：「昔大禹治水，山陵當路者毀之，故鑿龍門，辟伊闕。」又名闕塞山、伊闕山。以龍門山（西山）與香山（東山）隔伊水夾峙如門。伊水從中穿過，故名。《元和郡縣志》卷五河南道河南府伊闕縣：「伊闕山，在縣北四十五里。兩山相對，望之若闕，伊水流其間，故名。」按：宋本題下有「洛陽」二字注，乃宋人編集時所加。❷歌苦寒　王琦注：「古樂府有〈苦寒行〉，因行役遇寒而作。」按：曹操亦有〈苦寒行〉，寫北上太行，風雪遠行之哀苦。❸傅說句　傅說，殷朝賢相。見卷一九〈紀南陵題五松山〉詩注。❹李斯句　李斯，秦朝丞相，後被趙高陷害而死。《史記‧李斯列傳》載其臨刑前，「顧謂其中子曰：『吾欲與若復牽黃犬俱出上蔡東門逐狡兔，豈可得乎！』遂父子相哭，而夷三族。」按：《太平御覽》卷九二六引《史記》在「牽黃犬」下有「臂蒼鷹」三字。鷹犬人，比喻受驅使而奔走效勞之人。《後漢書‧袁紹傳》：「以臣頗有一介之節，可責以鷹犬之功。」❺颷起句　颷，蕭本、郭本、王本、咸本皆作「欻」。颷起，疾風驟起。欻起，忽起。意略同。《文選》卷五五劉孝標〈廣絕交論〉：「逮叔世民訛，狙詐飆起。」呂向注：「飆起，喻疾也。」飆，同「颷」。匡社稷，輔助國家。陳琳〈為袁紹檄豫州文〉：「舉師揚威，並匡社稷。」❻富貴句　陶潛〈歸去來辭〉：「富貴非吾願，帝鄉不可期。」此句用其意。❼殷憂句　《詩經‧邶風‧泉水》：「駕言出遊，以寫我憂。」毛傳：「寫，除也。」殷憂，深沉的憂慮。阮籍〈詠懷詩〉其十四：「感物懷殷憂。」❽梁甫吟　樂府相和歌辭舊題。見卷二〈梁甫吟〉注。❾青雲句　青雲，比喻高官顯爵。《史記・范睢蔡澤列傳》：「須賈頓首言死罪，曰：『賈不意君能自致於青雲之上。』」

【語　譯】喝醉酒後解下寶劍，旅途休息在高堂上睡眠。夜半忽然驚醒，起身站立在明燈之前。清晨打開窗子姑且直望，大雪積在冰河中多麼壯觀。哀哀地唱起〈苦寒行〉歌曲，我心中憂傷而獨自惆悵。傳說本是築板牆的小臣，李斯曾在上蔡獵狐兔牽鷹犬。他們一旦驟起成為國家的匡輔大臣，豈能長期處於艱苦環境！而我至今有什麼作為？只能在龍門下嘆息。富貴既然沒有指望，心中的深憂能向誰傾瀉？我一路走去淚流滿襟，唱著〈梁甫吟〉直抒不得志。青雲之志應當由自己去爭取得到，何必一定要求知音幫助！

【研　析】此詩當是開元二十一年（西元七三三年）冬在洛陽龍門作。首二句交代「醉宿」，再二句寫「覺起」。然後由窗外景色引出〈苦寒〉，心中憂悶孤獨而惆悵。緊接著便「言志」。詩人想到殷朝宰相傳說、秦朝丞相李斯，原來都出身微賤，而一朝驟起就能成為國家的輔佐大臣。而自己現在卻在龍門下嘆息無所作為，憂愁無處訴，只能一路流淚唱著〈梁甫吟〉。末二句則振奮精神：青雲之志應自己去實現，何必求知音！表明詩人此時意志並未消沉。

尋山僧不遇作

金陵❶

石徑入丹壑，松門閉青苔。閑階有鳥跡，禪室無人開。窺窗見白拂❷，挂壁生塵埃。使我空歎息，欲去仍徘徊。香雲隔山起，花雨從天來❸。已有空樂好，況聞清❹猿哀。了然❺絕世事，此地方悠哉。

【注釋】❶尋山僧題　宋本題下有「金陵」二字注，乃宋人編集時所加。❷白拂　白色的拂塵。❸香雲二句　隔，蕭本、郭本、王本作「偏」。香雲，芳香的雲氣。指佛寺的山雲。花雨，指佛寺下雨。多用以讚美高僧宏揚佛法之詞。沈佺期〈峽山寺賦〉：「花雨與香雲相逐。」❹清　宋本作「青」，胡本作「清」。王琦注：「青，當作『清』。」是。據改。❺了然　全然。

【語譯】石徑曲折直入丹色的山壑，青松林中寺門緊閉地上佈滿青苔。清靜的石階上留有鳥跡，禪室中無人門也不開。我從窗戶中窺視望見室內有白色的拂塵，掛在牆壁上也落滿了塵埃。看到此景使我徒然嘆息，想離去卻仍在門外徘徊。香雲隔山湧起，花雨從天上落下來。已經欣賞了山間空籟自然的好音樂，何況又聞到了清猿的哀啼聲。我將完全斷絕世事，纔能在此地真正體會清幽悠哉。

【研析】此詩作年不詳。所尋山僧亦不知為誰。詩中首四句描寫一路尋山所見景色，正如一幅春山古寺圖。接著四句寫「不遇」，窺窗只見白拂掛壁而積滿塵埃，只能嘆息欲去而又徘徊。再四句寫香雲、花雨、空樂、猿聲，又是一幅僧寺景色圖。末二句點出自己心願，斷絕世事，於此隱居。《唐宋詩醇》卷八曰：「客不欲去，僧復何之？歎息之意，於後半見之。」

過汪氏別業二首❶

其一

遊山誰可遊❷？子明與浮丘❸。疊嶺礙河漢，連峰橫斗牛❹。汪生面北阜❺，池館清且❻幽。我來感意氣❼，搥炰列珍羞❽。掃石待歸月❾，開池漲寒流。酒酣益爽氣❿，為樂不知秋⓫。

【注釋】❶過汪氏題 汪氏指汪倫，詳見卷一〇〈贈汪倫〉詩注。又按，《文苑英華》只收第一首，「汪」作「任」。注：「集作汪」。別業，即別墅。❷誰可遊 可，《文苑英華》作「所」。❸子明句 子明，指陵陽子明，傳說中漢代的仙人。據《列仙傳》卷下記載，其好釣魚，釣得白龍，拜而放之。後得白魚，腹中有書，教以服食之法，子明食之而成仙。浮丘，即浮丘公，傳說中黃帝時的仙人。《文選》卷二一郭璞〈遊仙詩〉：「左挹浮丘袖。」李善注：「《列仙傳》曰：『浮丘公接王子喬以上嵩高山。』」❹斗牛 二十八宿中的斗宿和牛宿。古代認為今江蘇、浙江、安徽、江西地區為此二星宿的分野。❺汪生句 汪生，《文苑英華》作「任土」。注：「集作：汪生」。北阜，北山。《文選》卷三〇謝靈運〈田南樹園激流植援〉詩：「卜室倚北阜。」劉良注：「阜，山。」❻清且 《文苑英華》作「涵清」。❼意氣 指饋獻。《潛夫論・愛日》：「而趨府庭者，非朝晡不得通，非意氣不得見。」汪繼培箋：「以饋獻為意氣，漢晉人習語也。」❽搥炰句 搥，通「捶」。敲擊；屠宰。《英華》作「槌」。同。炰，烹煮。《英華》作「庖」。注：「集作炰」。《詩經・大雅・韓奕》：「其殽維何？炰鱉鮮魚。」鄭玄箋：「炰鱉，以火熟之也。」珍羞，貴重珍奇的食品。❾待歸月 《文苑英華》作「歸明月」。注：「集作待歸月，又作待月歸。」❿酒酣句 左思〈詠史〉詩其六：「荊軻飲燕市，酒酣氣益震。」爽氣，心情舒暢豪爽。⓫為樂句 為樂，作樂。鮑照〈擬行路難〉其三：「人生幾時得為樂！」秋，蕭士贇注：「秋者，歲功將成之時也。士有志而不遇，功業未建，年已蹉跎，往往感之而悲。此則為樂之極，不知老之將至，忘其悲也。」

【語　譯】有誰可以與我一起遊山？只有陵陽子明與浮丘公。山重嶺疊擋住了銀河，連峰翠嶂橫攔住斗牛星宿。汪生的別墅面對北山，池塘亭館清靜而幽雅。我來到此地感謝主人的盛情饋獻，宰豬烹魚陳列著珍美的佳餚。掃清石徑靜待著明月歸來，開掘池塘使寒泉流入高漲。酒酣更覺心情舒暢，飲酒作樂已不知秋夜的悲涼。

【研　析】此二詩當是天寶十三載（西元七五四年）遊涇縣時作。此首前六句描寫汪氏別業周圍的環境：疊嶺連峰，池館清幽。後六句敘寫汪氏的盛情款待，作樂而不知秋。明人批點曰：「亦有佳語，然趣味不甚長。」

其二

疇昔❶未識君，知君好賢才。隨山起館宇，鑿石營池臺。大火❷五月中，景風❸從南來。數枝石榴發，一丈荷花開。恨不當此時，相過醉金罍❹。我行值木落，月苦清猿哀。永夜❺達五更，吳歈❻送瓊盃。酒酣欲起舞，四座歌相催。日出遠海明，軒車且徘徊。更遊龍潭❼去，枕石❽拂莓苔。

【注釋】❶疇昔　往昔；以前。疇，助詞。《禮記‧檀弓上》：「予疇昔之夜，夢坐奠于兩楹之間。」鄭玄注：「疇，發聲也。昔，猶前也。」❷大火　蕭本、郭本、王本、《全唐詩》作「星火」。指二十八宿中的心宿。夏曆五月黃昏時，出現於正南方。因心宿為十二次中「大火」的主要星宿，故以「大火」稱之。詳見卷一九〈太原早秋〉詩注。❸景風　夏曆五月的南風。《史記‧律書》：「景風居南方。景者，言陽氣道竟，故曰景風。」曹丕〈與朝歌令吳質書〉：「方今蕤賓紀時，景風扇物，天氣和暖，眾果具繁。」蕤賓，樂律名，配夏曆五月。❹金罍　酒器；酒樽的美稱。《詩經‧周南‧卷耳》：「我姑酌彼金罍。」❺永夜　長夜。《列子‧楊朱》：「肆情於傾宮，縱欲於永夜。」❻吳歈　吳歌。《楚辭‧招魂》：「吳歈蔡謳，奏大呂些。」王逸注：「歈、謳，皆歌也。」❼龍潭　深淵。今人或謂此處指桃花潭上游羅敷潭、澀灘、三門六刺灘等奇山異水。❽枕石　枕於石上。多比喻隱居生活。曹操〈秋胡行〉：「名山歷觀，遨遊八極。枕石漱流，飲泉沉吟不決。」

【語譯】我過去與您不相識，但知道您喜歡結交賢才。您的別墅隨著山勢建起樓屋，鑿石營造池塘亭臺。心宿在天空正南方的五月裡，仲夏的暖風從南方吹來。數枝石榴吐著如火的花朵，一丈高的荷花正在盛開。我恨未能在那個時候拜訪您的別墅，與您共同開懷暢飲。我這次相訪正值樹葉凋落的深秋，月色昏暗猿聲悲哀。承蒙您盛情招待長夜到五更，吳歌清唱伴隨著玉杯美酒。酒酣時正要盡興起舞，四座已經唱起相催的歌聲。太陽從遙遠的雲海中升起，車馬卻還在別墅中徘徊。大家又相約一起到龍潭去遊覽，拂去莓苔枕石漱流。

【研析】此首敘寫兩人的友情。首四句謂以往雖然互不相識，但卻知道汪君喜愛賢才，並有一座別墅可以招待友人。接著六句謂後悔沒有在仲夏景色最美的季節來訪共醉，作為襯托。後半敘寫此次拜訪的情景：時令是木落猿哀的清秋，友誼體現在長夜達五更的吳歌送杯，酒酣起舞，直到海上日出，車馬徘徊不忍離去。末二句更想遊龍潭而枕石漱流，以隱居為樂。明人批點曰：『我行』下稍鍊勁，遂覺色濃。」

待酒不至

玉壺繫青絲❶，沽酒來何遲？山花向我笑，正好銜盃時。晚酌東窗下，流鶯❷復在茲。春風與醉客，今日乃相宜。

【注釋】❶玉壺句　玉壺，玉製的酒壺；或酒壺之色白如玉。繫青絲，絲繩繫壺，便於提帶。辛延年〈羽林郎〉詩：「就我求清酒，絲繩提玉壺。」❷流鶯　鳴聲婉轉的黃鶯鳥。沈約〈八詠詩‧會圃臨春風〉：「舞春雪，雜流鶯。」

【語譯】白玉的酒壺繫著青絲帶，買酒的人為何遲遲不回來？山花朝我微笑，正好是銜杯飲酒時。傍晚對酌在東窗下，黃鶯鳥又正在此窗外婉轉鳴啼。使人陶醉的春風與醉酒的客人，今日正得兩相宜。

【研析】此詩作年與作地皆不詳。詩中描寫買酒的人遲遲不至，而此時山花盛開，鶯啼窗外，正宜晚酌。春風與醉客，今日最相宜。而待酒不至，恐辜負此景耳。嚴羽評點曰：「何日不宜？獨舉今日，更覺情至。」《唐宋詩醇》卷八：「世人皆以豪放待白，豈知其靜妙乃爾！」

獨酌

春草如有意，羅生玉堂陰❶。東風吹愁來，白髮坐相侵❷。獨酌勸孤影❸，閑歌面芳林。長松爾何知❹，蕭瑟為誰吟？手舞石上月，膝橫花間琴。過此一壺外，悠悠❺非我心❻。

【注　釋】❶羅生句　羅生，羅列而生。玉堂，漢宮殿名。《三輔黃圖・漢宮》：「建章宮南有玉堂，……階陛皆玉為之。」又，官署名。漢侍中有玉堂署，相當於後代的翰林院。❷東風二句　謂東風吹愁，因而白髮相侵。坐，因。❸勸孤影　勸慰自己孤獨的影子。陶潛〈雜詩〉：「揮杯勸孤影。」❹爾何知　宋本在三字下夾注：「一作：本無情」。❺悠悠　憂思貌。《詩經・邶風・終風》：「悠悠我思。」❻非我心　宋本在全詩下夾注：「一本云：春草變綠野，新鶯有佳音。落日不盡歡，恐為愁所侵。獨酌勸孤影，閑歌面芳林。清風尋空來，碧松與共吟。手舞石上月，膝橫花下琴。過此一壺外，悠悠非我心。」其中，「變綠野」之「變」，郭本、王本、《全唐詩》作「遍」。綠野，王本作「野綠」。「碧松」中的「碧」，郭本、王本作「巖」。「與共吟」中的「共」，宋本原作「其」，據郭本、繆本、王本、《全唐詩》改。

【語　譯】春草好像有情意，羅列生長在玉堂北邊。東風吹來春愁，因此侵白了我的頭髮。獨自飲酌只有相勸我的孤影，悠閒地歌唱面對爛漫的芳林。青松你又知道什麼，蕭瑟不停為誰嘯吟？石上月光照著我揮手起舞，在花間彈起橫在我膝上的琴。飲過這一壺酒以後，我的心中不再有悠悠愁思。

【研　析】此詩作年不詳。疑亦天寶三載（西元七四四年）在長安作。首四句謂春草似與我相親而生於玉堂之陰，然東風吹愁使我多生白髮。接著便點題「獨酌」。消愁必飲酒，然獨酌只有孤影為伴，面對芳林而閒歌，長松無知，其蕭瑟之聲又為誰而吟？末四句寫獨自取樂：醉舞月下，鳴琴花間，飲過此壺，悠悠愁思非我心中所存矣！嚴羽評點曰：末二句「真得酒趣，東風、白髮亦無奈何。」《唐宋詩醇》卷八評曰：「閒適諸篇，大概與陶近似，非有意擬古，其自然處合於天耳。」

友人會宿

滌蕩❶千古愁，留連❷百壺飲。良宵宜清談❸，皓月未能寢❹。醉來臥空山❺，天地即衾枕❻。

【注釋】❶滌蕩　洗盡；清除。陶弘景〈授陸敬遊十賚文〉：「滌蕩紛穢，表裏雪霜。」❷留連　留戀而不願離開或不忍割捨。《易林・復之離》：「行旅遲遲，留連齊魯。」鮑照〈代鳴雁行〉：「留連徘徊不忍散。」❸良宵句　宵，《文苑英華》作「夜」。注：「一作：宵」。談，《英華》作「話」。注：「一作：談」。清談，清雅的談論。劉楨〈贈五官中郎將〉其二：「清談同日夕，情眄敘憂勤。」❹皓月句　宋本在「月」字下夾注：「一作：然」。皓月，《英華》作「浩然」。注：「集作：皓月」。未，郭本作「誰」。❺空山　空，《英華》注：「一作：青」。❻天地句　蕭士贇注：「太白蓋用劉伶〈酒德頌〉『幕天席地，縱意所如』之意。」

【語譯】清除千古的憂愁，必須留連暢飲百壺酒。這良宵美景最適宜我們相聚清談雅興，皎潔的月光使大家不能入眠。醉倒臥在空山裡，就將天地當作被褥和枕頭。

【研析】此詩作年不詳。詩中描寫友人相聚會飲於山中之快樂。首二句寫暢飲百壺酒可消千古愁，次二句寫良宵相聚應清雅高談，正好皓月當空未能入眠。末二句寫醉後會宿山中，即以天地為衾枕。朱諫《李詩選注》曰：「詩意淺淡而明快。」明人批點曰：「氣亦豪蕩。」

春日獨酌二首❶

其一

東風扇淑氣❷，水木榮春暉❸。白日照綠草，落花散且飛。孤雲還空山，眾鳥各已歸。彼物皆有託，吾生獨無依❹。對此石上月，長歌醉❺芳菲。

【注　釋】❶春日題　咸本將此二首分置兩處，題皆作〈春日獨酌〉。❷扇淑氣　吹揚美好溫和之氣。《南史・劉義季傳》：「今陽和扇氣，播厥之始，一日不作，人失其時。」《文選》卷二八陸機〈悲哉行〉：「蕙草饒淑氣，時鳥多好音。」張銑注：「淑，美也。」❸春暉　猶春光。春日的光輝。陸機〈短歌行〉：「蘋以春暉，蘭以秋芳。」❹彼物二句　陶潛〈詠貧士詩〉：「萬族各有託，孤雲獨無依。」二句用其意。❺長歌醉　蕭本、郭本、王本、《全唐詩》皆作「長醉歌」。

【語　譯】東風煽動春天和暖的佳氣，江水和樹木都在春日的光輝下欣欣向榮。太陽照耀著綠草，落花紛紛在空中飄飛。日暮時孤雲還歸空山，眾鳥也各自歸巢棲息。那萬物皆有依託，而唯獨我一生卻無所依。只能對著石上的月光，高歌沉醉在芳菲的春草中。

【研　析】此詩作年不詳。詩中寫春日獨酌而感物傷懷。前四句謂東風一吹佳氣遍天下，水木向榮於春暉，日照綠草，落花飄飛。後六句謂薄暮時孤雲、眾鳥各有所歸，萬物皆有所託，唯獨自己無所依靠，只能對此石上之月，舉杯獨酌，長醉而歌春日之芳菲。王夫之《唐詩評選》卷二曰：「以庾鮑寫陶，彌有神理。『吾生獨無依』，偶然入感，前後不刻畫，求與此句為因緣，是又神化冥合，非以象取。玉合底蓋之說，不足立以科禁矣。」

其二

我有紫霞想❶，緬懷滄洲間❷。且❸對一壺酒，澹然萬事閑。橫琴倚高松，把酒望遠山。長空去鳥沒，落日孤雲還。但悲❹光景晚，宿昔成秋顏❺。

【注　釋】❶紫霞想　成仙的想法。陸機〈前緩聲歌〉：「輕舉乘紫霞。」❷緬懷句　緬，遠。滄洲間，指隱居江湖。謝脁

〈之宣城出新林浦向板橋〉詩：「復協滄洲趣。」❸且　蕭本、郭本、《全唐詩》作「思」。❹悲　蕭本、郭本、王本、《全唐詩》作「恐」。❺宿昔句　宿昔，猶早晚，謂時間之短。《晉書・裴楷傳》：「每遊榮貴，輒取其珍玩。雖車馬器服，宿昔之間，便以施諸窮乏。」秋顏，衰老的容顏。沈約〈三月三日率爾成章〉詩：「愛而不可見，宿昔減容儀。」

【語　譯】我有乘紫霞昇天成仙的思想，也常緬懷隱居滄洲間的高士。現在我暫且對著一壺美酒，對世間萬事淡然看空。把琴橫在膝上倚著高松，舉杯把酒瞭望遠山。歸鳥在長空中漸漸消失了蹤影，孤雲也隨著落日飄還山間。只是悲嘆時間已晚，轉眼之間將變成衰老的容顏。

【研　析】此詩作年不詳。詩中敘寫自己原有修煉昇天之想，又欣羨隱居江湖。如今且飲酒彈琴，怡情於飛鳥孤雲之間，將世間萬事完全拋卻淡忘。只是恐怕時光蹉跎，很快衰老而不得昇天成仙。明人批點曰：「據語，此有較濃然古澹處，亦不可及。」

金陵江上遇蓬池隱者

時於落星石上，以紫綺裘換酒為歡❶

心愛名山遊，身隨名山遠。羅浮麻姑臺❷，此去或未返。遇君蓬池隱，就我
石上飯。空言不成歡，強笑惜日晚。綠水向雁關❸，黃雲蔽龍山❹。歎息兩客鳥❺，
徘徊吳越間。一語一執手❻，留連夜將久。解我紫綺裘，且換金陵酒。酒來笑復
歌，興酣樂事多。水影弄月色，清光奈愁何！明晨挂帆席❼，離恨滿滄波。

【注　釋】❶金陵題　蓬池隱者，名不詳。蓋隱居在開封蓬池之人。蓬池，古澤藪名，即逢澤。在今河南開封東南。戰國時魏地，本逢忌之藪。阮籍〈詠懷詩〉其十二：「徘徊蓬池上，還顧望大梁。」《元和郡縣志》卷七河南道汴州開封縣：「蓬澤，

在縣東北十四里，令號蓬池，《左氏》所謂逢澤也。」按：各本題下有李白自注：「時於落星石上，以紫綺裘換酒為歡。」落星石，指落星山。在今南京東北，東接攝山，北臨長江。相傳有大星落於此而得名。三國時吳國曾建三層高樓於此。左思〈吳都賦〉：「饗戎旅乎落星之樓。」劉逵注：「落星樓，樓在建鄴東北十里。」按，南京西南有落星岡，亦稱落星山、落星墩、落星磯，名同而地異。❷羅浮句　羅浮，山名，在今廣東東江北岸，增城、博羅、河源等縣市間。道教稱「第七洞天」。《藝文類聚》卷七引《羅浮山記》：「羅浮者，蓋總稱焉。羅，羅山也；浮，浮山也。二山合體，謂之羅浮。在增城、博羅二縣之境。舊說羅浮高三千丈，有七十石室，七十二長溪，神明神禽，玉樹朱草。」麻姑臺，王琦注引《羅浮山志》：「沖虛觀西南有名峰峭拔，名曰麻姑峰，旁有巖曰麻姑臺。樹石清幽，其上常有彩雲白鶴，仙女集焉。晉、唐以來，人多有見之者。」❸綠水句　綠，咸本作「淥」。雁關，蕭本、郭本、王本、《全唐詩》作「雁門」。指雁門山。在今南京東南六十里。《景定建康志》卷一七山川志：「雁門山，在城東南六十里，周迴二十里，高一百二十五丈。西連彭城山，南連大城山，北連陵山。……山勢連綿，類北地雁門，故以為名。」❹龍山　具體地址不詳。《太平寰宇記》卷九○昇州江寧縣：「巖山，在縣南四十五里，其山巖險，因名曰巖山，宋孝武帝改曰龍山。」❺兩客鳥　比喻自己與蓬池隱者。❻一語句　一語，蕭本、郭本、王本作「共語」。執手，猶握手、拉手。《詩經・鄭風・遵大路》：「摻執子之手兮。」鄭玄箋：「言執手者，思望之甚也。」❼挂帆席　謂揚帆離去。用木華〈海賦〉「維長綃，挂帆席」成句。

【語　譯】您心愛遊名山，所以身體便跟隨名山不怕遙遠。您將往羅浮山麻姑臺去，此去或許一時不能回返。我有幸在這裡遇到您這位蓬池隱者，就一起和我在落星石上就餐。空談不能引起歡樂，勉強取笑日已將晚。碧綠的江水流向雁門山，瀰漫的黃雲遮掩了龍山。可嘆我倆就像飄飛無依的兩隻客鳥，徘徊在這裡吳越之間。我們兩人拉著手在一起攀談，長久留連在夜色中。脫下我身上的紫綺裘，暫且拿去換來金陵美酒。酒來既歡笑又唱歌，酒酣興濃歡樂多。月色在碧波中弄影，清光又能將憂愁怎麼樣！明天早晨您就要揚帆啟程，離愁別恨浸滿在大江的碧波中。

【研　析】此詩約天寶六載（西元七四七年）在金陵作。從題下詩人自注可知，詩人在金陵遇見一位蓬池的隱士，特以紫綺裘換酒招待他。詩中首四句敘寫這位隱者喜遊名山，將遠往羅浮山麻姑臺。接著八句描寫相遇共飯的情景，貧困生活使兩人空言、強笑、嘆息，比喻兩客鳥在吳越徘徊，眼看綠水東流，黃雲蔽山。最後十句寫友情：握手長談，留連到深夜，解下紫綺裘換來金陵美酒。有酒就歡樂，既笑又歌。但水中月影，清光怎能消愁？想到明晨友人就要揚帆而去，只覺得大江碧波滿是離恨別愁。明人批點曰：「道情亦委至。」《唐宋詩醇》評曰：「白雖徘徊吳越，非忘情國家者，偶然觸發，不覺流露篇中。亦喜得此健句撐住。」

月夜聽盧子順❶彈琴

閑夜坐❷明月，幽人彈素琴❸。忽聞〈悲風〉調，宛若〈寒松〉吟。〈白雪〉亂纖手，〈淥水〉清虛心❹。鍾期久已歿，世上無知音❺。

【注　釋】❶盧子順　生平事蹟不詳。❷夜坐　蕭本、郭本、咸本作「坐夜」。❸幽人句　幽人，隱居之人；隱士。孔稚珪〈北山移文〉：「或歎幽人長往，或怨王孫不遊。」素琴，未加裝飾之琴。❹忽聞四句　〈悲風〉、〈寒松〉、〈白雪〉、〈淥水〉，皆琴曲名。淥，蕭本、郭本、王本、咸本皆作「綠」。亂，樂曲的最後一章。按：上古琴弄有〈悲風操〉、〈白雪操〉、〈風入松操〉，下古琴弄有〈寒松操〉，見釋居月《琴曲譜錄》。《文選》卷一八嵇康〈琴賦〉：「揚〈白雪〉，發〈清角〉。……初涉〈淥水〉，中奏〈清徵〉。」呂向注：「〈白雪〉、〈清角〉，并弄名。……〈淥水〉、〈清徵〉，曲名。」❺鍾期二句　用伯牙鼓琴、鍾子期知音故事。《呂氏春秋・孝行覽・本味》：「伯牙鼓琴，鍾子期聽之。方鼓琴而志在太山，鍾子期曰：『善哉乎鼓琴，巍巍乎若太山。』少選之間，而志在流水，鍾子期又曰：『善哉乎鼓琴，湯湯乎若流水。』鍾子期死，伯牙破琴絕絃，終身不復鼓琴，以為世無足復為鼓琴者。」歿，蕭本、郭本、王本、咸本皆作「沒」。

【語　譯】靜夜坐在明月之下，隱居的幽人彈奏著古琴。我忽然聽到〈悲風〉的曲調，似乎是〈寒松〉的歌吟。〈白雪〉的最後一章似乎是纖手撫弄，〈淥水〉的音響使人清心養性。可惜鍾子期早已去世，世上再也找不到真正的知音。

【研　析】此詩作年不詳。詩中首聯點題：月夜聽隱士彈琴。中間兩聯描寫各琴曲聲音的優美效果。尾聯感嘆如今已無鍾子期那樣的知音。明人批點曰：「渾口頭語具篇，五、六句有致。」

清溪半夜聞笛

秋浦❶

羌笛〈梅花引〉❷，吳溪隴水情❸。寒山秋浦月❹，腸斷玉關聲❺。

【注　釋】❶清溪題　清，宋本原作「青」，據蕭本、郭本、《全唐詩》改。王本注：「『青溪』，當作『清溪』，在江南池州府城西北五里，其地在唐時為秋浦縣。」是。在今安徽池州。宋本題下有「秋浦」二字注，乃宋人編集時所加。❷羌笛句　羌笛，古代的管樂器。因出於羌中，故名。《文選》卷一八馬融〈長笛賦〉：「近世雙笛從羌起。」李善注：「《風俗通》曰：『笛元羌出。又有羌笛。然羌笛與笛二器不同。長於古笛，有三孔。大小異，故謂之雙笛。』」梅花引，笛曲名。即漢樂府橫吹曲之〈梅花落〉。後成為〈梅花三弄〉的別名。❸吳溪句　吳溪，指清溪。因在吳地，故稱。情，宋本原作「清」，在「清」字下夾注：「一作：情」。蕭本、郭本、王本、《全唐詩》皆作「隴水情」。《後漢書・郡國志五》漢陽郡：「有大阪名隴坻。」李賢注引郭仲產《秦州（川）記》曰：「隴山東西百八十里。登山嶺，東望秦川四五百里，極目泯然。山東人行役升此而顧瞻者，莫不悲思。故歌曰：『隴頭流水，分離四下。念我行役，飄然曠野，登高遠望，涕零雙墮。』」❹寒山句　宋本在此句下夾注：「一作：空山滿明月」。❺玉關聲　聲，宋本原作「情」，蕭本、郭本、胡本、王本、《全唐詩》皆作「聲」，據改。玉關，即玉門關。見卷二〈關山月〉及卷四〈塞下曲〉其五注。

【語　譯】羌笛傳來〈梅花引〉的樂曲聲，使我在這吳地清溪似乎聽到隴頭流水的悲傷之情。在這秋浦寒山的月光下，笛聲使人腸斷的總是玉門邊關之聲。

【研　析】此詩當作於天寶十四載（西元七五五年）遊秋浦之時。詩中謂羌笛吹梅花之曲，清溪有隴水之情，寒山秋浦，明月之下，而腸斷於玉關之聲。蓋所吹皆邊塞之曲，故曰隴水之情、玉關之聲。明人批點曰：「只以南北相形，意趣遂覺新，亦是小巧。羌、隴、玉關，北。梅、吳，南。」楊逢春《唐詩偶評》：「首寫聞笛，二寫清溪，羌笛、隴水，便含末句意。隴水陪說，言吳溪如隴水之清也。三、四從『半夜』二字渲染生情，映合笛聲，言當此山水月明之夜，聞此羌笛，不殊關塞上之腸斷也。此亦是加倍形容之法，非真在隴水玉關聞笛也。」

日夕山中忽然有懷

廬山❶

久臥名山❷雲，遂為名山客。山深❸雲更好，賞弄終日夕。月銜樓間峰，泉漱❹階下石。素心❺自此得，真趣非外借❻。鼯❼啼桂方秋，風滅籟❽歸寂。緬思洪崖術❾，欲往滄海❿隔。雲車來何遲⓫，撫己空歎息⓬。

【注　釋】❶日夕題　宋本題下有「廬山」二字注，乃宋人編集時所加。❷名山　宋本在此句與下句的「名」字下夾注：「一作：青」。蕭本、郭本、王本、《全唐詩》皆作「青山」。❸深　宋本在此字下夾注：「一作：春」。❹漱　用水沖刷。〈考工記・匠人〉：「善溝者水漱之。」孫詒讓《正義》：「案漱本為蕩口，引申為凡水蕩物之稱。」❺素心　本心；平素的心願。江淹〈雜體詩三十首・效陶潛田居〉：「素心正如此，開徑望三益。」❻外借　蕭本、郭本、咸本、《全唐詩》作「外惜」。按：借，當作「藉」。憑藉；依託。❼鼯　動物名。俗稱大飛鼠。《爾雅・釋鳥》：「鼯鼠，夷由。」郭璞注：「狀如小狐，似蝙蝠，肉翅，……聲如人呼。」❽籟　自然界發出的聲音。《莊子・齊物論》：「女（汝）聞地籟而未聞天籟夫！」常建〈題破山寺後禪院〉詩：「萬籟此都寂，但餘仲磬音。」❾洪崖術　指神仙之術。洪崖，傳說中的神仙名。《文選》卷二一郭璞〈遊仙詩〉：「左挹浮丘袖，右拍洪崖肩。」李善注引《神仙傳》曰：「衛叔卿與數人博，其子度曰：『向與博者為誰？』叔卿曰：『是洪崖先生。』」劉良注：「浮丘、洪崖，並仙。」❿海　宋本在此字下夾注：「一作：島」。⓫雲車句　雲車，傳說中仙人所乘之車，仙人以雲為車。《淮南子・原道訓》：「昔者馮夷、大丙之御也，乘雲車入雲蜺，游微霧。」《文選》卷一九曹植〈洛陽賦〉：「載雲車之容裔。」劉良注：「神以雲為車。」來何遲，為何遲遲未來。〈古詩十九首〉：「軒車來何遲。」⓬撫己句　撫摸自己的胸懷而空自嘆息。陶潛〈歲暮和張常侍詩〉：「撫己有深懷。」又〈擬古詩九首〉其七：「歌竟長歎息。」

【語　譯】我長久遊臥名山賞玩白雲，就成為名山的客人。在山的深處白雲更加美好，使我玩賞一直到太陽下落。月亮懸掛在樓間露出的峰上，清泉沖刷著階下的石頭。我平素的心願從這裡得到滿足，真趣更非憑藉外邊而得。如今正當大飛鼠啼鳴桂花開放的秋天，風停止而萬籟俱寂。我遙想那洪崖成仙的方術，欲到那海中蓬萊仙島隔絕塵世。仙人的雲車為何遲遲不來接我，我撫摸自己胸懷空自嘆息煩悶。

【研　析】此詩作年不詳。或因宋本題下有「廬山」二字注，謂此詩天寶九載（西元七五〇年）作於廬山。首四句謂自己久臥名山而為名山客，山深雲好而日夜賞玩。接著六句寫景抒懷；月銜樓間山峰而出，泉水沖漱階下之石而噴激。平素心願自此而得，真趣決非憑藉外力。時當桂花開放之秋大飛鼠鳴啼，秋風靜滅萬籟歸寂。末四句幻想成仙昇天，遠想神仙之術，欲往海島求仙，可是神仙之車遲遲未來，詩人只能徒然嘆息。明人批點曰：「婉細有雅味。起二句與前〈遇蓬池隱者〉同法。」

夏日山中

嬾搖白羽扇❶，裸袒青林中❷。脫巾❸挂石壁，露頂❹灑松風。

【注　釋】❶嬾搖句　嬾，「懶」的異體字。懶搖，懶散地搖動著。白羽扇，用白色羽毛做成的扇子。《晉書・陳敏傳》：「敏率萬餘人將與卓（甘卓）戰，未獲濟，榮（顧榮）以白羽扇麾之，敏眾潰散。」❷裸袒句　裸袒，赤露身體。《孟子・公孫丑上》：「爾為爾，我為我，雖袒裼裸裎於我側，爾焉能浼我哉！」裸，宋本原作「躶」，乃「裸」的異體字。徑改。袒，蕭本、郭本、胡本、《全唐詩》作「體」。青林，蒼翠的樹林。陶弘景〈答謝中書書〉：「青林翠竹，四時俱備。」❸脫巾　解下頭巾。按：巾，指巾幘，包頭髮的頭巾。隱士多不著冠，只用幅巾束髮。❹露頂　猶散髮，露出頭頂。

【語　譯】我懶散地搖動著白羽扇，赤身露體地坐臥在青林中。脫下頭巾掛在石壁上，讓松風吹灑一下裸露的頭頂。

【研　析】此詩作年不詳。詩中描繪夏天在山中的活動：搖白羽扇，裸袒青林，脫巾露頂，都是烘托山中的炎熱。劉辰翁評曰：「後人以此語入畫，真復可愛。妙是結句。」黃生《唐詩摘抄》評曰：「總寫一『懶』字，一氣直下格。懶搖扇故裸體，因裸體遂脫巾，巾脫則頂露。」

山中與幽人❶對酌

兩人對酌山花開，一盃一盃復一盃。我醉欲眠卿且去❷，明朝有意抱琴❸來。

【注　釋】❶幽人　幽居之人，指隱士。❷我醉句　《宋書・陶潛傳》：「貴賤造之者，有酒輒設。潛若先醉，便語客：『我醉欲眠，卿可去。』其真率如此。」此處用其意。卿，對友人的愛稱。❸抱琴　琴乃古代隱士所愛樂器，陶潛、李白都喜歡彈琴。

【語　譯】我們兩人對飲欣賞盛開的山花，不斷地一杯一杯又一杯。我醉了想睡覺請您暫且回去，明天早晨如果您有心意請抱著琴再來。

【研　析】此詩作年不詳。首句點明飲酒的時間是春天花開季節，地點是在山中，方式是兩人對酌，對飲的人是隱士。既不是獨酌，也不是盛宴，而是與友人細飲慢酌。第二句連用三個「一盃」，是對酌的細節描繪。由於感情融洽，一杯又一杯地喝著不覺得多。三、四兩句寫詩人之直率，醉態可掬。詩人巧用陶淵明的話語入詩，不但毫無痕跡，而且自然生動地描繪出兩人「忘形到爾汝」的親密關係，特別是末句意味深長。彈琴在古代是一種高雅的藝術行為，李白喜歡聽琴，寫有〈聽蜀僧濬彈琴〉、〈月夜聽盧子順彈琴〉等詩，他要幽人「明朝有意抱琴來」，說明這位幽人也是善於彈琴的高雅之士。明日邊彈琴邊飲酒，將會更加暢快。前二句敘飲酒，第三句突然一轉寫醉，第四句又轉寫後約，直敘中有曲折波瀾。語言明白如話，卻能化用典實；感情表達酣暢淋漓，但韻味深長。一般絕句中避忌重複，本詩卻連用三個「一盃」而反覺生動，此乃詩人之擅場。嚴羽評點曰：「麾之可去，招之可來，政見同調。詼謔得好，不是作傲語。」明人批點曰：「淵明此趣元佳，增出抱琴尤助味。」《唐詩歸》卷一六譚元春曰：「是與幽人對酌詩，若俗人則終筵且不堪，何可明日再來？……『有意』二字，有不敢必之意。」

春日醉起言志

處世若大夢❶，胡為勞其生❷？所以終日醉，頹然臥前楹❸。覺來眄庭前❹，一鳥花間鳴。借問此何時？春風語流鶯❺。感之欲歎息，對酒還自傾。浩歌❻待明月，曲盡已忘情❼。

【注釋】❶處世句　處世，生活於人世間。《後漢書・張奐傳》：「大丈夫處世，當為國家立功邊境。」若大夢，《莊子・齊物論》：「方其夢也，不知其夢也……且有大覺，而後知此其大夢也。而愚者自以為覺。」❷胡為句　胡為，為何。勞其生，辛苦勞累地生活。《莊子・大宗師》：「夫大塊載我以形，勞我以生，佚我以老，息我以死。」❸頹然句　頹然，頹放不羈貌。《宋書・顏延之傳》：「得酒，必頹然自得」。前楹，廳堂前部的柱子。此處代指廳堂。❹覺來句　覺來，醒來。眄庭前，用陶潛〈歸去來辭〉語：「眄庭柯以怡顏。」❺借問二句　用張協〈雜詩十首〉其八：「借問此何時？胡蝶飛南園。」

❻浩歌　放聲高歌。《楚辭・九歌・少司命》：「臨風怳兮浩歌。」❼忘情　忘卻喜怒哀樂之情。《世說新語・傷逝》：「聖人忘情，最下不及情。情之所鍾，正在我輩。」

【語　譯】人生在世就像一場大夢，為什麼要辛苦勞累地生活？所以我整天沉醉在酒裡，頹然倒下就臥在前廳中。醒來向庭院前看去，一隻鳥兒正在花間飛鳴。請問此時是什麼時候？春風中只聽到流鶯細語歌聲。有感於此我只想嘆息，還是對酒自傾自飲。放聲高歌等待天上的明月，曲終我已完全忘卻喜怒哀樂之情。

【研　析】此詩作年不詳。詩中首四句謂不可不醉之故。蓋人生一世如大夢，為何要勞累生存？所以自己終日飲酒，醉倒即臥前廳。雖非臥所，亦不顧。中四句謂醒來看庭前，一鳥鳴於花間，因問旁人是何時，答曰此乃春天黃鶯鳥在鳴歌。末四句因感春風鳥鳴而嘆息，然仍是飲酒傾杯，高歌而待明月，及曲終，已完全忘情。嚴羽評點曰：「甚適，甚達，似陶，卻不得言學陶。」一鳥花間鳴，「幽極，妙在不判出『幽』字，始覺後人拙露。」劉辰翁評曰：「流麗酣暢，欲勝淵明者，以其尤易也。詩皆如此，何以沉著為哉！」《唐詩品彙》卷六引）朱諫《李詩選注》：「按此詩說者以為擬陶之作。陶詩自是沖淡平易，白此作情思頗相似，而詞藻過之。白之高視千古，於陶雖無所貶，然亦未嘗屑屑以學之也。陶之詩，生有定體，如鑄物然，一模所就；白則變化不測，如善於寫真者，因人而付之。較其材力，陶又不如白之多矣。故朱子古選雖學陶，而必謂白為聖也。其旨深哉！」其說甚是。

廬山東林寺❶夜懷

我尋青蓮宇❷，獨往謝城闕❸。霜清東林鐘❹，水白虎溪❺月。天香❻生虛空，天樂❼鳴不歇。宴坐寂不動❽，大千入毫髮❾。湛然冥真心❿，曠劫斷出沒⓫。

【注釋】❶廬山東林寺　晉太元九年，慧遠法師在江州刺史桓伊資助下建成。唐會昌三年寺廢。大中三年復修。宋代改名太平興國寺。❷青蓮宇　指佛寺。陳子昂〈酬暉上人夏日林泉〉詩：「聞道白雲居，窈窕青蓮宇。」❸謝城闕　辭別城市。謝，辭別。❹鐘　宋本作「鍾」，據郭本、王本、咸本、《全唐詩》改。❺虎溪　溪名。在今江西九江廬山東林寺前。相傳晉慧遠法師居此，送客不過溪，過此，虎就吼叫，故名。孟浩然〈夜泊廬江聞故人在東林寺以詩寄之〉：「江路經廬阜，松門入虎溪。」❻天香　佛教稱天上特異的香味。宋之問〈靈隱寺〉詩：「桂子月中落，天香雲外飄。」沈佺期〈樂城白鶴寺〉詩：「潮聲迎法鼓，雨氣濕天香。」❼天樂　佛道稱佛國仙界美妙的音樂。王琦注引《阿彌陀經》：「彼佛國土，常作天樂。」沈佺期〈峽山寺賦〉：「仙人共天樂俱行，花雨與香雲相逐。」❽宴坐句　宴坐，王琦注：「《釋氏要覽》：宴坐，又作燕坐。燕，安也，安息貌也。」《維摩詰經・弟子品》：「心不在內，亦不在外，是為宴坐。」寂不動，心神安靜無雜念。《易經・繫辭上》：「寂然不動。」❾大千句　芥子納須彌，大小無礙之意。佛教謂世界為三千大千，指其數之多，包羅萬象，廣大無邊。《魏書・釋老志》：「釋迦如來，功濟大千，惠流塵境。」《文選》卷五九王中〈頭陀寺碑文〉：「棲遑大千。」李善注：「棲遑大千者，謂一三千界，下至阿毗地獄，上非想天，為一世界。千三界為小千世界。千小世界為中千世界，至千中千世界為大千世界。」毫髮，形容極為細小的毛孔。《法苑珠林》卷三六〈神異・勳通〉：「爾時羅睺羅答阿難曰：『我念往昔以此三千大千世界諸山之類，皆納一毛孔中，我身如本，眾生不異；我又一時取此大千世界所有大海河池水聚悉入毛孔，我身無損，眾生無害，一切水聚各皆如本。……』爾時須菩提答阿難曰：『我念一時，入於三昧，此大千世界，弘廣若斯，置一毛端往來旋轉如陶家輪。』」❿湛然句　湛然，淡泊安定貌。冥，即寂然不動。真心，佛教用語。謂真實無妄之心。有常住之真心，則無有輪轉。⓫曠劫句　曠劫，久遠之劫，極言過去極長時間。曠，久遠。劫，佛教稱世界生滅一週期為一劫。謝靈運〈山居賦〉：「析曠劫之微言，說象法之遺旨。」此句承上謂常住真心可使萬劫斷絕出入。

【語譯】我尋訪佛教的寺院，辭別城市獨自前往。東林寺的鐘聲如秋霜一樣淒清，虎溪的流水像明月一樣潔淨。奇妙的天香在高空散漫，來自天上佛國的音樂鳴響不停。我心無雜念安靜地坐在禪堂中寂然不動，大千世界整個納入我的毫髮之中。我安然淡泊地默守無妄真心，使萬劫斷絕停止出入。

【研析】此詩作年不詳。或謂天寶九載（西元七五〇年）、或謂至德元載（西元七五六年）在廬山作。首二句點明辭別城市而來到廬山東林寺。接著四句描寫東林寺的環境：東林之鐘聲如秋霜之淒清，虎溪之流水如明月之皎潔，高空散發著天香，天樂鳴而不歇。末四句描寫自己按佛教之教義修行。安坐禪室寂然不動，大千世界都納入毫髮。安然淡泊默守常住真心，使曠劫斷絕出入。明人批點曰：「解脫。『清』、『白』字好。後八句說禪理太真，翻覺減味。」

尋雍尊師❶隱居

群峭碧摩天❷，逍遙不記年❸。撥雲尋古道，倚樹聽流泉❹。花暖青牛臥❺，松高白鶴眠❻。語來江色暮，獨自下寒煙❼。

【注　釋】❶雍尊師　名雍的道士，姓氏事蹟不詳。尊師，對道士的尊稱。❷群峭句　謂群峰峭立，上摩青天。摩，宋本原作「磨」，據蕭本、郭本、王本、咸本改。❸逍遙句　此句謂雍尊師在山中悠然自得，不屑記住年月。逍遙，安閒自得貌。❹撥雲二句　以山極高聳，故須撥雲以尋古道；及至其居，則先倚樹以聽泉聲。古道，指由古人所開的山路。❺青牛臥　青牛或活用老子乘青牛入秦事。又《神仙傳》記載：封君達服鍊水銀，年百歲，視之如年三十許，騎青牛，故號青牛道士。亦切雍尊師說。❻松高句　《抱朴子・對俗》引《玉策記》曰：「千歲之鶴，隨時而鳴，能登於木。其未千載者，終不集於樹上也。色純白，而腦盡成丹。」按：「青牛」、「白鶴」皆用道家之事為喻，不必強求創解。❼語來二句　意謂兩人說話不覺日暮，自己只得告別下山。寒煙，指黃昏時山中帶有寒意的雲煙。

【語　譯】群峰陡峭上摩碧天，悠然世外不須記年。撥開濃雲尋找古老的山間古道，倚著樹木傾聽淙淙流泉。溫暖的花叢中臥著青牛，高高的松樹上眠有白鶴。兩人談天直到江水籠罩在暮色中，我就獨自走下瀰漫雲煙的寒山。

【研　析】此詩作年不詳。首聯寫雍尊師隱居之地和時。地為群峰摩天，時為不可以年歲計。頷聯寫「尋」，因山高故須撥雲尋古道，至其居則倚樹而聽流泉。頸聯寫景：花暖而青牛臥，松高而白鶴眠。尾聯以相語日暮而以歸去為合。先以撥雲而上，末以銜煙而下，前後照應。嚴羽評點曰：「不必琢，但覺其應爾。」鍾惺《唐詩歸》卷一六曰：「八句清淺得稱。」明人批點曰：「首句說居景，三四尋時景，五六七會時景，末句去景。描寫一一工妙。」《唐宋詩醇》卷八曰：「一結擅勝，神韻悠然。」

與史郎中欽聽黃鶴樓上吹笛　江夏❶

一為遷客去長沙❷，西望長安不見家。黃鶴樓中吹玉笛，江城五月〈落梅花〉❸。

【注釋】❶與史郎中題　欽，宋本作「飲」。誤。據蕭本、郭本、胡本、王本改。郎中，唐尚書省六部諸曹官員皆稱郎中和員外郎。史欽，事蹟不詳。李白另有〈江夏使君叔席上贈史郎中〉詩云：「昔放三湘去，今還萬死餘。」語意相合，當為同一人。黃鶴樓，見卷一二〈黃鶴樓送孟浩然之廣陵〉詩注。按：宋本題下有「江夏」二字注，乃宋人編集時所加。❷一為句　用西漢賈誼事。見卷九〈巴陵贈賈舍人〉注。遷客，以賈誼自比，一說指史欽。❸江城句　江城，指江夏。今湖北武漢武昌。落梅花，即〈梅花落〉，笛曲名。此因押韻而倒置，亦含笛聲因風散落之意。一語雙關，乃傳神之筆。王堯衢《古唐詩合解》：「望長安而懷故國，旅思淒然，何堪又聞哀響！」

【語　譯】一經成為貶謫之人就像賈誼往長沙，西望長安懷念故國卻不見家。從黃鶴樓上傳來一聲聲〈梅花落〉的笛聲，彷彿五月的江城又紛紛飛舞飄落梅花來。

【研　析】此詩當是乾元二年（西元七五九年）五月流夜郎遇赦回到江夏後所作。首句用賈誼貶長沙事比擬自己被流放，實際上詩人的遭遇比賈誼慘得多。賈誼只是從朝廷貶謫到長沙做官，而詩人則被判罪長流夜郎，是僅次於死刑的一種重刑。但有一點是相同的，賈誼是無辜被貶，李白也是無辜受害，所以詩人用賈誼自比。儘管詩人遭遇如此悲慘，但仍不忘國事，次句「西望長安」表現出對朝廷的眷戀。但長安對曾被判重刑的詩人來說，是多麼遙遠，「不見家」三字表現出詩人惆悵、酸楚的心情。三、四兩句巧妙地借笛聲渲染愁情，同時點出地點和時令。笛中吹的是〈梅花落〉樂曲，詩人聽後卻幻化出梅花飛舞、隨風飄落的景象，五月當然不會有梅花，這是現實中聽覺與想像中視覺的通感結晶，是詩人淒涼心情的反映。詩人早年曾有〈春夜洛城聞笛〉詩，同是七言絕句，同寫聞笛，但那是抒鄉愁客思之情，此則寫飄零淪落之感。構思筆法不同，那是順敘，先寫聞笛，然後寫引起的思鄉之情，著力在前二句，意境通暢；此則倒敘，先敘心情，然後寫聞笛，著力在後二句，意境含蓄。嚴羽評點曰：「淒遠堪墮淚。」《唐宋詩醇》卷八曰：「淒切之情，見於言外，有含蓄不盡之致。」

對酒❶

勸君莫拒盃，春風笑人來。桃李如舊識，傾花向我開。流鶯啼碧樹，明月窺金罍❷。昨來朱顏子，今日白髮催❸。棘生石虎殿❹，鹿走姑蘇臺❺。自古帝王宅，城闕閉黃埃❻。君若不飲酒，昔人安在哉？

【注釋】❶對酒　胡本、《樂府詩集》皆將此詩與卷五〈對酒〉詩合併為〈對酒二首〉，以此首為第二首。❷金罍　古酒器名，用黃金飾的酒樽。《詩經・周南・卷耳》：「我姑酌彼金罍。」❸昨來二句　來，蕭本、郭本、王本、《全唐詩》皆作「日」。謝靈運〈遊南亭〉詩：「未厭青春好，已觀朱顏移。慼慼感物歎，星星白髮垂。」❹棘生句　《晉書・佛圖澄傳》：「季龍（石虎，字季龍）大享群臣於太武前殿，澄吟曰：『殿乎，殿乎！棘子成林，將壞人衣。』季龍令發殿石下視之，有棘生焉。冉閔小字棘奴。」此句用其事。❺鹿走句　用伍子胥語。《漢書・伍被傳》：「昔子胥諫吳王，吳王不用，乃曰：『臣今見麋鹿游姑蘇之臺也。』」❻黃埃　黃土飛塵。《文選》卷一一鮑照〈蕪城賦〉：「直視千里外，唯見起黃埃。」李善注引王逸《楚辭注》曰：「埃，塵也。」

【語譯】勸您不要拒飲這杯酒，和煦的春風正笑著向人吹來。桃花李花如舊時相識，傾斜的花朵向我盛開。黃鶯在綠樹叢中婉轉鳴唱，明月正窺照著酒杯。昨日還是紅顏少年，今日已被時光催成白髮老頭。當年荊棘曾生在石虎的殿下，如今姑蘇臺上已到處有野鹿奔走。這裡自古是帝王宅的金陵，如今城闕關閉滿目是黃土塵埃。您如果不飲酒作樂，請問過去的帝王豪傑如今在什麼地方？

【研析】從「今日白髮催」、「自古帝王宅」看，疑此詩為上元二年（西元七六一年）作於金陵。詩中前六句描寫春天美景而勸人飲酒，及時行樂。接著六句敘寫時光易逝，紅顏變白髮，石虎殿下生棘，姑蘇臺上走鹿，帝王宅成塵埃。當年的繁華如今皆已消亡殆盡。末二句回應首句作結，勸人飲酒行樂，昔人既已不存在，今人亦將成古人，何不及時行樂！

醉題王漢陽❶廳

我似鷓鴣鳥，南遷懶北飛❷。時尋漢陽令，取醉月中歸。

【注釋】❶王漢陽　漢陽縣令王某。名不詳。漢陽，唐縣名，屬淮南道沔州。今屬湖北武漢。按：李白贈寄王漢陽之詩甚多，卷九有〈贈王漢陽〉，卷一一有〈寄王漢陽〉、〈自漢陽病酒歸寄王明府〉、〈望漢陽柳色寄王宰〉、〈早春寄王漢陽〉，卷一七〈沔州城南郎官湖〉序所稱「漢陽宰王公」，當為同一人。❷我似二句　鷓鴣鳥，形似雌雉，頭如鶉，羽毛多以黑白兩色相雜，足黃褐色。為中國南方留鳥。古人諧其鳴聲為「行不得也哥哥」，詩文中常用以表示思念故鄉。《文選》卷五左思〈吳都賦〉：「鷓鴣南翥而中留。」劉逵注：「鷓鴣，如雞，黑色，其鳴自呼。或言此鳥常南飛不北。豫章已南諸郡處處有之。」《禽經》：「隨陽越雉，鷓鴣也。飛必南翥，晉安曰懷南。」張華注：「《廣志》云：鷓鴣似雌雉，飛但徂南不北也。《異物記》云：鷓鴣白黑成文，其鳴自呼，象小雉，其志懷南，不北徂也。」懶，宋本原作「嬾」，乃「懶」的異體字。今據王本、咸本等改。

【語　譯】我像一隻鷓鴣鳥，一直向南遷徙而懶於向北飛。今時為了找尋漢陽王縣令，在月下大醉後歸去。

【研　析】此詩作於乾元二年（西元七五九年）流放遇赦回到漢陽之時。前二句以鷓鴣鳥比擬自己的遭遇。流放夜郎是南遷，遇赦返回後仍流落在南方，未能北上京都。後二句點題，為尋漢陽縣令月下取醉，然後歸去。明人批點曰：「興趣亦佳。」

嘲王歷陽不肯飲酒　歷陽❶

地白風色寒，雪花大如手。笑殺陶泉明❷，不飲盃中酒。浪撫一張琴，虛栽五株柳❸。空負頭上巾❹，吾於爾何有？

【注　釋】❶嘲王歷陽題　王歷陽，歷陽縣令王某。名字不詳。歷陽，唐縣名，屬淮南道和州。今安徽和縣。按：卷九有〈醉後贈王歷陽〉、〈對雪醉後贈王歷陽〉詩，當為同一人，且為同時之作。按：宋本在題下注有「歷陽」二字，乃宋人編集時所加。❷陶泉明　即指東晉詩人陶淵明。唐人避唐高祖李淵諱，改淵為泉。蕭本、郭本、王本、咸本、《全唐詩》皆已改回作「淵」。此處以陶淵明與王歷陽相比。陶淵明曾為彭澤縣令，嗜酒，而王歷陽亦為縣令，卻不肯飲酒，故曰「笑殺陶泉明」。❸浪撫二句　浪撫，徒然撫弄。虛栽，白白地栽種。虛，猶徒然、不起作用。《晉書・陶潛傳》：「嘗著〈五柳先生傳〉以自況曰：『……宅邊有五柳樹，因以為號焉。……』性不解音，而畜素琴一張，絃徽不具，每朋酒之會，則撫而和之，曰：『但識琴中趣，何勞絃上聲！』」❹空負句　用陶潛〈飲酒〉詩其二十成句：「若復不快飲，空負頭上巾。」按：《宋書・陶潛傳》：「郡將候潛，值其酒熟，取頭上葛巾漉酒，畢，還復著之。」

【語　譯】地上白茫茫被風吹得更覺寒冷，雪花飛落大得像人的手。您這位當代的陶淵明真讓人笑煞，居然不飲杯中的酒。您別像陶淵明那樣徒然撫弄一張無絃的琴，虛栽門前五株柳樹。如果再白白地辜負頭上可漉酒的葛巾，我對您還能說什麼啊？

【研　析】李白遊歷陽有兩次，一在天寶十二、十三載（西元七五三、七五四年），一在上元二年（西元七六一年）。此詩未知作於何年。詩中謂天寒大雪應當飲酒取暖，可是歷陽縣令卻不肯飲酒。想當年做彭澤縣令的陶淵明，是最愛飲酒的，而您做縣令卻不飲酒豈不可笑！則像陶淵明那樣畜無絃之琴，栽無用之柳，您再空負頭上之巾，您還有什麼可說呢？嚴羽評點曰：「只不飲酒，一齊放倒，又借一極飲酒者作射目，更趣。」又「笑殺」、「不飲」二句，「反跌得妙」。明人批曰：「總是謔語。陶三事止歸一意，味殊短。」

獨坐敬亭山　宣城❶

眾鳥高飛盡，孤雲獨去閑。相看兩不厭，只有敬亭山。

【注　釋】❶獨坐題　敬亭山，在今安徽宣城城北。一名昭亭山，又名查山。東臨宛溪，南俯城闉，為近郭名勝。《元和郡縣志》卷二八江南道宣州宣城縣：「敬亭山，州北十二里，即謝朓賦詩之所。」按：宋本題下有「宣城」二字注，乃宋人編集時所加。

【語　譯】眾鳥都已高飛遠去而盡，孤雲也獨自悠閒地歸去。剩下和我相對相看兩不相厭的，只有這座敬亭山。

【研　析】此詩當是天寶十二、三載（西元七五三、七五四年）在宣城作。前二句看似寫景，實寫孤獨之情。詩人寄情於鳥，但眾鳥卻高飛遠去；寄情於雲，雲也悠悠飄遠；鳥和雲乃至世間萬物似乎都在躲避詩人，厭棄詩人。「盡」、「閑」二字，充分顯示出「靜」的境界，烘托詩人心靈的寂寞和孤獨，也暗示獨坐觀望之久。後二句用擬人化手法寫出詩人對敬亭山的感情。詩人凝視敬亭山，感到敬亭山也默默地凝視著自己，彷彿理解詩人內心的苦悶，給詩人以朋友般的撫慰。敬亭山本是無情之物，但在詩人眼裡卻是多情的。因為眾鳥、孤雲都棄自己而去，只有它依依陪伴著自己。「相」、「兩」同義重複，充滿強烈感情色彩，深切表達出一種心心相印、互看不厭的友誼，「只有」二字更表示除了敬亭山外詩人已無人可親。詩人愈寫敬亭山之多情，也就愈襯托出人的無情。全詩平淡恬靜，將感情融合於景而創造出寂靜境界。

自遣

對酒不覺暝❶，落花盈我衣。醉起步溪月❷，鳥還❸人亦稀。

【注釋】❶暝　昏暗，此指傍晚。❷步溪月　在溪邊月下散步。❸鳥還　暗指日暮。陶淵明〈歸去來辭〉：「鳥倦飛而知還。」

【語譯】對酒暢飲不覺天已昏暗，我的衣服上滿是落花。醉中起來在月下沿著小溪散步，鳥已歸還遊人亦稀少。

【研析】此詩作年不詳。題曰「自遣」，非酒不能排遣，故對酒自酌，不覺日暝。花下飲酒，坐之甚久，故落花盈衣。日落月上，人已醉而起來步月，沿溪而觀。倦鳥已還，遊人稀少，只有花月與酒為伴，真堪自遣。全詩沖澹而自適，甚得幽寂之趣。吳逸一《唐詩正聲》評曰：「語秀氣清，趣深意遠。」吳烶《唐詩選勝直解》曰：「遣興之致，描出自然。」黃叔燦《唐詩箋注》曰：「此等詩必有真胸境，而後能領此真景色，故其言皆成天趣。」

訪戴天山❶道士不遇

犬吠水聲中，桃花帶露❷濃。樹深時見鹿，溪午不聞鐘❸。野竹分青靄❹，飛泉挂碧峰。無人知所去，愁倚兩三松❺。

【注釋】❶戴天山　又名大匡山、大康山，在今四川江油。《唐詩紀事》卷一八引楊天惠《彰明逸事》云：李白「隱居戴天大匡山，往來旁郡，依潼江趙徵君蕤。（蕤）亦節士，任俠有氣，善為縱橫學，著書號《長短經》。太白從學歲餘，去遊成都……益州刺史蘇頲見而奇之。」說明李白青年時曾隱居戴天山讀書，並知李白隱戴天山在遊成都謁見蘇頲之前。❷露　蕭本、郭本、胡本、《全唐詩》皆作「雨」。❸鐘　宋本原作「鍾」，據蕭本、王本、咸本、《全唐詩》改。❹青靄　山中雲氣。王筠〈苦暑〉詩：「日阪散朱氛，天隅斂青靄。」❺愁倚句　謝靈運〈於南山往北山經湖中瞻眺〉詩：「停策倚茂松。」

【語譯】山泉流水聲中傳來陣陣犬吠，桃花帶著濃重的露水盛開。幽深的樹林中時有野鹿竄出來，靜靜的溪邊到了午間還未聽見鐘聲。野竹分散在山中雲氣間，飛泉掛在遠處的碧峰上。沒有人知道道士的去向，我只得倚著兩三株松樹發愁。

【研析】據《舊唐書·蘇頲傳》，蘇頲於開元八年後由禮部尚書出為益州大都督府長史，則李白隱居戴天山讀書約在開元七年（西元七一九年），年十九歲。此詩當作於是年，為現存李白最早詩篇之一。前六句寫路途所見景色。首聯二句為入山第一程，暗點時間是春天早晨，緣溪穿林入山。頷聯二句是第二程，「時見鹿」反襯出不見人，午時該打鐘而「不聞鐘」，暗示道院中無人。頸聯二句為第三程，已到深山道院前，「野竹」、「飛泉」，顯示環境清幽，暗示道士志趣淡泊。尾聯二句用問訊方式，從側面寫出「不遇」，「無人知所去」，是問訊的結果；「愁倚兩三松」，是詩人悵然若失心態的外在表現。用筆迂迴，感情驟轉，留給讀者想像的餘地很深廣。前六句寫景，字字清幽優美，後二句抒情，情致婉轉含蓄。全詩信手拈來，無斧鑿痕，而平仄黏對都合律詩規則，中間兩聯尤屬工對，足見詩人早年於律詩曾下過功夫。前人或謂李白不善律詩，豈其然乎？

秋日與張少府楚城韋公藏書高齋作❶

日下空亭暮，城荒古跡餘❷。地形連海盡，天影落江虛❸。舊賞人雖隔❹，新知樂未疏❺。綵雲思作賦❻，丹壁間❼藏書。查❽擁隨流葉，萍開出水魚。夕來秋興❾滿，回首意何如❿？

【注　釋】❶秋日題　張少府，姓張的縣尉，名字不詳。少府，唐人習慣對縣尉的敬稱。楚城，據《舊唐書・地理志三》記載，江南西道江州曾於武德五年「分湓城置楚城縣」，至貞觀八年，「廢楚城縣入潯陽」。則楚城在李白時是已廢的唐代舊縣名。韋公，名字事跡不詳。❷日下二句　描寫日暮時楚城舊址荒蕪景象。空亭、古跡，皆指原楚城的觀賞之地。亭，蕭本、《全唐詩》作「庭」。❸地形二句　描寫在韋公藏書高齋遠眺所見景象。❹舊賞句　謂往昔共賞的友人已遠隔山水。謝脁〈和劉中書繪入琵琶峽望積布磯〉詩：「山川隔舊賞，朋僚多雨散。」❺新知句　謂與新知張縣尉共遊歡樂親近。屈原〈九歌・少司命〉：「樂莫樂兮新相知。」❻綵雲句　此句謂詩人見彩雲之美而想效古人作賦。綵雲，指晚霞。按：戰國時荀況有〈雲賦〉，云：「五彩備而成文。」後來陸機有〈浮雲賦〉、〈白雲賦〉，成公綏、楊乂皆有〈雲賦〉，見《藝文類聚》卷一。❼間　王本作「問」。❽查　「楂」的本字。通「槎」。木筏；水中浮木。蕭本、郭本、咸本、《全唐詩》皆作「楂」。《拾遺記・唐堯》：「有臣查浮於西海。」❾秋興　秋天的意興和情懷。孟浩然〈奉先張明府休沐還鄉海亭宴集〉詩：「何以發秋興，陰蟲鳴夜階。」❿意何如　郭本作「意如何」。

【語　譯】空亭在日暮時沉寂蕭瑟，荒城中可見一些殘餘的古蹟。遙望遠處地形似乎連著大海而盡，天際的光影落在江上顯得虛空。舊時共賞的老友雖然遠隔千里，新的知音卻很快樂情親。看到天上美麗的彩雲就想構思作賦，進入紅壁的室內參觀韋公的藏書。浮木擁著落葉漂流在水中，浮萍漂開魚兒出水。夕陽西下我滿載秋興而歸，回味今日的遊賞心中所感如何？

【研　析】此詩作年不詳。詩中前四句描寫楚城荒蕪及遠眺所見廣闊景象。次四句敘寫與新知遊賞的快樂，並點出藏書高齋。末四句描寫秋景並抒寫秋興。明人批點曰：「第八句入題。第四句寫景開闊。楂、萍小巧聯，葉隨水遇楂則擁，魚躍出，故萍開。」

懷思

秋夜獨坐懷故山　去長安後❶

小隱慕安石❷，遠遊學子平❸。天書訪江海，雲臥起咸京❹。入侍瑤池宴❺，
出陪玉輦❻行。誇胡新賦作❼，諫獵短書成❽。但奉紫霄❾顧，非邀青史❿名。
莊周空說劍⓫，墨翟恥論兵⓬。拙薄遂疏絕⓭，歸閑事耦耕⓮。顧無蒼生望，
空愛紫芝榮⓯。寥落⓰暝霞色，微茫⓱舊壑情。秋山綠蘿月，今夕為誰明？

【注　釋】❶秋夜題　咸本「山」下多一「作」字。宋本題下有「去長安後」四字注，乃宋人編集時所加。誤。❷小隱句　小隱，指隱居山林江湖。王康琚〈反招隱〉詩：「小隱隱陵藪，大隱隱朝市。」安石，指謝安。《晉書・謝安傳》：「謝安，字安石。……寓居會稽，與王羲之及高陽許詢、桑門支遁遊處，出則漁弋山水，入則言詠屬文，無處世意。……安雖受朝寄，然東山之志始末不渝。」❸遠遊句　子平，指向長。《後漢書・向長傳》：「向長字子平，河內朝歌人也。隱居不仕，性尚中

和，好通《老》、《易》。……與同好北海禽慶俱遊五嶽名山，竟不知所終。」蕭本、郭本、咸本、《全唐詩》皆作「屈平」。《楚辭・遠遊》王逸注：「〈遠遊〉者，屈原之所作也。」按：此處「遠遊」恐非指屈原之作品，只是普通詞語。胡震亨《李詩通》注：「作『屈平』者誤。」❹天書二句　謂應詔入京。天書，指帝王的詔書。王維〈送高適弟耽歸臨淮作〉詩：「天書降北闕。」江海，指隱士所居之處。《晉書・隱逸傳序》：「古先智士……藏聲江海之上，卷迹囂氛之表。」雲臥，高臥於雲霧之中。謂隱居。鮑照〈代昇天行〉：「雲臥恣天行。」咸京，指京都長安。❺瑤池宴　指帝王之宴。《穆天子傳》卷三：「天子觴西王母於瑤池之上。」❻玉輦　天子所乘之車，以玉為飾。潘岳〈藉田賦〉：「天子乃御玉輦，蔭華蓋。」❼誇胡句　謂獻賦。揚雄〈長楊賦序〉：「上將大誇胡人以多禽獸。……雄從至射熊館。還，上〈長楊賦〉。」❽諫獵句　《史記・司馬相如列傳》：「常從上至長楊獵，是時天子方好自擊熊彘，馳逐野獸，相如上疏諫之。」按：此諫疏僅三百多字，故謂「短書」。❾紫霄　指帝王所居，借指帝王。梁簡文帝〈圍城賦〉：「升紫霄之丹地，排玉殿之金扉。」❿青史　古代以竹簡記事，故稱史籍為青史。江淹〈詣建平王上書〉：「俱啟丹冊，並圖青史。」⓫莊周句　《莊子》有〈說劍〉篇。謂昔趙文王喜劍，劍士夾門而客三千餘人，日夜相擊於前，死傷者歲百餘人。好之不厭。如是三年，國衰，諸侯謀之。太子悝患之，乃使人以千金奉莊子。莊子弗受，與使者俱往見太子。太子乃與見王，曰：「今大王有天子之位，而好庶人之劍，臣竊為大王薄之。」王乃牽而上殿，宰人上食，王三環之。於是文王不出宮三月，劍士皆服斃其處。句謂自己雖能像莊子般說劍亦徒然。⓬墨翟句　墨子名翟。主張非攻，所著《墨子》有〈非攻〉篇。《呂氏春秋・開春論・愛類》記載：公輸般為荊王設高雲梯，欲以攻宋，墨子聞而往說之。「公輸般設攻宋之械，墨子設守宋之備，公輸般九攻之，墨子九卻之。不能入，故荊輟不攻宋。墨子能以術禦荊免宋之難者，此之謂也。」⓭拙薄句　拙薄，才性笨拙淺薄，自謙之詞。何遜〈臨行公車〉詩：「道勝多增榮，拙薄遂難化。」疏絕，被君王疏遠恩絕。⓮耦耕　二人各執一耜，並肩而耕。《論語・微子》：「長沮、桀溺耦而耕。」此句謂自己已有歸隱躬耕之思。⓯顧無二句　謂自己難道沒有濟世之志，徒然喜邀高隱之名。顧，豈；難道。《漢書・季布傳》：「使僕游揚足下名於天下，顧不美乎？」蒼生望，濟蒼生之志。空，徒然。紫芝榮，隱士的榮譽。用商山四皓〈採芝操〉語。宋之問〈入瀧洲江〉詩：「心負紫芝榮。」⓰寥落　冷清；寂靜。⓱微茫　隱隱約約。

【語　譯】我曾仰慕謝安那樣的小隱東山，也曾學習像向子平那樣遠遊五嶽。只因天子的天書下訪江海，於是我從雲臥之地起來奉詔進京拜見天子。進入皇宮侍從天子參加御宴，出行又經常陪隨天子的玉輦。為天子誇胡我像揚雄那樣獻作新賦，為勸天子不要貪獵我又像司馬相如那樣上短書。這些都只是遵奉天子的眷顧，不是想希望青史留名。

　　可是我的遭遇即使像莊子〈說劍〉也徒然無用，墨子生在當今也恥於發表他的〈非攻〉。我由於性拙才淺就受到天子的疏遠和恩絕，只能回歸田園從事耕作。難道自己沒有濟蒼生的願望，還是空求商山四皓〈採芝操〉歌頌的高士的空名？如今日暮冷清天空佈滿彩霞，我又隱約看到了舊日隱居山林的情景。不知那滿山綠蘿的秋空明月，今夜是為誰而照明？

【研析】此詩當是天寶二年(西元七四三年)秋在長安供奉翰林時遭讒被疏以後所作。前段敘寫初志及經歷：自己的初志是慕謝安之小隱，效向子平之遠遊，說明無意於富貴顯達。只因天子訪賢於江海，自己以布衣奉詔進京供奉翰林，入則侍天子之內宴，出則陪玉輦以外行。為天子誇胡而作新賦以獻，為諫天子貪獵而上短書。只希望奉天子之眷顧，沒有求青史留名之意。後段描寫自己遭讒見疏不為世用的失意之情。謂自己如今即使如莊周〈說劍〉也只是空說，墨子生於當今也恥言〈非攻〉。自己因性拙才薄而被疏遠恩絕，只能歸去從事耕作。我豈無濟世之志，徒求隱士高名？末四句則描寫暮霞冷清，隱約舊山，綠蘿秋山上之月，為誰而明？迷茫之情景搖曳有致。

憶崔郎中宗之遊南陽遺吾孔子琴撫之潸然感舊❶

昔在南陽城，唯餐獨山蕨❷。憶與崔宗之，白水❸弄素月。時過菊潭❹上，縱酒無休歇。汎此黃金花❺，頹然清歌發❻。一朝摧玉樹❼，生死殊飄忽。留我孔子琴，琴存人已沒。誰傳〈廣陵散〉❽？但哭邙山骨❾。泉戶❿何時明？長歸狐兔窟⓫。

【注　釋】❶憶崔郎中題　崔郎中宗之，尚書省右司郎中崔宗之。李白摯友。詳見卷八〈贈崔郎中宗之〉詩注。南陽，唐縣名，屬鄧州南陽郡。今河南南陽。孔子琴，即夫子樣琴。按照孔子所用之琴的樣式和尺寸製作之琴。《文獻通考》卷一三七〈樂考〉：「自古善琴者八十餘家，一十八樣。究之雅度，不過伏犧、大舜、夫子、靈開、雲和五等而已。……《陳氏樂書．琴制論》……孔子樣長三尺六寸四分。」❷獨山蕨　獨山，山名。《太平寰宇記》卷一四二山南東道鄧州南陽縣：「濁（獨）山在縣西三十里。」又引《隋圖經》：「清水經獨山。」《明一統志》卷三〇南陽府：「豫山在府城東北一十五里，俗名獨山。」說法不同。蕨，多年生草本植物。嫩葉可食，俗稱蕨菜。根莖含澱粉，可供食用或釀造，亦供藥用。《詩經．召南．草蟲》：「陟彼南山，言采其蕨。」❸白水　即淯水。唐時淯水又稱白水，今稱白河，參見卷一六〈遊南陽白水登石激作〉詩注。❹菊潭　唐縣名。在今河南西峽東，內鄉西北。《元和郡縣志》卷二一山南道鄧州菊潭縣：「本漢酈縣武陶戍之地，後魏廢帝因武陶戍置郡，隋開皇三年罷郡，以為菊潭縣，因縣界內菊水為名，屬鄧州。菊水出縣東石澗山。其旁多菊，水極甘馨，谷中三十餘家不復穿井，仰飲此水，皆壽百餘歲。」❺汎此句　汎，「泛」的異體字。蕭本、王本作「泛」。汎此，即泛酒，水邊飲酒。黃金花，指菊花。陶潛〈飲酒〉詩其七：「秋菊有佳色，裛露掇其英。汎此忘憂物，遠我遺世情。」❻清歌發　即發清歌。陶潛〈諸人共遊周家墓柏下〉詩：「清歌發新聲，綠酒開芳顏。」❼摧玉樹　形容崔宗之的死亡。杜甫〈飲中八仙歌〉：「宗之瀟灑美少年，舉觴白眼望青天，皎如玉樹臨風前。」以「玉樹臨風」形容崔宗之美麗的身姿。❽廣陵散　琴曲名。用嵇康典故。《世說新語．雅量》：「嵇中散臨刑東市，神氣不變。索琴彈之，奏〈廣陵散〉。曲終曰：『袁孝尼（袁準，字孝尼）嘗請學此散，吾靳固不與。〈廣陵散〉於今絕矣。』」❾邙山骨　指崔宗之死後葬於邙山。邙山，即北邙山。亦稱芒山、郟山、北山。在今河南洛陽東北。漢魏至唐，為王公貴族歸葬之地。❿泉戶　指墓穴。隋煬帝〈秦孝王誄〉：「仲秋卜宅，將歸泉戶。」⓫長歸句　歸，蕭本、郭本、胡本、咸本皆作「掃」。狐兔窟，指墓穴荒蕪，狐兔出入。張載〈七哀詩〉：「狐兔窟其中，蕪穢不復掃。」

【語　譯】往昔在南陽城，我只以獨山的蕨菜當作美餐。回想當時與崔宗之在一起，在白水河邊賞玩秋天的明月。有時到菊潭縣境，放縱飲酒沒有休歇。泛舟菊溪欣賞金黃的菊花，醉酒高歌清發嘹亮。想不到一朝之間我們的玉樹被摧折去世，從此便成渺茫飄忽的生死之殊。您留給我一張夫子琴，如今琴存而人已去世。今後還能有誰把〈廣陵散〉琴曲傳下去？我只能對著邙山下的埋骨痛哭欲絕。不知您在墓穴中何時能見光明，難道就這樣長久處在狐兔的窟穴中嗎？

【研　析】崔宗之卒於天寶十載（西元七五一年）三月，見崔祐甫〈齊昭公崔府君（日用）集序〉。則此詩當為此年秋天路經洛陽往邙山弔拜崔宗之墓時所作。詩中前八句描寫憶昔與崔宗之遊南陽時的情景：以獨山的蕨菜為餐，在白水玩賞秋月，在菊潭縣放縱飲酒，泛舟賞菊，醉唱清歌。後八句哀悼崔宗之：時人稱為玉樹的崔宗之一旦逝世，兩人就生死殊隔。當年贈我夫子琴，如今琴存人亡。誰還能傳下〈廣陵散〉琴曲？我只能在邙山埋葬英骨之地痛哭。不知您的墓穴何時能明，豈能長歸於狐兔之窟中？詩人內心的哀痛溢出言表，激動人心。明人批曰：「無深語，只就眼前意直寫出，自爾悲至。」

憶東山二首

其一

不向東山❶久，薔薇幾度花？白雲還❷自散，明月落誰家？

【注　釋】❶東山　指東晉謝安隱居之地。在今浙江上虞西南。謝安在金陵亦有東山隱居處。李白詩中稱謝安東山有指金陵東土山者。此處則泛指詩人自己的隱居地。❷還　宋本作「他」，據蕭本、郭本、王本、咸本、《全唐詩》改。

【語　譯】我已很久沒有回東山去，不知那裏的薔薇又開過幾次花？山上的白雲想來仍舊自聚還自散，但不知明月今夜將落入誰的家？

【研　析】此二詩作年不詳。或謂天寶三載（西元七四四年）遭謗以後將還山時所作，蓋李陽冰〈草堂集序〉曰：「醜正同列，害能成謗，格言不入，帝用疏之。公乃浪跡縱酒，以自昏穢。詠歌之際，屢稱東山。」此首謂回想自己不回隱居地已很久，薔薇已有幾次開花？白雲自來還自散，不知明月如今照於誰家。謂己之不在，月若無主。明人批曰：「下三句俱是『憶』意。後首是欲往意。道是快，便真趣宛然。」應時《李詩緯》：「總是一『憶』字，卻轉得清脫。」

其二

我今攜謝妓❶，長嘯絕人群❷。欲報東山客❸，開關掃白雲❹。

【注　釋】❶謝妓　指謝安當年攜妓遊宴於東山。❷長嘯句　長嘯，撮口發出悠長清越的聲音。古人常以此述志。曹植〈美女篇〉：「長嘯氣若蘭。」絕人群，謝絕人群。《楚辭・遠遊》：「離人群而遁逸。」絕，《嘉泰會稽志》引作「謝」。❸東山客　指在自己原隱居地隱居的人。❹開關句　開關，打開門栓；開門。《文選》卷一六江淹〈恨賦〉：「閉門卻掃，塞門不仕。」李善注：「司馬彪《續漢書》曰：趙壹閉關卻掃，非德不交。」又顏延年〈五君詠・劉參軍〉：「劉伶善閉關，懷情滅聞見。」此句反用趙壹、劉伶閉關卻掃之意，請人開門掃白雲而迎客。掃，《方輿勝覽》引作「歸」，《嘉泰會稽志》引作「臥」。

【語　譯】我現在如當年謝安攜領歌妓回東山，一聲長嘯謝絕世人。準備告訴正在東山的隱者們，掃去三徑上的白雲開門迎接我歸來。

【研　析】前首言不回東山已久，此首則寫準備還山。謂如今自己如當年謝公攜妓東山，長嘯而謝絕塵世。為此欲告知原隱居地之人，請為之開門掃雲以迎我。

望月有懷

清泉映疏松，不知幾千古。寒月搖輕波❶，流光❷入窗戶。對此空長吟，思君意何深。無因見安道❸，興盡愁人心。

【注　釋】❶輕波　輕，蕭本、郭本、王本、咸本、《全唐詩》皆作「清」。❷流光　閃動的月光。曹植〈七哀詩〉：「明月照高樓，流光正徘徊。」❸安道　指東晉戴逵，字安道。用《世說新語・任誕》王子猷雪夜訪戴安道事，詳見卷七〈淮海對雪贈傅靄〉詩注。

【語　譯】清泉映出枝葉稀疏的古松，不知已在這裡生長了幾千年。寒月照耀著輕波搖盪，閃動的光芒照入窗戶之中。對此我不禁空自長吟，因為它引起我對您的思念多麼深。在這美好的月光中我卻無法見到您這位像戴安道那樣的人物，遊興已盡心中又充滿離愁。

【研　析】此詩作年不詳。詩中前四句寫望月，後四句寫懷人。謂清泉古松幾千年，月光搖波而入窗戶。對此思君而不見，徒然興盡而生愁。朱諫《李詩辨疑》卷下評曰：「辭清輕而淺。後四句不若前四句，乃率爾之作也。」吳昌祺《刪訂唐詩解》曰：「水映松而月搖水，語意相銜。」

對酒憶賀監❶二首并序

太子賓客賀公，於長安紫極宮一見余❷，呼余為謫仙人。因解金龜，換酒為樂❸。沒後對酒，悵然有懷，而作是詩。

其一

四明有狂客，風流賀季真❹。長安一相見，呼我謫仙人。昔好盃中物❺，翻為松下塵❻。金龜換酒處，卻憶❼淚沾巾。

【注釋】❶賀監　指賀知章。因其曾任祕書監，故稱。《舊唐書・職官志二・祕書省》：「祕書監一員，從三品。……祕書監之職，掌邦國經籍圖書之事。」詳見卷一三〈送賀賓客歸越〉詩注。❷太子賓客二句　《舊唐書・職官志三・東宮官屬》：「太子賓客四員（正三品），掌侍從規諫，贊相禮儀。」賀公，即指賀知章。《唐文粹》收此詩「公」作「監」，無「紫極宮」三字。紫極宮，道宮名。「長安紫極宮」當即京兆府紫極宮。❸呼余二句　孟棨《本事詩・高逸》：「李太白初自蜀至京師，舍於逆旅。賀知章聞其名，首訪之，既奇其姿，復請所為文。出〈蜀道難〉以示之。讀未竟，稱歎者數四，號為『謫仙』。解金龜換酒，與傾盡醉，期不間日，由是稱譽光赫。」謫仙人，貶謫到人世的仙人。參卷二〈蜀道難〉注。金龜，唐代官員佩玩之物，非三品以上章服之飾。❹四明二句　四明，山名，在今浙江寧波西南。狂客，《舊唐書・賀知章傳》：「賀知章，會稽永興（今浙江杭州蕭山區）人。……晚年尤加縱誕，無復規檢，自號『四明狂客』，又稱『祕書外監』，遨遊里巷。醉後屬詞動成卷軸，文不加點，咸有可觀。又善草隸書，好事者供其箋翰，每紙不過數十字，共傳寶之。」季真，賀知章字。宋本在「風流」二字下夾注：「一作：霞衣」。❺盃中物　指酒。陶淵明〈責子〉詩：「天運苟如此，且進杯中物。」❻翻為句　松下塵，指已亡故。南朝宋釋曇瓔〈緇素知友祖道新林去留哀感賦詩一首〉：「我住邗江側，終為松下塵。」宋本在「翻」字下夾注：「一作：今」。❼卻憶　回憶。

【語譯】太子賓客賀知章前輩，在長安紫極宮一看見我，就稱呼我是天上謫仙人。於是他解下佩帶的金龜，換取酒來與我酣飲為樂。如今他已去世，我又面對酒杯，心中惆悵而懷念他，因而寫下此詩。

四明山下出來一個狂客，他就是久負風流盛名的賀知章。在長安第一次相見，他就稱呼我為天上謫仙人。往昔他愛好杯中的美酒，如今他卻已變成了松下之塵。我每次想起他用金龜換酒招待我的情景，回憶使我悲傷地淚下沾巾。

【研析】此二詩當是天寶五載從東魯南下會稽，六載（西元七四七年）夏過賀知章故宅弔老友而作。此首所寫即序中之事。前四句讚美四明狂客賀知章乃風流瀟灑之人，長安初見即呼我為天上下凡之謫仙人。後四句憑弔昔日酒仙今為松下塵，回想當年以金龜換酒情景不禁淚下沾巾。嚴羽批點曰：「以狂客答其呼，易地皆然，又不過譽，真率，可法。」

其二

狂客歸四明❶，山陰道士❷迎。敕賜鏡湖水❸，為君臺沼榮❹。人亡餘故宅❺，空有荷花生❻。念此杳如夢❼，淒然傷我情。

【注　釋】❶狂客句　賀知章於天寶三載正月求為道士還鄉，見卷一三〈送賀賓客歸越〉詩注。❷山陰道士　借用王羲之典故。見卷一九〈王右軍〉詩注。山陰，唐縣名。今浙江紹興。❸敕賜句　《新唐書・賀知章傳》：「天寶初，病，夢游帝居，數日寤，乃請為道士，還鄉里，詔許之，以宅為千秋觀而居。又求周宮湖數頃為放生池，有詔賜鏡湖剡川一曲。」❹臺沼　樓臺池沼。❺人亡句　《舊唐書・賀知章傳》稱其「至鄉無幾壽終」，李白天寶六載再至越州時賀知章已卒。故宅，施宿《會稽志》：「唐賀祕監宅在會稽縣東北三里八十步，……今天長觀是。」❻空有句　謂知友已亡，池中荷花徒然盛開。由此知李白此次至會稽乃盛夏季節。❼杳如夢　渺茫如夢。

【語　譯】狂客賀老回到四明時，受到山陰道士的迎接。皇帝御賜一曲鏡湖水，為您築起樓臺池沼光彩榮耀。如今人已亡故只留下故宅，池中也徒然有荷花盛開。看到這些感到人生渺茫如一場大夢，不禁使我淒然傷情。

【研　析】此首章法結構與上首同，也是前四句讚美，後四句哀悼。謂老友榮歸故里之時，山陰道士來奉迎，皇帝賜予鏡湖一曲，為之築臺築池欣欣向榮。如今人亡而只存故宅，荷花也是徒然開放。詩人慨念往昔茫然如夢，不禁淒然傷情。嚴羽批點曰：「二詩皆平平，然情事足傳。」

重憶一首❶

欲向江東❷去，定將❸誰舉杯？稽山❹無賀老，卻棹❺酒船回。

【注釋】❶重憶一首　裴敬〈翰林學士李公墓碑〉：「予嘗過當塗，訪翰林舊宅，又於浮屠寺化城之僧得翰林自寫〈訪賀監不遇〉詩云：『東（稽）山無賀老，卻棹酒舡回。』」詹鍈《李白詩文繫年》據此謂「重憶一首」四字蓋後之編李白詩者所改。并云：「意者白之江東以前尚未知賀之亡，乘興往訪，卻見賀已物故，故曰『訪賀監不遇』耳。是此詩之作，猶當在〈對酒憶賀監〉之前，并非重憶也。」按：詹說是。此詩題當為〈訪賀監不遇〉，「重憶一首」當為宋人編集時誤改。❷江東　長江在今蕪湖、南京間作西南南、東北北流向，唐朝以前乃南北往來主要渡口所在，習稱此段長江東岸為江東，即吳越，包括今江蘇南部、浙江北部地區。❸將　與。❹稽山　會稽山。在今浙江紹興、嵊州、諸暨、東陽之間。❺卻棹句　此句謂只得搖著載酒的船回來。棹，搖船工具，此用作動詞。

【語譯】我欲乘舟前往江東去，定要與誰舉杯暢飲？當我知道會稽山中已經沒有賀老了，我只得掉轉載酒的船頭而回去。

【研析】此詩當作於天寶六載（西元七四七年）到會稽之時，在〈對酒憶賀監二首〉之前或同時。詩中明確敘寫此次從東魯南下往江東是尋訪老友賀知章，欲與他敘舊暢飲，無奈一到會稽，得知賀老已亡，只得憑弔後悵然回去。裴敬〈翰林學士李公墓碑〉曰：「味之不足，重之為寶，用獻知者。」明人批點曰：「此『無賀老』、『棹回』兩句，稍露太白本色。」

春滯沅湘❶有懷山中

沅湘春色還，風暖煙草綠。古之傷心人，於此腸斷續❷。予非〈懷沙〉客❸，但美〈採菱曲〉❹。所願歸東山❺，寸心於此足❻。

【注釋】❶滯沅湘　滯留在岳州。沅湘，二水名，皆經岳州入大江，故稱岳州為沅湘。《史記・屈原賈生列傳》引屈原〈懷沙〉：「亂曰：浩浩沅湘兮。」張守節《正義》：「《說文》云：『沅水出牂柯，東北流入江。湘水出零陵縣陽海山，北入江。』按：二水皆經岳州而入大江也。」故漢唐人以沅湘為岳州之別稱。❷腸斷續　形容傷心之極。江淹〈別賦〉：「行子腸斷，百感悽惻。」❸懷沙客　指屈原。《史記・屈原賈生列傳》：「（屈原）乃作〈懷沙〉之賦。……於是懷石遂自沉汨羅以死。」❹採菱曲　樂府清商曲名。又稱〈採菱歌〉。《爾雅翼・釋草・菱》：「吳楚之風俗，當菱熟時，士女相與采之，故有〈采菱〉之歌以相和，為繁華流蕩之極。〈招魂〉云：『涉江采菱發〈陽阿〉』。〈陽阿〉者，采菱之曲也。」❺東山　本指東晉謝安隱居地，在今浙江上虞西南，後多以東山泛指隱居之處。詳見本卷〈憶東山二首〉注。❻寸心句　沈約〈遊鍾山詩應西陽王教〉其四：「所願從之遊，寸心於此足。」寸心，微小的心意。

【語譯】岳州沅湘一帶春天又已回還，暖風吹綠春草如煙霧。自古以來的傷心之人，到此都要為之斷腸。我不是像屈原那樣在此賦〈懷沙〉而沉江者，只是喜歡採菱人歌唱優美的〈採菱曲〉。我的願望是回歸東山隱居，微小的心願就此滿足了。

【研析】此詩當是肅宗上元元年（西元七六〇年）初春由瀟湘、長沙重回岳州時所作。詩中描寫春回大地，風暖草綠。而自古以來傷心人則於此腸斷。後四句謂自己非欲自沉於水，只愛〈採菱〉之曲。即歸隱東山心已足。明人批點曰：「風調亦佳，是太白常語。」

落日憶山中

雨後煙景綠，晴天散餘霞❶。東風隨春歸，發我枝上花。花落時欲暮，見此令人嗟。願遊名山去，學道飛丹砂❷。

【注　釋】❶餘霞　殘霞。謝朓〈晚登三山還望京邑〉詩：「餘霞散成綺。」❷丹砂　道教煉丹用的朱砂。《抱朴子・金丹》：「凡草木燒之即燼，而丹砂燒之成水銀，積變又還成丹砂。其去凡草木亦遠矣，故能令人長生。」

【語　譯】雨後的景物在煙霧中一片新綠，天空放晴飄散著如錦的殘霞。東風已隨春天歸來，吹開了千樹萬枝上的花。日暮時地上又滿是落花，見此景象令人感嘆年華易逝。我的願望是去遊歷天下名山，從仙學道煉丹以求飛昇。

【研　析】此詩作年不詳。詩中描寫落日之時憶念山中情景。前四句一派春光：雨後景綠，晴空殘霞，東風歸來，群花競放。後四句則寫見日暮花落，感嘆時光易逝，意欲去遊名山，從仙學道煉丹以求飛昇。朱諫《李詩選注》曰：「按此詩云遊仙學道而修丹砂者，白之素志也。然句法清新而順麗，如『東風隨春歸，發我枝上花』，情思流動而天機呈露，又非獨詞焉而已也。」明人批點曰：「『東風』二句，點得醒快。」

憶秋浦桃花舊遊時竄夜郎❶

桃花春水生，白石今出沒。搖蕩女蘿枝，半挂❷青天月。不知舊行徑，初拳幾枝蕨❸？三載夜郎還❹，於茲鍊金骨❺。

【注　釋】❶憶秋浦題　秋浦，唐縣名。以水為名，屬江南道宣州。至代宗永泰二年，置池州，秋浦縣歸屬池州。今安徽池州。《全唐詩》題下注：「一本無『時竄夜郎』四字。」❷半挂　挂，蕭本、郭本、胡本、《全唐詩》皆作「搖」。❸初拳句　拳，通「蜷」。屈曲。蕨，多年生草本植物。亦稱「蕨菜」。葉大，幼葉可食；根狀莖含澱粉，可供食用或釀造，亦供藥用。其纖維可製繩纜，耐水濕。《爾雅翼・釋草》：「蕨初生如小兒拳，紫色而肥。」❹三載句　三載，指流放的期限。按：李白被判長流夜郎，其期限為三年。所以，李白詩中屢言「三年未許回」（〈放後遇恩不霑〉）、「三年吟澤畔」（〈贈別鄭判官〉）、「萬里南遷夜郎國，三年歸及長風沙」(〈江上贈竇長史〉)，與此詩的「三載夜郎還」，都說明李白被宣判的罪刑就是長流夜郎三年。《新唐書・刑法志》：「特流者三歲縱之。」❺鍊金骨　謂煉金丹服食求長生。《抱朴子・金丹》：「夫金丹之為物，……服此二物，鍊人身體，故能令人不老不死。」

【語　譯】紅豔的桃花隨著綠色的春水盛開，現在水中還有白石出沒。女蘿在樹枝上搖盪，青天上半掛著一彎新月。不知當初經常走過的山間小徑邊，初生如拳的蕨菜又長出幾棵？三年後我從夜郎歸來，一定要在那裡學道煉丹。

【研　析】此詩疑是乾元元年(西元七五八年)春剛走上流放途中不久之作。詩中前四句描寫當時所見景物。接著二句憶想舊時秋浦遊處的蕨菜初拳幾枝。末二句懸擬三年後夜郎歸來當在此處煉丹求仙。明人批點曰：「二三四點景未工，惟拳蕨小有致。」

卷二一

感遇

越中秋懷❶

越水遶碧山，周迴數千里。乃是天鏡❷中，分明盡相似❸。愛此從冥搜❹，永懷臨湍遊❺。一為滄波❻客，十見紅蕖❼秋。觀濤壯天險❽，望海令人愁。路遐迫西照，歲晚悲東流❾。何必探禹穴❿？誓將歸蓬丘⓫。不然五湖上，亦可乘扁舟⓬。

【注釋】❶越中秋懷　越中，指唐代越州，又稱會稽郡。今浙江紹興。按：咸本題作〈淮海書情〉。從詩意看，咸本誤。❷天鏡　指澄靜的湖面。宋之問〈遊禹穴回出若邪〉詩：「石帆搖海上，天鏡落湖中。」❸盡相似　盡，王本作「畫」。宋本在此下夾注：「一本首四句云：蹈海思仲連，遊山慕康樂。攀雲窮千峰，弄水涉萬壑。下同」。咸本與夾注所引相同。❹冥搜　盡力尋找、搜集。《文選》卷一一孫綽〈遊天台山賦序〉：「非夫遠寄冥搜，篤信通神者，何肯遙想而存之。」李善注：冥搜，「搜訪幽冥。」❺臨湍遊　宋本在三字下夾注：「一作：林湍幽」。咸本則作「林壖幽」。❻滄波　蕭本作「滄浪」。❼紅蕖紅色的荷花。梁簡文帝〈蒙華林園戒〉詩：「紅蕖間青瑣，紫露濕丹楹。」❽觀濤句　指浙江（今錢塘江）觀潮。《水經注·漸江水》：「（浙江）水流于兩山之間，江川急濬，兼濤水晝夜再來，來應時刻，常以月晦及望尤大，至二月、八月最高，峨峨二丈有餘。」壯天險，雄壯於天險。❾路遐二句　謂路途遙遠，日已西下而急迫；歲晚年暮，如流水東去不返而心悲。❿禹穴　相傳為夏禹的葬地。在今浙江紹興會稽山。《史記·太史公自序》：「二十而南游江、淮，上會稽，探禹穴。」裴駰《集解》引張晏曰：「禹巡狩至會稽而崩，因葬焉。上有孔穴，民間云禹入此穴。」《水經注·漸江水》：「《吳越春秋》稱：覆釜山之中有《金簡玉字之書》，黃帝之遺讖也。山下有禹廟，……山上有冢，昔大禹即位十年，東巡狩，崩于會稽，因而葬之。……山東有湮井，去廟七里，深不見底，謂之禹井，云東遊者多探其穴也。」⓫誓將句　誓，蕭本、郭本、王本、《全唐詩》皆作「逝」。《詩經·魏風·碩鼠》：「逝將去女（汝），適彼樂土。」鄭玄箋：「逝，往也。往矣將去女，與之訣別之辭。」歸，咸本作「棲」。蓬丘，即神話中海中仙山蓬萊山。《海內十洲記·聚窟洲》：「蓬丘，蓬萊山是也。」⓬不然二句　用春秋時范蠡故事。《國語·越語》：「（范蠡）遂乘輕舟，以浮於五湖，莫知其所終。」《史記·貨殖列傳》：「范蠡既雪會稽之恥，……乘扁舟浮於江湖。」詳見卷七〈贈韋祕書子春〉詩注。五湖，指太湖。或指太湖及附近四個湖。

【語　譯】越水環繞著碧綠的青山，周圍迴旋有數千里。泛舟在光潔的湖面上就像在天鏡中，分明是在圖畫中一般。喜愛這裡美麗的景色從而去搜訪幽冥，永遠懷戀登山臨水的遊歷。自從成為浪跡江湖之客，已十次見到紅色荷花進入秋天。觀看錢塘江那驚濤駭浪的天險壯觀，遠望滄茫大海使人生愁。路途遙遠嘆夕陽西下而迫急，年歲已老悲逝川之東流。何必仰慕聖賢功名而去探禹穴？還是將往蓬萊仙山去一遊。不然也可往五湖去，亦可在那裡乘一葉扁舟泛遊。

【研　析】詩中有「一為滄波客，十見紅蕖秋」之句，或謂指天寶三載（西元七四四年）賜金還山以來已有十年，當為肅宗至德元載（西元七五六年）遊越中之作。與詩中「歲晚悲東流」亦相應。然李白在至德元載是為避安史之亂而從華山「東奔吳國」，經宣城、溧陽，似到杭州為止，未曾赴越中，隨即返歸廬山隱居。在此年所寫詩中多提及安史之亂事。而此詩抒懷卻隻字未提，故竊疑當非至德元載之作。可能是天寶五載（西元七四六年）從東魯南下會稽時所作。詩中之「一為滄波客」未必指賜金還山事，「十見紅蕖秋」亦只是泛指，未必真正「十年」。詩中前四句描繪越中美好景色，接著四句敘搜訪幽冥，長念山水，江湖為客，常見荷花。再四句寫浙江觀濤之壯偉，遠望大海而生愁，路遠而夕陽迫，歲暮而悲逝水流年。末四句謂何必景仰古聖賢而去探禹穴，誓將歸蓬萊而從仙遊；如其不然，則五湖之上亦可乘扁舟而長往。非仙則隱，有何不可？明人批點曰：「『蹈海』四句太尋常，此『越水』四句稍有氣骨。但『天鏡』二句鎔鍊未至，『乃』、『似』二字尤拙。『愛此』四句圓活。『觀濤』四句勻穩。」

效古二首❶

其一

朝入天苑❷中，謁帝蓬萊宮❸。青山映輦道❹，碧樹搖煙空❺。謬題金閨籍❻，得與銀臺❼通。待詔❽奉明主，抽毫頌清風❾。

歸時落日❿晚，躞蹀浮雲驄⓫。人馬本無意，飛馳自豪雄。入門紫鴛鴦⓬，金井雙梧桐⓭。清歌弦古曲⓮，美酒沽新豐⓯。快意且為樂，列筵⓰坐群公。

光景不可留，生世如轉蓬⓱。早達勝晚遇⓲，羞比垂釣翁⓳。

【注釋】❶效古二首　敦煌《唐人選唐詩》收錄第一首，題作〈古意〉。❷天苑　天子之苑；禁苑。❸蓬萊宮　唐宮殿名。即大明宮。《新唐書・地理志一》關內道上都：「大明宮在禁苑東南，……曰東內，本永安宮，貞觀八年置，九年曰大明宮，以備太上皇清暑，百官獻貲以助役。高宗以風痹，厭西內湫濕，龍朔二年始大興葺，曰蓬萊宮，咸亨元年曰含元宮，長安元年復曰大明宮。」故址在今陝西西安北。杜甫〈莫相疑行〉：「憶獻三賦蓬萊宮。」❹輦道　宮廷中樓閣間的通道，可乘輦而行。《漢書・司馬相如傳上》：「輦道纚屬。」顏師古注：「輦道，謂閣道可以乘輦而行者也。」❺煙空　煙，咸本作「蒼」。注云：「一作：煙。」❻謬題句　謬，猶「辱」、「忝」。自謙之詞。金閨籍，《文選》卷三〇謝朓〈始出尚書省〉詩：「既通金閨籍。」李善注引〈解嘲〉曰：「歷金門，上玉堂。」又引應劭《漢書注》：「籍者，為二尺竹牒，記其年紀、名字、物色，懸之宮門，案省相應，乃得入。」張銑注：「金閨，金門也。謂懸名於門，乃通出入，所謂禁門也。」按：時李白供奉翰林，故每朝題籍而通進禁門。❼銀臺　宮門名。唐代翰林院、學士院都在銀臺門附近，因以銀臺門代指翰林院。《唐六典》卷七：「大明宮……紫宸殿……殿之東曰左銀臺門，西曰右銀臺門。」卷五〈相逢行〉：「朝騎五花馬，謁帝出銀臺。」❽待詔　待命供奉內廷的人。《資治通鑑》唐玄宗天寶十三載：「上即位，始置翰林院，密邇禁廷，延文章之士，下至僧、道、書、畫、琴、棋、數術之工皆處之，謂之『待詔』。」胡三省注：「唐，天子在大明宮，翰林院在右銀臺門內；在興慶宮，院在金明門內；若在西內，院在顯福門內；若在東都及華清宮，皆有待詔之所。其待詔者，有詞學、經術、合練僧、道、卜、祝、術、藝、書、弈，各別院以廩之，日晚而退；其所重者詞學。」❾抽毫句　毫，筆。《文選》卷一三謝莊〈月賦〉：「抽毫進牘。」李善注：「毫，筆毫也。」清風，清惠的風化。《文選》卷三張衡〈東京賦〉：「清風協於玄德，淳化通於自然。」薛綜注：「清惠之風，同於天德。」❿落日　日，胡本作「花」。⓫躞蹀句　躞蹀，王本作「蹀躞」。小步貌。梁元帝〈紫騮馬〉：「躞蹀復隨前。」浮雲驄，駿馬名。《西京雜記》卷二：「文帝自代還，有良馬九匹，皆天下之駿馬也。一名浮雲，一名赤電……。」⓬紫鴛鴦　見卷一〈古風〉其十六注。⓭金井句　金井，古樂府多有玉床金井之語，蓋井欄之美稱，謂其雕欄價值金玉耳。雙梧桐，敦煌《唐人選唐詩》作「花綠桐」。在此下多「佳人出繡戶，含笑嬌鉛紅」二句。是。按此下寫清歌古曲，無此「佳人」二句，則不明清歌古曲緣何而來，列筵群公亦失助興之佳人。故以敦煌本為善。⓮弦古曲　弦，敦煌《唐人選唐詩》作「紹」。⓯新豐　漢縣名。在今陝西臨潼西北。《西京雜記》卷二：「太上皇徙長安，居深宮，悽愴不樂，高祖竊因左右問其故，以平生所好皆屠販少年，酤酒、賣餅、鬬雞、蹴踘，以此為歡。今皆無此，故以不樂。高祖乃作新豐，移諸故人實之，太上皇乃悅。故新豐多無賴，無衣冠子弟故也。」《元和郡縣志》卷一關內道京兆府昭應縣：「新豐故城，在縣東十八里，漢新豐縣城也。漢七年，高祖以太上皇思東歸，於此置縣，徙豐人以實之，故曰新豐。」在唐代，新豐為美酒產地。唐代詩文中常提及新豐美酒。如：宋之問〈送懷州皇甫使君序〉：「新豐美酒，不換離心。」王維〈少年行〉：「新豐美酒斗十千。」⓰列筵　設宴列坐。《文選》卷二八謝靈運〈會吟行〉：「列筵皆靜寂。」呂延濟注：「列筵，謂四坐也。」⓱光

景二句　光景，時光；光陰。曹植〈名都篇〉：「光景不可攀。」沈約〈休沐寄懷〉詩：「光景為誰留？」轉蓬，隨風飄轉的蓬草。《文選》卷二九曹植〈雜詩〉：「轉蓬離本根，飄颻隨長風。」李善注引《說苑》：「魯哀公曰：秋蓬惡其本根，美其枝葉，秋風一起，根本拔矣。」⑱早達句　早達，年少顯達。《梁書・張纘傳》：「纘時年二十三，……俄為長史兼侍中，時人以為早達。」晚遇，晚年顯達。⑲垂釣翁　王琦注：「垂釣翁，謂呂尚。年八十釣於渭濱，始遇文王。」

【語譯】清晨進入天子的禁苑，在大明宮中拜謁君王。青山掩映著可乘輦而行的通道，碧樹在煙空中搖曳。我有幸名字忝題於金馬門，得以進入翰林院。侍奉在聖主身邊待詔，揮筆歌頌盛世的清惠之風。

歸來時已是傍晚日落西山，身跨浮雲駿馬小步慢行。人與馬本來沒有驕縱之意，攬轡馳騁自是英傑豪雄。進門後看見紫色鴛鴦，華美的井欄旁栽著兩棵梧桐。清幽的歌聲是高雅的古曲，杯中美酒自新豐買來。心意快慰暫且尋歡作樂，筵中四座皆是公卿貴族。

光陰逝去不可挽留，人生在世如同隨風飄轉的蓬草。早年通達當然勝於暮年的知遇，羞於與呂尚那垂釣老翁相比。

【研析】此詩當作於天寶二年（西元七四三年）春。時李白正供奉翰林，得天子寵幸，乃一生中最得意之時。詩中首段描寫上朝情景：凌晨進天子禁苑，往大明宮拜謁皇帝。輦車通行的閣道在青山掩映之下，碧樹在煙空中飄搖。名字忝籍金馬門而通達翰林院，待詔供奉而揮筆頌清平。受寵得意之情溢於言外。次段描寫晚歸的情景：每早入朝至晚而歸，駿馬小步慢行，人馬本無意而卻飛馳豪雄。入家門見紫鴛鴦，華美井欄邊有對梧桐樹。古曲清歌，新豐美酒，晚筵與群公列坐而快意為樂。此乃直接寫賞心樂事。末段四句點明自己早達得意勝於晚遇之呂尚，歲月易逝，生世如蓬，須及時行樂。嚴羽評點曰：「得意馬疾，正易於說馬有意，今偏帶人說無意，更有意思。」明人批點曰：「大約步驟子建〈名都篇〉，儘陗勁有神。」「人馬二句本色說，說得入情，所謂貴清真也。」「結是俊快人語。」

其二

自古有秀色，西施與東鄰。蛾眉不可妒，況乃效其嚬❶。所以尹婕妤，羞見邢夫人❷。低頭不出氣，塞默少精神❸。寄語無鹽子❹，如君何足珍！

【注釋】❶自古四句　嚬，蕭本、郭本、王本、《全唐詩》皆作「矉」，咸本作「顰」。同。異體字。皺眉。秀色，美麗的姿色。西施，春秋時越國美女。《莊子・天運》：「故西施病心而矉其里，其里之醜人見而美之，歸亦捧心而矉其里。其里之富人見之，堅閉門而不出；貧人見之，挈妻子而去之走。彼知矉美，而不知矉之所以美。」東鄰，司馬相如〈美人賦〉：「臣之東鄰有一女子，雲髮豐豔，蛾眉皓齒，顏盛色茂。」❷所以二句　婕妤、夫人，皆妃嬪的稱號。漢武帝時始置，後代沿置。《史記・外戚世家》：「武帝時，幸夫人尹婕妤。……尹夫人與邢夫人同時並幸，有詔不得相見。尹夫人自請武帝，願望見邢夫人，帝許之。……於是帝乃詔使邢夫人衣故衣，獨身來前。尹夫人望見之，曰：『此真是也。』於是乃低頭俛而泣，自痛其不如也。」❸低頭二句　《史記・日者列傳》：「宋忠、賈誼忽而自失，……出門僅能自上車，伏軾低頭，卒不能出氣。」塞默，沉默不作聲，如口塞。《顏氏家訓・勉學》：「公私宴集，談古賦詩，塞默低頭，欠伸而已。」❹無鹽子　即無鹽女。醜女。《新序》卷二：「齊有婦人極醜無雙，號曰無鹽女。其為人也，臼頭深目，長壯大節，昂鼻結喉，肥項少髮，折腰出胸，皮膚若漆。」

【語譯】自古以來就有秀色美女，如越國的西施和〈美人賦〉中的東鄰女。天生的蛾眉不能嫉妒，何況還要仿效她捧心皺眉。所以尹婕妤羞見邢夫人，低著頭不敢出氣，默不作聲而失去精神。奉勸無鹽那樣的醜女，似你這樣的人何足珍貴！

【研析】此首當作於遇讒之時，與前首非同時之作，蓋宋人編集時因同題而合在一起。前首言承君之寵，此首謂女子以美色見妒，比喻士之以才華見忌。自古有美女如西施和東鄰女，蛾眉秀麗乃天生，既不可妒，更不可效顰。故尹婕妤一見邢夫人即低頭塞默，不語而心服。那無鹽乃婦人中極醜者，豈能與邢夫人、西施爭妍！詩中以西施、邢夫人自比，以無鹽女比進讒小人。嚴羽評點曰：「妒不得，效顰不得，有色無德不敢見，有德無色不足珍，贊色極矣。而歎世之意，見於言外，真得古人之情。」明人批曰：「寫妒意亦是風致，但猶未甚工。」「『蛾眉』二語更是玄超。」

感寓二首

其一❶

寶劍雙蛟龍❷，雪花照芙蓉❸。精光射天地❹，電騰不可衝❺。一去別金匣，飛沉失相從❻。風胡歿已久❼，所以潛其鋒。吳水深萬丈，楚山邈千重❽。雌雄終不隔，神物會當逢❾。

【注釋】❶其一　此首蕭本、郭本、胡本、王本、咸本、《全唐詩》皆編入〈古風五十九首〉其十六。❷寶劍句　此句、末句及詩中多用張華、雷煥故事。詳見卷二〈梁甫吟〉注。按：稱寶劍為蛟龍，以其變化言之。❸雪花句　以雪花形容劍體之光明，以芙蓉形容劍鍔之豔麗。《越絕書・外傳記寶劍》：「昔者，越王句踐有寶劍五，聞於天下。客有能相劍者名薛燭，王召而問之曰：『吾有寶劍五，請以示之。』……王取純鉤，薛燭……望之，手振拂揚，其華捽如芙蓉始出。」❹精光句　即《晉書・張華傳》所謂「斗牛之間常有紫氣」，「寶劍之精，上徹於天」，地下石函「光氣非常」。❺電騰句　謂劍光如電之騰散不可阻擋。《文選》卷三五張協〈七命〉：「楚之陽劍，歐冶所營。……光如散電，質如耀雪。」李善注：「《莊子》：『此劍一用，而雷之震，電之霍。』」❻一去二句　指《晉書・張華傳》所載雷煥掘得二劍後，一以送張華，一以自佩，從此二劍失相從。後來一劍飛失，一劍沉水。❼風胡句　風胡，即風胡子。古代善於相劍之人。見《越絕書・外傳記寶劍》。歿，蕭本、郭本、胡本、《全唐詩》作「滅」。宋本在此句下夾注：「一作：聖人歿已久」。❽吳水二句　張華、雷煥二劍皆入吳水，此處兼言「楚山」，當是借用湛盧之劍入楚之事。《吳越春秋・闔閭內傳》：「湛盧之劍惡闔閭之無道也，乃去而出，水行如楚。楚昭王臥而寤得吳王湛盧之劍於牀。」鮑照〈贈故人馬子喬〉詩：「雌沉吳江裏，雄飛入楚城。吳江深無底，楚闕有崇扃。」❾雌雄二句　此詩中多句用鮑照〈贈故人馬子喬〉詩其六詩意：「雙劍將別離，先在匣中鳴。煙雨交將夕，從此遂分形。雌沉吳江裏，雄飛入楚城。吳江深無底，楚闕有崇扃。一為天地別，豈直限幽明。神物終不隔，千祀儻還并。」王琦注曰：「大白此篇，蓋擬之也。然鮑詩為故人而贈別，其居要處在『神物』一聯；李詩感知己之不存，其警策處在『風胡』二語。辭調雖近，意旨自別。」

【語譯】兩把寶劍就是一對蛟龍，劍體光明如雪花，劍鍔豔麗如芙蓉。其精光照射天地，劍光如雷騰不可擋。一旦飛出金匣，雌雄二劍一飛一沉失去相從。善於相劍的風胡子死去已久，因此寶劍潛藏其鋒芒不再出現。雖然相隔萬丈深的吳水和千重遠的楚山，但干將、莫邪雌雄二劍這樣的神物，終當有一天會相逢會合的。

【研析】此詩作年不詳。詩詠寶劍，多寫張華、雷煥所得干將、莫邪二劍故事以及風胡子謂湛盧入楚事。亦參用鮑照詩意。蕭士贇謂此詩乃擬鮑照之作。徐禎卿則曰：「此篇自況也。」朱諫《李詩選注》曰：「此白以寶劍取喻賢才之難於久棄而終當見用也。」首段「言寶劍之有雌雄若蛟龍，其體之明潔如雪花，其鍔之光若芙蓉。光出斗牛之間，而射於天地，如雷之騰，倏忽奮發，不可禦也。」後段「言寶劍之靈為神物也，故始雖相離，而終當相合。亦猶賢才為國家之利器，始雖未偶，而終當見用也。夫寶劍之別於金匣，或飛或沉而雌雄失其相從者，正以風胡子之不在，故潛其鋒而不露耳。然神靈之物，終不可以泯沒也。雖吳水之深，楚山之遠，不能使之相隔，而終當有會合之期。天生賢才，宜為世用，必遇相知之人引而薦之於朝，又豈終於沉晦而已乎！」

其二❶

咸陽❷二三月，宮柳黃金枝❸。綠幘誰家子？賣珠輕薄兒❹。日暮醉酒歸，白馬驕且馳。意氣人所仰❺，遊冶❻方及時。

子雲不曉事，晚獻〈長楊〉詞❼。賦達身已老，草《玄》鬢若絲❽。投閣良可歎，但為此輩嗤❾。

【注釋】❶其二　此首蕭本、郭本、胡本、王本、咸本、《全唐詩》皆編入〈古風五十九首〉其八。《唐文粹》亦收入〈古風〉門類。❷咸陽　此處借指唐朝京都長安。❸宮柳句　宋本作「百鳥鳴花枝」。在句下夾注：「一作：宮柳黃金枝」。蕭本、郭本、胡本、王本、《全唐詩》所作與夾注同。今據改。❹綠幘二句　宋本作「玉劍誰家子？西秦豪俠兒」。在句下夾注：「一作：綠幘誰家子？賣珠輕薄兒」。蕭本、郭本、胡本、王本、咸本、《全唐詩》所作與夾注同。今據改。《漢書・東方朔傳》載：董偃少時與母賣珠為業，十三歲時隨母入武帝姑母館陶公主家，為館陶公主寵幸，出則執轡，入則侍內，號曰董君。為防武帝治罪，用爰叔之計，讓館陶公主把自己的園林長門園獻給武帝。後武帝至山林，要見董偃，館陶公主乃下殿，去掉簪珥，赤腳步行叩頭認罪。武帝免其罪，並命她引董偃進見。董君綠幘傅韝，隨主前，伏殿下。主乃讚：「館陶公主胞（庖）人臣偃昧死再拜謁。」因叩頭謝，上為之起。有詔賜衣冠上。偃起，走就衣冠。主自奉食進觴。當是時，董君見尊不名，稱為「主人翁」，「於是董君貴寵，天下莫不聞。郡國狗馬蹴鞠劍客輻湊董氏。」綠幘，僕役低賤人所戴綠色包髮頭巾。❺意氣句　意氣，意態、氣概。宋本在「仰」字下夾注：「一作：傾」。蕭本、郭本、咸本所作與夾注同。❻遊冶　野外遊樂，後專指狎妓。蕭本、郭本、王本、咸本作「冶遊」。❼子雲二句　西漢辭賦家揚雄，字子雲。中年時曾向漢成帝獻〈甘泉賦〉、〈羽獵賦〉、〈長楊賦〉等，為黃門侍郎。不曉事，不識時務。楊修〈答臨淄侯箋〉：「修家子雲，老不曉事，強著一書，悔其少作。」長楊詞，即〈長楊賦〉。❽草玄句　據《漢書・揚雄傳》載，揚雄晚年鄙薄辭賦，以為「雕蟲篆刻，壯夫不為」，轉而研究哲學。哀帝時董賢等用事，依附者驟登高官。揚雄秉節，不鑽營富貴，在家仿《易經》作《太玄經》，提出以「玄」作為宇宙萬物根源的學說。草玄，撰寫《太玄經》。鬢若絲，頭髮斑白。❾投閣二句　王莽篡漢，建立新朝，揚雄曾寫〈劇秦美新〉阿諛王莽。後來王莽誅甄豐父子，揚雄學生劉棻被流放，雄受牽連。時雄正於天祿閣校書，治獄者來，雄乃從閣上跳下，幾乎死。王莽下詔勿問。但當時京城中人多用雄在〈解嘲〉中說的「惟寂惟寞，守德之宅」譏其「惟寂寞，自投閣」。見《漢書・揚雄傳》。意謂揚雄不能自守其言。此輩，指前所謂「輕薄兒」。嗤，譏笑。

【語譯】二三月的長安城，宮中柳樹發出像黃金一樣的嫩枝。那個戴著綠頭巾的人是誰家之子？原本是賣珠為生的輕薄少年。日暮之時他醉酒而歸，騎在白馬上驕橫奔馳。他那氣勢使人仰而避開，這正是及時遊樂的氣概。

揚子雲不識時務，到了晚年還獻什麼〈長楊賦〉。賦到達皇帝手中時揚雄已老，他滿頭白髮還在寫《太玄經》。最後因拒捕而投閣真正令人嘆息，只落得被此輩小兒嗤笑的下場。

【研析】此詩當是天寶三載（西元七四四年）春在長安有感而作。蕭本、郭本、王本、咸本皆作〈古風〉其八。首二句寫景，點明時節和地點，接著六句寫「賣珠輕薄兒」得寵後的神態。「綠幘」、「賣珠」點出原來的低微出身，著「輕薄」二字，把小人得志便猖狂的本相實質生動挑明。「輕薄兒」的具體行為是騎著白馬驕橫馳騁，至日暮醉酒而歸，這兩個特寫鏡頭留給讀者豐富的想像：馳向何處？在何處因何醉酒？不言自明。「意氣人所仰」是說氣勢凌人。「遊冶方及時」則點明輕薄兒的思想和生活。後六句則寫揚雄事，「不曉事」是說年老而獻賦。晚年寫《太玄》，本為守節，可又不能始終遵循，歌頌王莽成為他的歷史汙點，結果是被追捕而投閣，被輕薄兒輩所嗤笑。詩中以揚雄與輕薄兒對比，顯為有感而發。前人或謂以揚雄自況，恐未必是。不如視為詠史為妥。

擬古十二首❶

其一

青天何歷歷❷，明星白如石❸。黃姑與織女❹，相去不盈尺。銀河無鵲橋❺，非時將安適？閨人理紈素❻，遊子悲行役❼。瓶冰知冬寒❽，霜露欺遠客。客似秋葉飛，飄颻不言歸。別後羅帶長，愁寬去時衣❾。乘月託宵夢，因之寄金徽❿。

【注　釋】❶擬古十二首　咸本題作〈擬古十三首〉。將卷六之〈古意〉「君為女蘿草」一首列於「高樓入青天」一首之後，作為其三。擬古，摹倣古人之詩文。魏晉六朝時多有此體。❷歷歷　明星行列分明可數。〈古詩十九首〉：「眾星何歷歷。」❸白如石　蕭本、郭本、王本、《全唐詩》皆作「如白石」。❹黃姑句　黃姑，即河鼓，通假字。指牽牛星。《玉臺新詠・歌辭之一》：「東飛伯勞西飛燕，黃姑織女時相見。」吳兆宜注引《歲時記》：「河鼓、黃姑，牽牛也。皆語之轉。」織女，即織女星。《史記・天官書》：「婺女，其北織女。織女，天女孫也。」張守節《正義》：「織女三星，在河北天紀東，天女也。」後衍化為神話人物。梁殷芸《小說》：「天河之東有織女，天帝之子也。年年機杼勞役，織成雲錦天衣，容貌不暇整。帝憐其獨處，許嫁河西牽牛郎，嫁後遂廢織紝。天帝怒，責令歸河東，但使一年一度相會。」❺銀河句　銀河，亦稱「天河」、「銀漢」。晴朗夜晚在天空呈現的雲狀光帶。由許多恆星所組成。江總〈內殿賦新詩〉：「織女今夕渡銀河。」鵲橋，神話傳說每年七月七夕牛郎、織女相會，鵲鳥銜接為橋以渡銀河。韓鄂《歲華紀麗》卷三引《風俗通》：「織女七夕當渡河，使鵲為橋。」❻紈素　細白的絲織品。班婕妤〈怨歌行〉：「新裂齊紈素，鮮潔如霜雪。」亦泛指絲織品。❼行役　因服軍役、勞役或公務而在外跋涉。《詩經・魏風・陟岵》：「嗟予子！行役夙夜無已。」後亦泛指行旅。❽瓶冰句　《淮南子・說山訓》：「見一葉落而知歲之將暮，睹瓶中之冰而知天下之寒。」❾別後二句　形容因愁而瘦，所以衣帶寬長。〈古詩十九首〉：「相去日已遠，衣帶日已緩。」鮑泉〈寒閨詩〉：「從來腰自小，衣帶就中寬。」❿金徽　用金屬鑲製的琴面音位標識。李肇《國史補》卷下：「蜀中雷氏斫琴，常自品第，第一者以玉徽，次者以瑟瑟徽，又次者以金徽。」按：王琦注〈幽澗泉〉中「明徽」曰：「《韻會》：琴節曰徽，……六琴之為樂，絃合聲以作主，徽分律以配臣。古徽十有三，象十二月，其一象閏，用螺蚌為之，近代用金、玉、瑟瑟、水晶等寶，以示明瑩。」此處指琴。

【語　譯】青天夜空排列得分明可數，明星閃耀如白石。牽牛星與織女星，相距不滿一尺遠。可是銀河之上無鵲橋，不是七夕時候可往何處去？閨中婦女正織著白絹，遊子則悲嘆在旅途中。從瓶水結冰可知冬天的寒冷，遠行的遊子身受嚴霜寒露之欺。遊客如同秋葉風吹飄飛，飄零四方不能歸去。分別以來因瘦損而羅帶日長，憂愁憔悴使衣裳漸寬。趁著月色託之魂夢，於是我的思念之情寄託在琴聲中。

【研析】此詩作年不詳。詩中寫閨婦思征夫之情。首六句為興。謂天上眾星羅列，明星如石，牽牛織女，相去咫尺，然銀河無烏鵲成橋，非七夕之時，將往何處相聚？天上如此，人間更無奈。中六句寫思婦理織素，征夫悲行役。瓶水冰知冬寒，霜露落欺遠客。而征夫如秋葉之飛，飄搖隨風，不得歸家。末四句寫相思之苦。別後相思，因愁而瘦損，覺羅帶漸長，衣襟漸寬。只能乘月託夢，寄思念於琴中。明人批點曰：「前半似擬〈迢迢牽牛星〉，後半則入別調。此雖擬古，然不為古所縛。起六句深得脫化之妙。『霜露』以下自出己意，意婉語逸，飄然絕塵。」

其二

高樓入青天，下有白玉堂❶。明月看欲墮，當窗懸清光❷。遙夜❸一美人，羅衣霑秋霜。含情弄柔瑟，彈作〈陌上桑〉❹。弦聲何激烈❺，風卷繞飛梁❻。行人皆躑躅❼，棲鳥去❽迴翔。但寫妾意苦，莫辭此曲傷。願逢同心者，飛作紫鴛鴦。

【注釋】❶白玉堂　指神仙所居，亦喻指富貴人家廳堂。古詩：「黃金為君門，白玉為君堂。」江總〈雜曲三首〉其二：「殿內一處起金房，併勝餘人白玉堂。」❷明月二句　《文選》卷一六司馬相如〈長門賦〉：「懸明月以自照兮」。呂向注：「月在空如懸也。」謝靈運〈東陽溪中贈答詩二首〉其二：「但問情若為？月就雲中墮。」❸遙夜　長夜。宋玉〈九辯〉：「靚杪秋之遙夜。」❹陌上桑　古樂府相和歌曲名。崔豹《古今注・音樂》：「〈陌上桑〉，出秦氏女子。秦氏，邯鄲人，有女名羅敷，為邑人千乘王仁妻。王仁後為趙王家令。羅敷出採桑於陌上，趙王登臺，見而悅之，因飲酒欲奪焉。羅敷乃彈箏，乃作〈陌上歌〉以自明焉。」李白亦有〈陌上桑〉詩。❺激烈　高亢激越。《文選》卷二九蘇武〈詩四首〉其二：「長歌正激烈，中心愴以摧。」呂延濟注：「激烈，聲高也。」❻繞飛梁　《列子・湯問》：「昔韓娥東之齊，匱糧，過雍門，鬻歌假食，既去，而餘音繞梁欐，三日不絕。」❼躑躅　徘徊不進貌。古樂府〈孔雀東南飛〉：「躑躅青驄馬。」❽去　咸本、《全唐詩》作「起」。

【語　譯】有座高樓聳入青天，下有白玉廳堂。明月看似欲落，窗戶上懸著它的清光。長夜之中有一美人難眠，秋霜沾濕了綾羅衣裳。她含情脈脈地撥弄著琴瑟，彈奏一曲〈陌上桑〉。絃聲多麼高亢激越，風捲琴聲繞梁不絕。行人感動皆停步不前，入棲的鳥兒又輾轉迴翔。只是表達我心情的悲苦，不要推說那曲調哀傷。希望能夠遇到同心的知音，比翼雙飛作一對紫鴛鴦。

【研　析】此詩作年不詳。詩中寫美女思得同心之佳偶，比喻賢士思得明君而仕。謂美人居高樓玉堂之中，當明月霜清之夕，含情彈琴瑟，絃聲激越繞梁，行人為之徘徊，棲鳥為之迴翔，非徒曲之美，只為自寫心中之蘊結，願得與同心之人以諧鴛鴦之好而已。蕭士贇曰：「此詩喻賢者懷才抱藝，有以聳動人之耳目，而不肯以身輕許於人，思得同心同德者而依附之也。」王夫之《唐詩評選》卷二曰：「十全古詩，一無類跡。『明月看欲墮』二句，從高樓、玉堂生出，雖轉勢趨下，而相承不更作意。少陵從中生語，便有拖帶。杜得古韻，李得古神，神韻之分，亦李杜之品次也。一收直溯，觀上勢固不得不以直領之。」

其三

長繩難繫日❶，自古共悲辛。黃金高北斗❷，不惜買陽春。石火無留光❸，還如世中人。即事已如夢，後來我誰身？提壺莫辭貧，取酒會四鄰❹。仙人殊恍惚❺，未若醉中真。

【注　釋】❶長繩句　傅玄〈九曲歌〉：「歲莫（暮）景邁群光絕，安得長繩繫白日。」❷黃金句　《舊唐書・尉遲敬德傳》：「太宗曰：『公之素心，鬱如山嶽，積金至斗，知公情不可移。』」按：此乃唐時俚語，唐人詩又有「身後堆金柱北斗」句。高北斗，謂金之多。❸石火句　擊石出火，謂其速而短暫。劉晝《新論・惜時》：「人之短生，猶如石火，炯然以過，唯立德貽愛為不朽也。」❹取酒句　化用陶潛〈雜詩八首〉「得歡當作樂，斗酒聚比鄰」詩意。❺恍惚　怳，恍的異體字。蕭本、郭本、王本、咸本、《全唐詩》皆作「恍」。恍惚，隱約模糊，不可捉摸。《論衡・知實》：「神者，眇茫恍惚，無形之實。」

【語譯】長繩難以繫住西行的太陽，這是自古以來人們共同悲辛之事。黃金堆積得高過北斗星，不惜買得陽春的一寸光陰。擊石出現的火花轉瞬即逝無法留住光，正如世間的人一樣短命。事情一過即如夢境，我死後豈能還有我的身？提起酒壺不要說貧，買取酒來會聚四鄰。仙人的事情極為渺茫不真，不像豪飲大醉確是真實的。

【研析】此詩作年不詳。詩中寫光陰易逝，富貴神仙皆虛，唯飲酒為真。前八句謂長繩難繫白日西下，自古所悲。即使黃金高至北斗，不惜買陽春使之留住，奈世人猶如石火一閃不能留其光。即目前之事轉眼已如夢，將來死後又哪有我之身？後四句謂不如提壺買酒，聚四鄰共飲為樂，神仙長生之說極為渺茫虛妄，不像醉中之趣是真實的。蕭士贇曰：「此篇達生者之詩也，古詩中有此體。」明人批點曰：「擬〈生年不滿百〉，襲其意而易其調。」

其四

清都綠玉樹❶，灼爍瑤臺春❷。攀花弄秀色，遠贈天仙人❸。香風送紫蕊，直到扶桑津❹。取❺掇世上豔，所貴心之珍。相思傳一笑，聊欲示情親。

【注釋】❶清都句　清都，神話傳說中天帝所居的宮闕。《列子・周穆王》：「王實以為清都、紫微、鈞天、廣樂、帝之所居。」綠，咸本作「緣」。注：「一作：綠。」玉樹，神話傳說中的仙樹。《淮南子・墬形訓》：「（崑崙）上有木禾，其脩五尋。珠樹、玉樹、琁樹、不死樹在其西。」❷灼爍句　灼爍，光彩鮮明貌。《古文苑・宋玉〈舞賦〉》：「珠翠灼爍而照耀兮。」章樵注：「灼爍，鮮明貌。」《文選》卷四左思〈蜀都賦〉：「暉麗灼爍。」劉逵注：「灼爍，豔色也。」劉良注：「灼爍，光彩貌。」瑤臺，神話傳說中的神仙居處。屈原〈離騷〉：「望瑤臺之偃蹇兮。」王嘉《拾遺記・崑崙山》：「傍有瑤臺十二，各廣千步，皆五色玉為臺基。」❸天仙人　天上的神仙。《抱朴子・論仙》：「按《仙經》云：上士舉形昇虛，謂之天仙。」❹扶桑津　《文選》卷一二木華〈海賦〉：「翔陽逸駭於扶桑之津。」呂延濟注：「扶桑之津，日出之處。」❺恥　宋本作「取」，據繆本、王本改。

【語　譯】天帝清都的綠色玉樹，光彩鮮明地閃耀著瑤臺的春光。攀折花朵欣賞那秀美的顏色，贈給遙遠的天上仙人。紫色的花蕊隨著和風送來芳香，一直飄飛到日出之處的扶桑津。恥於採掇世上的豔色，所珍重的是心中的真誠。相思時傳去一笑，聊以表示我親切的深情。

【研　析】此詩作年不詳。詩中描寫仙界情事。前六句謂天帝居處的玉樹，光彩閃耀於瑤臺之春。我將攀其花而賞其色，遠贈天上之神仙。紫蕊隨風散發芳香，直送到日出之處的扶桑津。後四句謂恥於採掇世上的美女，所貴在心中的珍愛。相思時只須傳去一笑，聊以表示相親之情。蕭士贇曰：「此遊仙詩體。」明人批點曰：「擬〈庭中有奇樹〉。」「前六句，句句步趨。『天仙』、『扶桑』，略換面貌，亦好，但後四句單薄。」朱諫《李詩選注》曰：「按詩意，思人而作也。凡古詩之類此者，不必求其人實之，恐失之鑿。」

其五

今日風日好，明日恐不如。春風笑於人，何乃愁自居？吹簫舞彩鳳❶，酌醴鱠神魚❷。千金買一醉，取樂不求餘。達士遺天地❸，東門有二疏❹。愚夫同瓦石，有才知卷舒❺。無事坐❻悲苦，塊然涸轍鮒❼。

【注　釋】❶吹簫句　用蕭史故事。見卷四〈鳳凰曲〉、卷五〈鳳臺曲〉注。❷酌醴句　酌醴，飲酒。《詩經・小雅・吉日》：「以御賓客，且以酌醴。」鄭玄箋：「酌醴，酌而飲群臣，以為俎實也。」《文選》卷二九嵇康〈雜詩〉：「鸞觴酌醴，神鼎烹魚。」張銑注：「醴，美酒也。」鱠，「膾」的異體字。切細的魚肉。神魚，大魚。曹植〈仙人篇〉：「玉樽盈桂酒，河伯獻神魚。」❸達士句　達士，猶達人，通達事理之人。《後漢書・仲長統傳》：「至人能變，達士拔俗。」遺天地，謂超脫於萬物之外。❹東門句　用疏廣父子（叔姪）事。《漢書・疏廣傳》記載，疏廣父子都做高官，相繼辭去官職，回鄉養老。❺卷舒　舒，王本作「施」。非。卷舒，猶進退；隱顯；捲縮和伸展。《淮南子・原道訓》：「與剛柔卷舒兮。」高誘注：「卷舒，猶屈伸也。」又〈俶真訓〉：「盈縮卷舒，與時變化。」❻坐　徒然；枉然。王融〈古意詩二首〉其一：「坐銷芳草氣，空度明月輝。」❼塊然句　塊然，孤立獨處貌。《荀子・君道》：「塊然獨坐而天下從之如一體。」轍鮒，鮒，魚名。即鯽魚。宋本原作「魚」，據蕭本、郭本、王本、《全唐詩》改。《莊子・外物》：「周昨來，有中道而呼者，周顧視車轍中有鮒魚焉。周問之曰：『鮒魚來，子何為者邪？』對曰：『我東海之波臣也，君豈有升斗之水而活我哉？』」

【語　譯】今日風光美好，明天恐怕就不如今日。春風對人笑，為何自己還處於哀愁之中？學當年蕭史吹簫似鳳聲引來彩鳳起舞，酌美酒膾大魚。不惜千金買一醉，只圖歡樂不求其餘。通達之士遺棄天地萬物，就像當年東門外二疏離朝而去。愚人如同瓦石，才賢之士懂得屈伸捲舒。不必無事枉然悲苦，孑然獨處似那車轍中的枯魚。

【研　析】此詩作年不詳。詩中前八句謂今日天好，宜吹簫引鳳，酌酒膾魚，千金買醉，但求取樂。後六句謂達士能棄萬物，如當年疏廣父子，愚人如瓦石無知，才士能屈伸自如，不須徒自悲苦，獨處如涸轍之魚。蕭士贇曰：「此篇亦達生而能與時卷舒者，其太白之素志歟？」明人批點曰：「擬〈今日良宴會〉。初看不覺，以『今日』二字看出，細翫節奏大約是。但古一直下，此稍可頓拙。」

其六

運速天地閉❶，胡風結飛霜❷。百草死冬月❸，六龍頹西荒❹。太白出東方，彗星揚精光❺。鴛鴦非越鳥，何為眷南翔❻？惟昔鷹將犬，今為侯與王❼。得水成蛟龍⑧，爭池奪鳳凰⑨。北斗不酌酒，南箕空簸揚⑩。

【注釋】❶運速句　蕭士贇曰：「喻明皇晚年賢人隱而群小用事也。」王琦曰：「喻國家否運之至，如四運將終之時，天地之氣亦為之閉塞不通。」速，胡本作「肅」。天地閉，用《易經・坤卦・文言》成句：「天地閉，賢人隱。」《禮記・月令》：「孟冬之月……是月也，天子始裘。命有司曰：天氣上騰，地氣下降，天地不通，閉塞而成冬。命百官謹蓋藏。」❷胡風句　蕭士贇曰：「喻祿山兵叛也。」❸百草句　蕭士贇曰：「喻人民遭殺戮也。」❹六龍句　蕭士贇曰：「喻明皇西幸也。」王琦曰：「六龍，謂天子大駕。」詳見卷六〈上皇西巡南京歌〉其四注。❺太白二句　王琦曰：「謂仰觀天象，昭昭可察，災害不知何日可除。」按：太白，即金星。《漢書・天文志》：「辰星，殺伐之氣，戰鬬之象也。與太白俱出東方，皆赤而角，夷狄敗，中國勝；與太白俱出西方，皆赤而角，中國敗，夷狄勝。」《新唐書・天文志三》：「至德二載七月己酉，太白晝見經天，至於十一月戊午不見，歷秦、周、楚、鄭、宋、燕之分。」此處「太白出東方」當指此。彗星，星名，古代謂之「妖星」，俗稱「掃帚星」。《晉書・天文志中》：「妖星：一曰彗星，所謂掃星。本類星，末類彗，小者數寸，長或竟天。見則兵起，大水。主掃除，除舊布新。有五色，各以五行本精所主。史臣案：彗體無光，傅日而為光，故夕見則東指，晨見則西指。在日南北，皆隨日光而指。頓挫其芒，或長或短，光芒所及則為災。」按：《新唐書・天文志二》：「至德二載……十一月壬戌，有流星大如斗，東北流，長數丈，蛇行屈曲，有碎光迸出。占曰：『是謂枉矢。』」此處「彗星揚精光」當即指此。❻鴛鴦二句　王琦曰：「喻己非南人而向南奔走。疑太白此時偕婦同行，故用鴛鴦為喻。」曹植〈朔風詩〉：「願隨越鳥，翻飛南翔。」❼惟昔二句　蕭士贇曰：「此言兵興之後，昔日起於行伍，效鷹犬之用者，今皆為侯與王矣。」鷹犬，比喻受驅使而奔走效勞之人。《後漢書・袁紹傳》：「以臣頗有一介之節，可責以鷹犬之用。」將，與。❽得水句　王琦曰：「謂將帥郭子儀、李光弼一流。」《魏書・楊大眼傳》：「時高祖自代將南伐，令尚書李沖典選征官，大眼往求焉。……遂用為軍主。大眼顧謂同僚曰：『吾之今日，所謂蛟龍得水之秋，自此一舉，終不復與諸君齊列矣！』未幾，遷為統軍。」❾爭池句　王琦曰：「謂宰相房琯、張鎬一流。」按：魏晉時中書省設於禁苑，掌管一切機要，因接近皇帝，故稱之為「鳳凰池」。後來凡中書省中機要位置，亦皆稱「鳳凰池」。《晉書・荀勖傳》記載，勖自中書監除尚書令，人賀之，勖曰：「奪我鳳皇池，諸君賀我邪？」凰，宋本作「皇」，據蕭本、郭本、王本、《全唐詩》改。❿北斗二句　王琦曰：「傷己無人薦達，如彼天星之中北斗，雖有斗名，而不可用之酌酒。南箕雖有箕名，而不可用之簸揚米穀。徒有高才，不為人用，其自悲之意深矣。」《詩經・小雅・大東》：「維南有箕，不可簸揚。惟北有斗，不可以挹酒漿。」二句用其成句。

【語譯】天地之氣閉塞賢人潛隱，安史之亂如胡風結霜為災。人民無辜慘死如百草凋零於冬天，聖駕奔亡到邊遠的西荒。太白星出於東方，彗星發出耀眼的精光。鴛鴦本非越地的鳥，為什麼眷戀飛向南方？昔日的鷹與犬，而今都做了侯與王。得水之魚變成蛟龍，爭得權利成為宰相。北斗徒有斗名卻不能盛酒，南箕空稱為箕卻不能簸揚米穀。

【研析】此詩疑作於肅宗至德二載（西元七五七年）十一月，時李白已離開宋若思幕，在外避難，尚未被判流夜郎。詩中全用比興寫時事。謂國家遭否運天地氣閉，安祿山叛亂如胡風飛霜，人民慘死如百草冬凋，皇帝奔亡西往成都。太白星出現於東方，彗星閃揚起精光。我們夫婦不是南方越地之鳥，為何眷顧而南飛？想想以往的鷹犬爪牙，如今都成為侯與王。得水的魚成為蛟龍，有才能的爭當宰相。唯有我空有北斗之名不能酌酒，雖為南箕卻不能簸揚穀殼，空有名而不為人用。明人批曰：「擬〈明月皎夜光〉，鍊稍過，微覺澀，然卻濃，稍有色。」

其七

世路今太行❶，迴車竟何託？萬族皆凋枯❷，遂無少可樂。曠野多白骨，幽魂共銷鑠❸。榮貴當及時，春華宜照灼❹。人非崑山玉❺，安得長璀錯❻！身沒期不朽，榮名在麟閣❼。

【注釋】❶世路句　謂當今世道艱險如太行山。劉孝標〈廣絕交論〉：「世路嶮巇，一至於此！太行、孟門，豈云嶄絕？」❷萬族句　謂萬物凋殘。陶潛〈詠貧士詩〉其一：「萬族各有託。」❸銷鑠　熔化。枚乘〈七發〉：「雖有金石之堅，猶將銷鑠而挺解也。」❹春華句　春華，喻青春年華。《文選》卷二九蘇武〈詩四首〉：「努力愛春華，莫忘歡樂時。」李善注：「春華，喻少時也。」照灼，照耀；光芒四射。謝靈運〈擬魏太子鄴中集詩・魏太子〉：「照灼爛霄漢，遙裔起長津。」❺崑山玉　《韓詩外傳》卷六：「玉出於崑山。」❻璀錯　光盛貌。《文選》卷一一王延壽〈魯靈光殿賦〉：「下茀蔚以璀錯。」李善注：「璀錯，眾盛貌。」❼榮名句　榮名，美名。〈古詩十九首〉：「人生非金石，豈能長壽考？奄忽隨物化，榮名以為寶。」麟閣，即麒麟閣。漢代閣名，在未央宮中。《三輔黃圖・閣》：「麒麟閣，蕭何造，以藏祕書，處賢才也。……宣帝思股肱之美，乃圖霍光等十一人於麒麟閣。」

【語譯】世路艱難如同太行之險峻，欲迴車避險又能託什麼？況且萬物都已凋零枯死，於是世人沒有稍可歡樂之處。空曠的原野到處堆滿了白骨，幽靈孤魂同被毀滅。求取榮華富貴應當及時，青春年華應該光芒四射。人非崑山之玉，怎能如玉光那樣永久閃耀！身死之時期待聲名不朽，要早題英名在麒麟閣上。

【研析】此詩作年不詳。蕭士贇曰：「此篇乃熟識世諦同歸盡，惟當及時立功名以傳不朽耳。」詩中前六句謂世路艱險，迴車難託，萬物凋枯，人無可樂。戰爭使白骨曠野，幽魂銷滅。完全是一幅可怖的荒涼悽厲畫面。後六句則謂青春時期應光芒照射，及時追求榮華富貴，因為人非崑山玉，不可能長期發光，期望身後聲名不朽，在麒麟閣上題榮名，就必須早期自勉。嚴羽評曰：「既歎世路之險，不得復求榮華。」似以為前後兩節詩意矛盾。明人批點曰：「擬〈迴車駕言邁〉（〈古詩十九首〉其十一）。『萬族』二句是擬『所遇無故物，安得不速老。』然彼大是快句，此則拙澀殊甚，何可比論！」

其八

月色不可掃，客愁不可道。玉露❶生秋衣，流螢❷飛百草。日月終銷毀❸，天地同枯槁❹。蟪蛄❺啼青松，安見此樹老？金丹寧誤俗❻，昧者難精討。爾非千歲翁，多恨去世早。飲酒入玉壺❼，藏身以為寶。

【注釋】❶玉露 王琦注：「《歲華紀麗》：『秋露白，故曰玉露。』」謝朓〈泛水曲〉：「玉露沾翠葉，金風鳴素枝。」❷流螢 飛行不定的螢火蟲。《禮記・月令》：「季夏之月，……腐草為螢。」鄭玄注：「螢，飛蟲，螢火也。」謝朓〈玉階怨〉：「夕殿下珠簾，流螢飛復息。」按：董其昌臨李白詩，「流螢」作「嚴霜」（見《文物》一九六一年八期啟功〈碑帖中的文學史資料〉引）。❸日月句 宋玉〈九辯〉：「白日晼晚其將入兮，明月銷鑠而減毀。」此處用其意。按：董其昌臨李白詩，「銷鑠」作「銷盡」（同上）。❹枯槁 枯萎。《淮南子・原道訓》：「夫徙樹者，失其陰陽之性，則莫不枯槁。」❺蟪蛄 昆蟲名。較小的蟬。青紫色，有黑紋。《莊子・逍遙遊》：「朝菌不知晦朔，蟪蛄不知春秋，此小年也。」成玄英疏：「蟪蛄，夏蟬也。……夏生秋死，故不知春秋也。」郭慶藩《集釋》：「案《御覽》九百四十九引司馬云：『惠蛄，亦名蝭蟧，春生夏死，夏生秋死，故不知歲有春秋也。』」《楚辭・招隱士》：「蟪蛄鳴兮啾啾。」❻金丹句 古代方士用黃金煉成的金液，或用丹砂煉成的還丹。認為服食後能長生不老。《抱朴子・金丹》：「夫金丹之為物，燒之愈久，變化愈妙。黃金入火，百鍊不消，埋之畢天不朽。服此二物，鍊人身體，故能令人不老不死。」江淹〈陰長生贊〉：「日夜名山側，果得金丹道。」寧，豈。誤俗，董其昌臨李白詩作「誤人」（同上）。❼入玉壺 《後漢書・費長房傳》記載，汝南市中賣藥老翁壺公，市罷即跳入壺中，進入神仙境界。參見卷七〈贈饒陽張司戶璲〉注及卷九〈對雪醉後贈王歷陽〉注。一說，此處「入玉壺」猶言「入醉鄉」。藏身酒器以為寶藏。

【語譯】月色滿地不可掃，遊子客愁不可道。秋衣上已沾濕玉露，草叢中飛舞流螢。日月終將毀滅，天地也會枯萎。寒蟬在青松樹上哀鳴，牠的短命怎能看到此樹衰老？金丹豈能誤人，愚昧的人難以精心研討。你不是千歲壽翁，多恨去世太早。不如學壺公飲酒，跳入壺中別有天地，藏身免累以為寶。

【研析】此詩作年不詳。詩中以月色不可掃以興客愁不可道。白露降而濕秋衣，流螢飛而百草腐，天地日月終有盡期，特以人壽之短而不及見。猶如寒蟬啼於青松怎知松之古老？金丹豈會誤俗，只是愚人難以精求。爾非千歲之神仙，多恨去世早。那只有學壺公多飲酒而跳入壺中，藏身免累以為寶而已。蕭士贇曰：「太白素志學仙，此詩是反古詩中『服食求神仙，多為藥所誤』之意，猶反騷云。」明人批點曰：「此是擬〈驅車上東門〉〈古詩十九首〉其十三），而故變其調。」「起二句險快之甚，然卻不傷古。『露』、『螢』是月中景，正是不可掃處。以『蟪蛄』二句，擬『人生忽如寄，壽無金石固』，真妙絕。極平極常道理，極淺極顯說話，乃一經太白口便覺有情有致，警動成奇，語語皆仙。『日月』二句便是立身九霄外語。」

其九

生者為過客❶，死者為歸人❷。天地一逆旅❸，同悲萬古塵。月兔空擣藥❹，扶桑已成薪❺。白骨寂無言❻，青松豈知春？前後更歎息❼，浮榮❽何足珍！

【注釋】❶為過客　為，《文苑英華》作「如」。過客，〈古詩十九首〉其三：「人生天地間，忽如遠行客。」❷為歸人　為，《英華》作「如」。歸人，《列子・天瑞》：「古者謂死人為歸人。夫言死者為歸人，則生人為行人矣。」❸逆旅　客舍。《莊子・山木》：「陽子之宋，宿于逆旅。」❹月兔句　傅玄〈擬天問〉：「月中何有？白兔擣藥。」❺扶桑句　《楚辭・九歌・東君》：「暾將出兮東方，照吾檻兮扶桑。」王逸注：「言東方有扶桑之木，其高萬仞，日出下浴於湯谷，下拂其扶桑，爰始而登，照耀四方，日以扶桑為舍檻。」薪，作燃料用的樹木。宋本在「已成」二字下夾注：「一作：以為」。❻無言　言，《英華》作「語」。注：「一作：言。」❼更歎息　更代嘆息。更，《英華》作「皆」。注：「一作：更。」❽浮榮　虛榮。殷仲文〈南州桓公九井作〉詩：「歲寒無早秀，浮榮甘夙殞。」按：榮，《英華》作「雲」。

【語譯】活著的人是世間的過客，死去的人是歸家的人。天地就像一個旅店，共同悲哀的是人都將化為萬古的灰塵。月中的白兔徒然擣藥，扶桑神樹已變成了柴燒。白骨在地下寂靜無言，青松豈知冬去春來？思前想後更加嘆息不已，空虛的榮華功名又何足珍貴！

【研析】此首感嘆人生短暫，虛榮不足珍。謂人生於天地間只是匆匆過客，死去就是回歸。天地是客舍，萬古同悲都將化為灰塵。月兔徒擣藥，扶桑已作柴，天地日月亦將毀滅。白骨無言，青松無知，為此更加嘆息，虛榮又何足珍貴？嚴羽評點曰：「莊生之言。」明人批點曰：「擬〈去者日以疏〉（〈古詩十九首〉其十四），彼淡，此濃，各有致。」

其十

仙人騎綵鳳，昨下閬風岑❶。海水三清淺❷，桃源一見尋❸。遺我綠玉盃，兼之紫瓊琴。盃以傾美酒，琴以閑素心❹。二物❺非世有，何論珠與金！琴彈松裏風❻，盃勸天上月。風月長相知，世人何倏忽❼！

【注釋】❶閬風岑　即閬風巔。山名。傳說中的神仙居住之地，在崑崙山頂上。《楚辭・離騷》：「登閬風而緤馬。」王逸注：「閬風，山名，在崑崙之上。」《海內十洲記・崑崙》：「山三角：其一角正北，干辰之輝，名曰閬風巔；其一角正西，名曰玄圃堂；其一角正東，名曰崑崙宮。」❷海水句　用麻姑語。《神仙傳・王遠》：「麻姑自說，接待以來，已見東海三為桑田。向到蓬萊，水又淺於往昔。」三，胡本作「江」。❸桃源句　用陶淵明〈桃花源記〉故事。一見尋，被尋訪一次。❹素心　本心。《文選》卷三一江淹〈雜體詩三十首・陶徵君潛田居〉：「素心正如此。」李善注：「《方言》曰：『素，本也。』」❺二物　指飲酒與彈琴。二，蕭本、郭本作「一」。非。❻松裏風　暗指〈風入松〉琴曲。《樂府詩集・琴曲歌辭四》引《琴集》曰：「〈風入松〉，晉嵇康所作也。」❼倏忽　忽然；轉眼之間。《呂氏春秋・決勝》：「倏忽往來，而莫知其方。」

【語譯】仙人騎著彩鳳，昨天從閬風山下來。他曾三次見到海水變淺，一次尋到我的桃花源。他贈我一隻綠玉酒杯，還有一把紫玉的瑤琴。杯子用來傾注美酒，彈琴用以清閒本心。這二物並非人世所有，更不要說珍珠和金玉！琴中彈出〈風入松〉的曲調，酒杯舉起來遙勸天上的明月。清風朗月永遠是我的知音，世間凡人的生命是多麼地迅速！

【研　析】此詩作年不詳。詩中多遊仙之辭。謂仙人自崑崙山頂下來，其曾三見滄海桑田，訪我於桃源隱居地。贈我綠玉酒杯和紫玉之琴，杯可傾美酒，琴可清素心。此二物非世間所有，其價非珠和金可比。琴則彈〈風入松〉之曲，杯則勸天上之月，風和月與我長期相知，世上之人多麼迅速消逝。明人批曰：「不知何擬。句似〈長歌行〉。」

其十一❶

涉江弄秋水，愛此荷花鮮❷。攀荷弄其珠，蕩漾不成圓。佳期綵雲重，欲贈隔遠天❸。相思無由見，悵望涼風前❹。

【注　釋】❶其十一　卷二三〈折荷有贈〉與此首重出，唯「弄」作「翫」，「荷花」作「紅渠」。❷涉江二句　〈古詩十九首〉其六：「涉江採芙蓉。」吳均〈採蓮曲〉：「願君早旋返，及此荷花鮮。」秋水，董其昌臨書李白此詩作「秋草」。❸佳期二句　佳期，指男女約會。《楚辭・九歌・湘夫人》：「與佳期兮夕張。」王逸注：「佳，謂湘夫人也。」〈古詩十九首〉其六：「采之欲遺誰，所思在遠道。」此處用其意。佳期，卷二三〈折荷有贈〉作「佳人」。重，〈折荷有贈〉作「裏」。胡本上句即作「佳人彩雲裏」。❹相思二句　江淹〈雜體詩三十首・休上人怨別〉：「相思巫山渚，悵望陽雲臺。」此處用其意。按：由，卷二三〈折荷有贈〉作「因」。胡本作「因」。

【語　譯】浮舟江中戲弄秋天的江水，特別喜愛這裡荷花的鮮豔。攀弄那荷葉上的水珠，滾動著卻始終不能成圓圈。思念的佳人遠在彩雲裡，想贈她鮮花卻遠隔天際。相思而無法相見，在淒涼的秋風中我只能惆悵遙望。

【研　析】此詩作年不詳。詩中前四句描繪涉江戲水，愛荷花之鮮豔；攀荷葉弄水珠，水珠轉動卻不成圓。後四句謂欲贈花給佳人約會，而佳人卻在彩雲中遠隔重天，深深相思而無法相見，只能站在涼風前惆悵遙望。前人多謂此乃比興之詩。《唐詩解》卷三曰：「此刺姦邪用事，賢路塞也。……蓋以荷花之芳潔，比己之忠貞；

珠之蕩漾，比己之流落。欲持此貞心以獻於君，乃為讒人所間而不得入，能無惆悵耶？」按：此可備一說。嚴羽評點首四句曰：「只須四句，成古樂府。『其』字虛得好。句法乃得倩。」明人批點曰：「擬〈涉江采芙蓉〉（〈古詩十九首〉其六），一氣呵成，略無痕跡，最輕妙。」

其十二

去去復去去，辭君還憶君❶。漢水既殊流，楚山亦此分。人生難稱意❷，豈得長為群！越燕喜海日，燕鴻思朔雲❸。別久容華❹晚，琅玕❺不能飯。日落知天昏，夢長覺道遠。望夫登高山，化石竟不返❻。

【注釋】❶去去二句　〈古詩十九首〉其一：「行行重行行，與君生別離。」此處化用其意。去去，謂遠去。蘇武詩：「去去從此辭。」❷人生句　鮑照〈擬行路難〉：「人生不得恆稱意。」此處用其意。❸越燕二句　越燕、燕鴻，即指南燕北雁。《吳越春秋・闔閭內傳》：「胡馬望北風而立，越燕向日而熙。誰不愛其所近，悲其所思者乎！」此處用其意。❹容華　容，胡本作「榮」。❺琅玕　似玉似珠的美石。《尚書・禹貢》：「厥貢惟球、琳、琅玕。」孔傳：「琅玕，石而似玉。」孔穎達疏引《爾雅・釋地》謂「石而似珠」。《文選》卷四張衡〈南都賦〉：「珍羞琅玕，充溢圓方。」李周翰注：「琅玕，玉名，飲食比之，所以為美。」❻望夫二句　夫，宋本作「天」，據蕭本、郭本、繆本、王本、咸本、《全唐詩》改。望夫山或望夫石，屬民間傳說的古蹟名，有多處。《初學記》卷五引劉義慶《幽明錄》：「武昌北山有望夫石，狀若人立。古傳云：昔有貞婦，其夫從役，遠赴國難，攜弱子餞送北山，立望夫而化為立石。」《太平寰宇記》卷一〇五江南西道太平州當塗縣：「望夫山在縣北四十七里，昔人往楚，累歲不還，其妻登此山望夫，乃化為石，周迴五十里，高一百丈，臨江。」按：類似之說甚多，不能泥執此指某處。

【語譯】遠去而又遠去，送您遠行卻又思念你。漢水既有不同的支流，楚山也在此處分嶺。人生很難稱心如意，豈能長久相聚為群！南方越燕喜愛大海上的太陽，燕鴻思念北方的白雲。別離日久容顏逐漸衰老，琅玕美玉不能餐。夕陽西落知天色將暗，夢長更覺歸路遙遠，登上高山凝望丈夫遠去，化成石頭竟永遠沒有回返。

【研　析】此詩作年不詳。詩意為婦人思夫望夫之辭。謂其夫遠去，山川阻隔，人生苦難稱意，豈得長久相聚。南燕愛海日，北雁思白雲，各有所好。久別相思容顏變老，美玉般的佳餚亦不能就餐，日落天昏，夢魂道遠。登山望夫，竟化石而不返。《唐詩品彙》卷四引劉辰翁評曰：「極其愁思，語意終健。」明人批點曰：「擬〈行行重行行〉（〈古詩十九首〉其一），前十句未見手段，後六句大妙。」唐汝詢曰：「皆自鮑謝中來，非盡〈十九首〉風格。」《唐宋詩醇》卷八曰：「陸機、江淹擬古善矣。論者謂如搏猛虎、捉生龍，急與之較而力不暇，誠為氣格悉敵。白之諸作，體雖仿古，意乃自運，其才無所不有，故辭意出入魏晉，而大致直媲西京，正不必拘拘句比字擬以求之。又其辭多有寄託，當以意會，正不必處處牽合，如舊注所云也。」按：蕭士贇、朱諫注及唐汝詢《唐詩解》卷三皆謂此首託婦人思夫之辭，以寫戀主之情，身在江海，心居魏闕，懷君憂國之意，藹然見於言辭之表。恐失之牽強附會。

感興八首❶

其一

瑤姬❷天帝女，精彩化朝雲❸。宛轉入夢宵❹，無心向楚君。錦衾❺抱秋月，

綺席❻空蘭芬。茫昧竟誰測？虛傳宋玉文❼。

【注　釋】❶感興八首　胡本題下注：「集本八首，內二首與〈古風〉大同，前已附注，不重錄。」按：胡所謂「內二首」

指其四、其六，與〈古風五十九首〉其四十七、其二十七略同。《全唐詩》題作〈感興六首〉。題下注與胡本同。感興，感物感事而寄興。❷瑤姬　女神名。相傳為天帝之小女，即巫山神女。《水經注・江水二》：「丹山西即巫山者也。又帝女居焉，宋玉所謂天帝之季女，名曰瑤姬，未行而亡，封于巫山之陽，精魂為草，寔為靈芝。所謂巫山之女，高唐之阻，旦為行雲，暮為行雨，朝朝暮暮，陽臺之下。」一說，即西王母之女雲華夫人。見《太平廣記》卷五六引《集仙錄》。❸朝雲　宋玉〈高唐賦〉：「昔者先王嘗遊高唐，怠而晝寢。夢見一婦人，曰：『妾巫山之女也，為高唐之客。聞君遊高唐，願薦枕席。』王因幸之。去而辭曰：『妾在巫山之陽，高丘之岨。旦為朝雲，暮為行雨，朝朝暮暮，陽臺之下。』旦朝視之，如言。故為立廟，號曰朝雲。」李善注引《襄陽耆舊傳》曰：「赤帝女姚（瑤）姬，未行而卒，葬於巫山之陽，故曰巫山之女。楚懷王遊於高唐，晝寢，夢見與神遇，自稱是巫山之女，王因幸之，遂為置觀於巫山之南，號為朝雲。」❹夢宵　指巫山神女入楚王之夢。胡本、《全唐詩》作「宵夢」。❺錦衾　錦緞的被子。《詩經・唐風・葛生》：「錦衾爛兮。」❻綺席　華麗的席具。古人稱坐臥之鋪墊用具為席。江淹〈雜體詩三十首・休上人怨別〉：「綺席生浮埃。」❼宋玉文　即指前引〈高唐賦〉。

【語　譯】瑤姬本是天帝的女兒，她的精魂化為五彩的朝雲。纏綿多情地進入楚王的夜夢，卻是無心傾意於楚王。錦繡羅被空抱著秋天的明月，綺麗的臥席上徒然留下蘭花的芬芳。虛無縹緲之事竟有誰人測知？自古以來只是虛傳著宋玉的〈高唐賦〉文章。

【研　析】此組詩非一時一地之作，所寫內容亦各不同。此首反譏宋玉〈高唐賦〉、〈神女賦〉之事。謂瑤姬本是天帝之女葬於巫山之陽，其精魂化為朝雲，入於楚王之夢，並非有心向楚王相狎。抱錦衾於秋月之下，綺席空有蘭花之香。其渺茫之跡誰能測知，徒然虛傳宋玉〈高唐賦〉、〈神女賦〉之文而已。嚴羽評點曰：「直作婦語。」明人批曰：「反〈神女賦〉。鍊句亦古雅。」

其二

洛浦有宓妃❶，飄颻雪爭飛❷。輕雲拂素月❸，了可見清輝❹。解珮欲西走❺，含情詎相違❻？香塵動羅襪，淥水不沾衣❼。陳王❽徒作賦，神女豈同歸？好色傷大雅，多為世所譏。

【注釋】❶洛浦句　《楚辭・九歎・愍命》：「迎宓妃於伊雒。」王逸注：「宓妃，神女，蓋伊洛水之精也。」《文選》卷一九曹植〈洛神賦〉：「黃初三年，余朝京師，還濟洛川。古人有言，斯水之神，名曰宓妃。感宋玉對楚王說神女之事，遂作斯賦。」李善注引《漢書音義》如淳曰：「宓妃，宓羲氏之女，溺洛水，為神。」❷飄颻句　用〈洛神賦〉「飄颻兮若流風之迴雪」之意。❸輕雲句　用〈洛神賦〉「髣髴兮若輕雲之蔽月」語。❹了可句　謂了然可見其清美光輝。了，全然。❺解珮句　用〈洛神賦〉「願誠素之先達，解玉佩而要之」意。珮，胡本作「佩」。走，蕭本、郭本、胡本、王本、咸本、《全唐詩》皆作「去」。❻含情句　含情，懷著深情。王粲〈公讌詩〉：「含情欲待誰？」詎，豈。❼香塵二句　用〈洛神賦〉「凌波微步，羅襪生塵」及「灼若芙蕖出淥波」意。淥，蕭本、郭本、胡本、咸本、《全唐詩》皆作「綠」。❽陳王　即指曹植。《三國志・魏書・曹植傳》：太和六年二月，「以陳四縣封植為陳王。」

【語譯】洛水有個神女宓妃，飄飄地如同潔白的雪花爭飛。浮雲輕拂著當空的皓月，分明可見她清潔的光輝。解贈玉珮要往西去，含情脈脈豈忍就此分離？羅襪動步蕩起芳香的塵埃，清碧之水不沾濕她的衣裳。曹植徒然寫了〈洛神賦〉，那神女豈能與他同歸？喜愛美色有傷風雅，多被世人所嘲笑譏諷。

【研析】此詩作年不詳。詩中前八句描寫曹植〈洛神賦〉中宓妃的形象，後四句對曹植作賦的評論。謂洛水女神宓妃，體態輕盈潔白如雪爭飛，如雲拂月，清輝了然可見。解珮相贈欲往西去，含情留戀豈忍相違？羅襪凌波而動香塵，淥水卻不沾其衣。此乃曹植筆下的洛神形象。可惜曹植徒然作賦，神女豈能與之同歸？喜愛美色有傷大雅，多為世人所譏。嚴羽評點曰：「正言之，亦不落腐道。」明人批曰：「反〈神女賦〉，下語比前首輕逸。只合『同歸』便止。後二句意太露，可刪。」蕭士贇曰：「〈高唐〉、〈神女〉二賦乃宋玉寓言以成其文章。〈洛神賦〉則子建擬之而作。後世之人，如癡子聽人說夢，以為誠有是事。惟太白知其託辭而譏其不雅，可謂識見高遠者矣。」

其三

裂素持作書❶，將寄萬里懷。眷眷待遠信❷，竟歲無人來。征鴻務從陽❸，又不為我棲。委之在深篋，塵魚壞其題❹。何如投水中❺，流落他人開。不惜他人開，但恐生是非。

【注釋】❶裂素句　裁裂生絹拿來寫信。素，白色生絹。《後漢書・范式傳》：「裂素為書，以遺巨卿。」❷眷眷句　依戀地等待著遠方的使者。眷眷，依戀貌；反顧貌。《詩經・小雅・小明》：「眷眷懷顧。」信，信使；送信的人。黃伯思《東觀餘論》卷上：「古者謂使為信，故逸少帖云：信遂不取答。《真誥》云：公至山下，又遣一信見告。謝宣城傳云：荊州信去倚待。陶隱居帖云：明旦信還，仍過取反。凡言信者，皆謂使人也。近世猶有此語。故虞永興帖云：事已信人口具。而今之流俗遂以遺書餽物為信，故謂之書信，而謂前人之語亦然，不復知魏晉以還所謂信者乃使之別名耳。」❸征鴻句　從陽，蕭本、郭本、王本、咸本、《全唐詩》皆作「隨陽」。《詩經・邶風・匏有苦葉》：「雝雝鳴雁，旭日始旦。」鄭玄箋：「雁者隨陽而處。」《尚書・禹貢》：「陽鳥攸居。」孔傳：「隨陽之鳥，鴻雁之屬。」孔穎達疏：「日之行也，夏至漸南，冬至漸北。鴻雁之屬，九月而南，正月而北。」按：鴻雁南北與日進退，故稱隨陽鳥或從陽鳥。❹塵魚句　塵，蕭本、郭本、王本、咸本、《全唐詩》皆作「蠹」。是。蠹，蛀蟲。題，王琦注：「古人謂書籤為題，傳所云『隋唐藏書，皆金題玉躞』是矣。此所云題者，乃書札面上手筆封題之處。」❺投水中　水，宋本作「火」，據蕭本、郭本、王本、咸本、《全唐詩》改。《世說新語・任誕》：「殷洪喬作豫章郡，臨去，都下人因附百許函書，既至石頭，悉擲水中。因祝曰：『沉者自沉，浮者自浮，殷洪喬不能作致書郵！』」

【語譯】撕裂一塊白絹拿來寫一封信，將它寄往萬里之外心中相思的人。我依戀地等待著遠方的信使，一直到歲尾竟然還是無人來。大雁是隨從太陽飛的，牠又不肯為我棲息一下將信捎去。我只得把書信深深地放在箱子裡，卻被蛀蟲把書面上的封題蛀壞。不如把它投入水中，漂流落到他人手中拆開。我不惜他人把它打開，只恐怕要惹出是非。

【研　析】此詩作年不詳。詩中敘說寫一封信想寄給所思的人，可是苦苦等待，卻不見信使來。鴻雁隨陽飛，又不肯停下為我捎信去。放在箱子裡，卻被蠹蟲蛀壞。於是想到不如投入水中，任水流漂落給他人拆開。不怕他人打開，只怕生出是非。文字淺顯明白，嚴羽評點曰：「從雙魚、尺素生出，如許變化，情詞逼古。」明人批曰：「舊意出新語，淋漓有致。」

其四❶

芙蓉❷嬌綠波，桃李誇白日。偶蒙春風榮，生此豔陽質❸。豈無佳人色？但恐花不實。宛轉龍火❹飛，零落互相失。詎知凌寒松，千載長守一❺？

【注　釋】❶其四　此詩與〈古風五十九首〉其四十七「桃花開東園」略同，唯首二句不同，末三句有小異。當是一詩之兩傳者。❷芙蓉　荷花的別名。夏日開花，與下文「春風」不符。❸桃李三句　謂桃李逢春而開豔麗之花。鮑照〈學劉公幹體〉詩其五：「豔陽桃李節。」❹龍火　指二十八宿中的心宿。心宿屬東方蒼龍七宿之一，又屬十二次之一的「大火」次。故稱之為龍火。夏曆五月黃昏時心宿出現於中天正南方，六月以後逐漸偏西，氣候由熱逐漸轉涼。❺守一　專守定法；不變常態。《抱朴子・地真》：「守一存真，乃能通神。」

【語　譯】荷花在綠波中嬌美怒放，桃花李花則在白日下誇耀自己。其實它們只是偶然承蒙春風吹拂而開花，纔生出這樣豔麗的姿態。難道它們沒有佳人那樣的美麗容貌？只是恐怕這些花不能結成果實。時光流逝心宿西移而秋風飛，它們就會飄零飛落都喪失無存了。它們哪裡知道抵禦寒冷的松樹，千年都能長期不變地堅守一貫的本質？

【研　析】此詩作年不詳。首句寫芙蓉，非春花，與下文意思不合，當以〈古風〉其四十七為是。詩中以桃李與松對比。桃李蒙春而榮生豔質，雖有佳人之色，只恐花不實。一旦心宿西下秋風起，就會飄零消失。不如抗寒的松樹，千年不變獨守常態。這顯然是託物比興，以桃李喻指一時得志的小人，以松樹自比而自勵。

其五

十五遊神仙，仙遊未曾歇。吹笙吟松風❶，汎瑟❷窺海月。西山玉童子❸，使我鍊金骨❹。欲逐黃鶴飛，相呼向蓬闕❺。

【注　釋】❶吹笙句　楊齊賢注：「王子喬好吹笙，作鳳凰鳴。」吟，蕭本、《全唐詩》作「坐」。❷汎瑟　《文選》卷三一江淹〈雜體詩三十首・王徵君微養疾〉：「汎瑟臥遙帷。」張銑注：「汎瑟，謂撫瑟也。」❸西山句　曹丕〈折楊柳行〉：「西山一何高，高高殊無極。上有兩仙僮，不飲亦不食。」❹鍊金骨　王琦注引《靈寶經》：「鍊骨成金。」卷一八〈天台曉望〉詩：「服藥鍊金骨。」❺蓬闕　指神話中的蓬萊仙山。《海內十洲記》：「蓬丘，蓬萊山是也。對東海之東北岸，周迴五千里。」

【語　譯】我十五歲就嚮往遊神仙，至今遊仙之心未曾停歇。常在松林裡迎風吹笙，撫琴瑟而窺看海上升起皓月。西山上的兩個仙童，讓我鍊成金骨。我想追逐黃鶴飛翔，互相呼著飛向那蓬萊仙闕。

【研　析】此詩作年不詳。詩中自謂少年即有志於仙遊，至今未歇。吹笙而吟於松風中，撫瑟而窺看海上月出。西山玉童，囑鍊金骨。常想追隨黃鶴，飛向蓬萊。純為遊仙詩。嚴羽評點「吹笙」二句曰：「前後皆仙語，在太白為濁俗，惟此二句清超。」明人批曰：「遊仙餘調，然無甚深致。」蕭士贇曰：「此比興之詩，以喻賢者相招以求祿仕者。」似牽強附會。

其六

西國❶有美女，結樓青雲端。蛾眉豔曉月，一笑傾城❷歡。高節不可奪❸，炯心如凝丹❹。常恐彩色❺晚，不為人所觀。安得配君子？共成雙飛鸞❻。

【注　釋】❶西國　胡本作「西北」。❷傾城　全城；盡一城之人。《漢書・外戚傳・孝武李夫人》：「（李）延年侍上起舞，歌曰：『北方有佳人，絕世而獨立，一顧傾人城，再顧傾人國。寧不知傾城與傾國，佳人難再得！』」❸高節句　高節，高尚的節操。《史記・魯仲連鄒陽列傳》：「不肯仕宦任職，好持高節。」不可奪，宋本作「奪明主」，據蕭本、郭本、王本、咸本、《全唐詩》改。❹炯心句　炯心，忠誠的心；光明的心地。凝丹，堅固的丹丸。丹，赤色。《晉書・張華傳》：「臣先帝老臣，中心如丹。」❺彩色　美麗的容顏。江淹〈雜體詩三十首・班婕妤詠扇〉：「彩色世所重，雖新不代古。」❻雙飛鸞　用蕭史和弄玉故事。見〈古風〉其二十七注。

【語　譯】西方有一位美女，住在聳入雲霄的高樓上。她的蛾眉像清晨的明月一樣豔麗，一笑就使全城的人都歡樂。她的高尚節操不可奪，忠貞的心如堅丹一樣赤紅。常恐美麗的容顏遲暮，不被人們所觀賞。怎樣能得到一位賢德君子做配偶？共成雙鸞飛上天去。

【研　析】此詩作年不詳。按：此首與〈古風五十九首〉其二十七文字略有異同，當是一詩之兩傳者。或此篇是其初稿，宋人編集時不察，遂重列於此。因是組詩，姑兩存之。前人多謂此詩託美女比賢士。如蕭士贇曰：「此篇喻賢者有所抱負，審所去就，不肯輕以身許人。復恐老之將至，功業未建，於時無聞，思見君子，盡心以事之，與共祿位也。」嚴羽評「高節」二句曰：「不必有所喻，即就本語，此意亦不可無。」明人批曰：「是襲子建〈美人篇〉，後半首意以簡淡見致，但『觀』字押得無力。」

其七❶

揭來荊山客，誰為珉玉分？良寶絕見棄，虛持三獻君❷。直木忌先伐❸，芬蘭哀自焚。盈滿天所損，沉冥道所群❹。東海有碧水，西山多白雲❺。魯連及夷齊，可以躡清芬❻。

【注釋】❶其七　此首與〈古風五十九首〉其三十六多同，僅有數語之異，當是一詩之兩傳者。或此為初本，彼為定稿。當以〈古風〉為正。宋人編集時不審，故兩存之。❷揭來四句　用卞和獻玉璞故事，詳見〈古風〉其三十六注。揭來，猶言盍來；何來。荊山客，指卞和。珉，似玉的美石。《荀子・法行》：「故雖有珉之雕雕，不若玉之章章。」鮑照〈賣玉器者〉詩：「涇渭不可雜，珉玉當早分。」三獻君，指卞和三次獻玉璞給三代楚王。❸直木句　《莊子・山木》：「直木先伐，甘井先竭。」❹盈滿二句　《尚書・大禹謨》：「滿遭損。」參見〈古風〉其三十六注。冥，蕭本、郭本、咸本作「溟」。❺東海二句　見〈古風〉其三十六注。❻魯連二句　見〈古風〉其三十六注。清，蕭本、郭本作「青」。

【語譯】何來獻玉的荊山之客，誰能分得清珉石和璞玉？美好的寶玉斷然被拋棄，卞和徒然拿它來三次獻給楚國君王。挺直的樹木因可大用而遭忌總是先被砍伐，芬芳的蘭花因香氣美好而悲哀地被焚。盈滿者自然要減損，沉晦者當與道為群。東海有碧水，西山多白雲，都可供隱居。魯仲連和伯夷、叔齊那樣有高潔德行之人，是我可以追蹤學習的。

【研析】參見卷一〈古風〉其三十六。

其八

嘉穀隱豐草❶，草深苗且稀❷。農夫既不異，孤穗將安歸？常恐委疇隴，忽與秋蓬飛❸。烏得薦宗廟❹？為君生光輝。

【注　釋】❶嘉穀句　《尚書．呂刑》：「農殖嘉穀。」按《說文》卷七：「禾，嘉穀也。二月始生，八月而孰（熟），得時之中，故謂之禾。」豐草，茂密的草。《詩經．小雅．湛露》：「湛湛露斯，在彼豐草。」❷草深句　陶潛〈歸園田居〉其三：「草盛豆苗稀。」❸常恐二句　謂常恐嘉穀委死田中，迅速與秋蓬一樣飄飛。陶潛〈歸園田居〉其二：「常恐霜霰至，零落同草莽。」《文選》卷二四曹植〈贈丁儀〉詩：「朝雲不歸山，霖雨成川澤。黍稷委疇隴，農夫安所獲。」呂延濟注：「霖雨久滯，黍稷委死於田中，農夫何所得也。」委，通「萎」。衰敗；困頓。❹烏得句　謂如何才能夠獻祭宗廟。烏，何。嚴羽評點本作「焉」。薦，獻。

【語　譯】美好的穀苗隱沒在茂密的草叢中，野草深而穀苗稀。農夫既不能辨別穀和草之異，這孤零的苗穗將何處可歸？常恐它枯萎在田野中，忽與秋天的蓬草一樣飄飛而去。如何才能夠進獻宗廟？為君主爭光生輝。

【研　析】此詩作年不詳。前人多謂此詩以嘉穀比喻君子。蕭士贇曰：「此篇比興之詩，刺時賢不能引類拔萃，以為國用者與？『嘉穀……』，喻賢人在野，混於常人之中。『農夫……』，蓋謂農夫見穀之在草而不別異之，猶賢者見賢之在野而不能薦進之也。『常恐……』，喻在野之賢，惟恐老之將至，與草木俱腐也。『烏得……』，以喻在野之賢冀望在位之賢引而進之，以羽儀朝廷也。嗟夫，士懷才而不遇，千載讀之，猶有感激。」明人批曰：「沖然絕塵，且說意甚醒，最近陶。」《唐宋詩醇》卷八曰：「前篇（指其三『裂素持作書』）情意纏綿，此篇比興深厚，辭旨醇正，直逼漢人。」

寓言❶三首

其一

周公負斧扆❷，成王何夔夔❸。武王昔不豫❹，剪爪投河湄。賢聖遇讒慝，不免人君疑❺。天風拔大木，禾黍咸傷萎❻。管蔡扇蒼蠅，公賦〈鴟鴞〉詩❼。〈金縢〉❽若不啟，忠信誰明之？

【注釋】❶寓言　有所寄託之言。《莊子・寓言》：「寓言十九，重言十七。」陸德明《釋文》：「寓，寄也。以人不信己，故託之他人，十言而九見信也。」亦指託辭以寓意。❷斧扆　亦作「斧依」。古代帝王置於廟堂戶牖之間的類似屏風的器具。天子見諸侯則依而立，負之而南面以對諸侯。因上面繡有斧形圖文，故名。《禮記・明堂位》：「昔者周公朝諸侯于明堂之位。天子負斧依，南鄉而立。」鄭玄注：「周公攝王位，以明堂之禮儀朝諸侯也。不於宗廟，辟王也。……天子，周公也。負之言背也。斧依，為斧文屏風於戶牖之間，周公於前立焉。」❸成王句　成王，周武王之子周成王。因年幼，故即位後由叔周公旦攝政。夔夔，戒懼敬慎貌。《尚書・大禹謨》：「(舜)負罪引慝，祇載見瞽瞍，夔夔齋慄。」孔傳：「夔夔，悚懼之貌。」❹不豫　婉稱帝王有病。《尚書・金縢》：「王有疾，弗豫。」❺剪爪三句　周成王初即位時年幼，周公旦攝政，終於定天下。成王有病甚危，周公旦自剪其爪以沉於河，曰：「王未有識，是旦執事。有罪殃，旦受其不祥。」書而藏之記府。及成王能治國，有賊臣言：「周公旦欲為亂久矣，王若不備，必有大事。」王乃大怒，周公旦走而奔於楚。成王觀於記府，得周公旦沉書，乃流涕曰：「孰謂周公旦欲為亂乎！」殺言之者而反周公旦。見《史記・蒙恬列傳》。三句用此事。❻天風二句　言讒言之可畏。武王崩後管叔等流言讒周公，「天大雷電以風，禾盡偃，大木斯拔」，見《尚書・金縢》。❼管蔡二句　《尚書・金縢》：「武王既喪，管叔及其群弟乃流言於國曰：『公將不利於孺子。』周公乃告二公曰：『我之弗辟，我無以告我先王。』周公居東二年，則罪人斯得。于後，公乃為詩以貽王，名之曰〈鴟鴞〉。王亦未敢誚公。」又見《史記・魯周公世家》曰：「管、蔡、武庚等果率淮夷而反。周公乃奉成王命，興師東伐，作〈大誥〉。遂誅管叔，殺武庚，放蔡叔。」❽金縢　用金屬製的帶子將收藏書契的櫃封存。縢，封緘。《尚書・金縢》：「(武)王有疾，弗豫，……(周)公乃自以為功，為三壇同墠，為壇於南方北面。周公立焉，植璧秉珪，乃告太王、王季、文王。史乃冊祝曰……。公歸，乃納冊于金縢之匱中。王翼日乃瘳。」孔穎達疏：「武王有疾，周公作策書告神，請代武王死。事畢，納書於金縢之匱。」

【語譯】周公攝政負斧依朝諸侯，成王多麼恐懼戒慎。當初武王病重時周公禱於先王請以身代，成王生病周公剪爪沉河亦請身代。像周公那樣的聖賢仍會遭遇小人的讒害，還不免使君主產生疑慮。天颳巨風拔起大樹，禾黍莊稼都倒仆受傷萎靡。管叔蔡叔像蒼蠅那樣散佈流言煽動造反，周公給成王寫了〈鴟鴞〉詩喻讒人之惡及己之勞。金縢束住的櫃子如果不打開，誰能明白周公的忠誠和信義？

【研析】此組詩疑是天寶三載（西元七四四年）供奉翰林時遭讒見疏時有感而作。此首全以周公忠誠於武王、成王之事寓言己之遭遇。謂周公聖賢，尚且被讒，還不免人君起疑，管蔡那樣的人如蒼蠅一般煽動流言，周公不得不寫〈鴟鴞〉詩以告戒而自明，如果成王不打開金縢，又有誰能明白周公的忠誠信義。蓋詩人以周公自況，以忠信自期，啟君王之自悟。蕭士贇曰：「此詩懼讒也。隱括〈金縢〉之事以申其意耳。」

其二

遙裔❶雙綵鳳，婉孌三青禽❷。往還瑤臺裏，鳴舞玉山岑❸。以歡秦娥❹意，
復得王母❺心。區區精衛鳥，銜木空哀吟❻。

【注釋】❶遙裔　通「搖曳」。搖曳飄蕩。遙，蕭本、郭本、咸本、《全唐詩》作「搖」。裔，咸本作「曳」。盧思道〈河曲遊〉：「丰茸雞樹密，遙裔鶴煙稠。」❷婉孌句　婉孌，美好貌。《詩經・齊風・甫田》：「婉兮孌兮。」毛傳：「婉孌，少好貌。」青禽，青鳥。神話中西王母的信使。《山海經・大荒西經》：「沃之野有三青鳥。」郭璞注：「皆西王母所使也。」陶潛〈讀山海經〉詩：「翩翩三青鳥，毛色奇可憐。朝為王母使，暮歸三危山。」❸往還二句　王琦注：「瑤臺、玉山，皆西王母之居。」《拾遺記・崑崙山》：「傍有瑤臺十二，各廣千步。皆五色玉為臺基。」《山海經・西山經》：「又西三百五十里曰玉山，是西王母所居也。」江淹〈清思詩五首〉其四：「願乘青鳥翼，徑出玉山岑。」❹秦娥　指秦穆公之女弄玉。嫁善吹簫的蕭史。「日教弄玉作鳳鳴，居數年，吹似鳳聲，鳳凰來止其屋。……一旦，弄玉乘鳳，蕭史乘龍升天而去。」見《列仙傳》。❺王母　即西王母。❻區區二句　區區，辛苦。宋本作「驅驅」，據蕭本、郭本、王本、咸本、《全唐詩》改。精衛鳥，《山海經・北山經》：「發鳩之山，其上多柘木。有鳥焉，其狀如烏，文首，白喙，赤足，名曰精衛。其鳴自詨，是炎帝之

少女，名曰女娃，女娃游於東海，溺而不反，故為精衛。常銜西山之木石，以堙於東海。」陶潛〈讀山海經〉：「精衛銜微木，將以填滄海。」哀，咸本作「沉」。

【語譯】搖曳飄飛的一對彩鳳，嬌美可愛的三隻青鳥，在瑤臺中往還進出，在玉山上鳴歌起舞。既已取得秦娥的歡喜，又得到西王母的愛心。可憐那辛勞的精衛鳥，徒然銜著微木填海而哀吟。

【研析】此首以綵鳳、青鳥的得寵和精衛鳥的不幸作對比，顯然有寄託。蕭士贇曰：「此篇比興之詩。綵鳳、青禽以比佞幸之人，瑤臺、玉山以比宮掖，秦娥以比公主，王母以比后妃。蓋以諷刺當時出入宮掖、取媚后妃公主以求爵位者。『精衛銜木石』以比小臣懷區區報國之心，盡忠竭力而不見知者，其意微而顯矣。」此說大致可從。前四句以綵鳳、青禽在瑤臺、玉山往還鳴舞，比喻諸大臣在朝廷得到天子寵幸得意之狀。末二句以精衛辛勞銜木填海自喻，謂自己徒懷忠誠而不獲見用，空自哀憐。明人批點曰：「果是借喻事，然趣味殊淺。」

其三

長安春色歸，先入青門❶道。綠楊不自持，從風❷欲傾倒。海燕還秦宮❸，雙飛入簾櫳❹。相思不可見❺，託夢遼城東❻。

【注釋】❶青門　漢長安城東南門。《三輔黃圖・都城十二門》：「長安城東，出南頭第一門曰霸城門。民見門色青，名曰青城門，或曰青門。門外舊出佳瓜，廣陵人召平為秦東陵侯，秦破，為布衣，種瓜青門外。」❷從風　從，郭本作「清」。❸秦宮　指長安帝王之宮。❹簾櫳　櫳，窗上櫺木。謝惠連〈七月七日夜詠牛女〉詩：「升月照簾櫳。」❺不可見　可，蕭本、郭本、王本、《全唐詩》皆作「相」。❻託夢句　王粲〈雜詩〉：「託夢通精誠。」遼城東，王琦注：「秦置遼西、遼東二郡，因在遼水之西、東而名。在唐時，遼西為柳城郡及北平郡之東境，遼東為安東都護府之地，外與奚、契丹、室韋、靺羈諸夷相接，皆邊城也，有兵戍之。」

【語　譯】春色回歸到長安，首先進入城東南的青門道。楊柳放綠不能控制自己，隨著春風俯仰起伏。海燕返回長安宮殿，雙雙飛入窗櫺前。相思而不可得見，只能託夢遠往遼城之東。

【研　析】「長安春色歸」，表明此詩乃天寶三載（西元七四四年）春在長安作。此首表面看是閨思詩，然列入〈寓言三首〉之內，顯然有比興之意。謂長安春色先入東門，楊柳受春風之吹婀娜嬌舞若不自持，似比喻朝廷大臣受寵自矜若不勝歡欣之狀。海燕還宮，雙飛入簾櫳，相思而不可見，託夢以幸相逢，夢遼東則與秦宮相距萬里。比喻自己地位與近臣相距遙遠，雖欲見所思之人，即使夢中亦難通。蕭士贇曰：「此篇閨思詩也。良人從軍，滔滔不歸。感時觸物，而動懷春之思者歟？綠楊、海燕，以起興也。婉然〈國風〉之體，所謂聖於詩者，此哉！」陸時雍《唐詩鏡》卷一七評曰：「風神佳絕。」

秋夕旅懷❶

涼風度秋海，吹我鄉思飛。連山去無際❷，流水何時歸？日夕❸浮雲色，心斷❹明月暉。芳草歇柔豔❺，白露催寒衣。夢長銀漢❻落，覺罷天星稀。含歎想舊國❼，泣下誰能揮❽？

【注　釋】❶旅懷　宋本原作「放懷」，據蕭本、郭本、繆本、王本、咸本、《全唐詩》改。❷連山句　謂連綿的山嶺無邊無際。吳均〈至湘州望南岳〉詩：「連山糾復紛。」❸日夕　蕭本、郭本、王本、咸本、《全唐詩》皆作「目極」。❹心斷　猶心碎。江淹〈四時賦〉：「思舊都兮心斷，憐故人兮無極。」❺芳草句　謂芳草消失了柔美豔麗。顏延年〈和謝監靈運〉詩：「芬馥歇蘭若。」❻銀漢　銀河；天河。鮑照〈夜聽妓〉詩：「銀漢傾露落。」❼含歎句　歎，蕭本、郭本、王本、咸本、

《全唐詩》皆作「悲」。舊國，指國都長安。卷七〈梁園吟〉：「洪波浩蕩迷舊國，路遠西歸安可得？」亦可指故鄉。《莊子・則陽》：「舊國舊都，望之暢然。」成玄英疏：「少失本邦，流離他邑，歸望桑梓，暢然喜歡。」❽泣下句　蘇武〈詩四首〉：「淚下不可揮。」

【語譯】涼風拂過深秋的江海，吹動我的心思欲往家鄉飛歸。連綿不斷的山嶺一望無際，不盡的流水何時能歸？夕陽西下只見浮雲暮色，獨望明月光輝我心欲碎。芳草鮮花日漸消失柔美豔麗，白露時節催我準備禦寒的衣被。夢長不覺銀河已落，一覺醒來天上明星稀疏。我含著悲傷思念故鄉，淚流滿面又有誰能將它揮掉？

【研析】此詩作年不詳。詩中描寫秋風度海吹我鄉思，山長水遠不得歸。目極浮雲，心碎明月。芳草失豔，白露催寒；夢中銀河落，醒來天星稀。全寫見秋景而傷情。末二句點出含悲思故鄉，泣下不可揮。將思鄉之情推向極致。明人批點曰：「常意道得醒快。」《唐宋詩醇》卷八曰：「晉宋間有此清機，齊梁間無此逸氣。」

感遇❶四首

其一

吾愛王子晉❷，得道伊洛❸濱。金骨既不毀，玉顏長自春❹。可憐浮丘公，猗靡與情親❺。舉手白日間，分明謝時人❻。二仙❼去已遠，夢想空殷勤。

【注釋】❶感遇　對所遇事物抒發感慨。唐陳子昂有〈感遇詩〉三十八首，張九齡亦有〈感遇十二首〉。❷王子晉　《列仙傳》：「王子喬者，周靈王太子晉也。好吹笙，作鳳凰鳴。遊伊、洛之間，遇道士浮丘公，接以上嵩高山。三十餘年後於山上見桓良曰：『告我家，七月七日待我於緱氏山巔。』至時，果乘白鶴駐山頂，望之不得到，舉手謝時人，數日而去。」

❸伊洛　伊水和洛水。《元和郡縣志》卷五河南道河南府河南縣：「洛水，在縣北四里。伊水，在縣東南十八里。」又緱氏縣：「緱氏山，在縣東南二十九里。王子晉得仙處。」❹金骨二句　金骨，道教謂服藥以煉成仙骨。卷一八〈天台曉望〉詩：「服藥鍊金骨。」玉顏，美好如玉的容貌。宋玉〈神女賦〉：「苞溫潤之玉顏。」❺可憐二句　可憐，可愛。浮丘公，即接王子晉上嵩山的神仙，見本詩注❷。猗靡，纏綿；相隨。阮籍〈詠懷詩〉其四：「猗靡情歡愛。」《文選》卷七司馬相如〈子虛賦〉：「扶輿猗靡。」張銑注：「猗靡，相隨貌。」❻舉手二句　手，郭本、《全唐詩》作「首」。謝時人，辭別當時之人。二句用《列仙傳》王子晉「舉手謝時人」而去事。❼二仙　指王子晉和浮丘公二位仙人。

【語　譯】我喜愛仙人王子晉，他在伊水洛水之濱得道。煉成仙骨既能永遠不毀身體，容顏如玉長保青春。可愛的神仙浮丘公，情意纏綿與他相隨相親。白日間向人們揮手，分明是辭別當時世上的俗人。兩位神仙離去已經非常遙遠，我只能徒然殷勤做著夢想。

【研　析】此詩作年不詳。詩中敘寫王子晉在伊、洛間遇浮丘公被接上嵩山而成仙之事，感浮丘公之情親，王子晉之相隨，二仙去已遠，如今自己徒然夢想殷勤。蓋有感於平生之相知者，曾薦引自己，借二仙以喻之乎？

其二

可歎東籬菊❶，莖疏葉且微❷。雖言異蘭蕙，亦自有芳菲❸。未汎盈樽酒❹，
徒沾清露輝❺。當榮君不採，飄落欲何依❻？

【注　釋】❶東籬菊　陶潛〈飲酒〉詩其五：「採菊東籬下，悠然見南山。」❷微　胡本作「肥」。❸芳菲　花草美盛芬芳。顧野王〈陽春歌〉：「春草正芳菲。」❹未汎句　汎，泛的異體字。浮；浸泡。卷一七〈九日〉：「搴菊汎寒榮。」卷二〇〈憶崔郎中宗之遊南陽遺吾孔子琴撫之潸然感舊〉詩：「汎此黃金花。」皆謂以菊花置酒中浸泡。李嶠〈九日應制得歡字〉：「仙杯還汎菊。」此句謂尚未浸泡滿樽之酒。❺清露輝　潔白的露水閃發光輝。《文選》卷二六陸機〈赴洛道中作二首〉其二：「清露墜素輝，明月一何朗。」李周翰注：「墜，落也。輝，謂露色也。」❻當榮二句　〈古詩十九首〉其八：「傷彼蕙蘭

花，含英揚光輝。過時而不采，將隨秋草萎。」此處用其意。

【語　譯】可憐東籬的菊花，莖桿稀疏而且葉子微小。雖說與蘭蕙等香草不同，畢竟也有自己的芳香。未被用於浸泡滿樽酒，徒然沾滿清露的光輝。正當盛開時您不去採取，飄落後又有何物可依？

【研　析】此首以菊取喻。謂東籬之菊莖稀葉小，雖不及蘭蕙之香，亦自有其可愛的芬芳。未浸泡滿樽之酒，徒然沾清露之輝。當此盛開茂美之時不去採摘，等到菊衰花落之時想依靠什麼？蕭士贇曰：「此篇喻賢者蒙朝廷養育之恩，有才而不見用，空受此恩也。當可用之時，而君不采之，惟有飄零老死而已，將安所依乎？」明人批點曰：「亦輕逸。」

其三

昔余聞常娥❶，竊藥駐雲髮。不自嬌玉顏，方希鍊金骨。飛去身莫返，含笑坐明月。紫宮❷誇蛾眉，隨手會凋歇❸。

【注　釋】❶常娥　蕭本、郭本、王本、咸本、《全唐詩》皆作「姮」。《淮南子・覽冥訓》：「羿請不死之藥於西王母，姮娥竊以奔月。」高誘注：「姮娥，羿妻，羿請不死藥於西王母，未及服之，姮娥盜食之，得仙，奔入月中，為月精。」按：姮，音同「恆」，漢人避文帝劉恆諱，改稱「嫦娥」或「常娥」。❷紫宮　古代以紫微宮垣比喻皇帝居處，因稱皇宮為紫宮。《文選》卷二一左思〈詠史〉詩八首其五：「列宅紫宮裡。」李周翰注：「紫宮，天子所居處。」❸隨手句　隨手，隨即；立刻。《史記・淮陰侯列傳》：「吾今日死，公亦隨手亡矣。」凋歇，凋落紅色的容顏。

【語　譯】往昔我聽說常娥的故事，她偷食了西王母的仙藥，使如烏雲一般的黑髮永駐。不僅以嬌美的容顏自矜，而是希望煉成仙骨蛻形羽化。於是飛離人間一去不返，坐在明月宮中含笑俯視下界。皇宮裡嬪妃們多誇耀自己的美色邀寵，可是轉瞬間就會紅顏凋落而失寵。

【研析】此詩以常娥飛月笑坐與皇宮妃嬪誇美色作對比。謂常娥竊藥而長駐如雲黑髮，不是為美容而是為煉仙骨，她飛奔月宮笑坐不返而永存。而皇宮妃嬪誇美色爭寵，只會很快凋落紅顏而失寵死亡。蕭士贇曰：「此篇遊仙體也。末句諷以色事人、色衰愛弛者。」明人批點曰：「有古淡味。」

其四

宋玉事楚王❶，立身本高潔。巫山賦綵雲❷，郢路歌〈白雪〉。舉國莫能和，〈巴人〉皆卷舌❸。一惑登徒言❹，恩情遂中絕❺。

【注釋】❶宋玉句　宋玉，戰國時楚國人。事頃襄王，為屈原後著名辭賦家。《史記・屈原賈生列傳》謂其與唐勒、景差「皆好辭而以賦見稱，然皆祖屈原之從容辭令，終莫敢直諫」。《漢書・藝文志》著錄其賦十六篇，頗多亡佚。❷巫山句　指宋玉作〈高唐賦〉：「昔者先王嘗遊高唐，怠而晝寢。夢見一婦人，曰：『妾巫山之女也，為高唐之客。聞君遊高唐，願薦枕席。』王因幸之。去而辭曰：『妾在巫山之陽，高丘之岨。旦為朝雲，暮為行雨，朝朝暮暮，陽臺之下。』」❸郢路三句　指宋玉〈對楚王問〉：「客有歌於郢中者，其始曰〈下里〉、〈巴人〉，國中屬而和者數千人；其為〈陽阿〉、〈薤露〉，國中屬而和者數百人；其為〈陽春〉、〈白雪〉，國中屬而和者不過數十人。引商刻羽，雜以流徵，國中屬而和者不過數人而已。是其曲彌高，其和彌寡。」卷舌，不開口；閉口不言。《文選》卷四五揚雄〈解嘲〉：「是以欲談者卷舌而同聲。」李善注：「言不敢奇異也。故欲談者卷舌而不言。」❹一惑句　惑，蕭本、郭本、胡本、咸本、《全唐詩》皆作「感」。登徒言，《文選》卷一九宋玉〈登徒子好色賦〉：「大夫登徒子侍於楚襄王，短宋玉曰：『玉為人體貌閑麗，口多微辭，又性好色，願王勿與出入後宮。』王以登徒子之言問宋玉，玉曰：『體貌閑麗，所受於天也。口多微辭，所學於師也。至於好色，臣無有也。』王曰：『子不好色，亦有說乎？有說則止，無說則退。』玉曰：『天下之佳人，莫若楚國，楚國之麗者，莫若臣里，臣里之美者，莫若臣東家之子，……然此女登牆闚臣三年，至今未許也。』」❺恩情句　古樂府〈怨歌行〉：「棄捐篋笥中，恩情中道絕。」此處用其意。

【語　譯】宋玉侍奉楚襄王，立身本來是高潔的。他在〈高唐賦〉中描寫巫山神女朝雲，又說楚都歌唱高雅的〈陽春〉、〈白雪〉，全國無人能唱和，只會唱〈巴人〉的人都只能捲舌不語。一旦被登徒子的讒言所迷惑，楚王對他的恩寵遂中道斷絕。

【研　析】此首借宋玉之事以寄慨。謂宋玉事楚王，立身本自高潔。襄王令作〈高唐賦〉，賦巫山朝雲之事。在〈對楚王問〉中又寫楚人歌高雅的〈白雪〉曲時，全國沒有人能唱和，至於習慣唱〈巴人〉俗曲者都只能卷舌不語。可是一旦被登徒子讒毀宋玉好色，宋玉雖作〈好色賦〉以自辯，然君王的恩寵從此就斷絕了。蕭士贇曰：「此篇太白特借宋玉事以申己之意耳。」按：宋玉作〈登徒子好色賦〉，楚王稱善，未有「恩情遂中絕」之事。此處只是借指自己被讒後君王見疏。明人批點曰：「結寄慨何窮！」

寫　懷

翰林讀書言懷呈集賢院內諸學士　長安❶

晨趨紫禁❷中，夕待金門❸詔。觀書散遺帙，探古窮至妙❹。片言苟會心，掩卷忽而笑❺。青蠅易相點❻，〈白雪〉難同調❼。本是疏散人，屢貽褊促誚❽。雲天屬清朗❾，林壑憶遊眺。或時清風來，閑倚欄下嘯❿。嚴光桐廬溪，謝客臨海嶠⓫。功成謝人君⓬，從此一投釣⓭。

【注釋】❶翰林題　翰林，指翰林院。玄宗開元初，置翰林院，設翰林供奉。至二十六年，「始別建學士院於翰林院之南」（李肇《翰林志》），「由是遂建學士，俾專內命」（韋執誼《翰林院故事》）。同時在翰林院中仍有供奉，「其外有韓翃（浤）、閻伯璵、孟匡朝、陳兼、蔣鎮、李白等，在舊翰林中，但假其名，而無所職」（同上）。所謂「外」，即學士院之外。說明李白只是翰林供奉，從未進學士院為學士。集賢，指集賢院。《新唐書・百官志二》：「（開元）十三年，改麗正脩書院為集賢殿書院，五品以上為學士，六品以下為直學士，宰相一人為學士和院事，常侍一人為副知院事。……玄宗嘗選耆儒，日一人侍讀，以質史籍疑義，至是，置集賢院侍講學士、侍讀直學士。」時李白正供奉翰林，集賢院亦在宮禁中，故與集賢院學士往來甚密。按：蕭本、郭本、王本、《全唐詩》題中皆無「院內」二字。咸本「賢」下多「及」字。宋本題下有「長安」二字注，乃宋人編集時所加。❷紫禁　古人以紫微星垣喻皇帝居處，因稱皇宮為「紫禁宮」。《文選》卷五七謝莊〈宋孝武宣貴妃誄〉：「收華紫禁。」呂延濟注：「紫禁，即紫宮，天子所居也。」❸金門　即金馬門，《漢書・東方朔傳》：「因使待詔金馬，稍得親近。」此借指唐代翰林院。❹觀書二句　二句意謂公餘博覽群書，深入鑽研其中奧妙。遺袟，前代之書。遺，咸本作「道」。袟，「帙」的異體字。蕭本、郭本、繆本、王本、咸本、《全唐詩》皆作「帙」。用布帛製成的書套，亦可作書籍的代稱。王琦注：「散帙者，解散其書外所裹之帙而翻閱之也。」《文選》卷二五謝靈運〈酬從弟惠連〉詩：「散帙問所知。」李善注引《說文》曰：「帙，書衣也。」❺片言二句　片言，猶一言半語。《論語・顏淵》：「片言可以折獄者，其由（子路）也與？」會心，領悟。《世說新語・言語》：「簡文入華林園，顧謂左右曰：『會心處不必在遠，翳然林水，便自有濠、濮間想也。』」忽而，《文苑英華》作「而忽」。❻青蠅句　陳子昂〈宴胡楚真禁所〉詩：「青蠅一相點，白璧遂成冤。」意謂蒼蠅遺糞於白玉，致成汙點；此喻讒言使正人蒙冤。《詩經・小雅・青蠅》：「營營青蠅，止於樊。豈第君子，無信讒言。」點，點汙。❼白雪句　白雪，古樂曲名。宋玉〈對楚王問〉：「客有歌於郢中者，其始曰〈下里〉、〈巴人〉，國中屬而和者數千人；……其為〈陽春〉、〈白雪〉，國中屬而和者不過數十人。……是其曲彌高，其和彌寡。」同調，曲調相同。此句謂因己所持甚高而知音難得。❽本是二句　謂自己本是閒散之人，經常遭到小人狹隘的譏諷。疏散，閒散；不受拘束。屢貽，多次招致。貽，招致。褊促，狹隘。誚，譏嘲。❾雲天句　謂正值天氣晴朗。比喻朝廷清明。屬，適值；正當。❿欄下嘯　宋本在「欄」字下夾注：「一作：簷」。胡本亦作「簷」。《文苑英華》作「門」。嘯，撮口發出長而清越的聲音。⓫嚴光二句　表明對嚴光、謝靈運等古人清閒生活的嚮往。嚴光，東漢初會稽餘姚（今屬浙江）人，字子陵，曾與光武帝劉秀同學。劉秀即位後，改名隱居。後被召至京師洛陽，任為諫議大夫，不受，歸隱富春山。《後漢書》有傳。桐廬溪，指今浙江桐廬富春江上游，今江邊有嚴陵瀨和嚴子陵釣臺，即嚴光遊釣遺跡。謝客，南朝宋代詩人謝靈運，小字客兒，時人稱為謝客。臨海嶠，謝靈運有〈登臨海嶠初發彊中作〉詩。臨海，郡名，今浙江臨海。嶠，尖而高的山。⓬謝人君　謝，辭別。人君，指朝廷。宋本在「君」字下夾注：「一作：間」。蕭本、郭本、胡本、王本、《文苑英華》、《全唐詩》皆作「間」。⓭一投釣　一，《英華》作「亦」。投釣，指過隱居生活。

【語　譯】清晨趕往紫宮中，傍晚還在金馬門待詔。打開書套翻看前人的書籍，探討古賢的論述窮盡奧妙。只要一言半語能領悟前人心意，就不禁掩卷而笑。蒼蠅最容易點汙白玉，〈陽春〉、〈白雪〉的高雅之曲卻難以找到同調。我本是疏閒散漫之人，卻多次遭到氣量狹隘的嘲笑。

天高雲淡正值秋空晴朗，不禁回憶起昔日在林壑間的遊眺。有時吹來陣陣清風，我閒倚著欄杆放聲長嘯。我想學嚴光在桐廬溪畔垂釣，學謝靈運遍遊江南山水。功成以後就要辭別朝廷，從此就在江海投釣過隱居生活。

【研　析】此篇當為天寶二年（西元七四三年）秋後在翰林供奉時作。時已遭讒，詩中充滿憤懣之情。首二句點題：每天早晨趕到翰林院，一直到晚上都在等待皇帝的詔令。表面上寫工作時間之長，暗中卻以東方朔自況：「待詔金馬門，稍得親近」，實際上皇帝以弄臣待之。接著四句寫在翰林院遍覽群書，探究妙理，偶有心得，掩卷歡笑。這讀書的快感實際上反襯出政治上失意的無聊和煩悶。再四句便寫遭讒。以蒼蠅比喻向皇帝進讒言的小人，以〈白雪〉比喻自己高尚的品格。充分表現出對佞幸小人的蔑視。「雲天」四句即景抒情，回憶過去隱居山林時逍遙自在的生活，清風徐來，倚欄長嘯。表現出對歸隱的嚮往。末四句即題中的「言懷」，明說自己想學嚴光的隱居和謝靈運的性愛山水，只要完成功業，就要辭別世俗人間，歸隱投釣。全詩屬賦體直敘，語言平實，卻不乏比興。句多對仗，卻自然流暢。是詩人豪放以外的又一種風格。蕭士贇曰：「此太白寫心之作。」明人批點曰：「輕妙。」「此是得意時作，悠然自肆。雖有青蠅貽誚等語，若不在心上。」

尋陽紫極宮感秋作❶

何處聞秋聲？翛翛❷北窗竹。迴薄❸萬古心，攬之不盈掬❹。靜坐觀眾妙❺，浩然媚幽獨❻。白雲南山來，就我簷下宿❼。

嬾從唐生決❽，羞訪季主卜❾。四十九年非❿，一往不可復。野情轉蕭散，世道有翻覆。陶令歸去來，田家酒應熟⓫。

【注釋】❶尋陽題　尋陽紫極宮，《舊唐書・玄宗紀》：「（開元）二十九年春正月丁丑，制兩京諸州各置玄元皇帝廟。」天寶二年三月，「改西京玄元廟為太清宮，東京為太微宮，天下諸郡為紫極宮。」《文苑英華》題中「尋」作「潯」，無「作」字。按：潯陽，郡名，即江州。天寶元年改為潯陽郡，乾元元年復改為江州。尋陽紫極宮，即江州紫極宮。《方輿勝覽》卷二二江州：「紫極宮去州二里，即今天慶觀。」❷翛翛　猶蕭蕭，象聲詞。風聲。魏甄皇后〈塘上行〉：「邊地多悲風，樹木何翛翛！」謝朓〈冬日晚郡事隙〉詩：「颯颯滿池荷，翛翛蔭窗竹。」❸迴薄　循環變化。《文選》卷一三賈誼〈鵩鳥賦〉：「萬物迴薄兮，振盪相轉。」李善注：「斯則萬物變化，烏有常則乎。《鶡冠子》曰：『……精神迴薄，振盪相轉。』」❹攬之句　此句謂秋聲無形而不可攬。盈掬，滿捧。雙手捧取曰掬。掬，亦作「匊」。《詩經・唐風・椒聊》：「椒聊之實，蕃衍盈匊。」毛傳：「兩手曰匊。」❺眾妙　一切深奧玄妙的道理。《老子》：「玄之又玄，眾妙之門。」❻浩然句　浩然，正氣豪邁貌。陶潛〈扇上畫贊〉：「至於於陵，養氣浩然。」媚，喜愛。《詩經・大雅・下武》：「媚茲一人。」鄭玄箋：「媚，愛。」幽獨，靜寂孤獨。屈原〈九章・涉江〉：「哀吾生之無樂兮，幽獨處乎山中。」謝靈運〈晚出西射堂〉詩：「幽獨賴鳴琴。」❼白雲二句　陶潛〈擬古詩九首〉其五：「白雲宿簷端。」就我，胡本作「我就」。❽嬾從句　嬾，「懶」的異體字。唐生，指戰國時善相術的唐舉。《史記・范雎蔡澤列傳》：「蔡澤者，燕人也。游學干諸侯小大甚眾，不遇。而從唐舉相，……

曰：『若臣者何如？』唐舉孰視而笑曰：『先生曷鼻，巨肩，魋顏，蹙齃，膝攣。吾聞聖人不相，殆先生乎？』蔡澤知唐舉戲之，乃曰：『富貴吾所自有，吾所不知者壽也，願聞之。』唐舉曰：『先生之壽，從今以往者四十三歲。』蔡澤笑謝而去，謂其御者曰：『吾持粱刺齒肥，躍馬疾驅，懷黃金之印，結紫綬於要，揖讓人主之前，食肉富貴，四十三年足矣。』」張衡〈歸田賦〉：「感蔡子之慷慨，從唐生以決疑。」❾季主卜　《史記・日者列傳》：「司馬季主者，楚人也。卜於長安東市。宋忠為中大夫，賈誼為博士，同日俱出洗沐，……二人即同輿而之市，游於卜肆中。……二大夫再拜謁，……司馬季主……語數千言，莫不順理。」張協〈雜詩十首〉其四：「歲暮懷百憂，將從季主卜。」❿四十句　《淮南子・原道訓》：「故蘧伯玉年五十，而有四十九年非。」高誘注：「伯玉，衛大夫蘧瑗也。今年所行是也，則還顧知去年之所行非也。歲歲悔之，以至於死，故有四十九年非。所謂月悔朔、日悔昨也。」⓫陶令二句　東晉詩人陶潛曾為彭澤縣令，後賦〈歸去來辭〉棄官歸耕。見《宋書・陶潛傳》。偽署陶潛〈問來使詩〉：「歸去來山中，山中酒應熟。」《西清詩話》已辨其偽。

【語　譯】聽到的秋聲從何處來？是風吹北窗的修竹發出的蕭蕭聲。宇宙循環變化萬古不息，我心欲攬之卻不可用手捧住。靜坐觀察一切深奧玄妙的道理，浩然廣大我喜愛寂靜孤獨。白雲從南山飄來，就在我的屋簷下停宿。

我懶得找唐舉那樣的人去相面問命，也羞於尋訪司馬季主那樣的人去問卜。我年已半百知道以往四十九年的錯誤，過去的事一去不可復返。不羈的野情更轉向疏放閒散，無奈世道反覆無常。當年陶潛棄縣令而賦〈歸去來辭〉歸隱，現在農家的新酒應該已經釀熟。

【研　析】詩中有「四十九年非」句，故時賢或謂李白五十歲時所作，即作於天寶九載（西元七五〇年）。然此句只是用蘧伯玉之典，未必即詩人自謂五十歲。因天寶九載秋詩人在石門山與元丹丘相會，不在潯陽。故此詩作年仍須待考。前段寫景，謂秋聲來自紫極宮北窗下竹林中，振盪萬古之心卻不可攬捧。靜觀奧妙，浩然幽獨。白雲來自南山，宿我簷下，似吾心與白雲相契。後段用唐舉、季主、蘧伯玉、陶潛四個典故，自嘆平生不幸遭遇。謂我落魄至此，雖唐舉善相術，已懶於請決疑，司馬季主善卜，自己亦羞於問卜。我如蘧伯玉自知以往四十九年之非，只是往事一去不可復返。如今粗野之情更轉向自由閒散，不管世道之反覆無常。

當如陶潛賦〈歸去來辭〉返歸田園，秋日農家之酒已熟，正可取醉忘憂。嚴羽評點「迴薄」二句曰：「上句得雄渾之氣，遂無說理之病。」評「浩然」句曰：「『媚』字加『幽獨』，妙。看『浩然』字，又妙。」《唐詩品彙》卷六引劉辰翁曰：「其自然不可及矣。東坡和此有餘，終涉擬議。」明人批點曰：「大概飄逸，起四句尤醒快。」「『迴薄』六句，上下千古，俯視宇宙，有天空海闊之妙，鳶飛魚躍之趣。」

江上秋懷❶

餐霞❷臥舊壑，散髮❸謝遠遊。山蟬號枯桑，始復知天秋❹。朔雁別海裔❺，
越燕❻辭江樓。颯颯❼風卷沙，茫茫霧縈❽洲。黃雲❾結暮色，白水❿揚寒流。
惻愴⓫心自悲，潺湲⓬淚難收。蘅蘭⓭方蕭瑟，長歎令人愁。

【注釋】❶江上秋懷　敦煌《唐人選唐詩》題作〈江上之山藏秋作〉。❷餐霞　王琦注：「餐霞，吞食霞氣，仙家修煉之法。」顏延之〈五君詠・嵇中散〉：「中散不偶世，本自餐霞人。」❸散髮　王琦注：「散髮，不冠而髮披亂也。」常用以喻指隱居逍遙。《後漢書・袁閎傳》：「閎遂散髮絕世，欲投跡深林。」❹山蟬二句　謂山中之蟬於枯萎的桑葉上哀號，知道秋天又已開始到來。《文選》卷二七樂府古辭〈飲馬長城窟行〉：「枯桑知天風。」二句用其意。❺朔雁句　朔雁，北方的雁。雁，敦煌《唐人選唐詩》作「鴻」。謝靈運〈征賦〉：「悼朔雁之越。」海裔，海邊。《淮南子・原道訓》：「遊於江潯海裔。」高誘注：「裔，邊也。」❻越燕　王琦注：「越燕，今之紫燕。」《吳越春秋・闔閭內傳》：「胡馬望北風而立，越燕向日而熙。誰不愛其所近，悲其所思者乎！」❼颯颯　象聲詞。風聲。屈原〈九歌・山鬼〉：「風颯颯兮木蕭蕭。」❽縈　圍繞；籠罩。❾黃雲　黃色的暮雲。江淹〈雜體詩三十首・古離別〉：「黃雲蔽千里。」❿白水　清澈的江水。潘岳〈在懷縣作二首〉其二：「白水過庭激。」⓫惻愴句　惻愴，哀傷。《三國志・魏書・高貴鄉公髦傳》：「志意懇切，發言惻愴，故聽如所

奏。」按：敦煌《唐人選唐詩》「惻愴」作「感激」，「悲」作「傷」。⑫潺湲　流淚貌。屈原〈九歌・湘夫人〉：「橫流涕兮潺湲。」按：敦煌《唐人選唐詩》缺「湲」字。⑬蘅蘭　兩種香草名。常用以比喻君子。蘅，即杜蘅。亦作「杜衡」。屈原〈離騷〉：「畦留夷與揭車兮，雜杜衡與芳芷。」郭璞《爾雅注》卷八：「杜蘅似葵而香。」邢昺疏：「《本草》唐本注云：杜蘅葉似葵，形如馬蹄，故俗云馬蹄香。」

【語　譯】我吞食霞氣歸臥舊山谷，披散頭髮辭別朝廷而去遠遊。山上的蟬在枯桑上啼號，始知又到了秋天。北方的大雁離別海邊，南方越地的紫燕辭別江樓。秋風蕭蕭卷起沙塵，大霧茫茫籠罩著江洲。天上的黃色浮雲結成了暮色，江中的清水揚起寒冷的激流。

我心中哀傷而自悲，淚流滾滾難以收住。杜蘅和蘭芷等香草正在凋零，只能令人長嘆和憂愁。

【研　析】此詩作年不詳。據詩意，詩中寫「舊壑」，即「舊山」，題當以敦煌《唐人選唐詩》，「江上」之下應有「之山」二字。首二句表明是詩人重返山林。前段寫的是一幅江上之山的秋景圖：蟬鳴枯桑，北雁別海，越燕辭樓；風沙蕭蕭，洲霧茫茫；黃雲暮色，白水寒流。從這幅秋景圖中透露出詩人感懷甚多。後段寫詩人心中的「感激」：由於蘅蘭芳草正凋零，即君子流落不遇，詩人悲傷而淚難收，令人長嘆而憂愁。

秋夕書懷　一作〈秋日南遊書懷〉❶

北風吹海雁，南度❷落寒聲。感此瀟湘客，悽其流浪情❸。海懷結滄洲❹，霞想遙赤城❺。始探蓬壺事❻，旋覺天地輕。

澹然吟❼高秋，閑臥瞻太清❽。蘿月掩❾空幕，松霜皓❿前楹。滅見息群動⓫，獵微窮至精⓬。桃花有源水⓭，可以保吾生。

【注　釋】❶秋夕書懷題　宋本、蕭本、郭本、繆本、王本題下校：「一作：〈秋日南遊書懷〉」，乃宋人編集時所加。❷度　蕭本、郭本、王本作「渡」。二字通假。❸悽其句　悽，蕭本、郭本、胡本、《全唐詩》作「淒」。異體字。咸本校：「一作：慎。」其，猶然。詞尾。悽其，即悽然。流浪，猶飄泊。謂流轉各地，行蹤無定。陶潛〈祭從弟敬遠文〉：「流浪無成，懼負素志。」❹海懷句　宋本、蕭本、郭本、王本校：「一作：遠心飛蒼梧」。滄洲，濱水之地。古時常用以稱隱士居處。謝脁〈之宣城出新林浦向板橋〉詩：「既歡懷祿情，復協滄洲趣。」❺霞想句　宋本在「霞」字下夾注：「一作：遐」。又在「遙」字下夾注：「一作：遊」。蕭本、郭本、王本、《全唐詩》皆作「遊」。赤城，山名。在今浙江天台東北。見卷一二〈夢遊天姥吟留別〉注。❻始探句　宋本在此句下夾注：「一作：始採蓬壺術」。蓬壺事，指神仙之事。蓬壺，即蓬萊山。神話中的海中仙山。《拾遺記・高辛》：「三壺則海中三山也。一曰方壺，則方丈也；二曰蓬壺，則蓬萊也；三曰瀛壺，則瀛洲也。形如壺器。」事，蕭本、郭本、胡本、咸本校：「一作：術」。❼澹然吟　澹然，恬淡貌。《韓非子・大體》：「澹然閑靜，因天命，持大體。」宋本在「吟」字下夾注：「一作：思」。❽太清　天空。《楚辭・九歎・遠遊》：「譬若王僑之乘雲兮，載赤霄而淩太清。」王逸注：「上淩太清，遊天庭也。」❾蘿月掩　蘿月，藤蘿間的明月。沈佺期〈入少密溪〉詩：「夕臥深山蘿月春。」宋本在「掩」字下夾注：「一作：隱」。❿松霜皓　宋本在「霜皓」下夾注：「一作：雲散」。蕭本、郭本、王本、《全唐詩》「皓」字作「結」。⓫滅見句　滅見，謂日沒而看不見。息群動，各種動物都休息。陶潛〈飲酒〉詩其七：「日入群動息。」此句用其意。⓬獵微句　探求窮盡幽深精妙的道理。《易經・繫辭上》：「《易》有聖人之道四焉……無有遠近幽深，遂知來物，非天下之至精，其孰能與於此？」⓭桃花句　用陶淵明〈桃花源記〉故事。

【語　譯】北風吹來海雁帶著寒聲飛落到南方。我是流落瀟湘之客，聽到此聲深感淒然飄泊之情。海懷結於滄洲，遐想遊於赤城。開始探尋蓬萊仙境之事，轉瞬之間覺得天地雖大反而為輕。

恬淡幽靜我吟詠於高秋，舒適閒臥仰看天空。藤蘿間的月光掩映空幕，松林中的飛霜使廳前楹柱潔白。天黑光滅萬物都已歇息，我探求至理窮盡精妙。桃花源有永不停留的流水，在那裡隱居可以保全我的人生。

【研　析】詩中有「感此瀟湘客」句，當作於肅宗乾元二年（西元七五九年）重遊瀟湘之時。詩中前段以北雁南飛瀟湘而引起淒然飄泊之感，從而有海懷滄洲、霞想赤城，探蓬萊仙山而覺天地輕之隱逸遊仙之念。後段描寫隱居之環境：秋高氣爽而恬然吟詠，閒臥山中瞻仰天空。藤蘿月光掩映空幕，松霜皓潔微照前楹。日沒而萬物皆息，探深而窮盡至精之理。桃花源流水無窮，可以保我長生。嚴羽評點「滅見」二句曰：「奧妙似杜，如此等句，集中不多得。」王夫之《唐詩評選》卷二曰：「杜贈李詩云：『李侯有佳句，往往似陰鏗。』正謂此等。宋人不知，橫生異同，陰鏗豈易似耶！」《唐宋詩醇》卷八曰：「亦所謂工於發端者。『滅見息群動』二語，頗有見地。」

避地司空原言懷 舒州❶

南風昔不競❷，豪聖思經綸❸。劉琨與祖逖，起舞雞鳴晨。雖有匡濟心，終為樂禍人❹。我則異於是❺，潛光皖水濱❻。卜築司空原❼，北將天柱鄰❽。雪霽萬里月，雲開九江❾春。俟乎太階❿平，然後託微身。傾家事金鼎⓫，年貌可長新⓬。所願得此道，終然保清真⓭。弄景奔日馭，攀星戲河津⓮。一隨王喬⓯去，常年玉天⓰賓。

【注釋】❶避地題　司空原，山名。在今安徽岳西西南、太湖縣東北。《太平寰宇記》卷一二五淮南道舒州太湖縣：「司空山在縣東北一百三十里。」宋本題下有「舒州」二字注，當是宋人編集時所加。❷南風句　《左傳》襄公十八年：「晉人聞有楚師，師曠曰：『不害，吾驟歌北風，又歌南風，南風不競，多死聲，楚必無功。』」杜預注：「歌者吹律以詠八風，南風音微，故曰不競也。」按：南風，指南方的音樂。不競，指樂聲低沉。師曠能從樂聲中臆測出南師不振，無戰鬥力。後用以比喻競爭中的一方力量不強。此處比喻晉朝時五胡亂華。❸經綸　整理絲縷。比喻處理國家大事。《禮記・中庸》：「惟天下至誠為能經綸天下之大經。」❹劉琨四句　《晉書・祖逖傳》：「與司空劉琨俱為司州主簿，情好綢繆，共被同寢。中夜聞荒雞鳴，蹴琨覺，曰：『此非惡聲也。』因起舞。逖、琨並有英氣，每語世事，或中宵起坐，相謂曰：『若四海鼎沸，豪傑並起，吾與足下當相避于中原耳。』……史臣曰：劉琨弱齡，本無異操，……祖逖散穀周貧，聞雞暗舞，思中原之燎火，幸天步之多艱，原其素懷，抑為貪亂者矣。」王琦曰：「太白樂禍之論，蓋本於此。」匡濟，「匡時濟世」的略稱。謂挽救艱難局勢，使之轉危為安。《三國志・魏書・趙儼傳》：「曹鎮東應期命世，必能匡濟華夏。」樂禍，以禍患為可樂。《左傳》莊公二十年：「今王子猷歌舞不倦，樂禍也。」按：據《晉書・劉琨傳》，劉琨乃被「欺國陵家，懷邪樂禍」的段匹磾所殺，或謂此處李白用作反語，暗指劉琨盡心救國，終不免被視為樂禍之人而遭殺害。❺我則句　用《論語・微子》成句「我則異於是」。是，此，指劉琨、祖逖。❻潛光句　潛光，隱藏光彩。指隱居。《晉書・郭璞傳》：「先生潛光九皋，懷真獨遠。」皖水，《元和郡縣志》闕卷逸文卷二淮南道舒州懷寧縣：「皖水，西北自霍山縣流入，經懷寧縣北二里，又東南流二百四十里入大江，謂之皖口。」按：唐懷寧縣即今安徽潛山。皖口在今安徽安慶。❼卜築句　卜築，擇地築屋。司空原，原，宋本作「源」，據蕭本、郭本、繆本、王本、咸本、《全唐詩》改。❽北將句　將，與。天柱，山名。又名霍山，在今安徽岳西西北，霍山縣西南。西漢元封五年，武帝南巡，登此山，號為南嶽。《史記・孝武本紀》：「上巡南郡，至江陵而東，登禮潛之天柱山，號曰南嶽。」裴駰《集解》引應劭曰：「潛縣屬廬江，南嶽霍山也。」❾九江　舊郡名。即唐代江州。《元和郡縣志》卷二八江南道江州：「(隋)大業三年，罷江州為九江郡。(唐)武德四年，……復置江州。」今江西九江。❿太階　胡本、《全唐詩》作「泰階」。同。古星名，即三台。《漢書・東方朔傳》：「願陳《泰階六符》，以觀天變，不可不省。」顏師古注：「孟康曰：『泰階，三台也。每台二星，凡六星。符，六星之符驗也。』應劭曰：『《黃帝泰階六符經》曰：泰階者，天之三階也。上階為天子，中階為諸侯公卿大夫，下階為士庶人。上階上星為男主，下星為女主；中階上星為諸侯三公，下星為卿大夫；下階上星元士，下星為庶人。三階平則陰陽和，風雨時，社稷神祇咸獲其宜，天下大安，是為太平。』」王粲〈荊州文學記・官志〉：「官不失守，民聽無悖，然後三階平焉。」⓫金鼎　鍊丹之器。《文選》卷一六江淹〈別賦〉：「鍊金鼎而方堅。」李善注：「鍊金為丹之器也。」⓬年貌句　貌，宋本作「皃」，「貌」的本字；可，宋本作「何」，據蕭本、郭本、胡本、王本、《全唐詩》改。年貌，年齡容貌。《列子・力命》：「北宮子言世族、年貌、言行與予並，而賤貴、貧富與予異。」鮑照〈代君子有所思〉：「年貌不可返。」長新，長期青春煥發。⓭清真　純真樸素。《世說新語・賞譽》：「清真寡欲，萬物不能移也。」⓮弄景二句　謂得道昇天後可御日弄影，在銀河渡口戲攀星辰。景，同「影」。弄影，謂人和物的活動使影子也隨著搖曳晃動。鮑照〈舞鶴賦〉：「疊霜毛而弄影。」日馭，太陽。日形如輪，周行不息，故稱。盧思道〈從駕經大慈照寺〉詩：「日馭非難假，雲師本易憑。」又，馭，通「御」。日御，古代神話中為太陽駕車的神，名羲和。《楚辭．離騷》：「吾令羲和弭節兮。」王逸注：「羲和，日御也。」河津，天河的津渡。⓯王喬　王琦注：「王喬有三：一是上古之仙人，或稱王子喬，或稱王喬，《楚辭》中累引之；……一是周靈王之太子晉，亦稱王子喬；……一是後漢時河東人，為葉縣令者。」按：此處似指周靈王之太子晉。李白詩中屢用之。《楚辭．天問》中的仙人作「王子喬」，與周靈王太子晉異，後人用典多有相混者。《後漢書．王喬傳》李賢注又引《列仙傳》以後漢之王喬為即周靈王太子晉。⓰玉天　玉，宋本作「王」，據蕭本、郭本、胡本、繆本、王本、《全唐詩》改。玉天，道教所稱「三清」之一，即玉清天。王琦注：「玉天，道家所謂玉清境之天，天寶君所治，即清微天也。王績詩：『三山銀作地，八洞玉為天。』」

【語　譯】以往晉朝南風不競，豪傑聖賢都想治理好天下。劉琨和祖逖，在凌晨聞雞起舞。雖說有匡世濟時之心，終不免被人視為以禍為樂之人。

我就與他們不同，隱匿光彩於皖水邊。在司空原擇地築屋，與北面的天柱山為鄰。雪晴後皓月照亮萬里，浮雲散開更可遠見九江之春。

等待到天下太平，然後方可寄託我微弱之身。傾盡家產從事煉丹服藥，年齡容貌可保長期青春。我所希望的就是能夠得到此道，始終保持其清真樸素。奔向日邊去弄影，在天河的津渡邊攀戲星辰，一旦隨著王子喬成仙而去，就可常年成為玉清天的嘉賓。

【研　析】此詩當是至德二載（西元七五七年）冬離開宋若思幕後隱居舒州司空原時所作。大約作此詩後不久，便被朝廷判流夜郎。首段以晉室中微、五胡亂華喻安祿山之亂，豪傑聖賢都想治理天下。當年劉琨與祖逖聞雞鳴起舞，雖有匡世濟時之心，然終不免被譏為樂禍之人。次段謂自己與劉琨、祖逖輩不同，時不可為即隱於皖水邊，在司空原擇地築屋，北與天柱山為鄰。在此隱居，雪晴則見萬里之月，雲開可見九江之春，何等舒暢！末段謂等待天下清明之時，然後託身仙隱，傾盡家產以煉丹服藥，使容顏長保青春，所願得此道而保清真，奔日弄影，天河攀星，隨王子喬昇仙，常作玉清天之賓。蓋遇亂則欲全身以避禍，治則欲修道以長生，視功名與富貴俱為外物，詩人之所懷者如此而已。嚴羽評點「雖有匡濟心，終為樂禍人」二句曰：「勘功名之士入微。」

南奔書懷

一作〈自丹陽南奔道中作〉❶

遙夜何漫漫，空歌白石爛。甯戚未匡齊❷，陳平終佐漢❸。欃槍掃河洛，直割鴻溝半❹。曆數方未遷，雲雷屢多難❺。

天人秉旄鉞❻，虎竹光藩翰❼。侍筆黃金臺，傳觴青玉案❽。不因秋風起，自有思歸歎❾。主將動讒疑，王師忽離叛❿。自來白沙上，鼓噪丹陽岸⓫。賓御如浮雲，從風各消散⓬。

舟中指可掬，城上骸爭爨⓭。草草出近關，行行昧前筭⓮。南奔劇星火，北寇無涯畔⓯。顧乏七寶鞭，留連道邊翫⓰。太白夜食昴，長虹日中貫⓱。秦趙興天兵，茫茫九州亂⓲。感遇明主恩，頗高祖逖言。過江誓流水，志在清中原⓳。拔劍擊前柱⓴，悲歌難重論。

【注釋】❶南奔題　宋本題下校「一作〈自丹陽南奔道中作〉」，乃宋人編集時所加。丹陽，郡名，即潤州，天寶元年改為丹陽郡，乾元元年復改為潤州。治所在今江蘇鎮江市。南奔，至德二載二月，在江東節度使韋陟、淮西節度使來瑱、淮南節度使高適等討伐下，永王李璘的軍隊在鎮江潰散，李白自丹陽郡京口（今鎮江市）南奔至彭澤被捕，詩作於南奔途中。❷遙夜三句　首三句以甯戚自況，哀嘆一生坎坷，不被重用。遙夜，長夜。漫漫，無涯際貌，形容時間久長。甯戚，春秋時人，齊桓公客卿。見卷六〈秋浦歌〉其七注。匡，輔助。《楚辭・離騷》：「甯戚之謳歌兮，齊桓聞以該輔。」王逸注：「甯戚，衛人。該，備也。甯戚修德不用，退而商賈，宿齊東門外。桓公夜出，甯戚方飯牛，叩角而商歌。桓公聞之，知其賢，舉用為客卿，備輔佐也。」按：《淮南子・道應訓》：「甯越（戚）欲干齊桓公，困窮無以自達，於是為商旅將任車，以商於齊。暮宿於郭門之外，……飯牛車下，望見桓公而悲，擊牛角而疾商歌。桓公聞之，撫其僕之手曰：『異哉！歌者非常人也。』命後車載之。」又按：洪興祖《楚辭補注》引《三齊記》載甯戚歌曰：「南山矸，白石爛，生不逢堯與舜禪，短布單衣適至骭，從昏飯牛薄夜半，長夜漫漫何時旦？」宋本在「何漫漫」三字下夾注：「一作：何時旦」。❸陳平句　《史記・陳丞相世家》載陳平對漢王劉邦云：「臣事魏王，魏王不能用臣說，故去事項王。項王不能信人，其所任愛，非諸項即妻之昆弟，雖有奇士不能用，平乃去楚。聞漢王之能用人，故歸大王。」此李白以陳平自比，表示願為國盡力。❹欃槍二句　謂安祿山叛軍佔領黃河洛水流域，簡直就像當年楚漢之爭那樣割去了一半天下。欃槍，彗星的別稱。古代認為彗星主妖，其現即有兵亂。《文選》卷三張衡〈東京賦〉：「欃槍旬始，群凶靡餘。」李善注：「欃槍，星名也。謂王莽在位時如妖氣之在天。」此指安祿山之亂。鴻溝，秦末楚漢戰爭中項羽與劉邦約定中分天下之處。《史記・項羽本紀》：「漢王復使侯公往說項王，項王乃與漢約中分天下，割鴻溝以西者為漢，鴻溝而東者為楚。」詳見卷八〈贈王判官時余歸隱居廬山屏風疊〉詩注。❺曆數二句　謂唐朝帝王相繼的國運不會改變，只是國家因此多災多難。曆，宋本作「歷」，據王本改。《論語・堯曰》：「咨！爾舜，天之曆數在爾躬。」朱熹注：「曆數，帝王相繼之次第，猶歲時氣節之先後也。」雲雷，用《易經・屯卦》「象曰：雲雷屯」之義。意謂乾坤始交而遇險難。屯，難。宋本在「屢」字下夾注：「一作：起」。❻天人句　天人，神奇傑出的人。《三國志・魏書・曹仁傳》：「及見仁還，乃歎曰：『將軍真天人也！』」此處指永王李璘。旄，古時旗杆頭上用旄牛尾作裝飾，因用以代指旗。鉞，古代兵器，即大斧。《尚書・牧誓》：「左杖黃鉞，右秉白旄。」《三國志・蜀書・諸葛亮傳》：「秉旄鉞以厲三軍。」❼虎竹句　虎竹，即銅虎符、竹使符，古代朝廷徵調兵將的憑證，見卷四〈塞下曲〉其五注。光，動詞，照耀。藩翰，《詩經・大雅・板》：「价人維藩，大師維垣，大邦維屏，大宗維翰。」毛傳：「藩，屏也；翰，幹也。」後因以「藩翰」比喻捍衛王室的重臣。《三國志・蜀書・劉備傳》：「宗子藩翰，心存國家，念在弭亂。」此處指永王李璘受皇帝之命掌管一方軍權。按：天寶十五載七月，玄宗任命永王李璘為山南東道、嶺南、黔中、江南西道四道節度使，江陵大都督，出鎮江陵。以上二句即指此事。❽侍筆二句　敘在永王幕中受到優禮的待遇。黃金臺，見卷一〈古風〉其十四「燕昭延郭隗」注。青玉案，古代供進食時所用有青玉裝飾的短足木盤。❾不因二句　用西晉張翰典，見卷二〈行路難〉其三注。此謂當時自己也感到王室內部有矛盾，很想離軍歸去。❿主將二句　主將，指永王部下大將季廣琛等。《新唐書・李璘傳》：「……即引舟師東下，甲士五千趨廣陵，以渾惟明、季廣琛、高仙琦為將，然未敢顯言取江左也。會吳郡採訪使李希言平牒璘，璘因發怒……。乃使惟明襲希言，而令廣琛趨廣陵，攻採訪使李成式。……廣琛知事不集，謂諸將曰：『與公等從王，豈欲反邪？上皇播遷，道路不通，而諸子無賢於王者。如總江淮銳兵，長驅雍洛，大功可成。今乃不然，使吾等名絓叛逆，如後世何？』眾許諾，遂割臂盟。於是惟明奔江寧，馮季康奔白沙，廣琛以兵六千奔廣陵。」二句即指季廣琛等率眾離逃事。⓫自來二句　白沙，指白沙洲，在今江蘇儀徵長江邊上。鼓噪，擂鼓吶喊，指軍隊作戰時大張聲勢。丹陽，即丹陽郡，治所在今江蘇鎮江。宋本在「自來」句下夾注：「一作：兵羅滄海上」。⓬賓御二句　賓御，賓客侍從。鮑照〈詠史〉詩：「賓御紛颯沓。」此處指永王的幕僚。二句形容永王部下幕僚極多，各自望風逃散。⓭舟中二句　《左傳》宣公十二年：晉、楚交戰於邲，「(楚) 遂疾進師，車馳卒奔，乘晉軍。桓子不知所為，鼓於軍中曰：先濟者有賞，中軍、下軍爭舟，舟中之指可掬也。」又《左傳》宣公十五年：楚圍宋，宋人「易子而食，析骸以爨（炊）」。此用以形容永王李璘兵敗時的慘狀。⓮草草二句　草草，匆亂貌。近關，附近的城門。昧前筭，不知道未來的打算。筭，同「算」。《文選》卷二三謝惠連〈秋懷〉詩：「夷險難預謀，倚伏昧前筭。」張銑注：「昧，闇；筭，計也。」⓯南奔二句　劇星火，比星火更急迫。北寇，指北邊的追兵。無涯畔，無邊無際，形容敵軍勢盛。此二句及下二句，咸本校：「一本無此四句。」⓰顧乏二句　七寶鞭，用晉明帝典。《晉書・明帝紀》載：王敦將要謀反，明帝微服私探王敦營壘，被軍士疑心，王敦亦從夢中驚醒，派兵追趕，明帝把七寶鞭交給路邊賣食老婦，並用水澆馬糞。追兵來到，老婦謊說已逃遠，並以七寶鞭出示，追兵傳玩寶鞭稽留很久，又見馬糞已冷，相信已逃遠而不追。此反用其意，謂只是自己缺乏七寶鞭，不能讓追兵把玩留連道旁。或其時知永王已被殺，喻其未能逃逸。邊，蕭本、郭本、《全唐詩》作「傍」，王本作「旁」。⓱太白二句　太白，星名，即金星。傳說太白星主殺伐，故詩文中多用喻兵戎。昴，二十八宿之一，又稱「旄頭」或「髦頭」。太白食昴謂太白星運行中掩蔽昴宿；長虹貫日謂白色長虹穿日而過。古人認為人間有不平凡的事變，就會引起這種天象變化。《漢書・鄒陽傳》：「昔荊軻慕燕丹之義，白虹貫日，太子畏之。衛先生為秦畫長平之事，太白食昴，昭王疑之。」顏師古注：「應劭曰：燕太子丹質於秦，始皇遇之無禮，丹亡去，厚養荊軻，令西刺秦王，精誠感天，白虹為之貫日也。蘇林曰：白起為秦伐趙，破長平軍，欲遂滅趙，遣衛先生說昭王，益兵糧，為應侯所害，事用不成，其精誠上達於天，故太白為之食昴。昴，趙分（分野）也；將有兵，故太白食昴。食者，干歷之也。如淳曰：太白，天之將軍。」此即用其事，喻己效忠國家的精誠能上感天象。⑱秦趙二句　秦趙，《史記・趙世家》：「趙氏之先，與秦共祖。……其後世蜚廉有子二人，而命其一子曰惡來，事紂，為周所殺，其後為秦。惡來弟曰季勝，其後為趙。」說明秦、趙原是兄弟關係。此處喻指肅宗和永王是兄弟之間發生戰爭，使全國（九州）為之動亂。⑲感遇四句　祖逖，東晉初曾領兵北伐石勒。《晉書・祖逖傳》：「帝乃以逖為奮威將軍、豫州刺史……渡江中流，擊楫而誓曰：『祖逖不能清中原而復濟者，有如大江！』辭色壯烈，眾皆慨歎。」此謂己像祖逖一樣，是為了討平叛亂，收復中原，報答明主的知遇之恩，才參加永王幕府的。宋本在「遇」字下夾注：「一作：結」。⑳拔劍句　感情激憤的一種表示。鮑照〈擬行路難〉：「對案不能食，拔劍擊柱長歎息。」江淹〈恨賦〉：「拔劍擊柱，弔影慚魂。」

【語譯】長夜多麼漫長，徒然高歌「白石爛」。甯戚未做齊國輔佐大臣時只是個商販，陳平最終還是做了漢朝的宰相。如今彗星橫掃河、洛地區，簡直像楚漢戰爭時割鴻溝為界把天下分成兩半。可大唐國運沒有變遷，只是還要經歷多災多難。

永王受上皇之命執掌節鉞，憑藉兵符成為國家的屏衛重臣。我持筆起草文書如登黃金臺，美酒傳杯佳餚滿案。並非因為秋風已起，我卻自有思歸之嘆。主將之間互相猜疑，永王的水軍在周圍皇軍攻擊下忽然叛變離散。自從白沙洲上開戰，丹陽郡長江兩岸鼓譟喧天。賓客侍從如浮雲，各自聞風消散逃難。

舟上被砍斷的手指可捧，城上用人的屍骨燒飯。匆匆逃出附近的城關，一路奔走卻沒有未來打算。南奔形勢比星火更緊急，北兵勢大無邊無際。環顧沒有七寶鞭，可留在道邊讓追兵觀玩而阻延。太白星夜裡吞食昴宿，白天長虹又貫日。秦趙兄弟興兵相戰，茫茫天下大亂。我因感謝明主的知遇之恩，就想學當年祖逖評價很高的誓言。過江時對著流水發誓，志在掃清敵人恢復中原。我拔劍砍向前面的柱子，悲歌已難以再申論。

【研析】此詩作於至德二載（西元七五七年）二月永王李璘軍隊在今江蘇鎮江長江邊潰散，李白自鎮江南奔途中所作。首段八句以甯戚、陳平自況，思得見用於世，並寫當前形勢：安祿山之亂直掃河、洛，天下半為割據，然唐朝國運未變，只是多難而已。次段十二句描寫永王受命鎮藩南方，自己被聘入幕，雖蒙禮遇，早有思歸之嘆。肅宗派兵討伐，季廣琛等主將起疑，永王之師忽然離叛。自從白沙洲上開戰，丹陽郡長江兩岸鼓聲振天。永王部下的眾多賓客僚佐，都各自隨風消散逃難。末段寫自己奔亡的情狀並表明心跡。「舟中」二句寫戰爭的殘酷，「草草」六句形容自己逃亡的情況和心情。太白食昴、白虹貫日，喻己報國之精誠可上干天象。「秦趙」二句喻肅宗與永王乃兄弟興兵戰爭，造成全國之亂。「感遇」四句表明自己之所以從永王，實因安祿山叛亂，思報明主之恩，如當年祖逖過江誓流水，志在清中原。末二句自傷事與願違，拔劍擊柱，慷慨悲歌，難以申論。蕭士贇謂「此篇用事偏枯，句意倒雜，決非太白之作」，王琦質之曰：「果真灼見其為非太白之詩耶？抑為太白諱而故為此言也？」

上崔相百憂章

四言，時在尋陽獄❶

共工赫怒，天維中摧❷。鯤鯨噴蕩❸，揚濤起雷。魚龍陷人，成此禍胎❹。火焚昆山，玉石相磓❺。仰希霖雨，灑寶炎煨❻。

箭發石開❼，戈揮日迴❽。鄒衍慟哭，燕霜颯來❾。微誠不感，猶縶夏臺❿。

蒼鷹搏攫，丹棘崔嵬⓫。豪聖凋枯，〈王風〉傷哀⓬。斯文未喪，東岳豈頹⓭？穆逃楚難⓮，鄒脫吳災⓯。見機苦遲，二公所咍⓰。驥不驟進⓱，麟何來哉⓲？

星離一門，草擲二孩⓳。萬憤結緝⓴，憂從中催。金瑟玉壺，盡為愁媒㉑。舉酒太息，泣血盈盃。

台星再朗，天網重恢㉒。屈法申恩，棄瑕取材㉓。冶長非罪，尼父無猜㉔。覆盆儻舉，應照寒灰㉕。

【注釋】❶上崔相題　宋本、繆本、咸本題下注：「四言，時在尋陽獄。」蕭本、郭本、王本、《全唐詩》題下注中無「四言」二字。王本題下注冠以「原注」二字。崔相，即崔渙。李白另有〈獄中上崔相渙〉及〈繫尋陽上崔相渙〉詩可證。按：《新唐書・宰相表》：至德元載七月庚午，「蜀郡太守崔渙為門下侍郎、同中書門下平章事」。二載八月甲申，「渙罷為左散騎常侍、餘杭郡太守」。由此知崔渙為相僅一年時間。李白〈為宋中丞自薦表〉云：「前後經宣慰大使崔渙及臣推覆清雪。」可知李白出獄，是得崔渙之助的。百憂，極度憂愁。❷共工二句　《淮南子・天文訓》：「共工與顓頊爭為帝，怒而觸不周之山，天柱折，地維絕。」此以共工喻安祿山。赫怒，勃然震怒。天維，天綱，喻國家綱紀。《晉書・束皙傳》：「振天維以贊百務，熙帝載而鼓皇風。」❸鯤鯨　鯤，傳說中的大魚。鯨，海中大魚。此喻指安祿山。《莊子・逍遙遊》：「北溟有魚，其名為鯤。」木華〈海賦〉：「魚則橫海之鯨。」❹禍胎　禍根。《漢書・枚乘傳》引枚乘〈上書諫吳王〉：「福生有基，禍生有胎。」顏師古注引服虔曰：「基、胎，皆始也。」❺火焚二句　昆，蕭本、郭本、王本、《全唐詩》皆作「崑」。昆山，古代傳說中產玉之山。《尚書・胤征》：「火炎昆岡，玉石俱焚。」詩即用此典，喻國家人民和心懷叵測者同遭災難。磓，撞擊。木華〈海賦〉：「五岳鼓舞而相磓。」李善注：「磓，猶激也。」❻仰希二句　謂希望有一場大雨，灑在寶地上，使災火熄滅。霖雨，喻解救災難的力量。煨，燼。❼箭發句　《西京雜記》卷六：「李廣……獵於冥山之陽，又見臥虎射之，沒矢飲羽，進而視之，乃石也，其形類虎。退而更射，鏃破幹折而石不傷。余嘗以問揚子雲，子雲曰：『至誠則金石為開。』」班固〈幽通賦〉：「李虎發而石開。」❽戈揮句　《淮南子・覽冥訓》：「魯陽公與韓構難，戰酣，日暮，援戈而撝之，日為之反三舍。」❾鄒衍二句　《文選》卷三九江淹〈詣建平王上書〉：「昔者賤臣叩心，飛霜擊於燕地。」李善注引《淮南子》曰：「鄒衍盡忠於燕惠王，惠王信譖而繫之，鄒子仰天而哭，正夏而天為之降霜。」❿微誠二句　謂己精誠不能感動上蒼，所以還被拘繫獄中。縶，宋本作「贄」，在此字下夾注：「一作：縶」。蕭本、郭本、王本、《全唐詩》皆作「縶」。是。據改。拘囚。夏臺，夏代監獄名。《史記・夏本紀》：「桀不務德而武傷百姓，百姓弗堪，迺召湯而囚之夏臺。」司馬貞《索隱》：「獄名。夏曰均臺。皇甫謐云『地在陽翟』是也。」此即指牢獄。⓫蒼鷹二句　蒼鷹，《漢書・郅都傳》：「都遷為中尉，……

是時民樸，畏罪自重，而都獨先嚴酷，致行法不避貴戚，列侯宗室見都側目而視，號曰『蒼鷹』。」顏師古注：「言其鷙擊之甚。」搏攫，猛力抓取。此形容獄吏兇狠。丹棘，赤棘。《易經・坎卦》：「置於叢棘。」孔穎達疏：「謂囚執之處以棘叢而禁之也。」崔嵬，高聳貌。此謂牢獄戒備森嚴。⑫豪聖二句　楊齊賢注：「豪聖，周公也。周公遭流言之變，王道凋枯，故《豳》以下諸詩哀傷之。」陳子昂〈峴山懷古〉詩：「丘陵徒自出，賢聖幾凋枯。」王風，指《詩經・豳風》中哀傷周公遭遇的篇什。⑬斯文二句　《論語・子罕》：「天之將喪斯文也，後死者不得與於斯文也！」斯，此。文，指禮樂制度。後以「斯文」指儒者或文人。東岳，指泰山，《禮記・檀弓上》記孔子臨死時，「負手曳杖，消搖於門，歌曰：『泰山其頹乎，梁木其壞乎！哲人其萎乎！』……子貢聞之，曰：『泰山其頹，則吾將安仰；梁木其壞，哲人其萎，則吾將安放。夫子殆將病也。』……蓋寢疾七日而沒。」此反用其意，自信自己不會死亡。⑭穆逃句　《漢書・楚元王傳》記載：楚元王以穆生、白生、申公為中大夫，穆生不嗜酒，元王特為其設醴（甜酒）。元王死，其子戊即位，也遵照設醴，後來偶忘置醴，穆生以為對己輕慢，再留將遭禍。申公、白生認為只是王偶失小禮，勸其留下。穆生說：君子見機而作，不俟終日。遂謝病而去。後王戊淫暴，申公、白生進諫，被罰穿囚衣做苦工。穆生因早走而免難。⑮鄒脫句　據《漢書・鄒陽傳》載：鄒陽，西漢時齊人。仕吳國，吳王以太子事怨望朝廷，陰有邪謀。鄒陽上書諫，吳王不納。於是鄒陽離吳王至梁國事梁孝王。後吳王叛亂被誅，鄒陽因先走得免。⑯見機二句　謂自己苦於沒有及時離開永王李璘，故只能被穆生和鄒陽那樣見機而作的人嗤笑。咍，譏笑。《楚辭・九章・惜誦》：「又眾兆之所咍也。」王逸注：「咍，笑也。」⑰驥不驟進　宋玉〈九辯〉：「驥不驟進而求服兮。」此以良馬不求急用，喻己並不急於求功名。服，駕。⑱麟何來哉　《孔子家語・辯物》載：叔孫氏之車士獲麟，「使人告孔子曰：『有麕而角者何也？』孔子往觀之曰：『麟也，胡為來哉！』反袂拭面，涕泣沾襟。……子貢問曰：『夫子何泣爾？』孔子曰：『麟之至為明王也，出非其時而見害，吾是以傷焉。』」此以麟自比，表示自己入永王幕府亦「出非其時」而被害。⑲星離二句　咸本校：一本無此二句。星離，形容分散。《晉書・殷仲堪傳》：「骨肉星離，荼毒終年。」草擲，倉卒遺棄。二孩，指女兒平陽和兒子伯禽；或謂指兩個兒子伯禽和頗黎。⑳萬憤句　宋本在「緝」字下夾注：「一作：綢」。王逸〈九思・怨上〉：「心結縎兮折摧。」此句謂萬種悲憤鬱結不解。緝，蕭本、郭本、咸本、《全唐詩》作「習」。㉑金瑟二句　謂悅耳的音樂和玉壺中的美酒，都成了引起怨愁的媒介。江淹〈貽袁常侍〉詩：「凝怨琴瑟前。」㉒台星二句　《晉書・天文志上》：「三台六星，兩兩而居，起文昌列抵大微。一曰天柱，三公之位也。在人曰三公，在天曰三台。」此「台星」即指宰相崔渙。天網，國法。恢，寬大貌。《老子》：「天網恢恢，疏而不失。」王琦注：「台星再朗，謂崔相之明察，能照見幽微。天網重恢，冀其赦己之罪。」㉓屈法二句　屈法，枉法。丘遲〈與陳伯之書〉：「主上屈法申恩，吞舟是漏。」棄瑕取材，不計較以往過錯而取用人才。陳琳〈為袁紹檄豫州文〉：「收羅英雄，棄瑕取用。」此謂枉屈大法，施予恩德，拋開缺點，加以取用。㉔治長二句　《論語．公冶長》：「子謂『公冶長可妻也。雖在縲絏之中，非其罪也』，以其子妻之。」尼父，對孔子的尊稱。孔子字仲尼，古代常在男子字的後面加一「父」字以示尊敬。此以公冶長自比，希望崔相能像孔子那樣明察自己的無辜。㉕覆盆二句　謂崔相如能掀開覆盆，那麼陽光應該照暖寒灰。《抱朴子．辨問》：「是責三光不照覆盆之內也。」喻沉冤莫白。《三國志．魏書．劉廙傳》：「起煙於寒灰之上，生華於已枯之木。」按：盆，宋本作「盃」，據蕭本、郭本、繆本、王本、咸本、《全唐詩》改。

【語　譯】安祿山像上古的共工那樣狂怒而發動叛亂，把大唐的統治中途摧傾。他像鯤鯨那樣在大海中翻騰震盪，揚起的狂濤如雷霆。朝中的君臣互相猜忌如魚龍陷人，終於種下了今天的禍根。安史之亂猶如大火焚燒崑崙山，玉石相撞俱碎。我仰告蒼天快降大雨，澆灑撲滅這場叛亂的火海。

精誠所至當年李廣能箭發石開，魯陽揮戈連日神也要返回三舍。鄒衍含冤大哭，盛夏中燕國竟寒霜飛來。我的微小忠誠卻不能感動上蒼，至今猶被囚禁在監獄。獄吏都像蒼鷹搏擊般兇狠，獄牆上都插滿了赤色荊棘。大聖人周公當年遭流言也要憔悴，如今我才知道〈王風〉的傷哀。然而老天畢竟未喪斯文，泰山巍然豈會崩頹？穆生逃離楚國免遭後來的災難，鄒陽勸說吳王不成也及早脫去禍患。而我卻見機苦遲，一定會讓二公所譏笑。駿馬不會急於求用，麒麟出非其時又為何出來？

現在我的一家人星散在各處，倉卒之間遺棄了兩個孩子。萬分悲憤鬱結胸中，憂傷不斷從中湧出。音樂美酒，都成了愁的媒介。舉杯長嘆，滿杯都是血淚。

懇請崔宰相台星高照，天網寬大。枉法開恩，不計過去的錯誤而取用人才。公冶長無罪，孔夫子沒有猜疑。如果您能掀開覆盆，應該能使陽光照燃我的寒灰。

【研　析】此詩當於至德二載（西元七五七年）在潯陽獄中作。首十句寫安祿山叛亂的原因，造成的災難和詩人期望蒼天滅火。以神話中共工的典故，比喻叛亂使唐王朝綱紀中斷，形容其勢如鯤鯨在大海中翻騰，捲起波濤如雷。詩人認為此次災難的根源是朝廷中掌權者（魚龍）互相陷害而造成的。其結果就像火燒崑崙山，玉石俱焚，誰也逃不脫災禍。詩人仰告蒼天，快下大雨，澆滅叛亂大火。第二段以李廣「箭發石開」、魯陽「戈揮日迴」、鄒行含冤而夏天降霜的故事，說明精誠所至，能感動上蒼而出現奇蹟，反襯自己蒙冤卻無法使蒼天降恩，至今還被囚獄中。獄吏兇狠，荊棘森嚴。詩人想到上古聖人周公曾遭流言幾乎凋枯，《詩經》中的〈王風〉都為之哀傷，然而蒼天未喪斯文，泰山豈會傾塌？當年穆生能逃過楚國之難，鄒陽能躲避吳王災禍，而自己卻不能見機行事，一定被鄒、穆二公所嗤笑。良馬不求急用，麒麟何必非其時而出來呢？表現出詩人對參加永王幕府悔恨不已。第三段寫自己的憂愁。家人分散，丟下子女，使詩人憂憤萬端，只得借琴酒澆愁，但杯中的酒卻是血淚。表現出詩人對骨肉之情的沉痛思念。第四段請求崔相明察冤情，赦己之罪，寬大開恩。並以公冶長自比，以孔子比擬崔相。希望崔相掀開覆盆，使自己重見陽光。點出主旨。詩中全用四言，節奏急促。多用典故作比喻，貼切恰當，更能深切表達含冤悲憤的感情。

萬憤詞投魏郎中[1]

海水渤潏，人罹鯨鯢[2]。蓊胡沙而四塞，始滔天於燕齊[3]。何六龍之浩蕩，遷白日於秦西[4]。九土星分，嗷嗷悽悽[5]。南冠君子[6]，呼天而啼。戀高堂而掩泣[7]，淚血地而成泥。獄戶春而不草，獨幽怨而沉迷。

兄九江兮弟三峽，悲羽化之難齊[8]。穆陵關北愁愛子[9]，豫章天南隔老妻[10]。一門骨肉散百草，遇難不復相提攜[11]。樹榛拔桂，囚鸞寵雞[12]。舜昔受禹，伯成耕犁。德自此衰，吾將安栖⑬？好我者恤我，不好我者何忍臨危而相擠！子胥鴟夷⑭，彭越醢醯⑮，自古豪烈，胡為此繄⑯？蒼蒼之天，高乎視低。如其聽卑，脫我牢狴⑰。儻辨美玉，君收白珪⑱。

【注釋】❶萬憤題　萬憤，極度悲憤。魏郎中，名不詳。近有人謂指魏少游。因《舊唐書．房琯傳》有房琯自選「中丞宋若思、起居郎知制誥賈至、右司郎中魏少游為判官」的記載。然李白詩文中未見與魏少游過從事蹟，故此「魏郎中」是否即魏少游，有待進一步查證。❷海水二句　喻指安祿山叛亂如海水泛濫，人民遭難。渤潏，王琦注：當作「浡潏」。浡潏，《文選》卷一二木華〈海賦〉：「天綱浡潏。」李善注：「浡潏，沸湧貌。」李周翰注：「浡潏，急流貌。」罹，遭受。王本誤作「羅」。鯨鯢，即鯨魚，雄曰鯨，雌曰鯢。喻凶人。《左傳》宣公十二年：「古者明王伐不敬，取其鯨鯢而封之，以為大戮，於是乎有京觀，以懲淫慝。」杜預注：「鯨鯢，大魚名，以喻不義之人。」❸蓊胡沙二句　蓊，聚集貌。胡沙四塞，指叛亂四處蔓延。滔天，《尚書．堯典》：「浩浩滔天。」本形容洪水，此喻大禍。燕齊，今河北山東一帶。安祿山自范陽（今北京市）起兵，佔據燕地，齊與燕接壤，故兼稱之。❹何六龍二句　指玄宗逃奔西蜀。六龍，神話中日神的車子由六龍駕御，見卷二〈蜀道難〉注。此處喻皇帝的車駕。浩蕩，廣闊綿長貌。白日，喻皇帝。秦西，指蜀中，蜀在長安之西，故稱。❺九土二句　謂全國各地被戰爭分割，人民淒苦哀怨。九土，九州之土。古代分天下為九州。左思〈蜀都賦〉：「九土星分，萬國錯峙。」嗷嗷，哀怨聲。悽悽，淒苦貌。按：蕭本、郭本、胡本作「棲棲」。誤。❻南冠君子　《左傳》成公九年：「晉侯觀於軍府，見鍾儀，問之曰：『南冠而縶者，誰也？』有司對曰：『鄭人所獻楚囚也。』……使與之琴，操南音。……公語范文子，文子曰：『楚囚，君子也。……樂操土風，不忘舊也。』」杜預注：「南冠，楚冠。……南音，楚聲。」後以「南冠」為囚犯代稱。李白當時被囚潯陽獄中，故自稱「南冠君子」。❼戀高堂二句　咸本於此二句下校：「一本作『浩首泣血，黃沙成泥。』在『沉迷』句下。」高堂，蕭士贇注：「喻朝廷也。」王琦謂「其說近是」。瞿蛻園、朱金城《李白集校注》按：「高堂喻朝廷，於古無徵。且據前後文義亦不宜指朝廷，蕭、王說疑非。詩意或謂思念已故之父母耳。」❽兄九江二句　謂兄弟離散，悲嘆難以如飛仙那樣羽化而相聚。兄，李白自謂，並非另有一兄在九江。九江，即指潯陽（今江西九江）。三峽，指長江西起今重慶奉節，東至今湖北宜昌南津關間二百零四公里的瞿塘峽、巫峽、西陵峽一帶。羽化，道教稱成仙為羽化。❾穆陵關句　《新唐書·地理志二》河南道沂州琅邪郡沂水縣：「北有穆陵關。」故址在今山東臨朐東南沂水縣北大峴山上。此處泛指東魯一帶。當時李白之子伯禽在東魯兗州。❿豫章句　豫章，郡名。即洪州，天寶元年改為豫章郡，乾元元年復改為洪州。治所在今江西南昌。當時李白的妻子宗夫人正寄居豫章，此可由後寫之〈南流夜郎寄內〉詩「南來不得豫章書」可證。⓫提攜　幫助；照顧。⓬樹榛二句　以種植低劣的榛樹而拔除名貴的蘭桂、囚禁高尚的鸞鳥而寵愛平凡的雞為喻，謂平庸之輩竊居高位，有才能者卻被排斥。《後漢書·劉陶傳》：「公卿所舉，率黨其私，所謂放鴟梟而囚鸞鳳。」⓭舜昔四句　《莊子·天地》：「堯治天下，伯成子高立為諸侯。堯授舜，舜授禹，伯成子高辭為諸侯而耕。禹往見之，則耕在野。禹趨就下風，立而問焉，……子高曰：『昔堯治天下，不賞而民勸，不罰而民畏。今子賞罰而民且不仁，德自此衰，刑自此立，後世之亂，自此始矣。』」此即用其意。⓮子胥句　子胥，姓伍，名員，春秋時吳國大夫，曾助闔閭刺殺吳王僚，奪取王位，攻破楚國。因勸吳王夫差拒絕越國求和並停止伐齊，夫差不聽，賜劍命其自殺。鴟夷，皮製口袋。據《國語·吳語》及《說苑》等記載，伍子胥死後，吳王夫差命人將子胥屍體裝在皮袋中，拋入江中。⓯彭越句　彭越，西漢初大將，封梁王。後被劉邦所殺。醢醢，剁成肉醬。《史記·黥布列傳》：「漢誅梁王彭越，醢之，盛其醢遍賜諸侯。」⓰緊　語氣助詞。⓱蒼蒼四句　蒼蒼，深青色。《莊子·逍遙遊》：「天之蒼蒼，其正色邪？」《史記·宋微子世家》景公三十七年記司星子韋有「天高聽卑」之語，此謂高高在上的蒼天卻能聽到處在卑微地位的人的呼聲。牢狴，牢獄。《孔子家語·始誅》：「孔子為魯大司寇，有父子訟者，夫子同狴執之。」王肅注：「狴，獄牢也。」⓲白珪　白玉，喻己品格清白。《詩經·大雅·抑》：「白圭之玷，尚可磨也；斯言之玷，不可為也。」

【語譯】安史之亂如海水翻騰，人民遭受鯨鯢的吞食。滾滾胡沙四處蔓延，滔天大禍始起於燕齊之地。皇帝的車駕多麼綿長，不得不離開長安而向西逃遷。九州土地分崩離散，難民在戰亂中慘慘悽悽。我就像南冠君子鍾儀，在獄中呼天搶地號啼。思念父母掩面而泣，血淚落地化成稀泥。獄門春天不長草，我獨自愁怨而沉迷。

兄在九江而弟在三峽，我悲不能生翅成仙與弟相聚。穆陵關北的愛子使我發愁，在南昌的老妻又與我遠隔天南。一門骨肉分散在百草之中，遇此大難又不能互相照顧。栽種荊棘拔掉桂樹，囚禁鸞鳳寵愛山雞。當年舜禪位於禹，伯成子高便回家去耕犁。道德世風自此日衰，我將到何處棲息？喜歡我的人還體恤我，不喜歡我的人為何忍心乘危而排擠！當年伍子胥葬身於皮袋，彭越被剁成了肉泥。自古以來的豪傑烈士，為什麼都是這樣？悠悠蒼天，您居高視下，如能聽到我卑下人的申訴，那就應該把我從牢獄中解脫出來。如果能夠識辨美玉，請您魏郎中將我這白珪收留。

【研 析】此詩當是與上首同為至德二載（西元七五七年）在潯陽獄中所作。抒發含冤受屈、極度悲憤之情。前段形象地描繪安祿山叛亂造成的災難以及自己在獄中的悽苦。首四句以海水泛濫、鯨鯢食人形容叛軍從燕地蔓延四方的兇惡殘暴。接著四句描繪皇帝西遷，九州分散，人民悽慘逃難。再六句寫自己在囚獄中呼天啼哭的情景。後段分四層意思：先六句寫自己一家骨肉分散不能相聚照顧：兄被囚九江而弟在三峽，子在東魯而妻在南昌。接著用六句四字句比喻黑白是非顛倒，世風日衰。然後再六句寫自古豪傑都慘遭殘害，自己現在也被人落井下石。末六句請蒼天明鑒，請求魏郎中解救。嚴羽評點曰：「百憂萬憤，情哀詞迫，當是賦流。」

荊州賊亂臨洞庭言懷作❶

修蛇橫洞庭，吞象臨江島。積骨成巴陵，遺言聞楚老❷。水窮三苗國，地窄三湘道❸。歲晏天崢嶸❹，時危人枯槁❺。

思歸阻喪亂，去國傷懷抱。郢路方丘墟，章華亦傾倒❻。風悲猿嘯苦，木落鴻飛早。日隱西赤沙❼，月明東城草❽。

關河望已絕，氛霧行當掃❾。長叫天可聞？吾將問蒼昊❿！

【注釋】❶荊州題　《資治通鑑》唐肅宗乾元二年：「八月乙巳……，襄州將康楚元、張嘉延據州作亂。……楚元自稱南楚霸王。……九月甲午，張嘉延襲破荊州。……十一月，康楚元等眾至萬餘人，商州刺史充荊、襄等道租庸使韋倫發兵討之，駐於鄧之境，招諭降者，厚撫之；伺其稍怠，進軍擊之，生擒楚元，其眾遂潰；……荊、襄皆平。」題中荊州賊亂即指此事。亂，宋本原作「辭」，據胡本、繆本、王本、咸本改。蕭本、郭本、《全唐詩》作「平」。非。按詩云：「郢路方丘墟，章華亦傾倒。風悲猿嘯苦，木落鴻飛早。」可知時當秋季，據上引《通鑑》，賊平在十一月，李白作此詩時，賊亂未平。故題中作「賊亂」是，作「賊平」則非。❷修蛇四句　修蛇，大蛇，即指巴蛇。巴陵，又名巴丘山、巴岳山，在今湖南岳陽。相傳堯使后羿斬巴蛇於洞庭，此蛇屍骨堆積如丘陵，故名。《山海經．海內南經》：「巴蛇食象，三歲而出其骨。」《元和郡縣志》卷二七江南道岳州巴陵縣：「昔羿屠巴蛇於洞庭，其骨若陵，故曰巴陵。」四句用其意，喻康楚元、張嘉延之亂。遺言，傳說。❸水窮二句　窮，盡；極。三苗國，古代部族名，今湖南岳陽一帶，屬古三苗部族。《史記．五帝本紀》：「三苗在江淮、荊州。」張守節《正義》：「吳起云：『三苗之國，左洞庭而右彭蠡。』」可知當在長江中游以南一帶。窄，狹長。三湘，指湘潭、湘陰、湘鄉。亦泛指今湖南省。一說湘水發源與漓水合流稱漓湘，中游與瀟水合流後稱瀟湘，下游與蒸水合流後稱蒸湘，總名三湘。❹歲晏句　歲晏，歲暮。崢嶸，形容歲月逝去。《文選》卷一四鮑照〈舞鶴賦〉：「歲崢嶸而愁暮。」李善注：「《廣雅》曰：崢嶸，高貌。歲之將盡，猶物之高。」❺時危句　時危，指時局危亂。枯槁，憔悴。❻郢路二句　形容當時荊州一帶破壞慘重。郢，春秋時楚國都城，在今湖北江陵。《文選》卷六左思〈魏都賦〉：「臨淄牢落，鄢郢丘墟。」呂延濟注：「丘墟，謂居人少也。」章華，臺名。春秋時楚靈王造，在今湖北監利西北。《左傳》昭公七年：「楚子成章華之臺。」杜預注：「臺今在華容城內。」《水經注．沔水二》：「水東入離湖，湖在〔華容〕縣東七十五里，《國語》所謂楚靈王闕為石郭陂，漢以象帝舜者也。湖側有章華臺，臺高十丈，基廣十五丈。左丘明曰：『楚築臺于章華之上。』韋昭以為章華亦地名也。」❼赤沙　湖名，在今湖南華容南，亦名赤亭湖。《岳陽風土記》：「赤沙湖在華容縣南，夏秋水泛，與洞庭湖通。」❽東城草　王琦疑「城草」或為「青草」之誤。青草，湖名，又名巴丘湖，即今洞庭湖東南部。一說因湖南有青草山得名；一說因春冬水涸，青草彌望而名。❾關河二句　謂山河阻隔望斷，叛亂必須掃清。氛霧，喻戰亂。《文選》卷三一江淹〈雜體詩三十首．劉太尉琨傷亂〉：「皇晉遘陽九，天下橫氛霧。」張銑注：「氛霧，喻賊亂也。言大晉遇此陽九之災，而亂賊橫叛。」❿蒼昊　蒼天。《文選》卷一一王延壽〈魯靈光殿賦〉：「承蒼昊之純殷。」張載注：「蒼昊，皆天之稱也。春為蒼天，夏為昊天。」

【語譯】長蛇橫陳在洞庭湖畔，吞食大象而臨江島。三年後吐出的象骨堆積成巴陵，我從楚國的遺老那裡聽到這個傳說。三苗部族在此水的窮盡處，三湘道旁土地狹長。歲月將暮天空崢嶸，時局艱危人民憔悴蒼老。我阻於戰亂思歸不得，遠離故鄉我滿懷憂傷。郢都正成為廢墟，章華臺也已傾倒。悲風中哀猿啼嘯，樹葉落而鴻雁飛早。夕陽隱沒在西邊的赤沙湖，明月映照著東城的花草。關山河水遙望已斷，妖霧該當儘快清掃。我仰天長嘯蒼天你可聽到？我將不斷地仰問蒼天！

【研析】此詩當作於乾元二年（西元七五九年）秋天。與卷一八〈九日登巴陵置酒望洞庭水軍〉當為同時之作。首段敘寫巴陵的來歷傳說，以及地區的狹小，時局動亂，人民憔悴。次段描寫賊亂路阻而思歸不得，富庶之郢都今成丘墟，章華高臺亦已傾倒，風悲猿嘯，木落雁飛，日隱於赤沙之湖，月明於東城之草，景物蕭條，賊亂之危害可知。末段寫關河望斷，期盼儘快掃除寇賊，詩人向天長呼，詰問蒼天，冀蒼天憫人，使人民免遭塗炭。明人批點曰：「是哀諷調，構篇句穩，敘事寫景俱合節。」《唐宋詩醇》卷八曰：「幽鬱之衷，沉雄之氣，可云程形賦音。」

覽鏡書懷

得道無古今，失道還衰老❶。自笑鏡中人，白髮如霜草。捫心空歎息，問影何枯槁？桃李竟何言❷，終成南山皓❸。

【注釋】❶得道二句　《莊子・大宗師》：「南伯子葵問乎女偊曰：『子之年長矣，而色若孺子，何也？』曰：『吾聞道矣。』南伯子葵曰：『道可得學邪？』曰：『惡，惡可！……朝徹而後，能見獨；見獨而後，能無古今；無古今而後，能入於不死不生。』」王先謙《集解》引成云：「任造物之日新，隨變化而俱往，故無古今之異。」又引宣云：「生死一也，至此則道在我矣。」二句用其意。❷桃李句　用《史記・李將軍列傳》「諺曰：桃李不言，下自成蹊」句意。❸南山皓　即商山四皓。見卷一九〈商山四皓〉詩注。

【語　譯】得道的人長生不老而無古今之異，失道的人都要衰老病死。我對鏡自笑鏡中之人，滿頭白髮就像霜打的草。撫摸心胸空自嘆息，試問影子為何如此憔悴？竟如桃李不說話，最終成為商山四皓那樣的白髮老人。

【研　析】此詩當是暮年之作。具體作年不詳。詩謂得長生之道者容顏無古今之異，而失此道之人則都要衰老，對鏡自笑自己髮白如霜草，於是撫胸嘆息，顧影自問何以如此枯槁，默然如桃李無言，終為白髮老人矣。此即覽鏡而書懷。明人批點曰：「捫心問影，得攬鏡意，大妙。」

田園言懷

賈誼三年謫❶，班超萬里侯❷。何如牽白犢，飲水對清流❸？

【注　釋】❶賈誼句　《史記・屈原賈生列傳》：「賈生（誼）為長沙王太傅三年，有鴞飛入賈生舍，止於坐隅。楚人命鴞為『服』。賈生既以適居長沙，長沙卑溼，自以為壽不得長，傷悼之，乃為賦以自廣。」此句用其意。❷班超句　《後漢書・班超傳》：「其後行詣相者，曰：『祭酒，布衣諸生耳，而當封侯萬里之外。』超問其狀。相者指曰：『生燕頷虎頸，飛而食肉，此萬里侯相也。』」後率兵出征，出入二十二年，終於平定西域，封超為定遠侯，邑千戶。❸何如二句　白犢，白色小牛。《淮南子・人間訓》：「宋人好善者三世不解，家無故而黑牛生白犢。以問先生，先生曰：此吉祥也，以饗鬼神。」《高士傳・許由》：「堯又召為九州長，由不欲聞之，洗耳於潁水濱。時其友巢父牽犢欲飲之，見由洗耳，問其故，對曰：『堯欲召我為九州長，惡聞其聲，是故洗耳。』巢父曰：『子若處高岸深谷，人道不通，誰能見子？子故浮游，欲聞求其名譽，汙吾犢口。』牽犢上流飲之。」二句用其意。

【語　譯】當年賈誼年少得志卻被貶為長沙王傅三年，班超萬里長征平定西域才終於封侯。他們怎能像隱士巢父牽著白犢，到最清淨的上游河流飲水那樣逍遙自在？

【研析】此詩作年不詳。詩謂以賈誼之才，立朝不久便被讒貶謫三年，班超立功萬里邊地才封侯。他們都不如隱居的巢父，牽牛飲清水，逍遙自適。王琦注曰：「詩意謂仕宦不得志如賈誼一流，得志如班超一流，皆羈旅異方，不如巢、許隱居獨樂，安步田園之為善也。其旨深矣。」

江南春懷

青春幾何時？黃鳥❶鳴不歇。天涯失鄉路❷，江外老華髮❸。心飛秦塞雲❹，影滯楚關❺月。身世殊爛漫❻，田園久蕪沒。歲晏❼何所從？長歌謝金闕❽。

【注釋】❶黃鳥　鳥名。有二說。《爾雅・釋鳥》：「皇，黃鳥。」郭璞注：「俗呼黃離留，亦名搏黍。」按：黃離留，即黃鶯。郝懿行《義疏》：「按此即今之黃雀，其形如雀而黃，故名黃鳥，又名搏黍，非黃離留也。」《詩經・周南・葛覃》：「黃鳥于飛，集于灌木。」又〈小雅・黃鳥〉朱熹注：「民適異國，不得其所，故作此詩。」此處可能一語雙關。❷鄉路　宋本在「鄉」字下夾注：「一作：歸」。胡本亦作「歸路」。❸華髮　花白的頭髮。❹心飛句　此句謂心飛向京都。秦塞，秦地的關塞。此處指長安。❺楚關　指詩人所寓江南之地，古為楚國。❻爛漫　蕭本、郭本、王本作「爛熳」，咸本作「瀾漫」。同音通假，意同。散亂貌。嚴忌〈哀時命〉：「生天地之若過兮，忽爛漫而無成。」❼歲晏　歲晚；晚年。《楚辭・九歌・山鬼》：「歲既晏兮孰華予。」王逸注：「晏，晚也。」王維〈秋夜獨坐懷內弟崔興宗〉詩：「吾生將白首，歲晏思滄洲。」❽謝金闕　王琦注：「謝，去也。金闕，猶金門。『長歌謝金闕』，見不復有仕進之意。」

【語譯】青春能有多少時候？黃鳥鳴啼不休歇。奔波天涯失去了歸鄉之路，長期飄落江南如今已老而滿頭花髮。我的心仍隨白雲飛向京都長安，只是身影滯留在明月下的江南楚地。我的身世特別散亂，田園久已荒蕪。

如今到了晚年將往何處？只能放聲長歌辭別朝廷。

【研　析】此詩當是肅宗上元年間在江南作。首四句寫題中的「江南春懷」。青春幾何？黃鳥鳴啼。天涯失路，江南白髮。接著二句即「身在江湖、心存魏闕」之意。蕭士贇曰：「此太白流離湘楚之詩乎？食息不忘君，其志亦可哀也已。」末四句回顧一生放浪散亂，田園荒蕪，晚年何所歸，放歌別朝廷而已。明人批點曰：「調自好。亦未極思。」

卷二二

詠物

聽蜀僧濬彈琴 蜀中❶

蜀僧抱綠綺❷，西下峨眉峰❸。為我一揮手❹，如聽萬壑松❺。客心洗流水❻，餘響入霜鐘❼。不覺碧山暮，秋雲暗幾重。

【注釋】❶聽蜀僧題　蜀僧濬，李白另有〈贈宣州靈源寺沖濬公〉詩（卷一〇），「蜀僧濬」、「沖濬公」，疑為同一人。宋本題下有「蜀中」二字注，乃宋人編集時所加。誤。既稱「蜀僧」，則決非作於蜀中。❷綠綺　琴名。傅玄〈琴賦序〉：「齊桓公有鳴琴曰號鐘，楚莊有鳴琴曰繞梁，中世司馬相如有琴曰綠綺，蔡邕有琴曰焦尾，皆名器也。」張載〈擬四愁詩〉其四：「佳人遺我綠綺琴，何以贈之雙南金。」❸西下句　下，《唐文粹》作「上」。峨眉峰，山名。見卷六〈峨眉山月歌〉注。❹揮手　指手揮琴絃；彈琴。嵇康〈琴賦〉：「伯牙揮手，鍾期聽聲。」❺萬壑松　形容琴聲如無數山谷中的松濤聲。按：琴曲有〈風入松〉。❻客心句　此句謂琴心優美如流水，一洗詩人的客中情懷。客，詩人自謂。流水，《列子・湯問》：「伯牙善鼓琴，鍾子期善聽。伯牙鼓琴，志在登高山；鍾子期曰：『善哉！峨峨兮若泰山。』志在流水；曰：『善哉！洋洋兮若江河。』

伯牙所念，鍾子期必得之。」❼餘響句　餘響，琴聲餘音。王本作「遺響」。霜鍾，《山海經・中山經》：「豐山……有九鍾焉，是知霜鳴。」郭璞注：「霜降則鍾鳴，故言知也。物有自然感應而不可為也。」此「入霜鍾」謂琴音與鐘聲混合。

【語譯】蜀地的高僧沖濬公懷抱著綠綺琴，從西方的峨眉峰飄然下降。他為我揮手彈琴，我彷彿聽到千山萬壑的陣陣松濤聲。琴心優美如流水，一洗我的客中情懷；琴聲餘音融入帶有霜氣的鐘聲裡。不知不覺間暮色籠罩了青山，空中的秋雲暗淡了好多層。

【研析】此詩作年不詳。或謂天寶十二載（西元七五三年）在宣城作。首聯點明彈琴人的身分和琴的名貴，彈琴人是從詩人故鄉峨眉山下來的蜀僧，琴是當年司馬相如用的蜀中名琴綠綺。「下」字有飄然之神，「蜀」、「綠綺」、「峨眉」寓有鄉情的親切感。頷聯寫彈琴。「為我」二字表明彈者與聽者的友情。「揮手」描摹彈琴的動作。用大自然的萬壑松濤之聲比喻琴音的清越宏遠，生動傳神，並暗示此曲是〈風入松〉。頸聯寫聽琴的感受，化用典故以抒友情。上句表面是說琴心洗滌胸懷的愉悅，實乃用鍾子期善於聽音的典故，暗點兩人通過琴聲傳達知己情誼；下句用《山海經》典實，寫餘音嫋嫋，與寺廟鐘聲融響，亦暗喻知音之意。尾聯用「不覺」二字，描寫詩人聽琴入神情狀，詩人沉浸於琴聲，竟不知青山已罩暮色，秋雲灰暗重疊，既寫聽者的入神，又襯托彈者琴藝高超，感人至深，揭示出兩人情投意合。《唐宋詩醇》卷八曰：「累累如貫珠，泠泠如叩玉，斯為雅奏清音。」

魯東門觀刈蒲

魯中❶

魯國寒事早❷，初霜刈渚❸蒲。揮鎌若轉月，拂水生連珠❹。此草最可珍，何必貴龍鬚❺？織作玉牀席❻，欣承清夜娛。羅衣能再拂，不畏素塵蕪❼。

【注釋】❶魯東門題 刈蒲，割蒲。蒲，水生植物，可以製席。嫩蒲可食。宋本題下有「魯中」二字注，乃宋人編集時所加。❷魯國句 魯國，指山東兗州、曲阜一帶，春秋時屬魯國。寒事早，謂寒冷的季節到得早。陸倕〈以詩代書別後寄贈〉：「江關寒事早，夜露傷秋草。」❸渚 水中的小洲。❹揮鎌二句 形容割蒲情態，意謂揮舞鎌刀猶如轉動彎月，拂動蒲上露水滾落成連串的珠子。鎌，「鐮」的異體字。❺龍鬚 草名。龍鬚草，多年生草本植物，古代往往用以編織成珍貴的龍鬚席。❻玉牀 用玉裝飾的床。❼羅衣二句 謝朓〈詠坐上所見一物・席〉：「但願羅衣拂，無使素塵彌。」此化用其意，謂綾羅衣服可在席上再三拂拭，不用擔心被灰塵弄髒。蕪，髒亂。

【語譯】魯地的秋寒來得早，初霜時節便開始到小洲上割蒲草。揮舞鐮刀就好像轉動彎月，拂動蒲上露水滾成連串珠子。這種蒲草最可珍貴，何必要看重那龍鬚草？織成蒲席鋪上玉床，可以欣然享受清靜夜晚的歡娛。羅衣能夠在上面再次拂拭，不必擔心會被塵土沾汙。

【研析】此詩當是開元二十八年（西元七四〇年）前後在兗州一帶作。詹鍈繫於天寶五載（西元七四六年）。疑非。李白的農事詩不多，此為其中之一。前四句寫「觀刈蒲」。所寫農家割蒲情態逼真入微，可見詩人觀察細緻。後六句以蒲草與龍鬚對比，認為蒲草珍貴實用。明人批點曰：「清脫有古意。」「『轉月』雖是真景，有何趣味？惟以對『連珠』則工。後四句風致自長。」

詠鄰女東窗海石榴❶

魯女東窗下，海榴世所稀❷。珊瑚映淥水❸，未足比光輝。清香隨風發❹，落日好鳥歸。願為東南枝，低舉拂羅衣。無由一❺攀折，引領望金扉❻。

【注釋】❶海石榴 指石榴花。因石榴最早來自海外，故名。《太平廣記》卷四〇九：「新羅多海紅并海石榴。唐贊皇李德裕言：『花中帶海者，悉從海東來。』」又名安石榴。落葉灌木或小喬木。夏季開花，可供觀賞。果肉可鮮食或加工成清涼飲料，果皮可入藥。❷海榴句　海榴，即海石榴。稀，蕭本、郭本作「希」。❸珊瑚句　潘岳〈河陽庭前安石榴賦〉：「似長離之棲鄧林，若珊瑚之映綠水。」此句用其意。淥，蕭本、郭本、王本、《全唐詩》皆作「綠」。❹隨風發　〈古詩十九首〉其五：「清商隨風發。」❺一　蕭本、郭本、胡本、《全唐詩》作「共」。❻引領句　引領，伸長頭頸。形容盼望之殷切。潘岳〈河陽縣作〉詩：「引領望京室。」金扉，高貴的門扉。《文選》卷一一王延壽〈魯靈光殿賦〉：「遂排金扉而北入。」張銑注：「扉，門扉也。」

【語　譯】魯地女子的東窗下，有一株世上少有的海石榴。美麗的珊瑚照在清澈的綠水中，也不足以比擬它的光輝。清香隨風散發，日落好鳥歸宿。我願作海石榴的東南枝，低舉輕拂鄰女的羅衣。可惜無法去攀折高枝，只能伸長頭頸翹望那華美的門扉。

【研　析】此詩亦當是開元二十八年（西元七四〇年）在東魯之作。前六句極力形容鄰女東窗下的海石榴之美，即使是珊瑚照映在淥水中亦不足比擬其光輝，既能隨風發清香，又可供好鳥在落日後歸宿。後四句寫對鄰女的愛慕之情。自己願化為榴枝，低舉輕拂其羅衣。只是無從攀折，只能伸頸眺望著她的門戶而已。可知此詩既是詠物詩，亦借物寄寓詩人對鄰女的深情。

南軒松

南軒有孤松，柯葉自綿冪❶。清風無閑時，瀟灑❷終日夕。陰生古苔綠，色染秋煙碧。何當凌雲霄❸，直上數千尺！

【注　釋】❶柯葉句　王琦注：「枝葉稠密而相覆之意。」冪，覆蓋。❷瀟灑　瀟，宋本原作「蕭」，據蕭本、郭本、《全唐詩》改。❸何當句　何當，猶何日、何時。淩雲霄，直上高空。鮑照〈擬行路難〉其十三：「榮志溢氣干雲霄。」

【語譯】南窗外有棵孤傲的青松，枝葉稠密而相覆蓋。清風無時不吹拂，終日瀟灑終夜愜意。樹陰下生長著古老的綠苔，秋天的煙霧也被它染碧。何時能枝葉參天高聳雲霄，直上數千尺巍然挺立！

【研析】此詩作年不詳。詩中描寫孤松枝葉茂密，日夜瀟灑沐浴清風。樹陰長滿綠苔，秋煙染成碧色。詩人盼望著它早日直上數千尺的高空雲霄。顯然是託物寓意，自喻品性孤高瀟灑，意志頑強，以及具有遠大的理想抱負。明人批點曰：「『陰生』兩句絕工妙，『無閑時』略拙。」

詠山樽二首　前一首一作〈詠柳少府山癭木樽〉❶

其一

蟠木不凋飾❷，且將斧斤疏❸。樽成山岳勢，材是棟梁餘。外與金罍❹並，中涵玉醴❺虛。慚君垂拂拭，遂忝玳筵❻居。

【注釋】❶詠山樽題　宋本題下注：「前一首一作〈詠柳少府山癭木樽〉。」乃宋人編集時所加。按：胡本即題作〈詠柳少府山癭木樽〉。❷蟠木句　蟠木，曲木。《漢書・鄒陽傳》：「蟠木根柢，輪囷離奇。」顏師古注：「蟠木，屈曲之木也。」凋飾，同「雕飾」。❸且將句　暫且讓它與斧斤疏遠。意謂不去砍伐它。將，與。斧斤，蕭本、郭本、王本、咸本、《全唐詩》皆作「斤斧」。❹金罍　飾金的大型酒器。《詩經・周南・卷耳》：「我姑酌彼金罍。」孔穎達疏引《韓詩說》：「金罍，大夫器也。天子以玉，諸侯、大夫皆以金，士以梓。」❺玉醴　醴，宋本原作「體」，據蕭本、郭本、繆本、王本、咸本、《全唐詩》改。《文選》卷一五張衡〈思玄賦〉：「飲青岑之玉醴兮。」呂向注：「玉醴，玉泉也。」又卷一八嵇康〈琴賦〉：「玉醴湧其前。」呂延濟注：「玉醴，玉漿也，味如酒。」按：此處以玉醴為酒。❻玳筵　即玳瑁筵。豪華珍貴的筵席。江總〈今日樂相樂〉詩：「綺殿文雅遒，玳筵歡趣密。」

【語　譯】屈曲的木材不需要雕飾，暫且讓它與斧鋸遠離。製作成酒杯自成山岳之勢，其材雖然只是棟梁之餘。外觀可與金杯並列，內盛美酒清澈虛空。我慚愧承蒙您的垂愛，讓我忝列玳瑁筵上佔席。

【研　析】此詩胡本題作〈詠柳少府山癭木樽〉，柳少府當即秋浦縣尉柳圓。李白有〈贈秋浦柳少府〉、〈贈柳圓〉（卷八）等詩，當與此詩同為天寶十四載（西元七五五年）遊秋浦時之作。詩中描寫用屈曲之木製作成酒杯，是絕佳產品，形有山岳之勢，材雖為棟梁之餘，外表可與大夫用的金罍並列，中間盛美酒清澈如空。末二句點明承蒙柳少府垂愛而忝列美筵之賓。明人批點曰：「以此意勝。」「雅婉有致，絕似玄暉。」

其二

擁腫❶寒山木，嵌空❷成酒樽。愧無江海量，偃蹇❸在君門。

【注　釋】❶擁腫　同「臃腫」。樹木癭節多而隆起不平直。《莊子・逍遙遊》：「吾有大樹，人謂之樗，其大本擁腫而不中繩墨。」❷嵌空　凹陷。❸偃蹇　安臥貌。

【語　譯】隆突不平的寒山之木，利用它的凹陷做成酒杯。自愧沒有江海之量，安臥在貴府不出門。

【研　析】此首當與前首同時之作。詩中寫山上癭木隆突不平，但可利用其凹凸不平製作酒杯。只是慚愧沒有江海的容量，只能安臥在您的家中。言外顯有寓意，與前首略同。明人批點曰：「意致殊淺。」

初出金門尋王侍御不遇詠壁上鸚鵡　一作〈敕放歸山留別陸侍御不遇詠鸚鵡〉❶

落羽辭金殿❷，孤鳴託繡衣❸。能言終見棄，還向隴山❹飛。

【注　釋】❶初出題　宋本題下注：「一作〈敕放歸山留別陸侍御不遇詠鸚鵡〉。」王侍御、陸侍御，名字事蹟不詳。御，《文苑英華》作「郎」。鸚鵡，鳥名。俗稱「鸚哥」。頭圓，上嘴彎曲成鉤狀，羽毛色彩美麗，能效人語。《禮記・曲禮上》：「鸚鵡能言，不離飛鳥。」張華《禽經注》：「鸚鵡出隴西，能言鳥也。」❷落羽句　以鸚鵡落羽毛比喻自己仕途挫折離開京城。殿，咸本、《萬首唐人絕句》作「闕」。❸託繡衣　託，蕭本、郭本、《全唐詩》作「吒」。繡衣，《漢書・百官公卿表》：「侍御使有繡衣直指。」顏師古注：「衣以繡者，尊寵之也。」此處指王侍御或陸侍御。❹隴山　山，蕭本、郭本、王本、咸本、《全唐詩》作「西」。《文選》卷一三禰衡〈鸚鵡賦〉：「惟西域之靈鳥。」李善注：「西域，謂隴坻，出此鳥也。」隴坻，即隴山。

【語　譯】我像鸚鵡落羽辭別了宮殿，孤獨鳴啼尋找王侍御有所拜託。能言之鳥最終被主人拋棄，仍然還是向家鄉隴山飛回去。

【研　析】此詩當是天寶三載（西元七四四年）春離開翰林院之時作。詩中以鸚鵡自喻，辭京還山猶如落羽，尋友不遇就像孤鳴。懷才能言卻遭棄逐，只得仍向家鄉飛去。明人批點曰：「點得醒切。」

紫藤樹❶

紫藤挂雲木❷，花蔓宜陽春。密葉隱歌鳥，香風留❸美人。

【注　釋】❶紫藤樹　蔓生木本，莖纏繞他物。花紫色蝶形，可供觀賞，含芳香油。莖皮纖維可織物。果實入藥，治食物中毒等。❷挂雲木　纏繞在高聳入雲的大樹上。❸留　蕭本、郭本作「流」。

【語　譯】紫藤掛纏在高聳雲天的大樹上，花蔓最宜在春天陽光下粲然開放。茂密的枝葉中隱藏著唱歌的小鳥，春風飄來的香氣使美人留戀不已。

【研　析】此詩作年不詳。詩中託物寓意，借「紫藤挂雲木，花蔓宜陽春」，希冀得到有權勢人物的幫助。並希望能實現自己的理想抱負，庇蔭黎民，使美人賞識而留住自己。

觀放白鷹二首

其一

八月邊風高，胡鷹白錦毛。孤飛一片雪，百里見秋毫❶。

【注　釋】❶秋毫　鳥獸在秋天新長出來的細毛。《孟子・梁惠王上》：「明足以察秋毫之末。」朱熹注：「毛至秋而末銳，小而難見也。」

【語　譯】八月裡邊地秋風高爽，胡鷹長出白錦般的新毛。長空孤飛宛如一片白雪，百里之外還能看見這白鷹的秋毫。

【研　析】此詩作年不詳。詩中描寫白鷹在八月秋風中放飛上空後潔白如雪，百里之外還看得見那新生的細毛。極盡誇張，富有情致。

其二

寒冬十二月，蒼鷹八九毛。寄言燕雀莫相啅，自有雲霄萬里高。

【甄　辨】《河嶽英靈集》收此詩，署作者名為高適，題作〈見薛大臂鷹作〉，《高適集》亦載此詩，題同。《文苑英華》收此第一首題作〈觀放白鷹〉，收此第二首題作〈見人臂蒼鷹作〉，並於作者下注：「一作高適」。按此首謂「寒冬十二月，蒼鷹八九毛」，與前首「八月」時令不同，與前首「白鷹」亦不同，此首謂「寄言燕雀莫相啅」，並未起飛，與題中「放」字不合，而與「臂蒼鷹」合。故可證此首當為高適〈見人臂蒼鷹作〉詩，誤入李白集。此處應刪。

觀博平王志安少府山水粉圖❶

粉壁為空天❷，丹青狀江海❸。游雲不知歸，日見白鷗在。博平真人❹王志安，沉吟至此願挂冠❺。松溪石嶝❻帶秋色，愁客思歸生曉寒❼。

【注　釋】❶觀博平題　博平王志安少府，博平縣尉王志安。博平，唐縣名。屬河北道博州。治所在今山東聊城東北之博平鎮。粉圖，胡本作「粉壁」。在粉壁上畫的圖。李白詩中屢見。如卷五〈同族弟金城尉叔卿燭照山水壁畫歌〉、卷六〈當塗趙炎少府粉圖山水歌〉等。❷粉壁句　謂以粉壁的本色作為天色。說明此畫對天空沒有勾線，亦未賦彩設色。與下句用丹青畫出江海之狀形成明顯對照。❸丹青句　丹青，用丹砂和青雘兩種礦物作顏料，是中國古代繪畫中常用之色。狀江海，畫出江和海的形狀。❹真人　道教稱「修真得道」或成仙之人。唐人常以縣尉喻作仙人，因漢代梅福曾為南昌縣尉，後棄官出走，傳為仙去。此處稱王志安為真人，即用此典。❺挂冠　指辭官而去。《後漢書・逢萌傳》：「時王莽殺其子宇，萌謂友人曰：三綱絕矣，不去，禍將及人。」即解冠掛東都城門，歸將家屬浮海，客於遼東。後因稱辭官曰「掛冠」。❻石嶝　登山的石階。嶝，蕭本、郭本、王本、咸本、《全唐詩》皆作「磴」。音義同。《水經注・汾水》：「羊腸阪在晉陽西北，石磴縈委，若羊腸焉。」❼愁客句　愁客，詩人自謂。生，蕭本、郭本、王本、咸本、《全唐詩》皆作「坐」。此句寫詩人的主觀感受。意謂看到畫上的松溪石級帶著秋色，客人因感曉寒而愁思歸家。

【語　譯】粉白牆壁的底色作為天空，用丹青顏料繪出江海形狀。浮雲飄遊不知歸還，每日可見白鷗長在。博平縣尉王志安，畫前沉吟至此欲辭官。秋色籠罩著松溪和石級階梯，因感拂曉的涼意使客人愁思還家。

【研　析】此詩作年不詳。全詩寫詩人觀畫感受，使讀者如身臨其境，可見詩人詠物題畫詩技巧高妙。前四句描寫壁畫上的景物：天空、江海、游雲、白鷗。後四句謂王志安縣尉面對圖畫沉吟而欲棄官，而詩人李白見畫中松溪石階帶秋色，因感曉寒而愁思歸家。明人批點曰：「起四句近俗，末二句稍快。」

題雍丘崔明府❶丹竈

美人為政本忘機❷，服藥求仙事不違。葉縣已泥丹竈畢❸，瀛洲當伴赤松歸❹。

先師有訣神將助❺，大聖無心火自飛。九轉❻但能生羽翼，雙鳧忽去定何依❼？

【注　釋】❶雍丘崔明府　雍丘縣令崔某，名字事蹟不詳。雍丘，唐縣名。屬河南道汴州。治所在今河南杞縣。明府，對縣令的敬稱。❷美人句　唐人稱讚品格美好的友人為美人、佳人、情人者常見。此處以「美人」稱崔縣令。忘機，消除機巧狡詐之心。指自甘淡泊，與世無爭。王勃〈江曲孤鳧賦〉：「爾乃忘機絕慮，懷聲弄影。」❸葉縣句　用王喬故事。葉縣，今河南葉縣。《後漢書・王喬傳》：「王喬者，河東人也。顯宗世，為葉令。喬有神術，每月朔望，常自縣詣臺朝。帝怪其來數，而不見車騎，密令太史伺望之。言其臨至，輒有雙鳧從東南飛來。於是候鳧至，舉羅張之，但得一隻舄焉。乃詔尚方診視，則四年中所賜尚書官屬履也。」泥丹竈，用泥巴封住煉丹的爐灶，保存其溫度。此處指煉丹完成。。❹瀛洲句　瀛洲，傳說中海上三仙山之一。《史記・秦始皇本紀》：「海中有三神山，名曰蓬萊、方丈、瀛洲，仙人居之。」赤松，即赤松子。古代神話中的仙人。《漢書・張良傳》：「願棄人間事，從赤松子遊耳。」顏師古注：「赤松子，仙人號也，神農時為雨師。」一說為帝嚳雨師。後為道教所信奉。❺先師句　《抱朴子・金丹》：「余師鄭君者，則余從祖仙公之弟子也，又於從祖受之。……余親事之灑掃，積久乃於馬迹山中，立壇盟受之，并諸口訣。訣之不書者，江東先無此書。書出於左元放，元放以授余從祖，從祖以授鄭君，鄭君以授余。故他道士，了無知者也。」「是以古之道士，合作神藥，必入名山。……若有道者登之，則此山神必助之為福，藥必成。」此句用其意。❻九轉　指金丹反復燒煉愈多愈久，服後成仙愈速。見《抱朴子・金丹》。❼雙鳧句　謂崔縣令如王喬那樣乘雙鳧忽去將定依何處。

【語譯】有才德之人為政本無機巧之心，服藥求仙之事並行不悖。葉縣已經塗泥好煉丹的爐灶，當在瀛洲與赤松子結伴而歸。先師有訣神必將相助，大聖人無心任爐火自飛。服下九轉之丹即能生翅成仙，崔明府像當年葉縣令王喬那樣乘鳧忽去將定依何處？

【研析】此詩當是天寶三載（西元七四四年）離京後遊梁宋經雍丘縣時之作。其時詩人對道教興趣最濃，詩中表現出對服藥求仙的嚮往。前四句謂為政與求仙並不矛盾，忘機即與服藥求仙冥合。如今丹灶已泥畢，定當往仙山與赤松子為伴而歸。後四句謂崔縣令既篤信成仙，則先師有訣而神將相助，聖人無心，丹火自飛。只是服丹後既生羽翼，崔縣令將定依何處？明人批點曰：「律格平穩，『葉縣』根『為政』來。以下服藥求仙事，末『雙鳧』應轉『葉縣』，總見是縣令求仙。」

觀元丹丘坐巫山屏風❶

昔遊三峽見巫山❷，見畫巫山宛相似。疑是天邊十二峰❸，飛入君家綵屏裏。寒松蕭颯如有聲，陽臺微茫如有情❹。錦衾瑤席何寂寂❺，楚王神女徒盈盈❻。高咫尺，如千里❼，翠屏丹崖粲如綺。蒼蒼遠樹圍荊門，歷歷行舟汎巴水❽。水石潺湲萬壑分，煙光草色俱氛氳❾。溪花笑日何年發？江客聽猿幾歲聞？使人對此心緬邈⑩，疑入高丘⑪夢綵雲。

【注釋】❶觀元丹丘題　元丹丘，李白一生中最親密的摯友。詳見卷五〈西岳雲臺歌送丹丘子〉注。坐，胡本作「座」。巫山屏風，畫有巫山風景的屏風。屏風，室內擋風或作為障蔽的用具。用木框為骨架，框上裱糊絹畫，謂之彩畫屏風。❷巫山　山名。在重慶、湖北兩省市邊境。因山勢曲折盤錯，形如「巫」字，故名。長江穿流其中，成為三峽之一的巫峽。《水經注・江水》：「江水又東逕巫峽，杜宇所鑿，以通江水也。郭仲產云：按〈地理志〉，巫山在縣西南，而今縣東有巫山，將郡、縣居治無恆故也。……其間首尾百六十里，謂之巫峽，蓋因山為名也。自三峽七百里中，兩岸連山，略無闕處。重巖疊嶂，隱天蔽日，自非亭午夜分，不見曦月。」❸十二峰　李端〈巫山高〉：「巫山十二峰，皆在碧虛中。」按：巫山十二峰在長江兩岸。峰名說法不一。《方輿勝覽》卷五七夔州：「十二峰，在巫山。曰望霞、翠屏、朝雲、松巒、集仙、聚鶴、淨壇、上昇、起雲、飛鳳、登龍、聖泉。其下即巫山神女廟。」❹陽臺句　用宋玉〈高唐賦〉中巫山之女言：「妾在巫山之陽，高丘之岨，旦為朝雲，暮為行雨，朝朝暮暮，陽臺之下。」❺錦衾句　此句形容華美的被子、席子如今空寂冷清。錦衾，錦緞的被子。《詩經・唐風・葛生》：「錦衾爛兮。」瑤席，形容華美的席面。《楚辭・九歌・東皇太一》：「瑤席兮玉瑱。」王逸注：「以瑤玉為席。」王夫之通釋：「瑤席，席華美如瑤也。」❻盈盈　儀態美好貌。〈古詩十九首〉其二：「盈盈樓上女，皎皎當窗牖。」❼高咫尺二句　胡本作「高唐咫尺如千里」。《全唐詩》「高」下校：「一本有唐字」。謂畫者在咫尺之內表現千里的空間。《南史・蕭賁傳》：「幼好學，有文才，能書善畫，於扇上圖山水，咫尺之內，便覺萬里為遙。」此處用其意。❽蒼蒼二句　意謂圖畫中有青蒼的遠樹圍繞著荊門，歷歷可見巴水中的行舟。王琦注：「荊門，在巫山之下流；巴水，在巫山之上流。……詩中所云巴水，似指巴地所經之水而言，不專謂曲折三回之巴江也。」按：《水經注・江水》：「江水又東歷荊門、虎牙之間，荊門在南，上合下開，闇徹山南，有門像，虎牙在北，石壁色紅，間有白文，類牙形，並以物像受名。」汎，宋本原作「況」，當是「汎」字形近而誤，汎，「泛」的異體字。蕭本、郭本、王本、咸本、《全唐詩》皆作「泛」。據改為「汎」。❾氛氳　宋本作「氳氛」，據胡本、《全唐詩》改。雲霧朦朧貌。鮑照〈冬日〉詩：「煙霾有氛氳。」❿緬邈　遙遠貌，含有瞻望弗及之意。潘岳〈寡婦賦〉：「遙逝兮逾遠，緬邈兮長乖。」⓫高丘　高，宋本、蕭本、郭本、咸本作「嵩」，據繆本、王本改。

【語　譯】以往遊三峽時我曾見過巫山，如今看見這幅屏風上畫的巫山好像非常相似。我懷疑是天邊的巫山十二峰，飛進您家的彩色屏風裡面。畫中的寒松搖曳好像蕭蕭有聲，陽臺依稀可見如有深情。錦被瑤席多麼寂寞，楚王和神女徒然有美好的熱戀。屏風咫尺之高卻畫出千里的風景，青山紅崖燦爛如同錦繡。蒼蒼遠樹圍繞著荊門，巴水上泛著行舟歷歷可見。萬壑間分別在石灘上有流水潺潺，煙光裡草色都很朦朧。溪畔的山花何年在日光下笑著盛開？江客何年在此聽到猿聲？令人在這畫前心懷高遠，我真疑心自己是在夢中遇到了巫山高丘彩雲中的神仙。

【研　析】此詩當是開元二十二年（西元七三四年）詩人應元丹丘邀請到潁陽山居時所作。本卷另有〈題元丹丘潁陽山居〉詩，其序曰：「丹丘家於潁陽，新卜別業。」元丹丘的「巫山屏風」大概就安放在此別業中。詩中描寫屏風上的畫面，非常具體生動，令人讀後如身臨其境。首四句以自己往年遊三峽時看到的真巫山與畫中的巫山作對比，「宛相似」說明其逼真，疑是巫山十二峰飛到了屏風上，更深入一層。中間十一句描寫畫面上的景色：寒松如有聲，陽臺如有情；錦被瑤席冷清，楚王神女徒然風流；屏風雖只咫尺高，景色卻有千里遠，翠屏丹霞燦爛如綺。蒼蒼遠樹圍繞荊門，歷歷可見巴水泛舟。潺潺之水在萬壑石上分別奔流，煙光草色都非常朦朧。末四句則抒寫詩人觀畫後的感想：溪邊的花何年在陽光下笑著開放？江客何年在此聽到了猿聲？詩人感到對此畫面心懷高遠，甚至懷疑自己在夢中進入了巫山高丘見到彩雲中的神仙。這是一首高超的題畫詩。《唐宋詩醇》卷八曰：「題畫詩杜多沉著，李自飄逸。」

求崔山人百丈崖瀑布圖❶

百丈素崖裂，四山丹壁開。龍潭中噴射❷，晝夜生風雷。但見瀑泉落，如潨雲漢來❸。聞君寫真圖，島嶼備縈迴。石黛❹刷幽草，曾青澤古苔❺。幽緘❻儻相傳，何必向天台❼！

【注　釋】❶求崔山人題　崔山人，名字不詳。今人王伯敏《李白杜甫論畫詩散記》：「崔山人不見一般記錄，唐宋人的幾部有關論畫著作，也沒有提到他。唯近人黃賓虹在《古畫微》增訂手稿中，……引明代郭守益（謙之）跋郭純（樸庵）《蒼松圖卷》中說：『崔翬為李白所重，白作〈求崔山人瀑布圖〉詩以贊之。翬字若思，蜀人。天寶中居長安，與鄭廣文（虔）交，善畫松、馬。』……看來，李白與翬有一定交往。李求崔畫，出了題目，還規定了內容。詩的前六句，便是要求畫瀑布圖的構思。後六句，點出崔翬畫藝的特點，說明崔翬在繪畫上既長於點綴，又善於設色。李白雖然沒有說他要求崔山人畫的瀑布圖是直幅還是橫幅，但讀者可以從詩句中意會其形勢變化，並猜度出這畫面是直幅的。」百丈崖，據《輿地紀勝》卷一二台州記載，「百丈巖在天台縣（今屬浙江）瀑布寺之側，巖下有溪名虛溪，寺今廢。」張聯元《天台山全志》（康熙六十年刊本）卷三：「百丈巖，在銅柏觀西北，與瓊臺相望，峭險束隘，四山牆立，下為龍湫，翠蔓蒙絡，水流聲潨然，盤澗繞麓，入為靈溪。北望石如張頤，亦號獅子巖，有石牀可盤踞。」❷中噴射　正當噴射。中，當。❸如潨句　潨，眾水相會處。《詩經・大雅・鳧鷖》：「鳧鷖在潨。」雲漢，天河；銀河。《詩經・大雅・棫樸》：「倬彼雲漢，為章於天。」❹石黛　古代女子用以畫眉的青黑色顏料。徐陵〈玉臺新詠序〉：「南都石黛，最發雙蛾。」❺曾青句　曾青，名貴的礦物質顏料。《荀子・王制》：「南海有羽翮、齒革、曾青、丹幹焉。」楊倞注：「曾青，銅之精，可繢畫及化黃金者，出蜀山越巂。」又〈正論〉：「加之以丹矸，重之以曾青。」楊倞注：「曾青，銅之精，形如珠者，其色極青，故謂之曾青。」今人王伯敏曰：「曾青是湖南出產的礦物質顏料，極名貴，或稱『怎青』。一般作畫所用花青，用藍靛製成，日久易褪色。『怎青』比花青有光澤，永不變色。說明崔翬用顏色是很講究的。」澤，潤澤。作動詞用。❻幽緘　密封。《文選》卷三〇謝惠連〈擣衣〉詩：「盈篋自余手，幽緘候召開。」呂延濟注：「幽，密；緘，封。」❼天台　山名。在今浙江天台縣東北。陶弘景《真誥》：「（山）當斗牛之分，上應台宿，故名天台。」

【語　譯】百丈山崖崩裂，四山丹壁敞開。龍潭正當水流噴射，晝夜如生風雷。只見瀑布飛落，如聚集眾水從銀河傾瀉下來。聽說您善於繪畫寫真，圖上有島嶼縈迴。用石黛刷出幽草，用曾青染澤枯苔。如蒙您把此畫密封後傳送給我，我又何必再往天台去遊覽！

【研　析】據黃賓虹引郭守益跋郭純《蒼松圖卷》，崔翚天寶中居長安，如此說可靠，則李白此詩當是天寶二年（西元七四三年）供奉翰林時所作。詩中求崔山人畫一幅百丈崖瀑布圖相贈。前六句描寫構思中的百丈崖瀑布之景：崖高壁開，龍潭噴射晝夜如風雷。只見瀑布如眾流匯聚從天河傾下來。後六句設想畫中的點綴設色，有島嶼縈迴，以石黛繪刷幽草，使草欣欣向榮；用曾青潤澤古苔，則苔青蒼而不枯槁。如果能將此畫密封相送以傳，則我即得山水之真，何必再去天台呢！按李白一生嚮往天台山，有〈天台曉望〉等詩。此處卻說「何必向天台」，可知崔山人的山水畫比真實的天台山更美。充分反映出詩人對崔山人繪畫藝術的推崇。

見野草中有名白頭翁者❶

醉入田家去，行歌荒野❷中。如何青草裏，亦有白頭翁？折取對明鏡，宛將❸衰鬢同。微芳似相誚，留❹恨向東風。

【注　釋】❶見野草題　名，蕭本、郭本、胡本、《全唐詩》作「曰」。白頭翁，草名。近根處有白茸，狀似白頭老翁，故名。《太平御覽》卷九九〇引《本草經》：「白頭翁，一名野丈人，一名胡王使者，味苦溫，無毒。」❷荒野　野，咸本校：「一作草。」❸宛將　宛，彷彿。將，與。❹留　宋本原作「流」，據蕭本、郭本、王本、《全唐詩》改。

【語　譯】我喝醉了酒進入田家去，歸來時在荒野中邊行邊歌。為什麼在青青的草叢中，也有草名叫「白頭翁」？我折取一枝回來對著明鏡照看，彷彿與我衰白的鬢髮相同。白頭翁發出微香好像在嘲笑我，不覺留下遺恨愁對東風。

【研　析】此詩作年不詳，當是晚年之作。因見草中有白頭翁而抒所感。謂乘醉入田家，行歌荒野中。何以草名白頭翁？折取歸來以明鏡對看，彷彿與自己之白髮相同。而草有微芳似在嘲笑我，不覺留恨以向東風。充分表現出詩人晚年失意的情懷。嚴羽評點曰：「皆是口頭語，卻不易到。」明人批點曰：「以偶然出之，亦自有韻。」《唐宋詩醇》卷八曰：「結意刻深，卻有風致。」

流夜郎❶題葵葉

慚君能衛足❷，歎我遠移根。白日如分照，還歸守故園❸。

【注釋】❶流夜郎　李白因參加永王李璘幕府，肅宗至德二載冬被判流放夜郎三年。❷衛足　《左傳》成公十七年：「仲尼曰：『鮑莊子之知不如葵，葵猶能衛其足。』」杜預注：「葵傾葉向日，以蔽其根，言鮑牽居亂，不能危行言遜。」後因以「衛足」比喻自全或自衛。❸白日二句　意謂君王如能賜我一點恩惠，赦我之罪而使我回歸故園。白日，太陽。喻指君王。日，胡本作「石」。誤。

【語譯】你能保衛自己的根使我感到慚愧，可嘆我不能自全而被拔根遷移到極遠的地方。太陽如能分一點光照到我，我就可還歸自己的家鄉。

【研析】此詩當作於乾元元年（西元七五八年）流放夜郎途中，因見葵葉而觸景生情。葵葉尚能傾其葉保護其根，可嘆自己卻不能自全而被移根遠遷。如今只寄希望於君王賜恩，使自己能免罪而還歸家園。自怨自艾之情洋溢於字裡行間。

瑩禪師房觀山海圖❶

真僧閉精宇❷，滅跡❸含達觀。列障❹圖雲山，攢峰入霄漢❺。丹崖森在目，清晝疑卷幔。蓬壺來軒窗，瀛海入几案❻。煙濤爭噴薄，島嶼相凌亂❼。征帆飄空中，瀑水灑天半。崢嶸若可陟，想像徒盈歎。杳與真心冥，遂諧靜者翫。如登赤城❽裏，揭涉滄洲畔❾。即事能娛人❿，從茲得蕭散⓫。

【注釋】❶瑩禪師題　瑩禪師，卷一〇有〈秋夜宿龍門香山寺奉寄王方城十七丈奉國瑩上人〉詩，疑瑩禪師即瑩上人。山海圖，即山水畫。唐宋人的山海圖多畫蓬萊、瀛洲等神話中的仙島，具有道教色彩。此詩寫僧房列嶂上的山水畫亦為這種內容，說明釋、道二教的幻想境界無甚區別。❷真僧句　真僧，戒律精嚴的僧人。精宇，猶精舍、僧舍。僧人修煉居住之所。❸滅跡　消失世俗的行跡。曹植〈潛志賦〉：「退隱身以滅跡。」❹列障　陳列的帷障。障，帷障；屏風。用以遮蔽視線的帷幕。宋本作「嶂」，據蕭本、郭本、王本、咸本改。❺攢峰句　謂山峰聚集高入雲霄天河。攢，聚集。霄漢，雲霄和天漢。❻蓬壺二句　謂海中神山來到窗前，躍上几案。《拾遺記》卷一：「三壺則海中三山也。一曰方壺，則方丈也；二曰蓬壺，則蓬萊也；三曰瀛壺，則瀛洲也，形如壺器。」❼煙濤二句　噴薄，洶湧激蕩。沈佺期〈過蜀龍門〉詩：「流水無晝夜，噴薄龍門中。」凌亂，雜亂無次序。鮑照〈舞鶴賦〉：「輕跡凌亂，浮影交橫。」❽赤城　山名。在今浙江天台東北，天台山之南。《元和郡縣志》卷二六江南道台州唐興縣：「赤城山，在縣北六里，實為東南之名山。」❾揭涉句　揭，提起衣裳。《詩經・邶風・匏有苦葉》：「濟有深涉，深則厲，淺則揭。」毛傳：「以衣涉水為厲，謂由帶以上也。揭，褰衣也。」《爾雅・釋水》：「揭者，揭衣也。以衣涉水為厲。繇膝以下為揭，繇膝以上為涉，繇帶以上為厲。」邢昺疏：「繇，由也。言水淺自膝以下為揭，水差深自膝以上者為涉，水若深至衣帶以上者為厲。」按：涉，宋本、蕭本、郭本、繆本、咸本、《全唐詩》皆作「步」，今據胡本、王本改。滄洲，濱水之地，常指隱士居處。洲，宋本作「州」，據蕭本、郭本、胡本、王本、咸本、《全唐詩》改。❿娛人　使人歡樂。《楚辭・九歌・東君》：「羌聲色兮娛人，觀者憺兮忘歸。」⓫蕭散　通「瀟灑」。自由閒散。《文選》卷三〇謝脁〈始出尚書省〉詩：「乘此終蕭散，垂竿深澗底。」李周翰注：「蕭散，逸志也。」按：蕭，蕭本、郭本、咸本、《全唐詩》作「消」。

【語譯】瑩禪師關閉僧舍不出門，與俗人斷絕交往一切聽其自然。僧房所列屏幛上畫著雲山，山峰聚集高入霄漢。圖上山崖歷歷在目，疑是白天捲起了窗幔。神山蓬壺來到窗前，瀛洲躍入几案。煙濤洶湧激蕩，島嶼若隱若現互相雜亂。舟帆飄向天空，瀑布自半天傾灑，高山好像可以登攀，可這畢竟是想像徒然長嘆。杳冥與禪心契合，就可以與靜者諧和共同賞玩。好像登臨赤城山仙境中，提起衣裳渡水到那濱水之地。對此圖上景象即能使人心曠神怡地歡樂，從此可以得到瀟灑自由的心情。

【研　析】此詩約作於開元二十二年（西元七三四年）。詩中首二句說瑩禪師是個超凡脫俗之人。接著就描寫他的僧房中屏帷上的山海圖的景色：群峰高入雲天，紅色山崖森然在目，疑是白日捲起窗幔。蓬萊、瀛洲海中仙山在窗前和几案，波濤噴射，島嶼淩亂，舟帆飄在空中，瀑布從半天瀉下。高山崢嶸似可登陟，可嘆這只是想像。將畫景和屏幛環境融合在一起，把畫寫活，使讀者如坐列嶂之前，如入畫景之中。把神仙境界搬到眼前，卻不用「眼前」等詞，使「來軒窗」、「入几案」具有畫中之畫的意境。由於詩人「好神仙」，所以面對此畫，就能「杳與真心冥」，產生「如登赤城裏，揭涉滄洲畔」的聯想。末二句點出觀畫後的感想，「即事能娛人，從茲得蕭散」。嚴羽評點「崢嶸」四句曰：「得畫神理。」《唐宋詩醇》卷八曰：「圖與觀圖者色並列。」

白鷺鷥❶

白鷺下秋水，孤飛如墜霜❷。心閑且未去，獨立沙洲傍。

【注　釋】❶白鷺鷥　即「白鷺」。《萬首唐人絕句》題作「白鷺」。鳥名。全身羽毛雪白，春夏多活動於湖沼岸邊或水田中。好群居，主食小魚等水生動物。主要見於長江以南各地和海南島。在中部地區為夏候鳥，在南方多為留鳥。❷如墜霜　好像空中落下的白霜。

【語　譯】一隻白鷺飛下停留在秋水上，好像天上落下潔白的秋霜。心情悠閒暫且沒有離去，獨立在沙洲旁休息。

【研　析】此詩作年不詳。是一首單純的詠物詩。謂白鷺飛落在秋水上，其潔白如天空墜下之霜。其心情悠閒無所求，獨自在沙洲旁行止。黃叔燦《唐詩箋注》曰：「與人無患，與世無爭，境象如此。」

詠桂二首❶

其一

園花笑芳年❷，池草豔春色。猶不如槿花，㛹娟❸玉階側。芬榮何夭促，零落在瞬息❹。豈若瓊樹枝❺，終歲長翕赩❻。

【注　釋】❶詠桂二首　蕭本、郭本、王本、咸本作〈詠槿二首〉。王琦注：「槿，繆本作『桂』。琦察詩辭，前首是詠槿，次首乃詠桂也。二本各有誤處，識者定之。」胡本、《全唐詩》前首作〈詠槿〉，後首作〈詠桂〉。是。桂，木名。通稱桂花，亦稱金桂、丹桂，為珍貴的觀賞樹。木犀科，常綠灌木或小喬木。秋季開花，黃色或白色，極芳香，可提取芳香油或用作食品、糖果的香料。《楚辭・遠遊》：「嘉南州之炎德兮，麗桂樹之冬榮。」洪興祖補注：「桂，淩冬不凋。」槿，落葉灌木。夏秋開花，花單生葉腋，花冠紫紅或白色，供觀賞，兼作藩籬。花朝開夕凋，故又名「日及」、「蕣華」，取其一瞬之義。《詩經・鄭風・有女同車》：「有女同車，顏如舜華。」毛傳：「舜，木槿也。」❷笑芳年　芳年，美好的年華。笑，開放。劉鑠〈擬行行重行行〉：「芳年有華月，佳人無還期。」鮑照〈代白紵曲二首〉：「千金顧笑買芳年。」❸㛹娟　美麗貌。蕭本、郭本、王本、咸本、《全唐詩》皆作「嬋娟」。美好貌。❹芬榮二句　謂槿花開放時間極為短促，瞬息間凋謝。❺瓊樹枝　傳說中的玉樹之枝。屈原〈離騷〉：「溘吾遊此春宮兮，折瓊枝以繼佩。」江淹〈雜體詩・古離別〉：「願一見顏色，不異瓊樹枝。」❻終歲句　江淹〈清思詩五首〉其一：「終歲如瓊草，紅華長翕艴。」《文選》卷二二江淹〈從冠軍建平王登廬山香爐峰〉詩：「瑤草正翕艴，玉樹信葱青。」呂向注：「瑤草、玉樹，皆美言之。翕艴、葱青，盛鬱貌。」

【語　譯】園中的花在美好的季節盛開，池塘邊的草在春光中展示鮮豔。但它們還是不如槿花，亭亭美好地立在玉階邊。不過槿花開放的時間多麼短促，瞬息之間它就凋落了。豈能像玉樹之枝，終年都是那麼茂盛鮮豔。

【研　析】此二詩作年不詳。此首確是詠槿詩。前四句以槿花與園中池邊的花草作對比，認為槿花的美好品格超過眾花草，比喻自己的操守異於俗人。後四句以槿花與瓊樹枝作對比，槿花壽命短促，不如瓊枝終年茂盛。比喻自己不如得道成仙之人而自嘆。明人批點曰：「是淺調，特以澹見趣。」

其二

世人種桃李，多在金張門❶。攀折爭捷徑❷，及此春風暄❸。一朝天霜下，榮耀難久存。安知南山桂，綠葉垂芳根？清陰亦可託，何惜樹君園？

【注　釋】❶多在句　多，蕭本、郭本、咸本、《全唐詩》作「皆」。金張，指金日磾和張世安，漢宣帝時二人並為官，子孫七代世襲榮華。後世因以「金張」比喻貴族。《漢書・蓋寬饒傳》：「上無許、史之屬，下無金、張之託。」顏師古注：「許氏、史氏有外屬之恩，金氏、張氏自託在於近狎也。」❷捷徑　直捷而近便的道路。《楚辭・離騷》：「夫唯捷徑以窘步。」王逸注：「捷，疾也。徑，邪道也。」❸暄　暖和。

【語　譯】世人栽種桃李，多選擇權貴之門。因為將來可爭攀高枝走捷徑，乘著此時春風送暖。可是有朝一日天寒霜降，榮華富貴難以久存。怎知南山的桂樹，它的綠葉能夠下垂保護芳根？它的清陰下也正可託身，為何吝惜不把它種在您的花園中？

【研　析】此首是詠桂詩。詩中謂世人多在權貴門下種桃李，為攀枝走捷徑而春風送暖。可是一旦秋霜下，就被摧折而難久存。不知南山的桂花樹，綠葉下垂能護芳根，它的清陰可以寄託，為何不種在您的園林中？《唐宋詩醇》卷八評曰：「雖託喻以達情，亦可令植私者通身汗下。有關世道非淺。」

白胡桃❶

紅羅袖裏分明見，白玉盤中看卻無。疑是老僧休念誦，腕前推下水精珠❷。

【注釋】❶胡桃 即核桃。落葉喬木。木材堅韌，可作器材。果仁可食，亦可榨油及入藥。張華《博物志》卷六：「張騫使西域還，乃得胡桃種。」❷水精珠 《初學記》卷二七引沈懷遠《南越記》曰：「海中有火珠、明月珠、水精珠。」精，蕭本、郭本、胡本、咸本、《全唐詩》作「晶」。

【語譯】在紅羅袖裡分明看見，在白玉盤中卻又看不見。懷疑是老和尚停止誦經，從手腕上脫下了水晶珠。

【研析】此詩作年不詳。只是一首詠物詩，無甚深意。明人批點曰：「是淺語，亦未見甚脫俗，只是道得快。」「意趣卻有餘，近徐文長，詠物詩多效此。」

巫山枕障❶

巫山枕障畫高丘❷，白帝城❸邊樹色秋。朝雲❹夜入無行處，巴水橫天更不流❺。

【注釋】❶枕障 即枕屏風。置於寢室中枕邊的屏障，就寢時用以禦風。❷畫高丘 畫，宋本原作「書」，據蕭本、郭本、繆本、王本、咸本、《全唐詩》改。《萬首唐人絕句》作「盡」。高丘，暗用宋玉〈高唐賦〉典故。意謂畫的是巫山高丘的風景。❸白帝城　在今重慶奉節白帝山上。詳見卷一九〈早發白帝城〉注。❹朝雲　指巫山神女。宋玉〈高唐賦〉：「昔者先王嘗遊高唐，怠而晝寢。夢見一婦人，曰：『妾，巫山之女也，為高唐之客。聞君遊高唐，願薦枕席。』王因幸之。去而辭曰：『妾在巫山之陽，高丘之岨。旦為朝雲，暮為行雨，朝朝暮暮，陽臺之下。』」❺巴水句　巴水，指巫山下的江水。橫天，橫流天際，形容地勢之高。

【語　譯】枕屏上畫著巫山高丘，白帝城邊的江樹已染上秋色。朝雲在夜間進入無迹可尋，巴水橫陳天際不再奔流。

【研　析】此詩作年不詳。這又是一首題畫詩。詩中描寫枕障上畫的巫山高丘，白帝城的秋色，〈高唐賦〉中朝雲的典故，巴水橫在天際的風光。詩人從畫中引發遐想，甚有風致。

庭前晚開花❶

西王母桃❷種我家，三千陽春始一花。結實苦遲為人笑，攀折唧唧❸長咨嗟。

【注　釋】❶庭前晚開花　此詩蕭本、郭本、咸本皆不收。王本置於〈詩文拾遺〉，曰：「語尤凡俗，不類太白。」❷西王母桃　《漢武帝內傳》：「（王母）又命侍女更索桃果，須臾，以玉盤盛仙桃七顆，大如鴨卵，形圓，青色，以呈王母。母以四顆與帝，三顆自食。桃味甘美，口有盈味。帝食輒收其核。王母問帝，帝曰：『欲種之。』母曰：『此桃三千年一生實，中夏地薄，種之不生。』帝乃止。」❸唧唧　象聲詞。嘲笑聲。

【語　譯】西王母的桃樹種在我家，經過三千個春天才開一次花。結的果實苦於太遲被人譏笑，攀折嘲弄使我感慨嘆息。

【研　析】此詩作年不詳。詩中以庭前晚花比擬三千年一實的西王母之桃，結實遲而被人笑，即物寓意，抒發自己不得志。是觸景傷神之詠物詩。

宣城長史弟昭贈余琴溪中雙舞鶴詩以見志❶

令弟佐宣城❷，贈余琴溪鶴。謂言天涯雪，忽向窗前落。白玉為毛衣，黃金不肯博❸。當風振六翮❹，對舞臨山閣。顧我如有情，長鳴似相託。何當駕此物，與爾騰寥廓❺？

【注　釋】❶宣城題　宣城長史弟昭，卷一〇有〈贈從弟宣州長史昭〉、卷一一有〈寄從弟宣州長史昭〉、〈書情寄從弟邠州長史昭〉，當是同一人。可知李昭為李白從弟，曾為宣州長史和邠州長史。長史，州長官刺史的輔佐官。唐代宣州為上州，長史為從五品上階。琴溪，水名。在今安徽涇縣東北。傳說琴高在溪中投藥滓化為魚而著名。詳見卷一六〈酬崔十五見招〉詩注。❷令弟句　令弟，對自己弟輩的敬稱。佐宣城，為宣城郡的輔佐。唐宣州，天寶元年改為宣城郡，乾元元年復改為宣州。今安徽宣城。❸博　換取；交易。❹六翮　指鳥類雙翅中的正羽。用以指鳥的兩翼。《戰國策・楚策四》：「奮其六翮而淩清風，飄搖乎高翔。」❺寥廓　空闊。指天空。《楚辭・遠遊》：「下崢嶸而無地兮，上寥廓而無天。」

【語　譯】我的好弟弟為宣城郡長史，贈送給我一對琴溪的舞鶴。以為是從天涯邊飛來的兩片白雪，突然在我的窗前飄落。雙鶴潔白的羽毛如白玉，千兩黃金我也決不肯將牠們交換。牠們乘風展開翅膀，在山閣前相對而起舞。回頭看我似乎極有感情，雙雙長鳴好像要將自己託付給我。什麼時候我能駕著這雙鶴，與您一起騰飛升上廣闊的天空？

【研　析】此詩當與〈贈從弟宣州長史昭〉為同一時期之作。詩中極力形容雙鶴的潔白可愛以及飛舞時對自己的深情，從而表達詩人高潔的品格以及嚮往瀟灑自由的逸致。此詩蕭本、郭本、咸本皆不收，王本置於〈詩文拾遺〉。

題詠

題隨州紫陽先生壁❶

神農好長生，風俗久已成❷。復聞紫陽客，早署丹臺名❸。
喘息飡妙氣❹，步虛吟真聲❺。道與古仙合，心將元化并❻。
樓疑出蓬海❼，鶴似飛玉京❽。松雪窗外曉，池水階下明。
忽耽❾笙歌樂，頓失軒冕情❿。終願惠金液⓫，提攜凌太清⓬。

【注釋】❶題隨州題　隨州，又作「隋州」，唐州名。屬山南東道。天寶元年改為漢東郡，乾元元年復改為隨州。治所在今湖北隨州。紫陽先生，據劉大彬《茅山志》卷二五李白〈唐漢東紫陽先生碑銘〉記載，紫陽先生姓胡，紫陽當是其道號。天寶元年卒，年六十二，由此上推，當生於唐高宗開耀元年。李白與「紫陽神交，飽餐素論，十得其九」。李白詩文中提及胡紫陽者甚多：如卷一一〈憶舊遊寄譙郡元參軍〉：「紫陽之真人，邀我吹玉笙。飡霞樓上動仙樂，嘈然宛似鸞鳳鳴。」卷一二〈潁陽別元丹丘之淮陽〉詩：「當餐黃金藥，去為紫陽賓。」❷神農二句　謂隨州為神農之舊里，好長生久已成風俗。楊齊賢注：「《荊山記》：隨地有厲鄉村，有厲山。山下有穴，是神農所出穴也。」按：《史記・五帝本紀》：「軒轅之時，神農氏世衰。」張守節《正義》引《帝王世紀》：「神農氏，姜姓也。母曰任姒，有蟜氏女，登為少典妃。」又引《括地志》：

「厲山在隨州隨縣北百里，山東有石穴。昔神農生於厲鄉，所謂列山氏也。春秋時為厲國。」❸復聞二句　丹臺，仙臺，道教指神仙居處。《藝文類聚》卷七八引《真人周君傳》羨門子謂紫陽真人周義山曰：「子名在丹臺玉室之中，何憂不仙？」按：李白〈冬夜於隨州紫陽先生飡霞樓送煙子元演隱仙城山序〉：「入神農之故鄉，得胡公之精術。胡公身揭日月，心飛蓬萊。起飡霞之孤樓，鍊吸景之精氣。」❹喘息句　急促呼吸後透氣，吸納氧氣。指道教吐納之法。❺步虛句　步虛，指道士唱經禮贊。《異苑》卷五：「陳思王遊山，忽聞空裏誦經聲，清遠遒亮。解音者則而寫之，為神仙聲；道士效之，作步虛聲。」《樂府古題要解》卷下：「步虛詞，右道觀所唱，備言眾仙縹緲輕舉之美。」真聲，仙音。陶弘景《真誥・運象》：「霄上有陛賢，空中有真聲。」❻心將句　將，與。元化，指自然的變化。陳子昂〈感遇詩〉其六：「古之得仙道，信與元化并。」❼樓疑句　樓，指隨州胡紫陽的餐霞樓。蓬海，指海中神山蓬萊。❽玉京　道教稱元始天尊所居之處。葛洪《枕中書》引《真記》：「玄都玉京，七寶山周迴九萬里，在大羅之上。」《魏書・釋老志》：「道家之原，出於老子。其自言也，先天地生，以資萬類。上處玉京，為神王之宗；下在紫微，為飛仙之主。」❾耽　宋本原作「躭」，「耽」的異體字。據蕭本、郭本、王本、咸本、《全唐詩》改。《尚書・無逸》：「惟耽樂之從。」孔傳：「過樂謂之耽。」❿頓失句　頓，蕭本、郭本、王本、咸本、《全唐詩》皆作「頗」。軒冕，古時卿大夫的車服。亦指官爵顯貴之人。《晉書・應貞傳》：「軒冕相襲，為郡盛族。」⓫金液　古代方士煉的丹液，調服之可成仙。《漢武內傳》：「其次藥有九丹金液。」《抱朴子・金丹》：「金液太乙，所服而仙者也，不減九丹矣。……金液入口，則其身皆金色。」⓬太清　道教三清之一。稱元始天尊所居之最高仙境。亦稱「大赤天」。在玉清、上清之上。唯成仙能入此境，故亦泛指仙境。《抱朴子・雜應》：「上昇四十里，名為太清。太清之中，其氣甚剛，能勝人也。」實指高空。

【語　譯】遠古時代隨州之地即有神農氏好長生，這種風俗久已形成。如今又聞紫陽先生修道，早在仙界丹臺署了名。

呼吸吐納餐飲元氣，縹緲輕舉吟誦步虛仙聲。紫陽先生得道與古之仙人相合，其心與自然造化相併。

餐霞樓疑出海上蓬萊仙山，白鶴似欲展翅飛往天帝所居之玉京。窗外青松雪映拂曉，階下池中之水閃亮透明。

忽然沉湎於笙歌樂曲，頓然失去官位爵祿之情。最終希望您能惠賜金液仙丹，提攜我一起飛昇上太清。

【研　析】此詩約作於開元二十三年（西元七三四年）冬。時李白與元丹丘、元演同遊隨州，拜謁道士胡紫陽。同時之作還有〈冬夜於隨州紫陽先生飡霞樓送煙子元演隱仙城山序〉。詩中首四句寫隨州地方的仙家氣象：自遠古神農至今紫陽先生，都性好長生，修道成仙，已成風俗。次四句描寫紫陽先生精勤修煉的情景：呼吸吐納，餐飲妙氣，吟誦步虛仙聲。修道與古仙同，養心與自然併。再次四句描寫紫陽先生所居之環境：有餐霞樓疑出蓬海，有昇天鶴欲飛玉京，窗外有松雪，階下有池水，可謂清幽雅致之極。末四句抒發耽樂笙歌、丟棄軒冕，願惠金液提攜昇天之情。點明題壁之意。明人批點曰：「中八句工，詠道寫景俱佳。」

題元丹丘山居❶

故人棲東山❷，自愛丘壑美。青春臥空林，白日猶不起❸。松風❹清襟袖，石潭洗心耳❺。羨君無紛喧❻，高枕碧霞裏。

【注　釋】❶題元丹丘題　元丹丘，李白一生中最親密的摯友。詳見卷五〈西岳雲臺歌送丹丘子〉注。山居，指元丹丘卜築嵩山之潁陽山居。詳下首〈題元丹丘潁陽山居并序〉注。❷東山　東晉名臣謝安曾「放情丘壑」，「高臥東山」，見《晉書・謝安傳》。此處以「東山」借指元丹丘隱居地嵩山。按：卷八〈贈嵩山焦鍊師〉曰：「還歸東山上，獨拂秋霞眠。」則嵩山似亦可稱「東山」。❸青春二句　青春，指青翠的春天。白日，指太陽照射。《楚辭・大招》：「青春受謝，白日昭只。」❹松風　《南史・陶弘景傳》：「特愛松風，庭院皆種松，每聞其響，欣然為樂。」❺洗心耳　卷一四〈送裴十八圖南歸嵩山二首〉其二：「歸時莫洗耳，為我洗其心。洗心得真情，洗耳徒買名。」洗心，《易經・繫辭上》：「六爻之義，易以貢。聖人以此洗心，退藏於密。」洗耳，用許由洗耳潁水事，詳見卷一〈古風〉其二十四注。❻紛喧　紛擾喧鬧。

【語　譯】好友棲居在嵩山，只因喜愛這裡的山谷幽美。青葱春色獨臥空林，白日高照還未起身。松風徐吹襟袖清爽，石潭水清洗淨心裡耳中的塵濁。我羨慕您在此沒有紛擾喧囂，高枕無憂地憩息在碧山雲霞中。

【研析】此詩約作於開元二十二年（西元七三四年），時李白應元丹丘邀請赴潁陽山居。詩中描寫元丹丘因愛山壑美而卜居嵩山，春臥空林，日照猶眠。松風清襟，石潭洗心，充分表現出元丹丘悠閒無為的瀟灑之態。末二句表示自己對友人生活的羨慕之情，真心實意，出自肺腑。嚴羽評點「青春」二句曰：「斯何人哉！可與同夢。」

題元丹丘潁陽山居并序❶

丹丘家于潁陽，新卜別業❷。其地北倚馬嶺❸，連峰嵩丘❹，南瞻鹿臺❺，極目汝海❻。雲巖❼映鬱，有佳致焉。白從之遊，故有此作。

仙遊渡潁水，訪隱同元君❽。忽遺蒼生望❾，獨與洪崖❿群。卜地初晦跡⓫，興言且成文。卻顧北山斷，前瞻南嶺分。遙通汝海月，不隔嵩丘雲。之子合逸趣⓬，而我欽清芬⓭。舉跡倚松石，談笑迷朝曛⓮。終願狎青鳥，拂衣棲江濆⓯。

【注釋】❶題元丹丘題　元丹丘，見卷五〈西岳雲臺歌送丹丘子〉注。潁陽，唐縣名。屬河南道河南府。治所在今河南登封西潁陽鎮。山居，山中住所。❷新卜句　卜，選擇。別業，別墅。❸馬嶺　《元和郡縣志》卷五河南府密縣：「馬嶺山在縣南十五里。」❹連峰句　謂綿延的山峰連接嵩山。❺鹿臺　《清一統志》卷二二四汝州：「鹿臺山，在州北二十里。《名勝志》：有臺，狀若蹲鹿。」❻汝海　指汝水。《文選》卷三四枚乘〈七發〉「北望汝海」李善注：「郭璞《山海經注》曰：『汝水出魯陽山東，北入淮海。』汝稱海，大言之也。」汝水源出河南魯山縣大盂山，流經寶豐、襄城、郾城、上蔡、汝南，注入淮河。唐設汝州，治所在梁縣，今河南汝州。❼雲巖　高聳入雲的山巒。❽仙遊二句　潁水，源出河南登封嵩山西南，東南流入商水縣，納沙河、賈魯河，至安徽壽縣正陽關入淮河。元君，指元丹丘。❾忽遺句　意謂突然遺忘了百姓的仰望。蒼生，百姓。《世說新語・排調》：「謝公（謝安）在東山，朝命屢降而不動。後出為桓宣武司馬，將發新亭，朝士咸出瞻送。高靈時為中丞，亦往相祖。先時多少飲酒，因倚如醉，戲曰：『卿屢違朝旨，高臥東山，諸人每相與言：安石不肯出，將如蒼生何！今亦蒼生將如卿何？』謝笑而不答。」此處用其意。❿洪崖　傳說中的仙人。黃帝時臣子伶倫，堯時已三千歲，仙號洪崖。亦作「洪涯」。《文選》卷二張衡〈西京賦〉：「洪涯立而指麾。」薛綜注：「洪涯，三皇時伎人。」郭璞〈遊仙詩〉其三：「左挹浮丘袖，右拍洪崖肩。」⓫晦跡　隱居，不讓人知道自己的蹤跡。⓬之子句　之子，此人，指元丹丘。逸趣，超逸出俗的情趣。沈約〈鍾山詩應西陽王教〉：「君王挺逸趣，羽旆臨崇基。」⓭清芬　喻德行高潔。陸機〈文賦〉：「誦先人之清芬。」⓮舉跡二句　舉跡，猶舉足，提腳跨步。迷朝曛，忘記了早晚。朝，早晨。曛，日落時。⓯終願二句　終，蕭本、郭本、王本、咸本、《全唐詩》作「益」。狎青鳥，《文選》卷三一江淹〈雜體詩三十首・阮步兵籍詠懷〉：「青鳥海上遊。」李善注：「《呂氏春秋》曰：海上有人好青者，朝至海上而從青遊，青至者前後數百。其父曰：聞汝從青遊，盍取來？我欲觀之。其子明旦至海上，群青翔而不下。」劉良注：「青鳥，海鳥也。」王琦按：「此詩所謂青鳥，當是用此事。然考今《呂氏春秋》本『青』作『蜻』，而注以為蜻蝏小蟲，與李氏所引不同。疑今本之訛也。」狎，親近。江濆，江邊。濆，沿江高地。王琦注：「詩意謂潁陽別業固盡丘壑之美，而己之所好更在江湖，是以欲與青鳥相狎而棲息江濆。」

【語譯】元丹丘家在潁陽，最近擇地新建了別墅。那地方北靠馬嶺山，峰巒綿延連接嵩山。南望鹿臺山，極目遠望可見汝水。雲霞在巖巒間掩映，在那裡有非常美好的情趣。我跟隨他同遊，所以寫了這首詩。

我訪問隱士元君來到嵩山，渡過潁水同作神仙之遊。忽然遺忘了蒼生仰望的濟世大志，獨與洪崖那樣的仙人為群。選擇新居之地的初衷就是為了隱匿蹤跡，出口談論即成文章。回顧北山馬嶺已阻斷視線，前望南嶺鹿臺則分散遠離。遙遠地與汝水相通的明月，不因嵩山之雲而相隔。

我的這位好友投合隱逸的情趣，而我欽仰他的高潔品德。舉足行走常倚松石，談笑之間忘記早晚。但我最終希望能與青鳥相親，拂衣棲居在江邊。

【研　析】此詩與前詩為同時之作。在此之前，元丹丘曾發信邀請，李白有〈題嵩山逸人元丹丘山居并序〉〈題有誤〉記其事：「元公近遊嵩山，故交深情，出處無間，巖信頻及，許為主人。欣然適會本意，當冀長往不返，欲便舉家就之。」可知李白乃應邀赴嵩山。同一時期寫的詩尚有〈元丹丘歌〉、〈題元丹丘山居〉、〈贈嵩山焦鍊師〉等，詩中並表示對隱逸生活的欽羨。稍後還有〈潁陽別元丹丘之淮陽〉詩，乃告別嵩山和洛陽回安陸時作。詳見拙著《李白叢考·李白與元丹丘交遊考》。詩序說明了元丹丘新築別墅的地理位置以及環境的優美，詩人來此跟隨其遊而作此詩。詩中前段十句即寫序中之言。即自己與元君同遊山居所見的佳致美景。遺忘了濟蒼生之志，獨與仙人為群。元丹丘築新居為的是隱匿蹤跡，出言即能成文章。回顧北山，前望南嶺，遙通汝水，不隔嵩山。此即元丹丘之山居。後段六句寫同遊之樂並抒自己的願望。謂友人投合逸趣，自己欽仰其高潔。行走時倚松踏石，談笑間忘卻早晚。然己之所好更在江湖，終願與青鳥相狎而棲息於江海之濱。

明人批點曰：「寫實景句工。」

題瓜洲新河餞族叔舍人賁❶

齊公鑿新河，萬古流不絕。豐功利生人，天地同朽滅❷。

兩橋對雙閣，芳樹有行列。愛此如甘棠，誰云敢攀折❸？

吳關倚此固，天險自茲設❹。海水落斗門❺，湖平見沙汭❻。

我行送季父❼，弭棹徒流悅❽。楊花滿江來，疑是龍山雪❾。惜此林下興❿，

愴為山陽別⓫。瞻望清路塵⓬，歸來空寂蔑⓭。

【注　釋】❶題瓜洲題　瓜洲，鎮名。又稱瓜埠洲、瓜步、瓜州。在今江蘇揚州邗江區南部、京杭大運河分支入江處。與鎮江市隔江相對。原為江中沙洲，因形似瓜而得名。晉時為瓜洲村，唐為瓜洲鎮。清末淪入江中。後在今址發展成鎮。《元和郡縣志》闕卷逸文卷二淮南道揚州江都縣：「瓜洲鎮，在縣南四十里江濱。昔為瓜洲村，蓋揚子江中之沙磧也，狀如瓜字，遙接揚子渡口，自開元以來漸為南北襟喉之地。」新河，指唐玄宗開元二十六年潤州刺史齊澣在瓜洲新開的運河。《舊唐書・玄宗紀下》：開元二十六年冬，「潤州刺史齊澣開伊婁河於揚州南瓜洲浦。」舍人，官名。按唐制：中書省有中書舍人六員，正五品上；通事舍人十六人，從六品上。東宮官屬有太子中舍人二人，正五品上；太子舍人四人，正六品上。見《舊唐書・職官志》。賁，《新唐書・李素節傳》：孫名賁。又〈宗室世系表下〉許王房：李素節之孫、巴國公欽古之子名賁，襲公。未知是否此人。❷齊公四句　齊公，指齊澣。《舊唐書・齊澣傳》：「(開元)二十五年，遷潤州刺史，充江南東道採訪處置使。潤州北界隔吳江，至瓜步沙尾，紆匯六十里，船繞瓜步，多為風濤之所漂損。澣乃移其漕路，於京口塘下直渡江二十里，又開伊婁河二十五里，即達揚子縣。自是免漂損之災，歲減腳錢數十萬。又立伊婁埭，官收其課，迄今利濟焉。」此四句即是對齊澣開新河的歌頌。❸愛此二句　意謂百姓愛護新河兩岸的芳樹，就像周代百姓愛召伯的甘棠一樣，無人敢去攀折。甘棠，果木名，即白棠，又稱棠梨。《詩經・召南・甘棠》：「蔽芾甘棠，勿翦勿伐，召伯所茇。」鄭玄箋：「召伯聽男女之訟，不重煩勞百姓，止舍小棠之下而聽斷焉。國人被其德，說其化，思其人，敬其樹。」朱熹注：「召伯循行南國，以布文王之政，或舍甘棠之下。其後人思其德，故愛其樹而不忍傷也。」❹吳關二句　吳關，指瓜洲渡。唐代此處為江北通向江南的交通咽喉，潤州春秋時屬吳國，故稱吳關。蕭本、郭本作「美關」。誤。此固，胡本、咸本、《英華》作「北固」。按：北固為潤州山名。然據詩意，仍當作「倚此固」為是，謂倚瓜洲新河而固。天險，指長江。謂瓜洲南依長江天險，從此設置了通往吳地的關隘。❺斗門　古代指橫截河渠、用以壅高水位的閘門，或堤、堰上所設的放水閘門。《新唐書・食貨志三》：「江南戶口多，而無征防之役。然送租、庸、調物，以歲二月至揚州入斗門。」❻湖平句　湖，王本、《全唐詩》作「潮」。泬，蕭本、郭本、王本、咸本、《英華》、《全唐詩》皆作「汭」。沙泬，沙岸洞穴。沙汭，水灣邊的沙灘。兩者皆可通。《文選》卷一二木華〈海賦〉：「若乃雲錦散文於沙芮之際。」李善注：「芮，崖也，芮與汭通。」江淹〈雜體詩三十首・謝臨川靈運遊山〉：「赤玉隱瑤溪，雲錦被沙汭。」❼我行句　我行，我這裡。季父，叔父。❽弭棹句　弭棹，停船。江淹〈雜體詩三十首・謝法曹惠連贈別〉：「弭棹阻風雪。」流悅，流連悅目；耽樂。《後漢書・蔡邕傳贊》：「苑囿典文，流悅音伎。」❾龍山雪　鮑照〈學劉公幹體〉：「胡風吹朔雪，千里度龍山。」呂向注：「胡在北，朔亦北也。龍山，山名。言風雪自北來，度過龍山。」

❿林下興　指放浪山林的逸趣。《高僧傳・義解二・竺僧朗》：「朗常蔬食布衣，志耽人外。……與隱士張忠為林下之契，每共遊處。」⓫山陽別　據《三國志・魏書・嵇康傳》裴松之注引《魏氏春秋》，阮籍、阮咸叔姪與嵇康、向秀等寓居河內山陽，共為竹林之遊。向秀〈思舊賦〉：「濟黃河以泛舟，經山陽之舊居。」《文選》卷二一顏延年〈五君詠・向常侍〉：「流連河裏遊，惻愴山陽賦。」劉良注：「(向)秀嘗與嵇康寓居河內山陽，後經山陽舊居，因聞笛作〈思舊賦〉。……河裏，河內也。惻愴，悲傷也。山陽賦，則〈思舊賦〉也。」山陽，漢置縣名，以在太行山之陽得名。治所在今河南焦作東。北齊時廢。此處喻指李賁與自己的叔姪之別。⓬清路塵　謂灰塵隨風飄揚。曹植〈七哀詩〉：「君若清路塵。」⓭寂蔑　蕭本、郭本、咸本、《全唐詩》作「寂滅」。同音通假，並為疊韻聯綿詞。按：佛家言寂滅，乃「涅槃」之意譯，意謂超脫一切境界人於不生不滅之門，即寂寞清靜、無色聲香味觸覺之意。謝靈運〈鄰里相送方山詩〉：「各勉日新志，音塵慰寂蔑。」《晉書・張駿傳》：「江吳寂蔑，餘波莫及。」

【語譯】齊公開鑿的瓜洲新運河，河水萬古長流不絕。豐功偉業使人民得利，恩德不朽可與天地同存。

新河上的兩座橋正對兩座亭閣，兩岸芳樹整齊排列成行。人們愛此如愛召公的甘棠，誰人敢攀敢折？

吳地關口倚仗此河而堅固，長江天險從此真正設立。海水進入閘門，潮平時水從沙中流出可見到沙灘。

我在這裡送別叔父，停下船槳只是為了流連耽樂。暮春的楊花滿江飄來，疑是北方飛來龍山的片片雪花。

正當愛惜留戀林下的情趣，愴然卻作叔姪山陽之別。遠望著你離去的清塵，獨自歸來又充滿空虛寂寞。

【研析】此詩當為天寶五載(西元七四六年)自東魯南下經瓜洲時作。前半篇歌頌齊澣開鑿新運河利國利民的不朽之功，表現出詩人對建設事業的熱情關注；後半乃寫叔姪分別之情，亦不落俗套，而意味深長。

洗腳亭❶

白道向姑蘇❷，洪亭❸臨道旁。前有吳時井❹，下有五丈牀❺。樵女洗素足，行人歇金裝❻。西望白鷺洲❼，蘆花似朝霜。送君此時去，回首淚成行。

【注　釋】❶洗腳亭　在今江蘇南京，具體地址不詳。胡震亨曰：「此疑送行之詩，題有逸字。」王琦曰：「詩乃送行之作，題內似有缺文。」❷白道句　王琦注：「白道，大路也。人行跡多，草不能生，遙望白色，故曰『白道』。唐詩多用之，鄭谷『白道曉霜迷』，韋莊『白道白村斜』是也。」按：卷二三〈寄遠十二首〉其七：「百里望花光，往來成白道。」即其意。姑蘇，今江蘇蘇州。蕭本、郭本、繆本、王本、咸本、《全唐詩》皆作「姑熟」。姑熟，指唐代宣州當塗縣（今屬安徽），以姑熟溪得名。詹鍈主編《李白全集校注彙釋集評》曰：「去當塗姑熟當為水路，不得稱白道，當以『蘇』字為是。」按：此說不周密，去當塗固以走水路為多，然亦可走陸路。❸洪亭　大亭，指洗腳亭。❹吳時井　吳，蕭本、郭本、胡本、咸本、《全唐詩》作「昔」。❺五丈牀　王琦注：「牀，井欄也。」❻金裝　盛裝。指馬或行李。梁簡文帝〈登山馬〉詩：「登山馬，間樹識金裝。」張易之〈出塞〉詩：「駿馬飾金裝。」❼白鷺洲　原在金陵西長江中，後因長江外移，今已成陸地。遺址在今南京水西門外江東門一帶。鷺，宋本作「鳥」，據蕭本、郭本、胡本、王本、咸本、《全唐詩》改。

【語　譯】大路直通姑蘇，大亭面對道旁。亭前有吳時的水井，井周圍有五丈的欄杆。打柴女在此洗濯素足，行路人在此卸裝歇息。向西眺望白鷺洲，蘆花茫茫如早晨的白霜。我此時送君遠去，回首淚流成行。

【研　析】此詩作年不詳。當是詩人在金陵送別友人之作。前八句描寫送別之地即洗腳亭周圍的環境：大道直向友人前往之地，洗腳亭面對道旁。前有吳井，欄杆五丈。樵女洗足，行人歇裝。白鷺洲上，蘆花似霜。寫景逼真如畫，其中已寓別意。末二句直抒送別之情，淚流成行，反映友情之深。

勞勞亭❶

天下傷心處，勞勞送客亭。春風知別苦，不遣柳條青❷。

【注釋】❶勞勞亭　遺址在今南京市西南，古新亭南。三國時吳國築。為古送別之所。勞勞，憂傷貌。❷春風二句　古代春天送別，有折柳贈行習俗。然寫此詩時柳色未青，詩人便設想春風亦知離別之苦而不使柳條發綠。構思新穎巧妙。王之渙〈送別〉詩：「近來攀枝苦，應為別離多。」此反用其意，烘染「傷心」二字，愈見蘊藉深婉。

【語譯】天下最傷心的地方，就是這送客離別的勞勞亭。春風也知道人間離別的痛苦，所以不讓柳條發青芽。

【研析】此詩作年不詳。首二句破題點旨，高度概括，將天下人間離別傷心情懷全都聚集到勞勞亭。勞勞亭是送客亭，故也是傷心亭。不說天下傷心事是離別，卻說天下傷心處是勞勞亭，越過離別事寫送別地，直中見曲，立意高妙，運思超脫。屈原〈九歌·少司命〉：「悲莫悲兮生別離。」江淹〈別賦〉：「黯然銷魂者，惟別而已矣。」都是對離別之苦的概括，而李白此二句則更具體而有特色。後二句則轉換視角，別出心裁，更深一層地烘托離別的「傷心」。王之渙〈送別〉詩：「楊柳東風樹，青青夾御河。近來攀枝苦，應為別離多。」說明古代有折柳送別的習俗，蓋「柳」諧音「留」，可表依依不捨之情。詩人則反用其意，謂春風因不忍心看到人間離別苦，故不使柳條發青。這是移情於景，託物言情，迂迴曲折，奇想妙絕，蘊藉深婉。

題金陵王處士水亭　此亭蓋齊朝南苑，又是陸機故宅❶

王子耽玄言，賢豪多在門❷。好鵝尋道士❸，愛竹嘯名園❹。樹色老荒苑❺，池光蕩華軒❻。此堂見明月，更憶陸平原❼。

掃拭青玉簟❽，為余置金樽❾。醉罷❿欲歸去，花枝宿鳥喧。何時復來此，再得洗囂煩⓫？

【注　釋】❶題金陵題　王處士，姓王的隱士。處士，古時稱有才德而隱居不仕的人。《荀子・非十二子》：「古之所謂處士者，德盛者也。」《漢書・異姓諸侯王表一》：「秦既稱帝，患周之敗，以為起於處士橫議。」顏師古注：「處士，謂不官於朝而居家者也。」水亭，李白原注：「此亭蓋齊朝南苑，又是陸機故宅。」《景定建康志》卷二二：「水亭有二：一在臺城寺，即今之法寶寺。一在齊南苑中，是陸機故宅，今鳳凰山南，傍秦淮是其處。」《方輿勝覽》卷一四江東路建康府古跡：「陸機宅，《圖經》云：在縣南五里，秦淮之側，有二陸讀書堂在焉。」❷王子二句　用王衍典故以喻王處士。《晉書・王衍傳》：「衍字夷甫，……口不論世事，唯雅詠玄虛而已。……妙善玄言，唯談《老》《莊》為事。……累居顯職，後進之士，莫不景慕放效。選舉登朝，皆以為稱首。」❸好鵝句　用王羲之書《黃庭經》換鵝故事，見卷一三〈送賀賓客歸越〉詩注。❹愛竹句　用王徽之故事。《世說新語・簡傲》：「王子猷（王徽之字子猷）嘗行過吳中，見一士大夫家，極有好竹。主已知子猷當往，乃灑掃施設，在聽事坐相待。王肩輿徑造林下，諷嘯良久。」❺老荒苑　老，宋本於此字下夾注：「一作：秀」。《文苑英華》作「秀」。荒苑，即指齊朝南苑。❻華軒　華美的欄杆。《文選》卷三〇王徽〈雜詩〉：「思婦臨高臺，長想憑華軒。」呂延濟注：「軒，樓上鉤欄也。華者，有華飾文彩。」❼此堂二句　此，王本、咸本、《英華》作「北」。王本校：「諸本皆作『此』，今校從《文苑英華》本。陸平原，指陸機，曾任平原內史，故稱。」二句用陸機〈擬明月何皎皎〉詩：「安寢北堂上，明月入我牖。照之有餘暉，攬之不盈手。」❽掃拭句　拭，宋本作「地」，據王本、《英華》、《全唐詩》改。青玉簟，青竹席。玉，對竹席的美稱。❾置金樽　《英華》作「署金樽」。樽，王本、《全唐詩》作「尊」。通。❿罷　宋本在此字下夾注：「一作：後」。《英華》作「後」。⓫再得句　宋本在「再」字下夾注：「一作：更」。《英華》作「更」。囂煩，喧鬧煩雜。徐幹《中論・修本》：「道之於人也，其簡且易耳……非若求盈司利之競逐囂煩也。」

【語　譯】王處士如當年王衍耽樂於玄言道學，賢士豪傑多聚集於門庭。又如當年王羲之好鵝而尋訪道士，如王子猷愛竹而在名園竹林中嘯詠。蒼茫的樹色使荒蕪的南苑更顯古老，池水波光蕩漾著彩繪鉤欄的倒影。在北堂看見皎潔的明月，更使我想起陸平原的名詩。

王公擦淨了青玉般的竹席，為我置辦了華麗的酒樽。我喝醉後就想歸去，花枝上的宿鳥正喧鬧著似殷勤挽留。何時能重來此地，讓我再次清洗塵世的囂鬧煩雜？

【研　析】此詩約天寶六載（西元七四七年）作於金陵。前段八句分兩層意思：先四句用王姓典故切入，王衍耽玄、王羲之好鵝、王子猷愛竹，讚美王處士的名士風度和超凡脫俗的瀟灑雅致。後四句以樹色老苑，池光蕩軒，北堂明月切水亭，乃齊朝南苑，陸機故宅。用典貼切，無斧鑿痕跡。後段六句寫主客之情。王處士為客人拭擦竹席，設宴招待，詩人醉飲欲歸，妙在不說主人挽留，卻說花枝宿鳥喧鬧。今日之遊樂，未知何時能再來洗囂煩。明人批點曰：「『愛竹』句工，『池光』句有怡趣。『平原』只點一句，前後俱無發揮，亦是章法未盡。」

題嵩山逸人元丹丘山居并序❶

白久在廬霍❷，元公近遊嵩山，故交深情，出處無間❸。嵒信❹頻及，許為主人。欣然適會本意，當冀長往不返❺。欲便舉家就之，兼書共遊❻，因有此贈。

家本紫雲山❼，道風未淪落。況懷丹丘志❽，沖賞❾歸寂寞。

揭來遊閩荒，捫涉窮禹鑿❿。夤緣泛潮海⓫，偃蹇⓬陟廬霍。憑雷躡天窗，弄景憩霞閣⓭。且欣登眺美，頗愜隱淪諾⓮。三山曠幽期，四岳聊所託⓯。

故人契嵩潁，高義炳丹雘⓰。滅跡遺紛囂，終言本峰壑⓱。自矜林端好，不羨市朝樂⓲。偶與真意并，頓覺世情薄⓳。爾能折芳桂，吾亦採蘭若⓴。

拙妻好乘鸞，嬌女愛飛鶴㉑。提攜訪神仙，從此鍊金藥㉒。

【注釋】❶題嵩山逸人題　嵩山逸人元丹丘，李白摯友元丹丘，時正隱居嵩山，故稱其為「嵩山逸人」。詳見本卷〈題元丹丘山居〉詩注。詩序說明元丹丘作書邀李白前往，白作此詩應邀。郭沫若《李白與杜甫》曰：「詩題和詩序不相應，序只言有意應邀，詩題卻是已經到了山居，題詩壁上。看來，詩題是後人誤加的，詩序即是詩的長題。」其說是。❷廬霍　即指廬山。在今江西九江南。霍，大山圍繞小山之稱。《爾雅．釋山》：「大山，宮；小山，霍。」邢昺疏：「謂小山在中，大山在外圍繞之，山形若此者名霍。非謂大山名宮小山名霍也。」或謂廬霍指廬山和霍山。考李白一生行蹤，從未隱過霍山，故不可信從。❸出處無間　出仕和隱退都沒有隔閡。《易經．繫辭上》：「君子之道，或出或處。」❹喦信　山巖來信。喦，「巖」的異體字。❺欣然二句　意謂很高興正領會其本意，當是希望我長期去隱居不回返。❻欲便二句　謂我想全家從之，並寫此信表示願意同遊。咸本無「便」字。舉家，全家。《易林．乾之需》：「喜如其願，舉家蒙寵。」❼紫雲山　王琦注：「紫雲山，在綿州彰明縣西南四十里，峰巒環秀，古木樛翠，地里書謂常有紫雲結其上，故名。……有道宮建其中，名崇仙觀，觀中有黃籙寶宮，世傳為唐開元二十四年神人由他山徙置于此，宮之三十六柱皆檀木，鐵繩隱跡在焉。此山地誌不載，宋魏鶴山作記，載集中。太白生于綿州，所謂『家本紫雲山』者，蓋謂是山歟？」按：此山在今四川江油匡山之南。李白自五歲至二十三歲，在此度過青少年時代，故詩中多以此地為家鄉。❽況懷句　況，蕭本、郭本、王本、咸本、《全唐詩》皆作「沉」。丹丘志，學道求仙之志。丹丘，傳說中神仙所居處。《楚辭．遠遊》：「仍羽人於丹丘兮，留不死之舊鄉。」王逸注：「丹丘晝夜常明也。」❾沖賞　沖虛賞道。❿朅來二句　朅來，猶言去來。司馬相如〈大人賦〉：「迴車去來兮，絕道不周。」閩荒，指鄰接今福建省的浙江南部地區。李白出蜀不久即「東涉溟海」，到過浙江東南海邊，當時該地區尚屬荒蕪。捫涉，謂攀山涉水。禹鑿，猶禹穴。鑿，穴；隧。《漢書．劉向傳》：「其後牧兒亡羊，羊入其鑿。」顏師古注：「鑿：謂所穿冢藏者。」王先謙補注引錢大昕曰：「鑿，猶隧也。隧鑿音相近。」《史記．太史公自序》：「上會稽，探禹穴。」⓫龕緣句　龕緣，循依而行。宋之問〈宿雲門寺〉詩：「雲門若邪裏，泛鷁路纔通。龕緣綠篠岸，遂得青蓮宮。」汎潮海，東海泛舟。此句謂「東涉溟海」。⓬偃蹇　高聳貌。《楚辭．離騷》：「望瑤臺之偃蹇兮，見有娀之佚女。」王逸注：「偃蹇，高貌。」⓭憑雷二句　謂依靠雷電追蹤山崖的縫隙，玩賞景色憩息於霞光下的亭閣。憑雷，依靠雷電。躡，追蹤。天窗，從巖穴中仰窺山崖所見的縫隙。《漢官儀》卷下：「泰山盤道屈曲而上，凡五十餘盤，經小天門、大天門，如從穴中視天窗矣。」弄景，玩賞日影。霞閣，霞光照射下的亭閣。⓮且欣二句　謂暫且欣賞登眺美景，很滿足自己隱居山林的諾言。眺，咸本作「跳」。誤。愜，滿足。⓯三山二句　意謂神仙境界遙遠飄渺難以期望，姑且寄託於名山之遊。三山，指神話中的海中三仙山：蓬萊、方丈、瀛洲。此處泛指仙境。曠幽期，遙遠幽渺的期望。四岳，《左傳》昭公四年「四嶽」杜預注：「東嶽岱，西嶽華，南嶽衡，北嶽恆。」

此處泛指名山。⑯故人二句　謂友人心契合於嵩山潁水，高義顯然。契嵩潁，投合於嵩山、潁水。炳，顯著；光明。丹雘，紅色的塗漆。⑰滅跡二句　謂匿跡而遺棄紛煩的塵世，始終隱居於嵩峰潁壑。⑱自矜二句　謂自以為欣賞山水美好，不羨慕朝市爭名爭利之樂。市朝，市場和朝廷。《史記・孟嘗君列傳》：「日暮之後，過市朝者掉臂而不顧。」《戰國策・秦策一》：「臣聞爭名者于朝，爭利者于市。今三川、周室，天下之市朝也。」⑲偶與二句　謂偶然與自然意趣相合，頓覺世俗之情淺薄。真意，自然的意趣。陶潛〈飲酒〉詩其六：「此中有真意，欲辨已忘言。」⑳爾能二句　折芳桂、採蘭若，以佩芳草比喻貞潔自守，甘隱山林。爾，指友人元丹丘。吾，詩人自謂。《文選》卷二六顏延年〈和謝監靈運〉詩：「芬馥歇蘭若。」李周翰注：「蘭若，香草。幽蘭、杜若也。」㉑拙妻二句　拙妻，指夫人許氏。好乘鸞，喜歡遊仙之事。嬌女，指女兒平陽。愛飛鶴，喜歡玩弄飛鶴的遊戲。㉒錬金藥　煉丹。道教謂服丹可成仙。

【語　譯】我長久往來廬山一帶，元公近來隱居嵩山，我們兩人是故交情深，出仕和隱居都沒有隔閡。他頻頻從山中寫信給我，答應要做東道主。我很高興地正領會他的本意，當是希望我去那裡長期隱居不返回。我想全家跟隨前去，並寫信表示願意同遊，於是寫了這首贈詩。

我家原本住在紫雲山，那裡崇尚仙道的風氣至今沒有沉淪消失。何況我也心懷求仙的志向，沖虛賞道思歸寂寞。

出蜀後去遊越中，攀山涉水窮尋禹穴。循依前行泛舟大海，回來登上高聳入雲的廬山。依靠雷電追蹤山崖縫隙，玩賞日影在霞閣中憩息。暫且欣賞登眺美景，滿足於棲隱山林諾言的實現。登覽海上三神山的期望遙遠飄緲，姑且寄託於四嶽等名山。

老友之心投合於嵩山潁水，他的高義像丹漆那樣顯然。匿跡而遺棄世俗的紛囂，始終談論嵩山、潁水的好處。矜持山林溪水的美好，不慕市井朝廷的歡樂。偶或悟得仙道真義，便頓覺世間人情的淺薄。你能攀折芳草桂枝，我也能採摘幽蘭和杜若。

我的妻子喜歡乘鸞飛翔，女兒也愛好飛鶴的遊戲。我們相攜共同尋仙訪道，從此去合煉那能長生的金藥。

【研　析】時賢多謂此詩作於天寶九載（西元七五〇年）。然天寶九載元丹丘未隱嵩山，而是隱於高鳳石門山。

李白有〈聞丹丘子於城北山營石門幽居中有高鳳遺跡僕離群遠懷亦有棲遁之志因敘舊以寄之〉詩（卷一〇），詩中回顧「疇昔在嵩陽，同衾臥羲皇」，「僕在雁門關，君為峨眉客」，「長劍復歸來，相逢洛陽陌」等往事，顯然都是開元二十二年至二十三年間的事。天寶九載李白曾到石門山訪元丹丘，有〈尋高鳳石門山中元丹丘〉詩（卷二〇）記其事，並寫有〈秋日鍊藥院鑷白髮贈元六兄林宗〉（卷八）曰：「弱齡接光景，矯翼攀鴻鸞。投分三十載，榮枯同所懽。」說明此年李白五十歲。元林宗當即元丹丘。李白一生中，「投分三十載，榮枯同所歡」者，唯有元丹丘。由此可證天寶九載元丹丘未隱嵩山，此詩決非天寶九載之作。考元丹丘隱居嵩山乃開元二十二年前後至天寶元年為止。凡寫嵩山潁陽元丹丘的詩當皆為此期間之作。李白〈漢東紫陽先生碑銘〉曰：「天寶初，威儀元丹丘，道門龍鳳，厚禮致屈，傳籙於嵩山。」可知天寶元年尚在嵩山。天寶二年元丹丘已在長安為西京大昭成觀威儀，見蔡瑋〈玉真公主受道靈壇祥應記〉。天寶三載李白被賜金還山後，與杜甫同遊梁宋、齊魯，時元丹丘曾往東蒙山隱居，不久離東蒙往華山，李白有〈西岳雲臺歌送丹丘子〉，說他是「東求蓬萊復西歸」。杜甫在天寶五載到長安後，曾寫有〈玄都壇歌寄元逸人〉詩曰：「故人昔隱東蒙峰，已佩含景蒼精龍。故人今居子午谷，獨並陰崖白茅屋。」此「元逸人」當即元丹丘，說明天寶五載後元丹丘隱於子午谷。以上皆是元丹丘行蹤之可考者，詳見拙著《天上謫仙人的秘密——李白考論集·李白與元丹丘交遊考》。由此可見，元丹丘隱居嵩潁乃開元中事，天寶年間未曾隱居嵩山。此詩當與其他寫元丹丘卜築潁陽嵩山詩同時期之作，即作於開元二十二年前後。

詩序說明元丹丘邀請李白到嵩山同隱，李白欲舉家從之，因寫此詩。首段四句謂故鄉紫雲山向有道風，自己素懷求仙學道之志。次段寫出蜀後遊會稽禹穴，東涉溟海泛舟，歸來攀登廬山高峰。憑雷追蹤山崖縫隙，玩賞景色憩息霞閣。認為神話中的三山遙遠飄渺難期，姑且託身遊覽名山。再次段寫元丹丘與嵩潁合契，高義炳然。匿跡棄俗，終言嵩潁山水。自以為喜歡山水，不羨市朝之樂。偶得真意，頓覺世薄。友人與自己皆能自守芳潔，甘居林下。末四句謂妻亦好道，女愛玩鶴，願相攜訪道煉丹。全詩只寫到開元十四年「東涉溟海」，即回廬山。李白在遊梁宋齊魯之時，曾訪道安陵，請蓋寰為之造真籙，請高天師如貴道士授道籙。加入道士籍，是李白一生中對道教迷信的高潮，此詩中皆未提及。亦可證此詩決非天寶中作。

題江夏脩靜寺　此寺是李北海舊宅❶

我家北海宅，作寺南江濱❷。空庭無玉樹，高殿坐幽人❸。書帶留青草❹，琴堂冪素塵❺。平生種桃李，寂滅不成春❻。

【注釋】❶題江夏題　江夏脩靜寺，無考。宋本題下有李白原注：「此寺是李北海舊宅。」李北海，即北海郡太守李邕。字泰和，少知名。曾為戶部郎中，左遷括州司馬，徵為陳州刺史，貶欽州遵化尉。累轉括、淄、滑三州刺史，天寶初，為汲郡、北海二太守。六載正月被殺。兩《唐書》有傳。❷南江濱　指長江南岸。❸空庭二句　謂故宅庭院已無李邕其人，故曰庭空。舊宅已改為佛寺，故高殿上坐的是僧人。玉，宋本作「王」，據蕭本、郭本、胡本、繆本、王本、咸本改。玉樹，喻指才貌優異秀美之人。此處指李邕。《世說新語・容止》：「魏明帝使后弟毛曾與夏侯玄共坐，時人謂蒹葭倚玉樹。」又〈傷逝〉：「庾文康（亮）亡，何揚州（充）臨葬曰：『埋玉樹著土中，使人情何能已已！』」幽人，指寺中僧人。❹書帶句　用東漢鄭玄典故。《後漢書・郡國志四》：「不其侯國，故屬琅邪。」李賢注引《三齊記》曰：「鄭玄教授不期山，山下生草大如薤，葉長一尺餘，堅刃異常，土人名曰『康成書帶』。」❺琴堂句　用宓子賤故事。《呂氏春秋・開春論・察賢》：「宓子賤治單父，彈鳴琴，身不下堂而單父治。」後因稱縣廳為琴堂。宋本在「堂」下夾注：「一作：臺」。冪，覆蓋；罩。素塵，灰塵。❻平生二句　謂李邕平生栽培桃李，如今遭受殺戮而不能成春。

【語譯】我的本家北海太守李邕的故宅，已經變作脩靜寺座落在長江南岸。庭院已空無玉樹般的優秀人才，高高的殿堂之上端坐著的是佛寺僧人。雖然還留有青青的書帶草，但琴堂廳中已覆蓋上塵埃。他平生遍種桃李，如今卻寂寞冷落不成春。

【研析】此詩當是乾元元年（西元七五八年）流放夜郎到達江夏時所作。詩謂李邕故宅今已變為寺廟，庭中不見玉樹，殿上坐著僧人。書帶草雖留而人已亡，琴堂廳上已覆蓋灰塵。平生所種桃李，如今遺殘不成春。詩人慨嘆李邕身後的寂寞淒涼，亦含有自傷之感。與卷一六〈答王十二寒夜獨酌有懷〉詩中「君不見李北海，英風豪氣今何在」可參讀。明人批點曰：「結句蓋傷所知負之寂滅，借釋家意用，大妙！」

改九子山為九華山聯句并序❶

青陽縣❷南有九子山，山高數千丈❸，上有九峰如蓮華❹。按圖徵名，無所依據，太史公南遊，略而不書❺。事絕古老❻之口，復闕名賢之紀，雖靈仙往復，而賦詠罕聞。予乃削其舊號，加以九華之目。時訪道江漢，憩於夏侯迴❼之堂。開簷岸幘❽，坐眺松雪，因與二三子❾聯句，傳之將來。

妙有分二氣，靈山開九華 李白❿。層標遏遲日，半壁明朝霞 高霽⓫。積雪曜陰壑，飛流歕陽崖 韋權輿⓬。青熒玉樹色，縹緲羽人家 李白⓭。

【注釋】❶改九子山題 改九子山為九華山，此山原名九子山，由李白改其名曰九華山。在今安徽青陽西南。因有九峰，形似蓮花，故名。今與五臺、普陀、峨眉合稱中國佛教四大名山。聯句，作詩方式之一，亦稱「連句」。兩人或多人共作一詩，相聯成篇。相傳始於漢武帝與群臣合吟的〈柏梁臺詩〉（疑為後人偽託）。初無定式，有一人一句一韻、兩句一韻乃至兩句以上者，依次而下。後來習用一人出上句，續者須對成一聯，再出上句，輪流相繼。此外尚有用雜言及一至九字詩形式寫成的聯句。本詩即為李白與高霽、韋權輿合作的聯句詩。❷青陽縣 唐縣名。《元和郡縣志》卷二八江南道池州：「青陽縣，本漢涇縣地。天寶元年，洪州都督徐輝奏，於吳所立臨城縣南置，屬宣州，在青山之陽為名。永泰二年，隸池州。」❸數千丈千，宋本原作「十」，據蕭本、繆本、王本、咸本改。❹蓮華　華，蕭本、郭本、咸本作「花」。❺太史公二句　司馬遷寫《史記・太史公自序》曰：「二十而南游江、淮，上會稽，探禹穴，闚九疑，浮於沅、湘。」未提及九子山，故曰「略而不書」。❻古老　同「故老」。年老而有聲望的人。《水經注・資水》：「水南十里有井數百口，……古老相傳，昔人以杖撞地，輒便成井。」❼夏侯迴　迴，《全唐詩》作「迴」。❽開簷句　謂打開帽簷，推起頭巾，露出前額。幘，頭巾，本覆在額上，把幘掀起露出前額稱「岸幘」，表示灑脫不拘的姿態。孔融〈與韋端書〉：「不得復與足下岸幘廣坐，舉杯相于，以為邑邑（悒悒）。」❾二三子　幾個人；各位。《左傳》僖公三十三年：「秦伯素服郊次，鄉師而哭曰：『孤違蹇叔，以辱二三子，孤之罪也！』」此處指高霽、韋權輿。❿妙有二句　宋本在二句下夾注：「李白」。則此二句為李白所作。妙有，道家指超於「有」和「無」以上的原始存在。《文選》卷一一孫綽〈遊天台山賦〉：「太虛遼廓而無閡，運自然之妙有。」李善注：「妙有，謂一也。言大道運彼自然之妙一，而生萬物也。……《老子》曰：『道生一。』王弼曰：『一，數之始，而物之極也。謂之為妙有者，欲言有，不見其形，則非有，故謂之妙；欲言其物由之以生，則非無，故謂之有也。斯乃無中之有，謂之妙有也。』」二氣，謂陰和陽。《易經・咸卦》：「柔上而剛下，二氣感應以相與。」靈山，指仙山。《文選》卷五左思〈吳都賦〉：「巨鼇贔屭，首冠靈山。」呂向注：「靈山，海中蓬萊山。」此處乃對山的美稱，謂有靈氣的山。庾闡〈採藥詩〉：「採藥靈山嶠，結駕登九嶷。」⓫層標二句　宋本在二句下夾注：「高霽」。則此二句為高霽所作。層標，重疊的山峰。遲日，《詩經・豳風・七月》：「春日遲遲。」後因以「遲日」指春日。⓬積雪二句　宋本在二句下夾注：「韋權輿」。權一作「瓘」。則此二句為韋權輿所作。輿，宋本作「與」，據蕭本、郭本、胡本、王本、《全唐詩》改。歕，同「噴」。噴射。蕭本、郭本、咸本作「歕」。陽崖，向陽的山崖。《文選》卷二二謝靈運〈於南山往北山經湖中瞻眺〉詩：「朝旦發陽崖，景落憩陰峰。」劉良注：「山南曰陽也。」⓭青熒二句　宋本在二句下夾注：「李白」。則此二句為李白所作。青熒，青光閃映貌。《文選》卷八揚雄〈羽獵賦〉：「玉石嶜崟，眩耀青熒。」李善注：「青熒，光明貌。」玉樹，形容白雪覆蓋之樹。縹緲，隱約貌。羽人，神話中的飛仙。《楚辭・遠遊》：「仍羽人於丹丘兮，留不死之舊鄉。」洪興祖補注：「羽人，飛仙也。」

【語　譯】青陽縣南有九子山，山高幾千丈，上有九峰像蓮花。按圖查詢驗證其名來歷，沒有什麼根據。當年司馬遷南遊，沒有記載九子山。年老有聲望之人口中說不出九子山之事，又缺乏名賢的記載，即使有靈異神仙來往，卻未曾聽說有詩賦留下。於是我就把九子山的舊名刪去，改為九華山的名目。時訪道江漢，休息於夏侯迴之廳堂。揭開帽簷，推起頭巾，露出前額，眺望松雪，於是與幾個人聯句為詩，以傳給後人。

自然界最先運行即分出陰陽二氣，使靈秀的仙山開出九朵蓮花（李白）。層層疊疊的山峰擋住了春天的太陽，半山壁中照明著燦爛的朝霞（高霽）。積雪映照著山北的丘壑，飛流的瀑布水噴向山南的石崖（韋權輿）。白雪覆蓋的玉樹透著青光，隱約朦朧之處是仙人之家（李白）。

【研　析】此詩約作於天寶十四載（西元七五五年）初春之時。序中明確交代將九子山改名為九華山的原因。詩中四聯，首尾二聯乃李白所詠，頷聯為高霽所吟，頸聯乃韋權輿所作。朱諫《李詩選注》曰：「此詩首二句已盡大體矣。後六句，狀其景致物色之美也。古人聯句如此，各自為對，以足其意而已。今人乃對句屬之他人者，時俗拘也。至於名公亦相蹈襲，豈一時之未審歟？」首二句氣勢極大：從宇宙開闢分陰陽二氣，使靈秀神山開出九朵蓮花。次二句寫山之高：層疊山峰阻擋住春日陽光，半山壁始有朝霞照明。五、六句寫九華山初春景色：山北峽谷可見積雪閃爍，而山南崖壁則見瀑布飛流噴射。末二句引向遠處：白雪覆蓋的樹上似透出青光之色，隱約可見處有仙人居住的家。明人批點曰：「中四句狀山景，句各一事，甚工。」

題宛谿館❶

吾憐❷宛谿好，百尺照心明❸。何謝新安水？千尋見底清❹。白沙留月色，綠竹助秋聲。卻笑嚴湍上，于今獨擅名❺。

【注　釋】❶宛谿館　谿，「溪」的異體字。宛溪，水名。在今安徽宣城。詳見卷一八〈過崔八丈水亭〉詩注。《李白安徽詩文校箋》曰：「宛溪館，原位於安徽宣州市宛溪上游西岸，今圮。」❷憐　愛。❸百尺句　宋本在此句下夾注：「一作：久照心益明」。尺，《英華》作「丈」。心，《英華》作「山」。❹何謝二句　謂宛溪之水清不遜於新安江之水，千丈深都能清澈見底。何，蕭本、郭本、胡本作「可」。謝，讓；遜。新安水，新安江。錢塘江上游。一稱徽港（歙港）。源出安徽休寧六股尖東坡，東流至浙江建德梅城匯納蘭江，再東北流至桐廬納桐溪水，至富陽稱富春江，又曲折東北流為錢塘江入海。新安江水歷來以清澈著名。沈約〈新安江水至清淺深見底貽京邑遊好〉詩：「洞澈隨清淺，皎鏡無冬青。千仞寫喬樹，百丈見游鱗。」尋，古代長度單位。八尺為尋。❺卻笑二句　謂可笑的是至今還將嚴陵瀨之水獨擅美名。言外之意是宛溪之水勝於嚴陵瀨。嚴湍，指浙江七里瀨。又名嚴陵瀨。在今浙江桐廬南富春江邊。相傳為東漢嚴光隱居垂釣處。《後漢書・嚴光傳》：「除為諫議大夫，不屈，乃耕於富春山，後人名其釣處為嚴陵瀨焉。」《水經注・漸江水》：「自（桐廬）縣至於潛，凡十有六瀨。第二是嚴陵瀨。瀨帶山，山下有石室，漢光武帝時，嚴子陵之所居也。故山及瀨皆即人姓名之。」

【語譯】我愛美麗的宛溪，清澈的百丈深水照得我心中透明。何人說它遜於新安江水？千丈深處都清澈見底。潔白的沙挽留著月色，綠色竹林助長了秋聲。可笑的是那嚴光垂釣處的富春江上，至今還獨擅著清美之名。

【研析】此詩當作於天寶十二載（西元七五三年）秋遊宣州之時。詩中將宛溪之水與新安江比較，認為其清澈見底不亞於後者。白沙留有月色，綠竹助長秋聲，詩人對宛溪環境熱情讚美。末二句嘲笑世人至今只知嚴陵瀨，隱約暗示自己也有高尚節操，不遜嚴光。蓋地以人重。嚴羽評點曰：「清淺如溪流，使人可掬。」明人批點曰：「借新安為客，所謂尊題法。頸聯寫景妙絕，結應轉新安，收有情。」

題東谿公❶幽居

杜陵賢人清且廉❷，東谿卜築歲將淹❸。宅近青山同謝朓，門垂碧柳似陶潛❹。

好鳥❺迎春歌後院，飛花送酒舞前簷。客到但知留一醉，盤中祇有水精鹽❻。

【注釋】❶東谿公　即詩中首句的杜陵賢人。姓名不詳。谿，「溪」的異體字。❷杜陵句　杜陵，在今陝西西安東南。古為杜伯國。秦置杜縣。漢宣帝築陵於東原，因名杜陵。並改杜縣為杜陵縣。稱東溪公為杜陵賢人，可知其為杜陵人。稱其「清且廉」，可知其曾入仕為官，為官時清介廉潔。當是先仕而後退隱者。❸東谿句　據下句詩意，東谿當在宣州當塗青山附近。卜築，擇地建屋。歲將淹，歲月已很長久。淹，長久。❹宅近二句　暗喻東溪公有謝朓之詩才，陶潛之瀟灑。青山，在今安徽當塗東南三十里。南齊詩人謝朓築室山南，唐天寶年間改名謝公山。詳見卷六〈酬殷佐明見贈五雲裘歌〉注。門垂句，陶潛〈五柳先生傳〉：「先生不知何許人也，亦不詳其姓字。宅邊有五柳樹，因以為號焉。」此句「碧柳」用其意。❺好鳥　鳥，宋本原作「馬」，據蕭本、郭本、繆本、王本、咸本改。❻水精鹽　晶瑩明澈如水晶的鹽。精，蕭本、郭本、胡本、《全唐詩》作「晶」。《魏書・崔浩傳》：「(太宗)賜浩御縹醪酒十觚，水精戎鹽一兩。曰：『朕味卿言，若此鹽、酒，故與卿同其旨也。』」按：卷七〈梁園吟〉：「玉盤楊梅為君設，吳鹽如花皎白雪。持鹽把酒但飲之，莫學夷齊事高潔。」可知以楊梅為下酒物，古時以鹽飲酒。此處謂「盤中祇有水精鹽」，則謂無下酒之物。

【語　譯】杜陵賢士清正而且廉潔，在東溪畔築屋隱居已有多年。宅地如詩人謝朓一樣靠近青山，門垂碧柳又像逸人陶潛。美麗的鳥兒在後院唱著迎春的歡歌，飄落的花朵伴著酒香在前面屋簷下飛舞。有客到來只知留他開懷一醉，盤中無菜只有水精鹽。

【研　析】此詩當是天寶十二載（西元七五三年）在宣州當塗附近所作。前四句寫東谿公卜築隱居之志，後四句寫環境之幽靜及東谿公的清廉。嚴羽評點曰：「猶存渾氣。」明人批點曰：「宅門院簷是居，山柳花鳥狀幽，景見其清，結則廉。」朱諫《李詩選注》：「此乃李白之律詩也。一氣渾成，不事雕琢。其態度語句清麗，唐之諸詩人竭力為者，反不能及。晚唐纖細，又安能望其後塵乎？」

雜　詠

嘲魯儒❶

魯叟談五經，白髮死章句❷。問以經濟策❸，茫如墜煙霧❹。足著遠遊履，首戴方頭巾❺。緩步從直道，未行先起塵❻。秦家丞相府，不重褒衣人❼。君非叔孫通，與我本殊倫❽。時事且未達，歸耕汶水濱❾。

【注釋】❶魯儒　指魯地（今山東兗州、曲阜一帶，春秋時魯國）的儒者。❷魯叟二句　嘲諷魯儒學習經書到老只知記章句，而不知用世的大道。五經，指儒家五部經典著作，即《易經》、《尚書》、《詩經》、《禮》、《春秋》。章句，指文字的句讀和分章。《漢書・夏侯勝傳》：「勝從父子建，字長卿，自師事勝及歐陽高，左右采獲。又從五經諸儒問與《尚書》相出入者，牽引以次章句，具文飾說。勝非之曰：『建所謂章句小儒，破碎大道。』建亦非勝為學疏略，難以應敵。」❸經濟策　治理國家的策略。經濟，經世濟民。《晉書・殷浩傳》：「足下沉識淹長，思綜通練，起而明之，足以經濟。」❹茫如句　謂一無所知，茫然如墮入煙霧之中。❺足著二句　謂魯儒在唐代仍服漢時巾履。遠遊履，履名。《文選》卷一九曹植〈洛神賦〉：「踐遠遊之文履。」呂向注：「遠遊，履名。」其形制未詳。方頭巾，當即方山巾。頭，蕭本、郭本、王本、《全唐詩》皆作「山」。「方山冠」原為漢代祭祀宗廟時樂舞者所戴之冠。《後漢書・輿服志下》：「方山冠，似進賢（冠），以五采縠為之。祠宗廟，〈大予〉、〈八佾〉、〈四時〉、〈五行〉樂人服之。冠衣各如其行方之色而舞焉。」後成為儒生所戴之冠。❻緩步二句　謂魯儒身穿漢儒寬袍博帶，走路緩慢地順著直道，未行幾步寬大衣袖就揚起灰塵。❼秦家二句　謂秦朝丞相李斯，是不看重寬袍闊帶的儒生的。秦家丞相，指李斯。《史記・李斯列傳》載李斯曾建議秦始皇焚書曰：「臣請諸有文學《詩》《書》百家語者，蠲除去之。令到滿三十日弗去，黥為城旦。所不去者，醫藥卜筮種樹之書。若有欲學者，以吏為師。」秦始皇接受了這個建議，遂「收去《詩》、《書》百家之語以愚百姓，使天下無以古非今。」褒衣，寬袍，古代儒生的裝束。《漢書・雋不疑傳》：「褒衣博帶，盛服至門上謁。」顏師古注：「褒，大裾也。言著褒大之衣，廣博之帶也。」❽君非二句　謂魯儒不是叔孫通那樣的人，與我本來就不是同一類人。詩人於此自比叔孫通，以「不知時變」的「鄙儒」喻魯叟，故云不同類。叔孫通，漢初薛縣（今山東棗莊薛城）人，曾為秦博士。秦末農民起義，為項羽部屬，後歸劉邦，為博士。漢朝建立，曾率儒生改造前代禮制，為漢高祖劉邦制訂新的朝儀。《史記・劉敬叔孫通列傳》：「於是叔孫通使徵魯諸生三十餘人。魯有兩生不肯行，曰：

『公所事者且十主，皆面諛以得親貴。今天下初定，死者未葬，傷者未起，又欲起禮樂。禮樂所由起，積德百年而後可興也。吾不忍為公所為。公所為不合古，吾不行。公往矣，無汙我！』叔孫通笑曰：『若真鄙儒也，不知時變。』」殊倫，不是同一類人。❾時事二句　謂魯叟對當世要事尚且不懂，只能回到汶水邊去種田。時事，當世的要事。且未達，尚且不明白。達，通曉；明白。《呂氏春秋・遇合》：「凡能聽音者，必達於五聲。」汶水，今名大汶河，源出山東萊蕪北，西南流至梁山入濟水。

【語譯】魯地的老翁談論五經，到了白髮滿頭還只能死記句讀分章。問他經國濟世的策略，他茫然如同墜入煙霧之中。腳穿遠遊文履，頭戴方山頭巾。沿著直道緩步慢行，未行幾步寬大衣袖就已掀起了灰塵。秦朝丞相李斯，是不看重褒衣闊帶的儒生的。你不是通達時變的大儒叔孫通，和我本來就不是同一類人。你對當世的要事尚且不明白，還是回到汶水邊去耕田吧。

【研析】此詩當是開元二十八年（西元七四〇年）初到東魯時所作。首四句批評魯地的儒生只會死記五經的章句，對治理天下的方略卻茫然不知。接著四句描繪腐儒的可笑形象：足著仿製漢代的遠遊履，頭戴仿製漢代的方山冠，順著直道慢慢地踱步走路，還未走幾步那寬大的衣袖就捲起了飛揚的塵土。這幅畫面把腐儒的動態肖像描繪得惟妙惟肖。末六句詩人作正面評論：秦朝丞相李斯早就不看重脫離實際只做表面文章的儒生，勸秦始皇焚書坑儒；而漢初的叔孫通為漢高祖制定新的制度則適合時宜。詩人以叔孫通自喻，表明自己與死守章句的腐儒完全是不同的人。最後兩句諷刺魯儒不懂時事，只能到汶水邊去種田。此詩表明作者諷刺的只是儒生中的一部分，即死守章句而不懂經世濟民方略者，說明詩人自認為是一個有政治抱負，希望積極用世的真正儒生。全詩形象鮮明，用典貼切。

懼讒

二桃殺三士❶，詎假❷劍如霜？眾女妬蛾眉，雙花競春芳❸。魏姝信鄭袖，掩袂對懷王。一惑巧言子，朱顏成死傷❹。行將泣團扇❺，戚戚❻愁人腸。

【注釋】❶二桃句　用春秋時齊國大夫晏嬰以兩個桃子殺死三個勇士的故事，詳見卷二〈梁甫吟〉注。❷詎假　詎，豈；難道。反詰副詞。假，借。❸眾女二句　《文選》卷三二屈原〈離騷〉：「眾女嫉余之蛾眉兮。」王逸注：「眾女，謂臣眾也。蛾眉，好貌。……言眾女嫉妬蛾眉美好之人。」李周翰注：「眾女，喻讒臣也。蛾眉，美女，喻忠直也。」雙花，指眾女與蛾眉，即讒臣與自己。雙花爭春芳，蛾眉勝眾女，故眾女妒。妬，「妒」的異體字。競，蕭本、郭本、咸本作「竟」。誤。❹魏姝四句　謂魏國美女信任楚懷王寵妃鄭袖，見楚懷王時就用衣袖掩著鼻子，鄭袖花言巧語迷惑楚懷王，魏美人便被割鼻成傷。魏姝，戰國時魏國的美人，被魏王送給楚懷王。鄭袖，楚懷王的寵妃。巧言子，指鄭袖。朱顏，指魏姝。《戰國策・楚策》：「魏王遺楚王美人，楚王悅之。夫人鄭袖知王之悅新人也，甚愛新人，衣服玩好擇其所喜而為之，宮室臥具擇其所善而為之，愛之甚於王。王曰：『婦人所以事夫者，色也；而妬者，其情也。今鄭袖知寡人之悅新人也，其愛之甚於寡人，此孝子之所以事親，忠臣之所以事君也。』鄭袖知王以己為不妬也，因謂新人曰：『王愛子美矣。雖然，惡子之鼻。子為見王則必掩子鼻。』新人見王，因掩其鼻。王謂鄭袖曰：『夫新人見寡人，則掩其鼻，何也？』鄭袖曰：『妾不知也。』王曰：『雖惡，必言之。』鄭袖曰：『其似惡聞君王之臭也。』王曰：『悍哉！』令劓之，無使逆命。」袖，蕭本、郭本、咸本、《全唐詩》作「褏」。「袖」的古體字。宋本在「死」字下夾注：「一作：損」，胡本作「損」。劓，割鼻的刑罰，古代五刑之一。此處指割掉鼻子。❺泣團扇　用漢成帝班婕妤典故。《文選》卷二七班婕妤〈怨歌行〉：「新裂齊紈素，鮮絜（潔）如霜雪。裁為合歡扇，團團似明月。出入君懷袖，動搖微風發。常恐秋節至，涼飆奪炎熱。棄捐篋笥中，恩情中道絕。」呂向注引《漢書》云：「帝初即位，選入後宮，始為小使，俄而大幸，為婕妤。後趙飛燕寵盛，婕妤失寵，故有是篇也。婕妤，后妃之位名也。」此處「泣團扇」即指失寵而悲傷。❻戚戚　憂懼貌。《漢書・韋玄成傳》：「今我度茲，戚戚其懼。」

【語譯】齊國大夫晏嬰曾用兩個桃子便輕易殺死三個壯士，哪裡還需要假借如霜的利劍？眾多的女子妒忌蛾眉美女，競相爭奪春天的芬芳。魏國美女輕信鄭袖，用衣袖遮掩鼻子見楚懷王。被花言巧語的鄭袖一迷惑，紅顏美女便落得被割鼻受死傷的下場。我現在即將如班婕妤失寵為團扇哭泣，憂懼淒切愁斷肝腸。

【研　析】此詩當是天寶三載（西元七四四年）在長安供奉翰林時遭讒憂懼而作。詩中用屈原「眾女妬蛾眉」之意點明讒言的由來原因，並用晏子以二桃殺三士、魏美人被鄭袖欺騙而遭割鼻的故事，描述妒讒害人的可怕。末以班婕妤泣團扇表達自己對被讒見疏後的愁慮。

觀獵

太守耀清威，乘閑弄晚輝❶。江沙橫獵騎，山火繞行圍❷。箭逐雲鴻❸落，鷹隨月兔飛。不知白日暮，歡賞夜方歸。

【注　釋】❶弄晚輝　指傍晚出獵。輝，蕭本、郭本、咸本、《全唐詩》作「暉」。❷山火句　王琦注：「山火，獵者燒草以驅逼禽獸之火也。」何遜〈七召〉：「山火已燎，野霜初白。」行圍，縱獵的範圍。❸雲鴻　雲中的飛雁。

【語　譯】太守耀武揚清威，乘閒暇出外賞玩傍晚的餘輝。江邊沙灘上獵馬縱橫馳騁，驅趕禽獸的山火環繞獵場。利箭射出雲中鴻雁墜落，雄鷹緊隨著月下兔子疾飛。不知不覺白日已落，歡快地觀賞獵圍至夜方歸。

【研　析】此詩作年不詳。詩中首二句交代太守在傍晚乘閒打獵。中四句描繪獵場圍獵情景：獵騎縱橫於江沙，山火環繞著圍場。箭發雁落，鷹隨兔飛。繪出一幅精彩的圍獵圖。末二句點題，謂觀獵興致很濃，至夜方歸。明人批點曰：「『耀清威』未雅。『江』『山』闊敘，『箭』『鷹』細敘，是層數。『月兔』大妙。『暮』、『晚』犯重。」

觀❶胡人吹笛

胡人吹玉笛，一半是秦聲❷。十月吳山曉，〈梅花〉落敬亭❸。愁聞〈出塞曲〉❹，
淚滿逐臣纓❺。卻望❻長安道，空懷戀主情。

【注釋】❶觀 胡本作「聽」。❷秦聲 秦地（指長安）的音調。《文選》卷四一楊惲〈報孫會宗書〉：「家本秦也，能為秦聲。」李周翰注：「謂作樂也，秦聲，擊缶也。」❸十月二句 吳山，吳地的山。此處即指下句的敬亭山。梅花，漢樂府橫吹曲有〈梅花落〉曲名。江總〈梅花落〉詩：「長安少年多輕薄，兩兩常唱〈梅花落〉。」《樂府詩集・橫吹曲辭四・梅花落》題解：「〈梅花落〉，本笛中曲也。按唐大角曲，亦有〈大單于〉、〈小單于〉、〈大梅花〉、〈小梅花〉等曲，今其聲猶有存者。」敬亭，山名。在今安徽宣城北。《元和郡縣志》卷二八江南道宣州宣城縣：「敬亭山，州北十二里，即謝朓賦詩之所。」❹出塞曲 漢樂府橫吹曲名。漢武帝時李延年據西域樂曲改作，聲調悲壯。崔豹《古今注》卷中：「橫吹，胡樂也。……李延年因胡曲更造新聲二十八解。……魏晉以來，二十八解不復具存，世用者〈黃鵠〉、〈隴頭〉、〈出關〉、〈入關〉、〈出塞〉、〈折楊柳〉、〈黃覃子〉、〈赤之陽〉、〈望行人〉等十曲。」〈出塞曲〉今存歌辭都是南北朝以來的文人作品，內容多寫將士的邊塞生活。❺逐臣纓 逐臣，詩人自謂。纓，繫在頷下的冠帶。❻卻望 回頭看。

【語譯】胡人吹奏玉笛，一半是秦地的音調。十月間吳山的清曉，〈梅花落〉的樂曲聲散滿敬亭。愁苦中又聽到〈出塞〉的樂曲，淚水沾濕了我這個逐臣的冠纓。回頭遙望通往長安的大道，可嘆我空懷眷戀君主的深情。

【研析】此詩疑是天寶十二載（西元七五三年）在宣州作。詩中將所聞之曲、所見之景與心中之情巧妙融合，深刻地表達了對君主的眷戀之情和被逐的痛苦心情。前四句謂江南十月之曉，忽聞胡人吹笛，半是北地秦聲，十月無梅花，笛曲卻奏〈梅花落〉，似敬亭山梅花飛舞。後四句謂又聞〈出塞曲〉而悲愁，淚滿我逐臣之纓。今我流落江南，回望長安京都，徒然有懷戀君主之情耳。嚴羽評點曰：「其音淒清，其格瀏亮，如水晶珠。」明人批點曰：「前四句只是直道，意趣卻長，蓋以自然勝。『亭』字失韻。後四句更屬常語，乃讀來亦自佳。」

此等機緘大難言，蓋關乎神、情、氣。」胡應麟《詩藪・內篇》卷六：「李以絕為律，如『十月吳山曉，梅花落敬亭』等句，本五言絕妙境，而以為律詩，則駢拇枝指類也。」蕭士贇曰：「太白放逐之餘，眷戀宗國之意，隨寓而發。觀此詩末二句，概可見矣。」

軍行

騮馬新跨白玉鞍，戰罷沙場月色寒。城頭鐵鼓聲猶震，匣裏金刀血未乾。

【甄　辨】胡本題作〈從軍行〉，與下一首「百戰沙場」合為同題二首。按《文苑英華》錄此詩為王昌齡〈塞上曲〉第二首，第一首即為「秦時明月漢時關」。《全唐詩》卷一四三收此詩作王昌齡〈出塞二首〉其二，卷一八四又重出此詩作李白〈軍行〉，校云：「一作〈從軍行〉，一作〈行軍〉。」嚴羽《滄浪詩話・考證》：「太白〈塞上曲〉『騮馬新跨白玉鞍』者，乃王昌齡之詩，亦誤入。昌齡本有二篇，前篇乃『秦時明月漢時關』也。」郭紹虞校釋：「王昌齡〈出塞二首〉，其一云：『秦時明月漢時關……。』其二云：『騮馬新跨白玉鞍……。』按此從《全唐詩》錄出，與郭茂倩《樂府詩集》卷二一所載不同。《樂府詩集》『騮馬新跨白玉鞍』，一首作『白馬垣上望京師，黃河水流無盡時。窮秋曠野行人絕，馬首東來知是誰？』是，則是否太白詩誤入王集，亦成問題。又此首在太白集中作〈軍行〉，一作〈從軍行〉，不作〈塞上曲〉。」按：此詩經近人考定，實為王昌齡詩，誤入李白集。應刪。

從軍行❶

百戰沙場碎鐵衣，城南已合數重圍。突營射殺呼延將❷，獨領殘兵千騎歸。

【注釋】❶從軍行　樂府舊題。《樂府詩集》列於〈相和歌辭‧平調曲〉，引《古今樂錄》曰：「〈從軍行〉，王僧虔云，荀錄所載左延年『苦哉』一篇今不傳。」又引《樂府解題》曰：「〈從軍行〉，皆述軍旅苦辛之辭。」按：《樂府詩集》收李白〈從軍行〉二首，其一即卷五〈從軍行〉。❷呼延將　複姓呼延的敵將。呼延，胡姓。《元和姓纂》卷三呼延氏：「匈奴四族有呼衍氏，入中國，改為呼延氏。」《漢書‧匈奴傳》：「其大臣皆世官。呼衍氏，蘭氏，其後有須卜氏，此三姓，其貴種也。」顏師古注：「呼衍，即今鮮卑姓呼延者是也。」

【語譯】經歷沙場百戰鐵衣鎧甲已破碎，城南已被敵人重重包圍。突營出圍射殺敵人呼延大將，只率領千騎殘兵而歸。

【研析】此詩作年不詳。詩中描寫一位將軍的英武形象。前二句謂將軍身經百戰鐵衣磨碎，又被敵軍重重包圍。後二句描寫將軍率領士兵射殺敵將，英勇突圍，勝利而歸的情景。詩人對將軍的熱情歌頌，反映出自己希冀報國的願望。明人批點曰：「後二句寫得勇氣透快。」

平虜將軍妻❶

平虜將軍婦，入門二十年。君心自不悅，妾寵豈能專❷？出解牀前帳，行吟道上篇。古人不唾井❸，莫忘昔纏綿❹。

【注釋】❶平虜將軍妻　《玉臺新詠》卷二劉勳妻王宋〈雜詩二首序〉：「王宋者，平虜將軍劉勳妻也。入門二十餘年。後勳悅山陽司馬氏女，以宋無子出之。還於道中，作詩二首。」吳兆宜注：「雜曲歌辭。」按：《藝文類聚》卷二九錄其二首作魏文帝（曹丕）〈代劉勳出妻王氏詩〉。逯欽立《先秦漢魏晉南北朝詩》以其一為魏文帝曹丕作，其二為曹植〈代劉勳妻王氏雜詩〉。其一云：「翩翩牀前帳，張以蔽光輝。昔將爾同去，今將爾共歸。緘藏篋笥裏，當復何時披？」其二云：「誰言去婦薄，去婦情更重。千里不唾井，況乃昔所奉。遠望未為遙，踟躕不得共。」李白此詩當為擬古樂府詩。❷君心二句　意謂由於丈夫內心不喜歡，我哪裡還能得到專寵。不，咸本、《全唐詩》作「有」。❸不唾井　曹植〈代劉勳妻王氏見出為詩〉：「千里不唾井，況乃昔所奉。」丁晏銓評引程大昌《演繁露》：「觀此意興，乃為常飲此井，雖舍而去之千里，知不復飲矣，然猶以嘗飲乎此而不忍唾也，況昔所嘗奉以為君子乎！」唾，王本作「吐」。❹纏緜　猶綢繆。情意深厚。陸機〈贈馮文羆遷斥丘令詩〉：「疇昔之遊，好合纏綿。」

【語　譯】平虜將軍的妻子，進入夫家已經二十年。將軍心裡早就不愉悅，對妻的寵愛豈能長專？臨行時解下床前的帷帳，走在歸途上吟誦〈雜詩〉二篇。古人飲水去井千里不忍吐，你莫忘昔日的恩愛纏綿。

【研　析】此詩作年不詳。全詩隱栝平虜將軍休妻故事，融合《玉臺新詠》王宋〈雜詩二首〉詩意，反映出棄婦對舊情的留戀和被棄的怨恨。明人批點曰：「詩深得溫柔敦厚之旨，亦風亦雅。」

春夜洛城❶聞笛

誰家玉笛暗飛聲❷？散入春風滿洛城。此夜曲中聞折柳❸，何人不起故園情❹？

【注　釋】❶洛城　即洛陽城。今河南洛陽。❷誰家句　玉笛，華美的笛；鑲嵌玉石的笛。暗飛聲，因笛聲在夜間傳來，故云「暗」。❸折柳　借指〈折楊柳〉。〈折楊柳〉，笛曲名，即樂府橫吹曲〈折楊柳〉，內容多抒離別相思之情。《樂府詩集》卷二二收最早的〈折楊柳〉辭為梁元帝所作。古時送別都有折柳相贈習俗，柳，用諧音「留」的意思。❹故園情　懷念家鄉的感情。

【語　譯】在黑夜中是從誰家飛出悠揚美好的玉笛聲？它擴散融入春風飄滿整個洛陽古城。在此臨別之夜從樂曲中聽到〈折楊柳〉的旋律，何人能不興起懷戀故鄉的深情？

【研　析】此詩當是開元二十二年（西元七三四年）春在洛陽作。前二句點題，後二句思鄉，全詩緊扣「聞」字，抒寫聞笛感受。首句開門見山寫聽到笛聲，而這笛聲不知從誰家傳出來的，由於聲音悠揚悅耳，想到這笛子一定非常美好，所以「笛」前加上「玉」字。「暗」字不僅點題中「夜」字，也表示吹笛者原來並不準備打動聽眾。「飛」者，快也，遠也，說明美妙的笛聲擴散得很快很遠，這樣首句就點明了題中的「夜」和「聞笛」。次句不僅點明題中的「春」和「洛城」，而且用「散入」和「春風」四字與首句的「飛」字相應，說明笛聲隨著春風飛散，再用一個「滿」字形象地描寫了擴散的範圍。「滿洛城」是說整個洛城都聽到了這美妙的玉笛聲，當然有點誇張。但因為這是在深夜人靜之時，再加上春風的幫助飄散，所以說笛聲飛滿洛城也並不太過分。第三句用「此夜」二字，不僅點明題中的「夜」，而且標出了特定的時間。不說聽了一支〈折柳〉曲，卻說在笛中聽到了「折柳」。〈折楊柳〉是曲名，聽到這傷別相思的曲聲，定會引起思鄉之情。同時，古代送別還有折柳的習俗，此時正是春天折柳離別的季節，於是「折柳」就有雙重意義。末句不說自己起了思鄉之情，卻說「何人不起故園情」，詩人覺得，在這種環境下，所有作客他鄉的人都會引起思家之情，當然包括詩人在內。意境就大大拓展了。此詩與晚年所寫〈與史郎中欽聽黃鶴樓上吹笛〉（卷二〇）用意相似，但章法不同。本詩順敘，著力在前二句，條理通暢；彼詩倒敘，著力在後二句，含蓄深沉。

嵩山採菖蒲者❶

神人多古貌❷，雙耳下垂肩。嵩岳逢漢武，疑是九疑❸仙。我來採菖蒲，服食可延年。言終忽不見，滅影❹入雲煙。喻帝竟莫悟，終歸茂陵田❺。

【注釋】❶嵩山題　菖蒲，多年生水生草本植物，有香氣。全草可提取芳香油。根狀莖可作藥用，為芳香健胃劑。民間在端午節常用以和艾葉紮束，掛在門前以辟邪。《水經注．伊水》：「石上菖蒲，一寸九節，為藥最妙，服久成仙。」《神仙傳》卷三：「王興者，城陽人。居壺谷中，不知書，無學道意。漢武上嵩山，登大愚石室，起道宮，使董仲舒、東方朔等齋潔思神。至夜，忽見有仙人，長二丈，耳出頭巔，垂下至肩。武帝禮而問之，仙人曰：『吾九疑之人也，聞中岳石上菖蒲，一寸九節，可以服之長生，故來採耳。』忽然失人所在。帝顧侍臣曰：『彼非復學道服食者，必中岳之神以喻朕耳。』為之採菖蒲服之。經三年，帝覺悶不快，遂止。時從官多服，然莫能持久。唯王興聞仙人教帝服菖蒲，乃採服之不息，遂得長生。鄰里老少皆云世世見之，竟不知所之。」按：李白此詩當即檃栝此王興傳中事。❷神人句　人，蕭本、郭本、《全唐詩》作「仙」。貌，宋本原作「皃」，「貌」的古字。據蕭本、郭本、王本、咸本、《全唐詩》改。❸九疑　山名。疑，又作「嶷」。在今湖南寧遠南。相傳為古帝舜之葬地。❹滅影　同「滅景」。消失形影。謝靈運〈山居賦〉：「廣滅景於崆峒，許遁音於箕山。」自注：「廣成子在崆峒之上，黃帝之師也。許由隱於箕山，堯以天下讓而不取。」❺茂陵田　漢武帝的墓田。《漢書．武帝紀》：後元二年二月，「丁卯，帝崩于五柞宮，……三月甲申，葬茂陵。」顏師古注引臣瓚曰：「茂陵在長安西北八十里也。」《元和郡縣志》卷二關內道京兆府興平縣：「漢茂陵，在縣東北十七里，武帝陵也。在槐里之茂鄉，因以為名。」盧照鄰〈哭明堂裴主簿〉詩：「花月茂陵田。」

【語譯】神仙多是遠古的相貌，雙耳下垂能至肩。在嵩山遇見漢武帝，他說是九疑山的神仙。來到嵩山採摘菖蒲草，服食之後能益壽延年。話剛說完人已不見，身影消失於茫茫雲煙。告喻漢武帝竟然不覺悟，最終還是死亡歸葬在茂陵墓田。

【研析】此詩當是開元二十二年（西元七三四年）在嵩山作。詩中檃栝《神仙傳》中仙人勸告漢武帝採食菖蒲以長生的故事，感嘆漢武帝不聽從而死亡。反映出此一時期李白學道求仙思想正濃。

金陵聽韓侍御❶吹笛

韓公吹玉笛，倜儻流英音❷。風吹繞鍾山❸，萬壑皆龍吟❹。王子停鳳管❺，師襄掩瑤琴❻。餘響❼渡江去，天涯安可尋？

【注　釋】❶韓侍御　指監察御史韓雲卿。李白〈武昌宰韓君去思頌碑并序〉曰：「雲卿，文章冠世，拜監察御史，朝廷呼為子房。」可知韓雲卿乃韓仲卿之弟，中唐文學家韓愈之叔。卷一六〈至陵陽山登天柱石酬韓侍御見招隱黃山〉中之韓侍御，亦即此人。詳見該詩注。❷英音　美妙的樂音。江淹〈橫吹賦〉：「此竹方可為器，迺出天下之英音。」英，《唐文粹》作「玉」。❸鍾山　又名紫金山、蔣山。在今南京市。❹龍吟　比喻笛聲優美。《文選》卷一八馬融〈長笛賦〉：「近世雙笛從羌起，羌人伐竹未及已。龍鳴水中不見己，截竹吹之聲相似。」劉孝先〈詠竹詩〉：「誰能製長笛，當為吐龍吟。」❺王子句　王子，指仙人王子喬。《列仙傳》卷上：「王子喬者，周靈王太子晉也。好吹笙，作鳳凰鳴。」鳳管，笙簫樂器的美稱。鮑照〈登廬山望石門〉詩：「傾聽鳳管賓，緬望釣龍子。」❻師襄句　師襄，春秋時樂官，孔子曾向他學琴。《史記・孔子世家》：「孔子學鼓琴師襄子。」司馬貞《索隱》：「《家語》：師襄子曰：『吾雖以擊磬為官，然能於琴。』蓋師襄子魯人，《論語》謂之『擊磬襄』是也。」瑤琴，飾玉的琴。《文選》卷三一江淹〈雜體詩三十首・休上人怨別〉：「寶書為君掩，瑤琴詎能開。」李周翰注：「瑤琴，玉琴也。」❼餘響　餘音。嵇康〈琴賦〉：「含顯媚以送終，飄餘響於泰素。」

【語　譯】韓公吹奏玉笛，瀟灑地流出美妙的樂音。風吹笛音環繞鍾山，千谷萬壑都似有龍吟。仙人王子喬為之停止了吹笙，師襄也為之掩蓋了玉琴。嫋嫋的餘音飄過長江去，天涯海角何處可尋？

【研　析】此詩當是肅宗上元二年（西元七六一年）在金陵作。詩中極寫韓雲卿吹笛聲音之美妙：音繞鍾山，如龍吟萬壑。善於吹笙作鳳鳴的王子喬為之停止吹笙，善於鼓琴的師襄也為之掩蓋玉琴而不鼓，都不敢與韓公之笛音相比。末二句更進一層，謂餘音若渡江而去，則遠達天涯，安可尋找！明人批點曰：「前六句俱常語，結句是太白風致。」又曰：「二頂首句，四頂次句，前開後合，是調法。『風吹』亦常語，然意態亦自佳。」

流夜郎聞酺不預❶

北闕聖人歌太康❷，南冠君子竄遐荒❸。漢酺聞奏鈞天樂❹，願得風吹到夜郎❺。

【注　釋】❶流夜郎題　夜郎，唐郡名。即珍州。天寶元年改為夜郎郡，乾元元年復改為珍州。又，唐縣名。珍州治所。在今貴州正安西北。《元和郡縣志》卷三〇江南道珍州：「本徼外蠻荒之地，貞觀十六年置。……管縣三：夜郎，麗皐，樂源。」李白因參加永王李璘幕，在至德二載冬被判長流夜郎三年。酺，特指命令特許的大聚飲。《史記・秦始皇本紀》：「五月，天下大酺。」張守節《正義》：「天下歡樂大飲酒也。」此處指肅宗至德二載「十二月戊午朔，上御丹鳳門，下制大赦。……賜酺五日」（《舊唐書・肅宗紀》）。不預，不得參與。❷北闕句　北闕，古代宮殿的北門樓，是臣子等候朝見或上書奏事之處。《漢書・高帝紀下》：「蕭何治未央宮，立東闕、北闕、前殿、武庫、太倉。」顏師古注：「未央宮雖南嚮，而上書、奏事、謁見之徒皆詣北闕。」後即用為朝廷的別稱。聖人，對皇帝的尊稱。太康，太，宋本作「大」，據蕭本、郭本、胡本、王本、咸本、《全唐詩》改。太康，即泰康。太平安樂。《詩經・唐風・蟋蟀》：「無已大康，職思其憂。」毛傳：「康，樂也。」魏明帝〈野田黃雀行〉逸句：「百姓謳吟詠太康。」❸南冠句　南冠君子，罪囚的代稱。詳見卷二一〈萬憤詞投魏郎中〉注。李白被判流放夜郎，故自稱罪囚。遐荒，荒遠之地。《晉書・文帝紀》：「流澤布於遐荒。」❹漢酺句　《漢書・文帝紀》：「朕初即位，其赦天下，賜……酺五日。」顏師古注：「酺之為言布也，王德布於天下而合聚飲食為酺。」鈞天樂，即鈞天廣樂。天上的音樂。張衡〈西京賦〉：「昔者大帝說秦繆公而覲之，饗以鈞天廣樂。」此處指朝廷演奏的音樂。❺願得句　意謂希望朝廷的恩典能隨風吹來惠及我這個流放夜郎之人。

【語　譯】朝廷上皇帝大臣都在歌頌天下太平安康，我這個罪囚卻被流放竄逐到遙遠荒僻的地方。聽說朝廷正在大赦賜酺演奏鈞天樂，多麼希望這朝廷的恩典隨風吹來惠及我這個流放夜郎的人。

【研　析】此詩當是肅宗至德二載（西元七五七年）冬李白剛知被判流放夜郎時所作。前二句以「歌太康」與「竄遐荒」的強烈對比，流露出詩人的滿腔悲憤。後二句則希望朝廷的恩澤能惠及自己，說明詩人對前途尚未完全絕望。應時《李詩緯》評曰：「極和平之致。」批前二句曰：「雖對卻流動。」批後二句曰：「真逸句。」丁谷雲評曰：「不亢不垂，是其本色。」

放後遇恩不霑❶

天作雲與雷，霈然德澤開❷。東風日本至，白雉越裳來❸。獨棄長沙國，三年未許回❹。何時入宣室，更問洛陽才❺？

【注　釋】❶放後題　放後，被流放之後。《舊唐書・肅宗紀》：至德三載二月，「乙巳，上御興慶宮，奉冊上皇徽號曰太上至道聖皇大帝。丁未，御明鳳門，大赦天下，改至德三載為乾元元年。」遇恩，或即指此事。不霑，沒有受到，此指己流放之罪未被免除。❷天作二句　以天雨滋潤草木喻皇帝實行大赦，用《易經・解卦》「雷雨作。解，君子以赦過宥罪」之意。霈，雨盛貌。❸東風二句　形容唐帝國聲威遠播。王琦注：「『東風』、『白雉』二句，言遠人皆蒙恩澤之意。」日本，即今日本國。白雉，白色雉鳥，珍禽。《後漢書・南蠻傳》：「交阯之南有越裳國。周公居攝六年，制禮作樂，天下和平，越裳以三象重譯而獻白雉。」❹獨棄二句　《史記・屈原賈生列傳》記載：西漢時洛陽才子賈誼為太中大夫，被權臣排擠，貶長沙王太傅。三年，仍未被召回，作〈鵩鳥賦〉以自悼。❺何時二句　謂何時能像賈誼那樣被皇帝徵召考問自己的才能呢。《史記・屈原賈生列傳》：「後歲餘，賈生徵見。孝文帝方受釐（祭祀），坐宣室（宮殿名），上因感鬼神事，而問鬼神之本，賈生因具道所以然之狀。至夜半，文帝前席。既罷，曰：『吾久不見賈生，自以為過之，今不及也。』」司馬貞《索隱》：「《三輔故事》云：『宣室在未央殿北。』」庾信〈聘齊秋晚館中飲酒〉詩：「欣茲河朔飲，對此洛陽才。」

【語　譯】就像老天作雲下雨和打雷，帝王的恩德盛大放開。東風從遙遠的日本吹來，越裳國也奉獻白雉進貢來。而唯獨我如賈誼一樣被棄放逐長沙，三年之內不許回。何時能重回朝廷，像漢文帝那樣在宣室再向洛陽才子問鬼神之事？

【研　析】此詩當為至德三載（即乾元元年，西元七五八年）二月聞朝廷大赦天下自己卻不霑而作。前四句描寫朝廷大赦的恩澤如天作雲雷，東南遠夷皆賓服進貢。後四句敘寫自己的不幸遭遇，遇恩不霑。以賈誼自比，被棄長沙，三年不許回。其實詩人之遭遇比賈誼慘得多，賈誼還蒙文帝宣室之召，而詩人作為罪犯被流放，已無召回朝廷之望矣！明人批點曰：「『獨』字有味，然通首卻屬草草。」

宣城見杜鵑花❶

蜀國曾聞子規鳥❷，宣城還見杜鵑花。一叫一迴腸一斷，三春三月憶三巴❸。

【注　釋】❶宣城題　《全唐詩》於本篇題下校：「一作杜牧詩，題云〈子規〉。」按：杜牧為京兆萬年人，生平未曾至蜀，與「蜀國曾聞」語不合。故此詩決非杜牧所作。王琦云：「或以此詩為杜牧所作〈子規〉詩，非也。」杜鵑花，又名映山紅。每年三月杜鵑鳥啼時盛開，顏色鮮紅，傳為杜宇啼血所化，故名。❷子規鳥　又名杜鵑鳥。傳說乃古蜀王杜宇之魂所化。暮春而鳴，音似「不如歸去」。能觸動旅客歸思。❸三巴　東漢末，益州牧劉璋置巴郡、巴東、巴西三郡，合稱三巴，在今重慶、四川境內。巴郡在今重慶銅梁、綦江以東，墊江以南，忠縣、涪陵、南川以西，貴州桐梓以北地區。巴東在今重慶開縣、萬州區以東，巫山西部以西、長江南北和大寧河中、上游一帶。巴西在今四川閬中、武勝以東，廣安、渠縣以北，萬源、開江以西地區。李白在蜀中渡過青少年時期，故以三巴作為故鄉思念。

【語　譯】少年時在故鄉蜀中曾聽到子規鳥的哀啼，如今在異鄉宣城還看到盛開的杜鵑花。子規鳥一叫使人一斷愁腸，暮春三月在這鳥啼花開的時節使我思念故鄉三巴。

【研　析】此詩作年不詳。疑為晚年在宣城之作。前二句對仗工整，通過「蜀國」對「宣城」、「聞」對「見」、「子規鳥」對「杜鵑花」，時空交錯，視聽並置，引出花鳥形象。詩人青少年時代在蜀中生活二十年，讀書學劍，尋仙訪道，常聞子規啼鳴，常見杜鵑花開，他把蜀中看作自己的故鄉。可是自從二十四歲「辭親遠遊」以來，一生再也未回故鄉，故鄉花鳥不知多少次在詩人夢中縈繞。如今白髮疏落，客居宣城，卻又聽到了子規鳥的啼鳴，見到了鮮紅的杜鵑花開放，怎能不觸發詩人的鄉思呢？「曾聞」、「還見」相照，包含著無限愁思，鎔鑄了詩人的一片傷心之情。後二句一句三頓，表現出詩人深切的故鄉之念。子規鳥又名「斷腸鳥」，牠的啼聲極為淒哀，每啼一聲使人腸斷一次。春天三月是懷人懷鄉的季節，聽到子規啼叫「不如歸去」，眼前又見故鄉常見的杜鵑花開，詩人滿懷愁緒的鄉思更是難忍了。

此詩是絕句，卻整篇對仗。尤其是後二句，「一」與「三」，三次重複，按理在近體詩中是禁忌的，但詩人卻寫得神韻天然，反使人覺得回味無窮。

白田馬上聞鶯❶

黃鸝啄紫椹，五月鳴桑枝❷。我行不記日，誤作陽春時❸。蠶老客未歸，白田已搔絲❹。驅馬又前去，捫心空自悲❺。

【注　釋】❶白田題　白田，地名。卷七〈贈徐安宜〉詩曰：「白田見楚老，歌詠徐安宜。」可知白田在安宜縣。唐安宜縣，即今江蘇寶應。《舊唐書・地理志三》淮南道楚州寶應縣：「漢平安縣，屬廣陵國。武德四年，置倉州，領安宜一縣。七年，州廢，縣屬楚州。肅宗上元三年建巳月，於此縣得定國寶十三枚，因改元寶應，仍改安宜（縣）為寶應（縣）。」按：王琦謂寶應縣有白田渡。鶯，宋本原作「鸎」，乃「鶯」的異體字。今改依通行字。❷黃鸝二句　謂五月間黃鶯在桑枝上鳴啼而啄桑葚。黃鸝，烏名。即黃鶯。王琦注：「陸璣《詩疏》：黃鳥，黃鸝留也，或謂之黃栗留。幽州人謂之黃鶯，一名倉庚，一名商庚，一名鵹黃，一名楚雀。齊人謂之摶黍，關西謂之黃鳥，一云鸝黃。當椹熟時來在桑間，故里語曰：『黃栗留，看我麥黃椹熟不？』亦是應節趨時之鳥也。椹，本作葚，桑實也。生青，熟則紫色。」❸我行二句　意謂自己趕路不記日子，聽到黃鶯鳴誤以五月為陽春三月了。暗用《詩經‧豳風‧七月》「春日載陽，有鳴倉庚」。倉庚即黃鶯。陽春時，陽春三月。❹蠶老二句　蠶老，指蠶成熟開始結繭。王琦注引《埤雅》曰：「蠶足於葉，三俯三起，二十七日而老。」搔絲，搔，通「繅」、「繅」。蕭本、郭本、胡本、王本、咸本、《全唐詩》皆作「繅」。繅絲，煮繭抽絲。宋本在「白田」句下夾注：「一作：吳人欲蚕絲」。❺捫心句　宋之問〈玩郡齋海榴〉：「越俗鄙章甫，捫心空自憐。」宋本在「悲」字下夾注：「一作：嗤」。

【語　譯】黃鸝鳥啄食紫色的桑葚，五月裡在桑樹枝上鳴啼。我趕路已不記得時日，誤以為現在還是陽春三月間。桑蠶已結繭而我這個遊子尚未還歸，白田一帶地方已開始繅絲。我驅馬繼續前行，撫胸長嘆空自傷悲。

【研　析】此詩作年不詳。當與〈贈徐安宜〉為同時之作。疑是天寶五載（西元七四六年）離東魯南下經安宜縣白田時有感而作。前四句寫「聞鶯」。謂五月間聞黃鶯在桑枝上鳴啼啄桑葚，誤以為陽春三月之時。後四句寫蠶老抽絲而觸景感懷，徒自傷悲。嚴羽評點曰：「情事能達，不必深求。」明人批點曰：「淺語而有深味。」《唐宋詩醇》卷八曰：「曲而有直體，深得樂府之意。」

暖酒❶

熱暖將來賓鐵❷文，暫時不動聚白雲。撥卻白雲見青天，掇頭❸裏許便乘仙。

【注　釋】❶暖酒　此詩蕭本、郭本、胡本、咸本皆不載，王本收於《詩文拾遺》。❷賓鐵　精煉之鐵。王琦注引《寶藏論》：「賓鐵出波斯，堅利可切金玉。」❸掇頭　舉頭。

【語　譯】暖熱的酒壺拿來上有賓鐵的花紋，暫時不動上面似乎凝聚著白雲。撥掉白雲才見到青天一樣的碧酒，舉頭喝它幾許就飄飄然如同升仙。

【研　析】此詩作年不詳。王琦曰：「〈庭前晚開花〉及此首，語尤凡俗，不類太白。」詩中只寫「暖酒」的現象，以及飲後欲仙的幻覺。無甚意趣。

三五七言❶

秋風清，秋月明。落葉聚還散，寒烏棲復驚❷。相思相見知何日，此時此夜難為情❸。

【注　釋】❶三五七言　楊齊賢注：「古無此體，自太白始。」《滄浪詩話・詩體》：「有三五七言。自三言而終以七言，隋鄭世翼有此詩：『秋風清，秋月明。……』」郭紹虞校釋：「滄浪所謂鄭世翼有三五七言，不知何據？案《詩人玉屑》無『秋風清』以下各句，以從《玉屑》為是。『秋風清』云云，見《李白集》，當是李作。」胡震亨《唐音癸籤》卷一：「三五七言詩，始鄭世翼，李白繼作。」又《李詩通》卷一七：「其體始鄭世翼，白仿之。」❷寒烏句　寒烏，寒天的烏鴉。沈約〈愍衰草賦〉：「秋鴻兮疏引，寒烏兮聚飛。」烏，蕭本、郭本、王本、咸本、《全唐詩》作「鴉」。王琦注引《本草綱目》：「慈烏，北人謂之寒鴉，以冬月尤盛也。」❸難為情　難以為情。謂感情上受不了。石崇〈王明君詞〉：「傳語後世人，遠嫁難為情。」

【語　譯】風至秋而更清，月至秋而最明。落葉聚而遇風還飄散，寒天的烏鴉已棲而又被明月驚起。相思期盼相見卻不知在何日，在這個時節這樣的夜晚感情上實在難受。

【研　析】此詩作年不詳。前人或以為鄭世翼作。誤。此乃閨怨詩，擬思婦之作。謂風清月明之夜，落葉飄散棲鴉驚起之時，相思相見不知何日可見，此時此夜此景中感情受不了。明人批點曰：「亦是戲作，不足云體，然卻自流快可喜。」《唐宋詩醇》卷八曰：「哀音促節，淒若繁絃。」

雜詩❶

白日與明月，晝夜尚❷不閑。況爾悠悠❸人，安得久世間！傳聞海水上，乃有蓬萊山。玉樹生綠葉，靈仙每登攀。一食駐玄髮，再食留紅顏❹。吾欲從此去，去之❺無時還。

【注　釋】❶雜詩　謂不拘流例、遇物即言之詩。《文選》有雜詩一類，凡內容不屬獻詩、公宴、遊覽、行旅、贈答、哀傷、樂府諸目者，概列雜詩類。王粲〈雜詩〉李善注：「雜者，不拘流例，遇物即言，故云雜也。」李周翰注：「興致不一，故云雜詩。」❷尚　宋本在此字下夾注：「一作：常」。❸悠悠　眾多貌。《史記・孔子世家》：「悠悠者天下皆是也。」❹傳聞六句　《列子・湯問》：「渤海之東不知幾億萬里，有大壑，名歸墟……其中有五山焉。一曰岱輿、二曰員嶠、三曰方壺、四曰瀛洲、五曰蓬萊。……其上臺觀皆金玉，其上禽獸皆純縞。珠玕之樹皆叢生，華實皆有滋味，食之皆不老不死。所居之人皆仙聖之種。」玄髮，黑髮。蔡邕〈青衣賦〉：「玄髮光潤。」紅顏，紅潤的臉色。曹植〈靜思賦〉：「紅顏曄而流光。」❺去之　胡本作「去去」。

【語　譯】白日與明月，晝夜出沒不得清閒。何況你輩芸芸眾生，怎能永久留在世間！傳說那大海之上，有座蓬萊仙山。山上珠玕玉樹綠葉叢生，常有神仙登攀。吃了一顆玉樹的果實便可留住黑髮，再吃就可永駐紅潤的臉色。我要從之而去，去後不再回還。

【研　析】此詩作年不詳。前四句謂日月運行不停，世人不能長生。接著六句寫傳說中仙山上玉樹果實服之可駐黑髮、留紅顏，長生不老。末二句謂自己欲去仙山，不再回來。充分表達了詩人求仙的願望。明人批點曰：「是景純（郭璞）〈遊仙〉末篇之意。」

卷二三

閨情

寄遠十二首❶

其一

三鳥別王母，銜書來見過❷。腸斷若剪絃，其如愁思何❸？遙知玉窗裏，纖手弄雲和❹。奏曲有深意，青松交女蘿❺。寫水落井中，同泉豈殊波❻？秦心與楚恨，皎皎為誰多❼？

【注釋】❶寄遠十二首　此組詩非一時一地之作。寄贈對象亦不一，以寄內及自代內贈為多。當為宋人編集時將詩人此類作品彙集而成組詩。胡本在「五古」中收錄此組詩中九首，「七言長短句」中收錄三首。❷三鳥二句　意謂西王母使者帶著書信來訪我。楊齊賢注：「三青鳥，王母使也。」見，咸本作「相」。❸腸斷二句　意謂相思腸斷如琴絃被剪斷一樣痛苦，無可奈何。咸本校：「一本無此二句。」腸斷，郭本作「斷腸」。❹雲和　琴瑟的代稱。語出《周禮・春官・大司樂》「雲和之琴瑟」。庾信〈周祀圜丘歌・昭夏〉：「孤竹之管雲和絃，神光未下風肅然。」❺青松句　此句以女蘿繞於松樹以喻男女之情。女蘿，又名松蘿，地衣門松蘿科植物，攀援於松柏樹上。《詩經・小雅・頍弁》：「蔦與女蘿，施於松柏。」❻寫水二句　意謂兩人的感情如泉水瀉入同一口井中，已溶為一體，豈能有不同的波瀾。寫，通「瀉」。落，蕭本、王本、《全唐詩》作「山」。落井中，郭本作「山中井」。❼秦心二句　謂二人分處秦、楚兩地，相思之恨皎然哪一個多。秦，指詩人自己在長安，古屬秦地。楚，指妻子許氏在安陸，古屬楚地。

【語譯】三青鳥辭別西王母，給我銜來妻子的書信。見信思人腸斷如剪絲絃，這能將我的愁思如何？遙想妻子在玉窗裡，纖纖的手指正彈奏著琴瑟。所奏曲中含有深刻的意境，婉轉纏綿像女蘿纏繞著青松。兩情如泉水瀉落入井中，同源的泉水豈能有不同的波紋？秦地的眷戀之心和楚地的相思之恨，皎然明白誰為更深更多！

【研析】此詩當是開元十九年（西元七三一年）在秦地思念在安陸的妻子而作。首四句寫詩人身在客中，收到飛鳥傳信，見信後思念更深如剪斷琴絃似地痛苦。接著四句描寫詩人的想像：妻子正在窗邊纖手彈琴瑟，所奏之曲含有深意，猶如女蘿繞纏青松那樣的伉儷柔情。末四句以同泉瀉入井中豈有殊波比喻兩地相思相同，秦心楚恨一樣多。嚴羽評點曰：「秦、楚分署得好。皎皎字如見。」

其二

青樓何所在？乃在碧雲中❶。寶鏡挂秋水，羅衣輕春風❷。新妝坐落日，悵望金屏空❸。念此送短書，願因雙飛鴻❹。

【注釋】❶青樓二句　青樓，豪華的樓房。曹植〈美女篇〉：「青樓臨大路，高門結重關。」碧雲中，比喻高遠的天邊，用以表達離情別緒。❷寶鏡二句　謂珍貴的鏡子明如秋水，羅衣輕柔於春風。宋本在「水」字下夾注：「一作：月」。❸新妝

二句　謂打扮一新坐在落日中，悵然望著屏風，不見所懷之人。妝，宋本原作「糚」，「妝」的異體字。據王本、咸本、《全唐詩》改。金屏，華麗的屏風。宋本在「金」字下夾注：「一作：錦」。❹念此二句　短書，短信。《文選》卷三一江淹〈雜體詩三十首·李都尉陵從軍〉：「袖中有短書，願寄雙飛燕。」李周翰注：「短書，小書也。」飛鴻，飛雁。古有鴻雁傳書的傳說。宋本在「念此」二字下夾注：「一作：剪綵」。又在「因」字下夾注：「一作：同」。

【語譯】華美的高樓在何處？在那遙遠的碧雲中。妝鏡明亮如懸掛的秋水，春風輕輕吹拂著她的羅衣。她穿上鮮豔的新衣坐在落日餘輝中等待，悵然看著錦屏不見所懷之人。想到這些就寫了封短信，希望雙飛的鴻雁送去我的思念。

【研析】此詩當與前首同一時期之作。詩中描寫思念妻子之情。想像妻子獨處華美的高樓中，妝鏡明如水，春風吹羅衣，妻子穿著漂亮的新衣坐在暮色中，悵望錦屏空不見人。末二句以寫信託雙鴻捎給妻子抒相思之情作結。明人批點曰：「清麗。」

其三❶

本作一行書❷，殷勤道相憶❸。一行復一行，滿紙情何極❹。瑤臺有黃鶴，為報青樓人❺。朱顏凋落盡，白髮一何新❻！自知未應還❼，離居經三春❽。桃李今若為❾？當窗發光彩。莫使香風飄，留與紅芳待❿。

【注釋】❶其三　咸本將其五「遠憶巫山陽」一首置於此首之前。❷一行書　指很短的書信。何遜〈從主移西州寓直齋內霖雨不晴懷郡中遊聚〉詩：「欲寄一行書，何解三秋意。」❸道相憶　道，咸本作「坐」。憶，宋本原作「億」，據蕭本、郭本、胡本、繆本、王本、咸本、《全唐詩》改。❹滿紙句　謂寫滿了紙仍然未盡相思之情。❺瑤臺二句　瑤臺，形容華麗的樓臺。黃鶴，古有黃鶴報信之說。江淹〈去故鄉賦〉：「願使黃鶴兮報佳人。」青樓人，華美高樓中之人，指妻子。❻朱顏二

句　謂因相思而紅顏凋落，新生白髮。❼還　宋本在此字下夾注：「一作：老」。❽離居句　〈古詩十九首〉：「同心而離居，憂傷以終老。」三春，三年。宋本在「居」字下夾注：「一作：君」。❾桃李句　謂家園的桃李今春如何。若為，猶如何。❿留與句　紅芳，紅花。喻青春年華。江淹〈銅爵妓〉詩：「瑤色行應罷，紅芳幾為樂。」宋本在「與」字下夾注：「一作：取」。胡本作「取」。

【語　譯】原本只想寫一行字的短信，表達深厚懇切的相思之情。可是寫了一行又一行，寫滿一紙情還未盡。玉臺上有黃鶴飛，為了報信慰藉青樓人。我因相思紅顏衰，還有多少白髮新生！自己知道未到歸期，而分離已經三個新春。故園桃李今春花開如何？定當在窗前爭光競彩。不要使那花香隨風飄散，留住爛漫紅花等我歸來。

【研　析】此詩當是緊接前首之作。前六句謂本想給妻子寫一短信表達深刻相思，哪知寫滿紙張仍未寫盡相思之情。託玉臺上的黃鶴報信給妻子。中四句描寫離居三春未能回還的相思之苦：紅顏凋白髮生。離別日長，青春易逝。末四句詢問今春家園桃李開花情景，希望留住紅花等待自己歸去作結。陸時雍《唐詩鏡》卷一七評曰：「托意之妙，宛有風人之致。」

其四

玉筯落春鏡，坐愁湖陽水❶。聞與陰麗華，風煙接鄰里❷。青春❸已復過，白日忽相催。但恐荷❹花晚，令人意已摧。相思不惜夢，日夜向陽臺❺。

【注　釋】❶玉筯二句　謂女子憂愁地坐在湖陽水邊，眼淚不斷掉落在明鏡般的春水中。玉筯，形容眼淚。劉孝威〈獨不見〉：「誰憐雙玉筯，流面復流襟。」湖陽，縣名。唐代湖陽縣屬唐州，故址在今河南唐河南湖陽鎮。宋本在「春」字下夾注：「一作：清」。❷聞與二句　陰麗華，漢光武帝皇后，南陽新野人。湖陽與新野相距不遠，故云風煙接鄰里。《後漢書・皇后紀・

光烈陰皇后》：「光烈陰皇后諱麗華，南陽新野人。初，光武適新野，聞后美，心悅之。後至長安，見執金吾車騎甚盛，因歎曰：『仕宦當作執金吾，娶妻當得陰麗華。』」鄰里，鄉里近鄰。唐代湖陽縣屬唐州，新野縣屬鄧州，兩縣邊界相接為鄰。宋本在「聞」字下夾注：「一作：且」。❸青春　指春天，喻青年時代。《楚辭・大招》：「青春受謝，白日昭只。」王逸注：「青，東方春位，其色青也。」❹荷　宋本在此字下夾注：「一作：飛」。❺陽臺　指宋玉〈高唐賦〉中巫山地名。神女語曰：「妾在巫山之陽，高丘之岨，旦為朝雲，暮為行雨，朝朝暮暮，陽臺之下。」此處指夫妻歡聚之地。

【語　譯】兩行玉筷般的眼淚落在梳妝鏡上，由這湖陽之水產生愁怨。聽說湖陽與當年陰麗華的故里新野縣，風煙相連為鄰里。大好的春光又已匆匆過去，真覺時光催人年老。只恐荷花凋零，令人心悲意傷。願這相思之情不惜融入夢中，日日夜夜奔向那遙遠的陽臺相會。

【研　析】此詩作年不詳。詩以自代內贈的口吻，遙想妻子對出門遠遊的丈夫思念之情。前四句描寫對丈夫行程的關懷，中四句感嘆青春歲月在離居中消逝，末二句抒發對丈夫的朝思暮想、魂夢牽縈。全詩意境含蓄，情意深長。

其五❶

遠憶巫山陽❷，花明淥江暖。躊躇❸未得往，淚向南雲❹滿。春風復無情，吹我夢魂斷❺。不見眼中人，天長音信短❻。

【注　釋】❶其五　按：此詩與卷四〈大堤曲〉多同。唯前三句異。前三句〈大堤曲〉作「漢水臨襄陽，花開大堤暖。佳期大堤下」。六句「夢魂斷」之「斷」，〈大堤曲〉作「散」。末句「音信短」之「短」，〈大堤曲〉作「斷」。餘全同。當是一詩之兩傳者。❷巫山陽　巫山，在今重慶、湖北兩省市邊境。北與大巴山相連，形如「巫」字，故名。長江穿流其中，形成三峽。宋玉〈高唐賦〉中神女曰：「妾在巫山之陽，高丘之岨，旦為朝雲，暮為行雨，朝朝暮暮，陽臺之下。」後遂以「巫山陽」用為男女幽會的典實。此處借指詩人妻子的所在地。❸躊躇　猶豫；徘徊；駐足。❹南雲　南飛之雲。常用以寄託思親、懷鄉之情。陸機〈思親賦〉：「指南雲以寄款，望歸風而效誠。」❺春風二句　古樂府〈子夜春歌〉：「春風復多情，吹我羅裳開。」此處反用其意。❻不見二句　何遜〈從主移西州寓直齋內霖雨不晴懷郡中遊聚〉詩：「不見眼中人，空想南山寺。」

【語　譯】想念遙遠的巫山之南，定當鮮花明豔清澈的江水變暖。我心意徘徊不能前往，向著南飛的白雲淚流滿面。春風又無情將我思歸的魂夢吹散。眼中不見我心上的人，天長地遠音信實在太少。

【研　析】此詩前四句謂思念在遠方的情人，在此花明水暖之時，不能前去相聚而熱淚滾滾。後四句謂希望在夢中相見，可又被無情的春風吹斷。見不到心上人，又恨天長而音信少。樂景哀情，更深一層。明人批點曰：「前（其四）云『相思不惜夢』，此云『春風復無情，吹我夢魂斷』。其情生於文，文生於情，覺情致遙深，極姸盡態。」

其六

陽臺隔楚水，春草生黃河❶。相思無日夜，浩蕩若流波。流波向海去，欲見終無因❷。遙將一點淚，遠寄如花人。

【注　釋】❶陽臺二句　意謂所思之人在陽臺遠隔楚水，自己相思之情如黃河邊所生的春草無窮無盡。陽臺，用宋玉〈高唐賦〉巫山神女故事，此處喻指思念之人的居住之處。楚水，指楚地江水。春草，用《楚辭・招隱士》「王孫遊兮不歸，春草生兮萋萋」意。楚水、黃河，泛言相隔遙遠。宋本在二句下夾注：「一作：陰雲隔楚水，轉蓬落渭河」。❷流波二句　意謂河水向海流去就一去不返，想要再見也沒有辦法了。無因，無由；無機緣。宋本在「欲見」句下夾注：「一作：定繞珠江濱」。

【語　譯】我所思之人在陽臺遙隔楚水，我相思之情就像黃河岸邊的春草。相思的情感不分晝夜，就像浩蕩東流的水波。水波流向大海一去不返，我想見親人卻始終無從相見。遙將我的一點相思之淚，遠寄給如花一樣的愛人。

【研　析】此詩似亦為寄內詩。前四句寫相思之苦。妻在南方隔楚水，自己在黃河邊相思如春草。日夜相思，浩蕩如流水。以水喻愁。後四句寫幻想：流水向大海一去不返，欲見妻子終無從，於是幻想將自己的相思之淚寄給如花的妻子，以便使她知道自己的相思之苦。詩中運用民歌的頂真勾連句，表現出清新流暢、意趣天真的藝術境界。明人批點曰：「流波根上水、河來，總是挂水日千里意。『一點』字類詩餘。」

其七

妾在春陵東❶，君居漢江島❷。百里望花光，往來成白道❸。一為雲雨別❹，此地生秋草。秋草秋蛾飛❺，相思愁落輝❻。何由❼一相見，滅燭解羅衣❽？

【注　釋】❶妾在句　妾，宋本原作「昔」，在「昔」字下夾注：「一作：妾」。蕭本、郭本、胡本、王本、咸本、《全唐詩》皆作「妾」。是。據改。春，宋本原作「舂」。誤。據蕭本、郭本、胡本、繆本、王本、咸本、《全唐詩》改。《元和郡縣志》卷二一山南道隨州棗陽縣：「春陵故城，在縣東南三十五里。漢景帝子長沙王發子春陵侯之邑也。世祖即位，幸春陵，復其徭役，改曰章陵。」按：此處「春陵東」當即指詩人妻許氏所居地安陸。漢春陵故城在今湖北棗陽東南，安陸更在其東南。❷漢江島　泛指漢水一帶。❸百里二句　百里，蕭本、郭本、《全唐詩》作「一日」。白道，大路。見卷二二〈洗腳亭〉詩注。宋本在二句下夾注：「一作：日日採蘼蕪，上山成白道」。胡本亦作此。蘼蕪，草名。葉有香氣。〈古詩・上山採蘼蕪〉：「上山採蘼蕪，下山逢故夫。」❹雲雨別　如雲散雨消般離別。《文選》卷二三王粲〈贈蔡子篤〉詩：「悠悠世路，亂離多阻。……風流雲散，一別如雨。」呂延濟注：「言此別離各恨時亂，如風流雲散，無所定止，如雨之降，不還雲中也。」❺秋蛾飛　江淹〈扇上綵畫賦〉：「促織兮始鳴，秋蛾兮載飛。」❻落輝　輝，蕭本、郭本、王本、《全唐詩》作「暉」。宋本在詩末夾注：「一本『輝』下添：昔時攜手去，今時流淚歸。遙知不得意，玉筯點羅衣」。❼何由　由，胡本作「時」。❽滅燭句　古樂府〈子夜四時歌〉：「開窗秋月光，滅燭解羅衣。」

【語　譯】我住在春陵東，您住在漢江島。相隔百里望盡春花春光，來來往往中間踩成大道。自從雲散雨消般離別後，這裡就逐漸生出秋草。秋草中秋蛾飛舞，每天相思煩惱直到落日餘輝。如何才能再得相見，吹滅燭光解羅衣？

【研　析】此詩亦當是詩人自代內贈。首四句描寫對往日美好相處情景的懷念。中四句描寫離別後日夜相思之苦。末二句表達對久別重逢的殷切盼望。明人批點曰：「『秋草』二句，不深奇，卻流便有逸致。末句傷雅。」

其八

憶昨東園桃李紅碧枝❶，與君此時初別離。金瓶落井❷無消息，令人行歎復坐思。坐思行歎成楚越❸，春風玉顏畏銷歇❹。碧窗紛紛下落花，青樓寂寂空明月。兩不見，但相思。空留錦字表心素❺，至今緘愁不忍窺。

【注　釋】❶憶昨句　阮籍〈詠懷詩〉其三：「嘉樹下成蹊，東園桃與李。」紅，咸本作「花」。❷金瓶落井　猶言石沉大海。語本釋寶月〈估客樂〉其二：「莫作瓶落井，一去無消息。」❸坐思句　咸本校：「一本無坐思二字。」楚越，楚國和越國。比喻相距遙遠。《莊子・德充符》：「仲尼曰：『自其異者視之，肝膽楚越也。』」成玄英疏：「楚越迢遞，相去數千。」❹春風句　咸本校：「一本云：楚越春風畏銷歇。」銷歇，消失；衰敗。鮑照〈行藥至城東橋〉詩：「容華坐銷歇，端為誰苦辛。」❺空留句　空留，咸本校：「一本無此二字。」錦字，指錦字書。前秦蘇蕙寄給丈夫的織錦迴文詩。《晉書・列女傳・竇滔妻蘇氏》：「名蕙，字若蘭。善屬文。滔，苻堅時為秦州刺史，被徙流沙，蘇氏思之，織錦為迴文旋圖詩以贈滔。宛轉循環以讀之，詞甚悽惋。」此處指妻子給丈夫表達思念之情的書信。

【語　譯】回想昔日東園桃李花開紅滿碧枝，正是與你最初別離的時間。從此你像金瓶落井無消息，使我行則嘆息坐又相思。相思嘆息我們相隔遙遠，春風吹來只恐玉顏衰老。碧紗窗前春花紛紛飄落，青樓明月徒然寂寂高懸。兩不相見，唯有相思。徒留錦字情書表達心意，可是至今封緘發愁不忍再窺。

【研　析】此詩亦是自代內贈。詩中首四句描寫當初分別時情景及別後相思，以春花爛漫寫別離時情景，以樂襯哀，以金瓶落井喻杳無音信。接著四句描寫兩地相隔遙遠，妻子見落花而想到紅顏衰落，以落花紛紛喻別時久遠，意境含蓄。末四句謂寫了情書無法寄出而傷心，句式參差，音情頓挫，有一唱三嘆之餘味。

其九

長短春草綠，緣階如有情❶。卷葹心獨苦，抽卻死還生❷。睹物知妾意，希君種後庭。閑時當採掇❸，念此莫相輕。

【注　釋】❶長短二句　謂長短不齊的春草沿階而生，碧綠一片似有慰藉之情。階，宋本作「門」，據蕭本、郭本、王本、咸本、《全唐詩》改。❷卷葹二句　比喻女子的相思之苦及對愛情的堅貞。卷葹，草名，江淮間謂之宿莽。其草拔心不死，詩以此喻女子愛情的堅貞和相思的痛苦。《爾雅・釋草》：「卷葹草，拔心不死。」郭璞注：「宿莽也。」❸採掇　料理；採摘。

【語　譯】長短不齊的碧綠春草，沿著臺階生長似有人情。卷葹草的心特最堅苦，心被抽去卻依然生存。看到此物你就知道我的心意，希望你把它種到後面院庭中。閒暇時去採摘幾棵，時常記著它不要辜負我的深情。

【研　析】此詩亦為自代內贈。前半以比興手法，從春草碧引出卷葹草，卷葹草心最苦，心被抽掉還能生存，比喻妻子痛苦之情和對愛情堅貞之志。後四句寫相思之情，希望丈夫關注卷葹作比，抒發企盼重逢的心情。希望你把它種在後庭，空閒時當去料理採摘，記著它不要輕視我的相思之情。明人批點曰：「古澹有漢魏意，但下語終覺俊快耳。」又曰：「〈寄遠〉其九饒有古樂府之妙。」

其十

魯縞❶如玉霜，筆題月支書❷。寄書白鸚鵡❸，西海慰離居❹。行數雖不多，字字有委曲❺。天末❻如見之，開緘❼淚相續。千里若在眼，萬里若在心❽。相思千萬里，一書直❾千金。

【注　釋】❶魯縞　魯地的細白生絹。《漢書・韓安國傳》：「彊弩之末，力不能入魯縞。」顏師古注：「縞，素也。曲阜之地，俗善作之，尤為輕細，故以取喻也。」❷筆題句　筆，宋本在此字下夾注：「一作：剪」。胡本亦作「剪」。月支書，即用月氏文字寫的信。按，李白出生於西域，劉全白〈唐故翰林學士李君碣記〉：「天寶初，玄宗辟翰林待詔，因為〈和蕃書〉。」此詩中云「筆題月支書」，亦可為李白能寫蕃書之一證。月支，蕭本、郭本、胡本、《全唐詩》作「月氏」。同。漢西域國名。❸鸚鵡　鳥名。詳見前〈鸚鵡洲〉詩注。《元和郡縣志》卷三九隴右道秦州清水縣：「小隴山，一名隴坻，……隴阪九迴，不知高幾里。……隴上有水，東西分流，……行人歌曰：『隴頭流水，嗚聲幽咽，遙望秦川，肝腸斷絕。』東去大震關五十里。上多鸚鵡。」按：李白祖籍隴西，其〈贈張相鎬〉其二：「本家隴西人，先為漢邊將。」此處「寄書白鸚鵡」，當與祖籍隴西有關。❹西海句　西海，泛指西域。慰，宋本作「畏」，據蕭本、郭本、王本、咸本、《全唐詩》改。❺委曲　含蓄曲折。《後漢書・班彪傳》：「司馬遷……又進項羽、陳涉，而黜淮南、衡山，細意委曲，條例不經。」❻天末　天邊；天盡頭。指極遠處。張衡〈東京賦〉：「眇天末以遠期，規萬事而大摹。」❼開緘　打開封緘的書信。❽千里二句　蕭本、郭本、王本、咸本、《全唐詩》作「淚盡恨轉深，千里同此心」。❾直　通「值」。價值。《北史・齊彭城景思王浟傳》：「食雞羹何不還他價直也？」

【語　譯】魯地的生絹像玉霜一樣精細潔白，提筆在上面用月支文寫下一封信。讓白鸚鵡帶上書信寄去，前往西域慰藉久別的親人。行數雖然不多，但字字都含有曲折的情意。遠在天邊的親人如果見到它，打開封緘便會淚流不斷。你雖在千里之外卻就像在我的眼前，即使遠在萬里也如在我的心中。相思深情連接千萬里，一封書信值千金。

【研　析】此詩作年不詳。首四句似謂從魯地寫信寄給西域親人，故用月支文字寫。中四句謂書信中文字雖不多，但含意曲折深沉，遠方的人收到信定當淚流不斷。末四句謂相隔千萬里，但日夜相思如在眼前，如在心中，能得一信比千金還貴重。明人批點曰：「大勢快逸不可當。『縞如玉』、『白鸚鵡』是粧點語。『行數』兩句是新意。」《唐宋詩醇》卷八：「三詩（其六、其九、其十）皆與古為化，不以摹擬為工，而寄託自遠。」

其十一❶

美人在時花滿堂，美人去後餘空牀。牀中繡被卷不寢❷，至今三載聞餘香❸。香亦竟不滅，人亦竟不來。相思黃葉盡❹，白露濕❺青苔。

【注　釋】❶其十一　宋本在詩末夾注：「此首一作：〈贈遠〉」。王本校同。胡本列此首為〈長相思三首〉其三，校：「此首一作：〈寄遠〉。」《又玄集》、《樂府詩集》收此詩題作〈長相思〉。《唐文粹》收此詩題作〈寄遠〉，校：「一作：〈長相思〉。」《全唐詩》收〈寄遠十一首〉，缺此詩。❷卷不寢　宋本在三字下夾注：「一作：更不卷」。胡本作：「更不卷」，校：「一作：卷不寢」。❸聞餘香　宋本在三字下夾注：「一作：猶聞香」。《樂府詩集》亦作此。❹黃葉盡　宋本在「盡」字下夾注：「一作：落」。蕭本、郭本、胡本、王本、咸本皆作「落」，胡本、王本校：「一作：盡」。❺濕　宋本在此字下夾注：「一作：點」。

【語　譯】美人在的時候有鮮花滿堂，美人去後只剩下這寂寞的空床。床上卷起不睡的錦繡衾被，至今三年還聞餘香。香氣經久不消，而人竟也不回來。在這黃葉落盡的季節更添相思，潔白露水沾濕了門外的青苔。

【研　析】此詩《又玄集》題作〈長相思〉，當是詩人初入長安時之作，以自代內贈口吻，描寫別後妻子的相思之情。用排疊、頂真的流暢句式，表達對相聚時的留戀與今日獨處的傷懷。最後以景結情，寫秋日蕭瑟，意味深長。嚴羽評點曰：「只須言景之淒涼。」明人批點曰：「語不多，道得恰好。」

其十二

愛君芙蓉嬋娟之豔色❶，若可餐兮難再得❷。憐君冰玉清迥之明心❸，情不極兮意已深。朝共琅玕❹之綺食，夜同鴛鴦之錦衾❺。恩情婉孌❻忽為別，使人莫錯❼亂愁心。亂愁心，涕如雪。寒燈厭夢魂欲絕，覺來相思生白髮。盈盈❽漢水若可越，可惜凌波步羅襪❾？美人美人兮歸去來，莫作朝雲飛陽臺❿。

【注釋】❶愛君句　芙蓉，形容女子美麗的容貌。《西京雜記》卷二：「卓文君姣好，眉色如望遠山，臉際常若芙蓉。」嬋娟，姿態美好貌。《文選》卷二張衡〈西京賦〉：「增嬋娟以此豸。」薛綜注：「嬋娟此豸，姿態妖蠱也。」❷若可餐句　若，蕭本、郭本、《全唐詩》作「色」。《文選》卷二八陸機〈日出東南隅行〉：「鮮膚一何潤，秀色若可餐。」後常以「秀色可餐」形容女子的美麗異常。難再得，李延年〈歌〉：「寧不知傾城與傾國，佳人難再得。」❸憐君句　憐，愛。清迥，清明曠遠。鮑照〈舞鶴賦〉：「鍾浮曠之藻質，抱清迥之明心。」❹琅玕　美石。《尚書・禹貢》：「厥貢惟球、琳、琅玕。」孔傳：「琅玕，石而似玉。」孔穎達疏引《爾雅・釋地》謂「石而似珠」。阮籍〈詠懷詩〉其四三：「朝餐琅玕實，夕宿丹山際。」此處比喻精美的食物。❺鴛鴦之錦衾　繡著鴛鴦鳥圖案的錦被。陳子昂〈鴛鴦篇〉：「聞有鴛鴦綺，復有鴛鴦衾。持為美人贈，勖此故交心。」❻婉孌　猶親愛。纏綿眷戀。咸本校：「一本無此二字。」《後漢書・朱祐等傳贊》：「婉孌龍姿。」李賢注：「婉孌，猶親愛也。」陸機〈弔魏武帝文〉：「婉孌房闥之內。」❼莫錯　同「錯莫」、「錯漠」、「索寞」。紛亂落寞。《玉臺新詠》卷九鮑照〈行路難四首〉其二：「今日見我顏色衰，意中錯漠（一作『索寞』）與先異。」吳兆宜注引漢王褒〈甘泉宮頌〉：「徑落莫以差錯。」杜甫〈遠懷舍弟穎觀等〉詩：「雲天猶錯莫。」仇兆鼇注：「錯莫，謂紛錯冥莫。」又〈瘦馬行〉：「失主錯莫無晶光。」仇兆鼇注：「錯莫，猶云落寞。」❽盈盈　水清澈貌。〈古詩十九首〉：「盈盈一水間，脈脈不得語。」❾可惜句　可，疑當作「何」。凌波步羅襪，曹植〈洛神賦〉：「凌波微步，羅襪生塵。」❿朝雲飛陽臺　用宋玉

〈高唐賦〉巫山神女故事。詳見卷一〈古風五十九首〉其五十八注。按：蕭本、郭本、王本、咸本、《全唐詩》「朝雲」下有「暮雨兮」三字。王本校：「繆本缺暮雨兮三字。」

【語譯】愛你那芙蓉般美麗的容貌，真是秀色可餐的佳人世間難再得。愛你那冰玉般高潔清明高遠的心地，使人情不盡而愛意已深。早晨與你共食玉石的美餐，夜晚與你同蓋繡著鴛鴦的錦衾。恩情纏綿卻忽然離別，使人心愁意亂深感落寞。心愁意亂涕淚如雪落。寒燈微弱夢幻斷絕，一覺醒來相思頓生白髮。清澈的漢水如可跨越，何惜淩波微步羅襪生塵？美人美人啊歸來吧，不要作朝雲暮雨飛在陽臺。

【研析】此詩作年不詳。前六句集珍美事物鋪寫昔日纏綿恩愛之情。先寫愛人容貌之美，再寫愛人心地之高潔，三寫同食共眠之愛情。中六句寫別後朝暮相思之苦，心愁意亂，涕淚如雪，夢魂欲絕，相思白髮。末四句作深情呼喚盼美人歸來。漢水可越，何惜羅襪，請快歸來，勿飛陽臺！表達思婦對久別重逢的盼望，亦反映出詩人徘徊京都、不遇思歸的情緒。全詩用楚辭參差句式，寫得情深意切，音韻跌宕，意境婉轉流連。明人批點曰：「最奇肆有氣力。」

長信宮❶

月皎昭陽殿❷，霜清長信宮。天行乘玉輦，飛燕與君同❸。更有歡娛處❹，承恩樂未窮。誰憐團扇妾，獨坐怨秋風❺？

【注釋】❶長信宮　漢宮名。《三輔黃圖・漢宮》：「長信宮，漢太后常居之……后宮在西，秋之象也。秋主信，故宮殿皆以長信、長秋為名。」《漢書・外戚傳・孝成班婕妤》：「其後趙飛燕姊弟亦從自微賤興，踰越禮制，寖盛於前。班婕妤及許皇后皆失寵，稀復進見。……趙氏姊弟驕妒，婕妤恐久見危，求共養太后長信宮，上許焉。」此詩即詠班婕妤事，寄寓己之失意。按：《樂府詩集》卷四三收入此詩，題作〈長信怨〉，屬〈相和歌辭〉。❷昭陽殿　漢宮殿名。為成帝皇后趙飛燕妹所居。《漢書・外戚傳・孝成趙皇后》：「上見飛燕而說之，召入宮，大幸。有女弟復召入……而弟絕幸，為昭儀。居昭陽。」❸天行二句　天行，指皇帝出行。李德林〈從駕巡遊詩〉：「天行肅輦路。」玉輦，指皇帝車駕。沈炯〈長安少年行〉：「玉輦迎飛燕，金山賞鄧通。」王琦注：「按《漢書》，成帝遊於後庭，嘗欲與班婕妤同輦載，婕妤辭曰：『觀古圖畫，聖賢之君皆有名臣在側，三代末主，乃有嬖女。今欲同輦，得無近似乎？』上善其言而止。太白翻其事而用之，言飛燕與君同輦而行，化實為虛，畦徑都別。」宋本燕字作「鸞」。❹更有句　宋本在此句下夾注：「一作：別有留情處」。❺誰憐二句　用班婕妤〈怨歌行〉詩意。詳見卷二三〈懼讒〉詩注。團扇妾，指班婕妤。其〈怨歌行〉中有「裁為合歡扇，團團似明月。……常恐秋節至，涼風奪炎熱。棄捐篋笥中，恩情中道絕」句。

【語　譯】月光皎潔照映昭陽殿，嚴霜淒清覆蓋長信宮。天子出行乘坐著玉輦，趙飛燕與君同車受盡驕寵。更有與君歡娛的處所，承受恩幸使她歡樂無窮。誰還憐惜手執合歡扇的班婕妤，孤獨地坐在那裡怨恨秋風？

【研　析】此詩或作於天寶二年（西元七四三年）詩人被讒見疏以後，借漢宮班婕妤失寵故事以自傷。首二句對比，寫趙飛燕姊妹的得幸與班婕妤之失意。中四句描寫趙飛燕專寵的情景，並暗諷君王的昏庸。末二句照應題意，仍寫班婕妤的憂傷。嚴羽評點首四句：「只須四句。」明人批點曰：「班婕妤失寵，求供養太后長信宮，此蓋專詠班事。同輦亦暗用班事。昭陽，趙；長信，班；中四句，趙；結句，班。」

長門怨二首❶

其一

天回北斗挂西樓❷，金屋無人螢火流❸。月光欲到長門殿，別作深宮一段愁。

【注釋】❶長門怨二首　長門怨，樂府舊題。《樂府詩集》卷四二收此二詩，列於〈相和歌辭·楚調曲〉，並引《樂府解題》曰：「〈長門怨〉者，為陳皇后作也。后退居長門宮，愁悶悲思，聞司馬相如工文章，奉黃金百斤，令為解愁之辭。相如為作〈長門賦〉，帝見而傷之，復得親幸。後人因其賦而為〈長門怨〉也。」按：咸本、《萬首唐人絕句》錄此二詩分載兩處。❷天回句　此句謂北斗七星的杓柄，每夜在天空由東向西迴轉。回，同「迴」。北斗，星名。在北天排列成斗（古代酒器）形的七顆亮星。挂西樓，謂斗柄已轉到西邊，夜已深。宋之問〈奉和幸韋嗣立山莊侍宴應制〉：「地隱東巖室，天回北斗車。」❸金屋句　金屋，用漢武帝陳皇后的故事。此處即指長門宮。詳見卷三〈妾薄命〉注。螢火流，成群的螢火蟲在飛動，形容宮之荒涼。

【語譯】北斗七星迴轉向西掛在西樓，寂寞的金屋空無一人只有螢火蟲在飛流。月光想要照到長門宮殿，在這淒涼的深宮中又另會生出許多哀愁。

【研析】此詩或謂天寶二年（西元七四三年）秋，被讒見疏而借陳皇后故事自況而作。首二句點明時間是深夜，地點是漢武帝陳皇后的「金屋」。北斗西斜，是遠景，「無人」、「螢火流」，表明「金屋」已是無人的荒涼宮殿，空屋流螢是近景，這深宮月夜圖烘托出一片蕭條淒涼的氣氛。後二句構思非常巧妙，「長門殿」是陳皇后被廢後居住的冷宮，本來意思是說：只有月光照到冷宮中人，使人更添愁情，但詩人卻偏不讓人物出場，而用「欲到」二字強調月光的多情，似乎她是想有意照到長門宮來；又用「別作」、「一段」四字，強調怨愁之多，令人詠味不盡。唐汝詢《唐詩解》卷二五：「上聯因時而敘景，下聯即景而生愁。樓獨稱西者，秋則斗柄西指也。月本無心，哀怨之極，覺其有心耳。」

其二

桂殿長愁不記春❶，黃金四屋起秋塵❷。夜懸明鏡青天上，獨照長門宮裏人❸。

【注釋】❶桂殿句　桂殿，漢宮名有桂宮。《西京雜記》卷二：「武帝為七寶牀、雜寶案、廁寶屏風、列寶帳，設於桂宮。」

此處即作長門宮的美稱，特指住在殿中之人。此句謂殿中人因長期憂愁，忘了春天的到來。❷黃金句　黃金四屋，即金屋四周。起秋塵，謂轉眼間秋風滿殿塵埃飛揚。比喻恩寵衰落。鮑照〈代陳思王京洛篇〉：「但懼秋塵起，盛愛逐衰蓬。」❸夜懸二句　用司馬相如〈長門賦〉「懸明月以自照兮，徂清夜於洞房」意。明鏡，指月亮。此謂只有秋夜明月高懸，特意照到長門宮來。

【語譯】在桂殿中長期憂愁已不記得春天的到來，屋內四周已滿是秋天的飛塵。夜裡青天上高懸著明鏡般的月亮，獨照長門宮裡的那個孤寂的人。

【研析】前首最後出現一個「愁」字，此首開頭即接著寫殿中人的「長愁」，首二句「不記春」、「起秋塵」，正是極力形容「長愁」不盡，不覺春去而秋至（黃叔燦《唐詩箋注》語）。「黃金四屋起秋塵」，是前首「金屋無人」的深化。後二句又與前首三、四句呼應，前首是「月光欲到」，此首則已「明鏡高懸」，月光照到長門，並讓冷宮中的人物出場。本來月光是普照天下，用一「獨」字，似乎月光專照冷宮中人。所以，唐汝詢《唐詩解》說：「『獨』字甚佳，見月之有意相苦。」全詩不言怨，而怨在言外。俞陛雲《詩境淺說續編》曰：「後二句言月鏡秋懸，照徹幾家歡樂，一至寂寂長門，便成『獨照』，不言怨而怨可知矣。」

春怨❶

白馬金羈遼海東❷，羅帷❸繡被臥春風。落月低軒窺燭盡，飛花入戶笑牀空❹。

【注釋】❶春怨　《萬首唐人絕句》作〈春怨情〉。❷白馬句　金羈，金飾的馬絡頭。曹植〈白馬篇〉：「白馬飾金羈，連翩西北馳。」遼海，王琦注：「遼海，即古遼東郡地，方千有餘里，南臨大海，故文人多稱遼海。」按：古詩文中多以「遼海」泛指征人從軍遠行之地。唐初與契丹、奚常於此發生戰爭。❸羅帷　絲織的帷幔。《說苑・善說》：「居則廣廈邃房，下羅帷，來清風。」❹飛花句　梁簡文帝〈序愁賦〉：「玩飛花之入戶，看斜暉之度寮。」蕭子範〈春望古意詩〉：「落花徒入戶，何解妾牀空。」此處化用其意。

【語　譯】夫君騎著金鞍白馬遠征遼海之東，春風吹拂羅帳我獨臥在繡被中。落月低過窗戶窺看蠟燭燃盡，紛飛的落花進入屋裡笑我獨守空床。

【研　析】此詩作年不詳。詩中擬代思婦的口吻，描寫春日獨居的景況。前二句寫征人往遼東、思婦獨臥繡被，記離別之事。後二句對結，以落月、飛花擬人化，作反襯，抒寫思婦在大好春光中相思之苦。嚴羽評點曰：「月窺花笑，故是太白慣語，終傷纖巧。」明人批點曰：「後二句工，『窺燭盡』尤妙。」

代贈遠　一作〈寄遠〉❶

妾本洛陽人，狂夫幽燕客❷。渴飲易水波，猶來多感激❸。胡馬西北馳❹，香鬉搖綠絲❺。鳴鞭從此去，逐虜蕩邊陲。昔去有好言，不言久離別。燕支多美女，走馬輕風雪❻。見此不記人，恩情雲雨絕❼。啼流玉筯盡，坐恨金閨切❽。織錦作短書，腸隨回文結❾。相思欲有寄，恐君不見察。焚之揚其灰❿，手跡自此滅。

【注　釋】❶代贈遠題　宋本、王本題下校：「一作〈寄遠〉」。❷狂夫句　狂夫，古代婦女自稱其夫的謙詞。《列女傳・楚野辨女》：「大夫曰：『盍從我於鄭乎？』對曰：『既有狂夫昭氏在內矣。』遂去。」卷五〈擣衣篇〉：「玉手開緘長歎息，狂夫猶戍交河北。」幽燕客，在幽燕的征夫。❸渴飲二句　易水，源出今河北易縣境，入南拒馬河。《元和郡縣志》卷一八河北道易州易縣：「易水，一名故安河，出縣西寬中谷。《周官》曰：『并州，其浸淶、易。』燕太子丹送荊軻易水之上，即此水也。」猶來，蕭本、郭本、王本、咸本、《全唐詩》皆作「由來」。從來；歷來。感激，感慨激昂。指荊軻遺留下來的風氣。

❹胡馬句　曹植〈白馬篇〉：「白馬飾金羈，連翩西北馳。」此句用其意。❺香騣句　騣，「鬃」的異體字。馬頸上的長毛。綠絲，黑中透綠的馬鬣。❻燕支二句　燕支，山名。又稱焉支山。在今甘肅永昌。因產胭脂草得名。《元和郡縣志》卷四〇隴右道甘州刪丹縣：「按焉支山，一名刪丹山，故以名縣。山在縣南五十里，東西一百餘里，南北二十里，水草茂美，與祁連山同。匈奴失祁連、焉支二山，乃歌曰：『亡我祁連山，使我六畜不繁息。失我焉支山，使我婦女無顏色。』」美女、走馬，卷三〈幽州胡馬客歌〉：「雖居燕支山，不道朔雪寒。婦女馬上笑，顏如赬玉盤。翻飛射鳥獸，花月醉雕鞍。」可參讀。❼見此二句　意謂見燕支美女就不記得我，他與我的恩情就像雲散雨墜一樣斷絕。參見本卷〈寄遠十二首〉其七「一為雲雨別」注。此，指燕支美女。人，思婦自指。❽啼流二句　玉筯，形容眼淚像一對玉筷子。金閨，閨閣的美稱。切，深切。❾織錦二句　用蘇蕙織錦為迴文旋圖詩事。《晉書·列女傳·竇滔妻蘇氏》：「名蕙，字若蘭。善屬文。滔，苻堅時為秦州刺史，被徙流沙，蘇氏思之，織錦為迴文旋圖詩以贈滔。宛轉循環以讀之，詞甚悽惋，凡八百四十字。」短書，字數很少的短信。❿焚之句　漢樂府〈鼓吹曲辭·有所思〉古辭：「聞君有它心，拉雜摧燒之。摧燒之，當風揚其灰。從今以往，勿復相思，相思，與君絕。」此句用其意。

【語譯】我本是洛陽人，夫君在幽燕為征人。他渴飲易水的波濤，從來就有慷慨激昂之風。聽說他騎著胡馬在西北馳騁，駿馬搖著綠絲般的馬鬣。揚鞭鳴馬疾馳從此去，要驅逐胡虜鎮邊陲。當初離去的時候他好言撫慰我，說這不是長久的離別。燕支那地方美女眾多，跑馬奔馳輕如風雪。他見了燕支美女就忘記了我這個故人，往日的恩情就像雲散雨飄般斷絕。我眼淚流盡，獨坐深閨怨恨淒切。想織錦寫封短信，隨著愁腸迴文成結。想把我的相思之情寄去，又怕夫君不能體察我的心。燒掉信而飛揚其灰，使我的手跡從此消失乾淨。

【研析】此詩作年不詳。詩以擬代洛陽思婦的口吻，前十四句敘寫丈夫從軍出征離別時情景以及懸想丈夫見燕支美女而忘記自己，恩情斷絕。後八句描寫思婦獨守空閨，思夫寫信而又猶豫不定的矛盾心情。明人批點曰：「起八句有古意。……『啼流』以下婉轉玲瓏，怨慕交深。用『手跡滅』收，不可解。」

陌上贈美人

一云〈小放歌行〉，一首在第三，此是第二篇❶

駿馬驕行踏落花，垂鞭直拂五雲車❷。美人一笑褰珠箔❸，遙指紅❹樓是妾家。

【注釋】❶陌上題　宋本、蕭本、郭本、繆本、王本題下校：「一云〈小放歌行〉，一首在第三，此是第二篇。」按：卷四〈少年行二首〉宋本校：「後一首亦作〈小放歌行〉。」即指其二「五陵年少金市東」七言四句。由此可知，〈少年行二首〉其二一作〈小放歌行二首〉其一，此首〈陌上贈美人〉一作〈小放歌行二首〉其二。唯校語中「一首在第三」不知何所指。❷五雲車　仙人所乘的雲車。庾信〈道士步虛詞〉其六：「東明九芝蓋，北燭五雲車。」倪璠注引《漢武帝內傳》：「漢武帝好仙道，七月七日日夜漏七刻，王母乘雲車而至于殿。」此處則為車之美稱。❸褰珠箔　撩起珠簾。褰，撩起。珠箔，用珍珠綴成的簾子。劉孝威〈奉和晚日詩〉：「虬簷挂珠箔，虹梁卷霜綃。」❹紅　宋本在此字下夾注：「一作：青」。

【語譯】騎著駿馬陌上橫行踐踏落花，揮鞭直拂美人的五雲車。美人撩起珠簾嫣然一笑，遙指遠處的紅樓說那是她的家。

【研析】此詩似為天寶二年（西元七四三年）春在長安春遊時偶作。詩中描寫春日陌上青年男女戲遊情事，情趣盎然。謂陌上少年騎駿馬踏落花，揚鞭直拂到美人所乘的五雲車上。蓋有意調笑美人。美人果然撩起珠簾一笑，以迎少年。「遙指紅樓」，乃美人手勢，「是妾家」，是美人口答。詩人偶見此事於陌上，故賦其事以遙贈。明人批點曰：「寫狂態可喜，已若無不畫而猶有餘意在言外。」

閨情❶

流水去絕國，浮雲辭故關。水或戀前浦，雲猶歸舊山❷。恨君流沙❸去，棄妾漁陽❹間。玉筯夜垂❺流，雙雙落朱顏。黃鳥坐相悲❻，綠楊誰更攀❼？織錦心草草❽，挑燈淚斑斑。窺鏡不自識，況乃狂夫❾還！

【注　釋】❶閨情　猶閨怨。閨中之怨情。謂少婦的哀怨之情。用這種題材寫的詩稱「閨怨詩」。武則天〈蘇氏織錦迴文記〉：「錦字迴文，盛見傳寫，是近代閨怨之宗旨，屬文之士咸龜鏡焉。」❷流水四句　以流水、浮雲起興，謂戀舊之情，物且如此。絕國，極遠之國。《文選》卷一六江淹〈別賦〉：「至如一去絕國，詎相見期。」李善注：「絕國，絕遠之國。」故關，古代的關隘。庾信〈別周尚書弘正〉詩：「扶風石橋北，函谷故關前。」張協〈雜詩十首〉其八：「流波戀舊浦，行雲思故山。」❸流沙　指我國西北之大沙漠。《元和郡縣志》卷四〇隴右道甘州張掖縣：「居延海，在縣東北一百六十里。即居延澤，古文以為流沙者，風吹流行，故曰流沙。」又沙洲：「前涼張駿於此置沙州，蓋因鳴沙山為名。流沙，即居延澤也。」宋本在「流」字下夾注：「一作：龍」。按：胡本作「龍沙」。❹漁陽　唐郡名。即薊州。天寶元年改為漁陽郡，乾元元年復改為薊州。治所在今天津薊縣。轄境相當於今北京市平谷區、河北三河、玉田、天津薊縣等地。❺夜垂　宋本在二字下夾注：「一作：日夜」。胡本亦作此。❻黃鳥句　黃鳥，黃鶯鳥。《詩經・周南・葛覃》：「黃鳥于飛，集於灌木。」坐相悲，猶云深相悲。坐，深。❼綠楊句　綠楊，綠柳。古代有折柳寄遠的習俗。誰更攀，有誰還能攀折柳枝寄我。❽織錦句　織錦，用蘇蕙織錦迴文事，見本卷〈代贈遠〉詩注。草草，憂慮。《詩經・小雅・巷伯》：「勞人草草。」毛傳：「草草，勞心也。」朱熹注：「草草，憂也。」❾狂夫　古時婦女對其夫的謙稱。詳見本卷〈代贈遠〉詩注。

【語　譯】像流水離開遙遠的舊國，浮雲辭別古時的關山。流水或許還眷戀以前流經的江邊，浮雲尚能回歸它的舊山。我恨你一往流沙去後，把我拋棄在這漁陽之間。我的眼淚像雙雙玉筷那樣，日夜在紅顏上流漣。樹上的黃鶯為我深深悲鳴，有誰能再折攀綠柳寄我？織錦迴文書心裡憂愁，燃起燈火淚痕斑斑。對鏡自照已不認識自己，更何況拙夫從遠方歸還更不相識了！

【研　析】此詩作年不詳。詩中用代言體，以漁陽思婦的口吻，抒寫思念遠行夫君之情。首六句以流水、浮雲比興，謂物尚且有戀舊之情，何況人乎？而你卻往流沙一去不還，將我丟棄在漁陽之間，人不如物如此！後半則描繪思婦日夜垂淚，黃鳥相悲，無人折柳相贈，織錦心憂，挑燈淚斑，容顏憔悴，窺鏡不自識等情狀。

蕭士贇曰：「此篇是詠竇滔妻蘇氏若蘭錦織作回文詩寄夫事。」明人批點曰：「細淨有雅味，又別是小心收斂一種風格。」《唐宋詩醇》卷八：「起極蒼渾，結亦峭健，雖帶齊梁格調，氣骨自別。」

代別情人

清水本不動，桃花發岸傍❶。桃花弄水色，波蕩搖春光。我悅子容豔，子傾我文章。風吹綠琴❷去，曲度〈紫鴛鴦〉❸。昔作一水魚，今成兩枝鳥❹。哀哀長雞鳴，夜夜達五曉❺。起折相思樹❻，歸贈知寸心。覆水不可收❼，行雲難重尋。天涯有度鳥❽，莫絕瑤華音❾。

【注釋】❶岸傍　岸邊。傍，通「旁」。邊。王本作「旁」。❷綠琴　指綠綺琴。司馬相如之琴。傅玄〈琴賦序〉：「楚莊有鳴琴曰繞梁，中世司馬相如有琴曰綠綺，蔡邕有琴曰焦尾，皆名器也。」詳見卷二一〈聽蜀僧濬彈琴〉詩注。❸曲度句　王琦注：「曲度，猶度曲，謂隱度作新曲。……〈紫鴛鴦〉，疑即所度之曲名。」❹昔作二句　謂以往相聚在一起為魚水之歡，如今卻分離成兩處樹林之鳥。❺哀哀二句　五曉，五更破曉時。胡本作「天曉」。漢樂府〈焦仲卿妻〉：「中有雙飛鳥，自名為鴛鴦。仰頭相向鳴，夜夜達五更。」二句用其意。❻相思樹　《文選》卷五左思〈吳都賦〉「相思之樹」劉逵注：「相思，大樹也。材理堅邪，斫之則又可作器，其實如珊瑚，歷年不變，東冶有之。」梁武帝〈歡聞歌二首〉其二：「南有相思木，含情復同心。」❼覆水句　《後漢書・何進傳》：「國家之事，亦何容易！覆水不可收。宜深思之！」按：卷三〈妾薄命〉有「雨落不上天，水覆難再收。君情與妾意，各自東西流」句，可參看。❽度鳥　飛鳥。陰鏗〈渡青草湖〉詩：「行舟逗遠樹，度鳥息危檣。」此處指能傳書信的鴻雁。❾瑤華音　對他人書信的美稱。謝朓〈郡內高齋閑望答呂法曹〉詩：「惠而能好我，問以瑤華音。」

【語　譯】清水本自不流動，桃樹開花在這江岸旁。桃花戲弄倒映染紅了水色，微波蕩漾搖動春光。我喜歡你如花的容顏，你傾心我有才氣的文章。春風送去綠綺琴的悠揚，度曲就名〈紫鴛鴦〉。往昔我們同處如在一水中的游魚，而今分離變成分棲兩樹的孤鳥。哀哀之聲是長夜雞鳴，夜夜都啼到五更破曉。起床去折相思樹，贈你可知我寸心。覆水不可能再收起，行雲難以再找尋。天涯有往來的飛鳥，不要斷絕了兩地相思的音訊。

【研　析】此詩作年不詳。詩中代遊子遠行離別情人抒發相思之情。首四句以桃花流水起興。次四句寫往昔相互愛慕恩愛之情。再次六句寫離別後的兩地相思。末四句以覆水難收、行雲難尋作比喻，希望經常互通音訊。全詩多用象徵、比喻和對比手法，渲染氣氛，抒發深情，富有迴腸盪氣、纏綿悱惻之韻味。嚴羽評點曰：「『風吹綠琴去』，雖不必出音字，然太質實，比不得『吹愁』、『吹心』。」

代秋情❶

幾日相別離，門前生穭葵❷。寒蟬聒梧桐，日夕長鳴悲❸。白露濕螢火❹，清霜零兔絲❺。空掩紫羅袂❻，長啼無盡時。

【注　釋】❶代秋情　代，代擬之作。秋情，思婦悲秋之情。❷穭葵　野生之葵菜。穭，一作「稆」，亦作「旅」。野生。古詩〈十五從軍征〉：「中庭生旅穀，井上生旅葵。」❸寒蟬二句　謂秋蟬在梧桐樹上喧鬧，日夜悲鳴不停。寒蟬，秋蟬。《禮記・月令》：「〔孟秋之月〕涼風至，白露降，寒蟬鳴。」鄭玄注：「寒蟬，寒蜩，謂蜺也。」《爾雅・釋蟲》「蜺，寒蜩」郭璞注：「寒螿也。似蟬而小，青赤。」聒，嘈雜喧擾。日夕，日夜。❹螢火　螢火蟲之光。❺零兔絲　零，用作致使性動詞。使兔絲凋零。蕭本、郭本、《全唐詩》作「淩」。兔絲，一名女蘿，攀援植物。蔓延纏繞於草木之上。古詩文中多以之喻思婦。❻空掩句　宋本在此句下夾注：「一作：空閨掩羅袂」。

【語譯】不過幾日時間的別離，門前已長出了萋萋野葵。寒蟬在梧桐樹上聒噪，日日夜夜悲鳴不絕。潔白露水沾濕了螢火蟲之光，清冷的秋霜使兔絲草凋零。徒然用紫羅衣袖掩面，長期哭泣沒有盡頭。

【研析】此詩作年不詳。詩中代獨居思婦之口吻，寫秋思之情。描繪蕭瑟的自然景物，烘托別後獨處的淒涼、寂寞和悲哀的心情，以景寓情，情景交融。末二句寫長期相思流淚，有畫龍點睛之妙。明人批點曰：「亦近古澹，然覺無甚意味。」

對酒❶

蒲萄酒❷，金叵羅❸，吳姬十五細馬❹馱。青黛畫眉紅錦靴❺，道字不正❻嬌唱歌。玳瑁筵❼中懷裏醉，芙蓉帳❽底奈君何？

【注釋】❶對酒　胡震亨曰：「〈相和歌・對酒〉歌太平，……白所擬為情話，與本辭異。」❷蒲萄酒　亦稱蒲陶酒、蒲桃酒。原產西域，漢以後傳入中國。《史記・大宛列傳》：「宛左右以蒲陶為酒，富人藏酒至萬餘石，久者數十歲不敗。」❸金叵羅　金酒杯。《北齊書・祖珽傳》：「神武宴僚屬，於坐失金叵羅，竇泰令飲酒者皆脫帽，於珽髻上得之。」❹細馬　良馬。唐人常用語。《舊唐書・職官志三・太僕寺》：「諸牧監掌牧孳課之事。……凡馬，有左右監，以別其粗良，以數記名，著之薄籍。細馬稱左，粗馬稱右。」❺青黛句　青黛，青黑色的顏料，古代女子常用以畫眉。紅錦靴，唐代女子時尚的靴子。代宗時宮人多穿紅錦靿靴，見《圖畫見聞志》。❻道字不正　指發音不準確。❼玳瑁筵　珍貴豪華的筵席。《初學記》卷一〇引劉楨〈瓜賦序〉：「布象牙之席，薰玳瑁之筵。」唐太宗〈帝京篇〉其九：「羅綺昭陽殿，芬芳玳瑁筵。」❽芙蓉帳　華麗的帳子。鮑照〈擬行路難十八首〉其一：「七綵芙蓉之羽帳，九華蒲萄之錦衾。」

【語譯】蒲萄美酒，金酒杯。吳地少女年十五，駿馬把她馱。青黛畫秀眉，腳穿紅錦靴，吐字音不正，嬌癡唱著歌。華貴筵席上，醉入你懷中，芙蓉錦帳裡，又能奈你何？

【研　析】此詩當是開元十三年（西元七二五年）初遊吳地時之作。擬樂府〈相和歌辭・對酒歌〉，但為情辭，與古辭不同。詩中描寫吳地酒店歌樓冶遊情景，喝的是蒲萄酒，用的是金酒杯。十五歲的美女由良馬馱著，青黛畫眉足穿紅錦靴，吐字不正卻撒嬌唱著歌。在豪華酒宴上醉倒在情人懷中，芙蓉帳中又能怎樣呢！嚴羽評點曰：「妖豔旖旎，使人情憐，真似十四五女郎。」《唐詩歸》卷一六譚元春評曰：「『細馬馱』三字柔豔。『青黛畫眉紅錦靴，道字不正嬌唱歌』，微有妖氣，情豔之極，有似於妖耳。」

怨情

新人如花雖可寵，故人似玉猶來重❶。花性飄揚不自持，玉心皎潔終不移❷。

故人昔新今尚故，還見新人有故時❸。請看陳后黃金屋❹，寂寂珠簾生網絲。

【注　釋】❶新人二句　如花，比喻容貌美豔。似玉，比喻品格高尚。猶來，蕭本、郭本、胡本、《全唐詩》作「由來」。❷花性二句　謂花的品性飄蕩不能控制自己，指愛情不專一；玉的心靈光明純潔始終不變，指愛情專一。❸故人二句　江總〈閨怨篇〉又一首：「故人雖故昔經新，新人雖新復應故。」二句化用其意。❹黃金屋　用漢武帝陳皇后故事，見卷三〈妾薄命〉注。

【語　譯】新人美麗如花雖然可以寵愛，故人高潔似玉從來受人敬重。花性飄蕩不能自持，玉心純潔始終不移。故人往昔也是新人如今才衰老，還可見到新人也有衰老時。請看當年漢武帝陳皇后住的黃金屋，後來淒涼寂寞珠簾上結滿網絲。

【研　析】此詩作年不詳。或謂天寶中詩人被讒見疏託為宮怨之作。詩中以宮中新人見寵、故人見棄的規律，諷刺帝王喜新厭舊的惡習。末二句以陳皇后當年金屋藏嬌，後來冷落長門宮的遭遇，概述后妃的可悲命運，怨情遙深，別有寄託之意。《唐宋詩醇》卷八曰：「偶引古辭，別出新意，怨意不言而顯。」

湖邊採蓮婦❶

小姑織白紵，未解將人語❷。大嫂採芙蓉，溪湖千萬重❸。長兄行不在，莫使外人逢。願學秋胡婦，貞心比古松❹。

【注釋】❶湖邊題　《樂府詩集》收此詩列入〈清商曲辭〉，當是李白自製的新題樂府詩。❷小姑二句　白紵，白麻布。《禮記・喪服大記》：「絺、綌、紵不入。」孔穎達疏：「紵，是紵布。」將人語，與人說話。將，與。❸大嫂二句　芙蓉，荷花。《楚辭・離騷》：「集芙蓉以為裳。」王逸注：「芙蓉，蓮花也。」千萬重，謂溪湖綿長曲折。❹願學二句　秋胡婦，《列女傳・魯秋潔婦》記載，秋胡娶妻五日，往陳地做官。五年後歸來，見路旁婦人採桑，悅而調戲，被拒。至家見妻，正是路旁採桑婦。妻遂投河死。後以「秋胡」泛指愛情不專一的男子。貞心，堅貞不移的心地。《逸周書・諡法》：「貞心大度曰匡。」孔晁注：「心正而明察也。」范雲〈詠寒松詩〉：「凌風知勁節，負雪見貞心。」

【語譯】小姑織著白麻布，還不懂得與人說話。大嫂採摘荷花，溪水湖泊連綿曲折千萬重。長兄遠遊不在家，大嫂莫要使外人相見。我願學那秋胡的貞節賢妻，忠貞之心可以比擬古松。

【研析】此詩作年不詳。詩中描寫湖邊採蓮的大嫂及其小姑的心裡對白。首二句謂小姑織著白麻布，還不懂怎樣與人說話，是大嫂說話口吻；次四句謂大嫂採荷花，溪湖綿長曲折千萬重，大哥出行不在家，希望大嫂不要與外人相遇，這是小姑說話的口吻；末二句又是大嫂說話口吻：願學秋胡的妻子，忠貞之心可與古松相比。語言清新純樸，自然生動，內容又富有生活情趣，頗有民歌風味和神采。明人批點曰：「是吳聲歌等調法，正以俚見真趣，然亦未是高。數語勝似一篇女誡。」《唐宋詩醇》卷八評曰：「亦樂府之遺。作勸勉語可以勵俗。比〈採蓮曲〉尤為近古。」

怨情

美人卷珠簾，深坐嚬蛾眉❶。但見淚痕濕，不知心恨誰？

【注釋】❶嚬蛾眉　皺眉。嚬，同「顰」。蕭本、郭本、咸本、《全唐詩》皆作「顰」。《晉書・戴逵傳》：「是猶美西施，而學其顰眉。」古代詩文中常以「蛾眉」形容女子長而美的眉毛。

【語譯】美人捲起珠簾，深閨獨坐而皺著蛾眉。只見她的臉上有沾濕的淚痕，不知她心裡恨的是誰？

【研析】此詩作年不詳。詩中描寫女子幽居獨處、顰眉垂淚形象，筆簡情深，含蓄蘊藉。首句以「卷珠簾」的動作展示美人空守閨中而有所待的思春心態，同時烘托出寂寞幽深的環境。次句「深」字寫坐待時間之久，「嚬蛾眉」三字，形象地描繪美人怨苦的神態，如見其人。第三句用「淚痕濕」三字表達出美人最怨苦的心情。前三句通過捲珠簾的動作，深坐皺眉的神態，淚痕濕的外在表現，層層深入地展示美人怨恨心態的歷程，可謂已經寫盡。末句陡轉一問：「不知心恨誰？」造成美人獨守空閨怨苦的原因，美人自己似乎也搞不清楚，所以該怨恨誰，就「不知」了。這一問，使詩情有絃外之音，耐人尋味。嚴羽評點曰：「寫怨情，已滿口說出，卻有許多說不出。使人無處下口通問，直如此幽深。」

代寄情人楚詞體❶

君不來兮，徒蓄怨積思而孤吟❷。雲陽一去，以遠隔巫山淥水之沉沉❸。留餘香兮染繡被，夜欲寢兮愁人心❹。朝馳余馬於青樓❺，怳若空而夷猶❻。浮雲深兮不得語，卻惆悵而懷憂。使青鳥❼兮銜書，恨獨宿兮傷離居❽。何無情而雨絕❾，夢雖往而交疏。橫流涕❿而長嗟，折芳洲之瑤華⓫。送飛鳥以極目⓬，怨夕陽之西斜⓭。願為連根同死之秋草，不作飛空之落花。

【注釋】❶代寄題 蕭本、郭本、王本、《全唐詩》題中無「人」字，王本「詞」作「辭」。❷君不來二句 《楚辭・九歌・湘君》：「望夫君兮未來。」蓄怨積思，內心蓄積怨思。《楚辭・九辯》：「蓄怨兮積思。」王逸注：「結恨在心慮憤鬱也。」❸雲陽二句 《文選》卷七司馬相如〈子虛賦〉：「於是楚王乃登雲陽之臺。」李善注引孟康曰：「雲夢中高唐之臺，宋玉所賦者，言其高出雲之陽。」江淹〈雜體詩三十首・休上人怨別〉：「相思巫山渚，悵望雲陽臺。」按：此處暗用宋玉〈高唐賦〉中巫山神女事。巫山，在今重慶巫山縣。以，蕭本、郭本、胡本、咸本、《全唐詩》作「已」。淥水，清澈之江水。蕭本、郭本、王本、《全唐詩》作「綠」。沉沉，深沉貌。❹愁人心 曹攄〈贈石崇詩〉：「薄暮愁人心。」❺朝馳句 《楚辭・九歌・湘夫人》：「朝馳余馬兮江皋，夕濟兮西澨。」❻夷猶 《楚辭・九歌・湘夫人》：「君不行兮夷猶。」王逸注：「夷猶，猶豫也。」❼青鳥 神話中西王母的使者有三青鳥，能傳書信。沈約〈華陽先生登樓不復下贈呈詩〉：「銜書必青鳥，佳客信龍鑣。」❽離居 離別而分居。《楚辭・九歌・大司命》：「將以遺兮離居。」❾雨絕 雨，宋本原作「兩」，據蕭本、郭本、王本、《全唐詩》改。傅玄〈昔思君〉詩：「昔君與我兮形影潛結，今君與我兮雲飛雨絕。」❿橫流涕 《楚辭・九歌・湘君》：「橫流涕兮潺湲。」王逸注：「內自悲傷，涕泣橫流。」⓫折芳洲句 芳洲，香花盛開的小洲。《楚辭・九歌・湘君》：「采芳洲兮杜若。」王逸注：「芳洲，香草叢生水中之處。」洲，宋本作「州」，據蕭本、郭本、繆本、王本、咸本、《全唐詩》改。瑤華，王本作「瑤花」。又〈九歌・大司命〉：「折疏麻兮瑤華。」王逸注：「瑤華，玉華也。」《文選》卷三〇謝靈運〈南樓中望所遲客〉詩：「瑤華未堪折。」李周翰注：「瑤華，麻花也，其色白，故比於瑤。此花香，服食可致長壽，故以為美。」⑫極目　盡目力所及遠望。王粲〈登樓賦〉：「平原遠而極目兮，蔽荊山之高岑。」⑬怨夕陽句　劉琨〈重贈盧諶詩〉：「功業未及建，夕陽忽西流。」夕陽，傍晚的太陽。

【語譯】你不來啊，我徒然蓄積怨思而獨自悲吟。陽臺一別已遠隔巫山綠水音信渺茫。你留下的餘香啊浸染著錦繡衾被，夜晚想入寢啊卻使我心愁。早晨馳騁我的馬來到青樓，心情恍惚空虛而猶豫。浮雲深啊不得與您相語，只是惆悵而心懷憂愁。使青鳥啊銜去我的情書，可恨我獨宿啊與你分居。為什麼無情而作雲飛雨絕，夢裡雖見到你卻交會疏遠。涕淚橫流而深深長嘆，採摘芳洲上的瑤花聊作安慰。極目遠望送走天上的飛鳥，怨恨傍晚的太陽不斷西斜。寧願作連根同死的秋草，不願作那飛舞於空中飄忽不定的落花。

【研析】此詩作年不詳。詩中代思念情人的口吻，用楚辭體式和詞語描寫別後朝思暮想、惆悵懷憂之情。從獨自悲吟到錦被難眠，從馳馬青樓到青鳥傳書，從夢中相見到折瑤華相贈，從極目送飛鳥，到怨夕陽西斜。最後表達願為連根同死之秋草，不作飛舞空中之落花作結，反復抒寫相思之情，層層推進，情深纏綿無以復加。《唐宋詩醇》卷八：「約全騷於短韻，而辭氣清明，意指忠厚，非第偶彈古調。」

學古思邊❶

銜悲上隴首，腸斷不見君。流水若有情，幽哀從此分❷。蒼茫愁邊色，惆悵落日曛❸。山外接遠天，天際復有雲。白雁從中來，飛鳴苦難聞。足繫一書札，寄言歎離群❹。離群心斷絕，十見花成雪❺。胡地無春輝❻，征人行不歸。相思杳如夢❼，珠淚濕羅衣。

【注　釋】❶學古思邊　此詩在題材上學古詩描寫女子對征夫的思念，故題曰〈學古思邊〉。❷銜悲四句　銜悲，含悲；心懷悲戚。任昉〈王文憲集序〉：「有識銜悲，行路掩泣。」隴首，即隴頭，亦稱隴坻、隴阪，在今陝西隴縣至甘肅平涼一帶。為陝甘兩省交界。其北連沙漠，南帶汧渭，關中四塞，為西陲之險要。古樂府橫吹曲有〈隴頭歌辭〉云：「隴頭流水，鳴聲幽咽。遙望秦川，心肝斷絕。」此四句即用其意。據《三秦記》記載：「隴山頂有泉，清水四注。」故云「幽哀從此分」，恍若有情。❸落日曛　落日的餘光。❹白雁四句　古代傳說雁能為人傳書。《漢書・蘇武傳》：「教使者謂單于，言天子射上林中，得雁，足有繫帛書，言武等在某澤中。」此謂飛雁帶來丈夫的書信，信中嘆息離別的痛苦。歎離群，指哀嘆離別。蕭本、郭本、胡本作「難離群」。❺十見句　花成雪，謂春花變成冬雪。此謂自春至冬，已過了十年。❻春輝　春天的陽光。輝，蕭本、郭本、王本、《全唐詩》作「暉」。同。❼杳如夢　遙遠如夢。

【語　譯】心中含悲登上隴頭山，愁腸寸斷不見你。流水好像也有情，從此開始變得幽咽悲哀。邊塞蒼茫之色使人生愁，落日的餘暉使人惆悵。山巒高聳上接闊遠的天空，而遙遠的天際又有浮雲。潔白的大雁從那雲中來，痛苦的飛鳴聲實難相聞。腳上繫著一封信札，信中寄言悲嘆離居的哀怨。分離讓人心痛欲絕，我已十次看見春花變成飛雪。胡人所居地方沒有春光，征夫遠行至今未歸。相思深遠渺如夢境，淚珠沾濕了我的羅衣。

【研　析】此詩作年不詳。詩中擬女子思念遠征丈夫的口吻，前八句從隴頭流水生發，謂相思之情如隴水嗚咽，肝腸斷絕。蒼茫邊色，惆悵落日，山接遠天，天際有雲，都是景中寓情。後八句由白雁傳書生發，謂雁足繫書，寄言離別之苦，十見春花變雪花，傷離別之久。想像胡地無春輝，征夫還不歸，憐征夫之苦難。末二句以相思如夢，珠淚濕衣作結。淒惻之情，溢於言外。明人批點曰：「唐時調更加之流快，正是太白中品。」日本近藤元粹《李太白詩醇》卷五曰：「秀豔纏綿，聲聲哀怨，如流水之幽咽於隴畔。」

思邊

一作〈春怨〉

去年何時君別妾？南園綠草飛蝴蝶❶。今歲何時妾憶君？西山白雪暗秦雲❷。

玉關去此三千里，欲寄音書那可聞❸？

【注　釋】❶南園句　綠草、蝴蝶，寫春天景色。謂在去年春天分別。張協〈雜詩〉：「借問此何時？胡蝶飛南園。」❷西山句　王琦注云：「西山即雪山，又名雪嶺，上有積雪，經夏不消，在成都之西，正控吐蕃，唐時有兵戍之。」其說可從。此謂西山白雪與秦雲相映，秦雲為之暗淡。王昌齡〈從軍行〉之二云：「青海長雲暗雪山」，亦用「暗」字，形容青海上空層雲遮蔽雪山，使之暗淡無光，但用法迥異。此乃凸出西山雪白。此句謂今年冬天妾思夫。可知征夫兩年未歸。❸玉關二句　謂邊關遙遠，音書難通。玉關，即玉門關。見卷一九〈奔亡道中五首〉其四注。音書，音訊；書信。宋之問〈渡漢江〉詩：「嶺外音書斷，經冬復歷春。」那可聞，豈可聽；怎能得到。

【語　譯】去年什麼時候你與我離別的？正是南園的綠草中蝴蝶飛舞。今年什麼時候我思念你？西山皚皚的白雪使秦地浮雲暗淡。玉門關離開這裡有三千里，想寄書信你怎能得到？

【研　析】此詩當是天寶二年（西元七四三年）在秦地之作。詩中擬秦地女子的口吻，描寫思念征夫之情。首二句回顧去年春天分別時的情景：南園綠草，蝴蝶飛舞。次二句描寫今年思念丈夫的狀況：西山白雪，秦雲暗淡。表達離別的時空久遠，景中寓情，抒發強烈的相思之情。末二句謂秦地與玉門關邊塞相距遙遠，音書難通，則相思更深切矣。嚴羽評點前四句曰：「亦祖〈采薇〉之卒章耳。彼僅十六字，尚有疊字與助語字，且「依依」，「霏霏」，景上還有摹寫。學之者拙，令我愈思古人。」明人批點曰：「起對聯大是快語。但不可二。只用常語收，最妙。」

口號吳王舞人半醉❶

風動荷花水殿香❷，姑蘇臺上宴吳王❸。西施醉舞嬌無力，笑倚東窗白玉牀❹。

【注釋】❶口號題　口號，猶口占。用作詩題，表示信口吟成。最早見於梁簡文帝〈仰和衛尉新渝侯巡城口號〉，後為詩人們襲用。吳王，即嗣吳王李祇。詳見卷一一〈寄上吳王三首〉注。舞人，蕭本、郭本、王本、《全唐詩》作「美人」。當指宴會上的歌舞伎女。❷風動句　水殿，建於水上的殿宇。徐陵〈奉和簡文帝山齋詩〉：「竹密山齋冷，荷開水殿香。」❸姑蘇臺句　姑蘇臺，春秋時吳王闔閭興建，其子夫差增修，立春宵宮，與西施及宮女們為長夜之飲。故址在今江蘇蘇州西南姑蘇山上。詳見卷二〈烏棲曲〉注。宴，蕭本、郭本、王本作「見」。❹白玉牀　用白玉裝飾的床。《西京雜記》卷一：「趙飛燕女弟居昭陽殿，中設玉几玉牀，白象牙簟。」

【語譯】微風吹動荷花使水殿充滿清香，姑蘇臺上可見設置盛宴的吳王。美人西施酒醉起舞嬌媚無力，微笑倚著東窗下的白玉床。

【研析】此詩當是與卷一一〈寄上吳王三首〉同時之作。或謂作於天寶七載（西元七四八年）秋，時詩人遊廬江，謁太守吳王李祇，於其席上口占此詩。詩中借用春秋時吳王夫差姑蘇臺長夜行樂故事，寫李祇宴上美人舞姿，是即興之作。謂風吹荷花，水殿之中清香襲人，姑蘇臺上正吳王行樂之時。西施醉舞益顯媚態，笑倚東窗白玉之床，更使吳王魂消。王琦曰：「吳王，即為廬江太守之吳王也。以其所宴之地比之姑蘇，以其美人比之西施，乃席上口占，以寓笑謔之意耳。若作詠古，味同嚼蠟。」嚴羽評點曰：「『口號』二字可不加。若今人必綴在下，便成常俗。」明人批點曰：「只想見景借用吳王字耳。『嬌無力』，妙。樂天『侍兒扶起嬌無力』，本此。只以倚牀收，不及他句，尤妙！」

折荷有贈❶

涉江翫秋水，愛此紅蕖鮮❷。攀荷弄其珠，蕩漾不成圓❸。佳人綵雲裏，欲贈隔遠天❹。相思無因見，悵望涼風前。

【注釋】❶折荷有贈　王琦注：「此篇即前卷〈擬古〉之第十一首，只五字不同。」按：宋本〈擬古〉在卷二二（本書卷二一）。當是一詩之兩傳者。❷涉江二句　涉，蹚水過河。翫，玩的異體字。紅蕖，紅色荷花。❸攀荷二句　謂以手攀動荷葉，葉上水珠滾動而不成圓形。❹佳人二句　佳人，指所思念之人。綵雲裏、隔遠天，極言其遠。佳人，〈擬古〉其十一作「佳期」。裏，〈擬古〉其十一作「重」。

【語譯】浮舟江中戲弄秋天的江水，特別喜愛這裡紅色荷花的鮮豔。攀弄那荷葉上的水珠，滾動著卻始終不能成圓圈。思念的佳人遠在彩雲裡，想贈她鮮花卻遠隔天際。相思而無法相見，在淒涼的秋風中我只能惆悵遙望。

【研析】首二句敘秋天玩水賞荷情景，次二句描繪攀弄荷葉，葉上圓圓的水珠滾動便不成圓形，狀物態極為生動傳神。後四句抒情。古代向有折芳草以贈人表示愛慕的傳統，此詩則繼承傳統而有創新。五、六二句表面上是寫所愛之美人遠隔天涯，無法折荷相贈，實際上暗寓詩人欲見君王而不能的憂傷。末二句寫只能在涼風中相思悵望的神態，可以想見詩人憂傷之深。

代美人愁鏡二首

其一

明明金鵲鏡，了了玉臺前❶。拂拭皎冰月❷，光輝何清圓❸！紅顏老昨日，白髮多去年。鉛粉坐相誤❹，照來空淒然❺。

【注釋】❶明明二句　謂在玉鏡臺前的金鵲鏡，明亮清晰照人。金鵲鏡，背面鑄有鵲形的古銅鏡。《太平御覽》卷七一七引《神異經》：「昔有夫妻將別，破鏡，人執半以為信。其妻與人通，其鏡化鵲，飛至夫前，其夫乃知之。後人因鑄鏡為鵲安背上，自此始也。」了了，清晰貌。張華《博物志》卷二：「有發前漢時冢者，人猶活……問漢時宮中事，說之了了，皆有次序。」玉臺，指玉鏡臺。王昌齡〈朝來曲〉：「盤龍玉臺鏡，唯待畫眉人。」❷皎冰月　如冰月般皎潔明亮。❸何清圓　多麼清而圓。按：古鏡皆為銅鑄，圓形。❹鉛粉句　塗抹鉛粉卻因此更誤。鉛粉，古代女子塗臉的化妝品。韋元甫〈木蘭歌〉：「易卻紈綺裳，洗卻鉛粉妝。」誤，胡本作「識」。❺淒然　淒，郭本、胡本、咸本作「悽」。

【語譯】明亮的金鵲鏡，在玉鏡臺前清晰地照著美人。拂拭皎潔如冰月般的鏡面，圓圓清朗多麼光輝！只是鏡中人的紅顏比昨天衰老，白髮也比去年多了。塗脂抹粉反而相誤，對鏡照看徒然淒涼。

【研析】此詩作年不詳。詩中以代美人的口吻，以鏡為對象。前四句描寫金鵲鏡的清晰明亮和光潔圓形。後四句描寫美人在鏡中的形象及照鏡時的心態。抒發紅顏易老、粉飾無效的淒涼傷心之情。明人批點曰：「只是詠物體，後四句就鏡中寫出愁意。」

其二

美人贈此盤龍之寶鏡❶，燭我金縷之羅衣❷。時將紅袖拂明月❸，為惜普照之餘輝。影中金鵲飛不滅，臺下青鸞思獨絕❹。藁砧❺一別若箭弦，去有日，來無年！狂風吹卻妾心斷，玉筯併墮菱花前❻。

【注釋】❶美人句　美人，此處指丈夫。盤龍，銅鏡反面鑄刻的盤龍圖案。蕭子顯〈日出東南隅行〉：「明鏡盤龍刻，簪羽鳳凰雕。」❷燭我句　燭，用作動詞，照。金縷之羅衣，以金絲編織的綢緞衣服。劉孝威〈擬古應教〉詩：「青鋪綠瑣琉璃扉，瓊筵玉笥金縷衣。」❸拂明月　指拂拭明鏡。因鏡圓形明亮，與滿月同，故以月比喻鏡。❹臺下句　青鸞，鳳凰類的鳥。赤色者為鳳，青色者為鸞。范泰〈鸞鳥詩序〉：「昔罽賓王結罝峻卯之山，獲一鸞鳥，王甚愛之。欲其鳴而不致也，乃飾以金樊，饗以珍羞，對之愈戚，三年不鳴。其夫人曰：『嘗聞鳥見其類而後鳴，何不縣鏡以映之？』王從其意。鸞覩形悲鳴，哀響沖霄，一奮而絕。」後因稱鏡為青鸞。此句用其意。❺藁砧　古代民歌中婦女稱丈夫的隱語。古代死刑，罪犯席藁伏於砧上，用鈇斬之。鈇、夫諧音，故民間以藁砧為婦女稱夫的隱語。《樂府古題要解》卷下：「古詞『藁砧今何在』，藁砧，砆也，問夫何處也。」❻玉筯句　玉筯，玉的筷子。形容兩行眼淚流下如一對玉筷。江總〈長相思〉：「玉筯兩行垂。」菱花，指鏡。古代鏡子以銅製，映日則發光影如菱花，故以「菱花」為鏡的代稱。庾信〈鏡賦〉：「照壁而菱花自生。」一說，古鏡為六角形或鏡背刻菱花者，稱菱花鏡。

【語　譯】愛人贈我刻有盤龍的寶鏡，映照著我金絲繡的綢羅衣。經常用紅袖拂拭明月般的寶鏡，為的是愛它的餘輝照射得更清晰。鏡影中的金鵲飛不去，妝臺下我卻如獨自愁絕的青鸞。丈夫一別如箭離弦，去有定日，歸來不知是何年！狂風吹我心使我愁腸寸斷，兩行玉筷般的眼淚墜落在菱花鏡前。

【研　析】此詩作年不詳。詩中以女子口吻寫臨鏡所感，抒發傷別孤獨之情。前四句表示對寶鏡的愛惜，因寶鏡是丈夫所贈，能照自己的金縷衣。所以時常拂拭，就是為了使其光輝照得更清晰而廣泛。後七句寫相思之苦。影中金鵲飛不掉，自己卻如臺下青鸞相思欲絕。丈夫如弦上箭發一去不回，狂風吹心愁腸斷，兩行眼淚落鏡前。明人批點曰：「起四句豪蕩，鵲、鸞兩句工峭。」

贈段七娘❶

羅襪凌波生網塵❷，那能得計訪情親❸？千盃綠酒何辭醉，一面紅粧惱殺人❹。

【注釋】❶段七娘　據詩旨，當是冶遊所攜之歌伎。魏顥〈李翰林集序〉：「間攜昭陽、金陵之妓，跡類謝康樂，世號李東山。」段七娘可能即為昭陽或金陵之妓。❷羅襪句　曹植〈洛神賦〉：「凌波微步，羅襪生塵。」此句用其意。❸那能句　得計，契合心意。情親，親人。《呂氏春秋・壹行》：「今行者見大樹，必解衣懸冠倚劍而寢其下，大樹非人之情親知交也，而安之若此者，信也。」鮑照〈學古〉詩：「實是愁苦節，惆悵憶情親。」❹一面句　一面，一次見面。惱殺，亦作「惱煞」。猶言惱甚，很逗人。殺，語尾助詞，表示程度極深。

【語譯】您如洛神般凌波微步羅襪生塵，怎樣才能契合心意訪得為親人？千杯美酒何辭一醉，見您紅妝一面就撩逗人極甚。

【研析】此詩作年不詳。詩中描寫段七娘輕盈美麗，詩人千方百計要契合她的心意成為親人。因此千杯美酒不辭醉，見她紅妝一面就撩逗起無限情思。明人批點曰：「前二句拙澀未快，後二句意若與上不相蒙。末句稍快，然亦是常語。」日本近藤元粹《李太白詩醇》卷五曰：「豪放磊落之人而作此豔麗之語，可謂奇。」

別內赴徵❶三首

其一

王命三徵❷去未還，明朝離別出吳關❸。白玉高樓看不見，相思須上望夫山❹。

【注釋】❶別內赴徵　告別妻子赴永王李璘的徵召。《舊唐書・李璘傳》：「（天寶）十五載六月，玄宗幸蜀，至漢中郡，下詔以璘為山南東路及嶺南、黔中、江南西路四道節度採訪等使、江陵郡大都督，餘如故。璘七月至襄陽，九月至江陵，……

十二月，擅領舟師東下，甲仗五千人趨廣陵。」時李白隱居廬山屏風疊，李璘三次派使者請李白入幕，此三詩即應永王徵召別夫人宗氏之作。按：咸本、《萬首唐人絕句》作〈別內〉，無「赴徵」二字。❷王命三徵　永王三次徵召。李白有〈與賈少公書〉曰：「王命崇重，大總元戎，辟書三至，人輕禮重。嚴期迫切，難以固辭。扶力一行，前觀進退。」即指此事。❸吳關　吳地的邊關。指廬山一帶。春秋時今江西九江為吳國與楚國交界處，俗稱「吳頭楚尾」。❹望夫山　各地多有，皆為民間傳說。此處乃虛指，為詩人與宗夫人的調侃語。

【語　譯】永王之命三次徵召我此去不知何時能回來，明天早上就要與你離別走出吳地邊關。你在白玉高樓上看不見我，相思之時必須登上望夫山。

【研　析】此組詩三首作於至德元載（西元七五六年）冬。時李白與宗夫人正隱居在廬山屏風疊，由於永王李璘率水師東下，三次徵召李白入幕，李白應召，別夫人而作此組詩。此首前二句寫永王徵召之切及詩人赴徵之急。後二句寫別內，抒離別之情。全詩真切表達詩人別妻赴徵的複雜心態。日本近藤元粹《李太白詩醇》卷五評曰：「真情，真詩。」

其二

出門妻子強牽衣❶，問我西行❷幾日歸。歸時儻佩黃金印，莫見蘇秦不下機❸。

【注　釋】❶強牽衣　描繪妻子強拉著丈夫之衣，不讓丈夫離去的依戀不捨之情態。❷西行　當時永王水師尚在江陵東下途中，李白應召下廬山赴江陵方向必須向西走出吳地。❸歸時二句　歸，宋本作「來」，據蕭本、郭本、胡本、王本、咸本、《全唐詩》改。儻，通「倘」。倘若；如果。蘇秦，戰國時縱橫家。《戰國策・秦策一》：「蘇秦說秦王，書十上而說不行。……歸至家，妻子不絍，嫂不為炊，父母不與言。」後蘇秦佩六國相印而歸，妻嫂都不敢仰視。此二句反用其意，謂歸來時如果我佩帶黃金之印，不要見我是個追逐名利之人而不理我。亦為李白與宗夫人的戲謔語。絍，同「紝」。織布機。

【語　譯】出門的時候妻子硬拉著我的衣裳捨不得我走，問我此次西行何日歸來。我說回來時如果我得高位而佩著黃金印，不要像見到蘇秦窮困時那樣不下織布機。

【研　析】此首前二句描寫妻子牽衣惜別之狀，後二句反用蘇秦典故，暗示妻子淡泊功名富貴，不贊成李白應召。此乃李白創舉。嚴羽評點曰：「俚。」日本近藤元粹《李太白詩醇》卷五曰：「按：俚處卻見其天真爛漫。」

其三

翡翠為樓金作梯❶，誰人獨宿倚門啼❷？夜坐❸寒燈連曉月，行行淚盡楚關西❹。

【注　釋】❶翡翠句　形容樓臺的豪華美麗。翡翠，光澤翠綠色的玉石。常用作裝飾品和藝術品的材料。宋本在「為」字下夾注：「一作：高」。❷誰人句　宋本在此句下夾注：「一作：卷簾愁坐待鳴雞」。❸坐　宋本作「泣」，據蕭本、郭本、胡本、王本、《全唐詩》改。❹楚關西　指江陵。江陵為楚之重要關塞。永王李璘在至德元載九月至江陵，十二月率舟師東下。李白應召時當往楚地見永王，故稱「楚關西」。

【語　譯】翡翠建造的高樓用金製作的樓梯，是誰獨居而倚在門邊哭泣？夜裡坐守孤燈一直望著窗外的明月，行行眼淚流盡情繫楚關西。

【研　析】此首前二句想像妻子宗夫人獨守玉樓之悲，後二句懸想妻子寒夜孤燈、相思淚盡之痛。詩人不寫自己思念妻子，而是將妻子的情感轉化成為自己的心理，想像妻子如何思念他而流淚孤苦的情景，使相思之情更深一層。

秋浦寄內❶

我今尋陽去，辭家千里餘❷。結荷見水宿，卻寄大雷書❸。雖不同辛苦，愴離各自居。我自入秋浦，三年北信疏。紅顏愁落盡，白髮不能除。有客自梁苑，手攜五色魚❹。開魚得錦字，歸問我何如❺。江山雖道阻，意合不為殊❻。

【注釋】❶秋浦寄內　在秋浦寄給妻子宗氏。秋浦，唐縣名。以秋浦水得名。屬江南道宣州。今安徽池州。內，稱妻子。❷我今二句　尋陽，又作「潯陽」，唐縣名，屬江南道江州。為州治所在地。今江西九江。又，郡名。即江州，天寶元年改為潯陽郡，乾元元年復改為江州。李白在天寶十二載自梁園至宣州，時夫人宗氏留在梁園，故曰「辭家千里餘」。❸結荷二句　用鮑照〈登大雷岸與妹書〉：「吾自發寒雨，全行日少。加秋潦浩汗，山溪猥至，渡泝無邊，險徑遊歷。棧石星飯，結荷水宿，旅客貧辛，波路壯闊，始以今日食時僅及大雷。塗發千里，日踰十晨，嚴霜慘節，悲風斷肌，去親為客，如何如何。」結荷水宿，謂晚上以荷葉為屋而居。見，胡本、咸本、《全唐詩》作「倦」；蕭本、郭本作「捲」。誤。大雷，地名，在今安徽望江境內。《水經注．江水三》：「青林水，又西南歷尋陽，分為二水，一水東流通大雷，一水西南流注于江，《經》所謂利水也。」陳橋驛注引《太平御覽》卷六五地部三十雷水引《水經注》云：「雷水南逕大雷戍，西注大江，謂之大雷口，一派東南流入江，謂之小雷口，宋鮑明遠〈登大雷岸與妹書〉，乃此地。」陳按：當是《水經注》此句下佚文。❹有客二句　梁苑，即梁園，指唐時宋州，今河南商丘。當時李白夫人宗氏居住在梁苑。五色魚，書信的代稱。即宗夫人從梁苑請人帶來的書信。古人尺素結為鯉魚形，故稱。❺開魚二句　謂打開書信得到妻子寫的錦字，問我何時歸來。漢樂府〈飲馬長城窟行〉：「客從遠方來，遺我雙鯉魚。呼兒烹鯉魚，中有尺素書。長跪讀素書，書中竟何如：上言加餐飯，下言長相憶。」二句用其意。❻江山二句　謂雖有山水阻隔，我們的情意相合不會因此而不同。殊，不同；區別。

【語譯】我現在要到尋陽去，離家千里有餘。結荷為屋在水上住宿，寄出訴說離愁的家書。雖然我們的辛苦不相同，但都是悽愴的分別各自獨居。我自從到秋浦，三年來北方的家信稀疏。容顏因愁而衰老，白髮增加了許多。有位客人從梁苑那兒來，手裡拿著五彩的鯉魚書信。我打開鯉魚得到你的來信，你問我何時歸來。雖然路途遙遠山水阻隔，但兩地相思之情不會因此而不同。

【研析】此詩當是天寶十四載（西元七五五年）在秋浦寄內之作。時宗夫人在梁苑因思念而寄信來，此詩即為答書。詩中點明自己行蹤，抒發離居之苦。後六句敘寫忽得家書之慰藉，表示雖然山水阻隔，但相思之情不會因此而不同。李白在秋浦思念宗夫人最甚，大約在寫此詩後不久，即天寶十四載冬，詩人便北上梁園與宗夫人相聚。恰遇安祿山叛亂，梁園淪陷，李白攜宗夫人匆匆逃難，有〈奔亡道中五首〉（卷一九）記其事。

自代內贈❶

寶刀截流水，無有斷絕時❷。妾意逐君行，纏綿亦如之。別來門前草，秋黃春轉碧❸。掃盡還更生，萋萋滿行跡❹。鳴鳳始相得❺，雄驚雌各飛。遊雲落何山？一往不見歸。估客發大樓❻，知君在秋浦。梁苑空錦衾，陽臺夢行雨❼。妾家三作相❽，失勢去西秦❾。猶有❿舊歌管，淒清聞四鄰。曲度入紫雲，啼無眼中人⓫。女弟爭笑弄，悲羞淚盈巾⓬。妾似井底桃⓭，開花向誰笑？君如天上月，不肯一回照。窺鏡不自識，別多憔悴深⓮。安得秦吉了⓯，為人道寸心？

【注釋】❶自代內贈　詩人代夫人寫此贈自己的詩。❷寶刀二句　謂用寶刀劈截流水不能使其斷流。亦即卷一五〈宣州謝朓樓餞別校書叔雲〉所謂「抽刀斷水水更流」之意。截，蕭本、郭本、王本作「裁」。❸秋黃句　秋黃春，宋本作「春盡秋」，蕭本、郭本、王本、《全唐詩》作「秋巷春」。王本校：「『巷』當是黃字之訛。」胡本作「秋黃春轉碧」。是。據改。❹掃盡二句　謂愁如草，除去又生。白居易詩「野火燒不盡，春風吹又生」句本此。還更，蕭本、郭本、王本、《全唐詩》作「更還」。萋萋，茂盛貌。《楚辭・招隱士》：「王孫遊兮不歸，芳草生兮萋萋。」❺相得　相，蕭本、郭本作「何」。❻估客句　估客，販貨的商人。即行商。《世說新語・文學》：「聞江渚間估客船上有詠詩聲。」大樓，山名。唐時在秋浦縣，今在安徽池州。詳見卷六〈秋浦歌十七首〉其一注。宋本在「大樓」下夾注「一作：東海」。❼陽臺句　王琦注：「陽臺行雨，蓋言惟夢中得相見耳。」參見〈古風五十九首〉其五十八注。❽三作相　指宗楚客三次為宰相。一在武后神功元年，「六月己卯，尚方少監宗楚客檢校夏官侍郎、同鳳閣鸞臺平章事」，至聖曆元年「正月丙寅，楚客罷為文昌左丞」；二在長安四年四月己亥，「夏官侍郎宗楚客同鳳閣鸞臺平章事」，至七月，「甲午，楚客貶原州都督」。三在中宗景龍元年九月，「行兵部尚書宗楚客，……並同中書門下三品」，三年「三月戊午，楚客為中書令」，至景雲元年六月壬寅，楚客被誅。見《新唐書・宰相表上》。❾失勢句　指宗楚客兄弟因附韋后被誅後，宗家離開長安。去，離開。西秦，指長安。❿猶有　有，郭本、胡本、《全唐詩》作「存」。⓫曲度二句　曲度，度曲；奏曲。入紫雲，形容樂聲響徹雲霄。眼中人，指想念之人。《文選》卷二五陸雲〈答張士然〉詩：「感念桑梓域，髣髴眼中人。」呂延濟注：「眼中人，謂親識也。」⓬女弟二句　胡本、咸本校：「一本無此二句。」蕭本、郭本、王本、《全唐詩》皆無此二句。⓭井底桃　比喻無人賞識。卷三〈中山孺子妾歌〉：「桃李出深井。」井，指庭中的天井。蕭子顯〈燕歌行〉：「桐生井底葉交枝，今看無端雙燕離。」⓮窺鏡二句　形容自己因相思而憔悴消瘦，照鏡而不認識自己。⓯秦吉了　鳥名。亦稱吉了、了哥。因產於秦中，故名。《舊唐書・音樂志二》：「今案嶺南有鳥，似鸜鵒而稍大，乍視之，不相分辨，籠養久，則能言，無不通，南人謂之吉了。」王琦注引《桂海虞衡志》：「秦吉了，如鸚鵡，紺黑色。丹咮黃距，目下連項有深黃文，項毛有縫，如人分髮。能人言，比於鸚鵡尤慧。大抵鸚鵡聲如兒女，吉了聲則如丈夫。出邕州溪洞中。」

【語譯】用寶刀去劈截流水，沒有水流斷絕的時候。我的情意追隨著你前行，纏綿悱惻就像那不斷的流水。門前的野草，分別以來秋天枯黃春天又轉變得碧綠。掃盡了它還會生長出來，茂盛得鋪滿了行人的足跡。我們像一對鳴鳳情投意合剛開始歡樂的生活，卻雄飛雌驚各自分離。你像浮雲一樣飄落在哪座山上？一去就不見你回來。有個商人從大樓山那邊來，我才知道你現正在秋浦。我在梁苑擁著錦被守空床，常夢到巫山陽臺與你歡會。我家祖父曾三次為宰相，但失勢後便離開了京城長安。我還存有過去的管樂，樂曲淒怨常會驚動四鄰。演奏的曲調響徹雲霄，如泣如訴卻見不到心中的愛人。我的妹妹們爭著嘲弄我，我又悲又羞淚水滿巾。我像那庭院井底的桃樹，開出嬌豔的花朵可向誰歡笑？你像天上的明月，卻不肯用清光向我照一次。我照鏡中人已不認識自己，因為分別後我變得非常憔悴。怎樣能得隻秦吉了，讓牠為我說出我的衷心？

【研　析】此詩亦當是與前首同時所作。詩中以夫人宗氏的口吻，抒發分別以來的相思之苦。首四句以寶刀截水水不斷比喻宗氏思夫之情纏綿不斷。接著八句以門前草秋盡春轉碧、掃盡還更生比喻草有情，反襯夫妻開始相歡卻一去不見歸的無情。再接著四句敘從大樓來的商人處得知夫在秋浦，而妻在梁苑獨守空房，只能在夢中與夫尋歡。然後敘宗夫人家世，及如今的處境：祖父三次為相，失勢後離京，但尚存舊管樂，淒清之曲四鄰相聞，奏曲響徹雲霄，啼哭不見心上人。妹嘲笑，己悲羞。末以井底桃開花比喻自己無人欣賞，以天上月不肯一照比喻丈夫不回家，以窺鏡不自識形容別後憔悴之深。最後希望有秦吉了為之說出自己的心情，點明相思之極。明人批點曰：「祖古樂府意而以唐調出之，婉雅流便，讀之使人神飛心動，可諷可傳。『別來』四句，當在『行雨』之下。刀裁水，雲不歸，俱古所無。謝詩『秋草春更綠』，此改作『春轉碧』；曹詩『清路塵』、『濁水泥』，此改作『井底桃』、『天上月』，深得換骨之妙。」

秋浦感主人歸燕寄內❶

霜朽楚關木，始知殺氣嚴❷。寥寥金天廓，婉婉綠紅潛❸。胡燕別主人，雙雙語前簷❹。三飛四回顧，欲去復相瞻❺。豈不戀華屋？終然謝珠簾❻。我不及此鳥，遠行歲已淹❼。寄書道中歎，淚下不能緘❽。

【注　釋】❶秋浦題　謂有感於北方之燕辭別主人北歸，而已不能歸家。故作此寄夫人之詩。宋本「燕」字作「鷰」，異體字。❷霜朽二句　朽，蕭本、郭本、胡本、王本、《全唐詩》皆作「凋」。楚關，秋浦在上古屬楚地，故云。殺氣，肅殺之氣；寒氣。《呂氏春秋・仲秋紀》：「殺氣浸盛，陽氣日衰。」《文選》卷三一江淹〈雜體詩三十首・鮑參軍昭戎行〉：「孟冬郊祀月，殺氣起嚴霜。」劉良注：「殺氣，寒氣也。」❸寥寥二句　寥寥，空闊貌。左思〈詠史〉詩：「寥寥空宇中。」金天，秋天的別稱。金為五行之一，於位為西，於時為秋。陳子昂〈送著作佐郎崔融等從梁王東征〉詩：「金天方肅殺，白露始專征。」婉婉，柔美和順貌。《文選》卷二一謝瞻〈張子房詩〉：「婉婉幙中畫。」李善注：「婉婉，和順貌也。」綠紅潛，綠葉紅花凋落。潛，隱藏。❹胡燕二句　謂胡燕要辭別主人，雙雙在屋簷上啼語。胡燕，燕的一種。《重修政和證類本草・禽上・燕屎》引南朝梁陶弘景曰：「燕有兩種，有胡有越。紫胸輕小者是越燕，不入藥用。胸斑黑聲大者是胡燕。俗呼胡燕為夏候，其作窠喜長，人言有容一疋絹者令家富。」宋本「燕」字作「鷰」。簷，宋本原作「詹」，據蕭本、郭本、胡本、繆本、王本、《全唐詩》改。❺三飛二句　描寫胡燕別主人時依戀不捨之情狀。❻豈不二句　謂怎能不戀華美房屋的主人，但終於還是辭別珠簾而去。謝，辭別。❼歲已淹　已經滯留了許多歲月。❽緘　封閉。此處指將書信封緘。

【語譯】寒霜使楚關的樹木凋朽，才知道寒氣威嚴肅殺。多麼寥闊空廓的秋天，柔美和婉的綠葉紅花都凋落隱藏等待著來春。胡燕要辭別主人，雙雙在屋簷上喳喳啼語。牠們三飛四回頭，欲去又瞻顧。難道不眷戀這華美屋子的主人？但最終還是辭別珠簾而去。我連這鳥類的胡燕都不如，離家遠遊已滯留很多歲月。我在寄信的路上不斷地哀嘆，涕淚交流幾乎不能封緘這書信。

【研　析】此詩當是天寶十四載（西元七五五年）秋在秋浦之作。首四句描寫霜凋楚木、寒氣肅殺，秋天寥廓，花葉落盡。次六句寫胡燕別主，依戀難捨，三飛四回，欲去還顧，雖戀華屋，終辭珠簾。末四句謂己與燕對比，自感不如，遠行歲淹，燕歸而己不得歸。只能寄書長嘆而淚下。明人批點曰：「以胡燕為喻，語淺而含意深，最古澹有味，鍊辭最淨。」

送內尋廬山女道士李騰空二首❶

其一

君尋騰空子❷，應到碧山家。水舂雲母碓❸，風掃石楠花❹。若戀幽居好，相邀弄紫霞❺。

【注釋】❶送內題 送內，送夫人宗氏。李騰空，唐女道士，玄宗時宰相李林甫之女。《方輿勝覽》卷一七南康軍道觀：「延真觀，在城北四十里。舊名昭德，唐女真李騰空所居。騰空，宰相李林甫之女。」按：《廬山記》卷三：「柳渾自江洲刺史入朝，會昭德皇后薨，因言詠真洞蔡尋真並（李）騰空所居，可錫觀名，以伸追奉。德宗因以尋真名詠真洞，而是觀也，以昭德之諡名之。近世好事以太白送女真歸山詩並送內尋騰空詩刊石於祠壁。」按：德宗昭德皇后貞元三年卒，見《新唐書・后妃傳下》。❷騰空子 即指李騰空。疑此為道教名號。❸水舂句 水舂，即水碓。利用水力舂米的器械。《三國志・魏書・張既傳》：「既假三郡人為將吏者休課，使治屋宅，作水碓，民心遂安。」雲母，礦石名。俗稱千層紙。晶體常成假六方片狀，集合體為鱗片狀。舊稱久服可輕身延年。《淮南子・墬形訓》：「磁石上飛，雲母來水。」按：王琦注此詩曰：「白居易詩有『何處水邊碓，夜舂雲母聲』及『雲碓無人水自舂』之句，自注云：『廬山中雲母多，故以水碓擣鍊，俗呼為雲碓。』」❹石楠花 石楠，植物名，常綠小喬木。初夏開花，白色。花供觀賞，葉可入藥。分佈於淮河以南平原、丘陵地區。❺弄紫霞 玩賞紫色雲霞。指求仙昇天。《文選》卷二八陸機〈前緩聲歌〉：「獻酬既已周，輕舉乘紫霞。」劉良注：「眾仙會畢，乘霞而去。」

【語譯】你尋找騰空女道士，應到碧綠的山中找她的家。水碓舂擣著雲母，和風吹掃著石楠花。你若留戀這深山幽居的美好，可以相邀戲遊於紫色雲霞中。

【研析】此詩當是肅宗上元二年（西元七六一年）初夏送宗夫人往廬山時作。上年秋李白已從江夏往豫章與宗夫人重聚。詩中寫詩人送宗夫人上廬山找女道士李騰空的情景。謂李騰空隱於碧山中，水碓舂雲母而服食，風掃石楠花可觀賞。宗夫人留戀幽居，可與之共遊雲霞。表明宗夫人從此就在廬山隱居終老。嚴羽評點曰：「『雲母』、『石楠』之對，本無意叶音，後人穿鑿求之，殊可笑。始知盛晚之變，由人自趨耳。」明人批點曰：「景妙，風致飄然。」

其二

多君相門女❶，學道愛神仙。素手掬青靄❷，羅衣曳紫煙。一往屏風疊❸，乘鸞著玉鞭❹。

【注釋】❶多君句　多，讚美。《方輿勝覽》卷一七引作「羨」。相門女，指宗氏夫人。宗夫人為宗楚客孫女。宗楚客在武后、中宗時三次為宰相。❷掬青靄　雙手捧取青色雲氣。鮑照〈登大雷岸與妹書〉：「左右青靄，表裏紫霄。」❸屏風疊　在廬山五老峰下，九疊如屏，故名。詳見卷八〈贈王判官時余隱居廬山屏風疊〉詩注。❹乘鸞句　乘鸞，傳說神仙都駕鸞鳳往來，故以「乘鸞」比喻成仙。江淹〈雜體詩三十首・班婕妤詠扇〉：「畫作秦王女，乘鸞向煙霧。」宋本在「著玉鞭」下夾注：「一作：不著鞭」。

【語譯】讚美你這位相門之女，喜歡學道又愛好神仙。潔白的素手捧起青色雲氣，綾羅衣裳牽帶起紫色的雲煙。此次一往屏風疊，就將乘鸞執玉鞭而成仙。

【研析】此詩與上首同時之作。詩中讚美相門之後的宗夫人學道學仙，手捧青雲，衣曳紫氣。此次往屏風疊隱居，將永辭人間成仙而去。表明詩人支持妻子的訪道求仙行為。

贈內❶

三百六十日，日日醉如泥。雖為李白婦，何異太常妻❷？

【注釋】❶贈內　贈給妻子。按：此妻當是開元十五年與李白成婚的安陸許氏夫人。❷太常妻　《後漢書・周澤傳》：「（澤）

復為太常。清絜循行，盡敬宗廟。常臥疾齋宮，其妻哀澤老病，闚問所苦。澤大怒，以妻干犯齋禁，遂收送詔獄謝罪。當世疑其詭激。時人為之語曰：『生世不諧，作太常妻，一歲三百六十日，三百五十九日齋。』」《漢官儀》此下曰：「一日不齋醉如泥。」此處以「太常妻」戲謔其妻許氏夫人。

【語譯】一年三百六十天，天天大醉如爛泥。你雖然是我李白的妻子，與周太常的妻子又有什麼不同？

【研析】此詩當是開元十五年（西元七二七年）李白與許氏新婚不久的戲謔之作。謂自己一年三百六十日天天醉如泥，這與當年周澤為太常時三百五十九日齋，一日不齋醉如泥有何不同。明人批點曰：「是戲語。」黃周星《唐詩快》曰：「此解學士所云『分明是說話，又道我吟詩』。一團天趣，誰人能及？」

在尋陽非所❶寄內

聞難知慟哭，行啼入府中❷。多君同蔡琰，流淚請曹公❸。知登吳章嶺❹，昔❺與死無分。崎嶇❻行石道，外折入青雲。相見若悲歎，哀聲那可聞？

【注釋】❶尋陽非所　指潯陽監獄。李白於至德二載二月因參加永王李璘幕府被囚潯陽（今江西九江）獄。尋，蕭本、郭本、咸本、《全唐詩》作「潯」。非所，不是正常生活的地方。此處指監獄。《後漢書・陳蕃傳》：「或禁錮閉隔，或死徙非所。」❷聞難二句　描寫宗夫人聽說丈夫被拘囚於潯陽獄中，痛哭著入觀察使府中求救的情景。❸多君二句　謂讚美你與當年蔡琰相同，流淚請求曹操釋放董祀。《後漢書・列女傳・陳留董祀妻》：「陳留董祀妻者，同郡蔡邕之女也，名琰，字文姬。博學有才辯，又妙於音律。……重嫁於祀。祀為屯田都尉，犯法當死，文姬詣曹操請之。時公卿名士及遠方使驛坐者滿堂，操謂賓客曰：『蔡伯喈女在外，今為諸君見之。』及文姬進，蓬首徒行，叩頭請罪，音辭清辯，旨甚酸哀，眾皆為改容。操曰：『誠實相矜，然文狀已去，奈何？』文姬曰：『明公廄馬萬匹，虎士成林，何惜疾足一騎，而不濟垂死之命乎！』操感其言，乃追原祀罪。」❹吳章嶺　嶺名。在今江西九江、廬山之間。王琦注引《江西通志》：「吳章山，在九江、南康二府之界，西去九江府城三十里，南去南康府城四十五里，與廬山相接，嶺路峻隘。宋孔武仲〈吳章嶺詩〉云：『廬山北轉是吳章，巖草紛紛靜有香。』或云：昔有吳章者居此，故名。或謂吳障山，以其為吳之障也。周必大〈泛舟遊山錄〉：上吳章嶺，亂石鰲牙，頗亦險嶺。嶺脊分江東、西兩路界，過界便見五老峰，是為山南。」❺昔　疑當作「惜」。哀傷；憐惜。❻崎嶇　地面高低不平貌。張衡〈南都賦〉：「下蒙蘢而崎嶇。」

【語　譯】你聽說我遭大難入獄就大哭，一路痛哭著行到官府中。讚美你同當年蔡琰一樣，流著眼淚為夫君向曹操求救。知道你攀登吳章嶺，哀憐你與死已無區分。你行在崎嶇險峻的石道中，曲折遙遠伸入青雲。相見時若悲泣嘆惋，那哀怨的聲音哪堪聽聞？

【研　析】此詩當是肅宗至德二載（西元七五七年）在潯陽獄中作。當時宗夫人在豫章（今江西南昌）聽說丈夫入獄，為之四出奔走營救。首四句以蔡琰向曹操懇求救丈夫的典故，比喻宗夫人奔走痛哭向官府求救自己，貼切感人。接著四句懸想宗夫人攀登吳章嶺、崎嶇行山道的艱苦狀況，令人激動。末二句想像相見的情景，極為深切沉痛。嚴羽評點曰：「『聞難知慟哭，行啼入府中』，似杜。『相見若悲歎』，『若』字一想必然者，卻作或然，更動情。」

南流夜郎寄內❶

夜郎天外怨離居❷，明月樓❸中音信疏。北雁春歸看欲盡，南來不得豫章❹書。

【注　釋】❶夜郎寄內　夜郎，見前〈流夜郎贈辛判官〉詩注。內，指妻子。❷夜郎句　天外，喻相距極遠。離居，分離居住。〈古詩十九首．涉江採芙蓉〉：「同心而離居，憂傷以終老。」❸明月樓　指宗氏夫人所居之處。曹植〈七哀詩〉：「明月照高樓，流光正徘徊。上有愁思婦，悲嘆有餘哀。」張若虛〈春江花月夜〉：「何處相思明月樓。」❹豫章　唐郡名。即洪州，天寶元年改豫章郡，乾元元年復為洪州。治所在今江西南昌，當時李白妻宗氏正寓居於此。

【語　譯】夜郎遠在天外，怨嘆與你分離獨居，你在明月樓中音信稀疏。我看著春天北歸的大雁漸漸將要飛盡，向南流放以來我沒有得到你從豫章寄來的家書。

【研　析】此詩當是乾元元年（西元七五八年）春末在流放夜郎途中寄給妻子宗氏之作。首句以「怨」字表達詩人內心的悲憤和愁怨情緒，次句切題中「寄內」，謂身在天外，妻子音信稀疏。末二句以北雁歸盡卻仍未得到家書，表達思念妻子的深情。

越女詞五首❶

其一

長干吳兒女❷，眉目艷星月❸。屐上足如霜❹，不著鵶頭襪❺。

【注　釋】❶越女詞五首　胡本、《全唐詩》題下注：「越中書所見也。」按：此組詩乃寫金陵和越中女子之美好，非專寫越女，當是編集者將五首合成組詩。❷長干句　即長干里，金陵里巷名。見卷三〈長干行〉注。吳，指今南京市一帶。兒女，指女子。❸眉目句　謂眉目明朗比星月還要美豔。❹屐上句　屐，木屐，古代吳越男女多穿木屐。《晉書・五行志上》：「初作屐者，婦人頭圓，男子頭方。圓者順之義，所以別男女也。至太康初，婦人屐乃頭方，與男無別。」由此可證女子亦穿木屐。如霜，形容皮膚潔白。❺鵶頭襪　一種使拇趾與其他四趾分開的襪子。鵶，「鴉」的異體字。

【語　譯】金陵長干里的吳地女子，眉目清秀比明月還要嬌豔。木屐上的那雙腳細白如霜，她們都光着腳不穿鴉頭襪子。

【研　析】此詩當是開元十三年（西元七二五年）初遊金陵（今江蘇南京）時所作。詩中描寫金陵長干里的女子眉目秀美，不穿襪子，雙足細白。語言風格顯然受南朝民歌的影響。嚴羽評點曰：「有此品題，始知女兒露足之妙，何用行纏？」日本近藤元粹《李太白詩醇》卷五曰：「後人所謂竹枝體也。」

其二

吳兒多白皙❶，好為蕩舟劇❷。賣眼擲春心，折花調行客❸。

【注釋】❶吳兒句　吳兒，吳地女子。白皙，白淨。❷蕩舟劇　搖盪舟船的遊戲。《史記・齊太公世家》：「二十九年，桓公與夫人蔡姬戲船中。蔡姬習水，蕩公，公懼，止之。」裴駰《集解》引賈逵曰：「蕩，搖也。」劇，遊戲。❸賣眼二句　謂女子對人以飛眼傳情，賣弄春心，折花戲弄行客。賣眼，以目傳情，即《楚辭》中「目成」之意。調，戲弄；挑逗。梁武帝〈子夜四時歌・冬歌四首〉其一：「賣眼拂長袖，含笑留上客。」二句即化用其意。

【語譯】吳地女子的皮膚多白皙如玉，喜歡做盪舟的遊戲。轉動含情的目光拋擲挑逗青春的心，折朵鮮花戲弄行路的客人。

【研析】此詩與上首當是同時之作。詩中描寫吳地女子皮膚細白，喜歡盪舟，還善於眉目傳情，折花挑逗行客。《唐詩歸》卷一六譚元春評曰：「似吳兒在此詩中，呼之或出耳。」

其三

耶溪❶採蓮女，見客棹歌❷迴。笑入荷花去，佯羞不出來❸。

【注釋】❶耶溪　即若耶溪。在今浙江紹興南。溪旁舊有浣紗石古蹟，相傳西施浣紗於此，故一名浣紗溪。❷棹歌　搖船時所唱之歌。漢武帝〈秋風辭〉：「簫鼓鳴兮發棹歌。」❸佯羞句　此句謂假裝害羞而不出來。佯，假裝。出，宋本作「肯」，據蕭本、郭本、王本、咸本、《全唐詩》改。

【語　譯】在若耶溪中採蓮的少女，見到行客唱著船歌把船搖回來。嘻笑著藏入荷花叢中去，假裝害羞不出來。

【研　析】此詩當是開元十四年（西元七二六年）初入會稽（今浙江紹興）時所作。詩中描寫若耶溪採蓮女的天真嬌羞的動作和神態，棹歌、笑入荷花、佯羞不出來，逼真如畫。嚴羽評點曰：「調客不如避客，眼擲不如突去。女兒情以此為深。如前者易喜，亦易賤也。」《唐詩歸》卷一六鍾惺曰：「非『佯羞』二字說不出笑入之情。」譚元春曰：「說情處，字字使人心宕。」應時《李詩緯》評「笑入」二句曰：「極盡情態，雖寫深情，亦是變風之正。」丁谷雲曰：「小樂府之神，昔人不多得。」

其四

東陽素足女❶，會稽素舸郎❷。相看月未墮，白地斷肝腸❸。

【注　釋】❶東陽句　東陽，唐縣名。屬江南道婺州。今浙江東陽。素足女，不穿襪子的赤腳女子，亦即指雙足潔白的女子。❷會稽句　會稽，唐縣名。屬江南道越州，為越州治所所在地。今浙江紹興。素舸，不加裝飾的船。謝靈運〈東陽溪中贈答詩二首〉其二：「可憐誰家郎，緣流乘素舸。」❸相看二句　白地，猶俚語「平白地」。按：此詩點化謝靈運〈東陽溪中贈答詩二首〉：「可憐誰家婦，緣流洗素足。明月在雲間，迢迢不可得」與「可憐誰家郎，緣流乘素舸。但問情若何，月就雲中墮」二詩。此「月未墮」，則反用其意。

【語　譯】東陽有個雙足潔白的女子，會稽有個撐著簡樸木船的男孩。同樣看著高懸未落的明月，平白無故地愁斷肝腸。

【研　析】此詩當與前首同時之作。前二句分寫東陽、會稽的一對小情人，後二句寫兩地同看一個明月而愁斷肝腸。全詩點化謝靈運〈東陽溪中贈答詩二首〉為一詩，更有情趣。

其五

鏡湖水如月❶，耶溪女如雪❷。新粧蕩新波，光景兩奇絕❸。

【注　釋】❶鏡湖句　鏡湖，見卷一三〈送賀賓客歸越〉詩注。水如月，謂鏡湖呈圓月形狀，如一銅鏡。❷耶溪句　耶溪，若耶溪，北流入鏡湖。女如雪，謂女子肌膚潔白如雪。按：鏡湖、耶溪，雖分言兩水，實處一地。❸新粧二句　謂越女新妝臨春水，倩影映碧波，蕩漾生輝，水光和倒影極美，兩相奇絕。新粧，謂新打扮。新波，指春水。

【語　譯】鏡湖的水明亮如月，若耶溪的少女肌膚潔白如雪。新妝蕩漾在新春碧波中，水光和倒影奇美兩絕。

【研　析】此詩與前二首當為同時之作。詩中前二句描寫鏡湖之水和耶溪之水都極美，水如月，女如雪，明亮潔白。後二句描寫越女新妝映入春水中，新妝新波，相互輝映，人極美，景也極美，所謂兩奇絕。日本近藤元粹《李太白詩醇》卷五曰：「好句調，又好絕句。」

浣紗石上女❶

玉面❷耶溪女，青蛾紅粉粧❸。一雙金齒屐❹，兩足白如霜。

【注　釋】❶浣紗石上女　浣紗石，相傳西施在其上浣紗，故名。浣，又作「澣」，洗滌。《太平御覽》卷四七引晉孔曄《會稽記》曰：「句踐索美女以獻吳王，得諸暨羅山賣薪女西施、鄭旦，先教習於土城山。山邊有石，云是西施澣紗石。」按：諸暨羅山，又名苧蘿山，下臨浣江，江中有浣紗石。浣江，即指浦陽江流經今浙江諸暨的一段江水。一說，浣紗石在若耶溪側。傳說不一。❷玉面　形容臉面潔白如玉。梁簡文帝〈烏棲曲〉其四：「朱唇玉面燈前出。」❸青蛾句　青蛾，青黛畫的眉毛。形容美女的眉毛。劉鑠〈白紵曲〉：「佳人舉袖輝青蛾。」紅粉粧，指女子用胭脂和鉛粉化妝打扮。〈古詩十九首・青青河畔草〉：「娥娥紅粉妝，纖纖出素手。」❹金齒屐　以金屬作屐底齒的木屐。王琦注此句引《南越志》：「軍安縣女子越嫗著金箱齒屐。」

【語　譯】臉面潔白如玉的若耶溪少女，青黛畫蛾眉用紅脂粉化的妝。足穿一雙金齒底的木屐，兩腳潔淨如白霜。

【研　析】此詩亦當是開元十四年（西元七二六年）初遊越中時作。詩中描寫在浣紗石上浣紗的若耶溪少女的美麗，只攝取臉容豔麗和雙足潔白的特寫鏡頭，即如見其人，令人神往。

示金陵子　一作〈金陵子詞〉❶

金陵城東誰家子❷？竊聽琴聲碧窗❸裏。落花一片天上來，隨人直渡西江水❹。楚歌吳語嬌不成，似能未能最有情❺。謝公正要東山妓，攜手林泉處處行❻。

【注　釋】❶示金陵子題　咸本題作〈示金陵女子〉。宋本、蕭本、郭本、王本、《全唐詩》題下校：「一作金陵子詞」。金陵子，當即金陵之妓。魏顥〈李翰林集序〉謂李白「間攜昭陽、金陵之妓，跡類謝康樂，世號李東山」。❷誰家子　宋本在三字下夾注：「一作：金陵子」。❸碧窗　宋本在「碧」字下夾注：「一作：夜」。❹隨人句　渡，蕭本、郭本作「度」。西江水，長江從今安徽蕪湖到江蘇南京呈南北流向，因長江在西，故江東人呼之為西江。❺楚歌二句　描寫金陵子善為嬌媚之態。❻謝公二句　詩人以謝安自況，攜妓遊樂。東山妓，《世說新語．識鑒》：「謝公在東山畜妓。簡文曰：『安石必出。既與人同樂，亦不得不與人同憂。』」劉孝標注：「宋明帝《文章志》曰：『安縱心事外，疏略常節，每畜女奴，攜持遊肆也。』」

【語　譯】金陵城東是誰家的女子？偷聽碧紗窗裡悠揚的琴聲。就像天上飄下的一片落花，跟隨情人一起渡過西江的流水。說著吳語唱楚歌，聲嬌字不正，似能非能最有情。我像當年謝安正要邀請東山之妓，攜手在林泉中到處行樂。

【研　析】此詩當是開元十四年（西元七二六年）初遊金陵時作。詩中以謝安自喻，以東山妓喻金陵子。描寫自己攜妓遊樂、聽歌調情的景況。李白出蜀後初遊金陵時，乃一富家公子，風流跌宕，至揚州散金三十萬。後來則不復有此舉矣。嚴羽評點曰：「凡贊美語，寫到十分至處，反覺無味。此云『嬌不成』、『似能未能』，得情之真，正使人憐。」鍾惺《唐詩歸》卷一六評曰：「『似能未能』四字，閃得妙，味此，知詩歌不貴熱鬧。」

出妓金陵子呈盧六四首❶

其一

安石東山三十春，傲然攜妓出風塵❷。樓中見我金陵子，何似陽臺雲雨人❸？

【注釋】❶出妓題　金陵子，見前首詩注。盧六，姓盧，排行第六。名字和事蹟不詳。《文苑英華》只收其一、其二兩首。❷安石二句　用謝安攜妓東山事，詳見卷二〇〈憶東山二首〉及本卷〈示金陵子〉詩注。三十春，謂謝安高臥東山歷時甚久，非實指三十年。出風塵，超出風俗塵世。❸陽臺雲雨人　謂巫山神女。詳見〈古風五十九首〉其五十八注。

【語譯】當年謝安高臥東山許多年，傲然瀟灑地攜著歌妓超凡出塵。如今在青樓中見到我的歌妓金陵子，比那傳說中的巫山神女哪個更美？

【研析】此詩當是開元十四年（西元七二六年）初遊金陵時之作。詩中以謝安攜妓遊樂自喻，讚美金陵子的風神勝於巫山陽臺下的神女。

其二

南國新豐酒❶，東山小妓❷歌。對君君不樂，花月奈愁何❸？

【注釋】❶南國句　指南方新豐之美酒。新豐，鎮名，在今江蘇鎮江丹徒區東南。卷三〈陽叛兒〉：「君歌楊叛兒，妾勸新豐酒。」❷東山小妓　即指題中的金陵子。❸對君二句　君，指題中的盧六。花月，花前月下，指狎妓行樂。月，蕭本、郭本、咸本作「有」。

【語譯】喝飲南方的新豐美酒，聽著金陵小妓的歌唱。可是你卻還是不快樂，花月樂事為何不能消除你的憂愁呢？

【研析】此詩與前詩為同時之作。李白與好友盧六相聚，共飲新豐酒，同聽小妓歌。可是盧六仍然不快樂，花月樂事不能消除他的愁，反襯盧六內心愁苦之深。

其三

東道煙霞主❶，西江詩酒筵。相逢不覺醉，日墮歷陽川❷。

【注釋】❶東道句　謂東道主盧六乃隱士。東道，指東道主，語本《左傳》僖公三十年：「若舍鄭以為東道主，行李之往來，共（供）其乏困，君亦無所害。」謂鄭在秦東，接待秦國出使東方的使節，故稱「東道主」。後因以泛指接待宴客的主人。煙霞主，指隱居山林煙霞之中的人。❷歷陽川　即指西江。西邊的長江。歷陽，唐縣名，屬淮南道和州。即今安徽和縣。東臨長江，與金陵隔江相望。

【語譯】棲隱於山林煙霞中的東道主，在西邊長江岸上擺好飲酒賦詩之筵。好友相逢一杯杯不覺醉，太陽已落入歷陽那邊的江川。

【研析】此詩與前二首為同時之作。詩中抒寫與盧六的友情。作為東道主的盧六，是個隱逸之士。他在長江邊設置詩酒筵，主客相逢盡歡而不覺醉，直至日落歷陽那邊的大江。全詩情誼真切，辭意清暢。

其四

小妓金陵歌楚聲，家僮丹砂學鳳鳴❶。我亦為君飲清酒，君心不肯向人傾。

【注　釋】❶家僮句　家僮，家奴。僮，「童」的本字。奴婢。《史記・貨殖列傳》：「僮手指千。」裴駰《集解》引《漢書音義》：「僮，奴婢也。」丹砂，李白家奴之名。魏顥〈李翰林集序〉：「駿馬美妾，所適二千石郊迎。飲數斗醉，則奴丹砂撫（舞）〈青海波〉。滿堂不樂，白宰酒則樂。」學鳳鳴，指吹笙。梁武帝〈鳳笙曲〉：「朱唇玉指學鳳鳴。」

【語　譯】小妓金陵子唱著楚聲的吳歌，家奴丹砂吹笙作鳳鳴。我也為你暢飲這清醇美酒，可是你的心情還是不肯向人傾訴。

【研　析】此詩與前三首為同時之作。詩中敘寫小妓楚歌，家奴吹笙，我飲清酒，皆為行樂。唯獨盧六不肯向人傾訴心事。全詩突出盧六的滿懷愁思，與組詩其二呼應。

巴女詞❶

巴水急如箭，巴船去若飛❷。十月三千里❸，郎行幾歲歸？

【注　釋】❶巴女詞　巴女，巴地的女子。巴，原指古時巴郡地。此指古族名；古國名。主要分佈在今重慶、湖北省交界地帶。周武王克殷，封為子國。春秋時與楚、鄧等國交往頻繁。西元前三一六年被秦所滅，以其地為巴郡。❷巴水二句　巴水，指發源於巴地而流經三峽之水。其水湍飛，猶如飛箭。王琦注：「唐之渝州、涪州、忠州、萬州等處，皆古時巴郡地。其水流經三峽下至夷陵，當盛漲時，箭飛之速，不是過矣。」按：巴水即指今重慶至湖北宜昌一段長江。❸十月句　十個月中行三千里，路途遙遠。謂郎離去時間之久和兩地相距之遙遠。

【語　譯】巴地的長江水流快急如箭，巴水中行船順流而下快如飛。十個月時間離別相距三千里，不知何年郎回歸？

【研析】此詩當是開元十二年（西元七二四年）詩人出蜀過三峽時擬巴地民歌之作。詩中以巴地女子的口吻，從眼見湍急如箭的流水和飛速遠去的巴船，懷念久去不歸的丈夫，發出「郎行幾歲歸」的呼喚。全詩清新、自然，風格與當地民歌〈巴渝曲〉極為相似。

哀傷

哭晁卿衡❶

日本晁卿辭帝都❷，征帆一片遶蓬壺❸。明月不歸沉碧海❹，白雲愁色滿蒼梧❺。

【注釋】❶晁卿衡　晁衡，日本奈良時代遣唐留學生阿倍仲麻呂的華名。又作「朝衡」、「仲滿」。卿，對友人的愛稱。《舊唐書·東夷·日本國傳》：「開元初，又遣使來朝，因請儒士授經。……其偏使朝臣仲滿，慕中國之風，因留不去，改姓名為朝衡，仕歷左補闕、儀王友。衡留京師五十年。好書籍，放歸鄉，逗留不去。……上元中，擢衡為左散騎常侍、鎮南都護。」《新唐書·東夷·日本傳》稱：「天寶十二載，朝衡復入朝。」據近年中日學者考證，朝衡於開元五年作為遣唐學生來華，時年二十。天寶十二載，任祕書監，兼衛尉卿。是年十二月隨遣唐使藤原清河等自長安經揚州東歸，遇暴風，漂至安南驩州。後重返長安，時為天寶十四載六月。天寶十三載李白於揚州聞晁衡等人海上遇風失蹤，誤以為身亡，故寫此詩哀悼。今《全唐詩》尚存王維〈送祕書晁監還日本國并序〉、趙驊〈送晁補闕歸日本〉、包佶〈送日本國聘賀使晁巨卿東歸〉等送行詩，儲光羲有〈洛中貽朝校書衡〉詩。❷帝都　指唐朝京都長安。❸征帆句　征帆，遠行之船。一片，猶一葉，極言其小。蓬壺，即蓬萊、方壺等傳說中的海上仙山。❹明月句　明月，喻品德高潔才華出眾之士晁衡。沉碧海，謂溺死海中。❺白雲句　此句意謂海上籠罩著哀愁的雲霧。比喻對日本友人哀悼之情的深廣。蒼梧，本指九疑山，傳說中所謂舜死於蒼梧之野即其地，在今湖南寧遠南。又東北海中有大洲名鬱洲，亦名蒼梧山，即今江蘇連雲港花果山，清中葉時泥沙淤漲，遂與大陸相連。傳說此山由蒼梧飛來。《水經注・淮水》：「東北海中有大洲，謂之郁洲。《山海經》所謂郁水在海中者也。言是山自蒼梧徙此云。山上猶有南方草木，今郁洲治。故崔季珪之敘〈述初賦〉，言郁洲者，故蒼梧之山也。」

【語譯】日本友人晁衡辭別了長安帝都，乘著一片征帆飄繞海中仙山蓬萊方壺。友人一去不歸就像明月沉入了碧海，天上的白雲也滿是哀愁之色籠罩著青山蒼梧。

【研析】此詩乃天寶十三載（西元七五四年）春夏間在廣陵（今江蘇揚州）遇見魏顥，聞晁衡歸國時遇暴風失事的消息後所作，充滿對日本友人的痛悼之情。首句點明本事，「辭帝都」三字，包含著當時朝廷上下隆重歡送的場景。唐玄宗御筆題詩相送，王維、包佶、趙驊等好友都賦詩贈別，情意殷殷。次句描繪掛帆東渡之景。征帆在浩渺大海中只是「一片」，襯托海之大，帆之小，暗示航行艱險。「繞蓬壺」三字，既寫海中島嶼之多，又隱含航程曲折、飄泊顛簸、前途未卜等懸念，景中已寓憂情。後兩句運用比興手法，隱喻晁衡遇難溺死海中，深寄哀悼之情。明月即明月珠。《楚辭・九章・涉江》：「被明月兮佩寶璐。」王逸注：「言己被明月之珠，腰佩美玉。」此處借喻晁衡，謂晁衡遇難猶如明月珠沉海，使人深感痛惜。末句以哀愁之景寫傷悼之情，寓情於景。詩人通過白雲哀愁、蒼梧變色的擬人化手法，烘托出雲天、碧山、滄海與人同悲的氛圍，於宇宙景色中寄託哀悼之情，情韻悠長，含不盡之意於言外。

自溧水道哭王炎三首　宣州作❶

其一

白楊雙行行，白馬悲路傍❷。晨興見曉月，更似發雲陽❸。溧水通吳關❹，逝川去未央❺。故人萬化盡❻，閉骨茅山岡❼。天上墜玉棺❽，泉中掩龍章❾。名飛日月上，義與風雲翔。逸氣竟莫展，英圖俄夭傷。楚國一老人，來嗟龔勝亡❿。有言不可道，雪泣惜蘭芳⓫。

【注釋】❶自溧水道題　溧水，唐縣名。屬江南道宣州，今屬江蘇南京。又，水名。即瀨水，又名永陽江。自固城湖流經溧陽縣為荊溪，經義興縣入太湖。《元和郡縣志》卷二八江南道溧陽縣：「本漢縣，屬丹陽郡，以在溧水之陽為名。……大業二年屬宣州。……溧水，在縣南六里。」王炎，李白友人。李白〈劍閣賦〉自注：「送友人王炎入蜀。」當即此人。宋本題下注：「宣州作」，當是宋人編集時所加。❷白楊二句　謂白楊、白馬都在路邊悲泣。陶潛〈擬挽歌辭〉其三：「荒草何茫茫，白楊亦蕭蕭。……馬為仰天鳴，風為自蕭條。」❸晨興二句　用謝靈運詩意。《文選》卷二三謝靈運〈廬陵王墓下作〉詩：「曉月發雲陽，落日次朱方。」李善注：「《越絕書》曰：曲阿為雲陽縣。」《元和郡縣志》卷二五江南道潤州丹陽縣：「本舊雲陽縣地，秦時望氣者云有王氣，故鑿之以敗其勢，截其直道，使之阿曲，故曰曲阿。……天寶元年，改為丹陽縣。」今江蘇丹陽。❹吳關　楊齊賢注：「溧水縣，秦淮所出，至金陵，貫吳關，直通於江。」按：溧水三國時屬吳地。❺逝川句　逝川，已逝去的流水，比喻人死不能復生。《論語・子罕》：「子在川上曰：『逝者如斯夫，不舍晝夜。』」未央，未盡。《楚辭・離騷》：「時亦猶其未央。」王逸注：「央，盡也。」❻萬化盡　萬事已盡。謂人之死。任昉〈哭范僕射〉詩：「一朝萬化盡，猶我故人情。」❼閉骨句　閉骨，埋葬屍體。江淹〈恨賦〉：「煙斷火絕，埋骨泉裏。」茅山，在今江蘇句容東南。原名句曲山。《南史・陶弘景傳》：「於是止於句容之句曲山，恆曰：『此山下是第八洞宮，名金壇華陽之天，周回一百五十里。咸陽三茅君得道來掌此山，故謂之茅山。』乃中山立館，自號華陽陶隱居。」❽玉棺　用王喬事。《後漢書・王喬傳》：「(喬)為葉令。……每當朝時，葉門下鼓不擊自鳴，聞於京師。後天下玉棺於堂前，吏人推排，終不搖動。喬曰：『天帝獨召我邪？』乃沐浴服飾寢其中，蓋便立覆。葬於城東，土自成墳。……或云此即古仙人王子喬也。」❾泉中句　泉中，即黃泉。指人死後埋葬的地穴。龍章，指袞龍之服和章甫之冠。《文選》卷四二趙至〈與嵇茂齊書〉：「表龍章於裸壤。」李善注：「龍，袞龍之服。章，章甫之冠也。」❿楚國二句　《漢書・龔勝傳》記載：王莽篡位，「遣使者奉璽書，太子師友祭酒印綬，安車駟馬迎勝，……勝稱病篤……遂不復開口飲食，積十四日死。……有老父來弔，哭甚哀，既而曰：『嗟虖！薰以香自燒，膏以明自銷。龔生竟夭天年，非吾徒也。』遂趨而出，莫知其誰。」二句以龔勝喻王炎，以楚老父自喻。⓫雪泣句　雪泣，揩拭眼淚。《呂氏春秋・觀表》：「吳起雪泣而應之。」高誘注：「雪，拭也。」蘭芳，蘭的芬芳，比喻高潔的美德。謝靈運〈廬陵王墓下作〉詩：「延州協心許，楚老惜蘭芳。」謝詩即用龔勝事，謂有美德而不能自隱，招致禍害。惜，蕭本、郭本、王本、《全唐詩》作「憶」。

【語譯】白楊雙雙列成行，白馬含悲立路旁，清晨起來見曉月，更似當年謝靈運朝發雲陽。溧水奔流通吳關，江水逝去流不盡。舊友仙去萬事休，一旦埋骨於茅山岡。天上落下玉飾的神棺，黃泉下掩埋身穿袞龍服和章甫冠的貴人。英名高飛日月之上，道義與風雲共翔。才氣逸志竟不得施展，英明抱負卻突然夭傷。我像楚國的那個老人，前來痛悼龔勝的死亡。心中有話難以傾吐，揩拭眼淚痛惜您蘭花那樣芬芳高潔的品格。

【研析】此組詩當作於天寶十三載（西元七五四年）經溧水道中。此首頭二句以白楊、白馬傷悲起興，接著用謝靈運詩、王喬玉棺、龔勝死而老父憑弔等典故，反復抒寫王炎抱負未展、英年早逝的痛惜之情。反映出詩人對故友的深厚情誼。千載之下，讀之猶令人淒然。

其二

王公希代寶❶，棄世一何早！弔死不及哀，殯宮已秋草❷。悲來欲脫劍，挂向何枝好❸？哭向茅山雖未摧，一生淚盡丹陽道❹。

【注釋】❶希代寶　世所罕有的奇才。❷弔死二句　王琦注：「言弔死而不及其新哀之時，殯宮之上已生秋草，蓋言久也。與《左傳》『贈死不及屍，弔生不及哀』句同意異。」殯宮，指墳墓。❸悲來二句　用季札掛劍徐君墓事。《史記・吳太伯世家》：「季札之初使，北過徐君。徐君好季札劍，口弗敢言，季札心知之，為使上國，未獻。還至徐，徐君已死，於是乃解其寶劍，繫之徐君冢樹而去。從者曰：『徐君已死，尚誰予乎？』季子曰：『不然。始吾心已許之，豈以死倍（背）吾心哉！』」謝靈運〈廬陵王墓下作〉詩：「解劍竟何及？撫墳徒自傷。」❹丹陽道　王琦注：「溧水，在兩漢時乃丹陽郡之地，故曰丹陽道。」

【語　譯】王公是世代少有的英才，可惜他去世多麼早！我沒有趕上他初亡時前來弔唁，如今墳地已生長出秋草。含悲而來欲效季札解下腰中劍，卻不知掛向哪個樹枝才好？面向茅山痛哭雖未毀倒，我將用一生的眼淚盡灑在丹陽古道之上。

【研　析】此詩首二句讚嘆王炎乃世上少有的奇才，可惜其去世太早。次二句悔恨自己未及其初亡時前來弔唁，如今來哭祭時墳墓上已長滿秋草。再次二句用延陵季子掛劍徐君墓的典故，表達對友人的一片真情，自然貼切。末二句寫面向茅山痛哭，要用一生眼淚灑在丹陽道上表示自己的極度哀痛。《唐宋詩醇》卷八曰：「語真情重，不求工而自工。」

其三

王家碧瑤樹❶，一樹忽先摧。海內故人泣，天涯弔鶴❷來。未成霖雨用，先夭濟川材❸。一罷〈廣陵散〉，鳴琴更不開❹。

【注　釋】❶碧瑤樹　猶碧玉樹、玉樹。比喻美姿容、多才藝之人。《世說新語・賞譽》：「王戎云：『太尉神姿高徹，如瑤林瓊樹，自然是風塵外物。』」❷弔鶴　《世說新語・賢媛》「陶公少時作魚梁吏」劉孝標注引《陶侃別傳》：「及侃丁母憂，在墓下，忽有二客來弔，不哭而退，儀服鮮異，知非常人，遣隨視之，但見雙鶴沖天而去。」後因稱弔客為弔鶴。為頌揚死者之辭。庾信〈周車騎大將軍贈小司空宇文顯和墓誌銘〉：「室進巢鷰，門通弔鶴，功臣身殞，會圖麟閣。」❸未成二

句　用《尚書・說命》「若濟巨川，用汝作舟楫。若歲大旱，用汝作霖雨」意。喻王炎有「霖雨」、「濟川」之才，不幸「未成」而「先夭」，令人痛惜。❹一罷二句　以嵇康之死，喻王炎死後再也難找像他那樣的人才。〈廣陵散〉，琴曲名。三國時魏國嵇康善彈此曲，祕不授人。後遭讒被害，臨刑索琴彈之，曰：「〈廣陵散〉於今絕矣！」見《晉書・嵇康傳》。夭，蕭本、胡本、《全唐詩》作「失」。

【語　譯】在王家的碧玉樹林中，忽然有一棵樹首先被摧折。海內的舊友都為之哭泣，天涯的白鶴也來弔喪。您還沒在大旱之歲作霖雨之用，卻先夭折了渡河的舟楫之材。一曲〈廣陵散〉彈罷，從此便再也不能開啟鳴琴。

【研　析】此首四聯，每聯用一個典故，首聯以《世說新語》王戎之語讚美王炎的神姿而先夭；頷聯用《陶侃別傳》的典故頌揚王炎的影響；頸聯用《尚書》之文稱賞王炎的濟世之才；尾聯以嵇康臨死彈〈廣陵散〉之典，比喻王炎死後難覓人才。用典貼切，文辭流暢。

哭宣城善釀紀叟❶

紀叟黃泉❷裏，還應釀老春❸。夜臺無李白❹，沽酒與何人❺？

【注　釋】❶善釀紀叟　姓紀的善於釀酒的老翁，名不詳。❷黃泉　地下。《左傳》隱公元年：「不及黃泉，無相見也。」❸老春　紀叟所釀酒名。唐代酒名多帶春字。李肇《國史補》卷下：「酒則郢州之富水，烏程之若下，滎陽之土窟春，富平之石凍春，劍南之燒春。」❹夜臺句　宋本原作「夜臺無曉日」，據胡本改。夜臺，墓穴。墓閉後不見光明，故稱。《文選》卷二八陸機〈挽歌〉：「送子長夜臺。」李周翰注：「墳墓一閉，無復見明，故云長夜臺。」《楊升庵外集》：「〈哭宣城善釀紀叟〉，予家古本作『夜臺無李白』，此句絕妙。不但齊一死生，又且雄視幽明矣。昧者改為『夜臺無曉日』，又與下句「何人」字不相干，甚矣土俗不可醫也。」其說是。❺沽酒句　宋本在此句下夾注：「一作：〈題戴老酒店〉云：戴老黃泉下，還應釀大春。夜臺無李白，沽酒與何人」。蕭本、郭本、繆本、王本亦同。當是一詩之兩傳者。

【語譯】紀老在地下，應還在釀造老春美酒。只是陰間沒有李白，你賣酒給什麼人呢？

【研析】此詩作年不詳。詩中寫的是宣城有一位善於釀酒的姓紀的老翁，長年累月釀出美酒給酒仙李白狂飲。如今突然去世了，詩人深感悲痛，思念不已。於是他想像紀翁在黃泉下，應該還是在施展他的絕活釀造老春名酒吧！前二句的想像似乎荒誕可笑，但卻表現出詩人對這位老人的深切感情。後二句「夜臺無李白，沽酒與何人」，意思就更親切。這是更進一層地提出問題：墓穴中永遠是黑暗而沒有陽光的，我李白現在還活著，墓穴中沒有李白，你釀的酒賣給誰呢？似乎紀翁釀酒是專門賣給李白的，而且他釀的酒只有李白欣賞。這個問題當然不合乎情理，但卻更真摯動人地表現出詩人對紀叟的懷念之深，把生離死別的悲痛刻畫得入木三分。嚴羽評點曰：「『大春』不如『老春』，『無李白』，妙。既云『夜臺』，何必更言『無曉日』耶？」又曰：「與『稽山無賀老』用意同。狂客、謫仙，飲中並歌。白視世間，惟我與爾。」又曰：「於鬼窟亦居勝地，傲甚！達甚！趣甚！」

宣城哭蔣徵君華❶

敬亭埋玉樹❷，知是蔣徵君。果得相如草，仍餘封禪文。池臺空有月，詞賦舊凌雲❸。獨挂延陵劍，千秋在古墳❹。

【注釋】❶蔣徵君華　徵君蔣華，李白友人。事蹟不詳。徵君，對曾被朝廷徵聘而不肯受職的隱士的敬稱。❷埋玉樹　比喻埋葬才貌極美的人物。《世說新語・傷逝》：「庾文康亡，何揚州臨葬云：『埋玉樹著土中，使人情何能已已！』」❸果得四句　以司馬相如的文才比喻蔣華。果，蕭本、郭本、王本、咸本、《全唐詩》作「安」。相如草，司馬相如的文章。仍，王本作「空」。封禪文，《史記・司馬相如列傳》：「相如既病免，家居茂陵。天子曰：『司馬相如病甚，可往從悉取其書；若不然，後失之矣。』使所忠往，而相如已死，家無書。問其妻，對曰：『長卿固未嘗有書也。時時著書，人又取去，即空居。長卿未死時，為一卷書，曰有使者來求書，奏之。無他書。』其遺札書言封禪事，奏所忠。忠奏其書，天子異之。」凌雲，《史記・司馬相如列傳》：「相如既奏〈大人之頌〉，天子大說，飄飄有淩雲之氣，似游天地之間意。」❹獨挂二句　用延陵季子掛劍於徐君墓之事，表示哀悼之情。詳見本卷〈自溧水道哭王炎三首〉其二注。

【語　譯】敬亭山上埋葬著玉樹般的人，我知道這就是蔣華徵君的墳墓。果然得到類似司馬相如的華章，還留下了言封禪的奇文。池臺之上徒然有明月高照，你的辭賦也會豪氣淩雲。我只能在你墓地樹上掛上延陵寶劍，讓它千秋萬代陪隨著古墳。

【研　析】此詩作年不詳。首二句點題。中四句用司馬相如事，比喻蔣華的才華。末二句用延陵季子掛劍徐君墓的典故，比喻詩人與蔣華之間的深厚感情，並表示對他深切哀悼。明人批點曰：「相如事作三句，覺味薄。兩『空』字犯。季札事亦太熟。」

卷二四

宋本集外詩

菩薩蠻❶

平林漠漠煙如織❷，寒山一帶傷心❸碧。暝色❹入高樓，有人❺樓上愁。

玉階空佇立❻，宿鳥歸飛急。何處是歸程❼？長亭連短亭❽。

【注釋】❶菩薩蠻　此詞最早見於宋釋文瑩《湘山野錄》卷上，云：「此詞不知何人寫在鼎州滄水驛樓，復不知何人所撰。魏道輔（泰）見而愛之。後之長沙，得古集於（曾）子宣內翰家，乃知太白所作。」後載入黃昇《花菴詞選》、無名氏《尊前集》、《草堂詩餘》。《全唐詩》卷八九〇收此詞亦署名李白。今明、清影刻咸淳本《李翰林集》卷四亦收此詞，蕭本、王本將此詞及〈憶秦娥〉置於卷五之末。宋本未收此詞。按：〈菩薩蠻〉為玄宗時教坊曲名，見崔令欽《教坊記》。《杜陽雜編》卷下：「大中初，女蠻國貢雙龍犀……明霞錦……其人危髻金冠，纓絡被體，故謂之菩薩蠻。當時倡優遂製〈菩薩蠻〉曲，文士亦往往聲其詞。」《南部新書》戊亦載此事。大中為唐宣宗年號，後人據此謂太白之世，尚未有斯題，何得預製其曲？故謂此詞非李白之作。❷平林句　意謂平野叢林密佈，暮煙如織。漠漠，密佈貌。陸機〈君子有所思行〉：「廛里一何盛，街巷紛漠漠。」❸傷心　極甚之詞，猶言萬分。杜甫〈滕王亭子〉詩：「清江錦石傷心麗。」❹暝色　暮色。謝靈運〈石壁精舍還湖中作〉詩：「林壑斂暝色。」❺有人　指詩人自己。❻玉階句　玉階，《湘山野錄》、《花草粹編》作「玉梯」；《草堂詩餘》作「欄干」。佇立，長久地站著。《詩經・邶風・燕燕》：「瞻望弗及，佇立以泣。」毛傳：「佇立，久立也。」❼歸程　歸，《尊前集》作「回」。❽長亭句　亭，驛亭。庾信〈哀江南賦〉：「十里五里，長亭短亭。」倪璠注：「《漢書》曰：秦法，十里一亭，亭有長。漢因之不改。……《白孔六貼》云：十里一長亭，五里一短亭。」連，《尊前集》作「接」，《草堂詩餘》、《花草粹編》作「更」。

【語　譯】遠望平野叢林密佈而煙霧如織，荒涼的山峰一帶萬分碧綠。傍晚的灰暗暮色由外漸漸進入高樓，我在樓上發愁。　徒然在階梯上長久地站立著，鳥雀都急忙飛回巢中投宿去了。可是何處是我的歸程？綿綿不斷只見多少個長亭連著短亭。

【研　析】此詞是否為李白之作？千餘年來眾說紛紜。胡應麟《少室山房筆叢》卷二五以〈菩薩蠻〉調名起於晚唐，此首詞氣衰颯，當是晚唐人之作，嫁名於李白。胡震亨《唐音癸籤・樂通・唐曲》亦認為「此詞出於唐之晚季，今李太白集有其詞，後人妄托也」。近當代學者胡適、詹鍈、俞平伯、施蟄存、沈祖棻、吳熊和等都認為是偽作；而夏承燾、唐圭璋、任二北、龍榆生、楊憲益等則力主乃李白之作。或從李白生平未及鼎州（今湖南常德）、詞分上下片始自晚唐、以及此詞風格不類李白而辨其偽；或從敦煌曲子詞〈菩薩蠻〉卷子背後有「壬午年」證明天寶元年此調已盛行民間，因而李白完全可能寫此詞，認為非李白不能寫出此詞。迄今尚無定論。

此詞上片是倒敘。按順序應是：有人在樓上發愁，憑高遠望，看到平林煙織，寒山暗碧，反而增添了愁緒。現在用倒敘，先寫所見之景，最後點出人物所在的地點和心情，這就使景色及對景生愁之情表現得更為突出。同時，也使「愁」字貫串上下片，承上啟下。下片換頭承上片結句，寫遊子在樓上站立眺望時間已很久，用一「空」字，表示站立時間雖久也是徒然，反映出無可奈何的心情。天色已晚，鳥雀已急忙歸宿，由鳥及人，鳥且要歸宿，有感情之人卻終年在外飄泊，怎能無思歸之想？於是觸景生情，引出末二句：縱目遠眺，歸路迢迢，唯有長亭更短亭綿綿不斷，不知還要經過多少個驛亭，才能到家。驛亭既多，不可能目中盡見，此處只是以想像中的未見之亭，來補充現在已到的驛站，更顯得歸程遙遠。此詞結構勻稱。上片由遠及近，景為主，情為輔，景中帶情。下片情為主，景為輔，情中有景。意境開闊，情感真摯，所以雖然寫的是遊子思歸的常見主題，但卻非常生動感人。

憶秦娥❶

簫聲咽❷，秦娥夢斷秦樓月❸。秦樓月，年年柳色，灞陵❹傷別。

樂遊原上清秋節❺，咸陽古道音塵絕❻。音塵絕，西風殘照，漢家陵闕❼。

【注　釋】❶憶秦娥　此詞最早見於《邵氏聞見後錄》卷一九：「『簫聲咽……』李太白詞也。予嘗秋日餞客咸陽寶釵樓上，漢諸陵在晚照中，有歌此詞者，一坐淒然而罷。」《花菴詞選》卷一將此詞與前〈菩薩蠻〉並稱為「百代詞曲之祖」。明、清影刻咸淳本《李翰林集》卷五收此詞。蕭本、王本將此詞與〈菩薩蠻〉一併置於卷五之末。《全唐詩》卷八九〇收此詞署名李白，校云：「一名〈秦樓月〉，一名〈碧雲深〉，一名〈雙荷葉〉。」胡震亨《唐音癸籤・樂通・唐曲》：「文宗宮人阿翹善歌，出宮嫁金吾衛長史秦誠。誠出使新羅，翹思念，撰小詞名〈憶秦郎〉。誠亦於是夜夢傳其曲拍，歸日合之無異。後有〈憶秦娥〉，或即出此。」《樂府紀聞》亦記載略同。詹鍈《李白詩論叢・李白〈菩薩蠻〉、〈憶秦娥〉詞辨偽》：「按『秦娥夢斷秦樓月』，乃謂秦娥於秦樓月下懷其所愛，不得題為〈憶秦娥〉也。《詞譜》所稱命名之由，實未可信。」❷咽　聲音阻塞而低沉。漢樂府〈隴頭歌辭〉：「隴頭流水，鳴聲幽咽。」❸秦娥句　謂秦樓月下的秦地美女夢魂驚醒。娥，美女。夢斷，夢醒。❹灞陵　又作「霸陵」，古地名。故址在今陝西西安東。漢文帝葬於此，故名。《雍錄》卷七：「漢世凡東出函，潼，必自霸陵始，故贈行者於此折柳為別也。」《邵氏聞見後錄》作「灞橋」。《開元天寶遺事》卷下：「長安東灞陵有橋，來迎去送皆至此橋，為離別之地，故人呼之銷魂橋也。」❺樂遊原句　樂遊原，古苑名。亦稱「樂遊苑」、「樂遊園」。故址在今陝西西安南郊。本為秦時的宜春苑，漢宣帝時改建樂遊苑。唐時在長安城內，為士女遊賞勝地。《西京雜記》卷一：「樂遊苑自生玫瑰樹，樹下多苜蓿。」《雍錄》卷六：「唐曲江本秦隑州，至漢為宣帝樂遊廟，亦名樂遊苑，亦名樂遊原。基地最高，四望寬敞。隋營京城，宇文愷以其地在京城東南隅，地高不便，故闕此地不為居人坊巷，而鑿之為池以厭勝之。……長安中，太平公主於原上置亭遊賞。後賜寧、申、岐、薛王。正月晦日、三月三日、九月九日，京城士女咸即此祓禊，帟幕雲布，車馬填塞，詞人樂飲歌詩。」清秋節，當指夏曆九月九日重陽節。❻音塵絕　音信隔絕。蔡琰〈胡笳十八拍〉其十：「故鄉隔兮音塵絕。」❼漢家陵闕　西漢十一個皇帝的陵墓除文帝霸陵和宣帝杜陵在長安東南，其他九陵（高帝長陵、惠帝安陵、景帝陽陵、武帝茂陵、昭帝平陵、元帝渭陵、成帝延陵、哀帝義陵、平帝康陵）皆在咸陽周圍。

【語譯】簫聲阻塞低沉，秦樓月下的美女從夢中驚醒。秦樓月下，年年都有在灞陵送別時傷心折柳之離情。

如今在樂遊原上又遇遊賞歡樂的清秋節，然而咸陽古道上音信隔絕。音信隔絕，只有在西風颯颯的殘陽餘輝下，徒見漢家陵闕而已。

【研析】明代胡應麟《少室山房筆叢》卷四一始謂此詞非李白之作，王本亦以為「其真贗誠未易定決，《筆叢》所辨未為無見」。清楊希閔《詞軌》卷一引陳廣夫云：「太白未有詞，傳者皆晚唐人作。」又謂此首「恐是五代人作」。今人詹鍈、施蟄存、袁行霈等皆以為偽作。按：詞中所寫地名秦樓、灞陵、樂遊原、咸陽等，都在唐長安周圍，李白僅在開元年間和天寶初年兩次入長安，此後從未至長安。而謂此詞為李白之作者多認為作於安史之亂以後，則與李白生平行蹤不符。故此詞當非李白之作。此詞上片詠秦娥之懷人，下片揉入懷古傷今之情，聲情轉為悲壯，意象尤為開闊。王國維《人間詞話》謂「『西風殘照，漢家陵闕』，寥寥八字，遂關千古登臨之口」。

戲贈杜甫❶

飯顆山頭❷逢杜甫，頭戴笠子日卓午❸。借問別來太瘦生❹？總為從前❺作詩苦。

【注釋】❶戲贈杜甫　此詩最早見於孟棨《本事詩》。又載於《唐摭言・輕佻》、《唐詩紀事》卷一八，文字略異。宋本、蕭本、郭本、咸本皆不收。胡本收入卷二一〈附錄〉，繆本收入〈補遺〉，王本收入卷三〇〈詩文拾遺〉。古今學者或以為李白之作，或以為偽作。杜甫，與李白齊名的唐代偉大詩人。詳見卷一〇〈沙丘城下寄杜甫〉及卷一三〈魯郡東石門送杜二甫〉詩注。❷飯顆山頭　《唐摭言》作「飯顆坡前」。王本校：「一作：長樂坡前」。按：飯顆山，無考。長樂坡，地名。在今陝西西安東北。《元和郡縣志》卷一關內道京兆府萬年縣：「長樂坡，在縣東北十二里。即滻川之西岸，舊名滻阪，隋文帝惡其名，改曰長樂坡。」❸頭戴句　頭，《唐詩紀事》作「頂」。笠子，用竹篾、箬葉或棕皮等編成的笠帽，用以禦暑或禦雨。《詩經・小雅・無羊》：「爾牧來思，何蓑何笠。」毛傳：「笠所以禦雨。」卓午，當午；正午。午時十二點鐘。❹借問句　別來太，《唐摭言》作「形容何」；《唐詩紀事》作「因何太」。太瘦生，唐人口語。太瘦；很瘦。生，語尾助詞。歐陽修《六一詩話》：「太瘦生，唐人語也，至今猶以『生』為語助，如『作麼生』、『何似生』之類。」❺總為從前　《唐摭言》作「祇為從來」。

【語譯】我在飯顆山頭遇見杜甫，他頭上戴著笠帽遮擋中午的太陽。請問分別以來為什麼你長得這麼瘦？都是因為近來寫詩構思得很苦。

【研析】此詩是否為李白之作，歷來眾說紛紜。洪邁《容齋四筆・李杜往來詩》認為：「所謂『飯顆山頭』之嘲，亦好事者所撰耳。」陳僅《竹林答問》曰：「太白平生最篤於友朋之誼，……他人尚然，何況少陵之交際耶！『飯顆』之詩，偽託無疑。」今人郭沫若《李白與杜甫》則認為：「(此詩)卻被人誤解得很厲害，……『戲』字無疑是後人誤加的。……李白集中未收此詩，前人或疑偽作。詩見唐人孟棨《本事詩》，孟棨以為李白譏刺杜甫『拘束』。同是唐人的段成式，在《酉陽雜俎》中也以為李白『戲』杜甫，可見作為譏刺或戲作，是唐人相當廣泛的見解。……這真是活天冤枉。詩的後二句的一問一答，不是李白的獨白，而是李杜兩人的對話。再說詳細一點，『別來太瘦生』是李白發問，『總為從前作詩苦』是杜甫的回答。這樣很親切的詩，卻完全被專家們講反了。杜甫……在〈暮登四安寺鐘樓寄裴十迪〉中有這樣的一句：『知君苦思緣詩瘦。』這就是『借問別來太瘦生？總為從前作詩苦』的極周到的注腳。不僅『苦』字有了著落，連『瘦』字也有了來歷。這樣親切而認真的詩，被解為『嘲誚』、解為『戲贈』，解為杜甫『拘束』或甚至『齷齪』，未免冤枉了李白，也唐突了杜甫！」按：前人因長樂坡在長安，而李杜從未在長安見過面，故認為此詩乃偽託。然《本事詩》作「飯顆山頭」，其地不詳；似不能據一作異文而定其為偽。且郭說甚有見地，可從。李杜相會僅在天寶三、四載（西元七四四—七四五年）間遊梁宋齊魯之時，則此詩當為天寶四載之作。

寒女吟❶

昔君布衣時，與妾同辛苦。一拜五官郎❷，便索邯鄲女❸。妾欲辭君去，君心便相許。妾讀〈蘼蕪〉書，悲歌淚如雨❹。憶昔嫁君時，曾無一夜樂。不是妾無堪，君家婦難作。起來強歌舞，縱好君嫌惡。下堂辭君去，去後悔遮莫❺！

【注釋】❶寒女吟　此詩見於唐韋縠編《才調集》卷六。宋本、蕭本、郭本、胡本、咸本皆未收此詩。繆本收入〈補遺〉，王本收入卷三〇〈詩文拾遺〉。按：此詩後半又見敦煌殘卷伯三八一二，題為〈高適在哥舒大夫幕下請辭退託興奉詩〉，王重民據此輯入《補全唐詩》，云：「標題作〈高適在……〉，疑是後人依託或擬作，細玩修辭用意，也不像高適的作品，因為是使用高適的故事。」詹鍈《李白詩論叢・李詩辨偽》曰：「《才調集》選詩紊雜，略無次第編例可尋，率爾之作，舛錯在所難免。如所錄〈寒女吟〉、〈會別離〉二詩，既不見於《李太白集》，可見即編集李詩者如樂史、宋敏求輩，已知其不足深信。」則此詩當非高適詩，疑亦非李白詩。❷五官郎　漢代五官中郎將署下屬官有五官中郎、五官侍郎、五官郎中，泛稱「五官郎」。

《後漢書・百官志二》：「五官中郎將一人，比二千石。本注曰：主五官郎。」後泛稱宮廷侍衛官。❸邯鄲女　古趙國都城邯鄲多美女，能歌善舞。《文選》卷六左思〈魏都賦〉：「邯鄲躧步，趙之鳴瑟。」張銑注：「邯鄲，趙地，亦多美女，善行步，皆妙鼓瑟。」鮑照〈代白紵辭〉：「朱唇動，素腕舉，洛陽少童邯鄲女。」❹妾讀二句　用〈古詩・上山採蘼蕪〉詩意：「上山採蘼蕪，下山逢故夫。長跪問故夫，新人復何如？新人雖言好，未若故人姝。顏色類相似，手爪不相如。新人從門入，故人從閤去。新人工織縑，故人工織素。織縑日一匹，織素五丈餘。將縑來比素，新人不如故。」❺下堂二句　謂離你去後我有什麼可後悔的。此乃決絕之辭。遮莫，什麼。

【語　譯】過去你為平民百姓時，能與我共同受苦。可是當你一旦做了五官郎，就要娶邯鄲美女為妻。我要辭別你而去，你不加思索就答應了。我讀〈古詩・上山採蘼蕪〉，悲傷地吟誦而淚下如雨。回想過去嫁給你時，竟然沒有一個夜晚快樂過。不是我不能承當，而是你家的媳婦難做。起來強要我唱歌跳舞，即使我歌舞很美你還是嫌我不好。我現在就下堂辭別你而去，離你去後我有什麼可後悔的！

【研　析】此詩各本李白集皆不載。疑非李白之作。詩中以一寒女的口吻，前半訴說丈夫為平民時尚能與她同苦，一旦為官後便娶邯鄲美女，把她拋棄。就像〈古詩・上山採蘼蕪〉中所說的「新人從門入，故人從閤去」，寒女悲讀此詩而淚下如雨。後半敘寫出嫁後一直不快樂，因為當他的妻子太難，歌舞再好也不能討他的歡心。末二句以決絕之辭表示離他而去。辭意韻味不足，不似李白之作。

會別離

結髮生別離，相思復相保。如何日已遠，五變庭中草。渺渺天海途，悠悠漢江島。但恐不出門，出門無遠道。道遠行既難，家貧衣復單。嚴風吹雨雪，晨起鼻何酸。人生各有志，豈不懷所安？分明天上日，生死誓同歡。

【甄　辨】此詩見於韋縠《才調集》卷六，署名為李白作。繆本據之收入〈補遺〉，王本收入〈詩文拾遺〉。宋本、蕭本、郭本、胡本、咸本皆不收。按：元結編《篋中集》，收此詩題作〈今別離〉，署名為孟雲卿作。《文苑英華》收此詩題作〈離別曲〉，署名為孟雲卿作。《樂府詩集》收此詩題作〈生別離〉，亦作孟雲卿詩。《全唐詩》卷一七五收此詩作孟雲卿〈今別離〉，卷二作孟雲卿〈生別離〉。今人陳尚君《全唐詩補編．全唐詩外編修訂說明》：「元結此集（指《篋中集》）編成於乾元三年，時李、孟皆在世，元、孟又為摯友，所錄較可信。」由此可見，此詩乃孟雲卿所作，決非李白之詩。

初月❶

玉蟾❷離海上，白露濕花時。雲畔風生爪，沙頭水浸眉❸。樂哉絃管客，愁殺戰征兒。因絕西園賞，臨風一詠詩❹。

【注　釋】❶初月　此詩最早見於《文苑英華》卷一五一，署名李白。胡本據之收入卷二一〈附錄〉，繆本收入〈補遺〉，王本收入〈詩文拾遺〉。宋本、蕭本、郭本、咸本皆不收。❷玉蟾　月亮的別名。因傳說月宮中有蟾蜍。劉孝綽〈林下映月〉詩：「攢柯半玉蟾，裛葉彰金兔。」❸雲畔二句　描繪初月之形狀。上句寫仰望所見，下句寫俯視所見。❹因絕二句　謂由於感征戰之苦，遂謝絕園林賞玩，獨自臨風詠詩。西園賞，泛指美好園林之遊賞宴飲。曹植〈公讌詩〉：「清夜遊西園，飛蓋相追隨。明月澄清景，列宿正參差。」按：曹植詩中之「西園」，乃指曹操所建之銅雀園，在鄴城西北，故名。曹丕〈登臺賦序〉：「建安十七年春，上遊西園，登銅雀臺。命余兄弟並作。」當時曹氏父子邀文人常至西園遊宴賦詩，後世遂以「西園」為園林遊宴之泛稱。

【語　譯】月亮剛離開海上升起來，正是潔白的露水沾濕花朵之時。仰望雲間似乎風吹生出了腳爪，俯視沙灘好像水中浸潤著眉毛。快樂啊那些奏絃吹管的遊客，憂愁煞那些出征戰場的征夫。感此我謝絕前往美好的園林中遊賞，獨自臨風而吟詩。

【研　析】此詩作年不詳。前四句描寫初月升起時的景色，後四句感征夫之苦而謝絕遊賞。格調不高，且有雕琢之病。或謂少年時作，亦可疑。

雨後望月❶

四郊陰靄❷散，開戶半蟾❸生。萬里舒霜合，一條江練❹橫。出時山眼❺白，高後海心❻明。為惜如團扇❼，長吟到五更。

【注　釋】❶雨後望月　此詩最早見於《文苑英華》卷一五二，署名李白。宋本、蕭本、郭本、咸本皆不錄。胡本收入卷二一〈附錄〉，繆本收入〈補遺〉，王本收入〈詩文拾遺〉。❷陰靄　濃厚的雲層。❸半蟾　半月，指初升露出一半之月。因神話傳說月中有蟾蜍，故以蟾代稱月。❹江練　謂江水澄澈平靜如同潔白的綢子。語本謝朓〈晚登三山還望京邑〉詩：「餘霞散成綺，澄江靜如練。」❺山眼　山中的泉眼。❻海心　海中。❼團扇　用班婕妤〈怨歌行〉：「新裂齊紈素，鮮潔如霜雪。裁為合歡扇，團團似明月。出入君懷袖，動搖微風發。常恐秋節至，涼飆奪炎熱。棄捐篋笥中，恩情中道絕。」

【語　譯】雨後放晴四方陰雲都已散去，打開窗戶只見半個月亮正在上升。萬里之外舒展聚合的霜霧，一條澄澈如練的江水橫流。月亮初出時如山中的泉眼一般白，升高後照得海中非常明亮。因為如班婕妤愛惜團扇一樣愛月，為此一直長吟到五更天。

【研　析】此詩作年不詳。或謂少年時所作，可疑。嚴羽《滄浪詩話・考證》：「《文苑英華》……又有五言

〈雨後望月〉一首，〈對雨〉一首，〈望夫石〉一首，〈冬日歸舊山〉一首，皆晚唐之語。」詩中描寫雨後月出景色，格調低弱，頗疑為偽作。

對雨❶

卷簾聊舉目，露濕草綿綿。古岫披雲毳❷，空庭織碎煙。水紅❸愁不起，風線重難牽。盡日扶犁叟，往來江樹前。

【注　釋】❶對雨　此詩最早見於《文苑英華》卷一五三，署名李白。宋本、蕭本、郭本、咸本皆不錄。胡本收入卷二一〈附錄〉，繆本收入〈補遺〉，王本收入〈詩文拾遺〉。❷古岫句　岫，有洞穴的山。《爾雅．釋山》：「山有穴為岫。」郭璞注：「謂巖穴。」雲毳，比喻薄霧。毳，鳥獸的細毛。❸水紅　紅，《英華》注：「疑作紋。」

【語　譯】捲起窗簾姑且舉目遠望，只見連綿不斷的碧草都被雨露所沾濕。古老的巖穴披上了薄霧，空曠的庭院中密密地織著細碎的煙雨。水中的波紋憂愁起不來，風箏的線重而難以牽住。整天扶犁耕田的老翁，在江樹之前往來忙碌不停。

【研　析】此詩作年不詳。嚴羽《滄浪詩話．考證》認為是偽作，見前首研析引。詩中描寫雨中景象，格調不高。詩為五律，中二聯稍傷雕琢。

曉晴❶

野涼疏雨歇，春色偏萋萋❷。魚躍青池滿，鶯吟綠樹低❸。野花妝面濕，山草紐斜齊❹。零落殘雲片，風吹挂竹溪❺。

【注釋】❶曉晴　此詩最早見於《文苑英華》卷一五五，署名李白。宋本、蕭本、郭本、咸本皆不錄。胡本收入卷二一〈附錄〉，繆本收入〈補遺〉，王本收入〈詩文拾遺〉。❷偏萋萋　特別茂盛。偏，表示程度的副詞。最；很；特別。萋萋，茂盛貌。《詩經·周南·葛覃》：「維葉萋萋。」❸魚躍二句　曹植〈公讌詩〉：「潛魚躍清波，好鳥鳴高枝。」二句用其意。❹紐斜齊　扭動飄斜又拂齊。形容山草風吹拂動之狀。紐，通「扭」。❺竹溪　山谷中的竹子。溪，《英華》原作「谿」。「溪」的異體字。

【語譯】涼爽的野外疏雨已經停歇，春草顯得特別茂盛。魚在滿池的清水中跳躍，鶯在綠樹的低枝上吟啼。野花的面妝留著雨濕，山草隨風扭斜又拂齊。零零落落的片片殘雲，被風吹掛在山谷中竹林之上。

【研析】此詩作年不詳。或謂少年時之作。詩中描寫雨後曉晴春天野外景色，語意淺露，格調不高。

望夫石❶

髣髴❷古容儀，含愁帶曙輝。露如今日淚，苔似昔年衣。有恨同湘女❸，無言類楚妃❹。寂然芳靄內，猶若待夫歸❺。

【注釋】❶望夫石　此詩最早見於《文苑英華》卷一六〇，列於李白〈望夫山〉詩後，署名為「前人」。宋本、蕭本、郭本、咸本皆不錄。胡本收入卷二一〈附錄〉，繆本收入〈補遺〉，王本收入〈詩文拾遺〉。嚴羽《滄浪詩話·考證》認為「皆晚唐人語」，非李白之作。見前〈雨後望月〉詩注。望夫石，即望夫山。有多處。詳見卷二三〈別內赴徵三首〉其一注。❷髣髴

「彷彿」的異體字。好像；似乎。❸湘女　指堯女舜妻娥皇、女英。《史記・秦始皇本紀》：「上問博士曰：『湘君何人？』博士對曰：『聞之，堯女舜之妻而葬此。』」《列女傳・有虞二妃》：「舜陟方死於蒼梧，號曰重華。二妃死於江湘之間，俗謂之湘君。」王逸《楚辭章句》卷二：「堯以二女妻舜。有苗不服，舜往征之，二女從而不反，道死於沅湘之中，因為湘夫人也。」❹無言句　楚妃，指息嬀。《左傳》莊公十四年：「楚子如息，以食入享，遂滅息。以息嬀歸。生堵敖及成王焉。未言。楚子問之，對曰：『吾一婦人，而事二夫，縱弗能死，其又奚言！』」❺待夫歸　待，明本《英華》作「帶」。校云：「一作待」。按：作「待」是。

【語　譯】好像是古代美女的容貌儀態，在曙光中含著悲愁。露水就像今日的眼淚，青苔好似往年的衣裳。心中有恨如同舜妃娥皇、女英，默默無言猶如當年楚妃息嬀。寂靜地處在芬芳的煙霧中，就像等待著丈夫的歸來。

【研　析】此詩作年不詳。或謂少年時作，可疑。詩中描寫望夫石的形狀。謂此石好像當年望夫女子含愁的容儀，石上露水是今天的眼淚，石上的青苔似往年的衣裳。像古代舜妃那樣綿綿長恨，如春秋時楚妃那樣默默無言。寂寞地躺在暮靄中，就像等待著丈夫歸來。全詩語意淺露，用典似乏韻味。

冬日歸舊山❶

未洗染塵纓❷，歸來芳草平❸。一條藤徑綠，萬點雪峰晴。地冷葉先盡，谷寒雲不行。嫩篁侵舍密❹，古樹倒江橫。白犬離村吠，蒼苔壁上生。穿廚孤雉過，臨屋舊猿鳴。木落禽巢在，籬疏獸路成。拂牀蒼鼠❺走，倒篋素魚❻驚。洗硯修良策，敲松擬素貞❼。此時重一去，去合到三清❽。

【注　釋】❶冬日歸舊山　此詩最早見於《文苑英華》卷一六〇。宋本、蕭本、郭本、咸本皆不載。胡本收入卷二一〈附錄〉，繆本收入〈補遺〉，王本收入〈詩文拾遺〉。嚴羽《滄浪詩話．考證》認為是「晚唐人語」，非李白之作，詳見前〈雨後望月〉詩注。今人安旗主編《李白全集編年注釋》引江油李白紀念館藏宋神宗熙寧元年〈敕賜中和大明寺住持記碑〉：「太白舊山大明古寺，靠戴天之山……迄我宋而葺修，鐘梵餉響，僅五百載。……昔貞觀中始祖師法雲，不知姓氏，號長眉僧，……卜基創此宅。」又載：「唐第七主玄宗朝翰林學士李白，字太白，少為當縣小吏，後止此山，讀書於喬松滴翠之平有十載。」安曰：「此碑原在匡山大明寺遺址。碑文既稱匡山為『太白舊山』，則詩題中之『舊山』，亦即此處。且詩中所寫之景物亦捨匡山莫屬。其後寓居之安陸、任城等地，均無『一條藤徑綠，萬點雪峰晴』之景。似此，則詩中之『芳草平』，當即碑文中所謂『喬松滴翠之平』。」故認為此詩乃開元八年（西元七二〇年）李白在匡山之作。❷未洗句　《楚辭．漁父》：「滄浪之水清兮，可以濯吾纓。」此處反用其意。❸芳草平　芳，明本《英華》作「方」。平，據宋神宗熙寧元年〈敕賜中和大明寺住持記碑〉：「讀書於喬松滴翠之平。」則此「平」字，當通「坪」。❹嫩篁句　嫩篁，初生之竹。侵舍密，漸漸接近茅舍密密叢生。❺蒼鼠　蒼字一作「山」。❻素魚　即蟫。亦稱蠹魚、衣魚、白魚。蛀蝕書籍衣物的小蟲。❼敲松句　謂以山中之松自勵。❽三清　道教所指玉清、上清、太清的最高境界。沈約〈桐柏山金庭館碑〉：「此蓋棲霞五嶽，未駕夫三清者也。」

【語　譯】尚未洗盡沾染塵埃的冠纓，回歸來到舊山芳草坪。長滿綠藤的一條路徑，山峰晴朗還存萬點雪。冬日地冷樹葉先已凋盡，山谷雲氣寒凝而不行。初生的小竹漸近茅舍密密生長，古老的樹木倒影江中橫陳。白狗離村狂吠，蒼苔長上牆壁。孤獨的野雞穿過廚房，舊猿臨屋而鳴啼。樹木葉落但鳥巢仍在，籬笆稀疏成了野獸可走之路。拂床趕走蒼鼠，倒箱讓蠹蟲驚跑。洗硯磨墨進修美好的謀略，敲松自勉清高的節操。經過此時的磨練後再出山，應該能直接飛昇到三清最高境界。

【研　析】此詩作年不詳。首四句點題。中十二句描繪舊山荒涼景象：樹葉凋盡，寒雲凝結；小竹密生，古樹倒影；犬吠離村，蒼苔上壁；野雞過廚，猿鳴屋中；落木存鳥巢，籬疏成獸路。拂床趕鼠，倒箱驚蠹。這顯然是沒有一點人氣的荒野環境。末四句詩人表示要在此環境修養鍛煉品格情操，以便將來再次出山可以飛昇到三清境界。反映出此時詩人道教思想甚為濃厚。

鄒衍谷❶

燕谷無暖氣，窮巖閉嚴陰❷。鄒子一吹律❸，能迴天地心。

【注　釋】❶鄒衍谷　此詩最早見於《文苑英華》卷一六〇。宋本、蕭本、郭本、咸本皆不錄此詩。胡本收入卷二一〈附錄〉，繆本收入〈補遺〉，王本收入〈詩文拾遺〉。鄒衍谷，又名燕谷山、寒谷山，在今北京密雲西南。《藝文類聚》卷九引劉向《別錄》：「鄒衍在燕，燕有谷，地美而寒，不生五穀。鄒子居之，吹律而溫氣至，而穀生。今名黍谷。」《嘉慶重修一統志》卷七順天府：「黍谷山，在密雲縣西南十五里。……舊有鄒衍祠在山上。舊志：黍谷山，在懷柔縣東四十里，跨密雲縣界。亦名『燕谷山』，亦謂之『寒谷』。」❷嚴陰　嚴寒陰冷。梁簡文帝〈雪朝〉詩：「同雲凝暮序，嚴陰屯廣隰。」❸吹律　吹奏律管。律為陽聲，故傳說可以使地暖。

【語　譯】燕地有個山谷沒有暖氣，整個巖谷都關閉在嚴寒陰冷的氛圍之中。鄒衍到此吹奏律管，能使天地之心迴轉而變成暖洋洋。

【研　析】燕谷在幽燕之地，李白一生中唯在天寶十一載（西元七五二年）到過幽燕，此詩當作於是年。詩中描述了劉向《別錄》記載的鄒衍吹律使燕谷變暖的故事。或謂寓有自己處境困厄，冀有力者援手，以回天地之心。似較牽強。

入清溪行山中

輕舟去何疾，已到雲林境。起坐魚鳥間，動搖山水影。巖中響自合，溪裏言彌靜。無事令人幽，停橈向餘景。

【甄 辨】《文苑英華》卷一六六載李白〈入清溪行山中〉二首，其一即宋本卷七〈清溪行〉，其二即此首。此首宋本、蕭本、郭本、胡本、咸本皆不錄。繆本收入〈補遺〉。王本收入〈詩文拾遺〉，云：「按：崔顥集亦載此首，題云〈入若耶溪〉，當是顥作也。」《全唐詩》卷一三〇作崔顥〈入若耶溪〉詩。陳尚君《全唐詩補編·全唐詩外編修訂說明》曰：「按此應為崔詩，見《會稽掇英總集》卷八，平岡武夫《唐代的詩歌》引靜嘉堂文庫藏明鈔本《文苑英華》署為崔顥作。」由此可知，此詩乃崔顥之作，非李白詩。

日出東南隅行

秦樓出佳麗，正值朝日光。陌頭能駐馬，花處復添香。

【甄 辨】此詩見於《文苑英華》卷一九三，署名李白。宋本、蕭本、郭本、胡本、咸本皆不收此詩。繆本收入〈補遺〉。王本收入〈詩文拾遺〉，注曰：「〈日出東南隅行〉，即樂府之〈陌上桑〉也，一曰〈豔歌羅敷行〉。嚴古辭曰……後人擬之，或即以首句名篇。」按：《樂府詩集·相和歌辭》亦載此詩，署作者名為殷謀。嚴羽《滄浪詩話·考證》曰：「又有『秦樓出佳麗』四句，亦不類太白，皆是後人假名也。」今人逯欽立《先秦漢魏晉南北朝詩》將此詩編入《全陳詩》殷謀名下。按：此詩已經古今人考定為殷謀之作，非李白詩。

代佳人寄翁參樞先輩

等閑經夏復經寒，夢裏驚嗟豈暫安？南國風光當世少，西陵演浪過江難。周旋小字挑燈讀，重疊遙山隔霧看。直是為君餐不得，書來莫說更加餐。

【甄辨】此詩見於《文苑英華》卷二六二，署名李白。宋本、蕭本、郭本、胡本、咸本皆不錄。繆本收入〈補遺〉。王本收入〈詩文拾遺〉。《滄浪詩話・考證》云：「《文苑英華》有太白〈代寄翁參樞先輩〉七言律一首，乃晚唐之下者。」詹鍈《李白詩論叢・李詩辨偽》：「按《文苑英華》編次體例，各類之中，一以時代先後為序。此詩置於張祜、李洞、方干與李群玉、陳陶之間，與太白時代相去懸遠，定是晚唐之作。《英華》題為太白作，蓋傳抄之誤，非原本如此也。」翁參樞，今人吳企明〈論《文苑英華》中的李白詩〉認為「翁參樞」當是「翁彥樞」之誤：「按：唐懿宗咸通元年，翁彥樞及進士第。徐松《登科記考》卷二二引《永樂大典》所引之《蘇州府志》云：『侍郎裴坦知舉，翁彥樞登第。』又引《玉泉子》云：『翁彥樞，蘇州人，應進士舉。』」（《文學評論》一九八一年第二期）先輩，唐代同時考中進士的人相互敬稱先輩。李肇《唐國史補》卷下：「得第謂之前進士，相互推敬，謂之先輩。」按：李白一生未應試科舉，怎會稱他人為先輩？由此可證，此詩當為咸通元年與翁彥樞同時考中進士的友人所作，故《文苑英華》次此詩於晚唐詩人詩中。決非李白之詩。

送客歸吳❶

江村秋雨歇，酒盡一帆飛。路歷波濤去，家唯坐臥歸。島花開灼灼❷，汀柳細依依❸。別後無餘事，還應掃釣磯。

【注釋】❶送客歸吳　此詩見於《文苑英華》卷二六九，署名李白。宋本、蕭本、郭本、胡本、咸本皆未錄。繆本收入〈補遺〉，王本收入〈詩文拾遺〉。嚴羽《滄浪詩話・考證》：「《文苑英華》……又有五言律三首：其一〈送客歸吳〉，其二〈送友生遊峽中〉，其三〈送袁明府任長江〉，集本皆無之，其家數在大曆、貞元間，亦非太白之作。」❷島花句　島花，王本校：「一作山桃。」灼灼，鮮豔貌。《詩經・周南・桃夭》：「桃之夭夭，灼灼其華。」❸汀柳句　汀，水邊的平地；小洲。依依，輕柔飄拂貌。《詩經・小雅・采薇》：「昔我往矣，楊柳依依。」

【語　譯】江邊村中一場秋雨剛停歇，飲酒已盡便送客上船揚帆快行。你一路上經歷波濤而去，我歸家後只有坐臥悠閒。島上的山花鮮豔盛開，水邊的細柳依依飄拂。與您別後沒有多餘的事，還應掃淨釣磯垂釣而已。

【研　析】此詩作年不詳。詩中前四句點題，寫雨後送客乘舟歸吳。五、六二句寫景，暗寓依依惜別之情。末二句寫友人別後自己仍將隱居垂釣。全詩語意淺露，疑如嚴羽之說，非李白之作。

送友生遊峽中

風靜楊柳垂，看花又別離。幾年同在此，今日各驅馳。峽裏聞猿叫，山頭見月時。殷勤一杯酒，珍重歲寒姿。

【甄　辨】此詩見於《文苑英華》卷二六九，署名李白。宋本、蕭本、郭本、胡本、咸本皆不錄。繆本收入〈補遺〉。王本收入〈詩文拾遺〉，注：「此詩亦載張籍集中。」《滄浪詩話・考證》以為此非李白詩，見上首詩注。按：《全唐詩》卷三八四張籍集錄此詩。今人吳企明〈論《文苑英華》中的李白詩〉曰：「張籍固然以樂府詩聞名於當世，而他的集子中卻有大量的五言律詩，用以送別、贈答、寫景、抒情，〈送友生遊峽中〉就是張籍集中這類五言律詩中的一首，風格完全一致。」其說是。此詩當是張籍之作，非李白詩。

送袁明府任長江❶

別離楊柳青，樽酒表丹誠❷。古道攜琴去，深山見峽迎。暖風花繞樹，秋雨草沿城。自此長江內，無因夜犬驚❸。

【注釋】❶送袁明府題　此詩見於《文苑英華》卷二六九，次於〈送客歸吳〉後，署名前人。繆本收入〈補遺〉，王本據以收入〈詩文拾遺〉。宋本、蕭本、郭本、胡本、咸本皆不錄。嚴羽《滄浪詩話・考證》以為非李白作，見前〈送客歸吳〉詩注。袁明府，姓袁的縣令，名字不詳。明府，唐朝人對縣令的敬稱。長江，唐縣名。屬劍南道遂州。在今四川遂寧北。《元和郡縣志》卷三三劍南道下遂州長江縣：「南至州五十里。本晉巴興縣，魏恭帝改為長江縣。涪江，經縣南，去縣二百五步。」❷丹誠　指赤誠之心。❸無因句　用東漢劉寵典故。《後漢書・劉寵傳》：「又三遷拜會稽太守。山民愿朴，乃有白首不入市井者，頗為官吏所擾。寵簡除煩苛，禁察非法，郡中大化。徵為將作大匠。山陰縣有五六老叟，尨眉皓髮，自若邪山谷間出，人齎百錢以送寵。寵勞之曰：『父老何自苦？』對曰：『山谷鄙生，未嘗識郡朝。它守時吏發求民間，至夜不絕，或狗吠竟夕，民不得安。自明府下車以來，狗不夜吠，民不見吏。年老遭值聖明，今聞當見棄去，故自扶奉送。』」

【語譯】楊柳發青之時離別，以杯酒表示我對您的赤誠之心。您攜帶琴瑟從古道而去，穿過深山會見峽谷迎接。暖風使繞樹之花盛開，秋雨使沿城之草沾溉。從此長江縣境內，不再有驚犬夜吠。

【研析】此詩作年不詳。首聯點明以酒送別，頷聯承接此去所經路程。頸聯轉為寫景，暗寓政績。尾聯祝頌袁縣令治理縣事不驚擾百姓，不會在夜中使犬驚吠。詞意凡淺，疑如嚴羽所說非李白之作。

送史司馬赴崔相公幕❶

崢嶸❷丞相府，清切鳳凰池❸。羨爾瑤臺鶴，高棲瓊樹枝❹。歸飛晴日暖，吟弄惠風吹❺。正有乘軒樂❻，初當學舞時❼。珍禽在羅網，微命若遊絲❽。願託周周羽，相銜漢水湄❾。

【注釋】❶送史司馬題　此詩見《文苑英華》卷二六九，署名李白。宋本、蕭本、郭本、咸本皆不錄。胡本收入卷二一〈附錄〉，題為〈賦得鶴送史司馬赴崔相公幕〉，注曰：「今考白繫尋陽嘗上崔相渙詩求釋，此云『珍禽在羅網』，又云『願託周周羽』，似又望史為之地也，宜其以為白詩。但今岑參集亦有之，未知孰是。」繆本收入〈補遺〉。王本收入〈詩文拾遺〉，題下校：「詩題上一本多『賦得鶴』三字。」按云：「末二聯或是太白在尋陽獄中之作，所謂崔相公者即是崔渙，似亦近之。而岑參集中亦載此詩，一云無名氏詩。」史司馬，疑即姓史的江州司馬，名字不詳。司馬，州長官刺史的僚佐。崔相公，姓崔的宰相，當即崔渙，李白有〈獄中上崔相渙〉、〈繫尋陽獄中上崔相渙三首〉等可證。相公，對宰相的敬稱。❷崢嶸　高峻貌。《文選》卷一班固〈西都賦〉：「巖峻崷崒，金石崢嶸。」李善注引郭璞《方言注》：「崢嶸，高峻也。」❸清切句　清切，指清要而切近君王的官職。鳳凰池，比喻中書省。魏晉時中書省設於禁苑，掌管一切機要，因接近皇帝，故稱「鳳凰池」。後凡中書省中機要位置，都稱鳳凰池。《晉書・荀勗傳》：「勗自中書監除尚書令，人賀之，勗曰：『奪我鳳凰池，諸君賀我耶？』」此處指唐代中書省。據《新唐書・宰相表》，至德元載七月庚午，「崔渙為門下侍郎、同中書門下平章事」。十一月「戊午，渙為江南宣慰使」。❹瓊樹枝　神話傳說中玉樹。《楚辭・離騷》：「溘吾遊此春宮兮，折瓊枝以繼佩。」洪興祖補注：「瓊，玉之美者。《傳》曰：南方有鳥，其名為鳳，天為生樹，名曰瓊枝。高百二十仞，大三十圍，以琳琅為實。」❺歸飛二句　以鶴之在晴日和風中歸飛，喻史司馬赴崔相公之幕。暖，明本《英華》作「好」。惠風，和風。王羲之〈蘭亭集序〉：「天朗氣清，惠風和暢。」❻乘軒樂　用春秋時衛懿公故事。《左傳》閔公二年：「衛懿公好鶴，鶴有乘軒者。」杜預注：「軒，大夫車。」孔穎達疏引服虔云：「車有藩曰軒。」❼學舞時　《初學記》卷三〇引《相鶴經》：「鶴二年落子毛，易黑點，三年產伏，復七年羽翮具，復七年飛薄雲漢，復七年舞應節。」❽珍禽二句　比喻自己被繫獄中，生命危殆。若遊絲，《文苑英華》原作「苦猶絲」，嚴羽《滄浪詩話・考證》引作「若遊絲」。是。據改。❾願託二句　謂希望拜託您給予周周鳥銜羽那樣相救我在漢水之濱。周周，鳥名。亦作「翢翢」，以其鳴聲得名。《韓非子．說林下》：「鳥有翢翢者，重首而屈尾，將欲飲於河，則必顛，乃銜其羽而飲之。」《文選》卷二三阮籍〈詠懷詩〉：「周周尚銜羽。」李善注引《韓子》曰亦作「周周」。漢水，指長江。湄，岸邊。

【語　譯】您將要奔赴高峻的丞相府第，清要的職官衙門中書省。我羨慕您像神仙世界瑤臺的仙鶴，即將高棲在玉樹枝頭。如今在晴日和風吹暖中飛歸而去，正當有鶴乘軒之樂，是初學舞之時。而我現在就像一隻珍禽落進羅網般被繫在獄中，微弱的生命像遊絲般危殆。希望拜託您給予周周鳥銜羽那樣，在長江邊相救我。

【研　析】詩云：「珍禽在羅網，微命若遊絲。」當是至德二載（西元七五七年）被繫潯陽獄中時所作。李白此年出潯陽獄，就是得到崔渙幫助的。李白有〈代宋中丞自薦表〉云：「臣伏見前翰林供奉李白，年五十有七。……屬逆胡暴亂，避地廬山，遇永王東巡脅行，中道奔走，卻至彭澤。具已陳首。前後經宣慰大使崔渙及臣推覆清雪，尋經奏聞。」由此可證此詩內容與李白經歷相符，可確定為李白之作。考岑參一生事蹟行蹤，從未有遭難入獄之經歷，與此詩所謂「珍禽在羅網」不合，故可確認決非岑參之作。此詩當從岑參集中刪除，應收入李白集。詩中前八句寫題中之意，以瑤臺鶴比喻，形容史司馬赴崔渙幕之得志之狀；後四句以「珍禽在羅網」自喻，希望史司馬如周周鳥銜羽相助，解除自己縲絏之苦。全詩詞語明朗清晰，求救之意溢於言表。

戰城南

戰地何昏昏，戰士如群蟻。氣重日輪紅，血染蓬蒿紫。烏烏銜人肉，食悶飛不起。昨日城上人，今日城下鬼。旗色如羅星，鼙聲殊未已。妾家夫與兒，俱在鼙聲裏。

【甄　辨】此詩見於《文苑英華》卷一九六，未署作者姓名，次於李白〈戰城南〉之後。宋本、蕭本、郭本、繆本、咸本皆未錄此詩。王本收入〈詩文拾遺〉，注云：「《文苑英華》一百九十六卷太白「去年戰，桑乾源」之後載此一首，不錄作者姓名。後人採太白遺詩，兼入此作。」按：《樂府詩集》卷一六〈鼓吹曲辭〉有〈戰城南〉，僅收李白「去年戰，桑乾源」一首，未收此詩。從全詩格調氣象看，亦不似李白詩。《英華》既不署李白之名，稱此詩為李白作完全無據。

胡無人行

十萬羽林兒，臨洮破郅支。殺添胡地骨，降足漢營旗。寒闊牛羊散，兵休帳幕移。空餘隴頭水，嗚咽向人悲。

【甄　辨】此詩見《文苑英華》卷一九六，未署作者姓名，次於李白〈胡無人行〉「嚴風吹霜海草凋」一詩後。宋本、蕭本、郭本、咸本不錄此詩。胡本收入卷二一〈附錄〉。繆本收入〈補遺〉。王本收入〈詩文拾遺〉，注云：「《文苑英華》一百九十六卷太白『嚴風吹霜海草凋』之後載此一首，不錄作者姓名，後人採入太白遺詩。然考陳陶集中亦載此作，當是陶詩。」按：《全唐詩》此詩凡兩見，一見卷一八五入李白集，一見卷七四五入陳陶集。據近年來學術界討論，一致認為此詩當為陳陶作，《文苑英華》漏列陳陶之名，後人不察，遂誤以為李白詩。

鞠歌行

麗莫似漢宮妃，謙莫似黃家女。黃女持謙齒髮高，漢妃恃麗天庭去。人生容德不自保，聖人安用推天道？君不見，蔡澤嵌枯詭怪之形狀，大言直取秦丞相。又不見，田千秋才智不出人，一朝富貴如有神。二侯行事在方冊，泣麟老人終困厄。夜光抱恨良歎悲，日月逝矣吾何之？

【甄辨】此詩見《文苑英華》卷二〇三，次於李白〈鞠歌行〉「玉不自言如桃李」之後。宋本、蕭本、郭本、咸本皆不收此詩，胡本收入卷二一〈附錄〉，繆本收入〈補遺〉。王本收入〈詩文拾遺〉，注云：「《文苑英華》二百三卷太白『玉不自言如桃李』之後載此一首，失錄作者姓名，後人遂編入太白遺詩。」按：今中華書局影印本《英華》卷二〇三據宋本《英華》，此詩題下已署名為羅隱。陳尚君《全唐詩續拾》卷四五已收此詩為羅隱私，可知此詩非李白之作。

題許宣平庵壁❶

我吟傳舍詩❷，來訪真人居❸。煙嶺迷高跡，雲林隔太虛❹。窺庭但蕭索，倚柱空躊躇。應化遼天鶴，歸當千歲餘❺。

【注釋】❶題許宣平題　此詩見於《太平廣記》卷二四引沈汾《續仙傳》：「許宣平，新安歙人也。唐睿宗景雲中，隱於城陽山南塢，結庵以居，不知其服餌，但見不食，顏色若四十許人，行如奔馬。時或負薪以賣，擔常掛一花瓠及曲竹杖，每醉騰騰拄之以歸，獨吟曰：『負薪朝出賣，沽酒日西歸。路人莫問歸何處，穿入白雲行翠微。』邇來三十餘年，或拯人懸危，或救人疾苦，城市人多訪之，不見，但覽庵壁題詩曰：「隱居三十載，石室南山巔。靜夜翫明月，閒朝飲碧泉。樵人歌壟上，谷鳥戲巖前。樂矣不知老，都忘甲子年。」好事者多詠其詩。有時行長安，於驛路洛陽、同、華間傳舍，是處題之。天寶中，李白自翰林出，東遊，經傳舍，覽詩吟之，嗟歎曰：「此仙詩也。」乃詰之於人，得宣平之實。白於是遊及新安，涉溪登山，屢訪之，不得。乃題其庵壁曰：「我吟傳舍詩，……」是冬野火燎其庵，莫知宣平蹤跡，百餘年後，咸通七年，郡人許明奴家有嫗，嘗逐伴入山採樵，獨於南山中見一人坐石上，方食桃，甚大。問嫗曰：「汝許明奴家人也，我明奴之祖宣平。」嫗言：「常聞已得仙矣。」曰：「汝歸，為我語明奴，言我在此山中。與汝一桃食之，不可將出。山虎狼甚多，山神惜此桃。」嫗乃食桃，甚美，頃之而盡。宣平遣嫗隨樵人歸家。言之，明奴之族甚異之，傳聞於郡人。」按：此乃道教神仙家言，不足信據。宋本、蕭本、郭本、咸本皆不錄此詩。胡本收入卷二一〈附錄〉。繆本收入〈補遺〉。王本收入〈詩文拾遺〉。❷傳舍詩　指許宣平題於旅館壁上的詩。傳舍，供來往行人居住的客館。《漢書・酈食其傳》：「沛公至高陽傳舍，使人召食其。」顏師古注：「傳舍者，人所止息，前已去，後人復來，轉相傳也。」❸真人居　指許宣平隱居地。道教稱「修真得道」或成仙之人為真人。按：《太平寰宇記》卷一〇四江南西道歙州休寧縣：「城陽山，在縣南，居郡之南，故號城陽山。即許宣平得道之所，李白尋之不遇，今山上有遺跡存。」❹太虛　指天空。陸機〈駕言出北闕行〉：「求仙鮮克仙，太虛不可淩。」❺應化二句　用丁令威故事。《搜神後記》卷一：「丁令威，本遼東人，學道於靈虛山。後化鶴歸遼，集城門華表柱。時有少年舉弓欲射之，鶴乃飛，徘徊空中而言曰：「有鳥有鳥丁令威，去家千年今始歸。城郭如故人民非，何不學仙冢纍纍。」遂高上沖天。」

【語譯】我吟誦許宣平題在客館壁上的詩，來訪問這位成仙之人的隱居處。煙霧籠罩山嶺迷失了高人的足跡，浮雲覆蓋林木隔開了天空。窺看庭院只見一片蕭索，倚著楹柱空自徘徊。料想他應像丁令威那樣化成鶴歸來，歸來應當是千餘年之後。

【研析】按：李白一生行蹤未曾到過新安郡（歙州），此詩當是道教好事者編造故事而偽託李白作的詩，不可信。姑暫錄存。

題峰頂寺

夜宿峰頂寺，舉手捫星辰。不敢高聲語，恐驚天上人。

【甄　辨】此詩見趙德麟《侯鯖錄》卷二、胡仔《苕溪漁隱叢話前集》卷五、邵博《邵氏聞見後錄》卷一八等書。《輿地紀勝》卷四七引此詩題作〈題烏牙寺〉詩。或謂李白少年時作。或謂此為王元之少年時作的〈登樓詩〉，前二句作「危樓高百尺，手可摘星辰」。或謂楊大年幼時詩。宋本、蕭本、郭本、胡本、咸本未錄此詩。繆本收入〈補遺〉。王本收入〈詩文拾遺〉。按：峰頂寺在蘄州黃梅縣（今屬湖北）。《侯鯖錄》卷二：「曾阜為蘄州黃梅縣令，有峰頂寺，去城百餘里，在亂山群峰間，人跡所不到。阜按田偶至其上，梁間小榜，流塵昏晦，乃李白所題詩也，其字亦豪放可愛。詩云……。或曰王元之少年〈登樓詩〉：危樓高百尺，手可摘星辰。不敢高聲語，恐驚天上人。」《苕溪漁隱叢話前集》卷五：「《西清詩話》云：蘄州黃梅縣峰頂寺，在水中央，環伏萬山，人跡所罕到。曾阜為令時，因事登其上，見梁門一粉板，塵暗粉落，拂滌視之，乃謫仙詩，云……。世間傳楊大年幼時詩，非也。」《邵氏聞見後錄》卷一八：「舒州峰頂寺有李太白題詩……。曾子山始見之，不出於集中，恐少作耳。」周紫芝《竹坡詩話》：「世傳楊文公方離繈褓，猶未能言，一日，其家人攜以登樓，忽自語如成人，因戲問之：『今日上樓，汝能作詩乎？』即應聲曰：『危樓高百尺，……。』舊見《古今詩話》載此一事，後又見一石刻，乃李太白宿山寺所題，字畫清勁而大，且云『布衣李白』作，而此又以為楊文公作，何也？豈好事者竊太白之詩，以神文公之事歟？抑亦太白之碑為偽耶？」可見宋人對此詩是否為李白作已多懷疑。今按：李白少時未嘗至蘄州黃梅縣，決無可能作此詩，當為偽託無疑。

瀑布

斷巖如削瓜，嵐光破崖綠。天河從中來，白雲漲川谷。玉案赤文字，落落不可讀。攝衣淩青霄，松風吹我足。

【甄辨】此詩見於胡仔《苕溪漁隱叢話前集》卷五、周必大《二老堂詩話》及《唐詩紀事》等書。宋本、蕭本、郭本皆不錄。胡本收入卷二一〈附錄〉。繆本收入〈補遺〉。王本收入〈詩文拾遺〉。咸本收於書末作為〈附錄〉。周必大《二老堂詩話．記舒州司空山李太白詩》曰：「司空山，在舒州太湖縣界。初經重報壽，過馬玉河，至金輪院，有僧本淨肉身塔，及不受葉蓮花池，連理山茶。自塔院乃上山，至本淨坐禪巖，精巧天成，中途斷崖絕壑，旁臨萬仞，號『牛背石』。宗室善修者言石如劍脊中起，側足覆身而過，危險之甚。度此步步皆佳。上有一寺及李太白書堂，一峰玉立，有太白〈瀑布〉詩，云：『斷巖如削瓜……。』予兄子中守舒日，得此於宗室公霞。今胡仔《漁隱叢話》載蔡絛《西清詩話》不言此山，但云太白仙去，後人有見其詩，略云：……。既誤以『斷巖』為『斷崖』，與第二句相重；『赤文』作『勅文』，『落落』作『世眼』，『攝衣』作『攝身』，皆淺近，與前句大相遠。當塗《太白集》本原無此詩，因子中錄寄，郡守遂刻於後。然皆從蔡絛誤本，子中爭之不從，僅能改『勅』為『赤』而已。」按：李白在至德二載（西元七五七年）到過司空山，有〈避地司空原言懷〉詩傳世。但此詩是否為李白所作，從詞語格調看，甚為可疑。

斷句二條❶

其一

舉袖露條脫❷，招我飯胡麻❸。

【注釋】❶斷句二條　見於胡仔《苕溪漁隱叢話》。宋本、蕭本、郭本、咸本皆不錄，胡本收入卷二一〈附錄〉，繆本收入〈補遺〉，王本收入〈詩文拾遺〉。❷條脫　亦作「跳脫」、「條達」。手鐲；臂飾。陶弘景《真誥．運象．綠萼華詩》：「贈詩一篇並致火澣布手巾一枚、金玉條脫各一枚。條脫似指環而大，異常精好。」繁欽〈定情詩〉：「何以致契闊？繞腕雙跳脫。」❸胡麻　即芝麻。相傳漢張騫得種於西域，故名。《晉書．殷仲堪傳》：「城內大飢，以胡麻為廩。」

【語譯】舉起雙袖露出一副手鐲，招待我的是一餐胡麻飯。

【研析】此二句是否為李白之詩？出於何詩？或是他人之詩？難以確證。

其二❶

野禽啼杜宇❷，山蝶舞莊周❸。

【注釋】❶其二　胡仔《苕溪漁隱叢話後集》卷四：「《法藏碎金》云：予記太白有詩云：『野禽啼杜宇，山蝶舞莊周。』後又見潘佑有〈感懷詩〉：『幽禽喚杜宇，宿蝶夢莊周。席地一樽酒，思與元化浮。但莫孤明月，何必秉燭游！』余謂才思暗合，古今無殊，不可怪也。」❷杜宇　指杜鵑鳥，即子規鳥。詳見卷三〈蜀道難〉注。❸山蝶句　指莊周夢蝴蝶，見〈古風五十九首〉其九注。

【語譯】野禽子規鳥在啼血，莊周夢見自己變成蝴蝶飛舞。

【研析】此二句是否為李白之詩？出於何詩？或是他人之詩？難以確證。

陽春曲

芣苢生前徑，含桃落小園。春心自搖蕩，百舌更多言。

【甄辨】此詩見於《萬首唐人絕句》明嘉靖本卷二〇，署作者名為李白，而《四庫全書》本則未署名。繆本據之收入〈補遺〉。王本收入〈詩文拾遺〉。而宋本、蕭本、郭本、胡本、咸本皆不錄此詩。按：《樂府詩集》卷五一〈清商曲辭〉收此詩，署作者名為無名氏。今人陳尚君《全唐詩補編‧全唐詩續補遺》卷三：「按：影宋本《樂府詩集》卷五一收〈陽春曲〉，卷七八收〈摩多樓子〉，皆不署作者名，但緊接李白詩後，於例並非李白詩。汲古閣刊本目錄於〈陽春曲〉下署『無名氏』可證。今人校點本於〈摩多樓子〉下據王琦《李太白集》補『李白』二字，尤誤，王琦已云《樂府詩集》作無名氏。」按：陳說是。此詩非李白之作。

舍利佛

金繩界寶地，珍木蔭瑤池。雲間妙音奏，天際法蠡吹。

【甄辨】此詩見《萬首唐人絕句》卷二〇，署作者名為李白。繆本據之收入〈補遺〉。王本收入〈詩文拾遺〉。宋本、蕭本、郭本、胡本、咸本皆不錄此詩。按：《樂府詩集》卷七八〈雜曲歌辭〉收此詩，署作者名為無名氏。佛，《樂府詩集》作「弗」。可證此詩乃無名氏之作，非李白詩。

摩多樓子

從戎向邊北，遠行辭密親。借問陰山侯，還知塞上人？

【甄辨】此詩見於《萬首唐人絕句》卷二〇，署作者名李白。繆本據之收入〈補遺〉。王本收入〈詩文拾遺〉，注云：「右三首（指〈陽春曲〉、〈舍利佛〉、〈摩多樓子〉）見《萬首唐人絕句》，郭茂倩《樂府詩集》三首俱作無名氏。」宋本、蕭本、郭本、胡本、咸本皆不錄此詩。按：《樂府詩集》卷七八〈雜曲歌辭〉收此詩，闕作者姓名。只是緊接李白詩後。於例並非李白詩，見前〈陽春曲〉注引陳尚君考訂。

春感❶

茫茫南與北，道直事難諧。榆莢錢生樹❷，楊花玉糝街❸。塵縈游子面，蝶弄美人釵。却憶青山上，雲門掩竹齋。

【注釋】❶春感　此詩見《唐詩紀事》卷一八引東蜀楊天惠《彰明逸事》云：「（李白）隱居戴天大匡山，往來旁郡，依潼江趙徵君蕤。……太白從學歲餘，去遊成都，賦〈春感〉詩云：『茫茫南與北，……雲門掩竹齋。』益州刺史蘇頲見而奇之。時太白齒方少，英氣溢發，諸為詩文甚多，微類〈宮中行樂詞〉體，今邑人所藏百篇，大抵皆格律也。」胡本據以收入卷二一〈附錄〉，繆本收入〈補遺〉，王本收入〈詩文拾遺〉。宋本、蕭本、郭本、咸本皆不錄。❷榆莢句　榆莢，榆樹的果實。初春時先於葉而生，聯綴成串，形似銅錢，俗稱之為榆錢。庾信〈燕歌行〉：「榆莢新開巧似錢。」❸楊花句　謂楊花如玉屑般撒滿街巷。玉糝，猶玉粒、玉屑。糝，粒狀物；散粒。

【語譯】南北都很遼闊深遠，道路很直但事情卻難以諧和。榆樹上生滿了如錢串的榆莢，楊花似玉粒般撒滿了街巷。灰塵迴旋在遊子的臉上，蝴蝶戲弄美人頭上的金釵。回想到我隱居的青山上，竹林中的書齋還緊掩著雲霧中的山門。

【研析】據兩《唐書·蘇頲傳》記載，開元八年（西元七二〇年），蘇頲出為益州大都督府長史。此詩既得到蘇頲讚賞，則當作於是年。詩中抒寫遊春在道路上所見所感。首聯即抒發感慨。頷聯寫景。頸聯寫遊子和美人不同的遭遇。尾聯以憶念山中隱居作結。全詩格律諧調，對仗工整，然「頗體弱」。蓋早年所作之格律詩。

殷十一贈栗岡硯❶

殷侯三玄❷士，贈我栗岡硯。灑染中山毫❸，光映吳門練❹。天寒水不凍，日用心不倦。攜此臨墨池❺，還如對君面。

【注釋】❶殷十一題　此詩見於宋代高似孫《硯箋》卷四，署作者名為李白。繆本收入〈補遺〉，王本收入〈詩文拾遺〉。宋本、蕭本、郭本、胡本、咸本皆不錄。殷十一，名字不詳。李白有〈酬殷佐明見贈五雲裘歌〉及〈夜泊黃山聞殷十四吳吟〉等詩，今人或疑殷十一與之有關，或疑殷十一與殷十四為兄弟行，皆無確據。❷三玄　魏晉南北朝時流行玄學，以《老子》、《莊子》、《周易》三書稱為「三玄」。《顏氏家訓·勉學》：「《莊》、《老》、《周易》，總謂三玄。」❸中山毫　用中山的兔毛所製的筆。常作為名筆的代稱。王羲之《筆經》：「諸君毫，惟中山兔肥而毫長，可用練熟絹也。」中山，古國名，春秋時白狄別族（又稱鮮虞）所建，在今河北正定東北。戰國初建都於顧（今河北定州）。西元前四〇六年被魏攻滅。不久復國，遷都靈壽（今河北平山東北）。西元前二九六年為趙所滅。❹吳門練　《太平御覽》卷八一八引《韓詩外傳》：「孔子、顏淵登魯東山望吳昌門，淵曰：「見一疋練，前有生藍。」子曰：「白馬、蘆芻也。」按：此處只用其字，而意則指吳中所出之絹素，與原事無涉。❺墨池　洗筆硯的池子。古代著名書法家都有墨池傳說著稱後世。此處泛指洗硯池。

【語　譯】殷公是位精通三玄之士，贈我一塊栗岡產的寶硯。我用中山兔毛製的筆揮灑書寫，墨光照映吳中的絹練。天氣寒冷硯中水不凍，每天使用心情樂而不倦。我攜帶此硯臨池洗刷，仍像見到了您的面。

【研　析】此詩是否李白之作，作於何年，難以確證。首聯點題，並說明殷十一是個精通《老》、《莊》、《易》的士人。頷聯謂用名筆醮名硯之墨水揮灑寫字，光映吳門絹素。頸聯謂天寒硯水不凍，每日用心樂而不疲。尾聯以臨池洗硯如對君面作結，前後呼應。

普照寺❶

天台國清寺❷，天下為四絕❸。今到普照遊，到來復何別？枏木❹白雲飛，高僧頂殘雪。門外一條溪❺，幾回流歲月？

【注　釋】❶普照寺　此詩見《咸淳臨安志》卷八四富陽縣：「淨明寺，在縣北五里，舊名普照寺。天福五年重建，治平二年改今額。寺枕高山，名曰舒壁。山坳有龍潭，澗水橫流，上有橋亭，有御書閣。……李翰林白詩：『天台國清寺……。』」按：富陽縣，今浙江富陽。此詩宋本、蕭本、郭本、胡本、咸本皆不錄。繆本收入〈補遺〉，王本收入〈詩文拾遺〉。❷國清寺　在今浙江天台北天台山麓，始建於隋開皇十八年（西元五九八年），名僧智顗所建。為中國佛教天台宗的發源地。❸四絕　王琦注：「晏殊《類要》云：齊州靈巖、荊州玉泉、潤州棲霞、台州國清，世稱四絕。」❹枏木　即楠木。枏，「楠」的異體字。楠木是建築和製造器具的良材。❺溪　《四庫全書》本《咸淳臨安志》作「水」。

【語　譯】天台山南麓的國清寺，被稱為天下佛寺四絕之一。今天我來到富陽的普照寺一遊，到此來與國清寺又有什麼區別？楠木高聳白雲繞飛，高僧頂著殘雪飄飄。門外還有一條溪，多少年月流過多少回？

【研析】此詩是否李白之作？作於何年？自宋以來就有爭議。蘇軾《東坡題跋》卷二〈書李白集〉：「余舊在富陽見國清院太白詩，絕凡近。過彭澤唐興院，又見太白詩，亦非是。良由太白豪俊，語不甚擇，集中往往有臨時率然之句，故使妄庸敢爾。」所謂「富陽國清院太白詩」，即指此詩。蘇軾認為絕非李白之作。胡仔《苕溪漁隱叢話》卷四：「新安水西寺，寺依山北，下瞰長溪，太白題詩斷句云：『檻外一條溪，幾回流碎月。』今集中無之。」王琦曰：「漁隱所引即此篇末二句也，蓋未覩全篇，故訛以為題水西寺斷句耶？」按：今人童養年《全唐詩續補遺》卷三收此詩外，又據《康熙徽州府志》卷一八收〈興唐寺〉詩：「天台國清寺，天下稱四絕。我來興唐遊，於中更無別。枏木劃斷雲，高峰頂積雪。檻外一條溪，幾回流碎月。」童養年按：「此詩與前篇，異地異題，輾轉流傳，各有可取之處。《苕溪漁隱》所引，應即此一篇之末二句。王琦未見此篇，不得稱《漁隱》以為〈題水西寺〉斷句為訛。」又云：「興唐寺，在歙縣郡城練水西，唐至德二年建。宋太平興國中敕改太平興國寺。」陳尚君修訂注曰：「宋朱弁《曲洧舊聞》卷八謂此詩石刻在歙溪西太平寺。」今按：李白一生行蹤未嘗至歙州歙縣，此詩可能為偽託。

釣臺

磨盡石嶺墨，潯陽釣赤魚。靄峰尖似筆，堪畫不堪書。

【甄辨】此詩見《方輿勝覽》卷一六徽州：「釣臺，在黟縣南十八里。亦名潯陽臺。相傳李白嘗釣於此，有詩云：『磨盡石嶺墨……。』」《輿地紀勝》卷二〇徽州記載略同。宋本、蕭本、郭本、胡本、咸本皆不錄此詩。繆本收入〈補遺〉。王本收入〈詩文拾遺〉，注云：「《九域志》、《錦繡萬花谷》、《一統志》皆引『靄峰尖似筆』之句，以為太白詩。」按：宋羅願《新安志》卷一〇〈記聞〉：「州南數里有岸，特高，號浣沙埠。隔溪對龍井山，望城陽不遠。相傳太白訪許宣平，徘徊岸上甚久。以白詩考之，嘗稱金華五百灘之勝，而思為新安之遊，又嘗自洄溪十六渡至黃山湯泉之下，則吾土山川勝概，頗已寄於逸想。其贈許宣平詩，沈汾述以為傳，當不虛也。……而俗又有石墨嶺與水西興唐寺一詩，語不類太白。東坡嘗疑富陽國清、彭澤興唐詩及〈姑熟十詠〉非太白所作，而王平甫疑〈十詠〉出於李赤。按：南唐自有一翰林學士李白，曾子固以為〈十詠〉是此人所為。然則此間墨嶺、興唐詩，豈亦此類耶？覽者詳之。」今按：羅願所說甚是。據《太平寰宇記》卷一〇四江南西道歙州黟縣記載：「墨嶺山，在縣南一十八里，嶺上有石如墨色。嶺有穴，中有墨石軟膩，土人取為墨，色碧甚鮮明，可以記文字。」李白一生未嘗至歙州黟縣，故此詩及〈興唐寺〉詩皆為偽作無疑。

小桃源

黟縣小桃源，煙霞百里間。地多靈草木，人尚古衣冠。

【甄辨】此詩見《方輿勝覽》卷一六徽州：「樵貴谷，在黟縣北。昔土人入山，行之七日，至一穴豁然，周三十里，中有十餘家，云是秦人，入此避地。按邑圖有潛村，至今有數十家同為一村，或謂之『小桃源』。李白詩……。」宋本、蕭本、郭本、胡本、咸本皆不錄此詩。繆本收入〈補遺〉。王本收入〈詩文拾遺〉，注云：「《綿繡萬花谷》亦載此詩，以為太白作。琦按：此詩乃南唐許堅詩，其後尚有二韻，非太白作也。」按：《輿地紀勝》卷二〇徽州載此詩六句，除此四句外，下尚有「市向晡時散，山經夜後寒」二句。又按：《全唐詩》卷七五七及八六一兩見許堅，皆未收此詩。唯《康熙徽州府志・流寓》載許堅〈小桃源〉四句，或即為王琦所據。小桃源在徽州黟縣，考李白一生行蹤，從未至徽州黟縣。故此詩必為偽作。

題竇圌山❶

樵夫與耕者，出入畫屏中。

【注　釋】❶題竇圌山　此詩見《方輿勝覽》卷五四綿州：「竇圌山，在彰明縣。李白〈題竇圌山〉詩……。又〈送竇主簿〉詩：『願隨子明去，煉火燒金丹。』竇子明，名圌，隱此山，故名。」按：所謂〈送竇主簿〉詩，即卷一〇〈登敬亭山南望懷古贈竇主簿〉詩，乃天寶十二載在宣城之作，竇主簿乃指溧陽縣主簿竇嘉賓，與本詩毫不相干。《方輿勝覽》大誤。此詩宋本、蕭本、郭本、胡本、咸本皆不錄。繆本收入〈補遺〉，王本收入〈詩文拾遺〉。

【語　譯】打柴的樵夫與耕田的農夫，進進出出都像在畫屏之中。

【研　析】竇圌山在今四川江油東北。此詩或為李白幼年時在蜀中作，今僅存一聯。二句形容竇圌山的峰巒如畫屏，生動形象。

贈江油尉❶

嵐光❷深院裏，傍砌水泠泠❸。野燕巢官舍，溪雲入古廳❹。日斜孤吏過，簾捲亂峰青。五色神仙尉❺，焚香讀道經。

【注　釋】❶贈江油尉　此詩見於明楊慎《全蜀藝文志》。今四川江油李白紀念館藏米芾書李白詩碑石，題作〈題江油尉廳〉。

此詩宋本、蕭本、郭本、胡本、咸本皆不錄。繆本收入〈補遺〉。王本據楊慎《全蜀藝文志》收入〈詩文拾遺〉，題作〈贈江油尉〉。按：唐時江油縣屬龍州，在今四川江油北百餘里。江油縣尉，姓名不詳。❷嵐光　山間霧氣經日光照射而發出的光彩。❸傍砌句　砌，石階。謝朓〈直中書省〉詩：「紅藥當階翻，蒼苔依砌上。」泠泠，形容水流聲悠揚。❹古廳　王本闕「古」字，據《全蜀藝文志》補。❺五色句　《北夢瑣言》卷一二載張裼之子聞說壁魚入道經函，因蠹食神仙字身有五色，吞之可成仙。神仙尉，以漢代梅福典故稱頌江油縣尉。《漢書・梅福傳》：「梅福，字子真，九江壽春人。……為郡文學，補南昌尉。……至元始中，王莽顓政，福一朝棄妻子，去九江，至今傳以為仙。」後遂稱縣尉為神仙尉。

【語　譯】山霧光彩照射到深邃庭院中，依傍石階的流水鳴聲泠泠。野燕飛到官舍裡築巢，溪上的雲彩進入古老的堂廳。太陽西斜只見孤獨的小吏經過，捲起窗簾可見雜亂的山峰滿是青色。您這個身穿五色道裝的神仙般的江油縣尉，正在焚香讀著道書。

【研　析】此詩若真是李白之作，當作於開元六年（西元七一八年）左右，即「往來旁郡」之時。按：唐時江油縣屬龍州，對李白所居之家綿州來說即為「旁郡」。詩中描寫江油縣尉官舍的環境清幽空寂，縣尉是個焚香讀道經、嚮往神仙之人。亦顯示出詩人倏然向道之心境。今人或謂「五色神仙尉」句乃用《北夢瑣言》所載張裼之子聞說壁魚入道經函，因蠹食神仙字身有五色，吞之可成仙的典故，因疑此詩為晚唐人或宋人所假託。其說亦有可能。

清平樂令二首❶

其一

禁庭春晝，鶯羽披新繡。百草巧求花下鬬❷，只賭珠璣❸滿斗。

日晚卻

理殘妝，御前閑舞〈霓裳〉❹。誰道腰肢窈窕？折旋消得君王❺。

【注釋】❶清平樂令二首　此二首詞最早見於《尊前集》卷上，為李白〈清平樂五首〉其一、其二。《唐宋諸賢絕妙詞選》卷一作〈清平樂令二首〉，題作「翰林應制」。並注云：「唐呂鵬《遏雲集》載應制詞四首，以後二首無清逸氣韻，疑非太白所作。」繆本收入〈補遺〉，王本收入〈詩文拾遺〉。宋本、蕭本、郭本、胡本、咸本皆不錄。胡應麟《少室山房筆叢》卷四一謂此二詞「尤淺俚，俱贗作也」。今人多以為五代人偽作。因李白有〈清平調詞三首〉，故偽作〈清平樂〉詞傳之。但尚無定論。❷百草句　即謂鬥百草遊戲。或對花草之名，或鬥草的多寡等。常於端午節進行。宗懍《荊楚歲時記》：「五月五日，四民並蹋百草，又有鬬百草之戲。」❸珠璣　珠寶。《墨子・節葬下》：「諸侯死者，虛車府，然後金玉珠璣比乎身。」❹霓裳　〈霓裳羽衣曲〉的略稱。唐代著名法曲。為開元中河西節度使楊敬述所獻。初名〈婆羅門曲〉，經唐明皇潤色並製歌詞，後改用今名。又傳說為唐明皇登三鄉驛望女兒山及遊月宮密記仙女之歌，歸而所作。❺折旋句　王琦注：「折旋，即折還也。旋、還二字，經史通用。」《禮記・玉藻》：「周還中規，折還中矩。」鄭玄注：「周還，曲行也。」按：此處形容旋轉的舞姿。消得，享受；欣賞。消，《尊前集》作「笑」。

【語譯】宮廷中春天白晝，黃鶯鳥般的宮女披上錦繡新羽衣。宮女們在花下巧妙地鬥百草，她們用滿斗的珠寶作為賭注。　傍晚的時候回去整理殘妝，在皇帝面前悠閒地跳起〈霓裳羽衣舞〉。誰能形容她們腰肢柔軟美妙？旋轉的舞姿使君王魂消。

【研析】此詞是否李白之作？尚難定論。如確為李白之作，則當在天寶二年（西元七四三年）供奉翰林之時。詞中上片描寫宮女春晝在庭院中鬥百草的遊戲，下片描寫宮女整理殘妝後跳〈霓裳羽衣舞〉，美妙的舞姿贏得君王讚賞的情景。雖說鬥百草在南北朝時南方已有，但在宮中鬥百草，五代至宋時盛行，唐詩中少見，由此頗疑此詞乃後人偽託。

其二

禁幃秋夜❶，月探金❷窗罅。玉帳鴛鴦噴沉麝❸，時落銀燈香灺❹。女伴莫話孤眠，六宮羅綺三千，一笑皆生百媚，宸遊❺教在誰邊？

【注釋】❶禁幃句　幃，《尊前集》作「闈」。按：作「闈」是。禁闈，即宮闈，謂后妃所居之處。秋，《尊前集》作「清」。❷月探金　《升庵詞品》作「明月探」。❸玉帳句　王琦注：「鴛鴦，爇香器也。」沉麝，沉香和麝香兩種香料。王仁裕《開元天寶遺事．嚼麝之談》：「寧王驕貴，極於奢侈，每與賓客議論，先含嚼沉麝。方啟口發談，香氣噴於席上。」《尊前集》、《詞品》皆作「蘭麝」。蘭和麝香，指名貴的香料。《晉書．石崇傳》：「崇盡出其婢妾數十人以示之，皆蘊蘭麝，被羅縠。」❹灺　燈燭灰。❺宸遊　宸，帝王的代稱。遊，《尊前集》、《詞品》作「衷」。心。

【語譯】後宮的秋夜，明月窺探窗戶的縫隙。玉帳裡面雕有鴛鴦的薰香器噴射著沉香和麝香，銀燈時常落下香燭的灰。　女伴們不要說自己孤獨難眠，六宮中身穿羅綺的美女三千人，個個都是一笑百媚生，教皇上心意遊賞到誰身邊？

【研析】此詞是否為李白之作，尚難定論。如確為李白之作，當在天寶二年（西元七四三年）供奉翰林之時。詞中上片描寫秋夜月探金窗，玉帳中沉香麝香噴射，銀燈時落燭灰。下片描寫宮女幽怨，諷刺帝王擁有六宮三千佳麗，結語以解嘲為怨誹，頗見思致。從詞中「羅綺三千」、「一笑皆生百媚」等語看，似從白居易〈長恨歌〉化出，疑此詞亦是晚唐五代人偽作。

清平樂三首

其一

煙深水闊，音信無由達。惟有碧天雲外月，偏照懸懸離別。盡日感事傷懷，愁眉似鎖難開。夜夜長留半被，待君魂夢歸來。

【甄辨】此三首詞最早見於《尊前集》卷上，署名李白。繆本收入〈補遺〉。王本據《全唐詩》卷八九〇收入〈詩文拾遺〉。宋本、蕭本、郭本、胡本、咸本皆不錄。宋黃昇《絕妙詞選》卷一謂「無清逸氣韻，疑非太白所作」，故不收。今人多以為偽作。此首以婦女的口吻，描寫思念久客他鄉的丈夫，語言格調都不似李白之作，為後人偽作。

其二

鸞衾鳳褥，夜夜常孤宿。更被銀臺紅蠟燭，學妾淚珠相續。花貌些子時光，拋人遠泛瀟湘。欹枕悔聽寒漏，聲聲滴斷愁腸。

【甄辨】此詞見《尊前集》卷上，署名李白。繆本收入〈補遺〉。王本據《全唐詩》卷八九〇收入〈詩文拾遺〉。宋本、蕭本、郭本、胡本、咸本皆不錄。宋黃昇《絕妙詞選》卷一謂此詞「無清逸氣韻，疑非太白所作」，故不收。今人多以為偽作。此詞語言格調皆不似李白之作，顯為後人偽作。

其三

晝堂晨起，來報雪花墜。高捲簾櫳看佳瑞，皓色遠迷庭砌。盛氣光引爐煙，素草寒生玉佩。應是天仙狂醉，亂把白雲揉碎。

【甄辨】此詞見《尊前集》卷上，署名李白。繆本收入〈補遺〉。王本據《全唐詩》卷八九〇收入〈詩文拾遺〉。宋本、蕭本、郭本、胡本、咸本皆不錄。宋曾慥《樂府雅詞拾遺》卷上收此詞，不署作者姓名。今人施蟄存《讀李白詞札記》謂「蓋北宋人作，託名於李白，誤入《尊前集》者」。詞中寫晨雪，結語尚富想像。然全篇格調語言不似李白之作，顯為後人偽託。

桂殿秋

仙女下，董雙成，漢殿夜涼吹玉笙。曲終卻從仙官去，萬戶千門惟月明。

河漢女，玉鍊顏，雲軿往往在人間。九霄有路去無跡，嫋嫋香風生佩環。

【甄辨】此詞見於宋吳曾《能改齋漫錄》卷一六，謂得於石刻，以為李太白詞。繆本收入〈補遺〉。王本據《全唐詩》卷八九〇收入〈詩文拾遺〉。宋本、蕭本、郭本、胡本、咸本皆不錄。按：此首始見於《許彥周詩話》，謂「李衛公作〈步虛詞〉」。稍後《邵氏聞見後錄》謂：「李太尉文饒〈送神〉、〈迎神〉二曲，予遊秦，尚有能宛轉度之者。或併為一曲，謂李太白作，非也」。許、邵皆明說是李德裕之作，並辨非李白詞。吳曾《能改齋漫錄》雖謂「李太白詞也」，然又引《東皋雜錄》以為范德孺謫均州，題此曲於武當山崖上，謂「未知孰是」。可知宋人皆未信為李白作。清初朱彝尊《詞綜》始據《能改齋漫錄》收作李白詞，並補調名為〈桂殿秋〉。《全唐詩》因之。按：〈桂殿秋〉調名始見於南宋初向子諲《酒邊集》詞，李白絕無可能填此詞。此詞實為李德裕〈步虛詞〉。

連理枝二首

其一

雪蓋宮樓閉，羅幕昏金翠。鬪壓闌干，香心澹薄，梅梢輕倚，噴寶猊香燼麝煙濃，馥紅綃翠被。

【甄辨】此二首詞明鈔本、朱本《尊前集》、《詞譜》、《三李詞》本、《蜀十五家詞》本皆合刻為一詞，作雙調。今從吳本、毛本《尊前集》、《全唐詩》作二首。繆本收入〈補遺〉。王本據《全唐詩》收入〈詩文拾遺〉。宋本、蕭本、郭本、胡本、咸本皆不錄。此詞鋪陳宮中景物，設色濃豔。今人施蟄存《讀李白詞札記》認為「此詞必宋初人所撰，謬託於李白」。其說是。此詞非李白作。

其二

淺畫雲垂帔，點滴昭陽淚。咫尺宸居，君恩斷絕，似遙千里。望水晶簾外竹枝寒，守羊車未至。

【甄辨】此首與上首明鈔本、朱本《尊前集》、《詞譜》、《三李詞》本、《蜀十五家詞》本皆合刻為一詞，作雙調。今從吳本、毛本《尊前集》、《全唐詩》作二首。見上首注。此詞寫宮女內心幽怨，陳廷焯謂「微病淺露，然句法字法仍不失為古雅」（《別調集》卷一）。今人施蟄存謂「此詞必宋初人所撰，謬託於李白」（見上首甄辨）。其說是。此詞非李白作。

白微時募縣小吏入令臥內嘗驅牛經堂下令妻怒將加詰責白亟以詩謝云

素面倚欄鉤，嬌聲出外頭。若非是織女，何得問牽牛？

【甄辨】此詩見於《唐詩紀事》卷一八引《彰明逸事》曰：「元符二年春正月，天惠補令於此，竊從學士大夫求問逸事。聞唐李太白，本邑人。微時募縣小吏，入令臥內，嘗驅牛經堂下，令妻怒，將加詰責。太白亟以詩謝云……。」胡本據以收入卷二一〈附錄〉。繆本收入〈補遺〉。王琦所編年譜亦引錄，但未收入〈詩文拾遺〉。宋本、蕭本、郭本、咸本皆不錄。按：李白出生於豪富之家，自幼立志不求小官，以當世之務自負，初出蜀在揚州就散金三十萬，怎會少年時去為縣小吏謀生，又怎能寫出此等庸俗調情之詩？此必為庸人所編造的故事。

斷句二則

其一

焰隨紅日遠，煙逐暮雲飛。

其二

綠鬢隨波散，紅顏逐浪無。因何逢伍相，應是想秋胡。

【甄辨】此斷句二則見於《唐詩紀事》卷一八引《彰明逸事》：「……聞唐李太白，本邑人，微時募縣小吏，……（縣）令一日賦山水詩，思軋不屬，太白從傍綴其下句。令詩云：『野火燒山去，人歸火不歸。』太白繼云：『焰隨紅日去，煙逐暮雲飛。』令慚止。頃之，從令觀漲，有女子溺死江上，令復苦吟，太白輒應聲繼之。令詩云：『二八誰家女，漂來倚岸蘆。鳥窺眉上翠，魚弄口傍珠。』太白繼云：『綠鬢隨波散，紅顏逐浪無。因何逢伍相，應是想秋胡。』令滋不悅，太白恐，棄去。」此二條胡本收入卷二一〈附錄〉。繆本收入〈補遺〉。王琦所編年譜亦引錄，但未收入〈詩文拾遺〉。宋本、蕭本、郭本、咸本皆不錄。按：李白出生於豪富之家，自幼立志不求小官，以當世之務自負。怎會少年時去為縣小吏謀生，且更無恥地隨縣令作出戲弄溺死女子之詩句？此必為庸人所編造。

斷句❶

玉階一夜留明月，金殿三春滿落花。瑞雪

【注釋】❶斷句　此斷句見《唐詩紀事》卷一八及日本上毛河世寧輯《全唐詩逸》（錄自《千載佳句》）。胡本收入卷二一〈附錄〉，繆本收入〈補遺〉，王本收入〈詩文拾遺〉。詩原題為〈瑞雪〉。詩中「明月」、「落花」，狀積雪與飛雪，甚奇。

上清寶鼎詩二首

其一

朝披夢澤雲，笠釣青茫茫。尋絲得雙鯉，中有三元章。篆字若丹蛇，逸勢如飛翔。歸來問天老，奧義不可量。金刀割青素，靈文爛煌煌。嚥服十二環，奄見仙人房。暮跨紫鱗去，海氣侵肌涼。龍子善變化，化作梅花妝。贈我纍纍珠，靡靡明月光。勸我穿絳縷，繫作裙間璫。挹子以攜去，談笑聞遺香。

其二

人生燭上花，光滅巧妍盡。春風繞樹頭，日與化工進。只知雨露貪，不聞零落近。我昔飛骨時，慘見當塗墳。青松靄朝霞，縹緲山下村。既死明月魄，無復玻璃魂。念此一脫灑，長嘯祭崑崙。醉著鸞皇衣，星斗俯可捫。

【甄辨】此二詩見蘇軾書李白詩墨蹟，又見《詩話總龜前集》卷一一引《王直方詩話》、《唐宋詩醇》卷七。文字略有異同。繆本收入〈補遺〉。宋本、蕭本、郭本、王本、咸本皆不錄。《東坡題跋》卷二〈記太白詩〉云：「余在都下，見有人攜一紙文書，字則顏魯公也。墨蹟如未乾，紙亦新健。其首兩句云：『朝披夢澤雲，笠釣青茫茫。』此語亦非太白不能道也。」又：「余頃在京師，有道人相訪。風骨甚異，語論不凡。自云：常與物外諸公往還。口誦此二篇云：東華上清監清逸真人李太白作也。」《王直方詩話》：「元祐八年，東坡帥定武，李方叔、王仲弓別於惠濟，出示〈南嶽典寶東華李真人像〉，又出此二詩，曰此李真人作也。近有人於江上遇之得此，云即李太白也。」王琦《李太白全集》卷三六〈附錄．外記〉引明李日華《紫桃軒又綴》：「東坡自云于京師遇一道人，風骨秀異，語論不凡，口誦此二章，云東華上清監清逸真人李太白作也。詩句妙麗，誠然太白口吻。顧予竊疑坡公好奇，或擬作以詒人。觀其所補龍山九日語，宛是晉人語脈，豈難一青蓮哉！」今按：詩中有「我昔飛骨時，慘見當塗墳」、「既死明月魄，無復玻璃魂」之句（明月、玻璃皆李白子之名），顯然非李白之作。今人陳尚君《全唐詩補編．全唐詩續拾》卷一四：「其作者約有以下幾種可能：其一，北宋道士託名李白作；其二，李真人作，後傳成李白作；其三，北宋道士錄唐時遺詩而獻於東坡；其四，東坡自作而偽稱得之於他人，亦如解〈八陣圖〉而稱少陵託夢之類。今莫孰是。」按：陳說是。此二詩決非李白之作。

上清寶典詩

我居清空表，君處紅埃中。仙人持玉尺，度君多少才。玉尺不可盡，君才無時休。

【甄辨】此詩見宋黃伯思《東觀餘論》卷上〈論書六條〉：「此〈上清寶典詩〉，李太白詩也。」胡本收入卷二一〈附錄〉，作〈上清寶典詩〉其一，其二即前首〈上清寶鼎詩〉其一的後半「嚥服十二環」以下十二句。王題下注云：「前見《東觀餘論》，後見《王直方詩話》。宋本、蕭本、郭本、繆本、王本、咸本皆不錄。」王本卷三六〈附錄．外記〉曰：「按此詩首二句，亦似觀化之後所言，非生前所作而遺逸者也。疑其出自乩仙之筆，否則好事者為之歟？」按：東坡集中載〈謫仙詩〉一首，其詞曰：「我居清空裡，君隱黃埃中。聲形不相弔，心事難形容。欲乘明月光，訪君開素懷。天杯飲清露，展翼登蓬萊。佳人持玉尺，度君多少才。玉尺不可盡，君才無時休。對面一笑語，共躡金鼇頭。絳宮樓闕百千仞，霞衣誰與雲煙浮！」此六句詩顯然從東坡〈謫仙詩〉中摘抄演變而來，決非李白之作。

鶴鳴九皋

胎化呈仙質，長鳴在九皋。排空散清唳，映日委霜毛。萬里思寥廓，千山望鬱陶。香凝光不見，風積韻彌高。鳳侶攀何及，雞群思忽勞。昇天如有應，飛舞出蓬蒿。

【甄辨】此詩見《文苑英華》卷一八五〈省試〉詩，次於陳季〈鶴警露〉後，未署名。《全唐詩》卷七八七收此詩，作無名氏詩。今人陳尚君《全唐詩補編．全唐詩外編修訂說明》：「按李白平生未赴禮部試，此詩斷非其所作。明刊本《文苑英華》原未署名，中華書局影印本新編目錄作李白，不詳何據，不可從。《全唐詩》卷七八七作無名氏詩，較為妥當。」按：陳說是。此詩非李白之作。

桃源二首

其一

昔日狂秦事可嗟，直驅雞犬入桃花。至今不出煙溪口，萬古潺湲二水斜。

其二

露暗煙濃草色新，一番流水滿溪春。可憐漁父重來訪，只見桃花不見人。

【甄　辨】此二首見《輿地紀勝》卷六八〈常德府桃源詩〉：「『昔日狂秦事可嗟……』『露暗煙濃草色新……』」宋本、蕭本、郭本、胡本、繆本、咸本皆不錄。王本卷三〇〈詩文拾遺〉曰：「類書中多摘引太白詩句，然不能無錯繆。……『露暗煙濃草色新……』『昔日狂秦事可嗟……』諸句，未詳為誰氏之作，其句法皆與太白不相似，亦皆以為太白詩矣。羅鄂州《新安郡志》謂南唐時另有一翰林學士李白，李白逸篇，見《綿州志》。」宋本、蕭本……烏知非斯人之作〈姑熟十詠〉是其所作。然則後人所傳李白諸逸詩及斷句之為諸書所誤引而其名莫可考者，烏知非斯人之作耶？」按：王說是。此二詩非李白之作。

闕題

庭中繁樹乍含芳，紅錦重重剪作囊。還合火蒸留櫟景，題來消得好篇章。

【甄　辨】此詩見王琦《李太白全集》卷三〇〈詩文拾遺〉引。其云：「類書中多摘引太白詩句，然不能無錯繆。……『庭中繁樹乍含芳……』諸句，未詳為誰氏之作，其句法皆與太白不相似，亦皆以為太白詩矣。羅鄂州《新安郡志》謂南唐時另有一翰林學士李白，……烏知非斯人之作耶？」按：此詩非李白之作。

菩薩蠻

舉頭忽見衡陽雁，千聲萬字情何限。叵耐薄情夫，一行書也無。

泣歸香閣恨，和淚淹紅粉。待雁卻回時，也無書寄伊。

【甄　辨】此詞見《尊前集》卷上，次於「平林漠漠煙如織」一詞後，遂以為李白作。按：此詞《草堂詩餘前集》卷下、《草堂詩餘續集》卷上、《花草粹編》卷三、《全宋詞》第四冊皆以為陳達叟詞。《歷代詩餘》卷九、《閩詞鈔》卷四、《蕙風詞話》卷二、冒廣生《尊前集校記》作宋陳以莊詞。此詞當非李白之作。

棲賢寺

知見一何高，拭眼避天位。同觀洗耳人，千古應無愧。

【甄　辨】此詩見《正德南康府志》卷一〇〈詩類〉。今人童養年《全唐詩續補遺》卷三據以收入作李白詩。見《全唐詩補編》。按：此詩氣象格調都不似李白所作。

題樓山石筍

石筍如卓筆，縣之山之巔。誰為不平者，與之書青天。

【甄　辨】此詩見《遵義府志》卷四五〈藝文志〉。童養年《全唐詩續補遺》卷三據以收入作李白詩。並云：「按此詩太白文集不載，即他拾遺本亦無之。孫志有此，不知何本，仍錄俟考。」按：李白生平蹤跡未至遵義一帶，此詩必為偽託。

別匡山❶

曉峰如畫參差碧❷，藤影搖風拂檻❸垂。野徑來多將犬伴，人間歸晚待樵隨。看雲客倚啼猿樹，洗鉢僧臨失鶴池❹。莫怪❺無心戀清境，已將書劍許明時❻。

【注釋】❶別匡山　此詩見於北宋熙寧元年（西元一〇六八年）〈敕賜中和大明寺住持記碑〉。云：「玄宗朝，翰林學士李白，字太白，少為當縣小吏，後於此山讀書於喬松滴翠之平有十載。」文中載錄此詩，無題。《彰明縣志》、光緒重修《江油縣志》卷二四亦載此詩，題曰〈別匡山〉。文字略有差異。今據宋碑錄文字，據縣志加題。《四川通志》卷二七古跡龍安府江油縣：「匡山碑，舊志鐫李白出山詩，或云在江油縣。」匡山，在今四川江油北。❷參差碧　縣志作「色參差」。參差，高低不齊。❸拂檻　吹拂大明寺的欄干。❹失鶴池　縣志作「飼鶴池」。《江油縣志》校：「鶴，一作鷺，或作鶩。」❺莫怪　縣志作「莫謂」。❻已將句　書劍，指文才武略。明時，政治清明之時。

【語譯】早晨眺望高低不齊的山峰碧綠如畫，藤蔓之影隨風搖動垂拂著大明寺的欄干。在野外小徑上來往經常與犬相伴，傍晚則與打柴的人相隨而歸。悠閒看雲之客倚著樹聽猿啼，洗鉢的僧人來到無鶴的池邊。請不要怪我無心留戀這清幽的環境，只因我已將文才武藝都交付給了當今清明的時代。

【研析】此詩當是開元十年（西元七二二年）李白擬出蜀而告別匡山讀書處之作。前六句描寫匡山的清幽環境及詩人的悠閒心情，末二句點明「別匡山」的原因，並非無心留戀此處，只因已將此身交付給了當今清明的開元時代，要為這個時代去作出一番事業，真可謂滿懷豪情。

太華觀

厄磴層層上太華，白雲深處有人家。道童對月閑吹笛，仙子乘雲遠駕車。怪石堆山如坐虎，老藤纏樹似騰蛇。曾聞玉井金河在，會見蓬萊十丈花。

【甄　辨】此詩見光緒重修《江油縣志》卷二四。今人陳尚君《全唐詩補編・全唐詩續拾》卷一四據以錄入作李白詩。按：此詩次句「白雲深處有人家」，乃晚唐詩人杜牧〈山行〉詩的名句，由此可知，此詩必為偽作無疑。

獨坐敬亭山其二

合沓牽數峰，奔來鎮平楚。中間最高頂，髣髴接天語。

【甄　辨】此詩見《宛陵郡志備要》，又見嘉慶二十年刊洪亮吉纂《寧國府志》卷二四。今人陳尚君《全唐詩補編・全唐詩續拾》卷一四據以錄入作李白詩。按：此詩語意淺露，當是後人偽作。

秀華亭

遙望九華峰，誠然是九華。蒼顏耐風雪，奇態燦雲霞。曜日凝成錦，凌霄增壁崖。何當餘蔭照，天造洞仙家。

【甄辨】此詩見《青陽縣志·藝文志》及《九華山志》卷八。今人陳尚君《全唐詩續拾》卷一四據以錄入作李白詩。今人常秀峰《李白在安徽》云：「秀華亭在九華山麓，五溪橋側，延壽寺前。亭已圮，遺址猶存。」按：此詩顯然是〈九華山聯句〉和〈望九華山贈韋青陽仲堪〉兩詩的混合翻版，張才良《李白安徽詩文校箋》已辨其為後人偽作。

煉丹井

聞說神仙晉葛洪，煉丹曾此占雲峰。庭前廢井今猶在，不見長松見短松。

【甄辨】此詩見《宛陵郡志備要》卷一，又見嘉慶《寧國府志》卷二四。《李白在安徽》云：「煉丹井，在九華山臥雲庵北面。」今人陳尚君《全唐詩續拾》據以錄入作李白詩。按：葛洪在九華山煉丹事始見於清周贇《九華山志》，此前未見文獻記載，李白詩文中從未提及葛洪在九華山煉丹事。張才良《李白安徽詩文校箋》已辨明此詩乃後人偽作。

宿無相寺

頭陀懸萬仞，遠眺望華峰。聊借金沙水，洗開九芙蓉。煙嵐隨遍覽，踏屐走雙龍。明日登高去，山僧孰與從？禪牀今暫歇，枕月臥青松。更盡聞呼鳥，恍來報曉鐘。

【甄　辨】常秀峰等《李白在安徽》云：「此詩刻於清道光十年〈重修無相寺碑記〉。無相寺在九華山頭陀嶺下，旁有一泉，名金沙，李白在九華時曾遊此。無相寺建於唐初，宋治平元年賜額，清道光間重修。在碑的左上角刻了李白這首詩，在李白詩的後面還刻有吳襄七言絕句一首。」並謂此詩保存有兩種可能：一、無相寺舊時碑文刻有此詩；二、為康熙時禮部尚書吳襄收藏，吳姓修寺捐資最多。陳尚君《全唐詩續拾》卷一四據此收入作李白詩。按：無相寺乃晚唐時人王季文臨終時捨書堂而建，李白時尚無此寺，怎會遊寺題詩？張才良《李白安徽詩文校箋》已辨明此詩乃後人偽作，並將此詩與〈望九華山贈韋青陽仲堪〉詩對照，此詩顯然是抄襲湊合而成，「看來此詩與〈秀華亭〉，很可能是出自同一個好事者之手」。

詠方廣詩

聖寺閑棲睡眼醒，此時何處最幽清？滿窗明月天風靜，玉磬時聞一兩聲。

【甄　辨】此詩見宋陳田夫《南嶽總勝集》卷中。云：「方廣崇壽禪寺，在山嶽之西，後洞四十里，與高臺比近，在蓮花峰下。」陳尚君《全唐詩續拾》卷一四據此收入作李白詩。按：李白一生行蹤未嘗至南嶽衡山，故此詩亦當為後人偽託。

江上呈裴宣州

江路與天連，風帆何淼然。遙林浪出沒，孤舫鳥聯翩。常愛千鈞重，深思萬事捐。報恩非徇祿，還逐賈人船。

【甄　辨】此詩常秀峰《李白在安徽》錄自《宛陵郡志備要》，以為李白作。按：此首乃張九齡詩，見《全唐詩》卷四八，題作〈江上使風呈裴宣州耀卿〉。此非李白之詩。

送宛句趙少府卿

解巾行作吏，尊酒謝離居。修竹含清景，華池淡碧虛。地將幽興愜，情與舊遊疏。林下紛相送，多逢長者車。

【甄　辨】此詩常秀峰《李白在安徽》錄自《宛陵郡志備要》，以為李白詩。按：此乃張九齡詩，見《全唐詩》卷四八，題作〈送宛句趙少府〉。此非李白之詩。

附錄

草堂集序

宣州當塗縣令　李陽冰

李白，字太白，隴西成紀人，涼武昭王暠九世孫。蟬聯珪組，世為顯著。中葉非罪，謫居條支，易姓與（宋本作「為」，據王本改）名。然自窮蟬至舜，五（宋本作「七」，據王本改）世為庶，累世不大曜，亦可歎焉。神龍之始，逃歸于蜀。復指李樹而生伯陽。驚姜之夕，長庚入夢，故生而名白，以太白字之。世稱太白之精，得之矣。不讀非聖之書，恥為鄭、衛之作，故其言多似天仙之辭。凡所著述，言多諷興。自三代已來，風騷之後，馳驅屈、宋，鞭撻揚、馬，千載獨步，唯公一人。故王公趨風，列岳結軌，群賢翕習，如鳥歸鳳。盧黃門云：「陳拾遺橫制頹波，天下質文翕然一變。」至今朝詩體，尚有梁、陳宮掖之風。至公大變，掃地併盡。今古文集，遏而不行，唯公文章，橫被六合，可謂力敵造化歟！天寶中，皇祖下詔，徵就金馬，降輦步迎，如見綺、皓。以七寶牀賜食，御手調羹以飯之，謂曰：「卿是布衣，名為朕知，非素畜道義何以及此？」置于金鑾殿，出入翰林中，問以國政，潛草詔誥，人無知者。醜正同列，害能成謗，格言不入，帝用疎之。公乃浪跡縱酒，以自昏穢。詠歌之際，屢稱東山。又與賀知章、崔宗之等自為八仙之遊，謂公謫仙人。朝列賦謫仙之歌，凡數百首，多言公之不得意。天子知其不可留，乃賜金歸之。遂就從祖陳留採訪大使彥允，請北海高天師授道籙於齊州紫極宮。將東歸蓬萊，仍羽人駕丹丘耳。陽冰試絃歌於當塗，心非所好，公遐不棄我，乘扁舟而相歡。臨當掛冠，公又疾亟。草稿萬卷，手集未修。枕上授簡，俾余為序。論〈關雎〉之義，始愧卜商；明《春秋》之辭，終慚杜預。自中原有事，公避地八年，當時著述，十喪其九，今所存者，皆得之他人焉。時寶應元年十一月乙酉也。

李翰林集序

前進士　魏顥

自盤古劃天地，天地之氣艮于西南。劍門上斷，橫江下絕，岷、峨之曲，別為錦川。蜀之人無聞則已，聞則傑出。是生相如、君平、王褒、揚雄，降有陳子昂、李白，皆五百年矣。白本隴西，乃放形，因家於緜。身既生蜀，則江山英秀。伏羲造書契後，文章濫觴者《六經》。《六經》糟粕〈離騷〉，〈離騷〉糠秕建安七子。七子至白，中有蘭芳。情理宛約，詞句妍麗，白與古人爭長，三字九言，鬼出神入，瞠（宋本作「瞪」，據王本改）若乎後耳。白久居峨眉，與丹丘因持盈法師達，白亦因之入翰林。名動京師。〈大鵬賦〉時家藏一本，故賓客賀公奇白風骨，呼為謫仙子。由是朝廷作歌數百篇。上皇豫游，召白，白時為貴門邀飲。比至，半醉，令製〈出師詔〉，不草而成。許中書舍人，以張垍讒逐，遊海、岱間。年五十餘尚無祿位。祿位拘常人，橫海鯤，負天鵬，豈池籠榮之！顥始名萬，次名炎。萬之日，不遠命駕江東訪白，遊天台，還廣陵，見之。眸子炯然，哆如餓虎，或時束帶，風流蘊藉。曾受道籙于齊，有青綺冠帔一副。少任俠，手刃數人。與友自荊徂揚（宋本作「楊」，據王本改），路亡權窆，迴棹方暑，亡友糜潰，白收其骨，江路而舟。又長揖韓荊州，荊州延飲，白悞拜，韓讓之，白曰：「酒以成禮。」荊州大悅。白始娶于許，生一女一（宋本作「二」，據王本改）男，曰明月奴。女既嫁而卒。又合于劉，劉訣。次合于魯一婦人，生子曰頗黎。終娶於宋。間攜昭陽、金陵之妓，迹類謝康樂，世号為李東山。駿馬美妾，所適二千石郊迎，飲數斗，醉則奴丹砂撫〈青海波〉。滿堂不樂，白宰酒則樂。顥平生自負，人或為狂，白相見泯合，有贈之作，謂余：「爾後必著大名於天下，無忘老夫與明月奴。」因盡出其文，命顥為集。顥今登第，豈符言耶？解攜明年，四海大盜，宗室有潭者，白陷焉。謫居夜郎，罪不至此，屢經昭洗，朝廷忍白久為長沙汨羅之儔？路遠不存，否極則泰，白宜自寬。吾觀白之文義，有濟代命，然千鈞之弩，魏王大瓠，用之有時。議者奈何以白有叔夜之短，儻黃祖過禰，晉帝罪阮，古無其賢，所謂仲尼不假蓋於子夏。經亂離，白章句蕩盡。上元末，顥於絳偶然得之，沉吟累年，一字不下。今日懷舊，援筆成序，首以贈顥作，顥酬白詩，不忘故人也；次以〈大鵬賦〉、古樂府諸篇，積薪而錄；文有差互者，兩舉之。白未絕筆，吾其再刊。付男平津子掌。其他事跡，存於後序。

李翰林別集序

朝散大夫行尚書職方員外郎直史館上柱國　樂史

李翰林歌詩，李陽冰纂為《草堂集》十卷，史又別收歌詩十卷，與《草堂集》互有得失，因校勘排為二十卷，號曰《李翰林集》。今於三館中得李白賦序表讚書頌等亦排為十卷，號曰《李翰林別集》。翰林在唐天寶中，賀祕監聞於明皇帝，召見金鑾殿。降步輦迎，如見綺、皓。草和蕃書，思若懸河。帝嘉之，七寶方丈，賜食於前，御手調羹。於是置之金鑾殿，出入翰林中。其諸事跡，〈草堂集序〉、范傳正撰〈新墓碑〉，亦略而詳矣。史又撰〈李白傳〉一卷，事又稍周。然有三事近方得之。開元中，禁中初重木芍藥，即今牡丹也（《開元天寶花木記》云：禁中呼木芍藥為牡丹）。得四本，紅、紫、淺紅、通白者，上因移植於興慶池東沉香亭前。會花方繁開，上乘照夜車，太真妃以步輦從。詔選梨園弟子中尤者，得樂一十六色。李龜年以歌擅一時之名，手捧檀板，押眾樂前，將欲歌之。上曰：「賞名花，對妃子，焉用舊樂辭焉！」遽命龜年持金花牋宣賜翰林供奉李白立進〈清平調詞〉三章，白欣然承詔旨。由若宿酲未解，因援筆賦之。其一曰：「雲想衣裳花想容，春風拂檻露華濃。若非群玉山頭見，會向瑤臺月下逢。」其二曰：「一枝紅豔露凝香，雲雨巫山枉斷腸。借問漢宮誰得似？可憐飛燕倚新粧。」其三曰：「名花傾國兩相歡，長得君王帶笑看。解釋春風無限恨，沉香亭北倚闌干。」龜年以歌辭進，上命梨園弟子略約調撫絲竹，遂促龜年以歌之。太真妃持頗梨七寶杯，酌西涼州蒲萄酒，笑領歌辭，意甚厚。上因調玉笛以倚曲，每曲徧將換，則遲其聲以媚之。太真妃飲罷，斂繡巾重拜。上自是顧李翰林尤異於諸學士。會高力士終以脫靴為深恥。異日太真妃重吟前辭，力士曰：「始為妃子怨李白深入骨髓，何翻拳拳如是耶？」太真妃因驚曰：「何翰林學士能欲辱人如斯？」力士曰：「以飛燕指妃子，賤之甚矣。」太真妃頗深然之。上嘗三欲命李白官，卒為宮中所捍而止。白嘗有知鑒。客并州，識汾陽王郭子儀於行伍間，為脫其刑責而奬重之。及翰林坐永王之事，汾陽功成，請以官爵贖翰林，上許之，因而免誅。翰林之知人如此，汾陽之報德如彼。白之從弟令問，常目白曰：「兄心肝五臟皆錦繡耶？不然，何開口成文，揮翰霧散耳！」傳中漏此三事，今書於序中。白有歌云：「吟詩作賦北窗裏，萬言不及一杯水。」蓋歎乎有其時而無其位。嗚呼！以翰林之才名，遇玄宗之知見，而乃飄零如是！宋中丞薦於聖真云：「一命不霑，四海稱屈。」得非命歟！白居易贈劉禹錫詩云：「詩稱國手徒為爾，命壓人頭不奈何。」斯言不虛矣。凡百有位，無自輕焉。撰集之次，聊存梗槩而已。時在繞霤州中，咸平元年三月三日序。

故翰林學士李君墓誌并序

李華

嗚呼！姑孰東南，青山北址，有唐高士李白之墓。嗚呼哀哉！夫仁以安物，公其懋焉；義以濟難，公其志焉；識以辯理，公其博焉；文以宣志，公其懿焉。宜其上為王師，下為伯友。年六十有二，不偶，賦〈臨終歌〉而卒。悲夫！聖以立德，賢以立言，道以恆世，言以經俗。雖曰死矣，吾不謂其亡矣也。有子曰伯禽、天然，長能持，幼能辯，數梯公之德，必將大其名也已矣。銘曰：

立德謂聖，立言謂賢。嗟君之道，奇於人而侔於天。哀哉！

唐故翰林學士李君碣記

尚書膳部員外郎　劉全白　撰
朝議郎行當塗縣令　顧游秦　建

君名白，廣漢人。性倜儻，好縱橫術。善賦詩，才調逸邁，往往興會屬詞，恐古人（宋本無「人」字，據王本補）之善詩者亦不逮。尤工古歌。少任俠，不事產業，名聞京師。天寶初，玄宗辟翰林待詔，因為和蕃書，並上〈宣唐鴻猷〉一篇。上重之，欲以綸誥之任委之。同列者所謗，詔令歸山。遂浪跡天下，以詩酒自適。又志尚道術，謂神仙可致。不求小官，以當世之務自負。流離轗軻，竟無所成名。有子名伯禽。偶遊至此，遂以疾終，因葬於此。文集亦無定卷，家家有之。代宗登極，廣拔淹瘁，時君亦拜拾遺。聞命之後，君亦逝矣。嗚呼！與其才不與其命，悲夫！全白幼則以詩為君所知，及此投弔，荒墳將毀，追想音容，悲不能止。邑有賢宰顧公遊秦，志好為詩。亦常慕效李君氣調，因嗟盛才冥寞，遂表墓式墳，乃題貞石，冀傳於往來也。

貞元六年四月七日記，沙門履文書，墳去墓記一百二十步。

唐左拾遺翰林學士李公新墓碑并序

宣歙池等州觀察使　范傳正

騏驥筋力成，意在萬里外。歷塊一蹶，斃於空谷。唯餘駿骨，價重千金。大鵬羽翼張，勢欲摩穹昊。天風不來，海波不起。塌翅別島，空留大名。人亦有之，故左拾遺、翰林學士李公之謂矣。公名白，字太白，其先隴西成紀人。絕嗣之家，難求譜諜。公之孫女搜於箱篋中，得公之亡子伯禽手疏十數行，紙壞字缺，不能詳備。約而計之，涼武昭王九代孫也。隋末多難，一房被竄于碎葉，流離散落，隱易姓名。故自國朝已來，漏（宋本作「編」，據王本改）於屬籍。神龍初，潛還廣漢，因僑為郡人。父客，以逋其邑，遂以客為名。高臥雲林，不求祿仕。公之生也，先府君指天枝以復姓，先夫人夢長庚而告祥，名之與字，咸所取象。受五行之剛氣，叔夜心高；挺三蜀之雄才，相如文逸。瓌奇宏廓，拔俗無類。少以俠自任，而門多長者車。常欲一鳴驚人，一飛沖天，彼漸陸遷喬，皆不能也。由是慷慨自負，不拘常調，器度弘大，聲聞于天。天寶初，召見於金鑾殿，玄宗明皇帝降輦步迎，如見園、綺。論當世務，草答蕃書，辯如懸河，筆不停綴。玄宗嘉之，以寶牀方丈賜食於前，御手和羹，德音褒美。褐衣恩遇，前無比儔。遂直翰林，專掌密命。將處司言之任，多陪侍從之遊。他日泛白蓮池，公不在宴。皇歡既洽，召公作序。時公已被酒於翰苑中，仍命高將軍扶以登舟，優寵如是。既而上疏請還舊山，玄宗甚愛其才，或慮乘醉出入省中，不能不言溫室樹，恐掇後患，惜而遂之。公以為千鈞之弩，一發不中，則當摧撞折牙，而永息機用，安能傚碌碌者蘇而復上哉！脫屣軒冕，釋羈韁鎖，因肆情性，大放宇宙間。飲酒非嗜其酣樂，取其昏以自富；作詩非事於文律，取其吟以自適。好神仙非慕其輕舉，將不可求之事求之，欲耗壯心，遣餘年也。在長安時，祕書監賀知章号公為謫仙人，吟公〈烏棲曲〉云：「此詩可以哭鬼神矣。」一時人又以公及賀監、汝陽王、崔宗之、裴周南等八人為酒中八仙。朝列賦謫仙歌百餘首。俄屬戎馬生郊，遠身海上，往來於斗牛之分，優游沒身。偶乘扁舟，一日千里，或遇勝境，終年不移。時長江遠山，一泉一石，無往而不自得也。晚歲，渡牛渚磯，至姑熟，悅謝家青山，有終焉之志。盤桓利居，竟卒於此。其生也，聖朝之高士；其往也，當塗之旅人。代宗之初，搜羅俊逸，拜公左拾遺。制下於彤庭，禮降於玄壤，生不及祿，歿而稱官，嗚呼命歟！傳正生唐代，甲子相懸，常於先大夫文字中見與公有潯陽夜宴詩，則知與公有通家之舊。早於人間得公遺篇逸句，吟詠在口。無何叨蒙恩獎，廉問宣、池。按圖得公之墳墓，在當塗邑。因令禁樵採，備洒掃，訪公之子孫，欲（宋本作「故」，據王本改）中慰薦。凡三四年，乃獲孫女二人，一為陳雲之室，一乃劉勸之妻，皆編戶甿也。因召至郡庭，相見與語。衣服村落，形容朴野，而進退閑雅，應對詳諦，且祖德如在，儒風宛然。問其所以，則曰：「父伯禽以貞元八年不祿而卒，有兄一人，出遊一十二年，不知所在。父存無官，父歿為民，有兄不相保，為天下之窮人。無桑以自蠶，非不知機杼；無田以自力，非不知稼穡。況婦人不任，布裙糲食，何所仰給？儷于農夫，救死而已。久不敢聞於縣官，懼辱祖考。鄉閭逼迫，忍恥來告。」言訖淚下，余亦對之泫然。因云：「先祖志在青山，遺言宅兆，頃屬多故，殯於龍山東麓，地近而非本意。墳高三尺，日益摧圮，力且不及，知如之何。」聞之憫然，將遂其請。因當塗令諸葛縱會計在州，得諭其事。縱亦好事者，學為歌詩，樂聞其語，便道還縣，躬相地形，卜新宅于青山之陽。以元和十二年正月二十三日遷神于此，遂公之志也。西去舊墳六里，南抵驛路三百步。北倚謝公山，即青山也。天寶十二載敕改名焉。因告二女，將改適於士族。皆曰：「夫妻之道命也，亦分也，在孤窮既失身於下俚，仗威力乃求援於他門，生縱偷安，死何面目見大父於地下？欲敗其類，所不忍聞。」余亦嘉之，不奪其志，復井稅免傜役而已。今士大夫之葬，必誌於墓，有勳庸道德之家，兼樹碑于道。余才術貧虛，不能兩致，今作新墓銘，輒刊二石，一寘于泉扃，一表于道（一作：通）路。亦峴首、漢川之義也，庶芳聲之不泯焉。文集二十卷，或得之於時之文士，或得之於宗族，編緝斷簡，以行於代。銘曰：

嵩嶽降神，是生輔臣；蓬萊謫真，斯為逸人。晉有七賢，唐稱八仙；應彼星象，唯公一焉。晦以麴糵，暢於文篇，萬象奔走乎筆端，萬慮泯滅乎罇前。臥必酒甕，行惟酒船，吟風詠月，席地幕天。但貴乎適其所適，不知夫所以然而然。至今尚疑其醉在千日，寧審乎壽終百年？謝家山兮李公墓，異代詩流同此路。舊墳卑庳風雨侵，新宅爽塏松柏林。故鄉萬里且無嗣，二女從民永於此。猗歟琢石為二碑，一藏幽隧一臨岐。岸深谷高變化時，一存一毀各不虧。

翰林學士李公墓碑

前守祕書省校書郎　裴敬

李翰林名白，字太白，以詩著名，召入翰林。世稱才名，占得翰林，他人不復爭先。其後以脅從得罪，既免，遂放浪江南，死宣城，葬當塗青山下。李陽冰序詩集，粗具行止。敬嘗遊江表，過其墓下，愛其才，壯其氣，味其嗜酒，知其取適，作碑於墓。且曰：先生得天地秀氣耶？不然，何異於常之人耶！或曰：太白之精下降，故字太白，故賀監號為謫仙，不其然乎！故為詩格高旨遠，若在天上物外，神仙會集，雲行鶴駕，想見飄然之狀。視塵中屑屑米粒，蟲睫紛擾，菌蠢羈絆蹂躪之比。又嘗有知鑒，客并州，識郭汾陽於行伍間，為免脫其刑責而獎重之。後汾陽以功成官爵請贖翰林，上許之，因免誅。其報也。又常心許劍舞裴將軍，予曾叔祖也。嘗投書曰：「如白，願出將軍門下。」其文高，其氣雄。世稱其本，懼失其傳，故序傳之。大和初，文宗皇帝命翰林學士為三絕贊，公之詩歌與將軍劍舞洎張旭長史草書為三絕。夫天付上才，必同靈氣。賢傑相投，龍虎兩合，可為知者言，非常人所知也。夫古以名德稱占其官謚者甚希。前以詩稱者，若謝吏部、何水部、陶彭澤、鮑參軍之類；唐朝以詩稱，若王江寧、宋考功、韋蘇州、王右丞、杜員外之類；以文稱者，若陳拾遺、蘇司業、元容州、蕭功曹、韓吏部之類；以德行稱者，元魯山、陽道州；以直稱者，魏文貞、狄梁公；以忠烈稱者，顏魯公、段太尉；以武稱者，李衛公、英公；以學行文翰俱稱者，虞祕監。唐之得人，於斯為盛。翰林其以詩稱之一也。予嘗過當塗，訪翰林舊宅，又於浮圖寺化城之僧得翰林自寫〈訪賀監不遇〉詩云：「東山無賀老，卻棹酒舡回。」味之不足，重之為寶，用獻知者。又於歷陽郡得翰林〈與劉尊師書〉一紙，思高筆逸。又嘗遊上元蔣山寺，見翰林讚志公云：「水中之月，了不可取，刀齊尺量，扇迷陳語。」文簡事備，誠為作者，附於此云。會昌三年二月中，敬自淠水草堂南遊江左，過公墓下。四過青山，兩發塗口，徘徊不忍去，與前濮州鄄城縣尉李劭同以公服拜其墓，問其墓左人畢元宥，實備洒掃，留縣帛具酒饌祭公。知公無孫，有孫女二人，一娶劉勸，一娶陳雲，皆農夫也。且曰二孫女不拜墓已五六年矣。因告邑宰李君都傑，請免畢元宥力役，俾專洒掃事。嘻！享名甚高，後事何薄！謝公舊井，新墓角落。青山白雲，共為蕭索。巨竹拱墓，如公卓犖。天長地久，其名不朽。此為祭文，寫授元宥。又為碑曰：「貴盡皆然，名存則難。故予重名不重官。」一作李翰林碑十五字而已。

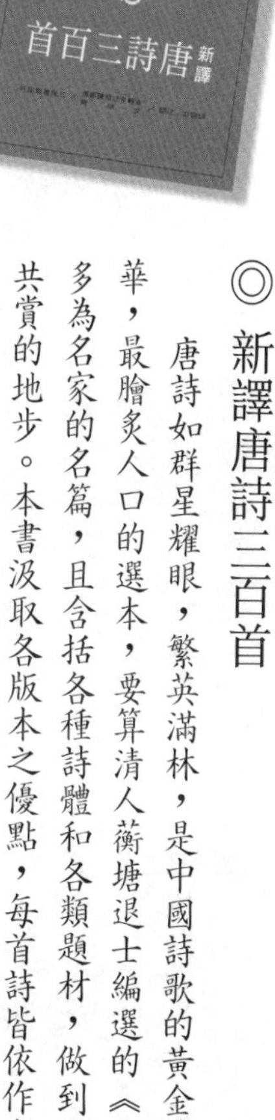

◎新譯唐詩三百首

邱燮友／注譯

唐詩如群星耀眼，繁英滿林，是中國詩歌的黃金時代。想要摘星採英，一睹唐詩精華，最膾炙人口的選本，要算清人蘅塘退士編選的《唐詩三百首》了。因為它所選作品多為名家的名篇，且含括各種詩體和各類題材，做到選出唐人最好的詩，又能做到雅俗共賞的地步。本書汲取各版本之優點，每首詩皆依作者、韻律、注釋、語譯、賞析逐項詮釋，是您涵詠唐詩的最佳選擇。

◎新譯宋詞三百首

汪　中／注譯

詞是宋代文學的代表，與唐詩並稱中國詩歌之雙璧。清末民初詞學名家朱祖謀所編選之《宋詞三百首》，精選大家名篇，篇篇可頌，是吟詠、創作宋詞的最佳範本。本書採用善本重新編譯，並按照詞律、詞譜、牌名、音韻字數等，作扼要淺顯的說明。每首詞字旁另用記號注明平仄，詳作注釋，說明出處。除了語譯外，特別再加賞析部分，對作品背景和詞語前後的結構融合，闡釋評說，讓讀者對宋詞有更深刻的認識與領會。

◎新譯元曲三百首

賴橋本、林玫儀／注譯

元曲是元代流行於北方的歌曲，具有情思抒捲、不飾謹嚴、活潑自然的特色，在中國文學史上與唐詩、宋詞齊名。本書在近人任訥所編《元曲三百首》的基礎上，並參考各家選本及注本，精選出元曲小令共三〇七首。編排則依年代先後為序，以作者為綱、作品為目，每首曲皆含作者、曲文、格律、注釋、語譯、賞析六項，簡明的注釋和精要的賞析是書中的特色，幫助讀者了解及欣賞元曲。

◎新譯花間集

朱恒夫／注譯　耿湘沅／校閱

《花間集》是五代後蜀趙崇祚所編纂，為歷史上最早的詞集。收錄溫庭筠、韋莊等十八人的詞作共五百闋。綺靡柔豔、漫抒閒愁是花間特色，開啟了詞家婉約一派；而融合民間詞調，創作新曲，又奠下詞律之基。在中國韻文學史上具有樞紐地位，影響後世詞壇極為深遠。本書以南宋紹興年間的晁刻本為主，參校近人的研究成果，除注譯詳盡外，每首詞後的賞析，更可見出注譯者用力之深。

◎新譯曹子建集

曹海東／注譯　蕭麗華／校閱

在百花競放、桃李爭豔的建安文壇上，曹子建無疑是一個引人矚目的人物。他的文學作品體裁豐富多樣，特別是詩歌與辭賦能獨闢蹊徑，別開生面，形成自己特有的風格，鍾嶸《詩品》便稱讚其作品為：「骨氣奇高，詞采華茂。」本書以《四部叢刊》影印明活字版《曹子健集》為藍本，在注譯、賞析過程中，並進行校勘、補足的工作，是坊間詮釋最仔細、校勘最精詳的全注全譯本，也是您欣賞、研究曹子建詩文的不二選擇。

◎新譯陸機詩文集

王德華／注譯

陸機是西晉著名的文學家，其一生可說突顯了西晉亂世下文人的共同命運。在他四十三年的短暫生命裡，對人生與生命的感受，對歷史與現實的觀察思考，以及他的鄉曲之思和親情之念，都在他的創作中得到最生動的反映。本書所輯錄的陸機詩文以《四部叢刊初編》本為底本，並參照前人時賢的輯佚校勘成果，多所增補校正。注譯明白曉暢，研析深入，允為了解陸機文采風華的必讀之作。

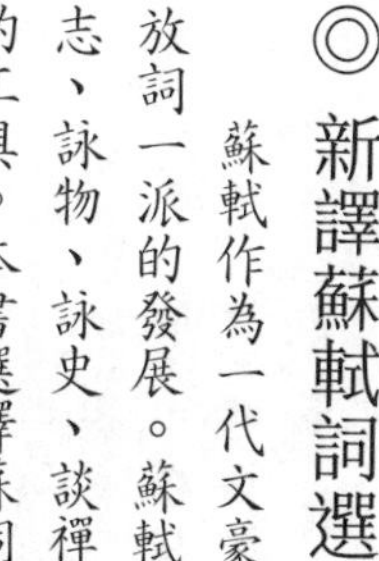

◎新譯陶淵明集

溫洪隆／注譯　齊益壽／校閱

陶淵明是中國文學史上著名的田園詩人，他的詩文清新自然，寓意深遠，篇篇可頌，對後世影響深遠。李白曾說：「何時到栗里，一見平生親？」表達他對陶淵明的崇敬之情；蘇東坡則是一次只讀一篇陶詩，因為「唯恐讀盡後，無以自遣」。因此欣賞中國古典文學，一定不能錯過陶淵明。本書注解詳盡，語譯貼切，加上精彩的導讀和賞析，完整而全面地呈現陶淵明的詩文世界，能帶領讀者深入陶淵明留給世人的文學桃花源。

◎新譯蘇軾詞選

鄧子勉／注譯

蘇軾作為一代文豪，不僅詩文書畫成就卓著，詞作也以推陳出新見長，開啟了南宋豪放詞一派的發展。蘇軾將本屬詩歌範疇的題材引入詞的創作，諸如農忙、悼亡、贈別、言志、詠物、詠史、談禪等，詞作逐漸由供歌妓演唱助興的地位，雅化為文人抒寫人生感慨的工具。本書選譯蘇詞二百餘首，既有婉約豔麗之作，也有清曠豪邁之歌，風格多樣，為研究蘇軾其人其詞不可多得的佳作。

◎新譯李清照集

姜漢椿等／注譯

李清照是北宋時期的著名詞人，也是歷史上為數不多的傑出女作家，在中國文學史上占有獨特的地位。其詞情致委婉，語言質樸，清麗動人，後人稱為「易安體」，對明清詞壇有深遠影響。詞之外，其詩與文也有一定成就。本書參酌近人研究，完整收錄李清照的所有詞作與詩文，並聯繫其生活經歷加以注譯和賞析，貼近詞人的生命內涵，能帶領讀者深入體會、欣賞李清照的文字魅力。